近松秋江と「昭和」

沢 豊彦

近松秋江と「昭和」

目次

第六章　近松秋江と自叙伝「作品集」

第七章　近松秋江と印象批評

＊引用文が文語文であるときや書名・作品名が旧仮名遣いのものはそのままとした。
＊「常用漢字表」に掲げられている漢字は原則として新字体に、異体字・俗字等はそのままとした。
＊引用文中、今日の観点からみると差別ととられかねない表現は、作品のもつ文学性・芸術性、また著者がすでに故人であるという事情に鑑み、言文どおりとした。

近松秋江と「昭和」

第一章——序に代えて

文学者近松秋江の「昭和」
——一九二〇年代の動向を中心にふれながら

はじめに

表題では「昭和」となっているが、実際は「戦前昭和」をさす。それは文学者の近松秋江、本名徳田浩司が昭和十九（一九四四）年四月二十三日、アジア・太平洋戦争敗戦の前年に他界していたからである。しばしば、昭和とよばれた時代を「戦前」「戦後」とわけている。しかし「大正戦後」といういいかたがあるので、「戦後」と表現しても第二次世界大戦をさす「先の戦争」と同様、歴史的にはひとつの時代をさすこととはならず、ここでは戦後の昭和と区別してもちいる「戦前昭和」には敗戦をまねいた時代としてとくべつな意味がある。政党政治全盛時の一九二〇年代と政党不在の四〇年代、そのあいだにあたる政党が凋落する三〇年代、その時代に、近松秋江はファシズムにてんじた軍人政治を批判しており、この点ではかれにとっての意義はおおきい。そしてかれは、友人であり葬儀委員長をつとめた正宗白鳥のように昭和戦後の社会をみききする機会がなかった。また、かれが軍人政治に支配されてゆく時流のなかで発信した言論は、わかき日に影響をうけたジャーナリストであり民間史学者の反骨精神にもとづき表出した言動であったことをわすれてはならない。「軟文学」の小説家となるまえの素志には、明治の時代精神がつらぬかれていた。ファシズムと接合する時代状況とあいまって、だからかれの生涯を評価する場合、戦前の昭和時代がとくだんの意味をもっているのである。

そのかれは、明治四十年代の自然主義文学運動の盛時にあって流行に棹さす評論家としてデビューし、また大正時代を「頽廃時代を顧みて」や「私は生きて来た」といった作品で回顧してみたり、あるいはまた「銀河を仰いで」にえがかれた波瀾にとんだ作家生活をおくった。そしてみたび転機をむかえるのは、関東大震災前後、一九二〇年代の歴史的な転換期のときであった。この間のかれが実行した文学営為はたんなる移動といったものでなく、「転向」といえるような内面の変化——自己否定と再生のドラマをいきることとなる。その間の、そしてそれいごの言論家たることとは、かれをしるための肯綮に中るのである。

この転向、法令にもとづく強制によらぬ転向のドラマは大震災前後の大正末年にはすでにはじまっていたわけで、昭和初頭の歴史変動の過程のなかで台本のない人生をいきひととおりのドラマとしてはおわらず、波瀾万丈の人生はやはり戦前昭和の全体でつづいた。また、最晩年の光をうしない失明の奇禍にあうまでの境涯をつうじ、かれの運命はかくのごとくに過酷であった。しかし、その心棒は一本の棒のごとくに初一念をつらぬく表現者として、存在しつづけたことであった。その証を、戦前昭和にみることはたやすいはずである。しかし、その《たやすい》ことが、いまだしおもった程あきらかになっていないのが現状である。後代のわれわれはこのことに不明を恥じねばならないのだが、筋金入りの表現者近松秋江の戦前昭和における「果実」があきらかにならなければ、その恥じねばならない理由はないも同然であろう。

まずは、かれの戦前昭和を闡明にする一歩として、表題の副題にあるとおりこの稿では大づかみに一九二〇年代における作家周辺の問題をとりあげてみる。と同時に、また本書全体の「序」として各論との重複をおそれず縷述をしてみたい。

近松秋江にたいするふたつの論評、その一

近松秋江が現代政治を題材にした、はじめての政治小説を新聞紙『時事新報』に連載したのは大正十三（一九二四）年のことである。常々かれがコトバにしていた意思が、まえの連載小説を担当した久米正雄の〈（略）珍らしや近松秋江氏の、久しい以前より持つて居る本格小説の、抱負を実現する意気込を以て物されたる新作「地上の光」一篇。（略）大なる社会的背景の前に、髣髴せしむる世態人情は、必ず読者諸君を魅了せずには措ないでせう。（略）〉といった紹介が同紙六月二日に掲載され、いよいよ実現したのである。そして、六月四日夕刊に第一回の「海を吹く風　一」が掲載される。しかし、「青山白雲（十二）」で連載小説は杜絶するが、その五十五回の末尾「御断り」に〈作者の都合で遺憾乍ら中断の止むなきに立到つた〉と告示される。だが実際には、新聞読者の不興が〈中断〉の理由であった。かれは、はじめての現代政治小説で挫折をあじわう。読者公衆の存在は大正戦後のメディア革命をつうじその問題はゆるぎない事態となり、文学概念の変更をせまることとなる――そんな文学史上の転換期のなかでおこった痛恨の出来事であった。ひとつの例をあげれば、大衆小説誕生の理由はこの一点にある。そんな時期に、智恵保夫による「秋江に与ふ」という文章が、エッセー「文壇天眼鏡（二）」のなかに掲載された。そこには、こうある。

卿が執筆中なる「地上の光」は、毎朝保夫をして新聞を楽しませるところのものの一つである。アンナ・カレニンを語り、ウエールスを語り、モーレーを語り、グラッドストーンをすらも語る卿が、あのやうな題材を俎上に置いたことは決して適はしからぬことではないと思ふ。

しかし乍ら今や卅回に及んで事件は発展せず、人物の出も終らず、いつまでもみんなで筋を語つてゐるやうな事では、読者が飽きないうちにまづ作者が疲れて了ひはせぬかと危まれる。本格本格と格ばかり考へずに、どう

かあらゆる破格を恐れずぐいぐいと事象の真中に突込んで貰ひたい。殊に生半熟な政治実業の智識を語つて自ら媚びてゐるやうなことではつまらん――。おまけにそれが常識説話であつてはなほつまらん――(1)。

と。智恵保夫は、三上於菟吉の変名である。後輩の知人であり大衆小説で名をなす三上は、こんなからくちの助言をつづけてくわえていた。

僕は卿が卿の所謂本格小説を書くに当つても、例の私小説を書く時のやうな情熱が十分に燃えつづけることを望む。それなくしては政治小説、社会小説と雖も去勢されてしまう。そこどころか、由来、成功した数多の此種の作は、殆んど傾向的である迄に熱烈な意気に燃えたもののみだ。政治及社会小説も亦、他のあらゆる小説が人間改革の激情のあふれであるやうに激烈な内面熱化を要求する。嘔吐すべき現実への呪詛。憤怒、嗤笑、諷刺――そして新時代の大序曲、それがこの種の作の使命だ。繰り返して言ふ、本格小説、大人小説を書くことにのみ心掛けて、卿の資本である感動性を失ふこと勿れ。

かれは『随筆わが漂白』一冊を昭和十年に出版しており、そのなかに七月から十二月まで連載の「文壇天眼鏡」を収録していたがこの「秋江に与ふ」は削除されている。ただ近松秋江を、かれがたかく評価していたのはべつの回の「芸術家の生活」によりしることができることではある。

さてそこで「地上の光」でとりあげた題材について、まず三上は〈決して適はしからぬことではない〉と、肯定する。政治小説が作家として筋向きの創作であることはかれが早稲田の学生時代から交流をもっていたので熟知しており、期待したのは正直なところであろう。後半の段落は連載三十回までの物語にたいする創作技術批評にあたっており大衆小説の巧者からしてみると、〈事件は発展せず、人物の出も終らず〉、読者の関心がとおのくことを危惧している。作品と読者との双方向性を重視する大衆小説の作家側からすれば、当然の指摘となる。だが、この点については異論がある。三十回までの連載では「海に吹く風」から各「仕官」「忙中の閑」「利権の争」とつづいた小ナラティブまで、それぞれにストーリーの展開があって単調だったとはいえない。物語はそのあとに、「夏の花」「青山白雲」とつづき構成面からは〈本格小説〉の体裁をととのえつつあった。さらに、〈常識説話〉の〈生半熟な政治実業の智識を語つて自ら媚びてゐるやうなことではつまらん〉と結論づけたのは当時の近松秋江にたいする評判をなぞっているところがあり、三上の意見をそのまままるごとみとめることはできない。文学の題材にかんしては、偏見がかれにもあった。経済財政問題をひとつの軸にした「地上の光」は、大正十二年の関東大震災から昭和にかけて激動する政党政治のとば口をうつしとっており、昭和初頭の不況下に浜口内閣がとった経済政策の失敗がみずからの暗殺未遂と政財界要人の暗殺事件へとつづき軍人政治をまねき侵略戦争にいたる暗黒の戦前昭和——そのテロルの歴史の端緒にたいする洞察力は、だから三上のほうがかけていた。秋江自身は震災後から昭和二年の国内の金融恐慌、そして四年十月の世界恐慌におそわれる世相を、浜口（註、雄幸）首相・井上（註、準之助）蔵相がとった緊縮政策を財政金融問題として社会戯曲「井上準之助」でとりあげ七年に発表しており、新聞小説「地上の光」は浜口財政政策の終のはじまり——作中の「奢侈関税引上」案が緊縮政策を物語ったものだったことをしれば、政治のテーマを主題的にとりあげた作家の政論を床屋政談〈常識説話〉と、簡単にはいえないことになる。

三つ目に、三上於菟吉はこういう——〈政治及社会小説も亦、他のあらゆる小説が人間改革の激情のあふれであるやうに激烈な内面熱化を要求する。〉〈新時代の大序曲、それがこの種の作の使命だ。〉と。「地上の光」が、だからかれには〈常識説話であつてはなほつまらん〉ということにつきた。大正十三年は、いわゆる「私小説」にたいする百家争鳴の季節のはじまりで、ひろくいえば明治いらいの「純文学」は崩壊した。メディアの変革にともないあたらしい時代の旗手となった大衆小説作家三上には先輩作家の新作を期待するいっぽう、旧派にたいする歯痒さをかんじるのは世代交代期のしかたのない事態であった。このことと関連して文壇通の中村武羅夫が、大正十五年にかきしるした「通俗小説の勝利」という文章を紹介しておく。

今やすべての作家が、通俗小説を書かうとしつゝある。現在通俗小説を書いて居なくても、通俗小説の方に、心を向けつゝあるのは事実だ。（略）

世界のどんな立派な小説でも、それは皆な或る意味での通俗小説だ。今まで全盛を極めて居た私小説や心境小説は、日本でだけ発達した小説道の変則である。これからは、日本の小説も、だん〳〵本道に戻つて来る機運に向つて来たのだ。私は、このことを震災以前から、夙に主張して来た(2)。

久米正雄からはじまる新文学宣言の結果を強調した内容だが、久米は私小説を支持していたので中村の場合は歩をすすめたというべきか、あるいは「通俗小説」の定義が存在しなかったというべきか、この通俗小説を大衆小説といいかえれば三上於菟吉の主義とかさなりあうこととなろう。文壇用語が仲間内コトバだっただけのことである。そして、三上は「秋江に与ふ」を、〈卿はなる程もう青くさい青年ではない。殆ど老人かも知れぬ。しかし「芸」に対しては年の事なぞ考へて納つては困る。／だが、兎に角、大作を書かうと思ひ立つたのは感心至極である。いつものやうに途中で疲れて筆を捨てるやうなことのないやうに祈つて居る。〉と、むすんでいた。理由はどうであれ、この予言はあたった。しかし、作家近松秋江は「地上の光」の打切りを経験しても意気軒昂で、政治小説をすてず、また大衆小説の双方向性である作家／読者の公共圏に関心をもちつづけ、戦前昭和に真価を発揮する起源となったのである。

近松秋江にたいするふたつの論評、その二

近松秋江が転向表明の最初の大作、いわば政治小説「地上の光」は意に反し杜絶し、失敗作の烙印をおされた。だが変革をもとめたかれの姿勢は、かわらなかった。そしてそのことをみとめる意見が、ここにある。それは、〈文壇は昨今の私小説の多くに倦き倦きしてゐる〉とみていた南部修太郎の「私小説の頽廃」である。

処で、今まで述べたやうな私小説の流行に対してはさすがにこの頃いろいろ疑問や不満の声が聞えて来たが、たとへばこれまで私小説しか書かなかつた近松秋江氏が「最近燐を嚥んで死んだ人」（ママ）と題する客観的題材を扱つた作品を発表した如きは、非常に興味深い事実である。私は氏の作品と云ふと可成り注意して読む方なのであるが、この作はまだ読まずにゐる。で、それに対する私としての批評は述べることは出来ないが、広津和郎氏に従へばそれは近松氏の可成りな努力にも拘らず「一種いたましさと云つたやうなものを感じた」と云ふほどの不出来な作品であるらしい。然し、出来不出来はここでは別問題として、今は主観的題材の小説しか書かず、而もその点で独特の優れた境地を持つてゐる近松氏が氏としては一種の冒険とも云つていいやうな客観的題材の小説に向つて筆を執つたことは、それが一般の私小説流行に対する不満のためであらうと或は自分の上に新境地を開拓しようと云ふ努力のためであらうと、私はそれを尊敬もし且つは興味深くも思ふのである(3)。

南部が問題にしている「燐を嚥んで死んだ人」は、大正十五年の『中央公論』三月号に掲載された中編小説である。その小説が〈客観的題材〉をとりあげていることにたいして、〈私小説しか書かなかつた近松秋江氏〉に〈非常に興味深い事実〉をかんじ、評論「私小説の頽廃」でその動向のもっている根っこについて問題提起したところに南部の論

に意義がある。「私小説」論が話題をとり私小説の流行が大正十三年を境に顕著となり、十五年にいたり〈さすがにこの頃いろいろ疑問や不満の声が聞えて来た〉文壇事情をふまえた立論であった。この状況のなかで、中村武羅夫はすでに指摘しておいたとおり通俗小説の勝利を宣言していたのである。そこで広津和郎の主張にうつると、ふたつの点で確認しておかなければならないことがある。広津が『新潮』四月号の「文芸時評」で断ずる秋江評価については、南部が整理したとおりである。かれの立論は二項対立の主観小説／客観小説を設定し近松秋江が「主観小説」で成功をおさめた作家であり、他方の「客観小説」を〈失望以上に、一種痛ましさ〉だけがのこる無理筋〈素質のない方角〉の小説ジャンルだ、と断定していたのである。南部論のポイントは二年前の三上於菟吉とおなじで、〈自分の上に新境地を開拓しようと云ふ努力〉をみとめ期待したところにある。いうまでもなく、この視座は重要である。それは、近松秋江という作家にとって戦前昭和の問題と直截的にかかわることになるからである。

つぎに広津和郎の側の問題を整理しながら、大正十五年の文壇事情、換言すると文学状況をパースペクティブに俯瞰するなら、大正から昭和にわたる一九二〇年代の諸問題であったことを確認しなおさなければならないこととなる。「文芸時評」での広津の表題「創作上の問題いろ〳〵」中、南部修太郎がとりあげた「近松氏の客観小説」は個人にたいする「私小説」の問題を叙述していたことになるのだが、広津は個別の論点につづく文壇の関心事「客観小説―通俗小説」では、三上や南部とかわらぬ興味のもとにあったことが綴輯されていた。最初に、そのさわりの箇所をひいてみる。

> 中村武羅夫氏は、この傾向を、文壇が次第に、自己的な狭いところから、もつと大人になつて、従つて通俗小説に対する要求が、作家達の間に萌して来たのだ、という風に解釈してゐたが、併し客観味従つてそこから通俗味が生ずるといふ意味で、客観小説即ち通俗小説に対する要求が生じて来たのだといふならば、それには自分も

賛成しないわけには行かない。が在来の通俗小説の方へ、創作家が歩んで行きつゝあるといふ意味なら、多少中村氏の手前味噌と云はないわけには行かない(4)。

引用文中の〈この傾向〉は、「創作上の問題いろ〳〵」中の〈一人称小説から、客観的三人称小説に領域を拡めて行かうといふ要求が、或人々の胸にだん〳〵深くなつて行きつゝあるといふ事は、今や疑ふ余地がない。〉とある箇所をさしている。そのかぎりでは、広津のいう意味での〈客観小説即ち通俗小説〉とある観点は南部も、そして三上もふくめ一九二〇年代の文学史の方向にむかって同一軌道上にたち遠望していた。ただしたどりつく先がひとつではなかった、というより「客観小説」と「通俗小説」、あるいはその両方の関係がひとつの理解に収斂するものではなかった。広津が指摘した中村武羅夫の「通俗小説の勝利」では、この問題が〈手前味噌〉で〈在来の通俗小説〉であったのはたしかだし、広津自身の〈客観小説即ち通俗小説〉の条件づけ――〈客観味従つてそこから、もつと通俗味が生ずるといふ意味〉とある条件が闡明な定義からはほどとおかったうえ、論者たちにはこの通俗小説が本格小説と類縁関係にあったこともまた否定できないのである。しかしこの「本格小説」も仲間内コトバで、はっきりした概念にもとづく種類のものではなかった。

南部修太郎の「私小説の頽廃」にもどる。かれの評論は三上於菟吉とあわせ、基本的に、近松秋江の再評価――〈洞察、理解、想像、同情の力と相俟つて、いろいろの研究と準備とを必要とする客観的題材に向つて苦心努力することは結果に於てよく近松秋江氏の如き不評をうけようとも、現在の弛緩と沈滞しきつている文壇にとつては決して無意味なことではないと思ふ。〉――におよぶものであった。この結論をみちびいた理路は、

奇怪なことに、文壇の一部には私小説を以て芸術小説となし、客観小説を以て直に通俗小説となすやうな言説

が行はれてゐる。そして、客観的材料を扱ふと、それを簡単に通俗的と片附けてしまふやうな批評家もしばしば見受ける。然し、そんな言説は云ふまでなく間違ひであらう。

と理解、縷述する一点にあった。文壇用語が仲間内コトバ、恣意的なものにすぎないことを証明する文章のひとつであることは、南部の評論にもいえる。しかしかれは仲間内コトバを批判的にとりあげ、文壇用語を符牒に文脈化し〈私小説を以て芸術小説〉とかんがえる小説論——コスモスを破壊しようとする意図は明確である。だから、表題が「私小説の頽廃」なのである。これは推測にすぎぬが、かれは広津の「文芸時評」中の「近松氏の客観小説」と「客観小説—通俗小説」とをあわせて批判していたと、そうかんがえれば、結論とその前提となった理路の意味が明瞭になるだろう。広津とかれの背後にある文壇にむけた言説であったとしても、だからこそ効果的な結果を計算したうえで、かれはみずからもすぐれた私小説作家とみとめる近松秋江の「客観小説」に事よせて、文学の理想を物語っていたのである。しかし、南部論の難点は「燐を嘸んで死んだ人」をよんでおらずその評価が成立していないところにあり、さらにさいだいの弱点は理想にかなう作品を提示できないことであった。三上は政治小説「地上の光」を、大衆小説の巧者が主義者の書法をかさねまがりなりに論評、評価した。それなら、南部修太郎その人のいう理想の文学はどんなものだったのか。作家とは面識があり小説もよんでいたなら、理想にあった作品をひとつでもあげていればかれの論の軽重はちがったものとなって、今日もうすこしは周知される文章となっていたことであろう。

もちろん、こうした見地はたぶんに後知恵をもつ後代の人間の特権でしかあるまい。しかし、「燐を嘸んで死んだ人」を一九二〇年代のひとつの傾向として評価する余地はあったはずで、この客観小説は「私小説の頽廃」のかかれた直後の『新潮』の六月号から連載されたおなじ客観小説「農村行」につづき、さらにはかつての「別れた妻」系列とおなじ題材によって制作された「旧痕」「無明」が大正と昭和にまたがり連作のかたちでかかれ、そのふたつの作品にはこの時期の客観小説としてみなおす性格をもっていた。このことも今日からの話だとして、ただ南部文のなかにあった期待値〈新境地を開拓しようと云ふ努力〉だけでなく〈一般の私小説流行に対する不満のため〉と、作家が客観小説をかくにいたる心境をおしはかった言質は、一九二八年の昭和三年と翌年の四年に出版された改造社版と春陽堂版の全集題言を予測した文言として、近松秋江をよく理解していた南部の見解として評価するべきであろう。かれの「私小説の頽廃」を推輓するゆえんである。

近松秋江をみつめる編輯者たちの目、その一

編輯者たちの近松秋江をみつめる目は、戦前昭和のかれの業績を評価するうえでバリア——障壁となっている可能性がある。そのことを考察する手はじめに、例題として『中央公論』の編輯者であった木佐木勝の日記からまずみてみる(5)。

Ⅰ　午後、近松秋江氏ふらりと現れる。秋江の床屋政談も、秋声の愛欲物語もすでに色あせたが、秋声は山田順子と別れてから頭髪とみに霜を加えながら、なお創作への意欲を失っていないと聞くのに、秋江氏は創作への野心を失ったごとく、書くものにも精彩がなくなり、会えばいつもの床屋政談をくり返すばかりである。その床屋政談もいまでは聞きあきた(6)。

Ⅱ　秋江氏はまだ人生に見切りをつけるほど老い込んだ歳ではないが、その床屋政談が色あせたように、秋江氏の人生も、文学も衰退が目立ってきた。いま少数の例外はあるが、秋江氏もふくめて、明治の作家はすでに創作活動を休止している人が多く、外国の作家にくらべて日本の作家は短命だ(7)。

「I」の日記は昭和二年の十一月二十四日のもので、「II」は翌三年三月十五日の日記である。引用した日記は、この稿で対象としている時期のものである。ひと言でいうと偏見だけの文章で、図書新聞社版の「はしがき」では〈私の「日記」の中で、批判の対象になっている人々への私の未熟な眼と見方は、是正されるべき運命にある。〉としるしていたが、まさに三十四歳の〈私の未熟な眼と見方〉でしかなく、近松秋江にかぎっただけでもかれはすでに前世紀の遺物あつかいであり、たしかに〈是正されるべき運命にある〉文章にちがいない。自社雑誌の『中央公論』に掲載された小説やそのほかの文章さえ無視した論断であり、時評文とか座談会で話題となった作品のあったことさえも視野にない暴論であった。『中央公論』編輯部では自分ではなく伊藤茂雄が担当していた作家だから、詳細はしらないというわけにゆくまい。そんな程度いかの目配りでしかない文学者評であって、無責任のそしりはまぬがれまい。

つぎに近松秋江の政談の話題については、木佐木の日記では――〈近松氏は自分の机の上にあった新聞を手を伸ばして取ると、老眼鏡をかけて読みながら、不景気と浜口蔵相の緊縮政策を論じ始めたのが皮切りで、憲政会がどうの政友会がこうのと得意の床屋政談をぶち始めた。〉云々とある大正十三年の十二月二十二日の記述がはじめて(8)、I文中の〈その床屋政談もいまでは聞きあきた〉とかII文中の〈その床屋政談が色あせた〉とあった政局話に揶揄をするように視線をむけたのがはやくも三十歳のときであった。最初の政談話の件はちなみに作家が四十八歳のときにあたり、この十三年の年は「地上の光」が新聞読者の不人気により七月に掲載中止になった年であり、三上於菟吉が「秋江に与ふ」のなかで、こうも――〈常識説話〉の〈生半熟な政治実業の智識を語つて自ら媚びてゐるやうなことではつまらん――。〉といっていた、その年である。だから木佐木の日記は、近松秋江にたいし支配的になっていた〈得意の床屋政談〉の口伝をうけ、さらにそのあとになるとそうした影響から作品評価をくもらせ、作家像全体を〈野心を失ったごとく、書くものにも精彩がなくなり〉〈人生も、文学も衰退が目立ってきた〉などと平気でかき、〈創作活動を休止している〉などともいえたのであろう。この木佐木の記述が私的な日記のなかだけのことだったかどうかが問題なのではなく、なかばは公の『中央公論』の編輯者であればその責任とは無関係な話と断じてすますわけにはゆかないのである。編輯会議で値踏みされ執筆依頼をおこない掲載された文章を、読者公衆は購入した雑誌でよまされていたからであった。そのあいだには、かれの文章が大正十三年から昭和三年までの『中央公論』に数おおく掲載され、話題作の「京都の遊女」系列ではその最後の作となる「屈辱」がありまた「銀河を仰いで」があり[9]、この稿でもとりあげた「燐を嚥んで死んだ人」だとか「別れた妻」系列の「旧痕」「無明」があり、さらに「子の愛」ものとよばれる「児病む」も発表されていたのである。

木佐木勝の日記では、近松秋江の動向だけを一日分かきとめることがめずらしくない。昭和四年の三月二日はその範にあたり、しかもかれの日記にしるされる近松秋江最後のものとなる。この巻の日記が同年の七月二十三日をもっていったん杜絶え、つぎにはじまるのは昭和十九年から昭和戦後を記載した最後の巻にうつるので、戦前昭和のじゅうようなその間は空白である。ジャーナリストの、しかも軍国日本に異議をとなえた中央公論社の雑誌編輯者で当事者ともいうべき木佐木がファシズムの時代を日記につけなかったとはにわかに信じがたい話であり[10]、かれに「床屋政談」と陰口をいわれつづけた近松秋江が軍人政治を歯に衣をきせぬ言論とかあるいは公人への私信で気骨を発揮したのとはおおちがいである。しかも作家はその期間に戦前昭和を代表する名作「天保政談」を新聞に連載し、社会戯曲「井上準之助」といった問題作を世に問い、「三国干渉の突来」を発表する。最後にあげた一作は日米開戦の年、一九四一（昭和十六）年八月の単行本『三国干渉』に収録、出版しており、清国の李鴻章と終戦交渉にあたった政府要人をかげでささえたわかき日の秘書官中田敬義の題辞をくわえ明治の政治家がみせた交渉力を強調する形になったが、政党政治が崩壊し軍人政治がはばをきかせている現実批判を構想していたことが容易にうかがいしれるものとなっていた。ふたりの径庭は意味深の関係を暗示するが、そのことは後にふれる。とりあえず日記冒頭と、作家が『東京朝日新聞』に発表をした「評論数項」のうちの、木佐木がとりあげた「貴族院を傍聴す」と関係する箇所をあげてみる。

近松秋江氏が午後からひょっこり姿を現したので、いささかうんざりだった。編集室には自分ひとりだったので、この難物のお相手をしなければならなかったからだ。ここのところ朝日新聞に連載中だった秋江氏の「議会傍聴記」がやっと完結したので今日あたり評判を気にして、社へ現れそうな気がして警戒していたが、予感が的中したのは不幸だった。(略)

それほど秋江氏が「傍聴記」の中で平素のうんちくを傾けていた政治評論は、いつも聞いている床屋政談を出ていないので、義理にも「好い評論だった」とほめるわけにはいかない程度のものだった。ただこの平凡な「傍聴記」を救っているものは、金解禁問題について答えた田中(義一)首相の答弁で、これがなかったら秋江氏の「傍聴記」は無味乾燥なものとして一読にも価しなかったであろう。それにしてもあの答弁は、かつて田中首相が議会で堂々と言ってのけた「荒廃した農村の救済策は肥料の公平な分配である」にはとうてい及ばない(11)。

さて、「評論数項」の「貴族院を傍聴す　下」がのったのが三月一日だったので、翌日の来社は木佐木の〈予感が的中〉したことである。そのかれは秋江文の〈金解禁問題について答えた田中首相の答弁〉をとりあげこの話題の有無によっては〈無味乾燥なものとして一読にも価しなかった〉とまとめているのは、かれが陰口につかう「床屋政談」とかわらず、日記の読者に誤解をあたえることになる。近松秋江が新聞のなかでいっている要は、こういうことである。

田中首相が、財政、金融等に関する専門知識を欠いてゐるので、そのために三尺の童子以上の事が答へられないといふのではない。私のいふのは、田中首相の答弁の態度にも、その内容にも国家の重きを担当する人としての誠意が足りないと見た。実はその反対で大いに誠意があり余つてゐると解した方が田中首相の心事を正解してゐるのだとは思つてゐるが、惜しいかな、どうしても私には、さうは見てとれない。そんならどうしてさうなのだらう。思つてみるに、それは必ずしも田中首相その人の欠点ばかりではない。今日の政治制度が、組織が熱誠のひれきを、あるいは困難ならしめてゐるのではないかと思つた。

日本も五六十年の間に総ての事が発達して、田中さんの同郷の先輩伊藤（註、博文）山形（註、有朋）、井上（註、馨）などといふ人々が膝と膝とを突合して、酒を飲みながら天下の政治を相談してゐた時代は昔の物語りとなつてしまつた(12)。

つまり、かれは田中義一の知識だとか資質を批判の対象にしているのでなく、昭和四年の日本国家の実情に関心をむけていたのだ。なぜこのような言動になったのかは、「貴族院を傍聴す」のなかにかきこんである。うえの田中理解の前提となったのは〈私も、松方（註、正義）さんが大蔵大臣をしてゐた時、やつぱり上院で金本位制度を改革する施政演説を聴いたことを思ひ起すと、随分古い時代から傍聴道楽があつたものだ。〉としるす、家出同然に上京した二十一歳のときに明治二十九年十二月二十五日召集の第一〇議会を傍聴し、松方の金本位制にたいする施政演説をききその後も関心をもちつづけ、昭和初頭の政治、政策論議を実感できていたからである。伊藤博文と同様、松方正義は西洋列強と肩をならべ金融制度を近代化するために先進世界共通の金本位制導入を念頭にいれ施策をこうじていたのである。その制度は第一〇議会の承認をえて、三十年に金本位制が実施され世界恐慌で破綻する昭和六年までつづけられていた。このことにつけくわえておくと、「地上の光」の物語内容は昭和初頭の出来事とリンクしていたのが、連載の杜絶で財政金融問題をテーマにし主題化しようとした小説は陽の目をみなかった、とそういうことであったはずだ。

そして、関東大震災と恐慌のため国家財政が逼迫し、また金融界の混乱で浜口・井上財政の運営がゆきづまり、そのことが原因でおきた暗殺事件を契機に、社会戯曲「井上準之助」をいそぎ完成させたのが昭和七年のことであった。作家近松秋江にはこうした経験にもとづく観察と創作による実績があったので、だから今日からみると木佐木の所感のほうを「床屋政談」あつかいとする理由となる。

最後に、まえに《ふたりの径庭は意味深の関係を暗示する》といったのは、上記の経緯のなかにあった。結局、木佐木が近松秋江に〈得意の「政治評論」も印象批評の域を出ていない〉とにくまれ口をきいても、ノンポリ文士を横目にかれの言論にたいし脱帽していたのではなかったのかということである。戦前昭和の小説家にむすびつく動向を、木佐木は察知できていなかったのだ。

秋江の床屋政談は別格として、全く政治に無関心ないまの既成文壇人、特に秋江氏と同年輩の作家はいうまでもなく、中堅作家といわれる人たちの間でも、本気で政治問題に触れるのはバカ気たことだと思っている人が多いようだ。(略)近松氏は少なくとも直観的に現代政治の複雑性をとらえ、政治の動向に関心を持っていることは「朝日」に載せた政治評論によっても伺われる。政治に対して完全な無関心派よりも、政治の影響を受け止めている(13)。

昭和六年に歴史小説「天保政談」を、作家近松秋江は一月から十月まで『時事新報』の夕刊に連載した後、七一二頁の大部で巨細な著書を『水野越前守』と改題し暮の十二月に出版した。天保改革をえがいたこの長編小説はたんなる歴史小説としてだけでなく、健全財政と言論弾圧を軸にストーリー展開をこころみたり幕閣における権力闘争の表裏を政局に模して人間に渦まく欲望のきわみをうつしとるなどと、一九二〇年代全般の動向と連動する現代小説としてみてとることのできるような骨太の政治小説であった。このような作品を完成させるには床屋政談といわれる程度の知識からではまず無理であったろうし、はやくに徳富蘇峰らジャーナリスト系の史論家から啓発され彫琢刻鏤のすえの歴史認識とあいまってうまれた大作だった。やはり、木佐木の見識はおよばなかったのである。

近松秋江をみつめる編輯者たちの目、その二

回想にあたるような資料も、検討の対象としなければならない。宇野浩二の直話をかきのこした間宮茂輔は編輯者ではなく作家である、そのかれの記述も同様である。悪化する時局の影響にくわえ、さらに失明のため困窮をきわめた最晩年の近松秋江を親身になってたすけたはずの宇野からの、いかはその伝聞である。

それからまた十年以上も経って、「宇野浩二をかこむ会」に入るようにいわれ、最初に出席したとき、わたしは富士ホテルでの借金のことを話すると、

「さあ、それは何かのおもい違いじゃないですか」

と、宇野浩二は小くびをかしげて、

「あなた金を貸したおぼえは、全然ありませんがね、借りたのは広津でしょう」

「ところが、宇野さんあなたからなんですよ。『春の外套』（筆者註、金星堂から大正十三年刊行。佐佐木茂索の最初の作品集）の出版記念会に出る会費をかりに行ったんで、よくおぼえているんですが。その記念会で、近松秋江が、『虎酒』のはなしをしたじゃありませんか」

わたしが憶いださせようとして言うと、

「ええ、ええ、それはぼくもおぼえてますね。近松秋江というのは、あれは「黒髪」だの何んだの、情事をかく

のがちょいとうまかったですけど、日本には西鶴というのがいますし、それに人間はちっぽけでしたね、大森の『大金』で女の按摩を口説いたはなし、あなた知ってますか」

「いや、知りません」

「そうですか、広津がはなしませんでしたか、そうですかね、近松秋江は……」(14)

問題としてとりあげたいのは、近松秋江を〈それに人間はちっぽけでしたね、〉と断言したらしい宇野が発言した箇所である。かれは作家として尊敬しており親しくもしていたから、晩年の支援ができたのだろう。実際に、昭和十四年に中央公論社が出版までの面倒をみてだされた『近松秋江傑作選集』全三巻本はかれひとりが編纂し、作家とのしんみつな関係がさらにましてゆく。そして、近松秋江最後の単行本『農村行』を発行するまでの労はかれがとったといっており、その装幀者は大阪天王寺中学の先輩で画家である友人鍋井克之で解説は宇野自身がかいた(15)。また、敗戦後の一九四七年にでた創元選書版『黒髪』解説では、正宗白鳥の書簡と京都菊水路地にかりていた棟長屋の家主奥村八重の代筆された作家宛の葉書二葉を引用しているので、とうぜん遺族の厚意があってのことだからそこには信頼関係があったはずである。間宮の文章はそんななかでの、宇野浩二がくだした人間評であったことになってしまう。

ところでうえの引用文の直後には、〈借金の件はどこかへ消えてしまい、秋江に関する宇野の独演会がはじまると、井伏鱒二、中山義秀、田辺茂一などという一国一城の侍たちが、神妙な顔をならべて謹聴している……。〉とつづくので複数の人間がきいていたのだが、かれらについてはその話をどうきいたのか審らかにしない。〈秋江に関する宇野の独演会〉から、間宮は〈人間はちっぽけ〉だという話柄になんらかの意味をみてとったのであろう。宇野と秋江本人、そして遺族との関係をかんがえるとなにかの間違いではないかとおもうのだが、逆に間宮がかきのこしておかなければこうした話はつたわらず、宇野の心根もわからなかったことになる。しかし、間宮の「直話」をもって宇野の気持ちが理解できたと断定するのにはどうしても材料がたりない——と、そうおもう。回想をかいた人間とその回想をよむ人間とのあいだにある知見には、とくに対象となる人物をしらぬ読者は書き手ほど話題にたいする類推はできないわけだし、あるいは書き手の意図をかんがえてしまう方がさきになるかもしれない。いま問題の間宮の文章では「黒髪」が井原西鶴にくらべれば〈「黒髪」だの何んだの、情事をかくのがちょいとうまかった〉だけのようにもとれるが、もしそうであれば創元選書版『黒髪』解説中で〈私は、こんど、なんどか目に、この『黒髪』の連作をよみかへしたが、『黒髪』が空前の傑作であることはいふまでもないけれど、〉とある言動は、空理にはしったものだったことになる。だが宇野の過去の所見からは、解説中のコトバには嘘はない。また、〈それに〉〈女の按摩を口説いた〉から、〈人間はちっぽけでしたね〉では文学者である宇野浩二の人間性がうたがわれてしまうことになろう。この〈女の按摩〉はのちに結婚する猪瀬イチである。結論的には、間宮茂輔の文章のなりたちからして〈宇野の独演会〉の文脈をうつしとっていたとはかんがえられず、伝録の肝腎要は〈それに人間はちっぽけでしたね、〉にあることはたしかで、うつろうのが人情だとはいえ宇野浩二の真意をおしはかるには根拠のうすい直話であったことである。そんな間宮の文章は、文学者近松秋江の伝録がさまざまあるなかでも意外なものであった。いわれた側の人間には外聞のいい話でないうちの、そのひとつになる種類のものだろう。かれの回想文をよんだ読者は、かんばしくない逸話を作家の人物像に一頁をくわえたことである。かようにして過去の人物と、後代の人間は結節点をもつ。近松秋江の戦前昭和の《果実》は、こうしてうすらぎ忘却の淵においやられた。

それでは、つぎに出版人として作家とかかわりをもったふたりの編輯者の回想文をとりあげてみる。近松秋江という人間像が故意に増幅、伝録されてゆく典型的な事例をはっきりさせておくためにである。その結果、戦前昭和の近松秋江が矮小化されてゆくことにもなる。

近松秋江の作品を読んだ人は、たれでも、この作者は、情痴と愛欲の世界にだけ常住していた人だと思うだろう。また、実際その日常生活を見ていると、作品そのままの情痴に楽しんでいるとしか思えない。神経質らしい青白い顔色、やせ型のその面ざし、いつもはっきりしないその話しっぷり、たれかれとなくつかまえて、ボソボソと口の中で、何事かを訴えるように、愚痴をタラタラとこぼす。この愚痴っぽさには、周囲の者も実に閉口したものである。

ところが、一とたび政治論が出ると、まるで、見違えるほどシャンとなる。改造社に訪ねてくると、必ず政治論を一とくさり弁じていったものだ(16)。

うえの文章は、横関愛蔵がだした一九五六年の単行本のなかに収録されている。つぎの文章は松山悦三による一九六五年の現代教養文庫本中にでてくる。

この手紙のように、彼は面接しているときでも、何かを訴えるように愚痴っぽさがあった。その痩せ型の神経質な顔は青白くて、話をしていてもウンザリするように、口の中でポソポソと愚痴をこぼす癖があった。

これは作品そのままの情痴と、愛欲の世界に常住している彼の性格によるものではないかともいわれたほどであるが、金銭のことになると、左の手紙のようにハッキリしていた(17)。

松山のこの文章には、その前後に近松秋江の〈手紙〉が引用されている(18)。書簡の内容を、松山のようにうけとるかどうかについては今はおく。そして、〈この手紙のように面接しているとき〉のあとの概説〈愚痴をこぼす癖〉までは、横関文の〈話しっぷり〉の説明をうつしとった模倣——異口同音である。ただ横関愛蔵のこの印象も、かれだけの独自な人物評ではなかった。

しかし不思議なのは横関の回想には悪意をみてとれないのだが、そのことは全体をとおしていえることなのだが、松山のほうはちがった。その理由が作家とも面晤したことのある書き手本人の責任ある断言ではなく、うえの文体にもあらわれているとおりの〈これは、………ではないかともいわれたほどである〉と表記された文章にあり、さらにまた松山の回想では、文中〈………〉の形でしめしておいた内容が、ほかの場合もほぼすべて横関の文章のなかにでてくる話柄であった。それはうえの前田じうをモデルにした『黒髪』の印象だけでなく、民政党代議士の永井柳太郎にあてた反戦書簡、浜口雄幸の緊縮政策に異議をとなえた作『水野越前守』、そして作家の郷土選出の政治家犬養毅の件、あるいは戦争と軍人恩給にまつわる批判から熱海の温泉掘鑿の話題と戦後の経緯、はたまた家庭生活の暴露談まで松山の責任ある文章表現でもなければ評価でもなかったということなのである。そもそも横関の文章は、編輯者の立場にあるみずからの見聞をふまえ作家をうつし論評したものであった。その回想全体は〈一種〉〈熱烈なる政治狂〉〈非戦論者〉の硬骨漢が、〈めんめんとして女を追いかけ、捨てら〉れるまでの連作「黒髪」「狂乱」「霜凍る宵」をかいた作家で、その人間の〈なけなしの財布をはたいて、二円、三円の小遣銭まで女にとどけてやるあの男の神経〉を説明するため、上記の話柄を軸に構成したものであった。そこには近松秋江の矜持にたいする敬意のまなざしがあるばかりか、しかもうえの引用文にあるかならず〈一とくさり弁じていった〉「政治論」にたいしても一目おいていたのである。軍靴の音をみぢかにきき悪化してゆく時局をかえりみず、昭和九年の銀座ライオンで戦争反対をさけんでやめぬ奇骨にとんだ姿を、軟弱きわまる小説をかいていた過去の姿とくらべ強調したのは、その目的があってのことだった。周囲をおそれた横関愛蔵は、近松秋江の勇気に脱帽していたのである。

ところが、松山悦三は横関が政治姿勢をとりあげてえがいた気骨な人間像を、〈金銭のことになると、左の手紙のようにハッキリしていた。〉と、〈金銭のこと〉におきかえ守銭奴を連想させるような——女にだらしない男が営利のことについてはうるさいといった取合せに変換してみせている。文章全体は相似形の構成をとっているがその意図には卑俗な人間像をえがこうとする目的があるばかりでなく、横関の表現を改変してなにごとも〈作品そのままの情痴と、愛欲の世界に常住している彼の性格〉によっていることを印象づける書法であった。この手法の結果として秋江作品までをおとしめており、また松山の近松秋江評価であったこととなる。かれが最後にとりあげる「前借と生活の苦労」話では、作家と編輯者の関係からどんなことがあったのかは知る由もないが、おなじ題材をかたっている横関とのちがいがはっきりしていてその筆致が悪意にみちていた。

話はかわるが、この《悪意》といえば正宗白鳥の単行本『流浪の人』はそうした種類の代表格であった(19)。東京専門学校の学生時代からながいあいだの近松秋江をなにかとしっていると広言していた人の伝記小説を参考にして、「同じ川岸／近松秋江」をかいた小島信夫は、〈私（小島）の書いたものは、殆んどが白鳥先生の小説を事実として取り扱っている。したがって甚だ迷惑至極に思う。〉と、いくつかの指摘をあげた遺族の抗議をうけたのだそうだ。つまり、白鳥の伝記小説が、遺族にとっては腹にすえかねる内容だったのである。だが小島はこの件を、〈私の文章が立腹を呼んだことを先ずお詫びしなければならない。〉とことわり、〈秋江は歴史にのこる名作を書いた名誉ある作家で、それ故に申訳ないけれども人間研究として材料にさせて貰うわけである。〉と自分の立場を説明したあと、

白鳥が普通の生活をはじめた秋江をみてびっくりしたというなら、それは白鳥という人が、非常に自分ふうに考える人だからであろう。子供のない、子供を作ろうとしない、あるいは、子供を作れなかった白鳥に、平凡人の秋江を理解することはムリなことかもしれない。それより何より、野垂死にすると思うことが、白鳥らの好みに合ったと私は考える。それは秋江を馬鹿にした考えではない。どこかで馬鹿にしているけれども、秋江の作品のいくつかを尊敬しているのである。その作品を尊敬しているが、人間の方は大分馬鹿にしているということは、

起り得ることである。そうしてそれは結局のところ、その作家、秋江なる人間を馬鹿にしているわけではないことにもなる。これだけの手数をへた思い方に徹底できたというより、徹底せざるを得なかったのが、正宗白鳥という人であったに違いない[20]。

と、白鳥の小説を通路にしてかいた自分の文章の意図をしめした。この文中の〈それより何より、野垂死にする〉云々とあるのは、白鳥と小島のふたりが家庭をもち子どもをえた作家を「放浪時代」から推測して〈野垂死にする〉とかいたため遺族から抗議をうけた箇所のひとつであった。『私の作家評伝』中、「ひとおどり／宇野浩二」の冒頭、うえの釈明文では問題になった文章を忖度しそのうえで白鳥自身の〈好みに合った〉文学観を発見したのだ、という。このことは近松秋江という文学者がおくっていた独身時代の生活ぶりをみてきたうえでの表現だっただけでなく、白鳥が文学者のありかたのひとつの理想をかたっていたのだ――と、こう小島は白鳥を理解したのであった。だからかれは窮極、〈作品のいくつかを尊敬している〉ということが〈その作家、秋江なる人間を馬鹿にしているわけではない〉とかんがえるにいたった理路――〈手数をへた思い方〉を正宗白鳥にみてとったことになるのである。もちろん、小島には作家個人にたいする〈怨み〉などがあるわけはないのだが、しかし、〈ところが家族にとっては、そこはなかなか事情が違う〉のであろう、と。遺族には小島の釈明が納得しがたい考え方だったかもしれないが、表現者としての責任を表明したことである。本稿冒頭でもしるしたとおり近松秋江は「転向」といってよい転変をはたしていたので、生涯その前後のちがいがもたらす影響を戦後作家の小島信夫までがうけたこととなる。

ひるがえって表現者としての松山悦三を、あらためてふれておく。かれは、横関愛蔵の表現を模倣した。しかも稿料交渉の私信〈この手紙〉を〈愚痴〉話にして作家の性癖をみてとり、前借願の私信〈左の手紙〉を〈金銭〉話にからめ勘定だかい作家の姿と紹介していた。松山がそのようにかんがえるなら自分の文章をたちあげればよかっただけのことで、横関の文脈を改造しコトバを変形する必要などなかったのである。編輯者の分限が作家との関係で何某のものであったとしても、自分の文章で表現すればそれでよかっただけのことだった。このことでいえば水守亀之助の「近松秋江」だとか[21]、楢崎勤の「白鳥と秋江」とは[22]、それぞれが編輯者の守備範囲から情報を発信し独自の文章としての造作がある。作家の遺族が〈甚だ迷惑至極に思う〉話題だったとしても、近松秋江は生涯の前半、といっても後半の十数年、戦前昭和の倍いじょうの前半に発表したり公開ずみの内容なので、そのこと自体はただの月並みの話としなければならない。そんな周知の話題を中心に叙述している水守や楢崎の文章は、作家と編輯者の関係からしりえた個人の情報が後代の人間にやくにたつばかりか、人物像においても本人だけの観察とあいまって人間の尊厳をきずつけない内容となっている。そこには、表現者の責任として記述した自負があったことであろう。この一点が、松山悦三はちがった。だからかれがたてた風評は、予断にすりより偏見を助長するものであったため表現者としての基本的な責任を放棄することになったのであり、戦前の昭和、作家がおこなった生涯後半のあらたな創作活動をつたええられぬ所以となったのである。

もうひとり、大日本雄弁会講談社発行の雑誌『講談倶楽部』の編輯者萱原宏一の著作にでてくる話である。近松秋江が歴史小説をもちこんできても、採用されることはなかったのだそうだ。その理由は回想者のだれもが閉口する長口舌とおなじで、

講談倶楽部には一篇も掲載されることはないが、近松秋江は、しばしば小説を持ち込んできた大家である。歴史小説であった。ところが近松さんは実に話が長いのだ。
まず世情に対する慨歎から始まり、この小説を書いた、いわれ因縁故事来歴、娓々綿々として尽きるところを知らない。畏ってご高説を拝聴しているうちに、だんだん疲れてくる。

あの調子で書いた、山もなければ谷もない、平坦な野中の一本道を行くような小説である。大衆誌に向くわけはないのである。近松さんはこれくらいな小説を載せて、雑誌の権威を高めろと言われるが、お預かりした原稿に対して、編集長の結論が判っているだけに、応待の記者は気が重いことおびただしい[23]。

と、例によって月並みの評判を譬えにだして、かれの作品にたいする出版社の事情を伝録した。萱原が入社したのが一九二七年で〈新人〉時代の回想だから、本稿で問題にする戦前の昭和劈頭のことであった。簡単にいってしまえば、〈大衆誌に向くわけはない〉歴史小説についての話だった。まえに三上於菟吉が「地上の光」の出来具合を説明した――〈本格本格と格ばかり考へずに、どうかあらゆる破格を恐れずぐいぐいと事象の真中に突込んで貰ひたい。〉と要望をのべた文章をひいておいた、かれの忠告に通底する内容である。この話はそれとして、「近松秋江の奇骨」と表題されたみじかい文章のなかに、当時の〈近松さんは、直木三十五や、三上於菟吉の時代小説は、実に丹念に読んでいた。そしてそれ相応に認めていた。〉と、作家の戦前昭和とむすびつく勘所をおさえつたえており、この一件では木村毅にもおなじ時代小説にたいする勉強ぶりを見聞した話がのこっている。また、まえの楢崎勤にはこんな、〈当時、横光利一の「純粋小説論」が話題となっていたとおりでもあり、近松が「純粋小説論」に深い関心をしめしていたことが、この手紙にも語られていて興味深い。〉と[24]、作家の動向がでてくる。いまは楢崎の話だけにとどめおくとして、横光利一の評論は昭和十年の『改造』四月号に掲載されていたので萱原の伝録から十年ちかいあとのこととなり、木佐木勝の日記で空白になっている近松秋江の姿がうつしだされていた。かれは木佐木のいうような活動停止状態ではなく、現役の文学者だったのである。このことは戦前昭和の作品が物語っていたことで、編輯者による証言はかれがのこした作品群の創作秘話をつたえたこととなる。東京遊学のまえから福地桜痴、竹越三叉、藤田鳴鶴ら、ジャーナリストのかいた史論に熱中し政治家をこころざすきっかけを体験した近松秋江の転向後にみられた成果は、過去の願望、素志をつらぬきかなえることにむすびついていただけでなく、時代の流行ともむきあい研鑽の努力があってのことだった。萱原宏一の「近松秋江の奇骨」は、その間の決意が存在していたことをつたえていたのである。

評論家平野謙の近松秋江論

評論家平野謙のえがいた数かずの近松秋江論は、昭和戦後にあたらしい見解をつぎつぎとうちだし更新してゆく開拓者としての役割をおうこととなった。かほどかれは作家近松秋江に執着しつづけ、ざんしんな切口を提供していったのである。このことを否定するものは、まずだれもいまい。かれの『平野謙作家論集　全一冊』にとりあげている作家の数にもおどろくが[25]、その対象となった作家の幅にはさらにおどろくものがある。そのうちのひとりが近松秋江であり、しかもかれにさいた頁は明治大正の作家のなかで群をぬいているというより、徳田秋声と島崎藤村、さらに岩野泡鳴や正宗白鳥の頁数をこえ、別格の夏目漱石をもこえてもっともおおく、永井荷風、谷崎潤一郎、志賀直哉はその半分をみたしていない。このあたりは、平野自身の嗜好が色こくでていた。

そのかれが手ずから全集をあんだとき、最初の配本『平野謙全集』の第六巻に〈未刊行の単行本〉「さまざまな青春」を収録した。その「後記」の冒頭で〈本来ならば第一巻の後記として書くべき〉案内に、「さまざまな青春」をまずはじめにだした理由を、〈作家論のかたちをかりながら、私の生涯のテーマといってもいい「芸術と実生活」と「政治と文学」という主題の歴史的変遷みたいなものを、できるだけ統一的にたどりたいという希いにしたがってあつめられたものである。〉と[26]、ことわりをかいている。全集とは間をおかずに出版されていたさきの作家論集が、かれの意図する「芸術と実生活」と「政治と文学」という〈主題の歴史〉の構成をすでに物語っていたのである。だから明治大正期にかぎれば、自然主義系列の作家に頁をさくこととなる。なぜなら明治末から大正初期にかけては、文壇をまきこんだ論争「芸術と実生活」の問題を整理する必然が平野謙にはあった。そして、この問題の延長線上には、

「私小説」の問題が視野にはいっていなければならない。しかしたぶん、平野にはその時系列の順番が逆転しており、「私小説」論争を整理しようとかんがえればうえの問題にふれざるをえなかったのである。しかもこの問題がもういっぽうの「政治と文学」と、平野には密接不可分にむすびついている。その旨は、『平野謙作家論集　全一冊』の「あとがき」に明記される。こうしたかれの問題意識の網の目は文学史をすくいとり説明をするのに役立ったであろう。平野公式とよばれるような形式主義的な処理方法にはあてはまる最適といってよい方式——二分法だったからである。しかし、この評論家の公式は諸刃の剣であった。

そこで、「さまざまな青春」におさめられている近松秋江論を、まず説明しておきたい。収録されたふたつの論考は集英社刊行「日本文学全集14」と筑摩書房刊行「明治文学全集70」の解説としてかかれたものであった。また、二種類の全集のあいだに中央公論社刊行「日本の文学8」があったが、こちらは作家論集のほうに収録されていた。平野の批評は文学全集に収録された作品の解説としてかいたせいであろう、本稿のテーマを主題的にとりあげてきた戦前昭和の作家にたいする言及は、皆無であった。そのことが平野文の根本的な限界となっており、またそのいっぽうで、平野の評論は研究者によって発見された「事実」をとりいれながら拡張再生産しては、自説を修正補強していった節がある。「自説」というのは、昭和戦後はやい時期の「私小説の二律背反」でたてた「疑惑」を〈金無垢な私小説〉と規定した定義のことであって[27]、実際はいくらか補正しながらつたわる私小説成立にかかわる定義のことである。この点はあらためて、問題にしたい。

ところで、集英社版の全集は作家の死後、最初で最後となっている近松秋江ひとり一冊の全集でその編輯を平野謙があたった。その結果、この全集はまたもや平野の小説観にそめあげられることとなった。『平野謙全集』に収録された「さまざまな青春」は、文学全集の作品解説文を論考風にいちぶを修正しのちに講談社文芸文庫として出版されている。そのときに削除された文章、〈本集は必然的に近松秋江の私小説家的側面の集大成というかエッセンスとして編集されたのだが、それもページ数の関係で思うにまかせなかった。〉といった事情から、〈私小説家的側面〉とはことなる作品によるあらたな装いをうちだせなかったのである(28)。収録作品としては、「水野越前守」「三国干渉」「農村行」を候補としてかんがえたうえでの結論であった。〈私小説家的側面〉の作品とくらべそのできぐあいが、除外された理由であった。その《できぐあい》をこう、

壮年以後の秋江がその素志に基づいて国士風な本卦がえりしたとしても、格別異とするにはたりないかもしれない。ただ芸術家近松秋江の不幸たる所以のものは、そういう本卦がえりそのものにはなくて、そういう素志に基づいた述作がその私小説より傑出していなかったことにある、といえそうである。私はこの稿を書くにあたって、『水野越前守』(早稲田大学出版部・昭和六年十二月)『浮生』(河出書房・昭和十五年九月)『三国干渉』(桜井書店・昭和十六年八月)『農村行』(報国社・昭和十七年八月)などの歴史小説と客観小説をはじめて通読したのだが、率直にいってそれらは『疑惑』や『黒髪』の作者の作としてかんばしい出来ばえとは申しかねるものばかりだった(29)。

と、〈私小説より傑出していなかった〉、〈『疑惑』や『黒髪』の作者の作としてかんばしい出来ばえとは申しかねるものばかり〉のものだったと判断したのだった。問題はこのような平野の断定がすべてであってよいのかどうかということ、一歩ゆずっても〈私小説〉にたいして、戦前昭和にかかれた〈歴史小説と客観小説〉は読者公衆にとってよむ意味がほんとうになかったのかどうかといった、——そんな分別を、文学全集の編者平野謙はなぜもたなかったのだろうか。編輯時点で、〈歴史小説と客観小説をはじめて通読した〉かれは、やはり確信犯だった。

なぜこのような愚かしい男の執念がかくも無慙に剔抉されねばならぬか、ほとんどその無目的的な破廉恥に読者が当惑するほど、その自己剔抉の筆づかいは微細にわたつている。「コキューの嘆き」というような一般的概念に還元するのさえためらわれるその単一な男の妄執は、その即実的な単一性のゆえに、かえつて人間性そのものの罪ふかさ、けがらわしさを露表している。その無目的的な破壊作業は常人のよくなしあたうところではない(30)。

この文章は、平野が集英社版全集の解説をかく十八年前のものであった。さらには、〈その破壊的などんづまりの人間認識の刀を仮籍なく作者自身の上にふるつた例は、秋江以前にためしがない。『疑惑』が純粋な私小説の結晶体である所以にほかならない。〉とつづく定義は、上記引用文でしめされた作品理解からうまれたものであった。平野の近松秋江論の発端と私小説論の定義とがここには刻印されている。平野による近松秋江の編輯本は「別れた妻」系列と「京都の遊女」系列、それに宇野浩二が名づけた「子の愛」ものとよばれる作品を、文学全集が発行されるたびにこきざみに変更され、おきかえられていったにとどまった。それでは、「疑惑」が〈無目的的な破廉恥〉な〈自己剔抉の筆づかい〉からうまれたとする〈秋江以前にためしがない〉〈純粋な私小説の結晶体〉であり、〈『疑惑』一篇が最初の金無垢な私小説であり、その破滅的な自己剔抉がその後の私小説の性格をながく規定したこと〉と断定しているのは、この文学史観が作品理解として唯一無二のテーゼたりうるのだろうか。それは多分、ちがう。では、なぜなのか——〈おおよそ『黒髪』の美点は、以上の伊藤整の指摘に尽きている、といってもいいかと思う。単なる情痴の人とみられた近松秋江は、ここにあくなき幸福の追求者というより人生派的な面目の文学者に書きかえられたわけだが、こういう説もたしかに成立し得ると思う。〉と、あるからだ。つまり平野は伊藤の言説である、ひとつには〈幸福の追求と不幸の悲嘆と物狂いとを続ける生活者〉と、そしてもうひとつには〈冷静に綿密に描き出す写実家の落ちつき〉とを〈たしかに成立し得る〉説とみとめていた(31)。それは集英社版全集の翌年、一九七〇年発行の文学全集「解説」のなかでのことである。「別れた妻」系列の「疑惑」と「京都の遊女」系列の『黒髪』にぞくする作品のちがいはあっても、評論家平野にはおなじ私小説であった。ようするに、こういうこと――二十年ちかくまえの評論家は「私小説」論のために近松秋江の作品を「生贄」にささげたのだ。さようかくまで、平野謙には私小説論とつうじる「芸術と実生活」の問題が、「政治と文学」の問題と背中あわせにある火急をようする問題だったのである。

そこで、いちど後戻りをする。平野の「疑惑」論は、かれの読解がすべてだったのだろうか、と。こうかんがえると、疑問がいくつかある。平野は作品の主人公と作家を同一視し立論しているが、それは芸術論としては手おちがあるのではないのか、とか。あるいは、近松秋江は明治末年の「芸術と実生活」論争では田山花袋と島村抱月にもっとも鞏固に、長期間にわたり反論の牙をむけた評論家であった。その結果が『文壇無駄話』一冊の著作となりかれの論評は支持者をえ、印象批評家として世に周知される。さらに私小説作家と規定される近松秋江は平野公式に反し、坪内逍遙、二葉亭四迷いらいの伝統的な純文学観にとらわれた文学者であった、とか。そしてこうして問題をたててみると、私小説作家のちがった面がみえてくるはずだ、と。たとえば、「京都の遊女」系列の最初の作品「葛城太夫」は新情緒主義とよばれる古典的な世界に注目があつまるが、虚構をもちいた近代小説の構造が仕組まれていたのである。作品のモデルといわれる前田じうには、作中いっぽうの鍵となる弟の存在はいまのところ確認されていない架空の人物である。その作中登場人物の弟は結核をわずらっており病状の進行が作品の通時的な展開をはたす時間軸に設定され、姉を紅灯巷の遊女として祇園で歓楽にほうける共時的な存在と位置づけえがかれ、このふたつのおりなす綾織構造によって哀憐情話の世界が成立していたのである。そのうえで、人間模様をえがいた劇は弟の死が愁嘆場となり完結した。つまりは、告白小説といったたぐいの作品としてはかいていないのである。

趣向をこらしたこの作品には、人形浄瑠璃や歌舞伎の影響がみてとれよう。大正五年に発表された「葛城太夫」の三年まえには伝統芸能をろんじた単行本の『新古典趣味』があり、「葛城太夫」はかれのそうした趣味性を象徴する作品となったのである。なによりも、この単行本は「疑惑」の一ヵ月前、大正二年九月の出版であった。それでは、平野は近松秋江の素養を総合的にとらえ、かれのかんがえる〈無目的的な破廉恥〉の〈自己剔抉の筆づかい〉からうまれたとする「疑惑」を、〈純粋な私小説の結晶体〉ではなく「茶番狂言」だとは一考できなかったのであろうか。人生の道化をえんじる滑稽な狂言は、〈破滅的な自己剔抉〉をみずから舞台にさらし救済をもたらす芸だったからである。また、明治の《伝統的な純文学観》でいえば、宇野浩二のいう情事をあつかった「鎌倉の妾」ものの作品群は舞台が鎌倉だったから、そう命名された。しかし、実際の舞台は横浜だったのである。「忍ぶ夜」にはちいさな破綻があり、男が妾の家にかようときの東京からの乗車時間が鎌倉ではなりたたないのである。このことに気づけば、べつの作品や随筆から舞台が横浜だったことはすぐにわかる。しかし、作家はこの程度に虚構をたてたうえで、大正七年の新聞連載小説「秘密」では妾のかこわれた土地が「鎌倉」であることを意味づける場面を描写したり、作品の構成をかんがえていたのである。また、明治四十三年の「雪の日」「別れたる妻に送る手紙」から大正四年の「愛着の名残り」までの連作が誕生する秘話をあきらかにした随想「あの女、あの時」は、この告白をよむことで「別れた妻」系列の創作にいたる作家の事情が判明する。それは、かれは気のすすまぬまま同棲し三日で妻が前夫の幻想にとりつかれくるしむ、愛と嫉妬のドラマの役回りであることに気がつく話である。この告白は、「疑惑」公表の二ヵ月前に掲載された雑誌『創作』でのことであった。この「性愛」——〈肉〉の〈懊悩〉によってうまれた抑圧を、人間社会の道義ではどうにもできない自然の暴力としてテーマ化し主題としてとりあげられるのは、転向後の客観小説「旧痕」「無明」を構想する時期であったのはすでにふれた。だから、平野のいう「疑惑」が〈無目的的な破廉恥〉で〈純粋な私小説の結晶体〉と定義するのには、周辺資料の目配りがたりなかった。つまり、はじめの時点で「旧痕」「無明」あるいは「あの女、あの時」をよんでいれば、「疑惑」が、たとえ評論「私小説の二律背反」全体は私小説をろんじる文脈中の各論の対象だったとはいえ、同様の結論にいたったかどうかを問わざるをえないのである。

もうひとつ、近松秋江が「芸術と実生活」論争のなかでたった位置は、かれの文学者人生を決定したといってよい。田山花袋が明治四十二年、雑誌『文章世界』の二月十五日号で〈実行上自然主義と芸術上自然主義とに就いて、大分前号の「評論の評論」が物議を醸したやうだ。〉と、かんたんにかまえた問題は自然主義文学の転換をもたらすこととなる。ここでは、「疑惑」の理解のあり方に関連する「芸術と実生活」論争の要点に限定しておくが、〈物議〉となった〈前号の「評論の評論」〉というのは〈これを一直線に押して見ると、実践と芸術との問題になる。〉と整理し、〈巴渦の中に熱中して居るやうな態度は自然主義の態度ではない。〉と断定した結語にたいする論議をさすことになる。この花袋の主張を否定したいわゆる反自然主義者はおおくいたが、なかでも論理をもってあるいは価値観自体の変更をせまったのは、「印象批評」によった近松秋江ひとりだけでなかった。『神秘的半獣主義』の著者で独自に「一元描写論」をとなえていた岩野泡鳴が、そのひとりであった。伴悦は、この泡鳴をとおして近松秋江の立場を、こう——〈泡鳴と同じく《芸術と実行》・《実行と芸術》の問題を、緊急の自己変革の課題にしていた〉石川啄木の〈それより少し前に論じたのに、近松秋江の「作品と作家」(『文壇無駄話』)がある。秋江も《実行と芸術》の問題にからめ抱月、花袋、天渓(註、長谷川)などの《否実行派》を、それ自身持たねばならない《自己矛盾》と批判し、《実行派》の泡鳴の説に大体《賛成》している。〉と位置づけている(32)。すこしく「作品と作家」の説明をくわえると、「作品と作家」とは、一月十五日の「評論の評論」を雑誌でよんだ直後の十九日にはかきあげ二十四日の『読売新聞』に掲載された原題は「文壇無駄話」であった。ということは、近松秋江の関心のたかさをしることができ、敬愛する高山樗牛がくるしんだ〈人は皆自己の為に人生観の「新開拓者」である。(略) さうして人生観の新解釈といふことは、遠くの方に実行を予想してゐる。さうでないとすれば其の新解釈は児戯か、さもなければ虚偽なのである。〉と、花袋の〈巴渦の中〉云々といった客観説を否定したのである。

近松秋江が遠望した〈実行〉は、かれ自身も否定する瑣末的で〈小供じみた談論〉であった後藤宙外ら反自然主義者の〈実行〉論とはことなっていた。花袋の論をふまえ〈「反抗否定」大に可。「心中の動揺」また大に可。乍併此の如き人生観上の要求になればなるほど、それが傍観的であるだけそれだけ、ますく虚偽となり、無価値となるのである。〉と、花袋説を〈鼻歌を歌つての「反抗否定」となるのである。〉と正面からその自家撞着であるゆえんをあげ批判をくわえたのである。かれの〈実行〉論はうえにみた、芸術に事よせた「野望」でひろくは経世済民、政治主義をもふくめた理想をこめた文学論であったはずだが、伴が指摘している〈技術論、手法論としての花袋と泡鳴の描写論争〉にまきこまれ、賛否両派とも〈自己変革の課題〉を問うことにいたらなかったのは自然主義文学のおおきな運動をまえにすれば、無駄話家こと近松秋江もおなじであった。そして小説家をめざしていたかれが、描写論に無関心でいられなかったのは当然のことであったろう。「芸術と実生活」論争がおきるまえの年、明治四十一年の『文章世界』十二月十五日号の特集でトルストイ作品の描写にふれ、また論争中、五月の「トルストイの技巧」では文豪の描写からえた結論を、〈創作行為〉が〈其の時は決して冷静でも傍観でもない当事者その者〉の〈主観〉とかかわるものであることを主張し、だから客観説〈傍観的態度〉は〈方便の用語〉程度のものであると、かれは批判したのである。

ここにいたる経緯には、ふたつの意味がある。ひとつはやはり論争の前年、『読売新聞』二月十六日紙上の「文壇無駄話」で「書物の人」による無味乾燥な文章でなく〈我れ自身の実感から得た信念に依つて書く人〉がまたれ、かれは自然主義者の田山花袋も〈所謂芸術家〉で「書物の人」からぬけきれていない作家であると判断した。もうひとつが、かれ自身がトルストイ体験をつうじて〈主観〉派を宣言したことであった。さらに時は恩師である田中喜一（註、王堂）の「象徴主義」に影響をうけている渦中にあって、明治四十三年の小説「主観と事実と印象」（のちに「柴野と雪岡」と改題）にその交流をえがいてみせたことである。かれの「印象批評」論は哲学者王堂の「普遍法則」におうところ多としており、「主観」とは情意作用〈趣味判断〉をおもんじる謂であった。この立場にたった芸術論を、論争がエスカレートしていた明治四十二年の『文章世界』十月十五日号の「『泡鳴論』と『懐疑と告白』」のなかであきらかにしたのである。田中王堂の哲学論と島村抱月の文学論をかりたこの論考は、かれの記念碑的な評論であるといってよく反自然主義者としての証となった。その結論、文章家の自己表出とはみずからの価値とかかわる文章表現であることが到達点となったのである。この自己の主体、価値とむすびついた表現——その表象作用を選択したことが自然主義文学運動のおわりと大正期へむけたあたらしい文学への準備をすすめた。このことが、かれには「芸術と実生活」論争のもつ核心的な意義であったこととなった。

では、あの平野謙による例の濫觴説〈『疑惑』一篇が最初の金無垢な私小説〉——はどうなるのか。もちろん上記でみてきたとおり、平野の読解はただしくない。しかしそれでも、近松秋江が評論中でだした結論と創作の結果はよういにいっちせず無間地獄におちた文学者だった、ということになるのだろうか。このことがのちに、大正十三年前後にあらわれ文壇用語「私小説」として使用されるコトバがそのコトバによる意味「私小説論」が逆照射し「疑惑」を私小説に仕立てることになるのであって、「疑惑」は男／女の葛藤をかりて人間存在の深淵をえがきだした文学作品でなければならないのである。それは、なぜなのか。「私」の「劇」がかたられたのは私小説論なるものに奉仕するためではなく、人間存在の「真実」をえがこうとした作家の表出行為の方法論「純文学」のひとつらなりであったと、またトルストイにまなんだかれはその理解が王堂の象徴主義観といっちした、と。そのことをしろうとするなら「芸術と実生活」論争中のかれの発言を検討しなおすことが必要であり、そうすれば秋江作品の読みなおしをうながすことになり、「読み」なおすべき問題となるからである。「私小説」という安易で使い勝手のよいコトバをひきはがしてみて、作品とむきあう契機として「芸術と実生活」論争に注目してみるべきなのである。

時評文にみる近松秋江の戦前昭和

近松秋江にたいする戦前昭和の時評文を検討するまえに、平野謙の手になった集英社版文学全集の解説文でなお確認しておきたいことがある。かれは、〈最後に、『子の愛の為に』などの私小説を最後のピークとして、その後の近松秋江が客観小説家、歴史小説家にかえっていったことについて一言しておきたい。〉とあった記述のあとの、〈はじめて通読した〉『水野越前守』『浮生』『三国干渉』『農村行』について、すでに引用した前半につづく後半の箇所を以下にかきしるしてみる。

わけても長篇小説『水野越前守』などは資料的にも博捜して、作者の意気ごみのほども察せられるのであるが、最後のところがいかにもパタパタと終ってしまっていて呆気ない。おそらくこれは新聞社の方で連載打切りを申しこんだためだろうと猜せられるのである。また、『浮生』の巻頭の中篇小説を発表するのに、ジャーナリズムに不人気な作者は、その発表舞台にいろいろ心を労するところがあったという意味のあとがきを附しているけれど、『ある有閑マダム』『母親』『春宵』とつづく現代ふうの客観小説はすでにピントのぼけた古色蒼然たる出来ばえであって、あながちジャーナリズムの非情だけを責めるわけにもゆかぬのである(33)。

平野は全集の解説をかく機会がなければ、上記の客観小説、歴史小説はよまずに、「私小説」論にみあった秋江作品をよんだだけで作家評価をおこなっていたようにもとれる、そんな案内文であった。しかもまた、『水野越前守』の整理にも疑問があり、〈最後のところがいかにもバタバタと終ってしまっていて呆気ない。〉とある所見はまちがっている。この作品は三十四のナラティブから構成されていてそのひとつひとつの小話は独立、完結しており、その〈最後のところ〉が小題中の「越前守の苦衷」章をさすのであればかれの説明はあたらない。『水野越前守』の作品構成は大衆小説にまなんだコミュニケーション・メディアの特色を考慮し小話にはかならずひとつの劇を設定、結構させており、さきにあった『講談倶楽部』の編輯者萱原宏一がいうような〈山もなければ谷もない、平坦な野中の一本道を行くような小説〉ではなく読者をひきとめる工夫がある。ストーリー展開もドラマにたいする相互の関連性をいかす方策をかんがえてのことだったろうが、たんなる時系列でならべるのではない構造の工夫があった。

平野文で〈おそらくこれは新聞社の方で連載打切りを申しこんだためだろうと猜せられる〉とあった憶測をかんがえるとするならば、唯一の、しかし評論家のかれにはしらぬ文章がのこっている。連載二四四回にあたる十月十六日の「越前守の苦衷(二)」のあとに手ずからしるした「作者のお断り」が〈作者本来の希望は天保の改革者水野越前守の政治上の悲劇的立場を書くことにあつたのでありますが夕刊の読者の大衆には、そんなことは、あまり面白がられないといふ心使から作者の素懐と、や丶異つた方向に亘つて、道草を喰ひしため徒らに回を重ね、肝腎の目的に到達せずして、一と先づ擱筆することにいたしました。〉と、掲載されていた。この一文には大衆小説の「読者公衆」にたいする作家の姿勢がかたられており、かつて「地上の光」が杜絶した原因をのりこえていたことである。かれは上記文章の前段で、〈作者と興味を同じうする読者諸氏の御愛顧を得たことは、作者の最も感謝する所であります。〉と謝辞をあげており、だからその点はまちがいない。ということは、新聞社の条は憶測の域をこえない。今はこれいじょうにふれず、ようは平野がくだした評価の問題点を指摘するにとどめておく。そして引用文後半、『浮生』の問題は時評文との関係をここでみておくこととする。

そしてさらに、平野謙が〈秋江の非私小説家的側面をうかがうにたるが、通読したかぎりではどうも感心しない〉と断定した客観小説に「農村行」もふくまれる。そのどこが〈感心〉しないのかは、

『農村行』は単行本としては昭和十七年という太平洋戦争下に出版されたものだから、主人公の農民たちが「如何なる外来の思想に対しても堅く最後の一線を墨守している」ような「愛国者」みたいに秋江も序文で書き、宇野浩二もそのまま解説にひきうつしているけれど、実際は放火による一家心中だとか復讐的な刃傷沙汰とかを一結

束とする農村哀話ともいうべきものであって、執筆も大正十五年度のものなのである(34)。

と、その作品が〈執筆も大正十五年度のもの〉であり〈農村哀話ともいうべきもの〉だからである。もうひとつくわえておくと、作家がかいた時局がらみの「序文」の整理は平野のまとめはそれはそれとしても、かれのいう「愛国者」が作品「農村行」中では後醍醐天皇の〈禁裏御料地〉だったことにたいする農民の心情でなければならないので、平野は本文をちゃんとよんでいない可能性がある。このことはとりあえず別のことだとして、問題点の核心は執筆時期にたいするとらえかたにある。〈非私小説家的側面〉をかんがえる客観小説の問題は、近松秋江にとっては昭和前期と地続きである大正後半、関東大震災のまえの、大正九(一九二〇)年の経済不況に端を発する社会不安と並列する問題でなければならなかった。「農村行」はその時代に頻発しはじめる小作争議を背景にした小作農(小作奴隷)をとりあげた客観小説で、自家に放火した〈一家心中〉事件は農民一家におきたこの問題を象徴する事件であった。また〈復讐的な刃傷沙汰〉は、そうした事件をひきおこすような大地主にたいする結末〈刃傷沙汰〉であった。この事件にいたるもうひとつの文脈には〈気性もの丶〉村の娘をえがいた「劇」があり、それは大衆小説様に読者を意識した小話であった。作家の時代意識は社会問題だけでなく、小説作法の書法でも工夫をこらしていたことである。ところで、「政治と文学」という主題が評論家平野謙の懸案とする課題であったのだから、「農村行」をまず一九二〇年代のなかに位置づけ読解すべきであったし、この客観小説は〈農村哀話〉とみたりするべき内容ではなかった。当時隆盛にあったプロレタリア文学、そのなかの農民文学運動の側から、「農村行」は評価されている。評論家の「農村行」理解は誤読にぞくするものであり、一冊の文学全集に収録できない〈感心〉しない理由がかれの誤読によっておきたのは、読者公衆には不幸なことであった。さらに、この「農村行」の問題にかんしては私小説だとか文学全集の作品選択だとかの次元でなく、秋江文学の昭和前期をうらなうものであり、もっとひろく「文学」とは何かを問いただすべき性質のあらたな問題だったのである。

さてでは、近松秋江の戦前昭和の課題を、時評文をとおしまとめとしたい。ところで山本芳明に、サブタイトルを「日本近代文学の経済史」と題した、経済指数いわば統計にもとづいてかかれた文壇史がある(35)。記述全体が戦前昭和と同時期かあるいはその関連性がつよい話題をあつかっており、平野謙が集英社版の文学全集解説でとりあげた〈『ある有閑マダム』『母親』『春宵』とつづく現代ふうの客観小説〉は、山本の著作中の第五章「文学で食うために」と、第六章の「黄金時代、ふたたび」の一部データとむすびつく。この時期は、文学ではプロレタリア文学壊滅後の昭和十(一九三五)年と、経済的には日中戦争初期の昭和十二(一九三七)年からのいっときの好景気にあたっており、文学史では〝老大家の復活〟といった話題が中堅作家の活躍する文学界の挿話としてかたられた時代であった。そこでさきの「ある有閑マダム」が昭和十(一九三五)年の『中央公論』九月号にまず掲載され翌年の四月号の『文芸春秋』に「母親」が、そして「春宵」はその翌々年の『改造』十二月号に掲載されていた。作家の不幸、昭和十一年暮の体調不良から翌年の眩暈にはじまり十三年の失明、入院とつづく疾病までは、しかし従来とかわらぬ創作活動が保障されていた。かれは山本芳明がえがく〈文学市場〉の構成員だったのだから、生活が貧乏は貧乏だったとしても生業にこまるような失明後とは根本がちがうのである。だから、晩年といってもつたえられている困窮生活は眼疾後のことであって、しかも昭和十六(一九四一)年の日米開戦いごしばらくあとの話であり、また発表作品がそれまでとちがい激変しだすのは発病後のことであった。

山本のいう好景気は日中戦争による軍需景気のおこぼれで昭和十一年のこの世相を、雑誌『婦人文芸』の時評子福田晴子のみたてでは、〈或作品が、全然さういう圧迫を受けない人物を取扱つた場合には、それがいかほどたくみに描かれてゐても今日の人間として感じられないためにブルヂヨア文学としても成功しない結果になる。〉と、プロレタリア文学を弾圧した司法警察当局、さらに戦時下の時局を婉曲に批判しながら〈ブルヂヨア文学〉の〈内容を無視した単なる芸術的価値といふものは今日ではもはや考へられない。〉と論じていた。

最近の一、二年間にあらわれた大家の作品中、一時代前ならば優秀作と認められるやうな作品が、案外に人気がなかつた（作者にいはせれば多分）ものが二三止（ママ）まらないのも右のことを証拠立て、ゐると思ふ。永井荷風氏の「ひかげの花」や、近松秋江氏の「ある有閑マダム」や、水上滝太郎氏の「樹齢」や「世継」や、谷崎潤一郎氏の「猫と庄造と二人の女」など、いづれも其作者として相当に力を入れたものであるし、老練でもあるが、今日といふ時代的感触が不足してゐる点を評論家が一様に指摘したのでも分る。谷崎氏のなど、かゆい所に手が届くやうなかき方で、読んでゐる間は自由自在に作者の術中に陥るのだが、頁をとぢて、さてと考へ直して見ると、あまりに現実と隔つた世界なので愕然とする。庄造などどう考へても小さい、貧弱な荒物屋の主人だなど、思へない。あれはよつぽど裕福な家の旦那様のやうなゆとりがある。「世継」の運転手もこんな運転手が今時ゐたらお目にかゝりたいものだといはれたし、「あの（ママ）有閑マダム」のマダムも実際を知らないと非難された[36]。

うえの福田による「ある有閑マダム」批判は、『文芸首都』によった浅見淵の〈力作ではあるが、また老大家としては気力的な作品でもあるが〉、しかし〈時代色も生彩も欠〉いた作だとか[37]、または『新潮』の岡田三郎による〈心理過程を辿るいきさつは、さすが斯道の大家だけに綿密周到をきはめ〉たものだが、〈遺憾ながら私は現代というものをほとんど感じとることは出来ない。〉と論じていた文章をふまえたものであった[38]。ということは当時、〈大家の作品〉批判の形態にはひとつの形ができていて、それは〈老練でも〉〈今日といふ時代的感触が不足してゐ〉るところにあって、あるいは〈今時ゐたらお目にかゝりたい〉人物がえがかれており、ともに結論〈あまりに現実と隔つた世界〉には現代性が欠落しているということであった。近松秋江の「ある有閑マダム」もやはり〈実際を知らない〉作で、平野謙が総括する〈現代ふうの客観小説はすでにピントのぼけた古色蒼然たる出来ばえ〉とあったのも、こうした批判の軌道上のさきにあったことになる。

昭和十年の『早稲田文学』十二月号の特集「今年文壇の回顧」中に、逸見広のつぎの文章が掲載されている。

私小説の大家**近松秋江氏**は、多く畑違ひのものを手がけたためか、今年は殆んどいい作品を残してゐない。ただ「救はれざる者」行動一月で、自分の身を他人の支配に委せ切つたやうな女の白痴的な美しさと、その女を追ひ求める男の梟のやうな我執を描いて纔かに近松氏の本領を示してゐる。其他「悪性」文春七月は描かれた女に情感なく、「ある有閑マダム」中央公論九月号は所謂有閑マダムのタイプを欠き、「斎藤実盛の如く」文芸十月は弁明的態度に過ぎ、「雅癖」中央公論十月は作の風懐、未だ雅と云ふに応はしくないやうに思はれる(39)。

逸見にとって近松秋江は〈私小説の大家〉であって客観小説をみとめておらず、「ある有閑マダム」はまったくの問題外であった。また、本稿でとりあげている私小説いがいの事柄にかんしてはいっぺんの話題にさえならず、そのうえ「救はれざる者」は〈本領〉にそった型どおりの作品理解がしめされたにすぎなかった。かれは六十三歳の昭和十三年に失明し事実上この年で作家生活に終止符をうつことになる。「今年文壇の回顧」でとりあげられた年、十年は年間をつうじて作家業にたずさわり、引用文中の「斎藤実盛の如く」の事件物では松本学が主催していた文芸懇話会でおきた受賞問題の解決に奔走し、その存在感をかたりもした(40)。しかし、翌年の秋に体調をくずし冬にメニエール氏症候群を発病し、さらにつぎの年そうそうの二月には眩暈が頻発、脊髄癆と診断されると、十三年、一月に左眼を六月には右眼を失明し、その後ほとんど光をうしなうこととなる。ということは、六十歳の昭和十年を最後にあとはつぎつぎと病魔におそわれ闘病生活がつづき、また十七年には動脈硬化症による左半身不随の生活をおくっていたのであった。

逸見広は作家が活躍しているさなかにあっても、なお上記の文章ではかれの転向後のこころみを〈畑違ひのものを手がけた〉位にしかみておらず、そんな評価は生前はむろん戦後昭和になってもかわらなかったのである。ひとり伊藤整が『文芸』誌上に〈近松秋江氏の「母親」（文藝春秋）のやうに自ら築いた立派な境地から、眼をつぶつて歩き出さうとするやうな作品にも逢ふのだ。勿論秋江氏はこの流れに立ち入つてゐない。〉と、山本芳明が著作中の「文学で食うために」の第五章で関心をよせている昭和十年の〈新たな戦い〉にいたる八年以降の〝文芸復興〟ともなづけられ『行動』『文芸』『新人』『文学界』の〈慌ただしい激流のやうな〉〈雑誌文学〉の時代に併置させたうえで、例の連作中のそのひとつ、客観小説「母親」を批評していた(41)。そして、その伊藤は戦中の作家論のなかでもかれをただちに私小説作家とはきめてかからずに、戦後に平野公式にたいし伊藤理論とよばれる分析的な文章をのこしており(42)、また近松秋江が死亡した翌日の日記にも、〈「別れた妻」「黒髪」など一連の身をもってする告白痴愚の名作を書いたこの作家は晩年には恵まれること少かったらしい。しかし作家は作品に自己を移し、そこに生命を育てておく外はない。立派な作家の生涯と言うべきである。〉と秋江文学をうけいれ、心をこめた弔意をかきしるしていた(43)。文学者近松秋江は、いずれにしても失明するまでは木佐木勝に代表されるような〈創作への野心を失ったごとく、書くものにも精彩がなくなり〉過去の作家だった、という昭和三年の所見はまったくあたらないのである。

ではなぜ、昭和前期ないしは一九二〇年代にこころみたかれの「客観小説」は、相応の評価がなされなかったのであろうか。「別れた妻」や「京都の遊女」系列の作品と客観小説とのどちらがおもしろくよめるのかということと、文学作品をどのように評価するのかということとは、おなじ問いではあるまい。伝記的な条件をくわえたうえでもよいのだが、私小説といわれる系列の名作を文章表現の結果としてよめばまちがいなく客観小説が表現したのとおなじ、伊藤整の言説〈作家は作品に自己を移し、そこに生命を育てておく外はない〉文学性にまでたどりついた。そのことが文学とは何かと、問うたときの評価である。人間がおこなう文学形式をもつ文章表現にたいする意義、その説明だった。しかし前者の作品は作者との関係にむすびつけた解釈がなされがちで、「私小説（的）」というコトバは作者個人の問題をとりあげ作品評価をおこなうためには使い勝手のよかったことは否定できないのである(44)。いっぽうで、テーマを主題的にとりあげ作品世界を構築しなければならない客観小説は、文章表現によってあぶりだされ表出した主題にこたえる芸術でなければならない。ここで結論を、まえもっていっておくことにする。近松秋江の政治小説や歴史小説は権力批判をテーマ化し、主題にふさわしい人物を舞台に登場させていたのである、と。

かれは政治上の立場では、マルクス主義者ではないし保守主義者でもなく、反権力者ではいいすぎであり否権力的とでも形容するのが適切であろう。文学でもとくていの主義主張をもつわけでなく、また徒党をくむわけでもなく、いえば趣向とか趣味性程度にはこだわりをみせる頑固者というだけであった。しかしそこに、かれの一貫性とつよい精神性がある。自然主義文学運動がもりあがるとその運動とは趣味があわず否定にはしり、マルクス主義文学運動が加熱すると趣向のことなるイデオロギー体質に難をかんじ拒絶したが、にもかかわらず選挙となると左翼の社会民衆党支持を表明したこともあり、そんな立場の人にすぎなかったがある種の人間にたいしてはむるいの興味をしめした。それはとくていの人間、たとえば政治家という肩書でなく官僚でもなく、弁護士や教師あるいは軍人といったような職業人ではなく、とにかくかれの嗜好にあえば醜業婦と蔑称された「遊女」を作品の主題にかかわる登場人物としてとりあげていたようにである。なにかの価値観にしばられなかったかわりに、わかりにくい近代人ではあったであろう。そして戦前昭和、戦時体制へとつきすすむ時代に遭遇したかれは気がつけば軍人政治にたいし根っからの反対者となっており、それまでとかわらない生き方で己をまげずに時の絶対権力を批判することとなる。

近松秋江は、国際情勢の悪化をうけそのときに着想したのが「三国干渉の突来」であり、そのまえが「井上準之助」で社会戯曲に筆をとりテロ問題を俎上にあげており、政治問題化していた経済財政政策を「天保政談」で仮構し歴史読み物の姿にかきあげた。「三国干渉の突来」は日中戦争のはじまった昭和十二（一九三七）年の盧溝橋事件の翌月八月と十月に発表し、また「井上準之助」を七（一九三二）年の五・一五事件の翌月六月に発表していた。このタイミングは、偶然にしてはできすぎであったはずである。また「天保政談」は六年九月十八日、柳条湖事件をきっかけにおきた満州事変をはさむ、一月から十月にわたって新聞に連載している。しかも、老中筆頭水野忠邦が実行した天保改革本体とは時系列のことなる、二年前の天保十年におきた思想言論の弾圧事件「蛮社の獄」をくみこみ作品化していたのである。この歴史小説を十二月に『水野越前守』と改題発行した半年後、翌年六月には警視庁に特別高等警察部、いわゆる特高警察が設置され思想弾圧はさらにつよまってゆく。作品と事件とは偶然にかさなっていたのではなく、「井上準之助」についてはテーマにたいする意図を作家はかたっており、ほかの作品についてもひっぱくする時局とは無関係ではありえなかったにちがいないのである(45)。

しかしすでに、上記の作品を時局がらみで論評する時代ではなくなってゆく。そうかんがえれば近松秋江の政治小説にはふれえず、結局かれの意図は蓋をされ無視、忘却される理由となる。そして病ともうひとつは、そこに戦前昭和におけるかれの不幸があった。「別れた妻」や「京都の遊女」系列の作品をほめあげるのは言論弾圧からのがれるためのいちじの方便であり、かれの政談をみくだすのも当局の弾圧を忌避するのが目的であればかれを厄介者あつかいにする根拠はある。時代の空気とは人をそのようにたち振舞いさせるものなのであり、ましてやそれが生殺与奪権をかかわった出版関係者は、というよりも言論人の口はおもくなり心の底をみせたりしない、つまりそんな罪障感「傷痕」をかかえた文化人になりかわっていたのである。昭和における戦前の「文芸時評」と戦後にかかれた「回想集」とは、こうした人の機微をよく物語ることとなったのである。

最後に、近松秋江に好意をよせていたらしい編輯者佐藤観次郎の戦後の回想を紹介してみる。

これに比べて近松秋江はどうか。私はこの作家が非常に好きな、また一面天分のある小説家らしいと思つていた。時に自己流の政治の意見もあり、また世事万端に興味を持つていた人で仲々話も面白い。初期の作品である「黒髪」などは、私小説ではあるが、自らの心境を赤裸々に、語る所に興味がある。「別れた妻(ママ)に送る手紙」や、「子の愛の為めに」などの力作を書き、種々と変つた政治小説なども書いている。元来ぐちつぽい人で、いい人の癖にそのことがつい、他人の感情を、そそる憾みがある(46)。

時代考証などの問題はおくが、作家についての全体像をまんべんなくふれており悪意のみられない文章である。その近松秋江の理解者であった編輯者にも、やはり戦前昭和という枠取りはなく〈時に自己流の政治の意見もあり〉だとか〈種々と変つた政治小説なども書いている〉とだけ形容していた。世界の枠組がかわりはじめ戦後昭和とはことなる今「二十一世紀」だからこそ、戦争で国をほろぼす道をたどる「戦前昭和」という現代史の位置づけのなかで、近松秋江の客観小説をふくめた言論〈自己流の政治の意見〉や〈変つた政治小説〉を検討し、いいおいていった課題《石文》を整理することが必要なのである。

【註】

1　『新潮』一九二四年、八月号。

2　「文壇雑筆（下）」『読売新聞』一九二六（大正十五）年二月二十五日。中村武羅夫のこの手の有名な主張は「本格小説と心境小説と」（一九二四年『新小説』一月号）で、そこでは私小説の〈一人称小説〉にたいし〈三人称小説〉を本格小説と規定しており、その本格小説と通俗小説がほぼ同義語で用いられていた。「文壇雑筆〈通俗小説の勝利〉」と同年の十二月十三日の「大正十五年度の創作界印象」（『読売新聞』）では上記の評論を引きあいにだし、通俗小説が今なお文壇では冷遇されていることの〈遺憾〉を綴っている。

3 「私小説の頽廃（下）」『読売新聞』一九二六（大正十五）年五月八日。芥川龍之介は、同じ年の『不同調』七月号の「近松さんの本格小説」で南部と同様、〈近松さんの本格小説は文壇では好評を得てゐないらしい。けれども僕などの所見にみれば、近松さんの本格小説は決して価値の乏しいものではない。〉（『芥川龍之介全集　第十三巻』一九六〇、五九頁）と言って、やはり客観小説「燐を嚥んで死んだ人」をあげ、〈「私」小説に対するのと同じ尺度〉で読むべきでないとの所見を述べた。

4 「文芸時評」『新潮』一九二六（大正十五）年四月号。〈仲間内コトバ〉であった文壇用語は作家の創作体験を言語化するケースが多く、意味や概念にさきだってコトバがまさに一人歩きしており、一人ひとりの私見が先行し論争の原因をつくっており、混乱の要因となっていた。後日、進藤純孝は芥川龍之介の「玄鶴山房」を〈自然主義的作品〉と結論づける前提として、この時期にみられ問題となった「文壇用語」を次のよう分析、整理した。――〈自然主義は内面の外面化にあたつて、いかなる内面化の要素をも拒否する。従つて、厳格な意味での自然主義の文学は、外界を外面化する大衆小説と、見間違へられやすい。（略）通俗小説に堕するよりは、内界の内面化の方に堕することを選んで文学の純粋を保たうとする傾向が目立ち、自然主義文学は私小説へと転移して行つた。反自然主義運動は、内界の秩序を軽視し、外面化のみに重きを置く自然主義文学の傾向に対して、内界の秩序の復権を目指したものであり、言つてみれば純正の自然主義を希求したのであつた。（略）あまりに内界の秩序を主張しすぎて、反自然主義文学もまた、内界の外面化、つまり、私小説に陥つてしまつた。〉（『伝記　芥川龍之介』一九七八年、五六四頁）と。一つの示唆となる「文脈」、参考になる見解である。この所見は佐藤春夫の言説を敷衍し思考した結果だが、旧著、河出書房新社版『芥川龍之介』（一九六四）との変更はない。

5 木佐木勝の日記は、現代史出版会から『木佐木日記』四巻本として出版。第一巻は大正八年から十四年まで（一九七六年刊）、第二巻は大正十五年から昭和二年まで（一九七五年刊）、第三巻は昭和三年から昭和四年まで（同年刊）、第四巻は昭和十九年から二十三年まで（同年刊）を収録する。ただし、第一巻にあたる期間の日記は、一九六五年に図書新聞社から副題「滝田樗陰とその時代」と付して別に出版されていた。

6 『木佐木日記　第二巻』三七七頁。

7 『木佐木日記　第三巻』七五頁。

8 『木佐木日記　第一巻』四五一頁。

9 間宮茂輔が一九二五年九月十日の『読売新聞』月評で「銀河を仰いで」を取りあげ、〈私は『銀河を仰いで』一篇を九月の数多い創作の中の佳い作品の一つであると断言したい。（略）私は、優麗な過去の秋江氏の筆を憶ひ出して、『銀河を仰いで』を文章が甚だゴツゴツした感じを与へる事実の裏に、容易に所謂老境には入れないらしい秋江氏の姿を見る。〉と、記していた。とくに後半の文章観は客観小説を書くために文体変革を試行していたことを指摘したものであり、戦前昭和の作品を論じるときの必須条件となる作家の特徴である。もう一つの新しい傾向について、一九二四年の雑誌『我観』一月号に掲載された「子供」を、正宗白鳥は『時事新報』（一月五日）〈新年号から〉の「長短十箇の作」中で〈人生についてしみぐ〵と考へさせられる〉〈世間や文壇の流行にかぶれない感情〉を見てとり、同じく古賀龍視は『国民新聞』（一月二十六日）の「一月の文芸評㈦」中で「二十の女」を取りあげ、〈やつと幸福の片形を抱いた〉〈この作者のものとされた世界とは全然異なつた〉作品であることに言及していた。後に宇野浩二が「子の愛」ものと括り広津和郎が「おせい」ものと命名した、いわば家庭小説を二人の評者は指摘したことになる。作家にとって、こうした作品群が転変の始まりを物語ることとなる。

10　文学者では高見順や伊藤整の戦時日記はもちろん、放送芸能人の徳川夢声が一九六〇年に全五巻で出した『夢声戦争日記』（中央公論社）では〈大政治家や大軍人の書いたもの、各大学者、文学者の書いたものはあつても、一般俗人の書いた記録はあんまりないようである。一般俗人が実は国民の正体なので、その意味においてこの日記は、読む人によつては最も注目すべき内容なのかもしれない。〉（第一巻「まえがき」）と、意図した〈一般俗人〉の〈記録〉が残っている。また、後の推理小説作家山田風太郎が医学生の無名時代に記した『戦中派不戦日記』（番町書房、一九七一）もあり、ファシズムと対立した中央公論社の編輯者木佐木勝に戦時日記が存在しないというのは考えにくいことである。もう一題くわえてみる。清沢洌の提案で嶋中雄作の中央公論社が世話役を引き受けた「二七会」は「戦前昭和」についての討議の場となり、経済、政治の専門家だけでなく、文学者も集いその中に近松秋江も加わる。この会の音頭をとった清沢も三冊の『暗黒日記』（評論社、一九七〇、七一、七三）をのこす。なお会が発足するのは昭和四年のことで、ここでも中央公論社と浅からぬ関係があった。

11　前掲註7、三六八～三六九頁。

12　『東京朝日新聞』一九二九年三月二十八日。

13　前掲註7、三六九頁。

14　『三百人の作家』（五月書房、一九五九）。「宇野浩二をかこむ会」一九九～二〇〇頁。

15　左眼の失明後に出版された『近松秋江傑作選集』、『三国干渉』（桜井書店、一九四一）、そして完全に失明した年の『農村行』（報国社、一九四二）の出版についての内情を、宇野の『独断的作家論』（文藝春秋社、一九五八）の「文芸よもやま談義」中、「一加能作次郎の一生」（二三五～二六一頁）のなかで近松秋江についても併せ随時触れている。

16　『思い出の作家たち』（法政大学出版局）。「近松秋江」二一三頁。

17　『作家追想』（社会思想社）。「近松秋江」二二一～二二二頁。

18 二通の書簡、〈この手紙〉は――〈先日は御足労に存候／さて、妙な事を伺ひますが、「人間」の随筆は小説並み――小生自身の小説――に原稿料を頂けますか。実は金銭の多少よりも、随筆を書いて安つぽく見られるのがイヤです。尤も安つぽい人間のせいかもしれませんが。世にはヨタ物でも小説といへば、随筆以下に無価値の物でも小説として通用するのを見受けますから。他人の物は別として小生自身の小説同並に取扱つて頂かれるとイナとで一寸考へがありますから、御序御一報ねがひ上げ候。草々。／七月九日　近松秋江／松山様机下〉とあった。〈左の手紙〉は――〈先日は失礼いたし申候／印税の前借はひどく好まないのですが、少し神経衰弱にて急を要する金入用の事あり、一寸廻はりかね申候間、内金として百円だけ御はなし下され、拝借ねがひたく存候、ご心ぱい下され度し（四日か五日までに）自分の誡律を破るので、十日になつたら、いずれ頂く分とも、一まづお返ししておいてもよろしい。／四月三日　秋江／松山様　机下／「天国へ」を上野図書へでも写さしにやつてみようかと思つてゐます。間に合ふでせうか。〉とあった。

19 『流浪の人』（河出書房、一九五一）。一九五〇年、『文芸』四月号の初出タイトルは「小説　近松秋江」であった。

20 新潮選書『私の作家評伝　Ⅲ―子規・続漱石・鏡花・秋江・浩二―』（一九七五）、一四三～一四四頁。

21 朝日文化手帖『わが文壇紀行』（朝日新聞社、一九五三）。

22 『作家の舞台裏――一編集者のみた昭和文壇史』（読売新聞社、一九七〇）。

23 「近松秋江の奇骨」『私の大衆文壇史』（青蛙房、一九七二）、二三〇頁。

24 前掲註22、五〇頁。

25 『平野謙作家論集　全一冊』は一九七一年、新潮社から刊行。収録作家八十名、四六判、8ポ22行2段組、八三三頁の大冊である。

26 『平野謙全集　第六巻』（新潮社、一九七四）、四四〇頁。

27 「私小説の二律背反」の初出は『文学読本・理論篇』（塙書房、一九五一）。ただし、『平野謙全集　第十三巻』（新潮社、一九七五）「第一部　全集収録作品初出一覧」による。

28 作家と作品「近松秋江」。日本文学全集14『近松秋江集』（集英社、一九六九）三九六頁。

29 「三章　近松秋江」講談社文芸文庫『さまざまな青春』（一九九一）二〇二～二〇三頁。

30 『芸術と実生活』（講談社、一九五八）。「私小説の二律背反」一八頁。

31 前掲註25、「近松秋江　Ⅴ」一六〇頁。初出は一九七〇年発行、中央公論社版「日本の文学8」の「解説」。

32 『岩野泡鳴論』（双文社出版、一九七七）。「岩野泡鳴研究史ノート　Ⅰ」三〇〇～三〇一頁。

33 前掲註29、二〇三頁。

34 前掲註29、一六一頁。

35 新潮選書『カネと文学』(二〇一三)

36 一九三六年四月号、文芸時評欄の「社会的圧迫感の有無」。

37 一九三五年十月号、「文芸時評」。

38 一九三五年十月号、「文芸時評」。

39 「新旧作家一百人―本年度の創作壇回顧―」。

40 出版取締の警保局長を最後に貴族院議員を務めた松本学は岡山県出身で、同郷の近松秋江はかつて面識があった。事件とは――第一回の「文芸懇話会賞」で島木健作の「癩」が横光利一の「紋章」の次に会員の得票を得たが、室生犀星の「兄いもうと」が選ばれたのがきっかけで佐藤春夫が脱会する事態となった。近松秋江はこの一件で松本学の鞄持ちとの批判をうけた。後日譚があり、近松秋江が佐藤の会復帰のため骨折り役をしている。

41 一九三六年五月号、「文芸時評」。

42 近代日本文学研究『大正文学作家論　上巻』(小学館、一九四三)、「近松秋江」。

43 『太平洋戦争日記(二)』(新潮社、一九八三)。「昭和十九年四月二十四日」三四一頁。

44 二〇一三年に出版された私小説集『歪んだ忌日』(新潮社)を、著者の西村賢太が『朝日新聞』「著者にあいたい〈私小説だからできること〉」のインタビュー記事欄で、〈同棲相手とのいさかいの日々を振り返る「秋恵シリーズ」がひときわ味わい深い。「最近のことより昔の方が鮮明に書ける。記憶をたどっているだけでは不鮮明なのが、過去のものとして物語として組み立ててゆくと鮮明になっていく」/「私小説だからできることを遠慮なくやっている」という。「主人公イコール作者と思われるのが良い私小説。現実をそのまま書いていると思わせて読者をだます。そこが腕のみせどころ」。「僕と貫多(筆者註、作品の主人公)は違う」と言う。〉と、こう応じている。「私小説」とは、記憶を再構築し〈鮮明〉に描くこと。その作品で読者を〈だます〉こと――この二つは小説が「創作」であることの本質を説明しているのであって、「私小説」というコトバも「創作」の借着にすぎないのである。

45 板野潤治が『日本近代史』(ちくま新書、二〇一二)中で〈一九三一(昭和六)年九月の満州事変から翌三二年の五・一五事件までの八ヵ月の間、日本は危機の渦中にあった。対外危機と軍事クー・デターと経済危機の三重苦に見舞われたのである。〉(三七四頁)とあげた危機意識を、近松秋江は共有しており社会戯曲「井上準之助」で取りあげた。〈危機の渦中〉に浮上した政争「協力内閣」時、安達謙蔵内相からリークした内幕を作品化しており、リアルないえば政治小説であった。中島岳志が『血盟団事件』（文藝春秋、二〇一三）で詳細にたどった血盟団のテロ事件までと海軍青年将校で上海事件で戦死する藤井斉らとの策動は戯曲の背景説明となっており、その着想という点でも作家の時代を読みとる〝明るさ〟を証明していたのである。なお戯曲をかいたのが〈遭難の二箇月程後〉（『浮生』「あとがき」）なので、中島が紹介した事件後の各紙報道等を、近松秋江は読んでおりテロ事件についてのそれなりの情報を得ていたことになる。

46 『文壇えんま帖』（学風書院、一九五二）、「早稲田作家の印象（正宗白鳥と近松秋江）」一〇六頁。

参考文献

農民文芸会編・犬田卯編纂『農民文芸十六講』（春陽堂、一九二六年）

生方敏郎『明治大正見聞史』（春秋社、一九二六年）

後藤宙外『明治文壇回顧録』（岡倉書房、一九三六年）

馬場孤蝶『明治の東京』（中央公論社、一九四二年）

服部之総『明治の政治家たち―原敬につらなる人々―上・下巻』（岩波新書、一九五〇・五四年）

田中純『続文壇恋愛史』（新潮社、一九五五年）

中島健蔵『昭和時代』（岩波新書、一九五七年）

高見順『昭和文学盛衰史一・二』（文藝春秋新社、一九五八年）

平野謙『現代日本文学全集　別巻1』「現代日本文学史（昭和）」（筑摩書房、一九五九年）

尾崎秀樹『大衆文学論』（勁草書房、一九六五年）

内田義彦『日本資本主義の思想像』（岩波書店、一九六七年）

岩波書店編集部『近代日本総合年表』（岩波書店、一九六八年）

岡田貞三郎『大衆文学夜話』（青蛙房、一九七一年）

前田愛『近代読者の成立』（有精堂出版、一九七三年）

笹本寅『文壇人物誌』（冬樹社、一九八〇年）

大久保典夫『物語現代文学史―一九二〇年代』（創林社、一九八四年）

瀬沼茂樹『大正文学史』（講談社、一九八五年）

久保田正文『昭和文学史論』（講談社、一九八五年）

斎藤隆夫『回顧七十年』（中公文庫、一九八七年）
板野潤治『近代日本の国家構想―一八七一―一九三六―』（岩波書店、一九九六年）
大村彦次郎『ある文芸編集者の一生』（筑摩書房、二〇〇二年）
佐藤卓己『言論統制』（中公新書、二〇〇四年）
大野健一『途上国ニッポンの歩み：江戸から平成までの経済発展』（有斐閣、二〇〇五年）
保坂正康『昭和史の教訓』（朝日新書、二〇〇七年）
朝日新聞「新聞と戦争」取材班『新聞と戦争』（朝日新聞出版、二〇〇八年）
茶谷誠一『昭和天皇側近たちの戦争』（吉川弘文館、二〇一〇年）
川田稔『満州事変と政党政治―軍部と政党の激闘』（講談社選書メチエ、二〇一〇年）
井上寿一『戦前昭和の社会　一九二六―一九四五』（講談社現代新書、二〇一一年）
杉山信也『日本経済史　近世―現代』（岩波書店、二〇一二年）
中澤俊輔『治安維持法　なぜ政党政治は「悪法」を生んだのか』（中公新書、二〇一二年）
清水真木『忘れられた哲学者（土田杏村と文化への問い）』（中公新書、二〇一三年）

第二章　近松秋江と「転向」

本格小説「地上の光」論
――転換期時代の「リアリズム」論として

はじめに

作家近松秋江の大正期その末年、一九二〇年代後半はふたつの意味で注目すべきである。そのひとつはかれの作品に変化がうまれるということと、もうひとつは従来の創作観が変容し文壇人のかれ自身もその渦中の芸術家であったという、このふたつである。具体的には、最初の問題は「政治小説」志向がつよくなったということで、つぎの問題はいわゆる「私小説」論争がおこったということである。二〇〇八年、小谷野敦が『リアリズムの擁護〈近現代文学論集〉』〈新曜社〉のなかの著作とおなじ表題で副題が「私小説、モデル小説」中でこの問題をとりあげ〈西洋の作家は自分のことは書かないというのは随分な思い違いだ〉というが、この指摘は二番目の変化を肯定するための前提となっている。おなじ章からべつの個所をあげれば〈広い意味でのリアリズムで小説を書こうとすれば、無から作り上げ、私小説やモデル小説を避けるというのは難しい。〉とあって(1)、ようするに「私小説」擁護論である。

大正十三(一九二四)年いこう、この論議では当事者の文学観を構成している自己理解の言説が問題になるのだ。その根底には言語表現による《リアル》とは何か――つまりリアリズムとはどういうものなのか、というさけてはとおれない問題が厳然として存在している。私小説を擁護するには、小谷野の記入する前提が有効性をもつ理由がここにある。もうひとつ、おおきな問題は、大正期に「読者」の変容が同時におきていたことだ。これも具体的にはメディアの多様化によって、文芸誌にかぎらず「新聞小説」の位置づけが従来とは格段の重要性をもつようになる。メディアの拡張、このことを「読者の公共圏」と総称すれば、言語表現にもとうぜん影響をもたらすこととなる。その結果が、明治いらいしんじられてきた近代西洋文学論の破綻となってあらわれる。「純文学」の定義だとか、そのことと表裏の関係にある「虚構」のかんがえが伝統的にもっていた普遍的な観念は、制度疲労により倒潰する。大正末年にあらわれた文学現象の例題をとくことと、近松秋江の文学を検討することとは、パラダイム・シフトにたいするおなじ検証となる。そしてそのことは、「現代」というあらたな時代の発見としてひびきあうのである。

作家近松秋江は、「昭和」――とくに一九二〇年代後半になって時事問題に言及するようになる。しかし、作家のいわゆる「政治趣味」は晩年になってとつぜんはじまるわけではなかった。明治二十七（一八九四）年九月五日、長文の置き手紙をのこし、家出同然で出郷し慶応義塾に入学したのは、このこととふかい関係があった。それは、十九歳の時のことであった。また、そのとき傍聴した福沢諭吉の演説が記憶のそこで熟成し生涯に影響をあたえつづけたことは、作家がしばしば物語るところでもあった。

近松秋江の政治スタイル、その一

時はめぐって大正十三年のことである。場所は中央公論社の一室、編輯部での出来事である。その日は雑誌『中央公論』の新年号がすりあがるのをまつばかりの暮、十二月二十二日の午後である。みんな〈気の長い連中〉と形容されている随筆家の田中貢太郎、小説家の村松梢風、そして近松秋江の三人が暇をもてあまし編輯部で屯していた。結局、かれらは〈前借の話〉をきりだす間合いをはかって〈年末の社〉で時間をつぶしていたのである。そのときのひと駒を、編輯部員のひとり木佐木勝は日記につぎのように記録した。

近松氏は自分の机の上にあった新聞を手を伸して取ると、老眼鏡をかけて読みながら、不景気と浜口蔵相の緊縮政策を論じ始めたのが皮切りで、憲政会がどうの政友会がこうのと得意の床屋政談をぶち始めた。田中氏も村松氏も秋江先生の床屋政談には迷惑そうな顔をしてあまり相槌を打たないので、秋江先生、こんどは自分のほうを向いてしきりに話しかける。自分もうわの空で聞いていると、こんどは伊藤君（筆者註、中央公論社の編輯記者伊藤茂雄）のほうを向いて語りかけるといった調子だ(2)。

この一節は、近松秋江の床屋政談をつたえるもっともはやい時期のものである。このあとかれらのうちふたりは前借をすますと社をあとにするが、社長の麻田駒之助に〈渋い顔をされた〉ことをしらずに、かれは最後に帰宅した。じつは、村松梢風にはまだつづきがあった。武野藤介が単行本『文壇余白』のゴシップ集のなかでつたえた話である。近松秋江が『時事新報』連載の「天保政談」を単行本で表題を『水野越前守』とあらため、昭和六年十二月に出版したときのことである。

▼近松秋江の文壇生活三十幾年。今度、早稲田大学出版部から出した「水野越前守」は、それ程にも永き文壇生活にも拘らず、最初の長編小説だそうである。それを紀念する為に日比谷の山水楼で出版祝賀会が催された。珍しく小杉天外老まで出席してテーブル・スピーチをやつた。相当に盛会だつたのである。が、そのテーブル・スピーチで、満堂を失笑させたのは村松梢風。近頃盛んに上海通信風なものを執筆してゐるので、まだあちらへ行つてゐることゝばかり思つてゐたが、いつのまにか東京へ舞ひ戻つてゐた。梢風は秋江の例の床屋政談を野次つたのである。乃ち、曰く。「このあひだ、途でひよつくり、秋江先生にお眼にかゝつたので、どちらへお出かけですかと云つて訊いたら、先生、こともなげに、なアに、ちよつと、安達に会つてくると云ふ御挨拶。その後姿

を見送り、殊にその日は砂塵の烈しい日で、僕はそゞろに涙を催しました」云々。恐らく、前内務大臣安達謙蔵氏は、来訪の近松秋江先生を、応接室で持て余したことであらう(3)。

はたして文中の〈失笑〉は近松秋江の〈例の〉政治趣味〈床屋政談〉にたいしてのものであろうか、それとも放浪のあげくの無知をさらした梢風をわらったものであろうか。引用文の文末をみるかぎり、武野は「床屋政談」に軽蔑をこめて軽口をたたいたつもりだったのであろう。しかし今日、当時の記憶が歴史の対象になったいま、武野は作家近松秋江のことをなにも知らなかったことがはっきりする。ようするにゴシップ作家による戯言にすぎなかったのである。武野程度の伝聞が作家像にあたえる影響を、いまは、ひとつひとつはぎとってゆかねばならない。

まず、武野の〈恐らく、前内務大臣安達謙蔵氏は、来訪の近松秋江先生を、応接室で持て余したことであらう。〉とある記述は作家の風評をあてこんだ、なんの根拠もない邪推をかたったにすぎなかったのである。その安達謙蔵は護憲三派による内閣成立の立役者で党総務や逓信大臣に就任し、政党内閣期に中心的な役割をはたし、昭和四年の浜口内閣では内務大臣をつとめた。そして、テロにあったあと退陣した浜口雄幸の後継内閣、第二次若槻（礼次郎）内閣の時、六（一九三一）年の満州事変と金解禁による経済政策のゆきづまりを打開するため、挙国一致、協力内閣運動を中野正剛、永井柳太郎らとおこし、軍部をとりこみ内政外交と財政経済政策の転換をおしすすめようとした。そして、作家近松秋江はこの間の政治情勢を背景とした戯曲「井上準之助」を、七年六月に雑誌『日本国民』に発表している。金解禁を主導した蔵相井上が作品の主人公で、その井上暗殺を直接の動機として成立した戯曲であった。

この作品の第三幕第二場は、渋谷広尾の安達私邸二階の客室である。その客間では、当主の安達と民政党総務の中野正剛が政策転換の密議をかわしていた。そこへ政敵となる井上準之助が登場し鉢合わせになる。十月二十八日のこの場面は、十二月十一日の閣内不一致による若槻内閣瓦解のまえぶれとなる重要な意味をもった。さらにこの日の出来事は民政党の内紛にとどまらず、「昭和史」の重大な意味をもつこととなる。中野の協力内閣運動のうごきを牽制したこの日の議論は、挙国一致内閣による局面打開の失敗にはじまる政党内閣制の崩壊と軍部の台頭、独裁にむすびつく要因のひとつになるといわれる内容であった。経済金融運営の失政による内閣にたいする不満がその政策担当大臣であった蔵相井上にむけられ、のちに血盟団のテロにあうような悲劇は「軍国日本」にむかう前夜の危機的な事態のひとつで、このテロは五・一五事件の計画とも密接に関係する暗殺事件だった。だから、この日の客間のふたりの対決は戦前昭和、大戦の敗戦にいたるまでのある位置づけをもつことになる。近松秋江は、この「秘話」を戯曲のなかで暴露したのである。

作家がこの日の密室でおこなわれた議論を戯曲のなかに再現しえたのは安達謙蔵とパイプがあったからで、武野が茶化して伝録するような話柄で事すむような問題ではなくなる。出版記念会での村松梢風の話は、上記の事態と前後する意味ぶかいこととなる。くわえて書きしるしておくと、戯曲「井上準之助」発表後、作中人物となった日本銀行理事の深井英五、あるいは議会で井上財政反対の論陣をはっていた武藤山治が賞賛の手紙を作家によこしたり、また遺族による謝意の訪問もあったそうである(4)。文壇仲間とはべつのところで、近松秋江の戯曲は評価されていたのである。中野正剛にかんしても時の人という流行だけでとりあげたのではなく、字義どおり作家のポリシーがそこにはあった。昭和十年の『新潮』十二月号に、かれは「現代評論家の文章」を寄稿している。そこでは――〈今日は、支那の学問――漢学――に支配せられてゐた時代を遠ざかること既に歳あり、科学と修辞学とが明かに分解されてゐる。〉とかきだす文章のなかで小泉三申(註、策太郎)を〈当代蘇峰(註、徳富)三叉(註、竹越与三郎)の両先輩に次ぐ名文家〉にあげたあと、中野正剛についてはいかのようにしるしていたのである。

次に三申翁よりも、もっと新しい文体、表現法で、しかも覇気に富むレトリシヤンは中野正剛氏である。この人は政治運動に多忙で筆の方は、殆ど休業してゐるが、気格のある名文家である。漢文の素養も深い。ここで、もう一度繰返せば、老蘇、老三叉、小泉三申、中野正剛の四氏の文章は、サイエンチストの文章でなくレトリシヤンの文章であり、ロマンチストの文章である。河上肇氏もロマンチストの文章であるが、それ以上にサイエンチストでもある。

作家はみずからの趣味性を当代の文章家にうまく譬えていいあらわし評価している。政治姿勢の問題をべつにしても、中野正剛という人物像をどのように位置づけていたかはこの文章ではっきりしている。政治家の文章による自己表出は政治姿勢と表裏の関係にあるわけだから、作家近松秋江が支持する政治家像のひとつの要諦ははっきりしており(5)、戯曲「井上準之助」をあらわすにあたっても演説文書を参考にし政局「協力内閣運動」をまとめていたのである。

さらに作家近松秋江は、こんな行動もとっていた。そこからはすくなくとも関連する三つのことがはっきりしてくる。

恭呈
客臘東京朝日紙上に於てか貴説を拝読、大に御同感に存じ一書を□(不明)せんと存せしも生憎に御住処しらす。吉野博士の御宅へ気附にて差上けんと欲せしも、是れ亦存ぜず。わづか昨年十一月末の二十七日会席上にて小生「赤松君の国家社会主義には賛成」なる旨申述ぶるや、馬場恒吾君は反対なりしも高橋亀吉君は同感らしき口吻。一場の漫談にて無邪気なる話柄に過ぎざりしも、小生の念頭には絶えずその事往来致し居り、且つ中野正剛氏の諸説と尊下の御説とが小生の胸底に常に結び付いて考へられ居り候。

国家民人の幸福の為に折角御健闘を祈り申候　匆々

一月十九日

不宣

近松秋江

赤松克麿様

侍人

この書簡について、順番に整理してみる。最初にことわっておくことは、書簡は赤松克麿にはわたらずにおわった点についてである。書面からもわかるように、赤松克麿の宛先住所が不明だったため投函されなかった。書簡封筒の裏面には、〈この方面通行の際〉直接持参する旨の文言がしたためてあり、住所印の「東京市外中野上の原七」の〈七〉は墨書きで訂正ししるされたものとなっているが、結局手わたす機会がなかったらしい⑹。

さて書簡冒頭の〈客臘〉――昨年の十二月は、馬場恒吾、高橋亀吉とかれが会席したことに書簡でふれているので、昭和四年のことである。なお、関連してふれておきたいことがある――五年、書簡の日付から三日後、二十二日の『読売新聞』の記事「選挙に当つて　吾等は斯の如き政党或ひは人物を支持す⑴」には、上記三人と中西伊之助のアンケートの回答が掲載されている。三人は〈既成政党の現状〉批判では共通しているのが、支持政党では、かれと馬場が〈現代の日本を改革〉する政党として無産政党の社会民衆党をあげ、高橋がひとり〈日本経済の発展と国民大衆の生活の安定〉を期待しおなじ無産政党でも日本大衆党をあげていた。十一月末の二七会の席でも似た話題があがっていたことであろう。そしてこのことが、赤松克麿の評価と密接に関係していた。また二七会は中央公論の嶋中雄作が世話役となり、よびかけ人の清沢洌を中心にあつまった現代問題をかたりあう懇話会であった。

近松秋江の政治スタイル、その二

ところでこと必要とあればわかい頃から、作家近松秋江は書簡の経緯にあるような矢も楯もたまらぬ行動にでることがあったらしい。場合によってはそのことが誤解をうむこともありえたし、ゴシップ種にもなった。しかし、そのこと自体は奇行であるというわけではなく、赤松の件にかんしては宛先がわからなかったということにすぎなかった。そもそも未知であっても同業の志をもつ者、あるいは関係者に手紙をだすことはよくおこることである。そこで、今東光の話にもふれておくことにする。武田泰淳との対談『こんにゃく問答①身辺劄記』のなかの、かれにかんする発言をとりあげてみる。

竹越三叉の所へしょっちゅう来ていたのが、近松秋江（一八七六〜一九四四）でね。秋江の政治好きというのは、その当時、文壇じゃ有名だったのです。ところが秋江は情痴作家でしょう。その情痴作家が政治を論ずるなんておかしいってんで、みんなで近松さんをバカにした。床屋談議だ、床屋の政論だってね。でも、そうじゃないんですね。竹越三叉から政界の事情なんかを聞いて、かなり本筋の話をしていたんだけれど、その当時の文壇人は政治なんて全然眼中になかったから、近松さんはバカにされていたんですよ(7)。

今東光には三叉の夫人との縁故があって、竹越家に出入りしていたのでその折の見聞を、武田泰淳に話したのである。政界などのニュースソースは竹越三叉でもあること、また、当時の文壇の政治にたいする紋様をうかがいしることができる。

そこで竹越と作家近松秋江のことにふれておきたい。それはかれの転向後、戦前昭和の作家活動にあたえた影響がおおきいとかんがえられるからである。実はかれがまだ徳田秋江と名のっていた明治四十（一九〇七）年初頭、四十歳代前半だった竹越が主筆をしていた『読売新聞』にわずかだが在籍したことがあった。いまここで問題になるのは、大正十四（一九二五）年にぐうぜん再会してからのことである。このとき竹越は貴族院勅選議員であり六十歳となっていて、また宮内省臨時帝室編修局編修官長の職にあって『明治天皇皇紀』編纂にあたっていた。青年時代の明治に徳田浩司が感化をうけた民友社刊『新日本史』上・中巻（一八九一、一八九二）だとか警醒社書店刊『二千五百年史』（一八九六）などをあらわしたジャーナリストで民間史学者であった立場をこえ一九四〇年には枢密顧問官となる、いまはすでに公職の身にあった一九三三年の著作『旋風裡の日本』（立命館出版部）や、あるいは貴族院そのほかの場で軍閥政治を批判する硬骨の精神をうしなわなかった。大正の末からそんな時期の話柄を、前記引用文は伝録していた。だから、今東光がいいたかったことは〈秋江の政治好き〉をかれは常識人であり、ようするに突飛なことをおもいたって行動におよぶのではなかったということなのだ。さらにもうひとり、高見順もおきまりの枕――〈昔の話になるが、大正作家の近松秋江はことのほか政談を好んでいた。政治論というより、消息通の楽屋話に近いものである。自分では現実に即したくろうと（玄人）話のつもりだろうが、秋江の床屋政談と言われていた。こうした現実論というのは俗物的になるものなのだ。〉――からはいるかれの意見をつぎに紹介しておきたい。

高見順は昭和三十五年当時、「歴史小説」――かれの〈時代物〉発言が波紋をよんで小さな論争となったとき、「現実」論をふまえ「現代はそのまま歴史である」という新聞の副題にある解説で、自説を展開したものである。かれの言質の核心は近松秋江の政談が「現実」論であるという設定と、作家の政談スタイルが〈俗物的になる〉という枠組は、過去の「衆論」とはことなる問題提起をもっていたことである。

いわゆる普選の問題がおきたとき、秋江はその現実論からこれに反対した。国家に対して多額の納税をしている人と、そうした「義務」を果たしていない「生活無能力者」的貧乏人との間に現実的な区別をつけないで、ひとしく同じ選挙権をあたえるのは不合理だというのだ。普選の主張には「危険思想」がふくまれているとも言った。要するに、普通選挙は現実に即さない空論だというのだ(8)。

その〈いわゆる普選の問題〉と関係する普通選挙法案は、いちど大正十二年三月一日の衆議院で否決されており、高見順がとりあげた普選問題は加藤高明らがすすめた第二次護憲運動の成果、十四年三月二十九日に議会を通過した「衆議院議員選挙法改正法」をさすのであろう。ここでは高見順の論点である〈秋江の普選反対式の現実密着でなく、現実から「離れる」ことによって、はじめて現実をとらえることができるのだ〉という主張には、いまは直截関係がないのでふれないでおく。しかし、〈普選反対式の現実密着〉とある現実論が現代作家のある種の理想論の対抗軸として設定されていることは、認識論の形式として注目してよい。なぜなら、そこでは〈秋江の床屋政談〉＝輿論（**public opinion**）をみとめていることになるからであり、かつての衆論＝世論（**popular sentiments**）との断絶があったからにほかならない。こうしてみてくると、作家近松秋江のありようは武野流のゴシップとはことなっており、今東光の話をふくめそのことがあきらかになったはずである。端的にいいきれば、武野藤介の伝録はまちがっているのである。

ところでさきの赤松宛書簡末尾の〈侍人〉――身分の高い人のそば近くに仕える人、とあるような表記を、五十五歳の作家が三十歳半ばの評論家にもちいたのはいささか奇異である。が、しかしあるいは冒頭の〈客臘〉とか〈不宣〉とあるのも書簡の様式とはいえそうにはおもえないほど、今日ではもったいぶった格式ではないかとおもえてならない。それではたして、当時はどうだったのであろうか。この書簡様式には作家の特段のおもいがこめられているとしても、二七会の席上程度に〈小生「赤松君の国家社会主義には賛成」なる旨申述ぶる〉ことをあらためてつたえればよかった書簡のはずを、ずいぶんとぎょうぎょうしいものになっていて蠱惑をかんじないわけではない。こうしたことはいまはおくとして、問題にしている書簡の要は赤松の「国家社会主義」を中野の「所説」とむすびつけた点にある、と——そうかんがえた上で、ぎゃくに中野正剛にたいする書簡差出人の評価があらわれており、同時に作家の立場があぶりだされたことになる。大正末年、弱冠三十歳で論集『転換期の日本社会運動』の著書をあらわした〈改良主義の代表選手として革命主義に挑んだ〉論客赤松を(9)、作家が書簡のなかでおおぎょうにもちあげた節はじゅうぶんかんがえられるのである。

また、松田道雄が編輯した『昭和思想集Ⅰ』のなかに、赤松の「共産党功罪論」が収録されている。結論そのものは簡明でマックス・ウェーバー流の「国家暴力装置」論であり、〈反動派〉当局の共産党弾圧が〈極端は極端を呼〉び〈無産大衆は不幸〉になると警鐘をならしたものであった(10)。ただ、ここで注目しておきたいのはかれが〈私がこゝに共産党の功罪を論ずるのも、資本主義に対する共産党の功罪ではなくして無産階級運動に対するその功罪を右翼派の立場から論じやうとするもの〉と〈改良主義〉の立場を表明し、〈私は無産党の右翼派に属するものである〉と自己規定していることである。この伝にならえば、近松秋江個人は、もとをただすと〈私は有産政党支持者の左翼に属するものである〉という発言になる。昭和六年の満州事変後、第一八回総選挙では社会民主主義から国家社会主義へ転向する候補者がでてくる。そんな「軍国日本」の勢いづくなかでも、近松秋江は軍人政治にたいする批判をおこなった事実がある(11)。ようするに作家にはジグザグの波形ではあっても政治的な主張があったという「事実」が大事なのであって、たんに政談ずきの世にいう床屋政談家ではなかったのである。

転換期の時代、「純文学」から「本格小説」へ

近松秋江の赤松宛書簡にまつわる話題は、とりあえずおく。そして作家の政談嗜好の、いわばルーツを検索してみたい。明治三十九年のことだから、三十四年の東京専門学校を卒業後、五年がすぎた三十一歳のころ、徳田秋江のペ

ンネームで小文「『破戒』を評す」「スケッチ小話」などをぼつぼつ発表していた時分、「吾が幼時の読書」を雑誌に発表するそのなかに、

> 新聞も、其の頃から読み始めたが、面白いのは、老父と其の先生とが、大の政談好きで、また大の新聞好きであつた所から、初めはそれに化せられたのであらう、私は生意気にも、其の時分から非常に政治趣味を有つやうになつた、丁度明治二十二三年の頃で、世間は、国会開設の準備に忙しい、三人の新聞政治家は大阪朝日新聞と、岡山で発行する二三の地方新聞とを控へて、暇さへあれば政談に耽り、代議士候補者の噂に時の経つのを知らなかつた(12)。

と、こんな記述がのこっている。このとおりであれば、〈其の頃〉〈丁度明治二十二三年の頃〉は高等野吉小学第一、二学年にあたるので、十四五歳時を回顧したことになる。環境のなせる業とはいえ、〈暇さへあれば政談に耽り、代議士候補者の噂に時の経つのを知らなかった。〉とある早熟すぎる〈生意気〉盛りの話を紹介したあとの、そのつづきの文章は、

> 新聞の愛読はまた自から、赤本〈筆者註、講談の速記本〉の愛読より転じて新聞小説の愛読者とならしめた。が、まだ当時の新聞小説は所謂続き物で、今日の新小説（ノベル）ではなかつた。当時大阪朝日新聞の小説家として最もよく記憶に残つて居るのは故の岡野半牧と、西村天囚と、渡辺霞亭とで、前二者のお家騒動と、歴史小説と、後者の斬髪物とで、明日の日が待たれたと思へば面白い。文学修業といふのも嗚呼（おこ）なれど、兎も角今の吾れのやうに純文学を以つて職業とせうといふ決心は夢にも思ひ及ばなかつた、唯これを読むのが何よりも好きで、むしろ其れを

若い学生の罪悪のやうに聞かされても、自分でもさう考へて居つたから、他の学事が忙しいに連れて、何時とはなしに小説類には疎くなつた。

と、ある。高等小学校以前は『太平記』まがいの上下二巻本の『日本史略』によって〈歴史趣味伝奇趣味〉に蒙を啓かれ、講談の速記本である〈赤本の愛読〉者が高尚な『日本外史』をよみ、〈競争試験〉をおえ現役受験者中トップ、全体でも五番の成績で合格した岡山県立岡山中学にあがると、そのはじめての〈永い暑中休暇〉中に帝国文庫の『南総里見八犬伝』を、そして〈第二の暑中休暇〉には矢野龍渓の『経国美談』をよむようになる。その間、さらに徳富蘇峰の新聞紙『国民新聞』、総合雑誌『国民之友』へと、読書の海がひらけてゆく往時の回想が「吾が幼時の読書」にはしるされている。順調かにみえた学生生活は、二十六年の十二月、〈スミスの大代数の原書を使つたり、ウイルソンの幾何学を用ゐた〉数学の学業不振が原因となって中学を退学する。かれはこの退学により歯車がくるい人生の転機がはじまるが、東京に出奔する二十歳前後、その人生転変の様子は「米穀仲買人」にくわしい(13)。

回想「吾が幼時の読書」は、赤松宛書簡からかぞえると四十年以上前にさかのぼった体験談になる。そもそも執筆時、明治三十九年の近況がつぎの〈文学修業といふのも嗚呼なれど、兎も角今の吾れのやうに純文学を以つて職業とせうといふ決心〉にあったわけで、その〈今日の新小説(ノベル)〉という発想自体が昭和五年から顧みれば隔世の感がある。明治末年の「別れた妻」文学を以つて職業とせう〉とした結果が、文壇に冠たる痴情作家の名をひろめたのである。明治末年の「別れた妻」ものにしろ大正期の「黒髪」もの系列にしろ、芸術の何であるかをかたるまえに私生活の暴露がとり沙汰されたのであった(14)。今東光がつたえた〈情痴作家が政治を論ずるなんておかしいってんで、みんなで近松さんをバカにした。床屋談議だ、床屋の政論だってね。〉という話は、そこにその核心の根があることをあきらかにしている。

しかしこのことは、秋江自身にとっても慙愧にたえないものであった。その感情は大正十二年、四十八歳のときのはじめての子ども百合子をみるにつけ〈四十幾年の昔に過ぎ去りし日のわが幼き顔容の遠き夢の如く淡く思〉ういっぽうでいっそうふかまってゆく。このことを、関東大震災によって焼失してしまった〈自分が十四歳から十五、十六、の全三年間と十七の四月まで一日も欠かさず書き付け置きし詳細を極めた日誌〉の話として書きしるしてゆくのである(15)。

今、人生の定命にも近づかんとして三十年の歳月を振り返へるに、十四、五、六歳の頃一日たりとも欠かさず日誌を書き留めしはその後の自分と思ひ比べて殆ど奇蹟の感なきにあらず、面白きは、その日記を誌すことを二三日怠りて後、前日のことを思ひ出しつゝ、誌すところに、その二三日毎日の日課を怠りしことを自ら悔い、咎むの語句あることなり。自分にしてもしその十四、五、六歳当時の几帳面なる心を持続したならば、今日五十年の生涯を顧みて、何事か意義ある仕事を成し遂げゐたしならんに(16)。

この文章でいう時期は、「吾が幼時の読書」とほぼかさなる。そして、悔恨の底にはみずからへの風聞――遊蕩文学者、あるいはまたその生活者としての不名誉きわまりない過去がおりかさなっていたはずである。悔悟の情、〈何事か意義ある仕事を成し遂げゐたしならん〉――にあるのは、長女の誕生をとおしあらたな展開となってあらわれる。〈新聞政治家〉いらいの、ひとりの少年の初志貫徹といえばよいのであろうか。かつて作家の回顧のなかにあった〈私に深いく〱歴史趣味伝奇趣味を与へた〉「吾が幼時の読書」へ、また〈生意気にも、其の時分から非常に政治趣味を有つやうになつた〉「吾が幼時の読書」からわきおこる思い出の世界のことである。本稿冒頭の木佐木日記にのこされた大正十三年暮の話も、じつはこの素志の延長上になければならなかった。

こんな事実がある。作家近松秋江は昭和十五年にだした著作『浮生』の「あとがき」のながでみずからの戯曲「井上準之助」を解説して、大正十二年の関東大震災から井上暗殺事件の昭和七年までの「軍国日本」の前夜とその延長線上にある「あとがき」執筆時を〈たゞならぬ気運〉だと言及したうえで、戯曲執筆の動機をあきらかにした。あとのテロ事件についての概要はすでにふれておいたが、この事件直後には五・一五事件がおきていた。こうした国運〈たゞならぬ気運〉の前ぶれをふまえてかいた「あとがき」を執筆したのが十五年九月一日だから、翌年十二月、「軍国日本」一色となる日米開戦前年にあたる。もうひとつあげれば昭和十一年の二・二六事件当夜、叛乱軍に占拠された麹町区官庁街に隣接した大阪ビル地下にあるレインボー・グリルでおこなわれた結婚披露宴の席上で、周囲の心配をかえりみず反軍演説をぶった(17)。言論弾圧に抗して「散文精神」を地でいった広津和郎におとらず、作家近松秋江は頑固一徹をおしとおしたことになる。筋金入りの政治姿勢を、もう痴情作家の気紛れなどと形容するわけにはゆくまい。だとすれば五十年前、故郷であった原初の体験、〈新聞政治家〉の年端もゆかぬ少年の体験にまでさかのぼる、〈何事か意義ある仕事を成し遂げゐたしならん〉とおもいたった作家の気骨のあらわれがあると、そうかんがえるべきなのである(18)。

作家近松秋江の戦前昭和をかんがえるための結節点には、たしかに長女の誕生というかれ自身の私的動機がひとつの前提としてある。しかし、事はそんなに単純なはずがない。作家の主張がうけいれられる時代の器の存在がなくして、評価の対象となる個人の転換など存在するわけがないからである。それでは《時代の器》とはなにか、ということになる。それは、「小説」という観念の変質があったということである。大正のある時期の作品としてよくとりあげられる例としては、菊池寛の「真珠夫人」の存在がありまたその作品をとりあげた大正十年の『新潮』一月号の時評文「真珠夫人の後編」でなら、このようになる。

菊池寛氏の「真珠夫人」は、近時の小説中、最も大なる歓迎を受けたもので、「大阪毎日」だけで、之が為め五万以上の読者が殖えたさうだ。劇に演ぜられたること既に数十回に及んだ。小社より出版した単行本も売行き果して予期の如くに進み、都下売捌店に聞いて見ても、新聞小説で斯くの如き売行きのよいものは他にないさうである(19)。

「時代の器」、すなわち世にうけいれられるとは、このような「流行」をさしてのことである。この、しかしあまりに現象的な解説が「新聞小説」のなんであるかを説明していないことは、ただちに了解できよう。では『真珠夫人(注解・考説編)』からその「『真珠夫人』評価史稿」掲載のさいしょの時評文をとりあげ、「新聞小説」――「純文学」にたいする「通俗小説」についてを検証してみよう。

菊池寛氏の「真珠夫人」(東京日日)は未だ十二三回しか出て居ないが、それだけ見たところでも、今まで自分の見て来た駈け出しの通俗作家の初めの作としては、一番しつかりしたものだ。通俗小説のこつも能く呑み込んで居るし、一回々々の書き方も中々しつかりして居れば、筋も面白さうだ。通俗小説の性質を能く研究し、それを理解したものらしい。さういふ点にも作者の知識的なところが現はれて居る(20)。

ここには、通俗小説の骨法が三例あげられている。ひとつは〈こつ〉であり、二つ目が〈書き方〉であって最後の三つ目は〈筋〉ということになる。〈面白さ〉に通底するこの条件をみたした「真珠夫人」が、〈近時の小説中、最も大なる歓迎を受けたもの〉となったのである。そして、この通俗小説の起点がどこまでさかのぼることができるのかという問題は、近代の小説観の「変質」を問う喫緊の事でなければならない。そのことで鍵となるのが「純文学」に軸足をおいた中村武羅夫の評論「本格小説と心境小説と」であり、広義には近代リアリズムの問題にある。

戦後昭和、三十一年に平野謙によってあまれた『現代日本文学論争史（上巻）』の「私小説論争」その他にみられる構成が編者渾身の力作であったことは、わずか二年前にでた同種の『現代文学論大系（大正時代）』（河出書房）とくらべれば明瞭である。とくに「本格小説と心境小説と」（中村武羅夫）にはじまり「純文学余技説」（久米正雄）と「『純文学余技説』に答ふ」（広津和郎）をふくめた「私小説論争」十二年の経緯はその後四十八年の『近代文学評論大系　6』（角川書店）とくらべても、評論家の文学史にたいする問題意識は鮮明であった。大正のある時期からはじまっていた近代小説の変質をかんがえる場合、平野謙の現場主義が小説家たちの体温をよくくみあげたものである点で、すぐれているのである。とはいえ二〇世紀がおわったあと、現在の文学状況を俯瞰すると、平野の「私小説論争」というくくり方には根本的な違和感がある。評論家がおこなった概括でたりないことは、今日からかんがえれば「通俗小説」という文脈をさらいきれなかったことである(21)。むろんその根底には、近代リアリズムの変容といった既成文学の破産問題があった。

ひとつはっきりしていることは、平野謙が「純文学」といったとき、かれは私小説を想定し記述しているということである。このことが前提となっているから、「私小説論争」のさいごに実作者の久米正雄と広津和郎の目あたらしい評論文をくわえ編輯したのである。もうひとつは、中村武羅夫が「本格小説と心境小説と」をかいた時点を、平野謙自身も従来の「小説」観とは断層のあることをみとめていた——だからこそ、あらためて中村の評論を「私小説論争」史の冒頭にもってくるという編輯をおもいたったのであろう。平野は、こうした編纂過程のなかで決定的に私小説＝純文学という図式の坩堝にはまっていたため、文学史をえがくさい通俗小説の評価をみおとしたか、すくなくとも過小評価してしまっていたのである。

平野の「解説」では〈現代文学の畸形性を心境小説という呼び名の下にとらえた〉中村が、「リアリズム」のありかた——〈作者自身の心境の表明されている作品をよしとする現代文学の風潮〉に警鐘をならしたことを重視していた。

このことが小説全般にわたる広汎な問題であることを、かれはおおいに注目してみせたのである。

> 変則な在り方を最も高しとするような現代文学の病弊を、中村は本格小説と心境小説という対概念のなかに捉えて見せたのである。ここにいわば正統的なリアリズム論から客観性の恢復を念願する中村自身の小説概念がある。それは広津の人生のすぐ右隣りである散文芸術という見方とは、一応別個のものだが、また全然無縁のものではあり得ない。ここに一九二二年から二四年にいたる実作者による小説芸術の自己反省という主線があつた。
>
> しかしこの主線は、久米正雄の心境小説擁護論『私小説と心境小説』の出現によつて、或る屈折を見せたと言わねばなるまい。久米の心境小説論は、中村の本格小説論の直接の反駁を意図してはいない。しかし、久米の心境小説論が客観的には中村の本格小説論の真正面からの対立物であることは明らかである(22)。

と、平野は指摘した。そして、この文章のあとにふたつの有名な根拠、〈一時代前の、文学青年の誇張的至上感〉と〈一人生の「再現」としか考へられない〉との久米の「小説」主張からうまれる結論、〈芸術が真の意味で、別の人生の「創造」だとは、どうしても信じられない〉とする言説をふまえ、平野は自身のおもい――それは久米の言質を、〈当時陰に陽に抱懐していた既成作家全体の代弁〉だったと強調する平野文学史観にいたるのである。こうした脈絡のなかで、つまりは西洋の近代小説、それはトルストイでありドストエフスキイや、あるいはフローベルの長編小説を〈高級は高級だが、結局、偉大なる通俗小説〉だといいはなつ久米の文学観が存在する、とみなしたのである。いじょうの中村と久米との径庭から平野がみちびいた結論は、「小説の変質」という問題にほかならなかった。しかし、そこで視座の再転換というかんがえをここにはさみ、中村がおもっていたように「純文学」を私小説でなく「虚構」にもとづく西洋の近代小説〈正統的なリアリズム〉のことだとすれば、たとえばこの稿でとりあげている近松秋江という作家の位置づけを、いままた再考する必要にせまられるのである。そもそも私小説というアイテムの存在が否定されれば、かれの「別れた妻」ものといった系列の作品群、とくに「疑惑」を、平野がいう私小説の金字塔とかんがえる必要もなくなることになるからである。

転換期を象徴する「地上の光」の杜絶

近代リアリズムの問題に、いましばらくこだわってみたい。平野世代の評論家にはかれの対極にフランス文学信奉者の中村光夫がおり、その中村ははやく『風俗小説論』(昭25)をあみ、平野は『芸術と実生活』(昭33)をまとめており、ふたりはそれぞれの著作発刊の十年間前後とそれ以後、小説史とリアリズム論のからみで「私小説」論争をくりかえした[23]。このこと自体は戦後評論史のひと駒として記憶しておけばすむことだが、平野と作家近松秋江とのからみについては、ふれておくべきことがまだのこっている。

前にひいた「吾が幼時の読書」のなかにつぎの文章――〈文学修業といふのも嗚呼なれど、兎も角今の吾れのやうに純文学を以つて職業とせうといふ決心は夢にも思ひ及ばなかつた〉があった。近松秋江が十四五歳のとき興味津々よんだという新聞連載小説の作者、啓蒙期の新聞小説作家岡野半牧と浪華文学会の中心作家西村天囚の話を回想したあとのこの文章は、かれがデビュー作「別れたる妻に送る手紙」を発表する明治四十三年まで、十数年の感慨を〈純文学〉という術語によって〈文学修業〉時代を表現していた。このふたつの信念をかさねあわせると、そこには作家近松秋江がおもいえがく鞏固な源泉である「文学」の核心が存在する。そのデビュー作でありまた話題作は、牡蠣町の私娼お宮との私事を家出した妻〈スマ〉にかたるという形式でかいた小説――しかも代金支払の不足分にこまった主人公雪岡が、車夫をつかいにやり新聞記者の友人長田(筆者註、正宗白鳥のこと。お宮とのあいだで恋の鞘当をしている当人)に原稿料の前借をたのむ。かれの返事が〈その金は渡すこと相成りがたく候〉といった類のいやがらせまでを作中に記入したものであったが(24)、その続編にあたる妻をさがしもとめ日光で止宿した旅館をみつけだす筋書の問題作「疑惑」——しかも神橋の〈一番大きな旅館〉の宿泊人名簿に下宿人で同郷の学生〈児島〉某の名を発見しいままでの雪岡の「疑惑」に幕がおりる作品を、平野謙は私小説の「嚆矢」とみた(25)。しかし、あけすけな私事をえがいた話題作もその続編である問題作も、作家自身はのちにいう私小説と総評される種類の文学とはかんがえておらず、回顧談「吾が幼時の読書」の信念にしたがうと、そのことにはとりあえずいち理があることになる。というのもかれが〈今日の新小説（ノベル）〉といったとき、明治三十九年当時、そこには久米正雄がいいきった〈一時代前の、文学青年〉の西洋近代文学という理想像〈純文学〉を、かれの少年期、前時代の実録物であった〈所謂続き物〉に対項させおもいえがいていたのはまちがいないからである。

この作家の立場は、明治四十年代の自然主義文学運動からうけた被害者意識——〈嘘と思ふなら、明治四十二三年当時の新聞の文芸欄や文学雑誌を上野の図書館にでも行つて、委しく研究したら分ることである。〉と、その憎悪をかくさない〈私は、個人的の感情からいつても、自然主義加担者としての早稲田を甚だ好まなかつた。〉立場とを、ふたつながらに密接にむすびつけていた。そして〈二十余年前私が文壇に出る時分坪内博士と（略）〉、

島村抱月氏の厄介になつたことは、無論数々あつたが、又その反対に氏の為に迫害せられたことも事実であつた。此処に、端的に、その迫害の事実をいへば自然主義運動当時島村氏、及び島村氏の周囲に在つた片上伸君とか相馬御風君だとかのグループの人々が盛に自然主義を主唱してゐた時分、私は自然主義を無条件には讃美しなかつたのだ。且つ、島村氏ともある人が、田山花袋氏の主唱した自然主義に附和雷同するといふことを甚だしく、抱月氏の為に惜んだのであつた(26)。

また雑誌『早稲田文学』に四回連載していた、例の「別れたる妻に送る手紙」中絶は御風の意見をきいた抱月に責任があると、かれはうらんだ(27)。そのかれが理想としてもとめた文学思潮は、ウォルター・ペイターの *Studies in the History of the Renaissance*（文芸復興期の研究）にたつ唯美主義であり、自然主義の文学とは相いれなかった。そしてアーサー・シモンズをふくめ受容した、その主義からうまれた明治四十三年発刊の『文壇無駄話』は印象批評の最初の評論集として佐藤春夫らに影響をあたえ、またその立場から谷崎潤一郎をだれよりもはやく永井荷風のまえにみいだしたといった、文学史に足跡をのこしたのはたしかなことなのである(28)。

こうしてみてきた作家近松秋江の履歴をみとおしたうえで、はじめて大正期末にもらしていた作家の《悔恨》の意味がはっきりする。つまり問題作「疑惑」は、《悔恨》の反措定としはじめて私小説たりうる平野の説があり、また文学史家平野の「私小説論争史」編纂があり、そうした中からうまれた評論家の「純文学」論にたいする理解の仕方として作家近松秋江の「本格小説」観が対置している、という提言にたどりつかねばならないという問題が存在しているのである。そこでこの例題に道筋をつけるために「地上の光」という杜絶した作品、——政治小説であり通俗小説、大衆小説でもあり、かつ本格小説であり同時に客観小説でもありうる——そもそも転換期の時代、こうした術語のかくたる定義あるいは概念は定着していなかったし今日でも時の文壇用語として歴史的、恣意的なものにすぎぬのだが、近松秋江が試行した新聞小説をとりあげてみよう。

この小説はそもそも大正十三年六月四日の『時事新報』に掲載がはじまり、七月二十七日の〈五五〉回目と「詫び状」をもって杜絶した作品である。その理由を、紙面では〈◇御断り　小説「地上の光」は作者の都合で遺憾乍ら中断の止むなきに立到つたので、〉云々と、一片の文言でつたえる。読者がこの「詫び状」を、なにかしらの思惑をもってよんでいたとしても不思議ではあるまい。次作の連載小説の期待を、ならいどおりに「冷火」がおわった六月二日の同じ紙面で、作者の久米正雄が〈続いて掲載致しますのは、珍しや近松秋江氏の、久しい以前より持つて居る本格小説の、抱負を実現する意気込を以て物されたる新作「地上の光」一篇。恋怨を描き、情痴を写す事に於て、既に神域に達せる作者が、更に一歩進んで大なる社会的背景の前に、髣髴せしむる世態人情は、必ず読者諸君を魅了せずには措かないでせう。時や初夏、人は衣を更へて、此の名篇の出づるを待て。〉とつづり、エールをおくっていたのである。

この作品の発表は中央公論社の年末風景を本稿上記『木佐木日記』から紹介した年、大震災の翌十三年その年の夏のことである。また中村武羅夫の評論「本格小説と心境小説と」も、おなじ年の『新小説』一月号のことであった。さらにこの年を境に京都の遊女「黒髪」シリーズ――〈恋怨〉をテーマにした作品は「屈辱」(『中央公論』五月号)をもってかかれなくなり、象徴的にこの年七月、その系列作品をおさめた著書『黒髪』が上梓されていた。ところで、前年八月は京都を舞台にした新聞小説「二人の独り者」(筆者註、『国民新聞』に連載)が単行本となって出版されており、長女百合子の誕生が十月であったことはすでにふれた。こうしてあげてみると、作家近松秋江にはすべてのことが転換の予感をしらせる前触とはなっていたかとおもう。もちろん、かれ自身の意思もつよくはたらいていた。そうした文壇周辺の情報をしるした紹介文が、久米正雄のまえの文章にほかならなかった。しかし事は久米の期待ほど、簡単ではなかったのである。そこにはあらたに誕生していた読者公衆の問題がよこたわっていた。

明治期は、出版社の支配力がちいさかったとはいうまい。たとえば島崎藤村がそのため緑蔭叢書の一冊『破戒』を、明治三十九年三月に自費出版した話は有名だ。だがしかし、活字媒体の出版業界に限定しないメディアの多角化は大正期にうつって拡大しそのことがちょうど大正の末年から昭和のはじめ、ようするに一九二〇年代から流通出版の核心部を支配するようになる。媒体の多様化は、いわば「読者の公共圏」拡張と変容をもたらしてくる。通俗小説というコトバがあるいっぽうで新聞小説がもちいられ、本格小説というコトバにたいし客観小説なるもちいかたがある、といった具合である。そして一九世紀の小説概念は、このときまちがいなく制度疲労をおこし倒潰していた。そうした構造的な変化をかんがえない、二〇年代から三〇年代にかけてのリアリズム論は成立するはずがない。一九六一（昭和三十六）年に文芸誌『群像』の十五周年をきっかけとして「純文学論争」の渦中で主役をえんじた平野謙が[29]、その数年前に「私小説論争」を編纂していたのはけっして偶然ではなかった。本来とはぎゃくの意味となるのだが、ようするに評論家には「純文学」が存在していなければならず、かつその程度の〈文学青年の誇張的至上感〉（久米正雄）の持主をえんじなければならなかった私小説大好き人間の「平野探偵」、その人だからである。

そのことは、かれがリアル偏重の探偵趣味にたけた評論家であることにふれておけばもうよいので、話をもとにもどそう。久米正雄が紹介したとおり、作家近松秋江は、目算をたてた本格小説である「地上の光」を新聞小説として発表したのである。ただし杜絶の「詫び状」は表向きのものにすぎず、その顚末は社の方針によって新聞読者に不評の作品がおろされた、というのが真実であった。

そもそも「地上の光」〈中断〉までの構成は、「海を吹く風」「仕官」「忙中の閑」「利権の争い」「夏の花」「青山白雲」の六章からできていて、つづきを予見させる杜絶にいたる最後の章〈十一〉が唐突の幕引であった感はまぬがれまい。全体としては、客観小説であって通俗小説である。「通俗小説」だというのは大正時代のアイテムがすべて、たとえば大仕立が時の大臣がいて、大学出で留学帰りのエリートや成功と立身をとげた大物財界人の登場であったり、明治という時代をかけぬけ時代の尖端をゆく実業人と政治家、あるいは華族の家庭さらには上流社会の美人姉妹までを登場させ、そのひきたて役の道具だてが展望列車での社交、そして高級文化住宅や避暑まで雅の生活であり、また車、ピアノ、蓄音機から小道具のカメラ、レコード、洋物化粧品までありとあらゆる奢侈、高級品のアイテムをそろえた「ファッションの二〇世紀」が氾濫しているからである。こうした雑多な演出を、わかき友人で通俗小説の旗手三上於菟吉はかえってみとめず、こう〈本格本格と格ばかり考へずに、どうかあらゆる破格を恐れずぐいぐいと事象の真中に突込んで貰ひたい。〉〈繰り返して言ふ、本格小説、大人小説を書くことのみを心掛けて、卿の資本である感動性を失ふこと勿れ。〉と、忠告した(30)。それでも大衆にとっては縁のないあこがれの作り話だったことが、通俗小説の条件になるのである。また「客観小説」である理由は、私小説ではないからである。いじょうのような全体をひっくるめると、それは作家のかんがえた「政治」を舞台とする「本格小説」ということになる(31)。

しかもこんなところにも、作家の書法は発揮されている。

と、その後から姉妹と思はれる二人の美しい娘がつゞいて入つて来た。年齢は見たところ二つか三つかくらゐしか違つてゐないらしく十八と二十一二、二人とも同じ深い紺地に派手な飛白のお召の単重を着てゐるが、柄に少しく大きいと小さいとの相違があるだけである。帯は清々しい白地の勝つた塩瀬か羽二重か、それに眼の覚めるやうなお納戸色で大きな草花の絵を染め抜いたのをしめてゐる。二人とも厭味にならぬほどの、おとなしい分髪にしてゐる(32)。

作家近松秋江は典当にいれた「愛衣」をめでながら、蔵の中でうたた寝をするような人である。ほかにも「青山白雲」の避暑をうつす場面でも、着衣によって季節と身分階級を暗示する手法はかかさない。実はこのことが自然主義ぎらいのいったんをあらわしているのだが、唯美主義を声高にいいはるかれの立場は、文章に心をくだくだけでなくファッションにも「趣味」のうるさい人間であるということであったのだ。食堂車にあらわれた姉妹の瞬間を活写したのが、うえの文章である。《華やいだお召し物を着ていた》だとか《派手だが涼しそうな恰好をしていた》、と簡略な説明では気のすまない作家の描写力が、一日よみきりの新聞読者には「間」をはずされたのかもしれない。通俗小説「真珠夫人」流行の基本条件と喧伝された〈こつ〉〈書き方〉〈筋〉、このスピーディを要求する現代人には、どれひとつをとっても、書法の失敗をあげた作家は新聞小説にふむきな芸術家だったのだろうか。三上が「秋江に与ふ」のなかの忠告〈新時代の大序曲〉につうじるところであった。
「地上の光」の〈中途断絶〉問題は、かれにはこのことの程度の問題だけではなかったようである。というのは、作家が本筋のこんな反論をのこしていたからである。

「時事新報」に掲載した新聞小説「地上の光」は、大分コンポジションを誤つたので、非常に書き悩みましたけれど、自分では、初めからの企てを、決して悔んでも、又失敗したとも思つてゐない。愚族なる読者と新聞社の編輯とに媚びることを以つて成功なりとするには、吾々の頭は、大分高過ぎると申すのみで私はあの中途断絶の長篇の試みに依つて、自分は今の政治家――代議士階級の人物を如実に書き表はしうることに多少の自信を得て、他日の為に稍々満足して中絶にしました(33)。

この文章の表題「予が本年発表せる創作に就いて（地上の光など）」の内容がその前半を「子の愛の為めに」の説明にあてているのは、作家自身の大正十三年を象徴するものとなっている。「愛児」ものとよばれるようになる作品の説明個所はいまは関係がないのではぶくとして、みずからを規定したかんがえが〈大分高過ぎる〉とあることから、そのことが政治家についてふれた記述個所を参照すれば、かれが戦前昭和に執着したモチーフを、編輯部が読者の顔をみてうごき内容の変更をせまったことをうかがわせるものとなっている。引用文のおわりにある意気軒昂なメッセージの発信はそれはそれとして、杜絶の「詫び状」の事実が読者側にあり新聞社はその権勢《読者公衆》におしきられたわけだから、新聞連載、最初の「政治小説」の挫折であることはまちがいない。新聞社という公器の存在をこえた、大正メディア界における変容がそこには刻印されている。簡略にいってしまえば、「資本と経営」を支配するあらたな「読者の公共圏」となづける現代が、作家の意図を暴力的に截断してみせた。時代は、動いたのである(34)。

「地上の光」のえがいた世界

そこで、作家近松秋江にとっての「政治小説」の問題にふれたい。「地上の光」の四章にあたる「利権の争」が政治の裏側であれば、つぎの章「夏の花」はその表をえがいたことになる。小説の構成論としては表裏の関係には意味があるとして、しかし構想〈初めからの企て〉は、もうすこしおおきなところにあったはずである。政治小説としては加藤高明内閣を基軸とする物語が、通俗小説としての一本のプロットである帰朝者竹中貞頼を「海を吹く風」の冒頭の章に登場させたのは、政治小説を構成、展開させるための伏線ではあった。竹中貞頼は維新の勲臣、農商務大臣経験者の子爵貞正を父にもつ人物であった。この人物像ははじめから構想の内側にあった「仮構」、作家の作為でなければならなかった。というのも、竹中は「任官」の次章で大学の恩師矢田部法学博士の推薦によって、時の柴原内務大臣の秘書官に就任することになるからである。政治小説の基軸と通俗小説の主線であるプロットは、この場面で統合、成立する。

加藤内閣を作品の中心に設定したプロットは、作家の政治姿勢と直結していなければならない。この内閣は、護憲三派で勝利した第一五回総選挙の結果誕生していた。三派連合とは加藤の憲政会のほかは高橋是清の政友会と犬養毅の革新倶楽部の三派であり、選挙前の一九二四（大正十三）年一月十八日いこう、護憲にたった政党内閣確立をもうしあわせ協同歩調をとっていた(35)。犬養毅が五・一五事件で暗殺されおわるまで、いわば「憲政の常道」である政党内閣期がつづくその端緒になったのが、加藤内閣であった。この内閣が作品では福嶋内閣である。作家はもうひとつの作為をこころみている。内務大臣を現実の若槻礼次郎でなく農商務大臣の高橋是清を柴原内相におきかえたうえでストーリーを展開しており、竹中貞頼がらみのプロットの主線が担保されたことになる。その結果、官僚臭のつよい貴族院の若槻でなく内閣の中心を庶民派の高橋に設定することにより、人物の条件――〈政治的の識見、才幹〉をもち〈海外の事業に従事〉し〈思想は遙に進歩的な感が多〉く〈飽までも平民的な親み易い調子〉のかれがストーリーの幅をゆたかにする、そのための仮構であった。

「閣下が今度の内閣にお入りになつたのは、世間は皆意外の感に打たれてゐますが、それと、もによく一党の首領でありながら、多年政敵として戦つて来た反対党の首領の下に大臣になられた雅量に対しては非常に敬意を表して居ります。」とお世辞とも皮肉とも附かぬことをいった(36)。

立憲政友会総裁の高橋が〈党内外の事情〉から連立をくむと、床次竹次郎派が政友本党を結成し立憲政友会は分裂した。一九二七(昭和二)年、床次がぎゃくに浜口雄幸の立憲民政党と合同、脱退をくりかえすなどの政界再編が政党政治の不信を助長することになるのだが、ともかく特急列車内の新聞記者とのインタビューでの〈お世辞とも皮肉とも附かぬこと〉とあるのは、そんな政党の合従連衡があったことをさしていた。この〈新任奉告の為め大廟参拝〉には竹中も秘書官として同道し、このとき実業家のあの美人姉妹にはじめて接近する場面がくみこまれることとなる。

作家は、またもうひとつの作為――芸術の皮膜を演出した。それは姉妹の父、野村勝蔵を登場させたことである。このだれもがしるという実業家は海外での殖産興業により財をなした〈東京の実業界の耆宿〉であり、またその〈功労によつて、二三年前貴族院議員〉に勅選されており内務大臣とは顔みしりの仲であった(37)。作品では、このふたりが車内で遭遇することになっている。「夏の花」章は護憲三派の選挙勝利後にひらかれた第四九特別議会で、この野村が大蔵省提出の法案に賛成演説をする場面にあたる。その法案が「奢侈品関税引上げに関する法律案」であった(38)。ところでこの法案を、作家近松秋江が臨時議会の審議模様にえらんだことにも作品にたいする性格づけと位置づけをかんがえたうえでのことであったのは、七月十一日の「夏の花」初回の説明が、たゞ追加予算その他二三の議案に就いては多少の波瀾が起こつたがそれとて与党が絶対多数を占めてゐることであるから、結局、野卑な野次が飛んだくらゐのもので、先づ平穏無事の議会であつた。併しこゝに一つの問題は、新内閣の今後の施政の方針を最も短的(ママ)に代弁せるものとして、可なり朝野の視聴を集めてゐる大蔵省の提出案たる、奢侈品の輸入関税引上法案であつた。これについては、いろいろの見地から批評が容れられるのであつたが、政府の本案提出の根本の精神は、近時際限なく放縦爛熟に流れてゐる国民の奢侈贅沢心に対して一大覚醒を促さんとする道徳的意義を含んでゐるのであつた。

とあり、作家の意図はこの法案の意味づけ〈道徳的意義を含んでいる〉とあることからも理解できよう。この場面と対応する『東京朝日新聞』の七月十一日付記事と比較すれば、その関心のむきがさらにはっきりする。この「奢侈品の輸入関税引上法」は木佐木日記にもふれている浜口雄幸蔵相が主務大臣として上程した法案であり、じつは昭和初頭に首相の浜口と蔵相の井上がコンビで実施する緊縮策による財政健全化「財政規律」をうたった政策とも関連してくる。しかし、いまはこのことを指摘するだけにとどめておく。また作家が戯曲「井上準之助」をかくのはさらに先のことで、ただ井上がテロで落命するまでをえがくその作品は戦前昭和の核心を射た社会戯曲であった。かれがすでにこの法案に注目していたことは近松秋江という作家の政治にたいする関心度をはかるうえでの根拠となるであろうし、昭和初年の世相をうつす材料であったことでも作家の手腕が傑出していたことである。そして、新聞記事にはこうある。

今期議会の最重要案件たる追加予算案並に小作調停法案等の上程された十日貴族院本会議は酷暑でダレ勝ちの時

にもかゝはらず特に緊張の色を見せる、傍聴席も貴族院に附物となつた女学生の一団（府立第六高女）百四十名を初め一般男子の傍聴席も七八分の入りである。／定刻電鈴を合図に徳川（註、家達）議長着席し諸般の報告があつた後午前十時十分会議議長は追加予算並に之れに関係ある（筆者註、以下略）

と。また、この議場の光景が「夏の花（五）」の場面にもちいられていた。法案提出の前夜、野村の姉妹勝子、礼子とその弟誠三が家族団欒の話題として、奢侈法案にふれ贅沢品をめぐって口論する場面をえがいたことも、作者の意図とむすびついているわけだ。この法案についてはこれいじょうふれずにおき、ようは政治的な重要議案である追加予算関連八法案、そして輿論で問題になっていた三派で上程予定の「貴院改革建議」案ではなく、また「小作調停法」案でもない「奢侈品関税引上」問題が作品の骨格と密接不可分の関係にあったことを確認しておけばよいのである。というのは、このことが本段はじめにいった表裏のオモテといったときの「政治小説」と「通俗小説」という柄物の皮膜を説明したことになるからであった。

では、表裏のウラにあたる「利権の争」章は、どう位置づけられるのか。本来であったなら、「政治小説」の核心にあたる内容だったであろう。というのは推測をこめた話のうえでのこととして、杜絶の「詫び状」のべつの真意がかくされている——と、そう《読む》べきウラの核心が「利権の争」にはえがかれていた。政権与党の第一党〈公政会〉の大臣ポストにたいする党人派側の不満と、単純化すると疑獄事件簿にまつわる政党裏面史とを主軸にしたのがこの章である。文学者が政治の不正を告発、追及した例でいえば、政治亡命をしてまでの果敢な闘争で名をのこしたエミール・ゾラの「ドレフュース事件」簿があった。身近には広津和郎の海軍汚職「シーメンス事件」を題材にした「神経病時代」がある。しかし、作家近松秋江の場合はこのふたつの例には該当しない、高見順が〈普選反対式の現実密着〉と規定したような書法があった。長期にわたって政権党にあった内相柴原のぞくしていた〈立憲同志会〉は、公共投資や補助金行政、あるいは人事権、猟官制の行使によって政治支配をつづけていた。この立憲同志会にかわって政権を奪取したのが、〈在野十年〉の辛苦をなめた与党第一党の〈公政会〉であった。その支持基盤は知識層や都市住民であり、地方のブルジョアを支持基盤にもつ立憲同志会とは党の性格に基本的なちがいがあった――と、秋江作品にあわせて説明してみたが、当時の読者にはそれぞれの党が高橋是清の立憲政友会であり加藤高明の憲政会であることは自明のことにぞくしていた。作家自身は政党政治を基礎にした国家体制の構図のなかの人間であって、内に立憲主義、外に国家主義を支持する一般的な現実主義者であった。かれはこの枠内で作品の絵柄をデッサンした。そのひとつが、〈北サガレンの利権〉問題にはっきりあらわれている。

石井代議士にしても宮嶋代議士にしても、北サガレンの利権に重きを置いて、尼港の惨殺事件を諦めようとするのは、必ずしも卑近な利害の打算からばかりではなかつた。死んだ者の事は何時まで繰返してゐたつて、所詮詰らない。そんな空證文の体面論よりも、日本は今の場合もつと〳〵実利を獲得して、国富を増進するのが急務であることを大体に於て意識してゐるのであつた。そしてその間に乗じて自分達も亦相当に利する所あらうとするのであつた(39)。

文中の〈尼港の惨殺事件〉は、一九二〇(大正九)年五月二十四日にシベリアのニコライエフスクの収容所で〈労農政府の治下にある不逞の露西亜人の為に襲撃せられて〉おきた日本軍将兵と領事をふくむ居留民一二二名(筆者註、作品では〈七百の精霊〉とある)におきた「尼港の惨劇」のことで、一般には尼港事件とよばれていた。作家の筆による〈普通の国際的道義を以て律することの出来ない、名にしおふ労農ロシヤ〉と――復交交渉が、二四年五月十五日、駐華公使芳沢(筆者註、作品では「沢村」)とソ連中華代表カラハンのもとに開始される。ロシア革命にたいする

「干渉戦争」であったシベリア出兵から派生した事件の処理にかんする話がさきの文章であり、作家は石井代議士ら〈かれらはそれゆゑに今、普選問題や上院改革問題よりも、日露交渉の結果如何に最も深い注意を払つてゐるのであつた。〉といった具合に、利権問題をとりあげたのである。

シベリアの出兵と北樺太占領は、日本政府と軍部にとっては経済価値と領土収奪のぜっこうの機会であった。その口実として、尼港事件が利用された(40)。この帝国主義の本質が、「利権の争」章では政治家にまつわる利権問題に矮小化されえがかれている。だから、「政治の不正」にたいする追及という視点がなく既成の構図にとどまっているという意味では、高見順がみてとった作家近松秋江が現実主義者であったという指摘はただしい。たしかに新聞小説「地上の光」の基軸は「政治小説」であって、ときの既成政党による「政治」をテーマに主題的にとりあげた小説である。旧政権下の「樺太」利権には手がおよばず、だから政権交代によって与党となった陣笠連の政治家があたらしくうまれた利権を〈自分も亦相当に利する所あらう〉とねらいをつけ〈眼を皿のやうに〉してうごめく政界地図を、作家はえがいた。この顚末はさいごの七月十日の「利権の争（十二）」で、このように記述される。

「交渉の進捗如何によつて決するんだが、いよ〳〵都合好く運んだ場合を予想して、伊達総務の手によつて最も品質の好い石油坑と森林が千町歩ばかり任意に出来ることになつてゐることは、どうも事実らしいんだ。」と、囁いた。

と。

ところで、この〈事実らしいんだ〉とある噂話程度の利権の構造が新聞小説として公表されたことのほうが問題にならなかったのだろうか——と、今日からなら当然おもいいたるはずである。というのは、まえの引用文のあとの

――〈彼等が伊達総務といつてゐるのは、長い間第二党の劣勢にあつた公政会をして遂に今日の第一党の優勢を占むるに至らしめた党の最大功労者であつた。それゆゑ今度の内閣には自他共に必ず総務も重要なる閣班の椅子に置かれるものと思つてゐた。〉とある説明をよんだ読者には、〈伊達総務〉が党人派で組閣人事冷飯組の安達謙蔵であることは周知の事実であり実名にひとしかったからである。作品はこの章のあと貴族院の議場場面にうつる「夏の花」にかわり、そして杜絶するさいごの章である「青山白雲」がつづく。その避暑地を舞台にしたプロットで竹中貞頼と美人姉妹が再会し、この姉妹の妹礼子がかれの妹顕子と〈お茶の水で同級生〉だったことがわかる、という作り物くさい物語がまっていた。この俗世の話のさきは読者の期待どおりの「通俗小説」となるはずだったのだろうが、そのまえに「政治小説」が読者の不興をかこち「地上の光」は完結せずにおわったのである。だがしかしである、この「政治小説」には上記のような《毒》があり、内部告発ならぬ根拠をしめしえないような噂話に筆をそめたため〈中途断絶〉問題に発展したという点を、確証があってのことではないが書きとめておきたい。だれもが当て推量かのうな登場人物に問題があった、ということである。

しかし、こうはいえないか。一九二四(大正十三)年六月四日に連載がはじまるこの物語「地上の光」の発端は護憲三派による同年五月十一日の加藤内閣誕生がそのはじまりで、日ソ交渉が同十五日開始、第四九特別議会召集日は六月二十五日、そして貴族院本会議が七月十日にとつづく政治日程と、作品の展開がほとんど同時進行にちかかった。とくに貴族院本会議の開催日とその場面の連載日は三日とちがわない、ライブ、実況中継の臨場感状態で発表されていた。読者公衆は、現実の政治とかさねてよんだ。そんなときに「利権の構造」が発表されれば、小説技法のひとつ「虚構」――架空の話ではすむまい、ということもつけ加えておきたいのである。

おわりに

この稿でふれたかったことは、作家近松秋江がいっぱんに晩年とよばれる時期にはいろうとするときの、そのときの創作上の転換についてであった。具体的には、かれの「政治小説」の問題である。床屋政談とかろんじられた政治趣味と、そうではない一九二〇年代における作家活動をトータルにみなおすことにあった。そうすることでその後の、戦前昭和のかれの創作活動の意義がはっきりするはずだからである。一九二五（大正十四）年、雑誌記者の質問にこたえて、かれはこういった。

この間私は農林大臣の岡崎（註、邦輔）さんに会ふために、竹越さんの紹介で、その秘書官に会つたのです。それは多忙な間を、ちよつと会つたのですが、所が私に向かつて、その秘書官の某氏が、――あなたの政治小説を読んだことがある。といつたそれは多分、去年の今時分に書いたもので、時事か何かに書いた、それを読んだんだらうと思つたものですから、――イヤ、あれもどうも評判が悪かつたものですからやめて仕舞ひました。新聞社の方の註文も読者の受けを気にして模様を変へてくれといつたりしましたし、読者もいけないといふのでやめました。けれども、これは一二の人々に止まつて居るかも知れませんが、あれに多少興味を持つて読んだといふ人にも会つた事がある。私自身でもあれは失敗の作だと思つてゐます。けれども、その秘書官の方も、いつか目に触れた事があつたのだらうと思ひます。中途で止めた物ですから、無論首尾一貫して読んだものでもないでせうが、たしかに目には触れてゐたから、さう言つたんだらうと思ひます。かういふ人は葉書を新聞社に投ずるといふ所謂反響の人ではない。反響を与へて呉れる人ぢやないが、兎に角かういふ人が二三あつた。ですからあの方面の読者に向ける物は、開拓されて居ないと思つて居ます。あゝいふ人に読ませるものを書いて見たいといふ考へを持つて居ます(41)。

まず、秋江がこの時期には政治家との面会をはじめていたことがわかる。ここでも竹越与三郎との交渉が顔をだし、大臣がかれに接見していたことが緊要である。そして昭和にはいり、二七会など非文学の知識人と交流が拡大するのである。だから、武野藤介のゴシップ記事はしたり顔ではなしただけの、その場かぎりのゴシップをながしていたにすぎなかった。また、かれの政治小説が話題になっていたことがつたえられ、前年十二月のアンケートの回答にくわえ、「地上の光」杜絶の事情がさらにあきらかになっている。そしてなによりも重要なことは、創作の転換を宣言したものであることが理解できることである(42)。かれが宣言の前年『我観』新年号にのせた「子供」を、正宗白鳥は作家の気持ちの変化を一月五日の『時事新報』の時評文によせていた。かれのその転換がしられるところとなる。

こうしたことの延長上から、赤松克麿宛の書簡はかかれ、かれの岳父吉野作造への書簡回送の件もくわえられる。そのように、近松秋江の人脈はひろがる。書簡中の赤松の「国家社会主義」と中野正剛の言動をむすびつけたのは作家のアイディアにすぎなかったとして、後日、昭和十四年、全体主義を標榜する東方会会長についた中野と無産党の社会大衆党委員長安部磯雄とが「全体主義革新政党」の共同宣言を発表するといったハプニング、おどろくべき事態がおこるわけだから(43)、「軍国日本」のファシズム前夜に記述した作家の言質を絵空事とすますことはできない。

それでは、結論をいそごう。一九二四年、頽唐趣味の半生を代表する小説集『黒髪』を集成するいっぽうで、新聞小説「地上の光」が政治小説としてみずからの新分野をひらいた、と。そのことが素志の自己実現であったからこそ、さきにひいた「近松秋江氏と政治と芸術を語る」に創作転換話の枕として、

私は、さつきから言ふ様に、自分の事を書いて来て、自分の痴情沙汰を書いて来た、それが私の一生涯の仕事

であつて之から何も書かずに私が死んで仕舞ふなり、やめてしまふとすると、私の作といふものは、要するに今まで書いた物によつて、私の作柄が極つて来るわけです。併しあれで以て、私の作柄がきまつて仕舞ふといふ事は、自分にとつて非常に無念な事です。

と、語っていた。しかし作家近松秋江の危惧は、今日もかわらずつづいているのである。

【註】

1 「リアリズムの擁護―私小説、モデル小説」七～三七頁。

2 『木佐木日記―滝田樗陰とその時代―』（図書新聞社、一九六五）、四五六～四五七頁。

3 『文壇余白』（健文社、一九三五）、二五頁。武野は戦後、一九五七年に「ゴシップを書いて三十年」と副題を付した『文壇今昔物語』（東京ライフ社）中、「人物点描」で「近松秋江と西瓜」を収録し出版することとなる。

4 曽我直嗣「近松秋江の為に」『小説新潮』四月号、一九五三年。

5 人物叢書新装版『中野正剛』（吉川弘文館、一九八八）。ファシズムに呼応したドイツ・イタリア国民の熱狂に対する〈洞察〉力をめぐって、政治側からみた中野正剛観を、猪俣敬太郎は〈彼の文章や弁論の弊を指摘すべきであろう。中野は一代の文章家であり雄弁家であったが、しかし緒方（註、竹虎）もいうように、とかく誇張と衒耀の弊をまぬかれなかった。〉（一六八～一六九頁）と辛口の評価を下す。ここには、文章家／政治家とで明確な価値の一線が存在する。戦前昭和にあって、中野に限らず、「軍国日本」を裏で支えていた国民の喝采といった根深い心理が問題になっている。この点では、近松秋江はより冷静であった。

6 この書簡は人を介して得た、木村道之助氏所有の書簡のコピーを引用した。文章中の赤松克麿は東京帝国大学に在学中、恩師吉野作造の協力をえて新人会を結成したが、大正十二（一九二三）年六月五日の第一次共産党事件で検挙されたあとは共産党と一線を画し労働農民党、社会民衆党に加わり、昭和五年、書記長に就任しており、近松秋江はこの時期の彼の主張に賛同したことになる。彼自身の改訂増補版『日本労働運動発達史』（九州労働学園出版部、一九四八）によればその時期は「第四期の労働運動」に該当し、経済動向に立って政治・労働問題に言及している。赤松自身は国家社会党を組織し国家社会主義を提唱するも、満州事変以降は軍部に取りこまれ複雑な経緯をたどることとなる。なお、『東京朝日新聞』十二月の記事は、「社民党難件けふに持越さる」（12／9）「無産各派の対議会策」（23）「社民の宮崎氏除名さる」（30）等がある。ところで近松秋江はといえば、保守的な単なる現実主義者とはいえない「政治」の目線をもっていた。なお書簡は適宜、句読点を加えた。

7 武田泰淳対談集『こんにゃく問答』（文藝春秋、一九七三）。「毛沢東と河内音頭」一二四～一二五頁。初出、一九七一年『文藝春秋』十月号。

8 「歴史小説について─現代はそのまま歴史である─」『朝日新聞』一九六〇年七月十六日。なお高見がとりあげた秋江文については、未詳。

9 大河内一男編、現代日本思想大系15『社会主義』（筑摩書房、一九六三）。赤松克麿「わが国資本主義の特殊性と無産階級政党」解説。この論文は『転換期の日本社会運動』（厚生閣書店、一九二六）に収録。本著は大正十三年から十四年にかけての論考を集成したもので、「附録」として「日本労働総同盟の宣言」四文書が収めてある。

10 現代日本思想大系35（筑摩書房、一九六三）。赤松の〈改良主義〉の立場は中道、中庸の精神ともいえるわけで、そこにはかつて赤松とは立場は逆の三宅雪嶺が講演「四恩論」で大逆事件に関して発言して物議を醸した主旨――〈天皇制の維持の見地から、無政府主義者を極端に迫害して、天皇暗殺のテロリズムへ走らした政府当局の責任を追及した〉（世界文庫、一九六四年、大逆事件記録第一巻『新編獄中手記』「編者の言葉」、前・四三頁）と、神崎清が記した指摘と相通じる治安当局の敵視政策批判がある。戦前昭和、そのある時期までは一定の社会勢力、冷静な批判が存在していた。

11 曽我直嗣の「あゝ『秋江日記』」。戦後焼失した日記を、『読売新聞』（一九五一年一月二十三日）中で伝えるその記述「軍国日本」批判は、横関愛造著『思い出の作家たち』（法政大学出版局、一九五六）の「近松秋江（情痴の世界にいきる）」（二一二～二一三頁）が傍証している。

12 『趣味』十二月号。

13 特集「予の二十歳前後」『文章世界』十一月十五日号、一九〇五年。

14 「別れた妻」ものは内縁関係の妻、大貫ますとの生活を小説化した作品群を指す。「黒髪」ものは京都での同棲相手、源氏名を金山太夫といい、本名前田じうとのなりゆきを小説化した作品群のことである。

15 「百合子の誕生（日記）」『文章倶楽部』一月号、一九三八年。この掲載文は、加藤武雄から依頼された日記から抜粋した文章である。

16 前掲註15。さらに、「近松秋江氏と政治と芸術を語る」『新潮』一九二五年八月号中、雑誌のなかで記者の質問に応えて、作家近松秋江は自らの転機願望をこうも語っている――〈私は詰り、五十になつた事について、先刻からお話して居るんですが、五十になつた事と子供が出来たといふ事と、同時にもう一つ、茲に私の希望を言はしむれば、若し事情が許すならば、子供も出来たり、五十にもなつたといふ事を一転機として、政治家になつて、政治界に泳ぎ出すといふ事は不可能ですけれども、本当を言へば、政治の評論です。文学よりも、より多く政治評論とかいふ事に従事したい希望が十分にあるのです。〉と。

17 吉屋信子「近松秋江」『私の見た人』（朝日新聞社、一九六三）、一九九～二〇〇頁。初出、「続私の見た人〈45・46〉近松秋江上・下」『朝日新聞』一九六三年六月一～二日。

18 前掲註16。近松秋江は、こんな風にも語っていた。――〈一体、幼い時から政治の趣味があつた。ですから、自分では、木に竹を接いだものではないといふ事の自信を持つて居ます。平素その方面に関心してゐる者と、ゐない者とでは大変な相違がある。〉と、記者に答えている。

19 菊池寛研究会〈編〉『真珠夫人』（翰林書房、二〇〇三）。「注解・考説編」の4「『真珠夫人』評価史稿」一七七～一七八頁から再引用。

20 前掲註19、一七六頁からの再引用。

21 拙著『田山花袋と大正モダン』（菁柿堂、二〇〇五）。「通俗小説「『女』の物語」論―〈躾糸〉と『私小説論争』と」で、この点を詳しく論じてある。

22 『現代日本文学論争史（上巻）』（未来社、一九五六）、「解説」四一一頁。

23 拙著『田山花袋の詩と評論』（沖積舎、一九九二）中、「明治期の評論―花袋の科学観と戦後の評論家―」で、この経緯を整理した。

24 「別れたる妻に送る手紙」中のこの場面を、正宗白鳥は『流浪の人』（河出書房、一九五一年。一一五～一一六頁）で回想し、――〈「その金」を渡さぬといふそのは、その女と遊ぶための金といふことだと、秋江は勝手に解釈してゐる。私の返事の手紙を見詰めてじつと考へたやうに彼の小説に書かれてあるが、彼がその執念深い目で手紙を見詰めてゐる有り様は、鬼気人を襲ふと云つてもいゝのであらうか。「また、やつたな」と、その小説を読んだ時に私は感じたゞけであつたが、後日思出すと、秋江の解釈が必ずしも邪推とばかりは云へないのである。「その金」と私が書いたのは、無意識のうちに嫉妬らしいものを感じてゐたゝめかも知れなかつた。彼女と秋江とが対座してゐる光景を眼前に浮かべたゝめに、くそ忌々しくなつて、不用意に、そのといふ文字を用ゆる気になつたのかも知れなかつた。青年の心の動きも汚いものである。〉と、叙述した。作品内の二人の関係性は、読者の文学観を構成している自己理解に楔を打ち想像力を喚起するだけの「小説力」があることになる。平野謙が読み手として推理を発揮する〈平野探偵〉（大久保房男著『文士と文壇』講談社、一九七〇年。九一頁）の根拠は、この点に起因がある。

25 平野謙著『平野謙作家論集　全一冊』（新潮社、一九七一年）、「近松秋江Ⅰ」一三三頁。初出、新潮社版『日本文学全集13』「解説」、一九六四年。

26 「文壇に於ける早稲田の地位」『文芸行動』一月創刊号、一九二六年。なお、ついでに書き加えると、清田文武著『鷗外文芸とその影響』（翰林書房、二〇〇七）で、次の〈沢豊彦も論じたように、近松秋江が、「批評は実世間の経験と、それに伴つた考へ深い反省とから来たのでなければ駄目だ。」と言い、小説を書く場合も「経験と主観によつて統一する」ことが肝腎であると述べた延長上に「別れたる妻に送る手紙」の位置を見ていることが注目される。〉（「第二章　近松秋江におけるハウプトマンとシュニッツラー」、一六四頁）と、森鷗外（翻訳面）の側からみた作家近松秋江像の評価をおこなっている。

27 「『別れた妻』を出した頃の文壇」『文章倶楽部』七月号、一九二六年。

28 佐藤春夫「良書供養4」『成形』七月号、一九四〇年。谷崎潤一郎「近松秋江君（筆者註、序文）」『黒髪』（新潮社、一九二四年。なおこの序文を、谷崎は一九二八年三月の「改造社文学月報」第十五号に「『黒髪』に序して」と改題し再録した。）

29 『純文学論争以後』（筑摩書房、一九七二）、「純文学論争以後」二六一～二七二頁。

30 「秋江に与ふ」『新潮』八月号、一九二四年。

31 近松秋江は「本格小説」を次のような図式として理解していた（「本来の願い」『新潮』一九二六年六月号）。――〈日本の現今の文壇でも、たとえば中村武羅夫氏などは、飽くまで心境小説を排して、専ら本格小説を主唱してゐるし、又、たとへば広津和郎氏などは本格小説（客観小説といはうか）よりも心境小説（主観的小説）の方が日本人には成功し易いといふやうなことをいつてゐる。〉と。あるいは、こんな解釈も立てていた。――〈私の、京都種の作の一二などは、仮令、それが「私は」といふ一人称で書いてあり、又、ある意味で客観的のところが乏しくつても、又他の意味では、やつぱり客観的な存在を確定してゐるものもあつて、そんなにまづい物でもないと思つてゐるのだ。／だがしかし、私は、本格といふか、客観といふか、自分と隔絶した、他人の生活を専ら客観的に取扱つて、そこに人生のある意味を仄めかすやうな物が書きたいといふのが本来の願ひである。〉と。

32 「仕官（八）」『時事新報』一九二四年六月二十一日。

33 『新潮』十二月号、一九二四年。

34 「読者の公共圏」の問題を、早い段階で、田山花袋は『近代の小説』（近代文明社、一九二三）の五十四章（二八八～二九一頁）に〈雑誌も新聞も商売本位だから………。芸術のためにあるといふよりも世間のためにあるんだから。だから、いくらでも変つて行く方が好いんだよ。〉と指摘し、婦人雑誌の流行や新聞小説の変容を例に上げた。一方、文芸評論家の木村毅は『大衆文学十六講』（橘書店、一九三三）の「大衆文学と純文学の境界」（一二三頁）中で、大衆文学を〈定期刊行物に於て大衆文学が寵用せられるのは、何の不思議もない。それは別物がジャアナリズムに合体したのでなくて、元から大衆文学はジャアナリズムと同質なものである。即ちジャアナリズムの台木に、文学なる異種を接ぎ木して、その上に実り出たのが大衆文学である。〉と、欧州大陸文学に対する広汎博識の教養からえた結論を導いている。初出は単行本の出版と同じ年の『文芸』十一月号であり、その当時の大衆文学における「読者の公共圏」に関する一つの定義を物語る見解であった。

35　近松秋江が加藤高明内閣を基軸とする物語を構想したなかには、この内閣が大正デモクラシーの役割を担うことの意味を認めている。この辺りのことを、成田龍一は『大正デモクラシー』（岩波新書、二〇〇七。一九〇〜一九一頁）の中で〈一九二四年初頭の政界は、清浦奎吾内閣の発足から始まる（一月七日）。清浦内閣の誕生には、政党内閣を時期尚早とする元老・西園寺公望の意向があった。しかし、政局は波乱含みとなる。内閣は外相と陸海相を除き、他はすべて貴族院議員で構成され、大正デモクラシーの流れに逆行していた。国民精神作興、経済力復興などを掲げる清浦内閣に対し、憲政会、革新倶楽部、および政友会は「憲政の本義に則り、政党内閣の確立を期す」ことを申し合わせる（一月一八日）。ここに、三党派による内閣打倒を目的とする第二次護憲運動が開始される。〉と、解説する。

36　「仕官（七）」『時事新報』一九二四年六月二十日。

37　野村勝蔵は作中、福沢諭吉に薫陶を受け明治十五、六年慶応義塾を卒業した財界人と設定されている。さまざまな作為からうまれた架空の登場人物であったが、その原型は武藤山治が想定できる（『武藤山治と時事新報』扶桑社、二〇〇四）。

38　特別議会提出の「奢侈品関税引上げに関する法律案」についての経緯は『東京朝日新聞』によると、「奢侈品関税引上と内国奢侈品税設定」（6／27）「奢侈税引上断行」（28）「愈引上断行」（30）「両省妥協成立」（7／4）「持廻り閣議で決定」（6）「不徹底極まる奢侈関税引上案」（8）「奢侈関税案上程」（9）「贅沢品の標準如何」（11）までが貴族院本会議場面を取りあげた「地上の光」中、「夏の花（二）」（7／12）掲載までのあらましである。そして十八日、「貴院本会議」可決の記事が出る。近松秋江がこうした動静に注視していたことはまちがいない。また、六月三十日には「輸入税引上の奢侈品目決定」「写真器、蓄音機は勿論／歯磨粉や眼鏡まで」と見出しをつけ、多数個別の品目が新聞に発表された。「地上の光」中、七月十二〜十四日の「夏の花」（一）〜（三）で家族団欒の話題として取りあげている。

39　「利権の争い（十）」『時事新報』一九二四年七月八日。

40　井上清著『日本の軍国主義Ⅱ（軍国主義と帝国主義）』（東京大学出版会、一九五三）。「第四章　帝国主義と社会主義／第一節　尼港事件と樺太占拠」三二六頁。「地上の光」の作中では「尼港事件」発生直前の日本軍の関与については触れていないし、そもそも当時、事件の被害状況以外は伏せられていた。

41　前掲註16、「近松秋江氏の政治と芸術を語る」。

42　前掲註16。また「創作の転換」宣言後、近松秋江はその姿勢を維持しつづける。とくに戯曲「井上準之助」執筆の年、一九三二年、『新潮』新年特集〈我が陣営より〉号の「大人の読む文学を要求す――『既成作家』の立場から――」で次のように言明する。――〈実際、知識階級であり、又人間分別盛りの四十五十の社会人が読むに足る小説といふものがない。一般、文学趣味のない人は初から小説本などは振り向きもせず、今日でならば、満蒙権益問題の実相とか、経済金融に関する書を読むであらうが、小説を読む者が、小説職業の仲間に限られてゐるのでは困る。無論、青年男女は読んでゐるであらうが、中年以上の者の読書欲を唆るに足る小説が出なければならぬと思ふ。〉と。この発言を満州事変後、半年が経っていない時期のものであることが、作家の「宣言後」の姿勢を占うものになっている。その結果が、戯曲「井上準之助」に結びついたことである。

43　前掲註5、一七一～一七二頁。

参考文献

竹越与三郎　縮紳版『増補訂正　二千五百年史』（二酉社、一九一六年。初版一八九六年、警醒社書店版）
中村光夫『近代への疑惑』（穂高書房、一九四七年）
高見順『描写のうしろに寝てゐられない』（六興出版社、一九五〇年）
高木健夫『新聞小説史稿第一巻』（三友社、一九六四年）
岩波書店編集部『近代日本総合年表』（岩波書店、一九六八年）
平野謙『昭和文学私論』（毎日新聞社、一九七七年）
中村光夫『小説とはなにか』（福武書店、一九八二年）
高木健夫『新聞小説史年表』（国書刊行会、一九八七年）
猪木武徳『文芸にあらわれた日本の近代―社会科学と文学のあいだ』（有斐閣、二〇〇四年）
大野健一『途上国ニッポンの歩み：江戸から平成までの経済発展』（有斐閣、二〇〇五年）
臼井勝美・他編集『日本近現代人名辞典』（吉川弘文館、第一版七刷、二〇〇六年。第一版一刷、二〇〇一年）
粟屋憲太郎『昭和の政党』（岩波現代文庫、二〇〇七年）
坂野潤治『日本近代史』（ちくま新書、二〇一二年）
中村隆英『昭和史（上、一九二六―四五）』（東洋経済新報社、二〇一二年）

井上寿一『政友会と民政党』（中公新書、二〇一二年）
中島岳志『血盟団事件』（文藝春秋、二〇一三年）

第三章——近松秋江と歴史小説

一節　新聞小説『天保政談』論
――歴史小説の背景としての昭和初頭

はじめに

老中上座、水野越前守忠邦が天保改革を断行するのは、天保十二（一八四一）年五月のことである。在位五十一年、十一代将軍徳川家斉の歿後、三月たった時のことであった。この改革が幕藩体制堅持のための最後の改革となる。明治維新は二十六年後、四半世紀をのこすだけの近世国家の秩序をかけた財政政治改革であった。ところで、この改革をえがいた歴史学者の記述は歴史的必然にたったものであった。『天保改革』を、寛政の改革を実行した松平定信の罷免と家斉の親政をとりあげ、定信の政治路線を継承しその「遺法」を厳守する松平信明解任からかきはじめたのは、『日本の歴史第22巻』の津田秀夫著『天保改革』（小学館、一九七五）でのことであった。この間、寛政五（一七九三）年の改革から指おると四十八年の歳月をかぞえることとなる。そこには歴史学者の実証主義、文献第一主義をつらぬく一冊の著作がのこされた。これにたいして、作家のえがいた『天保改革』は家斉六十八歳から、一年にもみたないわずかのあいだに凝縮されている。その小説とは、推理小説作家松本清張の「かげろう絵図」のことである。かれのさいしょの長編時代小説には歴史とはほとんど関係がない、闡明な作品世界が完成されていた。その作品が『東京新聞』夕刊に連載されたのは、昭和三十三年五月から翌年十月までである。敗戦後の日本を意識せざるをえない物語であった。もうひとりの、明治末年から大正年代にかけて情話をこのんだ代表的な痴情作家は清張の作品にさきだつこと三十年ちかくまえ、その作家が「天保政談」を戦前の六年一月から十月にかけ『時事新報』夕刊に歴史小説を連載している(1)。かれ、近松秋江にとっては晩年の意気込みだけでない、鞏固な源泉にねざした生涯の《夢》物語がそこには記入されている。満州事変にいたる昭和初頭の影がいろこくさしている故由があったことになるのである。そして、「天保政談」は連載終了後、タイトルを「水野越前守」と改題し早稲田大学出版部からおなじ年の十二月二十五日に出版される。手元の単行本は三十一日までの年内に四版が発行されているので、今日のベストセラー小説であった。

昭和初頭の文芸評論家、近松秋江

このようにしてうまれた単行本『水野越前守』と関連するであろうアンケートをまずはならべてみる。そのひとつは、

> 来年は、来年はとては暮れにけり。でありますが、運命が許すならば、来年は、ぜひとも理想的の組織ある長篇小説が書きたいものと思つて居ります(2)。

と回答したアンケートであり、もうひとつのアンケートが、

> 一、老来喜怒哀楽の激情消磨いたし申候少年時代に伝記小説の類を耽読したるほど楽しかりしことその後なし。
> 日本外史、八犬伝、太平記、を読んだとき(3)。

とある、ふたつのアンケートである。最初の回答は昭和四年のもので作家の意気込みをこたえたものとなっており、

あとのは昭和十年の回答で作家の《夢》物語がこめられていた。「天保政談」はこのふたつの点をむすぶ線上でかき続けられたものだった、といえる。少年時代の〈喜怒哀楽の激情〉をよみがえらせるように、〈理想的の組織ある長篇小説〉を執筆したのである。このことを、晩年の作家近松秋江にそくしていましばらく検討してみたい。

昭和六（一九三一）年九月の満州事変は中国現地の関東軍がおこした侵略戦争であり、二十年の敗戦にいたる「軍国日本」の最初のクーデターであった。政府は事変の翌日、十九日に臨時閣議をひらき第一次不拡大方針の声明をだしたのが二十四日である。このあと内務大臣安達謙蔵がうごき、政友・民政両党の協力内閣による事態収拾計画が頓挫し、政局の混乱は十二月の若槻（礼次郎）民政党内閣総辞職へとうつり政党内閣制の危機が表面化する。この間に事変は拡大のいっとをたどり、翌七年一月に上海事変がおき満州ハルビン占領へと進行する。そのさなか衆議院解散、第一八回総選挙期間中の二月に前大蔵大臣井上準之助が暗殺され、五・一五事件では犬養毅首相が兇弾にたおれた。また、経済不況下のドル買い事件で為替差益を確保したとされる三井財閥の団琢磨がスケープゴートとして射殺される。その七年六月の『報知新聞』七日から九日に、近松秋江はこうした事態をつよく意識し「論議より実行——社会派小説の為に」をあらわす。そこにはむろん社会派プロレタリア文学の言論家をふくめ若手の評論家にたいする批判である、〈文化的教養のある人間同士が智的に権力を争つたり、あるひは政治、経済、金融等の問題に関して考慮を費したり、解決を計つたりするやうなことは本来これを具体的な劇場的場面に結晶することは無理な事である。その無理な仕事をあへて試みようとするのはおろかな沙汰であると知りつゝ、自分は、それをやつてみようとした。〉のが戯曲「井上準之助」の制作であった(4)。——と、時局にうごかざる文学者にたいするこんな批判がある。作家の「実行」が〈固より今日のモダンボーイやモダンガールの共鳴はかち得ないにしても、亦活動写真的興味はない〉ような対象であったと理解しつつも(5)、一家言もうしのべたことである。というのも、作家近松秋江にはうえの政局から目をはなしてはならぬ、興味だけではない切実な危機感をもっていたからである。つまり、こういうことなのだ。

既成政治家の背後にも何となく社会的不安不穏の思想がぼうはいとして押寄せてゐる。ファッショ、白色テロ、血盟団、愛郷塾等の思想を暗流として井上、団、犬養の凶変も生れたのだからそれ等の背景に視野をひろげ日本の現在の動向を科学的に客観するのも一つの選び方であらう。しかし、それは、今のところ差控へなければならん。僕の興味をおいた点は、井上、若槻、安達諸氏の間の抗争であつたのだ(6)。

作家近松秋江は政情「不安」についてはこのようにかんがえ、昭和劈頭の恐慌期いこうの「危機」を指摘していたのである。その時局をうつしとること、つまり戯曲「井上準之助」には、だから社会情勢にたいして直言していたその事実をみとめねばなるまい。この作家の姿勢を、わかき評論家の大宅壮一が昭和三年に近松秋江をなざし〈氏には今日社会科学で用ゐられてゐる「政治」といふ言葉の概念が、はつきり判つてゐないらしい。今、問題になつてゐる相関関係は、内閣が民政党から政友会に移つたからといつて、それが文学に、どんな影響を及ぼすかといふやうなことを言つてゐるのではない。〉と、雑誌誌上で批判したことがあった(7)。この批判にたいし、かれは翌年の四年におなじ『新潮』新年号のなかで「相関関係」論――大宅の〈茎と花〉の〈有機的関係〉論を逆手にとって、うえの例でいえば政局の混乱が社会不安をうむのであって、〈元禄時代の政治の茎があつたからこそ近松西鶴といふ花が咲いた〉ことを「政治と文学」における自明の原理とし、〈社会科学という名辞〉をいいたて政治の危機を直視しないで〈社会科学で用ひられてゐる「政治」〉をふりかざす大宅を〈評論壇の卑怯〉だと断定、民政党内の〈井上、若槻、安達諸氏の間の抗争〉を文学として制作する風から一歩もひかなかったのである。むろん、その証左が戯曲「井上準之助」だったことは言を俟たない。あわせてわかい評論家群にたいする批判があったことは、前にふれた。また、雑誌『新潮』と新聞紙『報知新聞』によるかれのふたつの社会評論のあいだには三年のラグが存在している。しかも、その間の金融不安にしろ政情不安は昭和前期、戦前の歴史を左右した重要な時期であり、満州事変を契機としたテロルの渦中にあってその立論構成には差異がなかったのである。《一歩もひかない》というのはその意思であり、大宅にたいする批判は総タイトル「通俗小説に物足りないもの」の付言にある「文学と社会科学（大宅壮一氏に対してもの言ふ）」のなかでおこなった、見識をこめた発話であった。

そもそも、その評論「通俗小説に物足りないもの」は今日ならメディア論の一種にちがいなく、当時の小説界にひとりの教養人が一石をとうじた頑迷で強度のつよい源泉にもとづいた社会評論であった。近松秋江がこの論の枕でとりあげている作家は加藤武雄であり、里見弴、山本有三、小島政二郎であったり、あるいは菊池寛、中村武羅夫、細田民樹であって、またその内容は長編小説の概評であり新しい作家、新しい作品とむきあっていた。そのなかで本稿で問題にする「歴史小説」に関係する作家たちにたいする意見を「通俗小説に物足りないもの」のなかからとりあげてみよう。

それで先づ、最初に挙げた時代物だが、私自身には固より面白いには面白いが、取扱はれたる題材が、吾々日本人の生活であるにしても、悉く、三四百年なり、又二百年なりの過去の生活であるがゆゑに、現在私が要求してゐる所の文学が正当にこれであるとはいへない心地がするのである。人間の心理作用などゝいふものは、何百年時代を異にしても、そんなに相違あるものではないといつても、さうはいかない。勿論芸術至上主義からいへば、谷崎君の物でも芥川君の物でも可いわけであるし、また剣劇物でもいゝわけであるが、なるべくなら、現代の吾々の生活に最も近い、同時代の思想感情、生活気分或は長所欠点を遺憾なく描破したものでありたい。「太閤記」や「赤穂浪士」など、どんな面白く読むことが出来ても、吾々の要求してゐる文学が、これに留めをさすものとは、考へられない。あれは、あれで可いとして、吾々の要求する文学の極致がこれだとはいへない。

文中であげている「太閤記」は矢田挿雲、「赤穂浪士」は大仏次郎の作品をさしている。ここにはかれによる歴史小説にたいするふたつの要求が明記されている。ひとつがおもしろければよいのではないということと、もうひとつは現代人の要求をみたしていなければならないという、この二点である。とくに、その後者は大宅壮一にたいする批判とかさなっている。そしてかれにかんするその当時の伝聞を、大村彦次郎が木村毅の話としてのこしている。

その頃のある日、評論家の木村毅が電車の中で、近松秋江と隣り合せに坐った。彼が熱心に新聞小説を読んでいるので、覗いてみると、これが大仏の「赤穂浪士」だった。「あなたでも、そんなものに興味があるのですか」と聞くと、近松は懐ろからその頁だけ切り抜いた夕刊五、六枚を取り出し、「じつによく書いてある。だから前のところを読み返すため、外出のときはこうして持ち歩くのだ」と言った。情痴小説の名作「黒髪」の作者は若いときの放蕩三昧とはすっかり縁を切って、近頃では歴史に材をとった客観小説に関心を払っていた。木村はそれで納得した(8)。

文中の〈その頃〉とあるのは、『東京日日新聞』の「赤穂浪士」連載時期、昭和二年五月から三年十一月のことである。たしかに、大村の情報はただしい。木村が青春時代の痴情小説から晩年期の政治小説へ転換したことをつたえ、通俗小説の対抗軸に〈客観小説〉を設定していたのはそのかぎりではただしい。かれが客観小説とよばれている「歴史小説」に興味をもっていたことが、ここではわかっていればよいのである。それいじょうに、うえであげた二点をどう理解するかが重要で、それでは作家近松秋江の欲した文学、歴史小説はどういうものなのかということになろうが、そのまえに作家のあげた「現代人」の問題と関連するメディア論にふれておく必要がある。

政治小説作家、近松秋江の真骨頂

この議論「通俗小説に物足りないもの」の前提を、〈そも〳〵文学とは何を目的として発生してゐるのか、文学を読むことによつて、吾々は何物を得ようとしてゐるかについて考へてみる気になるのである。〉とこう提起し、作家は「歴史小説」についてのかんがえを展開した。そして、近松秋江がメディアに要求していたのは、つぎの点であった。

> 宗教のお説教でも、学問教育でも、大衆の教化を目的としてゐるものが決して価値の低いものではない。愚婦愚夫を救済するといふことが、どんなに尊い事業であるか知れない。又、眼に一丁字の教育もない無智蒙昧の人類に普通教育を授けることも、人間救済の至高なる事業である。新聞の続き物小説を読むことによつて、一般大衆の読者が娯楽しつゝ、いつとは知らずに智識を開発されてゐるとすれば、長篇小説の職能は十分に果されたりといはねばならぬ。婦人雑誌の続き物とても同じことだ。

メディアの役割を件のとおり理会していた作家はおもしろいだけが文学の目的でないと主張するうらには、〈社会的背景の乏しい小説は、本来の文学としての意義を欠くことゝもいえるのだ。〉と断定していた。大衆に知識の提供をうながす道理をふくめて、この発言は営利主義にしばられている当今のメディアにたいする批判であった。第一次世界大戦後の大正期にはじまる大衆社会の誕生と情報社会の変容は昭和初頭とむすびついており、かつての「読者の公共圏」とはさまがわりし拡張・拡大する一九二〇年代の相貌がうまれ発展しており、その象徴的な文学ジャンルが「通俗小説」であった。この通俗小説の条件を、作家は論じた。時代の断面がしめす切り口には、よしあしの問題とは関係なくしばしば強硬な主張が存在する。作家近松秋江の「通俗小説に物足りないもの」でも、じつは同じことがいえる。この作家の創作姿勢は時代をこえおなじ天保改革をえがいた、松本清張の『かげろう絵図』の作品構成と『水野越前守』の構造とに決定的な差異をつくりだすのだが、その結果については後半でふれる。

かれはしかし、こうも――〈社会的背景を取り入れるのは可いが、経済上の事情は、人間生活にとつても最も重大なる意義を持つものであるにしても〉〈私には、ひとり経済上の救済整理ばかりで、人間の不幸は救はれないものだと考へられるので〉〈実に人間生存の不幸は、そんな物質的のことよりも、もつと深刻なる精神的の問題であると思はれてならない。〉――と、いっている。表層では、つまり断面の一端であるこの発言はまえの大宅を批判した意見に矛盾する。が、しかしそこにはすでにあげたように《教養人が一石をとうじた頑迷で鞏度のつよい源泉にもとづいた社会評論》があったのだ。その一見矛盾する論述は、大宅の〈政治とは、平たくいへば、我々の生活組織の骨組みである。生産関係の根の上に伸びてゐる茎である。問題は、その茎と花との間に有機的関係があるか、ないかといふことである。――文学が政治の支配下にあるのではなくて、両者は互に有機的に結びついてゐるのである。〉――とあるような、関東大震災後の経済不況とそれにつづく昭和の金融不安のさなかにあって混乱のたえない緊迫する世情にこたえない、公式主義いじょうの意味をもたない左翼文芸理論、とくに最後の形式的で無味乾燥なとおりいっぺんの論述スタイルにたいする批判には侮蔑がこめられている。近松秋江がみずからにむけられた批判をさっそくとりあげたのは不穏な時代を足下にみ、あらためて大震災いらいの経緯を再認識する過程のなかで、大宅の〈お目出度い言ひつぷり〉がゆるせなくなった。かれが与せずにいた、〈文学を以つて、今日の如く新聞紙の連載物や、婦人雑誌の読物とする程度に止めて置くことを肯んじなかつた〉かつての自然主義文学者の発言や〈文学によつて、生活問題を解決せんと〉主張するプロレタリア文学者の〈真面目な態度〉の方をかっているのである。作家近松秋江は「近代」をつらぬく、いわば文学精神をかれらをとおして読みとっていたはずである。文学作品の受容史にはひとつのスタイルが共通してあるらしく、松本明は、明治の自然主義を経験した永井荷風がおこなった森鷗外の大河小説にたいする「批評」のつぎの点を注視した。

永井荷風も「渋江抽斎」（筆者註、大正五年一〜五月、『東京日日新聞』『大阪毎日新聞』連載）を読んだのちに、「伝中の人物を中心として、江戸時代より明治大正の今日に至る時運変動の迹を窺ひ知らしめ、読後自づから愁然として世味の辛酸に、運命の転黯然たるを思はしむる処にあり。若し人生悲哀の感銘の深刻なるを以て、西欧自然主義の本領たりとせんか、抽斎伝は遙にフロオベルの小説に優れりといふを得べし」と、その感想を述べた(9)。

自然主義文学の作品ともっとももとおい作家とおもわれている荷風が、過去百有余年、八百余名が登場する大河小説、その史伝という新ジャンルにフロオベルの小説をこえた〈人生悲哀の感銘の深刻なる〉表現をよみとっているのである。

話を一度もどすと、近松秋江がかつての自然主義者やプロレタリア作家にみてとったのは、文学にとりくむ心がまえだった。

私は、今日の長篇小説作家諸君の作を難ぜんが為めに今更らめかしく紅葉の「多情多恨」などを取り出して来たのではないが、たゞ憤るにも、悲むにも、悦ぶにも、もつと切実なる感情を滴らしてもらひたいといふことを以つて、長篇作家諸君に望むのである。（略）人間の不幸を書くにも、幸福を書くにも、もつと切実といふことを重んずべきではないだらうか。

と、あるように。このことは、荷風もおなじだったのである。そして、通俗小説全般にわたり〈足りないもの〉があるとすれば社会にたいする啓発の精神である、とそう「通俗小説に物足りないもの」のなかでかれは結論づけている。いじょうの論点には、かれの「議論より実行――社会派小説のために」までつづけた一九三二（昭和七）年の言論とむすびつく根拠があった。さらにその、かれの結論には戦後構築された「近代的自我」史観の原型がある。この日本の近代文学につらぬいていた文学精神を解明するためには、研究史の経緯をみても第二次大戦の敗戦が条件となっている(10)。というのも、人間を抑圧していた戦前期天皇制の壁が崩壊することを必須条件としていたからである。近松秋江は戦後の日本にたちあうことはなかったが、たとえばかれが支持するたち位置たる地点は近代の文学がテーマにした個我を問題にしていたその一点であった。まえの文章にあるとおり、つまりは人生人間の問題であった。その「自我」という精神性は、身体ときりはなせない人生の核心を説明するタームである。そして、この問題を正面からとりくんだ歴史社会学派が設定した問題提起は、天皇制に支配された皇国史観＝イデオロギーで拘禁されていた身体性ときりはなせない個我によって表現される「精神」が不断に「挫折の神話」を内包しているという指摘であった。おなじ自我の問題を、いわば講壇派は西洋流の普遍主義にたった「自由な精神」の問題に置換させており、天皇制のもとではその研究グループが図式化した観念自体がそもそもありえない話であった。だから、この戦前日本の天皇制に回収されつづけた《身体性ときりはなせない個我》をどのように理解したのかが、いまは問題になるのである。この問題を、作家近松秋江は〈現実生活に於ける人間を描いたもの〉――つまり、

私は、小説に描かるべき人生は悉く灰色の人生であるべきだとは断定しないにしても、今日、新聞雑誌に連載せられつゝある小説は、あまりに面白過ぎはせぬかと思つてゐる。勿論面白いといふにも、いろ〳〵の意味があるが、もつと人間の不幸に深く入つて描き得られるものではないかと思ふ。

と、「通俗小説に物足りないもの」のなかで言及していたのであった。作家が戦後、歴史社会学派によって構築される自我史観にたって言説の探求を実践しようとしていたことに意味があるのは、「軍国日本」前夜の時局〈日本の国情〉にたいする批判の言説を実行していたからである(11)。そうでなければ戦前昭和の激動期のとば口で、さきにも引用した評論「通俗小説に物足りないもの」のなかの〈現代の吾々の生活に最も近い、同時代の思想感情、生活気分或は長所欠点を遺憾なく描破したものでありたい。〉とある、この一節はうまれたりはしなかったであろう。近松秋江という作家はいわゆる人生派の芸術家ではなかった。逆に頽唐のレッテルをはられ文壇の倫理派から糾弾、排除されるような唯美主義にたつ享楽的な作家であった。その批判の急先鋒だったのが大正のはじめ「『遊蕩文学』の撲滅」にことよせた赤木桁平のペンネームをもつ漱石門下の池崎忠孝であり、昭和の十五年戦争中に「軍国日本」の論陣をはったのがその池崎自身であったことをかんがえれば、〈そも〳〵文学とは何を目的として発生しているのか、文学を読むことによって、吾々は何物を得ようとしてゐるかについて考へてみる気になる〉と、鞏固な文学論をはきつづけた作家近松秋江は、時局緊迫の過程で道をふみはずす人間ではなかったことになる。また二・二六事件の当日、反軍演説をぶち文士の真骨頂をわすれない作家でもあった(12)。曽我直嗣がつたえた秋江晩年の日記の存在はこの作家の姿勢をじゅうぶん納得させるものとなっており、そんな航跡をもつかれが通俗小説の批判者であるだけでなく、戦争に加担する大衆化された公衆の「読者の公共圏」にたいし警鐘をならしたことを忘れてはならないのである。その「大衆」という性格が「軍国日本」とのからみでクローズアップされるのは、言論統制が強化される経緯のなかでのことであった。ようするに、軍拡ナショナリズムに迎合する国民大衆だったのである。

近松秋江の歴史観

作家近松秋江は、夕刊連載の「天保政談」を構想し、そのときの計画をかたった評論文をのこしている。題して、「江戸の落首文学」である(13)。完成した作品一巻『水野越前守』と、構想中のタイトル〈落首文学〉の意味——〈私は、こゝでは、その水野のことを語らうとするのではない。(略)専制政治時代に於ける必然の産物たる落首文学の皮肉な趣味についてゞある。〉——とはかならずしも一致していない。ただ、ここでは「江戸の落首文学」から「歴史小説」とくった《歴史》を、作家がどのようにみていたかを問題にしておきたい。そのことから、本稿の副題「歴史小説の背景としての昭和初頭」についてのモチーフにせまってみたい。なにしろ、歴史小説と銘うった松本清張の「かげろう絵図」が、《歴史》とはなれた作品世界をえがいておりながら歴史小説の制作という現場にいたという現代作家の創作意識を、近松秋江の歴史小説にたいする「思索」とその実作をくらべることに意味があるとかんがえるからである。

まずかれが連載をはじめるにあたり参考にもちいたのは、水野忠邦と直截的に関連するものとしてはつぎの、

角田音吉著、寸珍百種20『水野越前守』(博文館)一八九四年二月。

福地桜痴著、『水野閣老』前・後編(一二三館)共に一八九五年十二月。

塚原渋柿園著、渋柿叢書巻第七『水野越前守』(左久良書房)一九一八年五月。

徳富蘇峰著、近世日本国民史『文政天保時代』・『天保改革篇』(民友社)一九二八年三、六月。


四冊の文献資料であった。近松秋江が具体的にはあげていないが目にした可能性のある著書に工藤武重著・偉人史叢

15『水野越前守全』（裳華書房、明30）と中村二葉著・少年読本15『水野越州』（博文館、明32）が明治の時期に出版されていた。作家が〈かなり、おほまかなもの〉〈あまりにおほまかすぎ〉て、〈今日の所謂大衆読物の読者には、喰ひ足り〉ず〈今日の読者〉には粗雑だとみてとったのは、福地桜痴と塚原渋柿園の著作である。桜痴の二冊本は〈興味本位の読物〉とうつったらしく評価はひくく、ただ構成としては天保改革全般にふれており主要な人物、事項が網羅されており自身の著作の章立てと類似しているので参考になったはずだが、そのことにはふれていない。渋柿園のものは印旛沼の開発にもとづく話が〈硯友社派のマンネリズム〉仕立でかつ旧派の手法であったので期待をうらぎった。現代の読者にたえられない内容だと判断したのは、ようは「通俗小説に物足りないもの」のなかでいっている迫真感〈人間の現実に切迫して〉いないからであり、「自我」史観を通過した近代の作家にはそれ以前の作品は価値のうえでともにかなわぬ評伝となったのであった。

史料的な価値という面からいえば徳富蘇峰の「近世日本国民史」は群をぬいて詳細である。しかし、それはそれで批判の対象となる――〈叙述と、材料、典拠の引抄とが共に、あまり煩瑣で、よくいえば、深切を極めてゐるが、却つて、一つの時代なり、事件なり、人物なりのカラクテリスチツクなるもの、要領を摑むに苦まねばならぬ〉と、不都合がしるされている。しかし見方をかえれば、まったくの評伝として記述したものでなく史料解説にちかいものとして参考になる意図をもつものであったから、作家が挿話引用の原典として参照した可能性はじゅうぶんにかんがえられる(14)。そして、もっとも活用したのは角田音吉の著作であったようである。

角田音吉といふ人の「水野越前守」は、無論初から読み物として大衆向きに書かれたものではない。水野の政治家としての業績を評伝したものである。だから文章も、謹厳で、簡潔であり、口語体ではない。これは明治二十六年頃博文館から寸珍百種といふ叢書中の一冊として書かれたもので、私なども、当時そんな書のあつたことは記憶してゐた。菊半截の誠に小冊子であるが、今日でも水野忠邦の業績を評伝したものとしては、史料の精確なると、評伝の妥当なるとで、信用を置かれてゐる本である[15]。

昭和六年一月六日からはじまる連載の歴史小説は、上記のとおり資料探査をおこなったうえで書きはじめたのである。「天保政談」を計画しその構想をねり原稿をかきはじめた時と、雑誌にその構想を発表するまでの時期は、おおくはちがわず重複していたとかんがえられる。問題はかれがもちいる史料によって作品の枠組が限定されてくることが、じつは肝要事となる。このことについても、後でふれる。

この「天保政談」制作のための資料探索を紹介した「江戸の落首文学」にはもうひとつ、作品制作にたいする重要な計画が記入されている。それは、創作の動機であり意図についてである。作家近松秋江が今般の通俗小説、あるいは歴史小説を批判していたことは、まえにふれた。また瞬時の間をあけず、大宅壮一の批判に「政治と文学」の問題で反論をくわえたことにもふれた。そうした作家の立場を、この評論であきらかにした。そのひとつは、読者が通俗小説にしろ歴史小説に期待しているのは、現代人が身につまされ受容する創作が肝要だという点である。もうひとつは、現況の動静をうつしえていない作品は不要であるという点であった。作家が歴史小説の構想のなかに「天保政談」をくみこんだのは、また偶然ではなかったのである。

現代文学としての歴史小説

じつは、近松秋江は一九二四（大正十三）年六月から政治小説「地上の光」を『時事新報』夕刊に連載している。そのうちの一章「夏の花」では、当時政治問題化していた「奢侈品関税引上げに関する法律案」が議会で成立するまでをとりあげていた。簡略にいえば、この法律は財政再建のために国産品の内需促進を目的とし保護貿易を基調とする景気対策法案であった。その経済政策を主導したのは、ときの加藤高明内閣の大蔵大臣浜口雄幸である。浜口は財政問題にかんしては緊縮財政派をおしとおし、そしてその後かれが総理大臣となり蔵相井上準之助とコンビを組んですすめた金輸出解禁（金解禁）をふくめたその経済政策は破綻する。昭和初頭の経済財政問題の混乱とむすびつく端緒となった政策がさきの法案で、浜口が断行した奢侈品課税問題を、巷間では「天保改革」になぞらえ話題にしていた。

こんどの四人の執筆者のうち、千葉亀雄、本間久雄、杉本孝次郎氏の三氏は、この問題に対して真向から否定的だったが、独り笹川臨風氏だけが浜口蔵相の肩を持っていたのは、その意見は別として、面白いということになった。臨風氏は高等学校から大学を通じて浜口蔵相とは親友の間がらだそうで、そのせいもあろうが、こんどの浜口蔵相の奢侈禁止令を「浜口君の勇断だ」と言ってほめているのだ。しかし、臨風氏は浜口蔵相の勇断をほめたついでに、江戸時代の奢侈禁止令についてくわしく解説して、天和の禁令、天保の改革などの例を挙げていたが、これらの禁令はみな失敗に終っているだけに皮肉だと樗陰（筆者註、滝田）氏は言っていた[16]。

いち編輯者のしるした、この「日記」七月十七日の一節は、法案が議会を通過した直後緊急に企画し雑誌『中央公論』八月号が特集した「現代人の生活信条と奢侈贅沢品課税問題」にかんし話題にした、校正終了後の酒宴の席での茶話である。ときの有識者のあいだでは、「江戸の落首文学」のなかで指摘するような〈倹約の御趣意が消費節約といふ言葉に変つた〉話――昔の天保改革と現代の緊縮政策をかたることはなかば常識の範囲だったのであろう。

そしてこの話題がさらに、世界恐慌下の浜口緊縮政策是非の問題へと間口をひろげて継続されていく。昭和五年、金解禁にはじまる与党の民政党と野党の政友会が金融政策で対立していたとき、おなじ民政党代議士で党総務の中野正剛が〈民政党の大恐慌にたいする緊縮政策をこの天保改革になぞらえ〉、〈緊縮政策を「水野越前ばりの倹約論」と決めつけ、「いわゆる積極政策」と徹底的整理緊縮とを結合することを主張した。〉と結論づけ、〈浜口首相のもとではまだ能力を発揮した安達も、若槻内閣のもとでは三首脳（筆者註、若槻・井上・幣原喜重郎）から疎外され、安達派に属する正剛は井上財政にたいして批判的な立場をとりはじめていた。〉と、中野泰雄はかれの書で解説する[17]。この文脈のなかで作家近松秋江の制作態度を話題にし戯曲「井上準之助」を位置づければその素材の一部は安達謙蔵からリークしたものであることがはっきりしてくるし、かれの政治小説はたんなる噂話にもとづく政談を作品化したものではなかったことになるのである[18]。そして、このいちれんの政治指向が「天保政談」執筆とむすびついた。作家近松秋江が、昭和四年に大宅壮一のかれにたいする批判をこの時期におこなった根拠のさきには、これまた鞏固な源泉をもつものであったのだ。つまり、天保改革は財政規律を重視した財政再建論者が実施した水野政治改革でありその昔生活者をくるしめた、いわばデフレ派による経済政策であった――とする認識となるからである。作家がそのことを政道批判の落書としての「天保政談」と規定した理由は、ここにあったことになる。木佐木勝の「日記」にも前文のつづきにこうある――〈「人間の本能に背馳する極端な政策は失敗するもので、こんど浜口蔵相が提案した大正禁止令は、天和・天保の禁令ほどではないが、テーブルクロースや窓掛け、化粧品、運動具、写真機、蓄音器まで奢侈贅沢品の部類に入れるのは浜口蔵相の時代感覚を疑う」と樗陰氏は非難していたが、私たちも全然同感だった。〉と、緊縮政策のもとで「ファッションの二〇世紀」をいろどった大正文化をあたかも〈奢侈贅沢品〉とみてとるような〈浜口蔵相の時代感覚〉を、出版文化人は嘲笑したのである。こうした顚末がやがて「軍国日本」にいたる過程の一画であることを、秋江は創作の動機として主張する一方、そのいったんとして公衆迎合の「通俗小説」批判をおこなっていたことを確認しておくべきである。

過剰なまでの緊縮政策は結果として今もむかしも民衆生活を棚あげした政治となり、時局や政治家を諷刺し批判をまねいたのである。「落首文学」がうまれる所以となる。ところでしかし、徳川家斉時代のいわば放漫経営によってうまれた財政赤字を改善するためには、火急の緊縮政策実施はやむをえない構造改革の主軸であった。だからかれもこう、〈水野越前などは、誠心誠意徳川時代の天下を救はんとして、事志と違ひ、上下の反感攻撃を招いて失脚するに至つたのは、全く気の毒といふべきである。〉と、「江戸の落首文学」で書きくわえているのだ。そうであってもいま流行の通俗小説にたりないものは、やむない緊縮政策を軸にした改革が失敗した経緯にみられたそのとき現実にたいするそのいわば迫真の描写――リアリズムである。水野越前守の天保改革は、だからとおい昔の出来事ではなかったことになるのである。作家近松秋江は昭和初頭の、国内の金融恐慌から世界恐慌とその後の経済不況のただ中にあった時勢を歴史上の人物水野忠邦をとおしてうつしとっていたのである。

それから約百年ほど後になり、この国に再び倹約政治を施さなければならぬ時代が来た。その国では、天保時代にあつては、御老中といつてゐた宰相の名目が、変り内閣総理大臣と呼ぶことになつた。而してその時の総理大臣は浜口雄幸といふ人であつた。水野は老中の首座を占めつゝ、御勝手御用掛りとして、大蔵大臣の役目も帯びてゐたが、浜口の時代には大蔵大臣は別にあつた。井上準之助といふ人間がその役を務めてゐた。

前年（筆者註、昭和四年）の七月頃から、この浜口氏が御老中の首座になり、どし〳〵緊縮政治を布令た（ママ）ものだ。倹約の御趣意が消費節約といふ言葉に変つたまでだ。今、天保の落首を味つてみると、百年前の時代と後の時代と、いかによく似てゐることぞ。少しの間の辛抱だ。各人奢侈を慎み、消費を節約し、不急の事業はなるべく起さぬやうにして、凝乎としてゐれば、今に経済界の好景気が復活して来る。「後になほるを楽しみに」して居れといふ(19)。

作家近松秋江が「天保政談」の構想にあたり、その着想はここに十分な説明がなされていた。歴史上の人物に現代をよみとくと説諭していた作家は、作品制作の手の内をかたったことになる。

大衆小説と歴史小説の位置づけ

作家近松秋江が「歴史小説」にもとめたものは、おもしろいだけの作品を否定したことと現代人のせつじつな要求にこたえていなければならないという、ふたつの点であった。この結論にいたる委曲がわかりやすいものだったとは、けっしていえまい。とくに後者の問題は、大宅壮一とのやりとりが物語っている。そしてなによりも昭和劈頭といえば、大衆小説あるいはその文学全般の定義は確定しておらず、歴史小説は大衆文学のうちのひとつの分野ぐらいにしかおもわれていなかっただけでなく、そもそもその大衆文学そのものが特定される領域となっていなかったからである。さらに昭和四十二年に出版された青蛙房版『大衆文学事典』にいたってさえ大衆文学と通俗文学の区別があいまいなことにふれて、

いま世間が大衆文学の名でよぶものは、われわれのいわゆる通俗文学に外ならない。といってこの錯誤を訂正することは、世の大勢じょう不可能だとすれば、われわれとしては大衆の二字を捨て、他に適当な語を求めるに如くはない。

と、しるしている(20)。

この話の出所は大衆小説作家長谷川伸からのもので、かれの主宰する新鷹会で「通俗文学」でない大衆文学にふさわしい「文学」をあらわす名称を漁りかんがえたが、〈結局のところ適切なものがなく、せっかくの発言も立ち消えお

わった〉そうである。いずれの場合にしても線引きが簡単でないことを物語っている。このことでいえば、大衆文学を象徴する作家である直木三十五の遺作集におさめられた時評文をみても、〈芸術は本来、愉快なものだ。人間を美しく、勇ましく、楽しくさせるのが本当なんだ。それが十九世紀に誤られたのだ。〉と[21]、大衆文学の意義を〈純〉文学と対置させ強調し、また〈吾大衆作家は実に震災後僅々三年間の発達である〉と[22]、過去の〈赤本（筆者註、講談の速記本）作者〉と決別しその意義を意識していた地点にいまだとどまっていた。しかしこのことは故なしとしないわけで、大正末年の文壇小説の多角化と同時進行で直木の発言はおこなわれていたのである。つまり、かれの主張はいわゆる「私小説」論争にたいする大衆小説作家の側からの発言――〈十九世紀に誤られた〉というアンチ近代小説論をいいたてたことになるのである。直木の立場は「私小説と心境小説」（『文芸講座』大正14年1、2月）をかいた久米正雄とおなじ地点にたっており、かれのかんがえている大衆文学が関東大震災後にうまれたとする位置づけは、不明瞭というよりは大衆小説論の問題提起をふくめかえってはやい時期の卓見をしめしたものになっているといえる。今日、私小説論争であきらかになったことは大正末から昭和のはじめにかけての小説観が変容期にあたっていたことであり、そのひとつの文脈として大衆文学の誕生をおさえておかなければならないということなのである。

また、小説家近松秋江と評論家大宅壮一の関係についてはすでにふれてきたことだが、昭和初頭前後の文脈のもうひとつはプロレタリア文学運動の昂揚期にあたっていたことである。大宅の秋江批判は特集「昭和三年の文芸・劇・映画」のなかの「昭和三年の評論壇」でおこなわれたもので、これまた特集「文芸と政治との関係に就て」のなかの近松秋江の「政治と文学」論をとりあげたものであった。今ここでは、大宅の側から光をあててみる[23]。

文学が政治的機能に隷属してゐるなどといひ切つてしまふのは、極端なその時限りの一時的の浅薄な現象に拠つて物を言ふことであつて、両者の本質的な立場からは肯定出来ないことである。（略）吾々が、三百年後の今日に於て、元禄時代の民生々活の呼吸を知らんと欲せば、当年の政治的記録よりも、近松西鶴の草紙のほうが、はるかに真相を伝へてゐるのである。文学の力も亦た偉大なりといはねばならぬ(24)。

いじょうは、秋江文の結語である。大宅が新居格と高畠素之の文章とくらべ〈中でも近松氏のは簡単明瞭である〉という言質の裏には、うえの発言を旧派の常識やその言いまわしとしてうけとめたであろうことはたやすく推察できることで、左翼理論家の――秋江文なら〈古代に於いて類例稀れなる文化に達してゐた彼等ギリシャ人は、日本の今日の浅薄なマルキストボーイ共の如く芸術に対して理解力の不能なる人種ではなかつた。〉だとか、〈妙に新しがりやの、何か、従来の定論と一風変つた変革的異説を立て、功名を成さうといふ野心から批評論をする人々〉ときめつけた論評に、わかき評論家のいらだち――〈今日社会科学で用ゐられてゐる「政治」といふ言葉の概念がはつきり判つていなゐらしい〉とあるようないらだちをみてとれるし、それよりもつつみ隠さなかったというべきであろう。もうひとつ大宅は年間総括のなかで、文芸派の頭目でもありアンチ・プロレタリア文学派の急先鋒中村武羅夫の評論文「誰だ？花園を荒らす者は！」をとりあげ、その論を〈マルクス主義〉〈唯物弁証法〉にたって既成文壇の狭隘な常識だと批判していたことである。大宅壮一との関係、ようするに昭和初頭の文学状況のなかの作家近松秋江が「政治」の問題を「歴史小説」論の形でかたったのであり、政界再編で交錯する政党政治をとりあげ一歩もひかずに大宅の〈社会科学で用ひられてゐる「政治」〉しらずとの批判を一蹴しゆずりえない「政治と文学」の問題を鞏固な源泉にたちもどって、年来の自己主張をつらぬいたことになるのである。そして、大衆小説作家と左派の評論家をむこうにまわし己の政治主義を、床屋政談と揶揄されながらもいい放ったことになるのである。

近松秋江のたち位置

それでは、作家近松秋江の歴史小説はどんな作品だったのだろうか。冒頭にふれたとおり、かれが歴史小説「天保政談」を新聞に連載したのが戦前昭和、一九三一年のことであった。おなじく、水野越前守忠邦を主人公にした松本清張の「かげろう絵図」は戦後一九五八年から翌年にかけて連載されていた。そして、このふたつの作品には根本的なちがいがあった。テーマもそうだが、創作とむきあうちがいは決定的な差異がある。天保改革期を、行財政改革の問題としてとりあげたのは近松秋江で、その作品は史実中心的である。が、一方、清張は人間深奥の心模様をてらしだすいわば仮象として歴史をストーリー展開にもちいたにすぎず、いうなら現代小説だといってよかった。このいわゆる歴史小説変遷の契機となったのが、柴田錬三郎の週刊誌連載の「眠狂四郎無頼控」であった。かれの作品、眠狂四郎シリーズも水野忠邦の時代を背景に成立していたが、そのシリーズを歴史小説とはいわず、時代小説と呼称している。この歴史小説を時代小説とよびならわす理由を、尾崎秀樹はいかのように説明している。

小説のおもしろさの条件として、主人公の魅力が大きな役割をはたすことは否定できない。波瀾にみちた展開や、そこにもりこまれた情報のかずかず、史実の意外な解釈などといったことも、小説を読むたのしさをもたらすが、それも登場人物、なかでも主人公の像をひきたて、印象づける道具であり、読者はまず主人公の性格や心理にひきつけられて、その作品に興味を抱く場合が多い。

とくに大衆小説では、魅力的な主人公の創造は作品のキー・ポイントであり、多くの作家がそのキャラクターづくりに意を用いた。これまでの文学に登場しなかった新しいタイプであること、時代を反映した性格の持ち主であること、その時期の読者の共感を得るような要素をもっているか、あるいは鬱屈感を払ってくれる部分があること、などの条件を備えた人物が、いきいきと描かれれば、それが主人公の魅力を形づくるといえよう(25)。

この解説は眠狂四郎シリーズにそって大衆小説の要となるところを整理したものである。しかも、一九五六(昭和三十一)年から『週刊新潮』に連載された作品は、近松秋江がかつて否定していた文学論をひきだすような創作手法によってうまれたものであった。

その第一話の「雛の首」でかたられる時代は〈幕閣における、政権争奪のために、互いに密偵をはなつのは、日常のこととなっていた。〉とあり、天保改革前夜の〈政権争奪〉劇が舞台となっていた。徳川家斉の晩年期、天保改元の年、文政十二年の将軍職在任中の話題だからむろん天保十二年の改革いぜんのことであった。しかし、尾崎のいう〈時代を反映した性格の持主〉といった諸条件は、近松秋江がもとめた「時代」をあらわす内実とはまったくことなる意味であった。ひとつの例、新潮文庫の「解説」(26)——間者であり出生にくらい秘密をもつ〈狂四郎は白人でもなければその母のように生まれながらの日本人でもない。これは言いかえれば、現在、通勤電車の往復で狂四郎をよみ会社で英文タイプライターを叩く我々の姿ではないか。しかも狂四郎と同じように我々もまた外国映画をみながら、その人生観は日本的な運命感以外、なにも持ちあわせていないのである。〉という意味ではなかった、ということである。軍靴の音をききテロルの嵐をまのあたりにしていた昭和期、せまりくる「軍国日本」という時代、また政党政治崩壊の危機を問題にしていた戦前昭和の時代だったとはいえ、遠藤周作の文庫解説は、〈もつと切実なる感情を滴らしてもらひたい〉〈もつと切実といふことを重んずべきではないだらうか〉といって(27)、かれが文学にもとめた「歴史」とはちがっていたろう。それでもまだ、遠藤の文章には敗戦後の日本社会を類推させるコンテクストが、その人物像の「読み」にはある。だがそれがつぎの「名作の楽しみ方」となれば、どうであろう。

実際『眠狂四郎』が秀逸なのは、こうした虚無を理窟や感傷でなく、ハードボイルド・タッチのエンターテインメントとして昇華している点にある。武士道とも正義とも無縁の狂四郎は、ただその時々の気まぐれで敵を斬り、女を犯す。彼にとって、その揮う剣は精神性の欠片もない実用であり、女を犯すのも趣向に過ぎない。作者は、まさしくその〝趣向〟を凝らすことに毎回、精魂を傾けている。肉体的でアクロバティックな剣戟と、過剰にサディスティックなエロス。そして敵味方入り乱れる伝奇的な筋立て。その無類な面白さと、それによっても埋められない狂四郎の虚無感は今なお今日性を保って、我々と感応し合う魅力を放ち続けている(28)。

もしこのとおりだとすれば、文庫本で六冊分となる百三十話の物語はどれをとっても〈敵を斬り、女を犯す〉金太郎飴である。たしかに、執筆者の笹川吉晴は柴田の戦争体験をふまえ狂四郎が〈ニヒリスト剣客の系譜に連なる〉主人公であることを紹介したうえで、「名作の楽しみ方」を叙述していた。とはいっても遠藤のもっていた時代の香りはまったくきえうせ、どんな〈虚無感〉なのか、また〈虚無感〉をどう理解したらよいのか、かれの文章からは人間の心の深奥についてはつたわらず、〈ハードボイルド・タッチのエンターテインメント〉の〈その無類な面白さ〉が読者のたのしみだとすれば、歴史小説としての時代背景は関係のないものとなる。権謀術数うごめく天保改革にいたるまでの暗闘をうつすはずの歴史小説は時代小説と名をかえ、大衆文学の〈魅力的な主人公〉（尾崎秀樹）が呼称をかえた小説の核心部をなすことになるのであろう。そうして眠狂四郎シリーズが、それまでの大衆文学にある変質をもたらしたのは事実であったのである。

松本清張の「かげろう絵図」が週刊誌による毎週一回の読み切りとは舞台はちがっていたものの、戦後のあたらしいメディアがもつ要求にかなうものであった。眠狂四郎にたがわぬ旗本の次男坊、わかきヒーロー島田新之助が〈魅力的な主人公〉の役割をはたし〈時代を反映した性格の持主であること、その時期の読者の共感を得るような〉〈尾崎秀樹）トリックスターであった。ストーリー展開をおもしろくするためにはかれらのような登場人物を、非現実の人間でも時代小説では必要とした。その意味でなら、清張も眠狂四郎シリーズの路線を踏襲していたことになる。しかし両者には決定的なちがいがあって、二人のキャリアが一方は歴史ぬきの洗練された〈ハードボイルド〉としてテクスト化されているのにたいし、他方は芥川賞作品「或る『小倉日記』伝」いらいの作風を発展させた地点での評価がおこなわれていた。たとえば、小松伸六は〈むろん面白さから言っても抜群の作品である〉と評価したうえで、

「東京新聞」に連載中から、多くの読者の胸をつかんではなさなかったこの伝奇小説「かげろう絵図」の絶対的魅力も、やはり松本清張氏の推理小説的手法と現代即応的な社会的、歴史的処理をぬきにしては語れないからである。つまり松本氏の功績は、この作品で時代小説と推理小説とを完全にむすびつけたこと、さらに中野石翁対水野越前守にあらわれる江戸城大奥の権力闘争、それにまつわる陰謀、汚職、贈賄、暗殺などは、そのまま現代の政治機構の権力的側面を連想させるもので、決して過去の出来ごとではなく、現代にも通ずるということなのである(29)。

と解説しており、傑出したひとりのヒーローによらない物語構造が「かげろう絵図」には担保されていた。そして、島内景二の手でその物語性をふまえた梗概もすでにかかれている。陰謀は巻頭の春の「吹上」章からはじまり、絵解き・判じ物の謎ときがストーリー展開の要となる。清張の場合はそのことだけではおわっていないことを、まえの文章はおさえている。つづいて、つぎの島内景二による梗概をみてみる。

『かげろう絵図』は、天保十一年（一八四〇）、満開の桜を愛でる江戸大奥の豪華絢爛たる春景色から書き始め

られる。十一代将軍を退いても、家斉は「大御所」として君臨し、実権にしがみついている。家斉は、多くの侍妾に産ませた子どもの総数が五十四人に上る艶福家だった。その家斉の政権を私物化しているのが、隠居の身である中野播磨守清茂（石翁）、側衆の水野美濃守忠篤、西丸老中の林肥後守忠英たちだった。彼らは、家斉の娘である溶姫が加賀藩主・前田斉泰に輿入れして産んだ男児を、第十三代将軍に擁立しようとしている。加賀藩側で、この陰謀に荷担しているのは、江戸屋敷の用人・奥村大善(30)。

いじょうのとおりであり、この文章はある物語の展開を暗示する。つまり、謎ときの伏線すべてがかきこまれてあるといってもよい。「陰謀」の破綻――権力闘争これこそが清張作品のモチーフであり権力亡者たちを人間の宿業として、下役の添番から幕閣の上役までが暗闘する《有象無象の絵図》を〈かげろう〉である移ろいうしなわれるものであるとして、悪役をえんじた中野石翁だけでなく正義の旗をふる水野忠邦もかわらぬ人間としてえがきとったのである。

家斉の死後、天保十二年五月、将軍家慶の施政方針をうけて、水野忠邦が実行した天保改革は「改革令」にはじまり天保十四年閏九月の忠邦罷免までの二年五ヵ月にわたる構造改革運動であった。近松秋江の単行本『水野越前守』は連載中のタイトル「天保政談」にふさわしく時系列にそい改革期間を物語時間として設定していた。それいぜんは「蛮社の獄」にまつわる話柄の物語内容に直截かかわる出来事を回想のかたちにくみいれ、基本的に家斉歿年のまえ五年間を物語の時間軸に回収させ一編を構成していた。そして語り手の視点は忠邦の解任時――〈遂に、其方儀、御勝手向不行届の儀有此之に付御役御免仰付けらる、との命令を受けねばならなかつた。〉、最後の「越前の苦衷」その場面においており、創作手法はまさに近代小説の書法にしたがう厳密なものであった。だから、単行本の標題を「水野越前守」とあらためたことは歴史的な存在としての価値をもつ政治家としてだけの水野越前守忠邦を対象にしたわけで、改題はきわめて適切なものでありそこには作者の意図をくみとることができる。こうした伝統的な創作上の構図は「歴史小説」の概念を補完するものにちがいなく、時代小説にみられる特徴的な空想を排除してはじめて成立したものであった。

作家近松秋江の『水野越前守』にたいし、松本清張の『かげろう絵図』はきわだったちがいがある。このふたりのちがいをくらべる前に題言「『近代化』の出発点——天保の改革」のなかで、歴史学者津田秀夫が「天保改革」をどう検証しようとし価値づけているかを先ずみておきたい。

この巻であつかうのは、将軍家斉の大御所時代から、開港直前の嘉永四年(一八五一)の問屋再興令までの約五〇年間である。この時期は、昨今の日本の世相に似ているといわれる。現代の日本には、当面しているさまざまな矛盾や苦悩があり、解決をせまられている課題がある。それらは、いずれも日本の「近代化」の過程で生みだされたものである。その解決をはかり、日本の未来を切りひらくには、いまいちど、日本の「近代化」の過程を、その出発点にたちもどって検討しなおす必要があるだろう(31)。

現代から歴史をパースペクティブにおさめて読みなおすのは、もちろん歴史研究者だけにかぎらない。津田の問題意識はおおきくふたつの柱があって、それが〈問屋再興令〉とある類の経済問題であり〈開港直前〉とある類の外交問題となって著書に集約されることになる。経済流通の近代化と国交の国際化は、幕藩体制をささえた国家原理の石高制と鎖国政策が両面で解体期にはいったことを意味する。前者は封建制経済の破綻によるそれまでの国家基盤が拡大する貨幣経済と商品経済によってとってかわられるあらたな経済社会の問題であるなら、後者は日本近海の防衛から開国へむかう国際関係の摩擦とその緊張がもたらす国内外の外交国防問題であることを記述した。いずれも四半世紀後にとうらいする近代社会の時代という構想が、ふたつながらのあらたな問題提起の背後には定位している。作家近松秋江もその点ではおなじはずだが、家斉の親政政治がもたらした経済財政の破綻をたてなおそうとする構造改革と政治改革とを天保改革にみてとっている。作家が天保改革に昭和初頭の経済問題を投影させオーバーラップさせみていたことはすでに言を俟たないし、歴史の読みなおしをふまえていたことについてもあきらかであった[32]。このいちれんの思いが「天保政談」連載の動機であったことをわすれてはなるまい。大奥の改革が風紀上の問題だけにはとどまらないことを、だから作品のなかでは行財政改革のその一貫のひとつの核心として、水野忠邦がじきじき大奥御広敷にでむき大奥御用掛兼上臈の姉小路伊予子に財政支出の削減を直談判しもうしいれる場面を記入していたのである[33]。秋江が「天保政談」を連載執筆する数年いぜんの前から政治経済の問題にかんする発言をくりかえしていたのには理由があったわけで、この作品がその理由の一端を証明していたのである。

芸術作品としての時代小説

さて、作家近松秋江の『水野越前守』一冊にこめたたち位置がはっきりしたところで、松本清張の「かげろう絵図」にもどってみる。この作品が一年にみたない十ヵ月の物語であることが、作家の意図を端的にしめしていた。そのためにはふたつの語り、「お墨附」と「脇坂事件」の物語を必須の条件として「かげろう絵図」は成立した。お墨附とは家斉の娘溶姫と加賀藩主前田斉泰のあいだにうまれた犬千代を将軍にむかえるための「証文」のことであり、このお墨附を家斉にかかせるまでの策略は知恵と権謀術数をこらしたもの、と——そう作家は縷述した。しかし、このお墨附入手の経路は、松本清張と近松秋江ではまったくことなったものとなっている。清張の場合はあくまでサスペンス仕立てを地でいくような創作であった。「脇坂事件」は、さらに手のこんだ創作であった。清張が権力闘争を軸に陰謀の破綻までをモチーフにえらんだとき、このふたつの謀略と十月（とつき）の時空を着想したことはのちの時代小説に先行し、文学制作の根底を歴史小説の創作方法からあらたな次元へと方向づけていたこととなる。いま、ここでは「脇坂事件」をとりあげ、歴史小説でなく時代小説と名ざされる文学世界をみてみたい。

「歴史的事実」というコトバがある。そこで、ストーリー展開にからむ脇坂淡路守安董の年譜を整理してみたい。徳川家斉の薨去は天保十二（一八四一）年閏一月三十日、六十九歳のときである。脇坂淡路守の死は、表むきはおなじ年二月二十四日となっているが、閏一月二十三日が正確なところでありそのときの年齢が七十五歳であった(34)。秋江の『水野越前守』では二月五日、六十五歳の死である。そして、清張の「かげろう絵図」は水野忠邦の〈お手前とは年齢はあまり、違わぬ〉四十五歳程度に設定しており、「かげろう絵図」では歴史的な事実が問題とならない。その結果、つぎのような――〈ようやく石翁たちの粛正にのり出そうとした寺社奉行脇坂淡路守に、ある日前田家（筆者註、加賀藩前田家）から茶会への招待がとどく。脇坂は出たまま帰らず、やがて音無川で水死体となって発見される。二人の脇坂を登場させて、この謀殺を推理解明してゆくところは、この小説の圧巻といっていい。〉とあるテクスト化を可能にするのである(35)。水死体として発見されるまでの道程は、七十歳の老人でなく四十数歳程度の脇坂淡路守でなければ作品が成立しない。そこには作家の創作意識がはたらいた、つまり史実でなく文学固有の技術を考慮せずにはおけないはずである。というのは、藤實久美子著『江戸武家名鑑』（吉川弘文館刊、二〇〇八）の指摘によると、松本清張は史料武鑑をみていたとあり、げんに作中でも武鑑からの引用がみられるからだ。またはその他の史料の紹介もあるわけだが、この年齢の件はストーリー優先の設定となっている。だとすれば、ほかの書物にくらべ年齢のおおはばなちがいは虚構と関連する資料をふまえたうえでの文学化としかかんがえられないのである。

そこで、その仮構の可能性を示唆する全集「解説」の一節を、足立巻一の文章でみてみる。

脇坂の死を家斉の死の直前とし（筆者註、〈山は秋がすぎて、荒涼として霧がれている〉初冬である。作品は閏一月間際でないことが絵解きの重要な条件である）、毒殺の風聞を下山事件に擬した。下山総裁が休息したという五反野近くの末広旅館を飛鳥川畔の料理屋花屋にあて、轢死を溺死にする。そのあとは下山事件そのままのような目撃者（同、前田家を出たのが八時。十一時、花屋から失踪。三十分後御殿山六国坂手前で、十二時すぎその坂下で目撃。四時、最後に清滝不動で目撃される）、関係者の談話となり、奉行所は脇坂が過労のため気鬱（神経衰弱）を昂じ、入水したか、誤って川へ落ちたか、という判定を下す。脇坂家も水野越前守も家名に疵がつくというので探索書を黙認してしまう。下山事件の置きかえといっても、そこはなかなか手がこんでいる(36)。

脇坂は、上芝口（筆者註、秋江の作品では汐留とある）の藩邸とはぎゃくの本郷から板橋村（筆者註、後日、加賀藩の下屋敷があることが明かされる）、飛鳥山方面にむかう、――〈脇坂淡路守は、花屋から、飛鳥橋を渡り、山の麓を歩いて、六国坂から一里塚まで行き、再び引返して、滝不動裏門道に出たことになる。奇怪な彷徨である。〉（『かげろう絵図後編』）と、作品に記入がある。初冬の夜半から翌未明にかけて、七十四歳の〈身分のある人〉が〈彷徨〉するのは筋立てとして不自然であるだけでなく、史実にならえば、寺社奉行の失踪そのこと自体が〈権現様以来〉ありえないことであった。清張の構想では〈折も折だ。西丸大奥紊乱の証拠を握って、再度の弾圧を下そうとした矢先なのである。普通の死ではない。この事故死の裏には謀略〉があることを前提にたて、検察と警察当局が――〈南北両奉行所、並に郡代屋敷の探索当局は、脇坂淡路守安董の怪死〉とよんで捜査をしたように仕立てる。そのためには脇坂の一件についても、合理的な伏線を用意しなければならなかったのである。

その一方で「探索」がはじまるストーリーのまえに、読者は石翁と留守居役三人の会話から脇坂淡路守の死をしっている。かれの失踪を、単行本中の「脇坂事件」では、

「まことに」

三人が、まだ信じられない顔つきをしていると、

「淡路も気の毒な。まだ、若いのに」

と奇怪な言葉を洩らした。

三人の留守居が、あとで不思議に思ったのは、この時にはまだ脇坂淡路守の生死は分っていなかったのである(37)。


と、留守居役の〈まだ信じられない〉といった困惑顔におうじた石翁の〈奇怪な言葉〉とそのあとにつづく説明にあたる伏線部分をよんでいるからである。だから、まえのふたり小松と足立の作品解説は清張の書法をうけいれ論評をくわえていたことになる。判じ物、絵解きといい、そのためのコンテクストは推理小説仕立てに構築しているのである。その結果、清張の歴史小説は歴史的な事実からはなれたが、しかし歴史が「歴史」としてもとめられる価値――正史が、国民国家では国家やそこに所属する国民にあたえられた「物語」であると理解されているのだから、この意味からは稗史――文学固有の虚構、小説の語りが歴史叙述の「真理」と対立するのはあたりまえすぎる話ではある。

松本清張が人間の諸行を、権謀術数とくに権力亡者の闇をえがこうとすれば絵解きにみあった舞台設定と演出が必須の条件であったのはとうぜんである。こんな一節が作中に記入されている――〈石翁には、越前守の若さが恐ろしかった。まだ四十六歳という年齢で、仕事をする男の最盛期である（筆者註、清張は脇坂淡路守を水野越前守と同年輩として登場させていた）。これは七十すぎの石翁が、どうあせっても手の届かぬことである。〉（「潮」）と。〈七十歳をすぎの〉石翁が七十四歳の安董を上記に引用〈まだ、若いのに〉としたようにあつかえないのは考えるまでもないことで、物語内のリアリティを保証するには、そのことは作品の完成度を問題にすることだが、七十歳をすぎた奸臣

が四十五歳の正義漢をあやつる方が権力亡者の闇を拡張する保証は、かくだんにたかかったはずだ。ふたりの評論家が〈謀殺を推理解明してゆくところは、この小説の圧巻といっていい。〉（足立巻一）とか〈下山事件の置きかえといっても、そこはなかなか手がこんでいる。〉（小松伸六）とみとめているのだから、このことは間違いないところである。こうして清張本がうまれ、時代小説というジャンルは確立してゆくのである。史料の脱構築が歴史との緊張関係をときその「虚構」によって逆に「現実」を再構築してゆく地平には、人間ゆえの営為を物語るいがいのなにものでもないリアルが成立しており、史料にではなく文学上の制作によってしかなしえない文学固有の技術というほかない領域が確立されていたのであった。

政治小説として、その歴史叙述

それでは、小説家近松秋江の場合はどうなのか。前もっていってしまえば、作家はかつて巷間に噂されていた暗殺説にたってこの一件を小説化している。しかし、歴史家はそのことをまったくふれない。そもそも歴史学者津田秀夫がこの一件で脇坂淡路守安董にふれていないのは、ひとつの見識があったからだとかんがえるべきなのだろう。それは歴史叙述が事実性に収斂してゆく性格のものだったからである。政治システムとは一般的にも特殊な場合であっても、その原理は個人の側にではなくあるひとつの総体の力が支配しているのである。歴史家にはこのことのほうが緊要なことであった。たとえば政治機構のなかで、いま問題にしている天保改革についてみてみるなら、

天保一二年（一八四一）五月、忠邦は、天保の改革を断行した。もちろん、かれも非常（ママ）の人物である。しかし、天保の改革をみるとき重要なのは、実質的に親政を開始した将軍家慶の決断があってはじめて、改革政治の第一歩をふみだしえたことである。忠邦でさえ、将軍の不興をこうむれば失脚するし、家慶の見解によっては、政策の

変更がおこなわれるのである[38]。

とあって、江戸期政治体制下では最終的にこの説明いがいはありえない。将軍家慶の意向をうけた政策執行の首班〈内閣総理大臣〉は老中首座の水野忠邦であり、脇坂は閣内の所管大臣のひとりにすぎないのだから、政権運営の原則は津田の文章につきるのである。文学表現ではヒーローである寺社奉行脇坂淡路守は、政治原理の内側では幕閣のいち責務者だったわけだから、そこには文学固有の技術がはいりこむ余地がない。まずひとつ、個人にたいする政治原則の問題を理解しておく必要がある。

このことを、三田村鳶魚の「稼ぐ御殿女中」から具体的にみてみたい。この論は谷中延命院の事件をしらべてまとめたもので、享和三年に発覚した〈延命院日道の女犯一件〉の経緯とその報告である。脇坂在任一期目、十二年たったときの事件であった。論中、「希有な女探偵」の一節にいかの〈脇坂淡路守は決心した。坊主の策動を押さえなければ、いかなる珍事が出来するか知れぬ。差し当って御本丸・西丸の奥向の失態は限りがない。しかし将軍や世子の側近い辺の者どもであるから、一概に暴露して幕府の威厳に拘わるような成行きになってもならぬ。〉と、ある[39]。ここからは、脇坂が所轄大臣として積極的に職務をはたす決意をみせていたことと、いっぽう政府要人として権力中枢に類がおよばない対策も配慮するしんちょうな人物であったことがうかがえるのである。一言くわえれば、保身の術はおさえていない。そこには歴史家でない文学者の位置を、秋江にみてとれよう。幕閣の要人である脇坂が、延命院の一件に関係した本丸と西丸の〈将軍や世子の側近い〉御殿女中を逮捕拘留し〈幕府の威厳に拘わる〉ような裁判を断行するのはかんたんではなかった。脇坂がいちど更迭退任し文政十二年寺社奉行に再任されたとき、世に流布された川柳「また出たと坊主びつくり貂の皮」は、延命院一件の辣腕をあらわすというのが一般的な理解となっている。

しかし、鳶魚は脇坂の手際をべつのところにみている。「稼ぐ御殿女中」の結論には、こうある。

脇坂淡路守の大決心も竜頭蛇尾、折角ながら失敗なのだ。命がけの女探偵の忠義も、ただ痛ましさを加える成行きであった。従って御殿女中が稼がなくなるようにはならぬ。かえって脇坂を例にして、その後の寺社奉行は、稼ぐ御殿女中を問題にしない算段をする。もし突き当たってくれれば、事件の幅を無理にも狭くする考案を回らす(40)。

権力中枢の処断はその有様がいつの時代もかわらず、欺瞞と保身が事のはじまりであった。文中の〈女探偵〉は竜野藩脇坂家家臣の娘で、密偵は秘密裡に動向をさぐるため事件解決にたどりつくまでの功績をふくむすべての事実が表にだせず、内密に処理され〈女探偵〉本人は自殺する。うえの〈痛ましさを加える成行き〉とは、このことをさす。また事件は当事者の〈部屋方〉ひとり、西丸梅村の召仕〈ころ（梅）〉ひとりの処分でおわり大奥の圧力が〈脇坂淡路守の身の上に祟ってきそうな様子〉をかんじとると、かれは保身にはしり上層部の責任を不問とし延命院の一件は幕をおろした。ようするに引用文の後半、処分の〈算段〉と解決の〈考案〉をことなかれ主義でうやむやにとり繕う手腕を、後継の寺社奉行がみならう体制派の手法を、鳶魚は脇坂の手際のよさとみたことになるのである。しかしすべては内輪の体面繕いであったため、世間は狂歌で囃し立て、「僧風釐正」の対象となる僧侶は粛清をおそれる、このこと——文学が人間的な葛藤を叙述の対象とするものであれば、作家近松秋江は歴史的な事実あるいは政治上の闇を叙述しつくすことをえらばなかった。だから逆に、歴史学者津田秀夫は脇坂の一件をふれなかった。作家は鳶魚の諸作をよんでいたし、とうぜん延命院一件の顚末を熟知しており、また政治家水野越前守の裏面もしっている。水野忠邦が改革に手をそめその徹底ぶりが評判となっていた最中、かれは大奥御広敷で本丸御用掛の姉小路と対決する。その内容が鳶魚によって伝録されている。

天保改革の時に上臈年寄の姉小路さんが幕閣の首班水野越前守忠邦に対して、妾があるか無いかと聞いて、有ると答へたのを捉へて、直に人間には男女の欲の制し難いことを諷した、改革を企てる程の人でもお妾の倹約はしない、奥女中は一生不犯の御奉公で、人間の大欲を抛棄して居る、それを尚ほ且つ倹約で物資の給与を迄も奪ふのかと詰め寄つた、流石の水越も閉口して奥向へ刪減が加へられなかつたといふ顕著な話が残つて居る[41]。

結論は、水野は千人弱いる奥女中にたいする人員削減も歳入の五分一をしめた大奥の経費圧縮も手がつけられなかったのである。近松秋江はこの話を自作の「大奥の手入れ」に数値をあげ具体的にかきこむ。その叙述は、姉小路によって手玉にとられる水野越前守をえがいたにひとしい。公家大納言実久の妹、姉小路伊予子は十一代家斉、つぎの家慶にも信任あつい〈閣老首座の如き御用掛〉であった。引用した話題は天保改革実行者、幕閣首領にむけた詰問であり、作家は〈御内室〉と〈御部屋様〉をもつことを〈何心なくさういつた〉水野の言質へ逆襲したのである、とそう脚色をまぜ行財政改革をせまった場面をえがいている。〈高慢な顔になつた〉姉小路は、さらに畳みこんだ――〈「又、状箱の紐は半分にて用は足るとの仰でござりまするが、あの箱は、昔より御寿命紐と申し、縁起を祝ふ品にござります。その紐を短う打ち断るは、御寿命を縮めることになり、不吉でござりまする。わずかに状箱の紐ぐらゐ、左までの費えでもござりますまいかと存じまする。」〉と、追及する[42]。そのときの姉小路を、見得を切る役者でもあるかのように眼をつけ〈越前の顔をじつと見返〉しその迫力の様を「大奥の手入れ」にえがく、――そう作家は最後の場面をつくった。《つくった》ということは、「御寿命紐」の話は寛政改革を実行した松平定信のときの話だからである[43]。この仮構は、作品の基本構図を規定している。すでにふれたことだが、かれの、大正期の新聞小説「地上の光」のなかで、加藤内閣時の「奢侈品関税引上げに関する関税改正案」をとりあげた[44]。法案担当の主務大臣浜口蔵相は行財政改革緊縮派で、その大蔵案が「御寿命紐」の話題とおなじ程度の規制倹約ぶりであったため、国民の反撥をかった。だから、天保改革のこの鳶魚のつたえた故事は、昭和初頭の行財政改革の江戸版ということになる。作家近松秋江が政治小説を志向し筆をおろした新聞連載小説「天保政談」の意図はこの点に集約できる、というわけである。

そして、作家はこのように物語内容を重層化させ政治家水野忠邦を丸裸にする。財政支出削減の拒絶、御寿命紐の堅持と天保改革実行の不手際だけでなく、おなじ「大奥の手入れ」のなかに、姉小路から家斉の死、奸臣失脚後に城内の専行院〈幽閉〉を下命された家斉の愛妾の話とあわせて、その愛妾お美代の口をかり水野の立身出世――〈唐津から浜松へ国替〉を、〈それより大坂御城代、京都所司代、つづいて西の丸御老中、本丸御老中と経昇〉った〈願ひの筋〉を家斉に裁可させた、佞臣組とかわらぬ一件をかきこんでいたのである。このことは水野忠邦が清廉潔白な人士でないことをつたえており、賄賂政治の渦中にあった政治家だったことになる。構造改革派の水野がお美代をつうじて〈酷薄〉な人間であり、また姉小路をつうじて下問をうける上下の間にある人間でしかないことを暴露したことになる。人間の深奥をえがこうとして歴史小説をかく、つまり小説技術としての叙述といえばそうなるが、作家の意図がこのことでもはっきりとした形があったということである。

小説「天保政談」のたち位置はすでにふれておいた。そのたち位置が歴史叙述とことなるのは当然だとして、小説固有の語りは『水野越前守』一冊の成立をささえていたことになる。また、作品冒頭の場面、その場面が松本清張は「吹上」の花見の宴であったのにたいし、近松秋江は中野石翁の別邸場面「雪見の密談」であったのは、このことが作品世界の差異をあらわにする戦略の一端につながることもふれておいた。たとえば「天保政談」冒頭の話のなかの一節には、こう――〈越前に次いで油断のならぬは脇坂淡路守でござれば、脇坂を何とか致さねばなりますまい。〉とある。作品内ではこのときから、脇坂淡路守暗殺の謀略ははじまっていたのである。

秋江本、脇坂の〈卒去〉は家斉〈極秘の御入棺の晩〉、天保十二年二月五日である(45)。脇坂の突然死は、「疑惑」の対象となった。春寒の宵、風邪気味の脇坂は水野越前守と太田備後守といっしょに葬儀御用掛として出勤し、言葉をかわしていた。このとき、事件はおきた。太田備後は家斉の側近であり中野石翁派の人物で、改革派からは家斉の晩節をけがした奸臣である。作家は《このとき》の暗闘を、「大御所の死　三」で、

そこへ若年寄の林肥後守が入つて来た。林は大御所権臣の随一である。老中達の談話に耳を留めて
「脇坂殿には御風気でござりまするか、われ〲とても昨今春寒がひどく身にこたへまする。御自愛なさらぬといけませぬな。」

と、いつてゐるところへ、脇坂はまた咳入つた。

「おゝそれは、お悪い。かうと何か差当り適薬にてもあるまいか……」

「いや、その薬ならば　それがし、持薬の薬湯を、持参いたした。供の者に命じて温めさせますれば。」

「ほゝ、それは、御用意のよいこと。なに、誰にか申付け、お供の者から受取つて温めさせませう。」

気安にさういつて、肥後守は、詰所番の者に、その旨を言ひ附けた。

「いそいで致せ。」

程なく薬湯を温めて持つて来た。それは、朝鮮人蔘や、生姜や、昆布などのいろ〲な植物性のものを煮詰めたものであつた。脇坂は、詰所番の小姓からそれを受取つて、何の心もなく、いつものとほりに服用した。その時、列席の老中、その他の者も、新に代へられた茶を飲んでゐた(46)。


と、会話と描写で叙述した。一瞬の隙、〈薬湯を温め〉たその隙に毒をもられた(47)、――石翁一派の密議は、すでに

みたとおり〈好い機会さへあれば、水野と脇坂を、いかなる手段にても陥擠しようと〉いうことだったのである。大御所生存中に捜査がおこなわれ、お美代の実父日啓が住持の感応寺摘発のときに御殿女中の不始末が発覚、危急存亡の秋と背中あわせにあるタイミングで家斉が死んだ。林か、その配下が脇坂暗殺を実行した。作中では脇坂があとに引用する感応寺姦淫の一件の奥女中処断後、さらなる追及を決意しその計画を実行にうつす算段があったことを想定する、そんなプロットを、作家近松秋江は物語叙述の内側に準備していた。汐留の藩邸にかろうじてもどり、臥床のなかで末期に口にした言葉〈西の丸の佞臣ばらに謀られたことが返すぐも残念である〉——をのこし息たえたのである。しかもそのおりの間際に、脇坂は川路左衛門尉に「遺言」を伝えようとして事たえていた。川路は名を弥吉といい、抜擢人事で勘定吟味役に昇進し左衛門尉と名をあらためる。天保六年但馬出石藩の仙石騒動のとき、寺社奉行脇坂の配下で予審判事をつとめ公正合理的な裁きがかれに出世の道をひらき、幕末期の有能な事務方官僚として政務を勤めた人物である。いまは感応寺の一件で脇坂最後の業務命令をきく立場——〈近頃仙石家の疑獄を裁断して、天下の人心を衝動せしめ、その功によつて老中に進んだほどの勢ひであるから、配下の中野又兵衛、川路弥吉の両人に命じ、大目附の鳥居耀蔵へ沙汰して、さすが御殿では、あまりに事が荒立つから、鼠山（筆者註、感応寺を指す）に出張して、大奥から奉納の品を納めた長持を運び込んだところを諸役人立会の上で、検査することになった。〉（「伏魔殿　五」）とある、この摘発劇後の捜査方針をつたえる筈であった。「遺言」とは、このことをさす。だから、作家の用意していたプロット、物語叙述は、実作ではこの時点で杜絶したのである。秋江作の「天保政談」でも、脇坂暗殺は作品の前半、つまり天保改革決行までの山場である。感応寺の一件では奥女中〈瀬山〉を追放処分、つづいて中野石翁派の「三佞臣」処分があって、天保改革は断行されたのである。さて脇坂の死は、川路をつうじてそうそう水野忠邦に報告された。一方しばらくして、ふせられていた脇坂の死が、大奥のお美代には林肥後守の報告が石翁をとおしてつたえられた。しかし、権謀術数にあけくれた暗闘劇はここにおわる。いじょうを、作家近松秋江は脇坂淡路守の歴史物語として叙述したのである。

歴史解釈と芸術の問題

戦前昭和の小説家近松秋江と戦後の推理小説作家松本清張との歴史小説は、どこがどうちがったのであろう。上記までの縷述を個条書風にしるしてみたい。まず「暗殺」が政治的な動機にゆらいする点はふたりにおなじでも、歴史叙述を目的にしたものではあったがまったくことなっていた。物語内容の計画性を最優先する清張は暗殺を事件化させ劇画のスタイルを徹底させるいっぽうで、近松秋江は古来の風聞を史伝化させ歴史小説の形態をつらぬき小説化している。そのためいずれも史実が、脇坂淡路守安董の年齢と暗殺の時期およびその結果としてのプロットも虚構化され、歴史と小説との「物語」記述のちがいがあからさまになった。だからといって小説がえがく真実性はうしなわれたとはいえず、逆に虚構を真実とおもわせるリアリティ、「語り」はふたつの作品がまったくことなった創作作品であるにもかかわらず、小説固有の叙述が確立しておりいっぽうが他方を否定するといった関係にはなっていないのである。ということは物語と史実、あるいは芸術と科学という不易の難問と、小説家はともに格闘していたことになる。そしてさらに、モチーフにもふたつの主張が共存している。「歴史離れ」でいえば、清張の陰謀物語は〈かげろう〉を衝立にその点が徹底している。一方、近松秋江は「歴史その儘」を〈政談〉をよそおいながら、隠喩としての経済小説という意図を構築していた。陰謀小説には没落のメタファがかくされており最終章「陽炎の絵」の石翁豪邸瓦解を、読み手は悲劇の物語が最後の頁をとじたとき人間喜劇につうじる「哄笑」を実感し、またある読者であり評論家はといえば日本の戦後犯罪史を作述することになるのである。

近松秋江の創作には昭和初頭の光景がきざまれておりかれの年来の主張である、その意図、つまり「政治性」を担保していた。天保改革はその政策全体像からながめれば幕藩封建体制のたてなおしのための政治改革だが、その基本は行財政の構造改革にあった。家斉晩年の親政政治、その政権運営の失敗が財政破綻をまねいたのは事実であろう。しかし、よりおおきな問題は近世国家の限界が露呈したということである。歴史学者津田秀夫の経済分析の基本認識――〈大御所時代の社会は、貨幣経済にせよ、商品経済にせよ、程度の差こそあれ、その進展が全国的にみられ、経済の底流が大きくかわりつつあった。（略）とくに天保期には、いままでにないはやさとふかさをもって、各地での商品・貨幣経済がひろがり、商業的農業の展開が畿内のみならず、その他の地域でもめだつようになった結果、従来からの領主経済は侵食され、本格的な危機がいっそうすすんでいた。〉ことを提示したうえで、個別の歴史叙述がおこなわれている(48)。ようは、根底は経済問題だったのである。石高制にもとづく国家原理は商品貨幣経済の拡大により維持困難な時期をむかえ、だから財政縮小を意味した倹約令とひとつらなりの風俗取締り、奢侈の禁止令も財政再建を一体化させた目にみえる政策だったことになる。その端緒にあたる劇が脇坂暗殺までのプロットである。そうかんがえれば松本清張の一年にみたない物語内容の設定が極端だというわけでなく、また秋江作品が暗殺事件後に改革の本丸にうつってゆくことは物語の一貫性をもつわけで、物語内容の分裂とはいえない。歴史小説としてえがいた「歴史」は、その物語性は作者の創作意図によっているが、読み手は物語構造の前後が経済改革のひとつらなりであることを理解してよんでいる。作家近松秋江も、そうみてとっていた筈である。このほりおこしは、戦前昭和にいきた作家のたち位置があってはじめて可能になった。

ところで角度をかえてこうした点を、作品に影響をあたえることになる竹越与三郎の経済財政論によってあらためて確認してみたい。近松秋江は大正十四（一九二五）年一月十四日、東中野の自宅にかえるため新宿から乗車した中央線の省線電車内で竹越とぐうぜんに、しかも十八年ぶりに再会する(49)。そのとき日本経済史刊行会から発行された全巻八冊の『日本経済史』を寄贈してもらうことになり、後日三日後に手にすることとなった。そのなかの第五巻が、「徳川時代財政・経済諸制度」であった。そこには、天保改革期と関係するデータおよび経済分析、財政問題の叙述がある。そのひとつは「第四章　幕府財政の収支状態其三」中の「自天保三年至同十三年々出納高と金銀吹替に依る出目高」の表があり、もし「吹替」――貨幣改鋳がなければ〈幕府は已に、財政の上より破産したりしならん。〉と指摘し、さらに、

天保十三年は、即ち千八百四十三年にして、今を去ること七十四年、比較的近世なるに係はらず、政府の収支状態が、頗る不分明にして、三種四種の記録あるほどに、財政紛淆して、記録全からざりし一事にあり(50)。

と、財政管理ができておらずらんみゃくな経済政策のあったことをあきらかにしていた。作家近松秋江はこうした財政事情をよみ、また貨幣改鋳による物価変動――インフレの原因についても熟知したことであろう。『水野越前守』でも作中のテーマとし主題化した勘定奉行を経験し現実の経済運営につうじるリフレ派にたつ南町奉行矢部駿河守の追放劇を物語化しており、その事件を、竹越は一知半解な水野忠邦の不合理な政策にメスをいれようとしたことが直截の原因であった――と、解説する(51)。もうひとつは、財政規律をかかげたはずの改革の根幹を〈臨時収入を恃みて、全歳計を立つるに至りては、実に危険なる政策なりしを見るべし。〉と、歳出入にかんするその〈不健全な財政〉政策をうたがいデータにより明示してみせた。かつて、わかき日に『新日本史』をえがいたかれには、財政問題を視野にいれた幕府末期の歴史像がかさなってみえた。まえにある指摘のつづきでは、こうである。

此の不健全なる財政を改革せんとしたるかと云ふに、彼等〈筆者註、鳥居耀蔵をふくむ水野ら倹約令にたつデフレ派〉は、社会の状態が、比較的閑散なりし、旧時の定高に拘泥して、定式高のみを節減せんと試みて、殆ど之を半減せんと企てたりき。然れども、幕府財政の病根は、臨時費の膨張にあり、故に臨時費を節減して、浮費

を除くにあらずんば、病根を得て治すべきにあらず。去れば財政改革は、論ぜられて、行はれず、因循姑息、酔生夢死しつゝある間に、開国鎖国の激論に遭遇し、明治維新の大勢に衝突し財政上に於ては、已に倒壊したるなり。此時、豈に薩長武力の要あらんや。故に幕府の倒るゝや、伏見、鳥羽にあらずして、金座銀座に於て已に夙く倒れ、明治元年にあらずして、文化天保の際にあり、薩長土肥の雄藩等は、唯だ其残骸を屠りたるに過ぎざるなり(52)。

と、——経済史に立脚した歴史観を、竹越は一冊の著作に記入していた。歴史の尖端で覚醒した作家が戦前昭和の劈頭でおきた金融恐慌、そしてその直後の世界恐慌および金解禁による経済金融の混乱に遭遇し、しかも大正末年の加藤高明内閣によるデフレ政策に関心をよせ貴族院傍聴までをしていたのだから、小説「天保政談」をたやすく構想しえたであろうことは想像できよう。天保改革に失敗した水野越前守の胸中を、作家が忖度することはたやすいことであったと、そう読みとるべきなのである。

くりかえしになるが、かれのえがいた「天保政談」の歴史には隠喩があった。一方に歴史叙述があって他方には物語叙述がある、と。ことわるまでもなく「歴史」とは天保改革であり、「物語」とは経済財政問題にたいする語りであった。このようにして近松秋江の『水野越前守』一冊は成立していたのである。かれの「床屋政談」はとうじ周囲から理解をえられなかったが、しかし歴史小説のそれは一月六日から十月十六日まで連載二四三回にわたり渾身の力をこめてえがかれた政治小説であった。

【註】

近松秋江の新聞連載小説「天保政談」の引用文は早稲田大学出版部刊、単行本『水野越前守』(一九三二)によった。ただし作家は作品『水野越前守』中、「中野播磨守清茂」が落髪し「碩翁」と称した件を挿入し表記を「中野碩翁」と記している。しかし、後に「石翁」と改めた根拠がはっきりしており、本稿では諸本に従い「石翁」で統一した。

1 一九二三（大正十二）年ごろ「大衆文芸」が起こったとする説は直木三十五にある（『直木三十五随筆集』中央公論、一九三四）。しかし、「大衆小説（文芸）」「時代小説」「歴史小説」の呼称は現実的には並行して用いられている。「かげろう絵図」はいわゆる「歴史小説」に違いないが、近・現代作家によるいわゆる「歴史小説」を「時代小説」と呼び習わす根拠は、大村彦次郎著『時代小説盛衰史』（筑摩書房、二〇〇五）「第一章」の中の雑誌『講談倶楽部』発行の経緯にその詳しい説明がある。また、「あとがき」に〈なお、鷗外以来の歴史小説はこのさい省いた。歴史小説と時代小説は本質的に異なる。〉とも記しているので、そのあたりの概念規定は今日は確立していよう。近松秋江の作品『水野越前守』については、ここでは「歴史小説」と位置づけておきたい。秋江自身谷崎潤一郎や芥川龍之介の「歴史」ものを芸術派の作品といって区別する考えを示しており、彼の考える「歴史小説」にも一定の範疇があったと思われる。そこで、彼の新聞連載小説「天保政談」と松本清張の時代小説「かげろう絵図」とを比較対照する意味がこの呼び名の違いにあることを、最初に書き留めておく必要がある。なお、「かげろう絵図」を収めた全集の「解説」（足立巻一）に〈家斉のころとなると、おそらくこの小説が最初ではあるまいか?〉とあるのが正確な指摘とはいえないことは、「天保政談」によっても明らかである。なおまた彼の前にも、明治の通俗小説作家塚原渋柿園らの作品がある。

2 『近松秋江全集　第十二巻』（八木書店、一九九四）、四六〇頁。初出、「昭和四年に発表せる創作・評論について（来年は何をするか）」『文学時代』（新潮社）十二月号、一九二九年。

3 前註2、四六八頁。初出、「嬉しかつたこと楽しかつたこと口惜しいかつた事癪に触つたこと」『文芸通信』（文藝春秋社）九月号、一九三五年。

4 初出『日本国民』一九三〇年白日飛躍号（筆者註、六月）。原題は「社会戯曲『井上準之助』」。

5 「通俗小説に物足りないもの」『新潮』四月号、一九二九年。

6 「議論より実行（ママ）【三】」「批評家の眼識」『報知新聞』一九三三年六月九日。

7 「昭和三年の評論壇」中、「文学と政治」『新潮』十二月号、一九二八年。

8 第四章「『赤穂浪士 vs.『鳴門秘帖』」『時代小説盛衰史』一二八頁。前註1を参照。

9 『渋江抽斎人名誌』（津軽書房）一九八一年、二一～三頁。

10 日本社会文学会編『社会文学　第七号』（一九九三）特集「近代文学研究のパラダイム」中、「歴史社会学派の生成と戦後の展開」

〈布野栄一〉「『歴史社会学派』に関する、歴史社会学的覚え書」（小森陽一）「《近代的自我史観》は無効か」（西田勝）三三～五六頁。『社会文学事典』刊行会編『社会文学事典』（冬至書房、二〇〇七）「歴史社会学派」（浦西和彦、二八一頁）。もちろん本文にあるとおり、近松秋江の場合は戦後昭和に復活した歴史社会学派の人たちのマルクス主義に立った人たちとは政治的立場がまったく異なっていた。しかし「近代的自我」を認める点ではかれらと同根である。意志をもって合理的に行動する存在としての人間を「社会」の中で位置づけ考えていること、その「社会」を個我との関係による問題としてその核心においていること、——そのうえで、その問題領域の内側で昭和前期の軍人政治に反対していた。近松秋江は「政治」と「文学」について、二つに切り離すことを考えていない。だから、そうした意味でなら「歴史社会学派」と相似する関係にある「近代的自我」史観にあった、ということである。また、本文中で「歴史社会学派」に対して「講壇派」と仮称しているのはそれぞれ具体的には、前者が片岡良一著『日本浪漫主義文学研究』（法政大学出版局）であり後者は笹淵友一著『浪漫主義文学の誕生』（明治書院）を想定し記述した。この対立する二つの著作は一九五八年に一月をおかず、偶然二月と一月に出版されている。講壇派は歴史科学でいうマルクス主義にたつ「講座派」とは逆の立場で、戦後昭和の大学で近代文学の講義を担当した研究者のグループを指す。

11 近松秋江著『浮生』の「あとがき」は日米開戦の前年、一九四〇年九月一日に書かれていた。また秋江晩年の、戦後の火事により焼失した日記の存在を伝えた曽我直嗣の「あゝ『秋江日記』」には、以下のような記載がある。——〈日記は昭和三年から昭和十八年ごろまでを洋綴の三百ページ位の小冊子に十八余冊約五千ページ程のものであつた。（略）殊に晩年の日記は、有名な馬琴の日記以上に、詳細克明に書かれてあつた。文人の私生活が浮彫りにされていたゞけでなく、その日その日の天候から気温にいたるまで克明に記され、後世に残すべき風俗史でもあろう。特に面白いのは、満州事変前後から太平洋戦争が始まるころの日記には軍閥の横暴を憤慨し祖国を亡ぼすものだと断言している。〉（「文化」『読売新聞』一九五一年一月二十三日）。

12 吉屋信子「近松秋江」『私の見た人』（朝日新聞社、一九六三年）、一九九～二〇〇頁。

13 前註2、「江戸の落首文学」一四三～一四六頁。初出は、一九三一年の『文学時代』十一月号。

14 「第七章　歴史小説家のバイブル——徳富蘇峰『近世日本国民史』」、杉原志啓著『おもしろ歴史物語を読もう』（NTT出版）二〇〇八年。杉原は、蘇峰の言葉を〈史料こそ、必ずや後世の人びとに裨益することがあると確信しているという。〉（一〇七頁）と伝えている。

15 前掲註13、一四四頁。

16 『木佐木日記』（図書新聞社、一九六五）、四一五頁。

17 「27『沈滞日本の更生』昭和六年八月」『政治家／中野正剛　上』（新光閣書店、一九七二）、五七五～五八九頁。

18 武野藤介著『文壇余白』（健文社、一九三五年）、二五頁。
19 前掲註13、一四四〜一四五頁。
20 真鍋元之、「小史・その五」「変質期　昭和二〇年以後」四〇九頁。
21 『直木三十五随筆集』（中央公論社、一九三四）、「吾が大衆文芸陣」四五一頁。
22 前註21、「大衆文芸分類法」三九五頁。
23 大宅壮一には一九三〇（昭和五）年二月に刊行した初めての評論集『文学的戦術論』（中央公論社）一巻があり、最初の評論「文壇ギルドの解体期」（一九二五年十二号）から一九二九年までの文壇時評が収録されている。マルクス主義に立つ評論家として、例えば〈通俗雑誌の膨張と円本の流行に基づく出版界の産業革命と、プロレタリア文学運動の勃興とは、従来比較的単一な組織をもつてゐた「文壇」に一大分解作用を生じ、既成作家の多くは生活的竝に文学的方向を見失ひ、或ものは無節操な通俗文学にのがれ、或ものは片々たる身辺雑記に堕した。そして前者は「芸術家」としての矜持を喪失し、後者は「文学」に対する情熱を失つてしまつた。〉（「文壇のヘゲモニーの検討」三四四頁）と、昭和初頭の文壇を把握、批判した。ここにあるかれの文学理解は、昭和初頭の文壇に対し通底する論調であった。大宅の秋江批判は、その文壇時評の一貫としておこなわれていたものである。
24 「政治と文学」『新潮』一月号、一九二九年。
25 「柴田錬三郎とニヒル剣士　眠狂四郎」『大衆文学の歴史（下）戦後篇』（講談社、一九八九）、一四七頁。
26 『眠狂四郎無頼控』（新潮文庫、一九七四）、四〇一頁。ただし、初版は一九六〇年。
27 前掲註15。
28 杉江松恋編『これだけは読んでおきたい名作時代小説１００選』（アスキー新書、二〇〇九）、笹川吉晴「眠狂四郎無頼控」三三三頁。
29 『かげろう絵図（下巻）』（新潮文庫、6版、一九六二）。「解説」五一五頁。ただし、初版は一九六二年。
30 『かげろう絵図　下』（文春文庫、4版、二〇〇七）。「解説―欲望の渦を見晴るかす視点」五四五頁。ただし、初版は二〇〇四年。
31 津田秀夫著　日本の歴史第22巻『天保改革』一六頁。
32 前掲註19、引用文参照。
33 『水野越前守』（早稲田大学出版部、一九三一）。「大奥の手入れ」三六〇〜三六一頁。
34 次の表は、脇坂淡路守安董の歿年と年齢を表したものである。①は正史で、『脇坂淡路守』（たつの市立龍野歴史文化資料館）二〇〇七年、②は徳富猪一郎著『近世日本国民史文政天保時代』、③は『三田村鳶魚全集　第三巻』（中央公論社）一九七六年、④

は近松秋江著『水野越前守』、⑤は松本清張著『かげろう絵図』（新潮社）一九五九年である。表で確認しておきたいことは、近松秋江と松本清張との作品の差異である。徳川家斉の死は、天保十二年閏一月三十日で確定している。脇坂の基本年譜は、①の資料である。④の近松秋江が意図的に十年若い年齢に設定しているのは、寺社奉行の就任をずらして作品化しているので間違いあるまい。この点はリアリティの問題もあるが、歿年月日については、作品構成上の仮構が必要だからである。最も史料から離れて「創作」意図を優先しているのが清張のものである。四十五歳が〈初老〉といえるかどうかなど、史料と作品との置き換えで「創作」意図が勝ちすぎている場合もあるが、逆に時代小説の成立事情を物語るものとして貴重である。

	歿年月日		年齢
①	天保12年	1月23日	75歳
②	12年	2月	60余歳
③	12年	2月7日	不明
④	12年	2月5日	65歳
⑤	11年	初冬	46歳

35 前掲註29、五一八頁。

36 『松本清張全集25』（文藝春秋、一九七二）、「かげろう絵図」五三八頁。

37 『かげろう絵図（後編）』（新潮社、一九五九）、二〇八頁。

38 前掲註31、二六一頁。

39 『三田村鳶魚全集　第三巻』（中央公論社、一九七六）、「御殿女中続考」二九一頁。

40 前掲註39、二九三頁。

41 『御殿女中』（春陽堂、一九三〇）、「副書条々（十五　御寿命紐）」三八三頁。

42 前掲註33、三六三頁。

43 前掲註41、三八三頁。塙保己一の孫、忠韶の直話――である、とのことである。

44 「地上の光　四三（夏の花　六）」『時事新報』一九二四年七月十六日。法案呼称は、一九一四年七月八日の『東京朝日新聞』に拠る。

45 ここでは、近松秋江作『水野越前守』のストーリー展開に合わせた。

46 前掲註33、一三九頁。

47 三田村鳶魚の「稼ぐ御殿女中」（前掲註39）では感応寺の摘発後、〈姦淫〉事件に関わった〈宮女〉を処罰したが、〈多勢に無勢、脇坂大人四目八臂を動かして注意すれども及ばず、脇坂を其儘生かし置ては邪魔也とて、林、水野、中野等、奥女中と相はかりて、感応寺の売子坊主と談合し、医を誘して中務大輔に鴆を喫せしめたりと云ふ（脇坂は天保十二年二月七日に卒去、当時は毒殺されたという風聞がさかんであった。大御所様が正月晦日に御他界で、すぐに脇坂が跡をおって捐館したから、お馴染みがすぎて冥土までお供という落首もあった)〉(三〇一〜三〇二頁)とある。この話の元となる史料は『燈前一睡夢』であり、また秋江作品――暗殺事件――の出典の一つにもなっている。

48 前掲註31、六三頁。

49 『時事新報』「竹越さん四」一九二五年一月二十七日。

50 『日本経済史』(一九二五。ただし、非売品)、二〇五頁。なお、『水野越前守』中にひく歳出歳入高が『日本経済史』とは異なっており、近松秋江は別の資料から引用したことになる。

51 前註50、「第十三章　十組問屋の衰亡、問屋制度の破壊」「水野忠邦矢部定謙を退く」六七三〜六七四頁。

52 前註50、「第四章　幕府財政の収支状態其三」二一七〜二一八頁。

参考文献

『桜癡全集　下』(博文館、一九一二年)
『現代日本文学全集別巻』「現代日本文学大年表(附・社会略年表)」(改造社、一九三一年)
三田村鳶魚『時代小説評判記』(梧桐書院、一九三九年)
『改定増補大武鑑　全三巻』(名著刊行会、一九六五年)
三田村鳶魚編『未刊随筆百種　第三巻』(中央公論社、一九七六年)
三田村鳶魚『大衆文芸評判記』(中公文庫、一九七八年)
三田村鳶魚編『鼠璞十種　下巻』「燈前一睡夢」(中央公論社、一九七八年)
高木健夫『新聞小説史年表』(国書刊行会、一九七八年)
佐藤雅美『官僚川路聖謨の生涯』(文春文庫、二〇〇〇年)
森久男『日本陸軍と内蒙古工作(関東軍はなぜ独走したか)』(講談社選書メチエ、二〇〇九年)
川田稔『満州事変と政党政治―軍部と政党の激闘』(講談社選書メチエ、二〇一〇年)
今谷明『天皇と戦争と歴史家』(洋泉社、二〇一二年)
『脇坂淡路守』(既出)

二節　歴史小説『水野越前守』論
――「歴史」叙述と「歴史」記述の問題

はじめに――メディアの差異による存在意義の違い

作家近松秋江の単行本『水野越前守』は、昭和六年、新聞『時事新報』の夕刊に十ヵ月にわたり連載された長編歴史小説である。原題は「天保政談」であったが、単行本出版にあたり改題したものである。新聞連載中の「読者」と単行本の「読者」とでは、作品にたいするうけとめ方にちがいがあったのではないだろうか。このことと関連する話題がある。評論家の平野謙はかれがひさしく担当した「文芸時評」では、連載小説は終了をまってとりあげる旨をしばしば口にしたものである(1)。さてその差異だが、連載物は一日よみきりで話のつづきに注目して、新聞読者はその日の話を一回ごとに楽しんでいた。いわば、物語の連続性が関心の的であり読むこと自体がエンタテインメントであった。しかし、単行本としての書籍の読者は、どうだろう。テクストは未完成の作品ではなく、すでに初めからおわりまでがとじられた物語として完結している。しかし場合によっては、どこから読んでもかまわないので、最後の頁からよむことだって可能だし、途中のどんな話からよみはじめてもかまわない。非連続の話だがひとりの読者《内側》では、円環的な物語として機能している。あるいは読者のたのしみはストーリー性――物語の連続性でなく、登場人物のきれぎれなプロットからその人物をみずから《再》構成するたのしみ方もある。あるいは断片的な話を、もういちど読者みずからがストーリー化するということだって、断片だけの新聞小説ではできないことを可能にさせるのである。つまりは新聞連載小説と書物のテクストでは、その機能にちがいがある。ようするに、近松秋江の浩瀚かつ巨細な単行本『水野越前守』は、この差異を強調するような作品であった。

改革前夜の動向にたいする作家の創作姿勢

この稿でとりあげる作品の表題が「天保政談」であり「水野越前守」とあるので、江戸最後の幕藩体制を堅持する政治経済改革がその内容であり、また文化にたいする粛清政策でもあることはただちに了解できよう(2)。小説家近松秋江は改革政治家水野忠邦の、その歴史的な現実から何をかきたかったのか、そのためにどんな題材を選択したのかは作品の性格をきめる。ところで、この歴史小説は三十四の小話によって構成されたテクストである。ひとつひとつの小話は集合し物語化しており、またそれが独立したそれぞれのおおきな逸話を構成している。そしてそのひとつひとつの小物語(=ミニナラティブ)は「赤本」——講談の速記本にとりいれられた「講釈種」にもとづくものであり、天保改革さわりの小話によってつくられたテクストであることは、当時の読者には自明のことであったにちがいない。たとえば開巻、冒頭の「雪見の密談」の章に登場する中野石翁が中野播磨守清茂のことであること、そのかれが徳川十一代将軍家斉の権臣であることを、読者はしっていた。しかも、改革にたいしては反動勢力の中心人物であり家斉の晩節をけがした張本人であり、かれをとりまく水野美濃守忠篤が御側御用御取次で奥向の顕官でもあり、寵臣美濃部筑前守茂矩や将軍の側近中の側近である西の丸老中林肥後守忠英も政権を私物化した奸臣であることを、やはりしっている。さて、つぎの一文をみてもらいたい。

ところが、それくらゐの働き手であるから、この人は、不思議に、後に講釈種になつたやうな当時の大事件に関係してゐる。但馬出石の藩主仙石家騒動が起つた時、非常な難獄であつたが、将軍家斉は、英断をもつて、三十年閑地に退いてゐた脇坂淡路守を再び起用して寺社奉行に任じ、疑獄を審問せしめた。そんなところを思つてみると、家斉将軍は、決して並々の公方様ではない。

ところが世間では、まだ明るみへ出てゐないことだから、仙石騒動のあることは知らない、それよりも、以前、谷中の延命院を退治した因縁のある脇坂淡路守殿が、三十年ぶりに又寺社奉行に復職したところを見ると、ふゝん、なるほど近頃、鼠山に出来た感応寺に大奥から御殿女中の参詣が盛なさうである。これでは又鼠山を退治するのであらうと思つたから、「また出たと坊主びつくり貂の皮」といふ川柳を読んだものがある。貂の皮は脇坂家先祖からの旗標であつた(3)。

この一節は脇坂淡路守安董が寺社奉行に再任された経緯をまとめた、「伏魔殿(一)」のなかの文章である。ここには作家が徳川家斉と脇坂安董をいかように評価していたかが、はっきりしている。しかし、この歴史記述はストーリー展開のなかでは後景にしかすぎず、後段、かつて文政五年の谷中延命院事件——僧籍にあった関係者の「淫風紊乱」を取締り厳罰に処理した司法警察官僚としての手腕を問題にしていたのである。というのは、同様の事件が天保十二年に鼠山の感応寺でもおきており、〈公儀の検断〉をまつばかりの状況となっていたからである。さらに、この感応寺事件の処決裁断が天保改革実施にふみきるための必須条件、突破口となったからである。とはいえ、感応寺事件は大御所家斉の最晩年におきたスキャンダラスな事件であり、作家近松秋江には水野改革本体でない事件が小説の構想からはずすことのできないプロットであった。それは、なぜか。

この事件には、中野石翁ら四奸臣と大奥の実権支配者お美代の方が深くかかわっていたのである。お美代は石翁の養女となって、家斉の寵愛をえ三人の子をうみ、とくに溶姫は加賀前田家の斉泰に嫁し犬千代をうんでいた。この千代丸を、石翁らは家斉の世継ぎ十二代将軍家慶の後継者におくりこむ陰謀をくわだてていた。そのお美代の実の親は、中山智泉院の祈禱僧日啓であった。そして、この日啓が長耀山感応寺の住持におさまる。もともと感応寺は、家慶の厄難退治を目的に雑司ヶ谷鼠山安藤対馬守下屋敷に建立したものであり、時は天保八年のことであった。しかも家斉は、お美代のすすめによる法華経改宗をうけいれる。すべての中心はお美代の方であり、その義父中野清茂は御小納戸頭取役を辞し落髪し僧体をよそおい、内謁政治の弊害を家斉晩年期にもたらすことになったのである。八年は、家慶が将軍職につき家斉が西の丸にしりぞき、大御所を名のった年であった。感応寺事件の処置が水野改革と関連したのは、いじょうの理由があったからである。また、事件の経過のなかで脇坂暗殺事件もおきた。そして、この間の権謀術数が推理小説作家松本清張の目にとまり、家斉の死にいたる十ヵ月の政争物語として新聞に連載のあと、『かげろう絵図』二冊本がまとめられることとなる(4)。

作家近松秋江の歴史小説にはある特徴、とくに権謀術数にかかわる叙述にきわだつパターンがある。いかの文章は田沼意次の時代、老中松平定信が天明末年にはじめる寛政の改革以前の話である。第十代家治の世子家基早世の一件でなら、こうなる。

ずつと昔、まだ田沼主殿頭意次が政治を専にしてゐた時分のこと、第十代家治公の世子家基公が、わづか十八歳の若年で早世したことがあつた。この家基の早世は、普通の病死ではなかつた。一日新井の野に鷹狩に出遊した。その時どうしたことか途中にて暴かに発病し、帰城を急ぐ間もなく駕籠の中で落命した。世子家基は駕籠の中で、ひどく苦しさうに唸りつゞけてゐた。その声がひどく物凄かつたといふことである。陰かに田沼が手を廻してしたことかどうか、とにかく家基は毒殺されたといふ専ら噂であつた。

安永八年に、家治の世子家基が新井の鷹狩の帰途駕籠の中で怪死したあと、老中田沼主殿頭は、一橋治済の子家斉を本丸に迎へて十代将軍の世子にした。田沼はその時この願望成就して、家斉公が十一代の位に就かれたならば、城内に秋葉神社を造立いたし申すべしとの心願を立てた。するとそれから七年の後家治将軍も薨去した。この死がまた田沼の奥医者の若林敬順に命じて、鴆毒を調進せしめたといふ専ら沙汰で、さしもの田沼も失脚してしまつたところから、家斉は首尾よく十一代将軍になつたけれども、田沼のお約束はまだ果されてゐない。そのうへに、家基卿の果報拙き尊霊が、当上様の今の栄華の御身の上を羨ましく思召して居られる、その障りである(5)。

秘密めかした、尋常な話ではない。脇坂安董も毒殺される、最高権力者が毒殺されたこうした話は、にわかにはしんじられないことだ。そして、家慶にも暗殺の計画がたてられる。こうした奇怪な話題がしんじられるコンテクストの存在なしには、成立しえない叙述がうえの講釈である。《闇》の部分——この《空所》は創作者が想像をつくすところにちがいなく、松本清張の作品でも脇坂暗殺の場面は秀抜なトリックによって縷述されていた。近松秋江の場合はまさに講談話めくものであって、巷間の風聞にちかい講釈種をもちいたが、ここではこれ以上ふれないでおく。

話をもとにもどす。さきの石翁がめぐらす権謀術数の柱は、具体的には大御所家斉の遺書「御墨附」をとることであった。家斉は天保十一年暮れから〈御不例〉の臥牀にあったので、そのためもあり後継の算段をいそぎ「偽書」作成にとりかかったのである。その内容を、作家は『水野越前守』作中でいかのようにしるす。

遺言の事

家慶の世子家定第十三代の将軍職相嗣ぐべく候の事。

家定病弱にて候へば男子出生のほど心元なく候ことに附、加賀大納言松平斉泰の世子前田犬千代丸を西の丸へ迎へて十四代たるべく候のこと。

天保十二年閏一年二十五日

源　家斉花押（6）

この「御墨附」、偽書を、側近や大奥の女中が権勢をふるう害を意味する「社鼠城狐」の章におさめてある。それだけで充分、作家の意図は明白である。お墨付にかぎらず公文書作制には制度運営上の手続きがあり、政務は厳重に管理された「お上役御用の間」でとりおこない老中若年寄など一切立入禁止になっている。そのうえ、大御所専従の奥御祐筆相良又次郎のみが書記することになっていた。しかし謀略成就のため夜中八つ時、美濃部茂矩が執務室に侵入し、美濃部と石翁、水野忠篤とがかつてよりはかりきめていたお墨付を相良の手にならい偽作を作成したのである。さきにあるとおりその時すでに時間はなく、大御所危篤の「申達」直前――〈大御所の容態は、雪解けの季節になつてから、倍々昂進するばかりであつた。漢方医多紀常春院、浅田宗伯の診るところも、蘭医の伊藤宗益の診るところも一致してゐた。腎の臓が悪いのであつた。それに、二三日前から、今でいふ肺炎を併発してゐた。〉のである（7）。さらに謀略は、この一件だけにとどまらなかった。はなはだしくは奥医者伊東宗益をつかって家慶薬殺を計画したり、水野忠邦、脇坂安董暗殺を談合している。開巻の一章「雪見の密談」で、作家はこうした権謀術数をめぐらす場面から物語をはじめた。そして、脇坂安董は天保十二年閏一月三十日家斉薨去のあと、葬儀の準備〈葬儀御用掛といふ臨時の役〉にあたっていたさなか、二月五日、毒をもられ薬殺される。暗殺される前に、「内見の儀」と称する奥女中、御年寄花町らご代参のおり検断がおこなわれ長持にかくれていた年寄筆頭瀬山をおさえ、〈女犯罪〉で〈鼠山感応寺退治〉が実行にうつされていた。寺社奉行脇坂淡路守は、留役頭中野又兵衛、留役川路弥吉、目付鳥居耀蔵による検分体制を強化したうえでの、捜索強化の方針をかためていたのである。最終の目的は石翁ほか三名の奸臣逮捕、役職剝奪、追放にあった。その最後の詰の段階で、脇坂安董は暗殺された（8）。

いじょうの歴史にかかわる叙述は、作家近松秋江の作品にもとづいて記述し表記もはんざつになることを承知のうえ作家のもちいたとおりに踏襲してある。この書法をとったことには理由があって、歴史小説作制にいたるまでの作家には、ある執着がかくされていたからである。その感情は当時、本人が告白しているとおりとおく明治末年の自然主義文学運動期いらいつづくものであった。つぎにあげる評論文によって、その点を確認してみたい。なぜなら、歴史小説というジャンルの創作にたいする態度によって、かれがもっていた本来の芸術観が理解できるはずだからである。

「別れた妻」も一人称で私小説ではあるが、芸術的の客観性を具してゐる部分もあると信じた。一体、一人称――私小説ならば、必ず主観的のものとは限らない。筆づかひ、眼の付け所で芸術的客観性を帯びて来るのである(9)。

私の「別れたる妻」は、冒頭に於いてもいつてゐるとほり、決して自から満足してゐる作ではないのであるが、私があれを書いたのには、自然派の無情緒主義――といふよりも、情緒的のことを書き得ない為に、理窟をこじ附けて、自己の非を飾らうとした――その無情緒主義に反抗したものであつた(10)。

近松秋江が講談の講釈種をストーリー展開の要にもちいていたことは、作家本人もふれているのでまちがいない。しかし作家がえがくはずの主軸はそれは近代作家の価値観とかかわることなのだが、減張のきいた講釈種の小話にはそれはない。そうではなく、作家は天保改革でおこなった政治上財政上の「政談」を、昭和初頭のおなじ政治経済事情に存在した問題にてらし小説化することにあった。この主軸とはべつにかれの歴史小説には作家の表現手法が、もっといえば文学全般の趣向がいろこくでている。そのことを確認するための発話がうえのふたつの文章であった。ともに昭和期にはいってから自然主義文学をあらためて回顧批判したものであり、創作上の〈芸術的客観性〉〈情緒的のこと〉にたいするこだわりは晩年にいたるまでのかれのかわらぬ姿勢であった。ストーリー展開、構成はとうぜんのこととして、作家は作中人物の人間像表出には計算をつくしており歴史調査（＝歴史調べ）も詳細をきわめ徹底している。それが、脇坂安董暗殺までのテクストであり田沼意次にたいする観察眼、もっといえば「人生の劇」だけをパースペクティブにおさめているだけでは不充分であって、とうぜんのことではあるが、歴史小説は「芸術の核心」にいたる表象手法にもとづいたものだったのである。つまり、社会派作家としてだけでなく、芸術派の作家であることの矜持にほかならなかったということなのである。「脇坂の件」でも「田沼の件」でもそのプロットは、講談の脚本家「赤本」作家のもちいた講釈種にはちがいあるまい。しかし、国史でなくいわゆる稗史にみられるアナクロニズムに近似することだとしても、一種、民間説話の話型に根づいていた小話のなかにこそ普遍的な物語の原型があり、そこからいかにおおくの変化と浄化をうみだし読者にうったえかけるかが大切だった。多分、さきにいったコンテクストの存在とは、そうしたことに根ざしていたにちがいない。あの明治末年の文学体験をとおしてこの文学に固有化した技術に、作家近松秋江は大正の情話作家として、また戦前昭和でも歴史小説作家として固執していたということなのである。

作品『水野越前守』の構成と読者側の事情

前節個別の話柄はあとにふれるとして、ここでは、単行本『水野越前守』の構成について整理してみる。全体の組立は三十四の小話、および三幕の構成からなる。そのうち小話「雪見の密談」から「脇坂淡路の暴死」の章までが前半である。脇坂暗殺事件が前半の山場でその山場までを全体のうち八話がしめ、作品第一幕が構造化される。そして、天保改革が徳川家慶によって正式に〈上意〉、発令され改革政治が本格的に実施されたのは、十二年五月十五日のことである。この改革断行は、はじめの章からかぞえると十七話目にあたる「改革の嵐」の小話にあたるのだが、第三幕の劇はそのあと三十四話の「越前守の苦衷」でおわる。ふたつの幕のあいだ、「家斉を葬る」話から「大奥の手入れ」までの八題の小話は、改革断行につながる助走期間となる。たとえば、世子家定の生誕日である四月十六日に、吉例にならい三奸臣〈権臣汚吏〉を罷免し改革五ヵ条を発表する。また、家斉愛妾お美代の方は二の丸専行院に幽栖の身となる――と、こうした粛清の経緯が第二幕である。だから、構成の問題としては「改革の嵐」いこう十七章から最後の三十四章が作品中の後半第三幕にあたるのである。また、この三幕はじめの章いかおわりの章「越前守の苦衷」まで十八の小話が演劇ならば見せ場、波瀾ぶくみの絵柄であった。それが、つまり国家改造の本編で、まえにもちいた「主軸」となる。すでにふれたとおり、政策断行にあたる水野劇場までの「家斉を葬る」から「大奥の手入れ」章まで、前半と後半のあいだにはさまれた小物語は改革本紀にうつる地ならしがおこなわれていたので、その意味でなら改革の序章である。その間の劇を、作家は召集された初閣議の描写――〈さういつたが、越前守の弊政改革の方針が頗る峻厳であることを、皆かねてより知つてゐるので、一同互に顔と顔とを見合はして、誰も進んで口を開く者がない、や、座が白けた。〉(11)――場面をつうじて、いま上演がはじまろうとする劇が、ある暗示によって水野改革を性格づけていたことになるのである。

そこでここでは、引用文にある〈座が白けた〉とある叙述の意味を問題にしてみたい。それは水野忠邦の〈弊政改革の方針〉、つまりかれのアジテーションを規定する〈弊政改革〉とその〈方針〉によって〈座が白けた〉と、作者が解説したことについてである。このおおいなる水野改革の実施までの助走地点をふまえもちいたらしい〈弊政〉のコトバ、つまり作者がもし「謙称」の意味でなく「悪政」と書記規定したのなら、作品成立と物語内容との時間的ラグをかんがえれば、フライングとしなければならないことになる。ひとつには、初閣議にくわわった閣僚たち――〈御側御用人堀大和守、若年寄水野壱岐守、同じく大岡主善正、御側御用新見伊賀守、御勘定奉行で、大目附と北町奉行を兼ねてゐる遠山左衛門尉、長崎奉行伊沢美作守、南町奉行矢部駿河守、御目附鳥居耀蔵の面々〉が、「改革の序章」にあたる第二幕の第九話から十六話までの政治行動をしっていて「悪政」だと判断したのだと解釈したとしても、とくに新聞読者にとっては第三幕の改革本紀、その劇の結末がはじめから登場人物の所作によって暴露されてしまっていたことになるのだ。その意味で、水野改革を第二幕のなかで〈弊政改革〉と位置づけることは読書過程を無視したことになる。助走期間の八つの小話中におかれた十二話「新知識の弾圧」にある洋学排斥と蘭学者の処断にみられた暴政や、十六話「大奥の手入れ」にある財政削減にともなう綱紀粛正の処置が慣例を逸脱した圧政であったとしても、そもそもの結末は、天保改革の全体像のなかで理解、判断されるべき問題でなければならないからである。このことを、べつの面からもみてみよう。

たとえばこういうことは、いえないだろうか。作品内での全知全能の《神》か、あるいは作中の最終章「越前守の苦衷」におかれた《視点》のみが「結末」を支配していなければならない、と。首相水野忠邦が退陣し政治改革が失敗におわったことをしっている全知全能の神＝語り手だから〈弊政改革〉とあらわし規定できるので、またあるいは作品を統一している視点によって〈弊政改革の方針〉と位置づけうるので、しかしそうでなければ、作中途中に出現する〈弊政改革の方針〉とある一節は、「拙宅」「拙著」といったような謙譲（＝謙称）ではすまない改革にたいする所信表明なのだから、あきらかに結末にいたるまえの種明かしとなってしまう。こうした結構は、ゆるされまい。ようするになにが問題なのかというと、ここでは読み手の問題をかんがえるべきだと、いうことなのである。冒頭の章でとりあげたとおりで、書物の読者と、新聞の連載小説をよむ読者とはちがってくるということになるのである。新聞小説を読んでいる読者は、このばあい偏見（＝悪政）をおしつけられている。しかし、書物の読者は新聞小説の読者より作者にたいしてはるかに独立しており、自由である。しかもこうした読者とはなにかといった程度の問題をこえ、書物の読者は理解の複数性を担保しているだけでなく上記の全知全能の神にも作品を統一している視点にもなりかわるわけで、つまりは創造的な解釈の場になげだされていることになるのである。だから、水野忠邦のアジ演説を〈弊政改革の方針〉とある偏見をもたずに、「改革の抱負」だとか「改革の施政方針」「所信表明演説」ではないのかと疑ってみたりする権利をもっているのである。またべつの言い方をすると、このアジ演説の解説におかれた一節――施政方針演説の箇所をよむことによって、読者は作品構成のうちの助走期間がおわったと判断することだって確認可能になるのである。

国家犯罪という罠、冤罪事件の構造

「読者論」から、再び作品構成にかかわる問題にもどってみる。水野越前守忠邦の所信表明演説を〈昂然〉と支持したのが鳥居耀蔵であった。この最初の閣議の序列でいうと、鳥居はまだ末席の御目付にすぎなかった。忌明け、七七日がすぎるまでに〈大御所の遺臣〉たちのふおんな動きをおさえ、水野忠邦は将軍家慶を輔弼していたのが前・後編にはさまれた「改革の序章」であり、この間に奸臣の追放粛清がおこなわれた。水野改革冒頭の小話に「改革の嵐」とある表題から、鳥居耀蔵のひと声がまさに〈弊政改革〉にむすびつくことを、読者は気にかけはじめる。かれは大目付として感応寺検断にたちあったばかりで、ストーリー展開にからむのはこの章からである。たしかに劇の転変がはじまるのではないか、と。そして、鳥居が天保改革にじゅうような役をはたし、「改革本紀」の物語はかれのキャラクターによってすべて成立する、といってよいのである。だがしかし、そのまえに改革者がどうして水野忠邦だったかをみておくひつようがある。このことが、人世の事情というものを物語ることになるからである。

家慶将軍は、大御所晩年の驕奢放埒の生活が、夙に眼に余つてゐたが、その在世中は、たゞ見て見ぬ振りをして居るのほかはなかつた。然るに、今は、いよ〳〵万機親政の時節が到来した。いでや、此の際幕政を一新して、文化文政以来、堕落腐敗を重ねてゐる積年の弊風を矯正し、大に風教を正し、士気を奨励し、倹約の政事を励行して幕府の財政の疲弊を整理せばやと思ひ立つて居られる。

さうして、此の改革を断行せんとするには、誰をして、その任に当らしめたらば宜からうかと考へられたが、それには、将軍家慶が尚ほ、西の丸に世子でおはした頃から、輔弼の任に居り、将軍に就職の後も、引続いて老中を勤めて居る水野忠邦を措いては、他に適任者はあるべしとも思はれない。

忠邦も亦た、大御所瞑目の暁には、一大改革政治を断行して大に人民の驕奢淫逸を警しめ、腐敗堕落を覚醒せしめんものと、予て腹心の者共と語らつてゐたところなので、君臣の意見は、こゝに全く一致して、いよ〳〵改革政治の実行を思ひ立つたのである(12)。

作家近松秋江の叙述にしたがい一言でいってしまえば、天保改革は水野忠邦ひとりの才覚によって実施されたことになる。秋江本の前景には鳥居耀蔵がおおうつしに映像化されうつしだされてはいるのだが、かれは水野忠邦を小規模化したきっかいな才人でしかなかった――つまり、〈弊政改革〉の根はやはり水野忠邦にある。さきの寛政の改革を実行した松平定信と水野忠邦の相違には、組織のささえがあったか個人の独走がすべてだったか程のちがいがある。このことは今はおき、あとの、別のところで角田音吉著『水野越前守全』をとりあげる時に詳述したい。ようするに、将軍家慶の親任をえて水野忠邦総理大臣が誕生したことになる。

秋江本のテクストはすでにいったことだがトピックス、講釈種によって構造化していることであった。第一幕がおわり、二幕の改革序章から三幕がひらく。その改革本紀のトピックスは、矢部駿河守追放劇と水野美濃守粛清劇である。この話題を、小話をかさねミニナラティブにしたててゆく手法は、小話のなかに講釈種をまぜながら歴史小説へつくりかえてゆく点で二幕までとおなじである。このふたつの謀計をめぐらしたのが鳥居耀蔵で、水野改革の暗部となる。そもそも後代の鳥居評価には、きびしいものがある。

耀蔵は自分の告発によって、第一に渡辺崋山を中心とする蛮社一味の者を根こそぎ葬り、第二に蛮社の連中と気脈を通ずる幕府開明派の人びとを追放し、第三に奥村喜三郎、内田弥太郎のような江戸湾調査のときに江川英竜に属して働いた者を罰することを狙つたといえよう。耀蔵は恐るべき陰謀家であり、執念ぶかい復讐者であり、政敵打倒のためには手段を選ばぬ行動者であった。

蛮社の獄といわれるものは、つまるところ鳥居耀蔵を仕掛け人とする架空の疑獄であった(13)。

この松岡英夫の記述にあたる箇所は、――鳥居耀蔵忠輝の出自が朱子学家、林大学の次男であることからくるアンチ洋学派で、『水野越前守』中の〈渡辺登(筆者註、崋山)と高野長英の事件については、水野越前自身では、あまり過酷な処置をする考はなかつたが、股肱の鳥居耀蔵がひとり頑として、二人の者の罪科を主張して止まなかつたので、然らばとて、鳥居のいふところに一任した。〉あとにおこなった処断を解説したものである(14)。この蘭学者ふたりの悲劇は、反水野派が「目安箱」の投書を政争の道具としてとりあげ水野忠邦おいおとしの罪状としようとしておきた下獄事件であり、暗闘劇の一件となる改革政治の〈弊政〉であった。作家の言にしたがえば、〈後に至るまで水野の政治上の失策の一つ〉にあげられ、水野改革にブレーキをかけた。「目安箱」のつぎにつづく小話「新知識の弾圧」は十八節にわたるストーリーをたてこの章自体が全体の二〇パーセント弱の頁をしめるミニナラティブとなっており、水野改革の性格を物語るうえでいかに重視していたのかがわかるような組立となっている。そのことは全体にしめる量の問題だけでなく、幕末開国にいたる国家経略にかかわってくる、内容上の問題が一方にある。しかも、幕藩体制最後の改革が水野忠邦と鳥居耀蔵という個人の資質だけに還元できない国家経営の限界を意味していたことになるのだが、近代化をこばんだこの点については後でふれる。とにかく、鳥居耀蔵のひどうな陰謀は、人間の悪意が底しれぬすくいがたい卑劣な罪であることを伝えてあますところがないものであった。

それでは人間が犯す〈架空の疑獄〉とは、どういったものなのか。たとえとして、明治四十三年におきた冤罪事件、「幸徳秋水事件」——さいしょの、いわゆる大逆事件をあげてみる。元老山県有朋が鳥居耀蔵ならぬ乾分の桂太郎、時の総理大臣と策謀し、宮下太吉ら四名の天皇暗殺計画を大逆事件までにしたてた国家犯罪——を、渡辺順三があんだ著作によってみてみたい。この著作は、大逆事件の弁護にあたった平出修が和貝彦太郎らをつかってうつしとった大審院作成の予審聴取書や予審調書等の史料「予審意見書」を分析しあらわしたものである。その中のつぎの一文は〈架空の疑獄〉——「幸徳秋水事件」にたいする核心部分である。

この事件は明らかに桂軍閥内閣の計画した政治的陰謀である。幸徳秋水は当時議会政策を否定し、労働者の総同盟罷工による直接行動を主張していたので、政府はいわゆる社会主義硬派として彼をもっとも危険人物として恐れていた。また幸徳秋水の主張に共鳴する急進的な社会主義者も全国に少なくなかったので、政府は彼らの一派を何とかして一網打尽にする機会をねらっていたところへ、たまたま宮下らの陰謀が発覚したので、これ幸いと幸徳一派の人々を全国にわたって検挙し、これをむりやりに宮下らの計画とむすびつけたのである(15)。

この冤罪事件には、予審調書を作成した主任検事平沼騏一郎も陰謀に一枚くわわったことになる(16)。国家権力が実行した〈架空の疑獄〉事件を、時をおなじくして陰謀をあばきだすのは難しい。しかし、「歴史小説を書く」という行為のなかには、〈鳥居耀蔵を仕掛け人とする架空の疑獄〉——グロテスクを読む側に普遍的な物語を生産させるという芸術的な動機がかくされている。作家近松秋江がえがく鳥居耀蔵の謀計はこのような効果と、その結果として人間のすくいがたい罪がえがかれることになるからである。水野と対立した矢部駿河守の追放劇はいかの、こんなぐあいに計画、実行されたのである。

当時水野越前守の三羽烏の一人といはれた鳥居耀蔵忠輝は、先頃御目附から御勘定奉行に転役し、つづいて甲斐守に昇進した。

南町奉行所に於て佐久間伝蔵の刃傷の事件があつてから、御目附役当時の部下を放つて極力密偵させると、果して矢部駿河に多少後暗いところのあることを突止めたので、これぞ奇貨置くべしとなし、家来の気の利いた者に命を含めて、鳥居からといはず、佐久間伝蔵の妻かねに懇なる見舞をいはしめ、巧に説き勧めて、水野老中の登城を途に要して籠訴をなさしめた(17)。

この「籠訴」事件——矢部の罪状を水野忠邦に直訴するまでにいたる文章には、ふたつの文脈が存在する。ひとつは、〈矢部駿河に多少後暗いところ〉があった——〈矢部にも、固より多少の過失のないことはない。御救米御勘定については、たとひ不正の計算があつたにしても、買米の事に尽力した御用商人、又、仁杉や堀口、佐久間等の町与力、町同心も、その事には相当骨を折つたのであるから、先任の筒井も大目に見過してゐたし、矢部も、もう其上余りに、古い事を洗ひ立てようとはしなかつたのだが、端なくも佐久間伝蔵の刃傷から、また、追吟味を余儀なくしなければならなくなつたといふのも、矢部自身の蒔いた種を自分で刈り取る廻り合せになつたのだ。〉とある問題である(18)。もうひとつが、〈佐久間伝蔵の刃傷の事件〉であった——〈佐久間伝蔵は、物をもいはず、いきなり刀を抜いて、貞五郎（筆者註、堀口六左衛門の倅）の首を討ち落した。不意の椿事に、同じ同心の高木平次兵衛が慌てゝ、駆け寄るところを、これへも又斬りつけた。変を聞いて伝蔵の弟の相場某が駆け付けて取押へやうとする間に、伝蔵は事務所の柱に凭りかゝりながら、咽喉を突き貫いて自殺した。〉という事件のことである[19]。このふたつの事件をからめて、鳥居はみずからが南町奉行に昇格するための奸計「籠訴」をめぐらしたのである。それが、うえの引用文の内容であった。

元はといえば、「買上米」制度――産地で買いあげた米を江戸へはこぶ現場の慣行を、その中でおきた不明瞭な帳簿操作を執行事務方堀口六左衛門の証言をえて疑獄事件に仕立てたことにあった。詰め腹をきらされたのが中野石翁派の南町奉行筒井伊賀守であったが、この裁断は水野忠邦が立案した西の丸造営計画をつぶしいちどは勘定奉行を罷免された矢部定謙とのあいだの政略、妥協によっておこなわれた人事であった。その間の経過のなかで、事務方責任者与力の仁杉五郎左衛門は横領の嫌疑をうけ獄死し、かれの下役同心の堀口と佐久間にはそれぞれの経緯があって、最後は刃傷事件にいたるのである。そして、南町奉行職に復権した矢部の役宅でおきたのが、さきの〈佐久間伝蔵の刃傷の事件〉だった。この話をききつけた鳥居耀蔵の計略はのぞみのかなった矢部にたいする追放劇のために、〈矢部の罪状を検挙して、出来るだけ重罪に処する工夫を凝らし〉、大目付、北町奉行、お目付がみまもるなかで裁判長として手ずからが判決を――〈知行を没収し、家名断絶、其身は永蟄居、勢州桑名の城主松平和之進へ御預け〉と[20]、いいわたしたのである。

作中人物「鳥居耀蔵」という虚構

作家近松秋江は、もうひとつ鳥居耀蔵の策謀を「妖怪の暗躍」の章でトピックス化する。それが水野美濃守粛清事件である。水野改革顚覆を、鳥居が小耳にはさんだことがその端緒となる。つぎにあげる引用文のはじめの段落が「捏ち上げ」事件を、鳥居が陰謀にかんだ部下につたえるシーンにあたる。

「うむ、さうであらう。したが其方が左様な骨を折つてくれた効あつて、水野美濃が、教光院了善を頼み、越前守殿を呪詛して調伏なさんとした嫌疑の手掛りもつき、書類を調製することが出来た。いや御苦労々々」

その翌日鳥居は、此間中、教光院と丹下を吟味して作製した書類を携へ、水野越前守の屋敷を訪うて、水野美濃守退役後も内々政治向の事を誹謗し、此度の御改革については、ひそかに同志を語らひ、越前守の内閣を顛覆せんとする企てをしてゐることを密告した。

「左様の次第でござりますから、美濃を、今日のまゝ放任して置く時は、大奥とは従来縁故の深い彼のことゆゑ、又、いかなる手蔓を求めて、将軍家の御心を動かし奉らうやも測られませぬ。何とか今のうちに美濃守に重き御処刑申渡されたう存じます。」(21)

水野忠邦は、大御所の権臣のひとりで罷免された水野忠篤が不満分子であることをすでに聞きおよんでいたので、鳥居の申入れをただちに裁可した――〈「(略)いづれへなりと美濃に遠流を申附けるやう、其許に於て取計られい。」〉、と。ここにも、講釈種があったろう。読者は小話「妖怪の暗躍」の結末を基本的にわからず、作者がつくる登場人物鳥居の術策にそう形でストーリーの展開をおいかけながら最後のシーン、水野と鳥居のやりとりにいたって小話のかきだし部分をおもいだし、〈鳥居甲斐守耀蔵忠耀の事を、その頃耀甲斐の音字に通はせて妖怪と呼んでゐた。それくらゐ鳥居は油断のならぬ危険人物として、忌み憚られてゐた。〉ことを納得したはずである。ここには、小説家近松秋江の技術がある。美濃守をおとしめる政争の手段につかわれた品川大井村の修験僧教光院了善を、哀れむはずである。また、かの政治家の陰謀にあきれはてたはずだ。まさに手段は力だとする、『君主論』中のマキャベリズムである。そのことに、否、逆に芸術というものがもつ想像力に感心をはらうことになったであろう。理由は、こうだ。

矢部定謙は鳥居にとっては、いわば業界筋の人間であった。しかし、了善は市井の人間にすぎ、そのかれが政争の道具につかわれたのは人生の不幸であった。しかし、劇の主人公鳥居はひじょうな政治家である。この舞台で脇をかためるのは、〈鳥居屋敷の中小姓を勤める本庄茂平治、三十五六と思はれる筋骨逞しい立派な風采の男〉である。了善にとって人生の不幸は、美濃守が夫婦そろってかれ修験僧教光院を信仰していたことである。さらに本庄の妻小枝が〈美濃守が許に侍女奉公〉をしていたことである。こうした作り話のような偶然は講談のなかの話にすぎまい。しかもこの本庄という人物が、咎人で有名な「護持院が原の復讐」の仇としてでてくる、風体あやしい危険人物であった(22)。鳥居は、事をおこすまえに陰謀の読み筋をおさえていた。いかは、その奸計を密談する場面である。

妖怪は、茂平治の耳の傍に口を以ていつて、扇子で屏風をこしらへながら、

「………」

暫くの間何か、秘かに囁き交してゐた。

やがて茂平治は、打ち肯きつゝ鳥居の膝許から、後に退いた。

妖怪は、じつと凄い微笑を浮べながら、

「どうぢや、妙案であらうがの」

「はい、御前の御智謀には、毎度ながら、たゞ恐入るのほかはござりませぬ。先頃佐久間伝蔵の妻かねに勧めて、水野御老中の御登城の途中、籠訴をなさせられましたことといひ、茂平治など、到底思ひも付かぬことでございます。」

茂平治はまるで武者振ひをする調子でいつた。

鳥居は妖怪といはれるほど陰険悪辣の人物であつたが、しかし、それは、自分で善と信ずる目的を達する為の手段に過ぎなかつた。その鳥居の手先に使はれた茂平治は悪のために、たゞ悪事をすることが好きであつた(23)。

うえの〈秘かに囁き交わし〉た策略とは、本庄茂平治が一人二役をえんじ美濃守を粛清するための罪をつくる算段話であった。了善は、その算段の道具につかわれた。二役のひとりは、鳥居が水野越前に裁可をあおいだ調書のなかの〈丹下〉――「垣見丹下」がその人で、かれの妻小枝がかつて美濃守につかえていたおり見知っていた教光院にふたりして主人の代参と称して、登場する場面から劇中劇がはじまる。ただ、いまここでは了善が術策にはまるような行動をとらされたストーリー展開の存在をしっておけばよい。問題は裁判の場で、人間の悪意が底しれない薄汚くすくいがたい罪をつくっていることにある。鳥居耀蔵が人の罪深さを理解できない人物、そんな人間がいる事実に読者は驚歎するのである。了善は法廷で垣見丹下に再会するが、かれは弟子として寺にすまった垣見が本庄茂平治その人であることはしらないのである。そして、その垣見は、了善が水野越前にたいする〈呪詛調伏〉をおこなっていたことを偽証した。しかもこの証言は鳥居、本庄の台本どおりのものであった。敵のおおきさと犯人にしたてられた人間のちいささが、権力犯罪ほどはっきりしているものはない。虚偽自白の心理は、この構図からうまれるのである。鳥居と本庄の奸計をしらなかった了善がどんなに潔白であることを言いはったとしても、垣見役をえんじる本庄は偽証をつづけ、鳥居はといえば垣見の証言しかとりあわなかったとしたら、了善はただおいつめられてゆくしか道はなかったであろう。宗教者の了善と陰謀家の鳥居との膠着状態がつづくなかで、〈「其方の申立ても一応は聴いて置く。いづれ後日改めて沙汰する間、今日の吟味は、これまでに致し置く。左様心得い。」〉と申しつけ、審理はいったん終了した。

作品内ではこれいじょうの追叙はなく、まえの美濃守処分を裁可する場面につながっていく。しかし、無実の主張が否定されつづけ、無実の人間としての自負心がこわされ精神の緊張感にたえられずに絶望したとき、人間は「犯人」をえんじ「自白」をはじめる。権力犯罪による冤罪の構図が、美濃守粛清事件ではみごとなほどに構成されている。結局いえることは、了善のたち位置はこの構図のなかの外にはなかったことになる。冤罪事件の構図が成立した瞬間である。そして、この粛清事件にみられる権力犯罪の裏には、鳥居の個人的な野望がかくされていたのである。だがしかも、事はそれだけにとどまらない。

鳥居耀蔵のいちれんの画策には、人の罪深さが象徴されている。古今東西、物語の普遍性はこのグロテスクな人間性の問題に裏打ちされていた。幸徳秋水事件なら、こうである。宮下太吉が「爆裂弾」の製造実験に成功し、菅野スガに話をもちこみ新村忠雄、古河力作たち四名が天皇暗殺を談合する。共同謀議はここまでの範囲であったが、桂太郎がこの「事件」を社会主義者取締りの口実に利用した。目をつけていた幸徳秋水とかれの周辺の人物や、宮下ら四名、またかれと関係をもった者をふくむ二十六人を秘密裁判にかけ、大審院特別法廷でさばいた。明治四十三年十二月二十四日に被告訊問をおえ、翌日論告求刑がおこなわれる――〈主任検事は平沼騏一郎であった。彼の論告のあと、検事総長松室致の求刑で、二十六人全部死刑であった。それから二十七、八、九の三日間弁護人の弁論があった。そして翌四十四年一月十八日、鶴丈一郎裁判長から判決の言渡しがあ〉り、二十四名の死刑が宣告された(24)。幸徳が担当弁護士におくった無実申し立の「陳弁書」――聴取書、予審調書にたいする抗議、事実に反するフィクションにたいする糾弾はすべて却下される。そして、裁判では刑法七三条、天皇等皇族にたいする「大逆の罪」が適用され、日韓併合急進派の元老山県有朋は国論統一をみすえて「幸徳秋水事件」を政治利用したのである。死刑執行の前年八月におこなわれた朝鮮併合、帝国主義政策の推進、政敵西園寺公望内閣打倒など夜警国家の強行路線が首相桂太郎と謀議をすすめた山県有朋の考えるところであり、天皇制イデオローグたちの政治方針であった。自分たちの政治目的のために冤罪をつくり、不当裁判をつうじて国家犯罪を正当化したのである。鳥居や桂が水野忠邦や山県有朋の意をうけ策動した結果、権力犯罪がうまれた。了善にとっても、また幸徳の場合も「敵」のおおきさと「味方」のちいささが、国家犯罪にみられるときほど明確になるものはなかったのである。正義の存在は、否定された。

近松秋江のみた水野改革

「天保改革」失敗の原因は、ひとつは経済財政政策、とくに歳入にかかわる政策での挫折にあった。水野改革が実施したおもな政策は倹約令、株仲間解散令、上知令、無宿の旧里帰郷令など政令にもとづく政治であり、あるいは印旛沼の開発であったり天保の検地である。もちろん主軸の課題として、作家近松秋江は経済財政問題にふれる。家斉の大御所時代は経済運営が失敗し、放漫経営による財政の破綻状態にあった。そのあとをついだ家慶は、財政再建を最優先課題と位置づける。倹約令も経済問題の観点にたてば、財政均衡政策の一環であり財政支出の削減、歳出の問題をかんがえたうえでの緊急政策発動であり、人別改めや検地は農業の生産向上を目的としていた経済対策であった。家慶といったいの水野忠邦の改革政治を今日風におきかえると、構造改革派による経済財政の健全化ということになる。その点からいえば、南の矢部定謙と北の遠山景元はもともと事業者の規律権益をまもるのが町奉行所の職掌だったので、デフレ誘導の質素倹約などが経済活動の停滞による衰退をまねくとして、現実の経済をよくしるリフレ派の立場から水野の構造改革路線に反対したのは当然であった。矢部が水野に直談判をする接見場面を、作家はこうえがいた。

応接間に通されて、越前守に面会し、鳥居に話せしとほりの事を語り、江戸中の者が、あまりに法令が厳格に失するので、人心恟々として、落着いて生計も手に着かぬ事情を述べた。

矢部駿河守は、尚ほ言葉をつゞけ、

「畢竟するに、倹素節約の御諭達は、もつとも然るべきことながら、あまりに禁令の御沙汰厳しき為に町方、加役、御目附の下役ども、有難き御上の御趣意を過度に曲解し、且つそれを以て、おのれ等の手柄にせんがために、微細の事を大仰に言ひ咎め、罪人呼ばはり致すために、町人共の疾苦難渋一方ならず、果ては、だんだん御政治を誹謗し、お上に対して怨嗟の声を放つ者も有之趣にござりますれば、今少しく、御掟の運用に緩急の手加減をすることが肝腎かと存じまする。この儀ひとへに御賢慮をねがひたくござります。」

矢部は熱意をこめて縷陳した(25)。

──と。

水野と矢部の対立する火種は政策運営面だけでなく、職務権限がからむ部下と上司の対立のほかに人間性の問題──〈越前守も自信が強いが、矢部もその点にかけては越前に譲らない。年も五六歳矢部の方が年長である。水野の一徹で武者であるのに比べて、矢部も一徹は一徹であるが、役人として閲歴からいつても、水野よりも下情に通じ、世故に練熟してゐるところがある。〉と(26)、作家はそうみてとっている。このふたりの対立は、最重要経済対策の「株仲間の解散」でもおなじ事情があった。民生、国民生活の安定は、政治家が最優先する義務である。なぜ株仲間を解散するひつようがあるのか、またそれに反対なのかは、流通問題にたいする理解の対立が根底にあった。もとはといえば物資の安定供給をかんがえた市場管理を目的にしていた株仲間組織が、物流業者の特権と政治献金をひきかえに流通の既得権確保と市場支配をすすめた結果、物価の高止まりも同時にすすんだ。だから、一般庶民の生活をかんがえれば、価格操作の弊害を解決する対策として株仲間解散をおこない自由競争を保証し物価を下げる政策がひつようだ──と、水野は判断した。しかし、市場の管理を楯にして行政権をまもろうとしたのが、町奉行矢部定謙であった。実際の事情、事実上の財政破綻にある経済事情のもとではこれほど単純ではなかったようだが、物価安定策をめぐる行政手順で、〈下情に通じ、世故に練熟してゐる〉矢部とそのかれがみてとる〈専断を以て天下の御政道を過まる〉水野のふたりは対立するのである。この対立の背景には、貨幣改鋳をおこなった場合にうまれる対経済効果──

金融政策と景気対策にたいする両者に理解のちがいがあったという説がある[27]。

また、印旛沼の開発でも、改革の限界が財政不足の問題からあきらかになる。水野改革で金融経済の政務を裏で協力したのは、民間経済人の後藤三左衛門であった。作家近松秋江は、かれについても小話「後藤三左衛門」で四節をつかい筆をつくす。その後藤は、吹替御用を専業委託されたお金改役の金融資本家として――〈祖先は後藤庄三郎光次といひ、徳川家康に召されて金御用を承はり、大判小判の金貨を鋳造したので、幕府代々の通用金貨には必ず光次といふ花押を鋳て発行してゐた。世々相続いで後藤庄三郎と称し金座の主役とし、多くの座人を支配し、由緒といひ身分といひ、町人ではあるが世に尊ばれたる家筋で累世その富を誇つてゐた。〉のである[28]。また、実態経済の面でも金融通を自負する人物で、――〈御老中に於ても又、貴殿に於かれましても、退引ならぬ事態となつて居りますから、ぜひとも完成を期せねばなりませんが、出費の事は、誰れ彼れといはうより、やはり、後藤三左衛門へ御相談なされてみるが宜敷からうと存じまする。〉――[29]と、水野内閣の三羽烏のひとり渋川六蔵が鳥居にすすめた相談は、開発にかかる追加融資、事業資金の融通を依頼する一件であった。水野をふくめ、勘定奉行三役会議の時点で、ようするに開発にひつような財源がつきていたのである。検察、司法の職権では豪碗をふるった町奉行の鳥居耀蔵だったが、財政問題を評議するときには、財務担当官である勘定奉行の岡本近江守と最古参の井上備後守は同役でもある鳥居の意見をことごとくしりぞけ、水野忠邦の意向もうけいれなかったのである。公金――江戸開府来の「御金蔵」に手をつけることはもちろん、鳥居が動議した開発を幕府直轄事業とする事業仕分けの提案も拒否されたのである。

水野改革のいきおいは、ここでとまる。印旛沼の開発によって期待した歳入拡大と産業の育成発展という青写真が、崩れたのであった。ここにいたるまでの事業見通しにたいする慎重な提言――渋川は政策手順で時期尚早をいい、後藤は土木工事にたいする技術力の不備を進言していた――を無視してきたのは、水野であり鳥居であった。作家近松秋江が作品内でえがいた開発事業の骨子は、いじょうである。しかも、閣内の担当大臣から予算づけを拒否されるという、閣内不一致が発覚した。水野忠邦の強権政治に赤信号がともる。そして、鳥居の最後の強行手段も、企業家の営利主義が立ちはだかったのである。利益をもたらさない追加融資の保証には、後藤が首をたてにふらなかった。

「越前守様、貴下様の御焦慮の次第は、いかにも、手前にも、よく解つて居りまするが、既に再三申上げましたるとほり、何を申すにも、多寡が金座御用達の三左衛門、町人の微力を以てして、公儀の御事業を一手に引受けるなど、なかく〵企て及ばぬ所でござります。折角の御懇命ではござりますれど、此度の御用の儀は、平に御容赦をお願ひ申しまする。」

彼は、きつぱりと謝絶した。

すると鳥居は、吸つていた銀張りの煙管を、手荒く吐月峰の縁に叩き付けて、そこに放り出し、

「ふむ、それでは、其方、身共がかほどまでに事を分けて頼むにもかゝはらず、どうあつても、御忠勤を励むことならぬと申すかッ。」

「御意にござります。」(30)

このあとにも善後策をこうじる閣議はつづくものの開拓資金の調達問題では進展がないまま、さいごは後藤の巧妙でしたたかな利権誘導と猟官運動の秘話を、近代作家の技術、人間心理にもとづく叙述形式によって小話のなかにもりこむ。が、しかしそのことはストーリー展開のプロットをこえる場面いじょうの意味をもつものでなく、鳥居耀蔵の酷薄な人間性が作品内ではたす重要度、主調低音にくらべればかれの悪知恵はちいさな旋律にすぎなかった。いくつもの小話が歴史上の人物を軸に重層的にからみあい転変する壮大な人間ドラマ――歴史小説『水野越前守』は、開発事業の失敗によって反主流派が台頭しはじめ改革反対派が結集、水野改革のまえにたちはだかる。そしていよいよ、

テクストの本筋は政策全体の破綻と水野内閣の崩壊という、作家近松秋江が本来の目的としていた歴史叙述と政治小説の核心へ収斂するのである。

「天保改革」という記憶の領域化

近松秋江という小説家は、「国政」はどうあるべきかということをつねにかんがえていた。あるいは国政を国家とおきかえてよいわけだが、そのことは近代国家形成期の明治に青春をおくった人間には確固不抜の意思だった(31)、といってよいかもしれない。そのかれが「天保政談」という近代のさきがけとなる「歴史」を小説形式で連載しているさなかに、満州事変が勃発する。翌七年には五・一五事件がおこりそのあと二・二六事件をおこすような「軍国日本」の国情を、かれは批判的にみていた。そうした心中にある時にかかれたかれの歴史小説をとらえなおそうとするならば、「天保政談」、歴史小説『水野越前守』を「国家」のありようをかんがえない作品とは、考えにくいのである。

ところで水野改革を明治維新の体験者の側からながめたら、はたしてどういうふうな「天保改革」にみえてくるのだろうか。明治における近代化の道筋をみていくひとつの課題として、「国民国家」というシステムの存在がある。議会制にもとづく中央集権国家への布石は、第二次水野内閣退陣からかぞえると、三十年後の明治八年の立憲政体樹立の詔にはじまる。近代国民国家は国民観の確立、国民皆兵制の実施、公教育の制定の柱ができあがって成立する。これらの諸制度が人間の精神にあたえる影響や文化の形成にあたえる影響、そして政治にあたえた影響は、決定的な意味をもった。また別に、先進西欧諸国と対峙し国家主権をかんがえるとき、その問題が軍事権や外交権によって代表的に論じられるなかで、国家財政の問題もふたつのカテゴリーにおとらず国権維持にかかわる重大な施政要件であった。幕末に具体的に顕在化し明治に継起してゆく対外政策や内治戦略については、水野改革の時代にも核心的な政策として課題となっていた。そのかぎりで、天保改革は享保・寛政の改革にならうだけの復古ではなく、革命の側面をもつ政治改革であった。たとえば税制問題でいうと、まえにいった財政問題の解決には歳出の削減だけでなく歳入の問題——経済運営の拡張が歳出規模の拡大をもたらし、政策実施のためには予算編成にあたって税の増収が必要条件となる。この観点にたって、水野改革の経済政策を再評価する立場が平川新の著作にある。

従来の天保の改革の評価は、水野忠邦や鳥居耀蔵の風俗の取り締まりに対する異常な執念や、武家中心的な都市政策が強調されてきたせいか、市場改革の効果はあまり評価されていない。しかし、いくら幕府が、新たな商人層を取り込んで流通網を拡大せよと十組問屋に指示したところで、新規加入に制限を加えるような排他的な株仲間を温存したままで、それを実現することは困難だったに違いない。既得権の巨大な塊と化した株仲間を一気に解散に追い込み、市場の自由化を一瞬にして実現させた手法こそ、画期的な市場改革のあり方として評価されるべきだと考える[32]。

株仲間解散令を経済運営の全体像からきりはなして、流通機構の再編問題といった市場経済原理で評価すれば、上記の指摘になるのかもしれない。しかし当時、倹約令の強行と物流の停滞による景気の冷えこみから、デフレインパクトの弊害がうまれていた。だから株仲間の解散による構造改革が成功したとはいえず、その後さらにデフレ基調による不況感が町民の生活をくるしめ、閉塞感をうみだした心理的影響——〈「承知いたしました。……ですが、番頭さん、それでは、仕入れた品が、みんな動きませんね。」／「うむ、さうですとも。第一困るのが問屋、それから織元が、悉く共倒れだ。」／「いや、大変なことになりましたもんで。」〉[33]——が、改革失敗のひとつの理由であった。そのことを、作家近松秋江は小話「江戸風景」のなかで詳細にとりあげている。歴史小説『水野越前守』が人間の悲喜劇を主題にする文芸作品としてだけでなく、その作品が経済小説であるゆえんは、作家が水野改革を構想したときの必須条件とかんがえていたからである。小説の光景がだからまた、戦前昭和にいきた作家が体験していた金融恐慌と緊縮財政を実行した浜口雄幸内閣の政策がうんだ状況とを下敷きにし、えがかれていたのは想像にかたくないということである。

また、今この段でみておきたいことは個別の政策というより、改革の全体像にかかわる問題についてである。そのためには水野改革を、明治維新をうごかした側からながめなおすことが有効になると、そうかんがえた訳である。具体的には、幕藩体制の意味を問うこととなる。その集約が、「越前守の苦衷」の最後の小話である。

此度の改革に当つて、越前守が是非とも成し遂げんと、早くより考へて居つたことは数々あつたが中にも江戸、大坂両都市の十里四方の土地が、従来大名や旗本の知行所であるのを取上げて幕府の天領にし、大名や旗本へは、他の代地を下げ与へるといふ件案は、些々たる倹約令や風俗取締に比べて一層大事として実行の機会の熟するのを待つてゐたことである。（略）

それのみならず、これを経済上から見る時に、両都近接の土地は地質が豊穣であるところへ、尚ほ年貢米その他の関係から、こゝを知行して居る者は、幕府直領地に比べて、遥に収益の割合が良いことになつてゐる、越前守は化政度以来大御所の驕奢な生活から幕府の財政が甚しく疲弊してゐるのでそれを立て直す為の一策としようといふのである。結局印旛沼の開鑿と同じ政策から思ひ立つてゐることであるが、この方は諸大名や旗本の利害に直接に影響があるので、いよく〵それを実行するとなれば、諸方から異論が起つて、容易ならぬ形勢と見られた(34)。

この最後の章は、テクスト構築の根源がしめされていた。読者は庶民が日々体験する生活の前景には、「政治」というものがかならず存在していることをしることになる。引用文中の《(略)》――この空所には、水野忠邦の上知令にたいする〈越前守の意見によると、それは海防と経済の二つから、緊要なことであつた。〉と、政治家の所信を強調する一節が作家近松秋江によってかかれていた。さきにいったとおりで、「海防」は国家主権の問題で、「経済」は国家財政の問題であることが理解できる。そのための政治は水野政権一個の問題ではなく、明治にいたる国策とむすびつく中央集権国家につらなっていく。ということは、水野失脚がひとり幕藩体制を堅持しようとした政治家の意思だけにかかわる問題ではない、未来をうらなう広がりをもっていた。幕閣がおこなった政策決定の過程――「ブラックボックス」が、問題になるからである。

現在と未来の閾をいきている人間には、「歴史」の結果はわからない。それでは、上知令とはいったいどんな意味をもつものだったのだろうか。この点を、みてみよう。最重要政治課題であった上知令の撤回をよぎなくされたのは京阪一帯の体制派領主の抵抗にあったからで、体制の限界が露呈したことを意味する。つまり、こういうことになるのだ。幕藩体制――この体制は結局、地域主権主義にもとづいた体制だったといえ、上知令の執行はその根幹をささえていた石高制、歳入の強化と密接に関係する利害の問題とからんでおり、〈従来大名や旗本の知行所であるのを取上げて幕府の天領にし、大名や旗本へは、他の代地を下げ与へるといふ件案〉は幕閣の、いや水野改革の計画どおりにはうごかない。江戸や大阪といった国防の要衝の地や生産性のたかい耕地は手にはいらず、まえの後者の懸案、財政問題を解決し税収基盤を確立しようとしたもくろみは失敗したのである。この問題はそしてそのあと、明治中央集権政府による税制改革である地租改正をまたなければならなかった。政策推進役の大久保利通政権は、近代国民国家の前提となった廃藩置県や身分制度の撤廃あるいは秩禄処分を維新の主役であった仲間士族の反対をおしきり断行しており、これにたいして水野改革では、逆に旧体制の廃止ができなかったのである。たち位置を明治におくと、水野忠邦は先見性という点でなら開明派にぞくする政策通だったということになる。しかし、現に改革が成功するのかどうかという政治判断にかんしては、あるいは政策の実効性については、別の判断がある。それは矢部定謙がいうように〈専断を以て天下の御政道を過ま〉った政治家であった——と、作家近松秋江が矢部の口をかりてアンシャン・レジームの人と評価した水野観は、最後にいたって、テクストの性格を規定することになったのである。そして、おもわぬ出来事が水野の身におこる。天保十四年九月から閏九月はじめにそれはおこった——〈鳥居は形勢いよいよ不利とみるや、自分の首をつなぐためについに忠邦を裏切って上知反対派に寝返りをうち、機密書類を土井利位に提供した。〉のである[35]。鳥居耀蔵が手をにぎった相手土井利位とは閣内でひそかに上知令反対を策謀した中心人物土井大炊頭であり、政策実施によって不利益をかぶる摂津・河内・和泉を知行する閣老のひとりであった。しかし、作品『水野越前守』ではおりた幕が、ただちに天保改革のおわりを意味するものではなかったのである。

文学表現と歴史記述、メディアの差異再論

単行本『水野越前守』は、昭和六（一九三一）年十二月二十五日に出版されている。この歴史小説について出版後の経緯のいったんを手元の単行本奥付でみると、再版が二十七日で、年内三十一日には四版が増刷されている。また、翌七年一月四日付『読売新聞』紙上の「新春の読物」欄の広告に紹介された『水野越前守』の評言は、こんなふうな文章であった。

剣と恋——従来の大衆小説の重要なる主題となつてゐた、この二つのもの以上に、理智と思慮との暗闘に興味の中心を置き、広範囲の読者層に呼びかけたものが本書である。徳川の末葉、江戸文化は爛熟の頂点に達し、上下共に、享楽生活に陶酔するの時疾風迅雷的に天保の改革を断行し、緊縮と粛正とを標榜して弾圧の大鉄槌を下した者は水野越前守である。然るに、改革は早急に失し、極端に趨つて、遂に政治的自殺を遂ぐるの已むなきに至

りたるも、憂国済世の赤心稜々たる所、彼も亦幕末の一快傑たるを失はない。本書は越前守を中心として前後の世相と政情を明かにし、大御所家斉を繞る柳営の秘密を描いて、鳥居忠耀の苛察、矢部・遠山両奉行の明敏、華（ママ）山長英の羅縷に及ぶ。主題の扱ひ方に於て実に大衆文学史上に一線を画するもの、同時に現代の政情を暗示して、大衆の反省を促す。

格調のたかい、キャッチ・コピーである。そしてまた事実、売文の片棒をかつぐような種類の広告文ではない。読み手ではなく、書き手側の窺覬するところをあきらかに代弁している。そうであるから、この文章の隠し絵をテクスト化してみたい。冒頭に、関東大震災あたりを契機にうまれる「大衆小説」を批判的に紹介している——とうじの評論家としての近松秋江は娯楽にはしりすぎた大衆小説を徹底的に批判していた。〈理智と思慮との暗闘〉云々とある部分が、かれの意図を代弁した個所である。その意図をてんじて〈現代の政情を暗示して、大衆の反省を促す〉と結ぶところは、昭和四年の雑誌『新潮』誌上の「通俗小説に物足りないもの」いらい〈愚婦愚夫〉の民衆陶冶をいいたてた評論家のかいた作品の性格をいいあてている。第二次世界大戦後、一九五〇年代に歴史小説を「時代小説」といいかえはじめた作品群を、松本清張は〈歴史小説を書いても、やはり現代とのつながりがなければなりません。〉と、こう苦言をていしていたが、事実かれの歴史小説の「歴史」は現代の「借景」といってもよいほど構想は自由であった(36)。「清張後」というコトバは犯罪の動機と社会的な背景をあわせたミステリーの成立をいうものであり、松本清張はその延長にたって時代小説の舞台をつくったのである。まえの広告文中におかれたコピーの〈大衆文学史上に一線を画するもの〉がうがちすぎた文言ではないこと、つまり作家近松秋江もおなじように歴史小説にたいするたち位置、かれの「大衆小説」観は「清張後」といわれた文芸観につうじていたのである。またそうであるから、テクストから〈緊縮と粛正〉の改革であったことを読者はからめとることとなる。同時に水野改革に〈政治的自殺〉のゆえんを、読者はよみとることとなるはずである。この〈緊縮と粛正〉を緊縮財政政策およびテロルの嵐とおきかえれば、戦前昭和、昭和劈頭からの「経済と政治」状況とはほとんど相似形であることは、すでに指摘した。その「現実」を直視する機会は、結局敗戦後の東京裁判——一九四六年からの極東国際軍事裁判のなかでのことになる。そしてなによりも長編歴史小説『水野越前守』は歴史記述でなく文学作品であることが、登場人物のキャラクターによる人物誌のテクストとして成立し改革物語であることを自明のこととして我がものとすることになるのである。いじょうのことを、新刊紹介の広告文は的確につたえていた。そしてまた、べつの情報ではこの著書をいわう出版記念会が日比谷山水楼でひらかれたことを伝えている(37)。ようするに、ひとりの作家の「転向」いごを伝録する格好のテクストが『水野越前守』一冊の書物であったことになる。

「天保改革」についてくりかえしいえば、つぎの三点、「政治」「経済」「財政」の改革を目的として、十二代将軍徳川家慶が幕藩体制の維持を強化するためにおこなった政策発動であった。いまこのことを、歴史学者津田秀夫があらわした天保改革にそって作品の概略をいちど整理してみる(38)。まず、『水野越前守』の政治改革は「天保の改革はじまる」で、人心を一新し政治改革にふみだしたことにふれる。大御所の時代、前将軍家斉晩年の佞臣政治からの脱却が政治改革のはじまりである。つづいて将軍家慶は、一般幕臣に天保改革の断行を上意の趣により発表する。国家の主権者の施政方針をうけここに政治改革の第一歩がしるされたことになる。そのときの首班が水野忠邦であった。津田歴史観は、いか「水野忠邦の挫折」までの各章の内容を政策データをふまえ具体的に詳述し、とくに産業政策の解説はあらたな経済運営をぬきにした改革がもはや成立しない江戸末期の事情をたんてきに物語っていく。このことは幕藩体制維持をかたるとき、改革のなかで経済問題を位置づける重要な観点である。そのてはじめとなる行財政改革の施策としては、流通機構の再編があげられる。大御所時代の貨幣流通量をおさえ、インフレ政策の是正をかかげ天保十二年の株仲間解散令が公布される。いわば独占禁止法を施行し、華美過剰な消費抑制策とあわせ物価切下げによる民生の安定のもとに改革の推進をはかる引き締め、デフレ政策を強行することになる。行財政改革の主眼は農業政策を基盤とする近世国家の再生にあった。このことはすでにみてきたとおりであり、作家近松秋江も着眼したところであった。具体的政策としては天保十四年の人別改め、あるいは天保の検地にみられる人口調査と耕地調査による農業再生を政策課題にあげ、かずかずの重要政策の実施がうちだされる。改革の全体像は財源の確保と赤字財政の縮小をかかげた、財政均衡政策が主要課題となる。そして、この政策実現についての見方には、歴史家固有のたち位置があったことを確認するべきである。

天保の改革を考えていくうえで、従来は忠邦の個人的力量を大きく評価しすぎたきらいがある。しかし、この時期の政治での指導力には、強力な権力者の存在を必要としたが、将軍はまさにそれにあたる。したがって、改革は忠邦の個人的役割だけで、展開されたのではなく、将軍家慶の了承のもとに、老中以下の有司の合議制ではじめて、天保の改革の政治がおこなわれた。それを忘れて、すべてを忠邦の責任に帰して考えているものが多い(39)。

ここには津田秀夫という歴史家の明確なイデオロギー、国家による支配原理の統治システムにたいする価値観がしめされていたのである。

文学表現による歴史叙述

歴史家と小説家の差異は、とうぜんかんがえうることである。つぎにあげるような示唆にとむ話題をとりあげてみたい。昭和戦後の作家松本清張には、天保改革を舞台にした時代小説「かげろう絵図」をえがいてみた時の話がのこっていた。時代小説をかくときに「現代」の諸相をもとめた理由がフィクション＝「歴史」を支えているのは〈現代とのつながり〉だとある、信念にもとづいていたという前のかの話である。松本清張はだれにでもおこりうる「出来事」、このことが普遍性を獲得するのだという推理小説観ともつうじる人間描写を基調として時代小説をかんがえていたのである。そして、こんなところにも歴史家のもついわば客観主義を批判する言質――〈鳶魚の資料は俗書から取ったものが多く、歴史学者のなかにはあまり正確ではないと批判する人もある。〉という庶民生活擁護の主張があった、ということである(40)。

松本清張が着眼したのが佞臣政治のきわめつけ、将軍後継問題であった。中野石翁の陰謀は養女お美代の方とその側室を寵愛する家斉とのあいだにうまれ、加賀前田斉泰に嫁した溶姫の子千代丸を世子家定をしりぞけ十三代に将軍にすえようとする例の政略である。継嗣の意図は、むろんみずからの政治集団がもつ権力延命にある。石翁のえがいた筋書を、清張はつぎのようにえがく。

石翁にとって不安な種が一つある。それは病床の家斉に書かせたお墨附である。将軍継嗣を前田犬千代に定めることの内容だ。家斉が死んだら、間髪を入れず、これを「大御所様御遺志」として現将軍家慶に押しつけて、有無を言わせず承認させる計画だ。時間をあけたら、策動する者が必ず出て来るので、家斉の死骸の温もりが未だ冷めないうちに、

「大御所御遺志」

を振り廻す計略だった。生前、実権を家慶にも譲らず、絶対の権力をもった家斉の遺志とあれば、当然、誰も拒否はできない。但し、これには家斉の死後、極めて短い時間に、疾風のように決定する必要があった(41)。

といった具合にである。ここにいたる過程で最大の難題は、病牀に七ヵ月ふす将軍から「お墨附」をどのようにして取るのかということであった。後継攻防の政略の仕上げとなる遺書をかかせる場面を、清張は無惨をきわめる人間劇にしあげた。家斉を軸にはさみそれぞれ幕閣が敵味方にわかれ、一方の水野忠邦派は家斉の正室寔子ともう一方の石翁派は愛妾お美代の方をたて、陰湿きわまりない後宮の争いを図案化し謀略のかぎりをかきしるす。その中心にある家斉もみずからの権力をてばなす素振りをみせず、末期の病牀にあって餓鬼と化した権力亡者の相貌をくずそうとしない。三者三様、底しれぬ人間のすくいがたい劇は、それぞれが執着の舞台でえんじる愚者たちの地獄図である。たとえば、作家が経験している目で、――阿刀田高は〈本当のところ工房の秘密はわからない。断定できることはすくない。〉と[42]、予断をゆるさない推理小説作家の手法を条件づけながら、かれの作品像を朝日新書『松本清張を推理する』の第一章のなかで〈自分の思念を投射してよいのなら、小説家の筆は走る、走る〉と、「デビュー作のすべて――〈或る「小倉日記」伝〉について」では形容した。たしかに畳みかけるようによませる清張文学の魅力には、いじょうの、創作の秘密がある。松本清張という作家にとって、政権にむらがる三派鼎立の愛憎劇は他人事の世界ではなかったはずである。〈卒中〉の後遺症のため〈痺れの残った右手〉でお墨付をかくにいたるまでの家斉にたいする鬼気せまる描写は、作家の人間認識の根底をてらしだしている――と、読者はそうよむにちがいない。万人がもつ、人の業だからである。〈癇癪筋が立ち、蒼褪めてい〉た大御所が、その絶対的な権力者がながす最後の〈澄んだ泪〉を、読者は人である自分のこととしてかさねてよむ。しかし、歴史家は作家のようには、「現実」を説明したりはしないものなのである。

時代小説の書法については、とりあえず筆を擱く。問題は、作家近松秋江が後継政略をどうえがいたかだ。手腕堅牢な歴史家／眼光紙背をとおす時代小説作家と娯楽歴史小説を徹底批判していた作家、この最後のケースが近松秋江である。かれも「お墨附」に注目をしこの話題を、「社鼠城狐」一章をたてその意味を説明していた。

「こゝでよいから、その手燭を」

と、いつて、御小納戸頭取の美濃部筑前守は、先に立つて廊下を案内してゐたお小姓の手から、自身に手燭を受取つた。そして、手燭と引換へに、懐から、小判を一枚包んだ紙づゝみを取り出して無言で手渡した。

夜二時である。

「もう、よいから、あちらに」

「はつ。」と、お小姓は、そのまゝ立去つた。

大御所の容態は、雪融けの季節になつてから、倍々昂進するばかりであつた。漢方医多紀常春院、浅田宗伯の診るところも、蘭医の伊東宗益の診るところも一致してゐた。腎の臓が悪いのであつた。それに、二三日前から、今でいふ肺炎を併発してゐた。

美濃部は、かねて中野碩翁、水野美濃と諜し合はせてゐる大御所御遺言の墨附を作つて置かねばならぬと思つた(43)。

小話「社鼠城狐」最初の一節、冒頭の箇所を引用してみた。この秋江本では家斉の病名が〈腎の臓が悪〉く〈肺炎を併発〉しているのにたいし、松本清張の場合は〈卒中〉で長期療養していたのであった。この疾病の違いがストーリー展開にあたえる影響は小さくない。というのも、疾病の設定そのことが物語構造自体を決定していたからである。社鼠城狐、あるいは「城狐社鼠」とは「君主の側にいる悪賢い家臣」のたとえだから、もともときな臭い話の章なのである。問題の遺書は後継指名という政務にたいしどちらかというと私的な文書とはいえ、制度上は厳重に管理されていた――文言などは幕閣と御三家の審議事項であり、そのうえで〈どこにも異存のないということになつて、その文面は、奥御祐筆が認めて、御小姓頭取へ差出すのである。それに、将軍自ら花押を据ゑ〉、「お墨附」ははじめて公文書となる。頭取の職務は運営上のきまりであったことがうなずけるいっぽうで、家斉は運用手続きをへず非公式に公権力を行使し政治の私物化をうんだが、この逸脱が晩節をけがす原因ともなる。それもすべて権臣による内謁政治が原因であった。そこで作家は、こうしたことを書きくわえていたのである。ようするに、言いたいことはこうだ——作家近松秋江は新聞小説「天保政談」を連載中、調査をつづけたか、調査した結果を発表していたことになる、ということだ。このことは、作品内の「出来事」すべてに該当していたはずである。小話「家斉を葬る」でいえば、西の丸出棺から上野東叡寛永寺埋葬までの道行、および葬儀にかんする式次の解説は詳細をきわめており、巨細であることが「歴史」だとかんがえていた節を清張作「かげろう絵図」とくらべると、その観はいっそうつよくする。

「お墨附」の話題にもどろう。秋江本では遺書を偽作することにより、陰謀の構図をテクスト化する。実行犯は美濃部筑前守である。美濃部は石翁の後役として大御所の寵臣となった側近中の側近であった。〈筆蹟が見事〉な彼は西の丸祐筆相良又次郎の筆をたくみにまねた。その遺書には、「遺言の事」が特製の奉書紙大高檀紙に墨色鮮やかにかきしるしてあった。真筆らしく、念入りに偽造したのである。夜中のこと、大御所病牀の間と廊下をへだてたお上御用の小間、家斉いがいだれ一人入室できない深奥な一室で、美濃部は犯行におよんだのである。その後、〈さあらぬ顔〉をして中奥の詰所にもどった。読者は、さてこの偽書をどのていど合理性のある遺言として、物語、ストーリー展開のなかでよむことが可能なのだろうか。くり返していえば、事実調べが巨細であることを「歴史」とかんがえていた作家は、調査済の文書をならべ書物としてみせている——その時、まちがいなく内心で見栄をきっていたはずである。問題は、読者がこの「虚構」をどこまでリアルだと、信用したかどうかということである。そこで松本清張の書法をまえの近松秋江と比較するなら、いかにこうなる。

梨地蒔絵の硯箱は病床の家斉の前に置かれた。硯の墨をするのも、紙を広げるのも、美濃守ひとりだ。三十五畳の居間には、誰ひとり近づけぬ。

家斉は、戦く手で筆をとった。

「一、」

と書いて、しばらく考えるように休んだ。（略）

「――右大将、将軍職に被成候跡は……」

ここまで書いてきて一休みする。（略）

二度目の筆が紙の上についた。

「……加賀宰相斉泰嫡子松平千代丸を被成養子、成人の暁は右大将跡目と決め候様……」

美濃守が心の中で、

（出来た！）

と喜びの声をあげたのは、

「………。家斉（花押）」

と最後の筆が終わったからである(44)。

さきに《疾病の設定そのことが物語構造自体を決定していた》と記述したのは、疾病が遺書成立の意味をかたる動機づけとならざるをえなかったからである。家斉が発病後の介護はお美代の方と側衆水野美濃守がつとめた。これは、家斉の意思である。お墨付は病にたおれるまえから美濃守が請願していたことであった。そして病の床にある今、〈すべての仕置〉は美濃守を介しおこなっており、実権を将軍職の家慶にゆずらず、さらに家斉の執念はいっそうつよくなる。そこでたてた側人二人の〈妙計〉は、円満でない父子の関係を利用すること――大御所見舞いを〈昼餉〉にあわせ、そのときにだされた〈御膳に向われましても、なにとぞ、お箸をおとり下されぬよう〉に、家慶御側衆岡部因幡守に耳うちし膳に箸をつけさせぬという奸計であった。計略どおり事はすすみ、〈家慶は、とうとう箸をとらなかった〉のである。その理由を家慶側には、美濃守が〈西丸にて奉る食膳には、もしや毒物が混りあるやもしれぬとのご懸念の趣〉のあることと告げ口していたのである。この陰謀手管の話型は、作家近松秋江がつねにもちいる筋書であった。そして、このあとの場面が上記の描写と解説であった。心をとじていた家斉から、訊問においつめられた知能犯から自白をかちとった検察官のごとくに美濃守は供述調書を奪取する。すべては、権勢欲と保身のためからであった。この縷述過程で、「歴史」の細部が重要でないことは、清張がお墨付の用紙一枚に秋江本のごとく特撰「大高檀紙」でなく特別の名をつけないのをみてもわかる。政略の要であるお墨付は、ただに心の綾だけを表象していただけでよかった。そのことは陰謀をくわだてた中野石翁と実行犯の水野美濃守だけでなく大御所家斉についても同じであったことは、すでにふれたとおりである。そもそも推理小説作家は、人間の劇にしか興味がなかった。もちろん、近松秋江にもこのことに興味がなかったとはいうまい。しかし、このふたりの差異は草創期の「歴史小説」と時をへだてた戦後の「時代小説」とのちがいに根ざすだけでなく、流行していた歴史小説を批判してやまない評論家近松秋江が渾身をこめて見本をしめそうとした、かつての痴情作家と揶揄されていた芸術家のそんな意地があった。「歴史」調べの所以とは、この意思に他ならなかった。

角田本の歴史記述と桜痴本の歴史叙述

近松秋江が、まだ本名の徳田姓をなのって徳田秋江といっていた時分のことである。かれは明治三十九年、雑誌『趣味』の十一月号にのせた「吾が幼時の読書」にみずからの読書体験についてかたっていた。高等小学校の十四五歳時の回顧談である。読書体験は関東大震災いこうにはじまる大衆小説いぜんの講談の速記本の愛読者だった、という話題についてであった。家業の造り酒屋ではたらく職人といっしょになって、当時「赤本」といわれた大衆むけ小説本をよんでいたのである。長じて大衆小説に不満をもつようになるのは、この時の読書体験にはじまりがある。そして新聞に「天保政談」を連載するのにあたり、資料として数種類の単行本を参照したことをつたえる。昭和六年、『文学時代』一月号の誌上でのことである。そのなかのいち押しが、角田音吉があらわした『水野越前守全』一冊である。博文館から明治二十六年の二月に出版された、シリーズ本寸珍百種のうちの第二十編にあたる。また、その出版時期は、「吾が幼時の読書」で回想する時代と一致する。図書の著者、角田音吉がどういう人物なのかまったくはわかっていない。しかし、評論家近松秋江はかれがもちいた史料の精確である点と、あわせて妥当な評伝記述をみとめていたものである。

ところで、精確であることを「歴史」テクストとかんがえたのが小説家近松秋江であり、またかれの歴史小説の成立事情もおなじようにしてあったわけだが、小著『水野越前守全』をみとめ、徳富蘇峰の宏遠深奥な著作集「近世日本国民史」連作をしりぞけるのには理由があった。それは角田の著書が史料の精選とその史料が史的評価にむすびついている、すぐれた歴史記述だからである。逆にいえば史料の羅列でなく、精査された出来事が「歴史」でなくてはならなかった。また歴史評価は、そうした「現実」の精確な集約——歴史調べをつうじてくだされねばならなかった。角田本は今日の文庫型二六二頁、四篇の部立からなり、そのなかの構成テーマが「両越州論」「改革本紀」「改革後紀」「水野越前守忠邦の伝」「鳥居耀蔵渋川六蔵の合伝」「弘化年間四民の生計及び天保の改革によりて現はれたる戯文落首」に章わけされている。年代は天保十二年から弘化三年までの五年間を記述した。弘化三年は十ヵ月間の第二次水野内閣の崩壊、水野忠邦の罷免、減封蟄居の翌年にあたっており、天保改革の挫折につづく第二の失脚により、阿部正弘政権がうまれた年である。そして、水野改革のかつての推進役である鳥居耀蔵に禁錮の処分がくだった年でもあった(45)。

これにたいして、作家近松秋江の長編『水野越前守』一冊は、まえにみたとおり三十四の小話からなる。年代的には角田本の「改革本紀」がかかれたのみで、天保十四年閏九月十三日、最初の首相退陣までである(46)。しかし、上記三十四場をかぞえる構成を問題にするのではなく、人物誌による構成面からみてゆくと、史書とはことなる別の切り口がみえてくる。たとえば、小話の軸を寺社奉行脇坂淡路守安董におき、改革前夜、中野石翁らとのあいだでくりひろげられた政治的な暗闘をえがく。あるいはまた水野忠邦の政敵矢部駿河守定謙を軸におき、政治改革の性格を複雑で重層的な現実に還元しえがいてゆく。または鳥居耀蔵の暗躍を小話のなかで横断させ劇をくみたて、その曲折によってストーリー展開を細部化させる。それぞれの活劇は、いえば講談本のさわりの部分――講釈種にあたるかのような小物語(ミニナラティブ)を独立させ、その話型を連続させることで成立させたのが長編歴史小説『水野越前守』となる。作品構成は件のごとく小話ごとに軸となる人物を設定し、ストーリーを考案し事件じたてに仕組みかえ歴史構成へと肉薄する手法をとる。この仕方こそが、小説家の独創だったのである。史家とはことなる、この「独創」性は作品の独自色を闡明にすることになる。

たとえばで、比較してみる。水野改革をあつかった福地源一郎の『水野閣老』(一二三館)という、明治二十八年にだされた上下二冊の伝記本がある。幕臣通辞に身をおいた福地は維新以後、桜痴となのりジャーナリズムや演劇改良運動に身をとうじた。伝記本といっても実録小説風の筆致でかかれた著作で、実はこの作品を、評論家近松秋江はみとめなかった。自然主義文学運動を経験した近代文学者には、桜痴の旧弊をでない作風が、あるいは歴史叙述が気にいらなかったのであろう。つまるところ、近代の「自我」史観を通過した小説家には、旧態との価値観のちがいがあった。角田音吉の歴史記述をみとめたかれは、桜痴の実録体を否定したことになる。とはいっても秋江本には、随所に桜痴本の痕跡が――わるくいえば「剽窃」がある。水野美濃守粛清事件をえがいた作家近松秋江は、たしかに真偽のほどはどちらかとはわからないのだが、鳥居耀蔵と本庄茂平治の陰謀工作の密談を加工していた。その場面は鳥居が前政権の奸臣水野忠篤をおとしめる戦略の立案者として、かれはかいている。しかし、桜痴本は本庄がその陰謀を発案したことになっており本庄を地獄の使者――「讒言の悪計」をつくす人物と章立し、〈或日鳥居は茂平次に向ひて水野美濃守を江戸に差置ては越前守殿の為にも亦自分の為にも甚以て心障なり美濃守が慎方宜しからざる風聞のあるこそ幸いなれ彼を遠国へ放つべき工夫は無きやと謀つたるに、茂平次は暫し小首を傾けて考へたりけるが片頬に笑を含みて「少し狂言には似たれども……云々致し候はゞ然るべく候ふ」と密計を授けたり、鳥居は手を拍て是れ実に奇策なり速に行ふべし（略）〉と、粛清事件工作の場面を解説していた(47)。

上記二種の著作には、本庄茂平次という人間を理解するうえで根本的なちがいがあった。なによりも、福地源一郎には自身の歴史的体験があった。桜痴本のなかには水野改革を体験した古老の話題にふれたりして、福地が幕臣としていきたときの矜持がかくれてあるのだ。このことは角田音吉にもいえそうで、改革派に同情的でなによりも水野忠邦をわるくいわない。結論をいえば、水野忠邦が政策通であり政治判断をかねそなえた開明派の政治家であることを、幕末の嘉永四年、ペリー来航二年前に歿したかれを、難局をむかえた幕閣一同がこの期に俟たれるべき人物としてみとめた――と、そう福地は伝記本につたえている。この点でも、福地は幕府の鎖国政策にたいして開国論をいい「将軍家」家慶の禁忌にふれ、ふたたび解任された水野忠邦の政策判断に評価をあたえたのである。政府の政策成立過程は明快で、国是の方針に政策転換をとなえた政治家はただちに失脚する――幕藩体制のブラックボックスは、きわめて単純であった。そして近松秋江は、基本的に水野忠邦をアンシャン・レジームの枠の内側において叙述した。では、福地源一郎と近松秋江の最終的な相違はなんだったのか。維新をまたぎ明治にいきた福地に後知恵がはたらいたとしても、かれは内治では保守強硬派ともくされる水野忠邦を愚者なる政治家とはしていない。つまり、福地には旧幕臣としての矜持がやどっていたのであった、とそうかんがえるほかはあるまい(48)。

そしてまた、福地にはつぎのようなえがき分けがある。免職後の鳥居耀蔵は裁判にかけられ改革期の七件の陰謀があばかれるその間の審理を、福地は詳述している。「評定所」で弁明できたことが、ここでの要点である。一方で、水野は処分いいわたしが大名小路の役宅でおこなわれ、政治改革の是非を裁判で陳述する機会があたえられなかった。近代以前の制度論はおくとしても、福地はこのふたりの受刑手続のあり方を問題にしていて、水野に弁論弁明の機会があたえられなかったことに同情したのである。なお、塚原渋柿園の歴史もの小説『水野越前守』(左久良書房、一九一八)でもどうようの見解をしめしている。ということは、両者とも水野改革を否定しなかったとかんがえてよいのである(49)。さらに、鳥居耀蔵による水野離叛と保身をはかった上知令撤回にいたるまでの一部始終を、御小姓中山肥前守の動向をおいながら、「将軍家」がかれの自刃にいたり「御沙汰止」を決断するまでの過程も、福地は水野忠邦を批判する形では叙述していない。水野退陣は、とうぜんのことながら政治改革の失敗を意味しているわけだから、その経緯は秋江本でも桜痴本の叙述におとらず重要なモチーフになりえたはずである。また、忠臣中山と逆臣鳥居の相わたるの劇は、人間の心底をあばく秋江作品のストーリー展開と通底する物語であった。にもかかわらず、作家近松秋江がその「歴史」をまったくとりあげないだけでなく、最初の水野退陣で劇の幕をおろし第二次水野内閣の顚末を叙述しなかったということは、作品構成の一貫性を物語っていたことになる。改革政治の限界は、統治システムそれ自体に内在する限界であったことをしめしたことになるからである(50)。

角田本の歴史記述と近松秋江の歴史叙述

まず、作家近松秋江がかれの書物から削除した天保改革顚末記の評価にふれてみる。後代の歴史学者北島正元は、水野忠邦の老中再任と鳥居耀蔵処分を意趣返しとして説明している。そのひとつ、再任後の最初の閣議の光景を、忠邦は再出仕を承諾すると、早速縫職人数名に命じて、黒羽二重の着物をつくらせて着用し、従者にもすべてを新調の美服を着せて登城した。忠邦の再任を聞いた幕府の役人たちは、あわてて絹物を木綿にかえ、仙台平も小倉袴に改めて、質素を装って待っていた。そこへうってかわったきらびやかないでたちで忠邦主従が現われたので、一同愕然としたという。忠邦のこの行動はいかにも奇矯のようであるが、かれとしては、いかにも身勝手な幕閣にたいする痛烈な皮肉をこめた行動だったのであろう(51)。

と説明しており、最初の一節は桜痴本にも理由をあわせ伝録されており、そこでは水野退陣後の華美にはしっていた幕閣たちにあわせることが新参者の礼儀だと、その理由を口上しているのである。このことはブラックユーモアだとしておくとしても、鳥居耀蔵処分の問題はそうした次元ではおさまらない。つぎの一節、

しかし忠邦の再登場によって居づらくなったのか、八月五日に老中土井利位が病気を理由に辞職した。その翌日には、南町奉行鳥居甲斐守とその腹心の勘定組頭金田故三郎が罷免され、ついで二十三日には勘定奉行榊原主計頭忠義も免職となった。これは改革の裏切り分子にたいする忠邦の報復人事であったとみられる(52)。

この章のはじめに《意趣返し》といったのは、うえの引用文をふまえていた。

ところで、土井利位は第一次水野内閣の大炊頭にあって鳥居と共謀、上知令潰しにはしり首相水野失脚の因をくわだてた人物――そのことは、すでにふれた。この件でも先にことわっておくと、桜痴本にもどうようにこの件での詳細な叙述があり、福地にしたがえば、鳥居らの免職には水野はまったくかかわっておらず、意趣返し説は北島正元の推測にすぎない。簡単にいうと、鳥居らにたいする裁判は水野越前守を閣内から追放するために反改革派が仕組んだ

罠であった。この計略には上記前段が存在していて、鳥居が水野失脚に手をかす司法取引を老中土井利位とのあいだでおこなったところからはじまる。この、土井利位との政治的妥協は生きのこりをかけた鳥居の自己保身だったので、逆に利用ずみになれば鳥居らを有罪とし、その監督責任を復権した水野忠邦におしつけ閣内から追放するために、鳥居らを政治利用の道具として裁判にかけたのである。要は、内幕を見しった福地源一郎だから実録できた話である。しかしこの話題に関連する人事をしっていた人物が、もうひとりいた。それが『水野越前守全』の著者、角田音吉である。角田は改革派が粛清された時、先鋒の鳥居耀蔵、そして榊原忠義、渋川六蔵が権力システムに残留した経緯をかれにはめずらしく感情をこめた記述をのこす――〈三人か其位置甚た危殆に迫りしにより罪を越前守に嫁し首鼠両端を懐ける土井侯に附随して其罪を免ぬかれしは瞭然たり〉――[53]と、批判した。あえて説明をつけくわえると、「首鼠両端」といわれた〈土井侯〉こそ、北島の引用文にある老中土井利位のことであった。そして、角田は自著に、土井にさしだした石川疇之烝の司法取引を目的にした私信「上書」を史料として掲載したが、角田はそれいじょうの言質をのこしていない。このあたりの客観性を、評論家近松秋江は評価したのである。この経緯をもって第一篇「改革本紀」をとじた角田の歴史記述が、作家近松秋江にあたえた影響をかんがえておくべきなのである。

それでは、その角田本にふれてこの件をいったんおえる。序章にもあたっている第一編冒頭のかきだし部分は、歴史家津田秀夫の書法とおなじく、寛政の改革を実行した松平定信に注視していた。いかが、その箇所である。

成敗に由て人を是非するは識者の為さゝる所なり然れとも世の所謂学者史家にして猶此陋見を免かれさる者往々有り是れ其成敗の由て来る所を詳にせさるに坐するのみ徳川氏の世名君賢相尠からす而して将軍家斉公の輔佐松平越中守定信の如きは今に至るまて賢相の聞ゑ衰へすして令名天下に洽ねし其後天保の末年に方り電掣雷撃の勢を以て一時昇平士民の酔夢を驚破したる者を老中水野越前守忠邦と為す忠邦は将軍家慶公の命を奉して時弊を一

掃せんとす而して其施政は定信の旧章に率ふ所多きを以て世に之を両越州の勤倹政治と云ふ然れとも忠邦は其事業半途にして敗れ為に封地を削られ蟄居の命を蒙り寃を飲んて歿するに終る定信の巧名赫々の中に其身を退きしに比すれは実に霄壌の異あり然れとも是れ其成敗の迹にして相業の得失人品の優劣に至ては未た容易に軽重す可らさる者あり而るに世人漫に定信を掲けて忠邦を抑ゆるは両相の境遇同しからさるを察せさるのみ請ふ其時勢の難易に由て成敗の異なる所を挙け歴々之を證せん(54)

図書の表題が「水野越前守」であることをぬきにしても、歴史記述の公平をつとめようとしているのがわかる。この〈両越州〉を見比べる観点は福地源一郎の『水野閣老』にもあることなので、その書法なり観点はどうやら一般的だったのだろう。そのうえで、だがしかし時代状況のちがいによって、松平定信と水野忠邦との〈成敗の異なる所〉をみてとろうとする点が公平なのである。政治環境の悪化——具体的には、国際関係の変化や経済の成長による政策が政治行動にあたえた影響は、ふたつの時期ではまるでちがう形になってあらわれていた。水野忠邦が退陣した弘化二年からかぞえて、同書が出版された明治二十六年は四十九年、半世紀あとである。明治、薩長閥の治世にあって、かつての改革政治家水野越前守忠邦にたいする憐憫救済の視線は、著者の角田音吉がかれの周囲の人物か政権周辺の人間の関係者であったことをうかがわせる。角田の肉声、〈忠邦を以て此の難局に当る其敗を取りしは怪むに足らさるなり故に今余輩は公平の心を以て忠邦の功過を論断するに其時勢に反抗して幕府の衰運を挽回せんことを務めたるは英邁果断の挙として称賛せざるを得ず〉——と、おなじ「両越州論」中の九頁にある久闊を叙すかのような姿勢が、その間の事情の中にあったことをおもわせてならないのである。

後知恵とはいえそこには角田が、〈時勢に反抗し〉た開国派の政治家をとおして天保改革の失敗に幕府崩壊のはじまりをみてとる後世の人間であったことを発見するのはたやすい。しかし、また政策実行段階で歴史的必然の結果をよみとることは無理なことであったとして、半世紀がすぎようとしているいまは同道の身にあった者が無念な失敗だったと、水野忠邦に同情を禁じえないのであった。そうは、考えられないであろうか(55)。

それでは角田本『水野越前守全』が作家近松秋江に影響をあたえたとすれば、それは何だったのだろうか。この最初に提出した問題、――まえにみた、評論家近松秋江が「江戸の落首文学」のなかでいっていることで注目するべきは、〈菊半截の誠に小冊子であるが、今日でも水野忠邦の業績を評伝したものとしては、史料の精確なると、評伝の妥当なることで、信用を置かれてゐる本である。〉と強調していることにたちかえってみる。うえの文章でみたとおり、角田は歴史的な事態がひとりの人間の才覚に帰さないことをよくしっている。だから実際の改革は総合的な見地から、その実効性を政治判断する必要が水野改革でも問われる。しかし個別の条件次第でその実効性にちがいがうまれるものがあるとすれば、やはり個別の条件を検討してみるべきであろう。そして角田は、その個別の条件をいかの七項目あげた。それを、要約すると。

一、門地名望の格差
二、社会、人心における成熟度の相違
三、田沼政権と中野碩翁ら佞臣政治によった事情の相違
四、経済の発展段階の違いによる政策選択の難度の差異
五、海防、財政政策における切迫度の懸隔
六、対外国交渉における緊迫化の有無
七、在任期間の大幅な相違

この七項目による人心掌握の条件は、結論からいえば水野忠邦はすべてで松平定信にたいし劣悪であったか、悪い材料がならぶ。だから、〈夫れ天保寛政の時勢は其難易固より斯の如きの差あり若し定信をして天保の時に出て、同一の改革を行はしむる其成効未た期し易からさるものあり〉と、現実政治の評価はあくまで結果価値によってなりたっていることを厳密に期すべきところを、角田歴史学は相対的、浪漫的であった。裏をかいせばここでも、角田には天保改革実行者の内側にあってその弁解につとめる立場がみてとれるということであった。たとえば、津田秀夫は水野忠邦が能吏であったことをみとめたうえで、能吏であることが逆に〈規則が優先する体質の政治家〉となる危険を指摘し、酷薄冷徹な取締官鳥居耀蔵を重用する政権運営とその結果としての人心離叛を、改革が失敗する原因にあげていた(56)。角田はこうした個人の資質にたいして、ヒエラルキーの厳格な時代に〈門地名望に遙に及ばざるの〉改革者には、政策の選択肢がかぎられてしかのこされていなかった政治環境に注目し、問題を整理したことになるのである。実際、政策成立過程はあまりにも単純であり、その制度モデル自体が体制の限界であったことはすでに指摘したのでこれいじょうはふれない。作家近松秋江は角田の歴史記述にまなび、戦前昭和に身をおいた体験を歴史小説にかさねおきながら、改革政治家水野越前守の挫折までを解釈し作品化したのであった。

記憶の「歴史」、「歴史」の記憶

この節で、矢部定謙の粛清その後と民間経済人後藤三左衛門の処刑問題についてつたえておきたい。というのはこのことが、「歴史」をよみとくこと「歴史」にまなぶことと関係するとかんがえられるからである。

矢部定謙は、政略により桑名藩松平家へ永預となりその地で歿した。経済政策と財政運営で水野忠邦と対立したのが直截の原因であった。また、矢部処分は鳥居耀蔵が画策実行した「粛清事件」であることは当時から周知の事実であった。この事件は、秋江のテクストでも矢部追放劇にあたるとうぜん重要な小話である。作家近松秋江の筆致は、政策通の矢部に同情しており鳥居を最低の人間としてえがいている。そんな風に、よめるはずだ。しかし「最低の人間」とは、人らしさとか道徳的人間といった範疇、意味のなかの解釈だけとはかぎらない。人ならばだれもが心の底にやどす「悪」、「悪」でなければ「業」がモチーフである。仕事のためであれば人のいやがることをなし、必要とあれば悪だくみをかんがえ実行する。見方をかえれば当代統治システムに忠実な官僚である――と、作家も叙述はしている。ようするに、作中の「鳥居耀蔵」という人物は、そんな人間としてキャラクター化された「虚構」である。だから読者には悪徳という事実でなく、観念として俗悪な心がみずからの心のなかに増幅しグロテスクにひびいたことであろう。文学の文学たる故由は、この点にある。また「虚構」ということでいうなら、水野越前守は徹底した緊縮政策を実施した政治家としてキャラクター化されている。そのことを、読者は「歴史」の記憶とむすびつけ納得している。だとすれば、このふたりに粛清された矢部定謙は庶民派として涙をさそうような立場をえて、かれらとは逆の人物として作品に登場し演技することとなる(57)。しかし、ここで問題にしたいことは、つぎの段階、小物語＝ミニナラティブの結び方の処理にある。

矢部が勢州桑名で選択した行動が問題なのである。いえば、記憶の「歴史」についての問題になるのである。永蟄居でとった行動は、ハンガーストライキであった。近松秋江はこのことを、角田本の〈食を絶ちて死す〉と福地本〈憤りの余り遂に飲食を絶ち飢死し〉たとある箇所をよんでおり熟知している(58)。しかし、ハンスト劇という告発形で粛清後を明確に設定したのは作家近松秋江の独創で、かれは矢部の自死にたいし福地の「矢部駿河守御咎および憤死」説をふみこみ、政策の対立を起因とした政治闘争としてストーリーを展開し小話を叙述したのである。近代作家のこうした着想によって、虚構の意味がうまれ「歴史」の記憶を変換し記憶の「歴史」を創造したことになるわけで、近代の歴史小説と実録福地本の決定的なちがいがうまれた。だとすると、それでは近代作家のなかで何がおこっていたのか。まえにしるした、それは「味方」のちいささであり「敵」のおおきさの問題となるもので、戦前昭和の軍国日本に身をおく文学者のいわゆる「国家犯罪」にたいする感情があったにちがいないのである。この件に関連し、近松秋江が完全に失明した翌年の昭和十八（一九四三）年におきた中野正剛自刃にふれ(59)、この感情の例証をしるしておきたい。戦時内閣、東条打倒の重臣工作が失敗する前後の年譜から引用してみる。

八月軽井沢重臣工作。三〇日重臣首相会談目的を果さず東条退陣工作失敗におわる。十月一五日東京地裁に証人として出廷、六時間にわたり政情について証言。二一日東方会一斉検挙。警視庁留置場に拘束。二五日東京憲兵隊にて反軍罪取調べ。二六日東京地裁決定にて早朝釈放。四方隊長（筆者註、四方諒二東京憲兵隊隊長）により東京憲兵隊に連行、午後二時憲兵監視のもとに帰宅。二七日午前零時「断」。三一日緒方竹虎を葬儀委員長として告別式（青山斎場）を挙行、徳富蘇峰弔辞、会葬者多数(60)。

政治家中野は市井人の徳田浩司（筆者註、近松秋江の本名）とはちがい、公人として国家政策に反対し反戦工作活動をしていた。自死の理由はあきらかになっていないが、しかし統治システムのなかでは、「個人」がいかにちいさかったかを中野正剛の場合でも強調しておきたい(61)。この中野の死を記憶の「歴史」と規定し受容することによって、作家近松秋江の昭和初頭の発言のなかにもおなじ感情がおきていたことをみておくべきだということなのである。そうすることで、作中の矢部と水野・鳥居とのあいだの劇が「虚構」化された歴史小説として強度のつよい源泉が保証され、また文学が固有の存在であることの意味がうまれ同時に想像力の存在が証明されたことにもなるのである。

もうひとつ、後藤三左衛門の死刑判決について、そして処刑された事実も、「記憶」としての歴史の問題とかんがえておかなければなるまい。民間人後藤の処刑が裁判制度の運用をとおして、人間の行為がもつ意味をしることになるからである。天保改革との関連で職務上の罪に問われたのは鳥居耀蔵、榊原忠義、渋川六蔵、金田郁三郎であり、その外与力同心におよび、かれらは鳥居の奸計にくわわった職務が有罪の対象となった。ところがかれらに解職処分がくだったものの死罪をまぬがれたのは、後藤とはことなり士族の身分にあった理由による――とされている。たしかに「法の平等」にてらした公平の原則からすれば、不公平な裁きであった。だが、いわゆる裁判制度が現代にだけ存在しているとかんがえるのは早計で、あるいは「近代」、ということは西欧流「万国」共通の司法制度が確立した明治になって公平な裁判がおこなわれるようになったとかんがえるのも早計なのである。司法技術の検証は作品『水野越前守』の「御前裁き」の章でもとりあげられているとおりであり、法律運用にかんして過去にたいする過小評価があってはなるまい。戦前日本の近代天皇制下では統帥権の成立が山県有朋のもとで、政敵の首相西園寺公望ぬきでおこなわれ確立し、開戦の権限は内閣にはなく議会制度上の決議対象にはなっていなかった。軍事以外でも戦後の昭和二十二年に廃止される刑法七三条に大逆の罪が存在している。そして、幸徳秋水事件はこの七三条が政治的に利用され、冤罪事件をうんでいたのである。

さてでは、なぜ後藤だけが事件に連座したとして死刑となったのか。また、そのことの意味はどのようにかんがえられるか。後藤死刑判決の根拠は、そのひとつが民間の金融資本家による不正蓄財にたいする罪である。もうひとつが鳥居と懇意で人徳にかけていたという〈匹夫罪無し玉を懐ゐて乃罪あり〉という〈奇禍〉にあった、と角田音吉はうえの二点をしるした(62)。作家近松秋江は天保改革その後にふれていないこともあって法解釈をしめすまでもなく、テクストの外部――〈これは今より少し後の話〉だとして、作中では語り手による後藤の「斬罪」がおこなわれたことを伝録しただけにとどまり、テクスト内では金融資本家後藤の内心――〈たうとう最後に自分の腹の底を割つた〉と、身分の格上げ要求を叙述したにすぎない。しかし、この問題はそれほど単純ではなかったはずである。作家は水野改革の目玉政策として財政再建をみてとっていたのだから国家財政の問題とからめ、後藤三左衛門という民間経済人の存在のなかに金融資本の成熟を発見するべきだった、ということをいっておきたいのである。ということは、「不正蓄財」を根拠にあげた判決理由は、「私益」の制限をくわえた統治原則にのっとったものであった――このこと自体には違法性はなく統治権を執行したことになる。ただしその前に、じつは後藤は印旛沼の開発事業で開拓資金を調達する手段として個人融資を拒否したあと、鳥居にあらたな三案を提示していた。そのひとつが民間市場〈世間の農商富豪の者〉に投資をはたらきかける案であった。この時、かれは格付けのために〈御目見以上相応〉の身分を要求し、その国家保障〈お上の御威徳〉を担保として出資者をあつめようとした。後藤のかんがえは、今日の「投資銀行」型の融資策を提案していたことになるのである。「不正蓄財」が罪状となったということは、後藤案は鳥居を介して水野忠邦に〈稟請して、評議にかけたところ〉が勘定奉行方――財務官僚の反対で拒否されていたことになる。ということは逆に、金融事業の取引問題はすでに幕藩体制一般の枠をこえていたのである。非近代の身分制度によるカテゴリーにささえられた法運用は唯一普遍の政治手法でないことをみてとることのできる問題が、後藤死刑判決には明示されていたのである。つまり近代作家として、後藤の死から体制の矛盾が存在したことをよみとるべきではないのかという問題領域――このことがつきつけられている点を理解し反芻すべきであったということなのである。そのことによって天保改革が失敗した原因をあきらかにし、また改革政治家水野忠邦が挫折し、その失敗の直截的な原因であった上知令の構造的な問題にも光をあてることができたにちがいなかったのである。そこで、最後にこのことをべつの面からみておわりとする。

歴史小説『水野越前守』が最初の罷免でおわったことを、まえに作家の犀利と評価したのは幕藩体制のブラックボックス――政策成立過程の限界、〈「聴き置く。」/とばかり、極めて膠もない返事であつた。/越前は、たゞ、その一語によつて、将軍の自分に対する信任の傾いてゐることを深く察した。〉――をみて(63)、劇の幕切れととらえていることを根拠とした。このことは制度モデルの問題で、水野忠邦が将軍家をさしおいてはなにもできないという「拒否権の存在」規律の問題であった。だから文学作品の円環はここでとじるほかなく、その後につづく出来事は、いえば蛇足である。事実、角田本も福地本も水野再任後の経緯は職務権限の縮小をふくめ天保改革の後日譚にすぎず、二度目の罷免も最初の理由とおなじブラックボックス流のくりかえしであった。もうひとつ、水野の挫折には制度モデルの限界をこえた、体制維持にたいする憂慮すべき事態があった。つまり上知令の撤回は幕府の権威がつうじなかった、という意味があきらかとなったのである(64)。だからこそ歴史小説を語る作家の書法はすぐれており、水野忠邦が将軍家の「御不信」を直観した場面を最後の叙述としたことを《作家の犀利》と形容したのである。

一般論ではあるが、そこには政治体制の硬直化という問題——政治機能が巨大化し複雑化するのにあわせ権力が集中してゆき、いっぽう土井利位の場合でみたとおり、政治組織は無責任がはびこってゆく。ブラックボックスの実態であった。絶対主義の断末魔のようなものである。現実の変化に対応できない政府にかわって、あらたな政治集団がうまれていない過渡的な時代の出現を意味していた。現実にたいして身うごきのとれない幕閣にかわって、権力が将軍家に集中強化される。ここまでは、政治学の問題である。しかし、絶対権力とおもわれていた将軍家にもその背後に決定的な変化がおこっており、近代前夜のなかにあったという状況がはじまっていた。福地源一郎のいうところの「幕府衰亡史」前夜であろう。ここからは、歴史学の問題である。大変革のまえには、こうしたアポリアが存在する。たとえていえば一九二八（昭和三）年、「張作霖事件」をおこした軍部にたいして昭和天皇がとった行動が、それにあたる。天皇は、ときの総理大臣田中義一が上奏のため宮中参内を希望したが拒絶した。田中は信任をうしなったとさとり、内閣総辞職をよぎなくされたのである。そして、満州事変は「張作霖事件」の三年後におこった。さらに、その結果が「大日本帝国」の崩潰となる。おなじように、経済成長と健全財政の二兎をおった天保改革はその根幹をになうはずの政策、上知令実行に失敗する。水野退陣の意味とは幕府が改革最後の機会をのがした、ということになるのである。では話を、もとにもどそう。

水野改革で経済を軸に財政問題を語りの文脈と位置づけていた作家近松秋江は、法制度の問題にかんしては守備範囲がかぎられていたことになる。また、金融問題にかんする政策モデルを後藤三左衛門という人物にみてとりかれにたいする刑罰が体制の限界をしめし、政策変更という問題領域とはならなかったことを叙述していれば、水野改革の挫折と天保改革の失敗にいたる理由のべつの一面をあきらかにできたにちがいなかった。むろん「歴史」の記憶は件のごとくではなかったわけで(65)、近代の作家近松秋江は後藤の処刑問題から記憶の「歴史」をかくべきではなかったのかと、そう指摘しておきたかったのである。昭和初頭の財政金融政策の行方と後藤の死の関係には、水野改革を現代にひきもどすだけの意味があったのではないかと、そうかんがえた次第である。事実、秋江自身の社会戯曲「井上準之助」が、昭和初頭の政治経済問題をあきらかにしえたことをかんがえた上での結論ではある。

【註】

近松秋江の歴史小説「水野越前守」の引用文は早稲田大学出版部刊『水野越前守』（一九三二）によった。ただし「中野碩翁」は引用文以外は諸本に従い「石翁」に統一し、桜痴本『水野閣老』渋柿園本の『水野越前守』中「後藤三右衛門」は本文では『水野越前守』の「後藤三左衛門」に統一、また『水野閣老』の奥付にある著者「福池源一郎」を講談社刊『日本近代文学大事典』（一九七七）等の「福地源一郎」に統一した。本論で『水野越前守』小話を三幕構成で考察したが、以下にその小話のタイトルと三つの構成を上げておく。「雪見の密談」「伏魔殿㈠」「表役人」「伏魔殿㈡」「社鼠城狐」「後宮の争」「大御所の死」「脇坂淡路の暴死」（＊以上、第一幕）「家斉を葬る」「直訴」「目安箱」「新知識の弾圧」「水野越前守」「権臣の罷免」「内外の情勢」「大奥の手入れ」（＊以上、第二幕）「改革の嵐」「江戸風景」「緩和説」「矢部用ゐられず」「排斥運動」「矢部駿河守」「奉行役宅の刃傷」「不正事件」「女の籠訴」「妖甲斐の祟り」「配所の死」「御前裁き」「妖怪の暗躍」「弾圧益々急」「印旛沼の乾拓」「財政難」「後藤三左衛門」「越前守の苦衷」（＊以上、第三幕）

1　平野謙著『文芸時評　上、下』（河出書房新社、一九六九年九、十月）。

2　上司小剣が明治三十八年二月二日に『読売新聞』に書いたコラム、〈水野越前守が、役者を蛆虫のやうに思ふて、厳重なる法令の下に人非人の待遇をした時は、越前守と当時の役者とは、社会上の地位に於て、雲泥も啻ならぬ相違があつたであらうが、今日になつて見ると、政治家としての越前守よりも、芸術家としての当時の俳優、海老蔵等の方がえらかつたやうに思はれる。〉（荒井真理亜編『上司小剣コラム集』二〇〇八年、亀鳴屋。一二七頁）とあるように、水野忠邦に関する情報は後代の人間に伝えられていた。

3 『水野越前守』。その「伏魔殿㈠」四六頁。
4 『かげろう絵図（前、後編）』（新潮社、一九五九年十一、十二月）。
5 前掲註3、「伏魔殿㈠」三七〜三八頁。
6 前掲註3、「社鼠城狐」九七〜九八頁。
7 前掲註6、九五頁。
8 三田村鳶魚は暗殺説を紹介しているが、たつの市立たつの歴史文化資料館発行『脇坂淡路守』（二〇〇七）では、病歿とある。
9 「『別れた妻』を出した頃の文壇（私の代表作は如何にして書かれたるか）」『文芸倶楽部』七月号、一九二六年。
10 「『別れた妻』を書いた時代の文学的背景」『早稲田文学』六月号、一九二七年。
11 前掲註3、「改革の嵐」三六四頁。
12 前掲註3、「水野越前守」三二六〜三二七頁。
13 『鳥居耀蔵　天保の改革の弾圧者』（中公新書、一九九一）、六八〜六九頁。
14 前掲註3、「目安箱」一九三頁。
15 『十二人の死刑囚―大逆事件の人々―』（新興出版、一九五六）、「大逆（幸徳）事件とは何か」一四頁。
16 魚住昭「政党政治を壟断した検察の歴史①」『日刊ゲンダイ』二〇一〇年二月二日。
17 前掲註3、「妖甲斐の祟り」五五五頁。
18 前掲註17、五六一頁。
19 前掲註3、「奉行所宅の刃傷」五二五頁。
20 前掲註17、五六三頁。
21 前掲註3、「妖怪の暗躍」六三四頁。
22 「弘化三年八月九日」の項、饗庭篁村編『馬琴日記抄』（文会堂書店、一九一一年）二八六〜二八七頁。本庄茂平治に関する記載は、――〈昨日の敵討今日清右衛門に聞き候所、敵討候者は、井上伝兵衛養子にて松平隠岐守殿家来熊倉伝十郎二十七八才に見え候よし、差添人は浪人にて小松典善と云。討果され候敵は故鳥居甲斐守用人にて本庄茂兵衛次といふ者、長崎四郎太夫一件にて久敷入牢致罷在候所、先月廿五日落着致、右本庄茂兵衛次は中の追放に成候者也と云。伝十郎等昨日亀井戸にて見出し跡を踉来り二番原前にて討果たる也。〉とある。鳥居耀蔵は弘化元（天保十五）年八月に南町奉行を解任されていたので、本庄その後の消息が記載されていたことになる。この本庄の一件には、森鷗外も関心を寄せていた。

23 前掲註21、六〇三〜六〇四頁。

24 前掲註15、八頁。

25 前掲註3、「矢部もちゐられず」四八六〜四八七頁。

26 前掲註25、四九〇頁。

27 平川新著、全集日本の歴史第12巻『開国の道』（小学館、二〇〇八）、「インフレは悪政か？」二六八〜二七〇頁。また、近松秋江は竹越与三郎からの非売品『日本経済史』一組の寄贈本を手にしており、その内の五巻「徳川時代財政・経済諸制度」によって当時の懸案に対しては事情通であった。

28 前掲註3、「後藤三左衛門」六七九頁。

29 前掲註3、「財政難」六七四頁。

30 前掲註28、六九二頁。

31 近松秋江が一九四一（昭和十六）年に出した短編集『三国干渉』（桜井書店）七作品の一篇、原題「三国干渉の突来」についての巻末「自註」のなかで、明治青年期の特別な感情を説明している（三三七〜三三九頁）。

32 前掲註27、二八八頁。

33 前掲註3、「江戸風景」四一九頁。

34 前掲註3、「越前守の苦衷」七〇〇頁。

35 北島正元著『水野忠邦』（吉川弘文館、一九六九）、四八一〜四八二頁。

36 講演再録「小説と取材」文藝春秋10月臨時増刊号『松本清張の世界』（一九九二）、四一六頁。

37 武野藤介著『文壇余白』（健文社、一九三五）、二五頁。

38 「天保の改革はじまる」日本の歴史第22巻『天保改革』（小学館、一九七五）、二五八頁。

39 前掲註38、二六二頁。

40 前掲註36、エッセイ傑作選「私のくずかご」三二二頁。なお、引用文中に〈鳶魚〉とあるのは、江戸文化を紹介した民間の歴史家三田村鳶魚のことである。

41 『かげろう絵図（後編）』「潮」二五三頁。

42 『松本清張を推理する』（朝日新書、二〇〇九）、「エピローグ」二二五頁。

43 前掲註6、九五頁。

44 『かげろう絵図（前編）』「お墨附」二一五～二一六頁。前掲註6、遺書参照。

45 前掲註22。「弘化二年二月二十五日」の項――〈鳥居耀蔵の処分は世評が注目するところであったのか、馬琴も日録に一昨二十三日、水野越前守殿、願の通りお役御免、鳥居甲斐守町奉行勤役中罪あり、御吟味中、相良近江守殿へ御預けに相成候よし、御沙汰書に見えたりと云。〉（二八〇頁）と、記載した。

46 単行本『水野越前守』の構成には、当然意図があったろう。角田本以外にも、福地源一郎の二冊本『水野閣老』がある。一八九五（明治二十八）年十一、十二月に一二三舘から出版されている。その内の前編が秋江本の構成と一致する。ただし、巷間の噂話の脇坂安董暗殺事件を水野改革に組み入れたのは近松秋江のみである。別にはこんな――竹越与三郎の『日本経済史』の五巻、第十三章中「十組問屋の衰亡問屋制度の破壊」に記述のある「水野忠邦矢部定謙を退く」節を、彼は踏襲、縷述している。

47 前掲註23、引用文を参照。なお、本庄茂平治の評伝は、福地の『水野閣老（後之文）』（一二三舘、一八九五）が詳しい。

48 福地源一郎が著した『幕府衰亡論』（民友社、一八九二。但し、四版から引用）序文のなかで、自らを「幕府の遺士」であることを強調したうえで、ペリー渡来から江戸城引渡しにいたる十五年を〈日本歴史の一大関節〉〈一大変遷の時期〉と規定し、こう――〈近時新著の史編頻に世に出て現に幕府滅亡の跡を記するもの敢て其書なしとせざるなり、然れども其書や皆明治維新の偉業を叙述するを主とし幕府の事は之を客位に置き否々寧了之を敵位に置て筆を下せるを以て明治維新史と云ふべきも幕府衰亡史とは云ふ可からざるなり、是れ修史の目的固より此に在るが故なりと雖ども抑も幕府を主として此間の事実を叙述するの史なくば天下後世何を以てか此間の真相を知るを得んや。〉と、気概をもって〈幕府滅亡史を稿するの志〉を記していた（筆者註、序文の書記は一八九二年十一月二十日）。

49 桜痴本「御前評議并に越前再度の免職」の中で、福地は反改革派の水野粛清を謀った十二箇条の「御不審」が潔白であり、水野改革の不正を否定した。また、罷免の理由となった「外交問題」については、水野の鎖国政策を是正する上申を〈越前守が意見は決して上を軽じたるに非ず全く以て国家の為を謀つたる誠実に出たる事とは知食たりし〉（後之文、八七頁）と、弁護していた。また、渋柿本の解任にいたるストーリー展開では貨幣改鋳「盗鋳（にせぶき）」の問題を重視し鳥居の陰謀をひとつの軸にしており、その陰謀の一件が表舞台から隠蔽されていることを強調している（「八九」章、三二六～三三三頁）。

50 本文でも指摘してきたとおり、脇坂安董暗殺事件を天保改革と結びつけ「将軍家」の不信任で改革主体の限界を示して閉じた

51 「物語」の円環は、作家近松秋江独自のすぐれた構想によるものであった。

52 『水野忠邦』。「第十五章　老中再任と辞職」四九二～四九三頁。

53 前掲註51、四九五～四九六頁。

54 『水野越前守全』。その「改革本紀」一二頁

55 前掲註53、「両越州論」一～二頁。ところで、こんな俗流の話が残っている。パンフレット『唐津ゆかりの城物語』（著者浦部和博、唐津城築城30周年記念出版、一九九六）にある。冊子の中に、水野忠邦が唐津水野家第四代当主として記された内容は、〈老中まで進みながら最後には不遇な生涯を終えた水野忠邦と、将軍吉宗によって追い落とされた老中松平乗邑の境遇には共通点もあって興味深いが、水野忠邦は不評で、松平乗邑には世間の同情が集まっているようである。〉とある人物評と、彼にまつわる悪い評判の列挙である。立身出世のために唐津を捨てた旧藩主に対する罵詈雑言といってもよく、俗流の話とは、角田音吉が水野忠邦の伝記を紀伝体で記し史料を対照に歴史的な事実を記述した態度とは異なる種類の内容だということであった。しかしこのことは水野忠邦の伝聞がしばしばかのようにある、ということなのである。

56 前掲註38、七六頁。

57 例えば、こういった話が残されている。明治社会主義文献叢書、幸徳秋水著『秋水三名著』（龍吟社、一九四七）中の一編「兆民先生」の中に、〈奇なる哉、坂本龍馬君を崇拝したる当時の一少年は、他日実に第二の坂本君たらんとしたりき。坂本君が薩長二藩の連鎖となつて、幕府顚覆の気運を促進し得たるが如く、自由改進の二党を打て一丸となし、以て藩閥を勦滅するは、是れ先生が畢生の事業とする所なりき。而して坂本君は成功せり、先生は失敗せり、成敗の懸る所。天耶、将た人耶。〉（「第二章　少壮時代」五頁）とある。先生とあるのは、中江兆民のことである。かれが坂本龍馬と長崎で親交をもったときの直話を、幸徳秋水があらわし「兆民先生」にまとめたものである。歴史の書かれ方、感情移入の存在、さらには歴史の継承といった問題が表出している。兆民と秋水が懐く感情は、角田音吉が水野忠邦にいだく感情と変わらなかったといえよう。江戸と明治という異なる体制下に生きたそれぞれの人間同士が交情をもったとしても、なんらの不思議はないのである。

58 吉川弘文館刊『日本近世人名辞典』中、「矢部定謙」の項を担当した藤田覚は大塩平八郎との関係を踏まえ、矢部の善政見直しに触れている。当然ながら、矢部も作品『水野越前守』のなかで作られた人物であることは、鳥居虚構説と同じだと考えておく必要がある。

59 前掲註53、角田本七六頁。前掲註49中、福地本前編七〇頁。
近松秋江の最晩年の不幸は、失明によって起こる。公式的には、一九三八年の両眼失明が伝えられる。ここでは戦後昭和、五七

年刊行の日本国民文学全集24巻『大正名作集（二）』の巻末年譜の四二年〈失明〉の記載に従った。年譜製作者の一人であり作家の晩年、身近にあった曾我直嗣が日記杜絶と併せ失明を伝えたのには意味があったろう。近松秋江は戦前昭和の軍国日本を批判し、作品等も発表していた。また、そうしたことを、曾我は「秋江日記」に記載されていたことを証言している。だから彼には日記の杜絶と失明とは、とくべつの感慨があったであろう。そのことは、戦中の最後まで軍国日本を批判し日記に綴っていたという作家自身にも、やはりおなじ感情があったに違いあるまい。

60 中野泰雄著『政治家中野正剛（下巻）』（新光閣書店、一九七一）、「中野正剛年譜」八三六～八三七頁。

61 『斎藤隆夫日記（下）』（中央公論新社、二〇〇九）「十月二十七日」の項に、〈中野正剛氏自刃す。氏は憲兵隊に拘留せらるとの噂ありしが解放せられたる当日当夜此挙に出づ。国内或る方面には多少の衝動を与ふべし。〉（五〇六頁）と、ある。帝国議会で反軍演説を撃った斎藤だから、冷静というべきか冷淡な記述になっているのであろう。当時、もし反戦運動とか反戦思想が存在していたとしても、戦時体制下の統治システムの中では「味方」の小ささの問題でなく、大きな存在である「敵」の存在をまず認めるべきであろう。斎藤の「感情」が軍国日本という大状況を前にした時の一人の人間の小さな「味方」の感情であることは、容易に理解できる筈である。斎藤隆夫「日記」の同じ箇所をひいて、松本健一は以下の〈「或る方面」が、憲兵政治を強行している東条英機をさしていることは、改めていうまでもない。斎藤はすでに、東条政権の行く末についても、大東亜戦争の将来についても、突き放して見ていた。数え七十四歳に達している斎藤には、東条政権を倒すような行動に出る体力や気力は残っていないが、知力だけはしっかりと残っていた。〉（岩波現代文庫『評伝斎藤隆夫―孤高のパトリオット』二〇〇七、三四六頁）と、記す。この記述も、結局《大きな存在である「敵」の存在》に対する一人の人間《斎藤の「感情」》を指摘したことになるのであろう。

62 前掲註53、「改革後期」一五四頁。

63 前掲註34、七一二頁。

64 一人の女性がみた幕府の権威失墜の所感が、深沢秋男著『旗本夫人が見た江戸のたそがれ―井関隆子のエスプリ日記』「第三章天保の改革」（文春新書、二〇〇七、一一七～一二二頁）にある。一私人による、驚歎の声であった。

65 後藤三左衛門処刑までを物語化した経緯は、福地本『水野閣老（後之文）』の「後藤三右衛門の死刑」（一二一～一二六頁）に詳しい。人情本の体裁で伝録してある。また、渋柿叢書の一冊『水野越前守』の中では、塚原渋柿園は鳥居耀蔵の策略にあって〈惆れを止めたは後藤三右衛門が身の終末〉（三三七頁）と解釈している。

参考文献

野崎左文『私乃見た　明治文壇』（春陽堂、一九二七年）
白柳秀湖『西園寺公望伝』（日本評論社、一九二九年）
井上準之助論叢附録『井上準之助伝』（井上準之助論叢編纂会編、一九三五年）
岡義武『山県有朋』（岩波新書、一九五八年）
北島正元『江戸時代』（岩波新書、一九五八年）
大竹秀男・牧英正編『日本法制史』（青林双書、一九七五年）
大石慎三郎『江戸時代』（中公新書、一九七七年）
柴田錬三郎『眠狂四郎無頼控㈠』（新潮文庫、一九七四年、23版）
榊山潤・尾崎秀樹編『歴史文学への招待』（南北社、一九六一年）
神崎清編「大逆事件の記録第一巻」『新編獄中手記』（世界文庫、一九六四年）
神崎清　大逆事件の人びと『革命伝説1―4』（芳賀書店、一九六八～六九年）
大石慎三郎『享保改革の経済政策』（御茶の水書房、一九七五年、増補7版）
沼尻芳孝『法』（酒井書店、一九八五年、3版）
藤田覚『天保の改革』（吉川弘文館、一九八九年）
隆慶一郎『時代小説の愉しみ』（講談社、一九八九年）
今村仁司『近代性の構造』（講談社選書メチエ、一九九四年）
安田浩『天皇の政治―睦仁・嘉仁・裕仁の時代』（青木書店、一九九八年）
田中圭一『百姓の江戸時代』（ちくま新書、二〇〇〇年）
佐藤雅美『官僚川路聖謨の生涯』（文春文庫、二〇〇〇年）
マリル・ハート・マッカーティ（田中浩子訳）『ノーベル賞経済学者に学ぶ現代経済思想』（日経ＢＰ社、二〇〇二年）
日野龍夫『江戸人とユートピア』（岩波現代文庫、二〇〇四年）
大野健一『途上国ニッポンの歩み：江戸から平成までの経済発展史』（有斐閣、二〇〇五年）
粟屋憲太郎『東京裁判への道上・下』（講談社選書メチエ、二〇〇六年）
村井淳志『勘定奉行荻原重秀の生涯』（集英社新書、二〇〇七年）

藤田覚『田沼意次―御不審を蒙ること、身に覚えなし―』（ミネルヴァ書房、二〇〇七年）
安藤優一郎『江戸のエリート経済官僚大岡越前の構造改革』（NHK生活人新書、二〇〇七年）
筒井清忠『昭和十年代の陸軍と政治―軍部大臣現役武官制の虚像と実像』（岩波書店、二〇〇七年）
伊藤之雄『元老西園寺―古希からの挑戦』（文春新書、二〇〇七年）
川原崎剛雄『司馬遼太郎と網野善彦―「この国のかたち」を求めて』（明石書店、二〇〇八年）
深井雅海『江戸城―本丸御殿と幕府政治』（中公新書、二〇〇八年）
植松三十里『群青―日本海軍の礎を築いた男』（文藝春秋、二〇〇八年）
ロナルド・トビ　全集日本の歴史第九巻『「鎖国」という外交』（小学館、二〇〇八年）
福井憲彦　興亡の世界史第13巻『近代ヨーロッパの覇権』（講談社、二〇〇八年）
中村政則『『坂の上の雲』と司馬史観』（岩波書店、二〇〇九年）
井上勝生　日本の歴史18『開国と幕末変革』（講談社学術文庫、二〇〇九年）
半藤一利『山県有朋』（ちくま文庫、二〇〇九年）
夏樹静子『裁判百年史ものがたり』（文藝春秋社、二〇一〇年）
茶谷誠一『昭和天皇側近たちの戦争』（吉川弘文館、二〇一〇年）
テッサ・モーリス‐鈴木（藤井隆至訳）『日本の経済思想―江戸期から現代まで』（岩波書店、二〇一〇年）
根岸隆『一般均衡論から経済史へ』（ミネルヴァ書房、二〇一一年）
杉山伸也『日本経済史　近世―現代』（岩波書店、二〇一二年）
瀧井一博『明治国家をつくった人びと』（講談社現代新書、二〇一三年）

三節　思想小説「蛮社の獄」論
——「新知識の弾圧」事件簿と近代化の挫折

はじめに——「新知識の弾圧」章の意義

近松秋江の歴史小説『水野越前守』のなかに、「新知識の弾圧」という章がある。この、作家の念願かなった一巻本は全三十四章、七一二頁からなる巨細な作品であり、同時に昭和初頭の経済恐慌時代を後景においた政治小説でもあった。たとえば、かれ一流の政局談義——〈少くとも彼等は、奉行、監察どころの幕府の重役であるから、政党の院外団か、何ぞの如く、たゞちに直接行動などにはでない。安達（註、謙蔵）と宇垣（註、一成）とか、鈴木（註、喜三郎）と床次（註、竹次郎）が相争ふ如きものである。〉——といった解説を(1)、作品中に挿入したりする小説仕立ての作品でもあったのだ。ところで、表題にある「蛮社の獄」というかたちでの作品を、作家近松秋江はかいてはいない。それは、長編歴史小説『水野越前守』の作品中に渡辺崋山、高野長英ら蛮学社の事件簿として本編「改革本紀」のストーリーとは時間軸を二年前後まえにずらし挿入、叙述されていた小話ミニナラティブのことである。

さてその小説中、冒頭にあげた「新知識の弾圧」とあるのが蘭学者を弾圧した歴史上の、いわゆる蛮社の獄をさした「事件」にあたる。この章は十八節で構成されており、そのうちの九節いこうが天保十（一八三九）年五月十四日に三河国田原藩家老で蘭学の施主とよばれた渡辺崋山、蘭学者で医者の高野長英にたいする「差紙」——奉行所への出頭命令がだされ、事件が公にされるその場面となる。作品としては九節まで、当時さいしんの西洋思想とその思想をになった知識人の動静と、九節いご被告人崋山、長英にたいする審問および論告判決にいたるまでの政府側の動向および閣内の開明派と守旧派との権力闘争の、ふたつの局面を設定しえがいてゆく。そして、この歴史小説成立の契機が、みずから新聞政治家とよぶ少年時代の体験にある――〈これは、余談であるが、筆者は、少年時代、夙に藤田茂吉氏の「文明東漸史」を読んで、是等の三人（筆者註、崋山、長英ともうひとりは、やはり蘭学者で医者の小関三英である）の事蹟を知り、感激の涙を流して、近代日本文化の先覚者に憧憬した。それが、今日まで頭に残つている。〉――と[2]、その始原を作中であきらかにしていた。

この、単行本『水野越前守』ははじめ新聞小説として満州事変の年、昭和六（一九三一）年一月から十月にかけ連載された、表題は「天保政談」であった。そして、「新知識の弾圧」章は三月二十六日から、五月二十日までの計四十回にわたり掲載されたものである。この発表時機は創作意図にかかわる時代意識をかさねあわせると、歴史小説とはまたべつのある意味があったことであろう。全体の五分の一弱のこのナラティブは、天保改革前夜、新思考外交をとなえた蛮社のうごきをえがく。かれら結社の主張は、江戸将軍家の幕政をゆるがすこととなる。水野行財政改革――天保改革全体像のなかでまた、蛮社の獄がその改革の性格をてらしだしてゆく。水野忠邦、鳥居耀蔵のラインで実行された改革は、庶民生活におよぶ保守派による緊縮政策であったことがあきらかになる。その結果、幕政のゆきづまりを打開しようとした構造改革の限界――断末魔の予兆が露呈する。いっぽうで西洋近代の潮流をみきわめられず、蛮社を弾圧する政治判断は明治維新までの三十年ちかい幕閣波瀾の縮図であったといえよう。作家には、この開国にいたる政権運営は世界大戦にむかっていた戦前昭和、政党政治の混乱とかさなっていたのだ。つまり、かれがえがく歴史小説の後景のもうひとつ、《ある意味》とは、軍人政治が強行した昭和の言論弾圧を意識した政治小説であったこととなる。新聞連載小説「天保政談」は、だから作家の歴史趣味と政治向きがいっちすることで成立した。いじょうのとおり、ようするにかれの興趣が満載の長編小説だったのである。そのうえで、満州事変いこうのファシズムへの傾斜をかんがえれば、このタイミングに過去の弾圧史をとりあげたことは先見の明――作家のたち位置をかんがえざるをえない作品であったことになる。

近松秋江の歴史小説観

つぎに、小話「新知識の弾圧」がうまれる経緯にふれながら、政治小説作家近松秋江をどのように位置づけたらよいのかをさらに説明しておきたい。

水野越前守忠邦は、もともと天保改革を実行した筆頭老中として名を歴史にのこした。しかも二度にわたる、首班としてのその政権運営はいずれも成功裡にはおわらなかつた。ヘーゲル流にいえば最初の悲劇は将軍家の信頼をうらぎり、再登場した第二次、つぎの喜劇は政敵阿部正弘に勝手係――財政運営権をにぎられ弱体化した権力基盤が原因の失敗で、ともに政権放棄のやむなきにいたった結果であった。その意味では歴史のアホリズムを地でゆく、アンシャン・レジームの壁をこえられぬ改革者だったことになる(3)。弘化二(一八四五)年二月、第二次水野内閣崩壊のあと四半世紀で明治維新をむかえ、その二十六年後、退陣から四十九年目に角田音吉著『水野越前守全』が出版される(4)。この小著自体が水野忠邦に同情的なだけでなく、近松秋江には伝記をふくめまた史書として高く評価できる記念碑的な著作であった。明治二十七(一八九四)年というはやい時期、それは最初の史籍であった。民衆の反感をかったいわば強権的な政治手法が嫌怨をまねいた水野改革を、時の感情からときはなし国内外の情勢を史料にもとづき客観的に分析した「天保改革」実記であった。この流れは戦後の吉川弘文館人物叢書の北島正元著『水野忠邦』にむすびついており、角田の著作が水野復権の理解にはたした役割はおおきい。また、明治三十二年九月には、大手出版社の博文館が発行していた少年読本シリーズのなかの十五編に中村二葉の『水野越州』がおさめられ、偉人の伝記としてそのあらましは工藤武重著『水野越前全』(三十年)とともに若年層にも浸透したことであろう。そして、藤田茂吉の『文明東漸史』に蒙を啓かれた徳田浩司（筆者註、近松秋江の本名）も、そういったたぐいの歴史叙述に関心をもつ少年のひとりであったに違いなかったのである。

ある雑誌の、たとえば「因果はめぐる江戸開城」なら、こんな回想――〈大坂落城の悲壮は、冬夏両度の陣によつて、まざ〱と見せられるのであるが、それは、主として、あの落城間際の悲愴淋漓たる光景によつて、その感を、ことに深められる。／私は、――これは、明治年間も二十年代に書かれた活字本によつて、見たのであるから、敢えて、めづらしい記録でもないが、慶応四年初夏の江戸開城間際の柳営大奥の落寞悲愴なる光景を読んで、思はず、案を打つて「あゝ、これでこそ。」と、独りごちたのである。〉と(5)、まさに歴史の皮膜にひとり間の手をいれたのである。またべつの機会には、

> 一読胸の透くやうな痛快なことも演じ、再読三読、遂に巻を掩うて、永へに憂愁に堪へざらしめるやうな、悲痛激越なる場景もある。
> 「源平盛衰記」「保元平治物語」「平家物語」「太平記」「真書太閤記」などは、その最もなるものである。そんな、興味の濃厚な伝奇的なものでなくとも、私は、水戸光圀の「大日本史」などを愛読する。此の書を、私は活字本で読むことを欲せぬ。和本の木版本で読むのである。老来視力が鈍り、細字が読みづらいばかりでなく、在来の和本で読む方が、史書を読むにふさわしい気分を醸してくる。
> かういふことは、現代のモダンボーイには共鳴を起さしめないであらう。当代の若い人は映画を観ることを好む。私も映画は好む。映画は映画でよろしい。だが、その興味と読書の興味とは異つたものだ。たゞ、私のいふのは史書に嗜好を持つことを、何人にも望みたい(6)。

と、〈現代のモダンボーイ〉といった若者むけの文芸雑誌『若草』でも持論をおくせず開陳した。いずれにしてもふたつの雑誌での言説は、作家の歴史趣味を闡明にしめしている。当時ほかにも、昭和十年の『新潮』九月号では江戸知識にかんする博聞彊識、浩瀚な述作者三田村鳶魚との交遊をかたり、幕府倒潰史あるいはかつての講談、赤本の話題にまでふれ、みずから年季のはいったはんぱでない歴史通であることを誇示するかのようにかたっていた。

そして、藤田茂吉にたいしてはとくべつの感情をもっていた。また田口卯吉の『日本開化小史』が文明の進歩は財政経済を絶対条件だと主張し、そのことを「一定の理」だとする歴史観は作家近松秋江の政治小説にまで影響をあたえる。そして、わかき日この筋の著作者竹越三叉（註、与三郎）を「解事者」としながら、のちに再会してからはいっそう敬意をはらった。さらにもうひとつ、昭和にはいって注目するうごきがあった。中央公論社の嶋中雄作の音頭で、時事問題を懇談する「二七会」が一九二九年八月にうまれた。参会者は馬場恒吾、長谷川如是閑、小汀利得、石橋湛山、芦田均らのほかに、文学者では正宗白鳥、上司小剣、細田民樹、杉山平助たちで、かれもその中のひとりであった。この会の中心人物でもある清沢洌の経済が国家基盤の第一義ととなえる説を、かれは耳にしていたであろう。もちろん、田口卯吉の考えとかさなる。また、三二年の社会戯曲「井上準之助」は緊縮財政を柱とする浜口・井上経済政策を批判する意図をもった政治戯曲であったが[7]、このことを作品発表の二ヵ月あとの「新聞紙の無定見その他」（『文藝春秋』八月号）では現代小説が経済財政を問題にすべきひとつであることに言及していたのである。そのかれが、だからその生涯の先達の訓えとあおいだ竹越の『日本経済史』によった財政経済史観に敬意をもったのも偶然ではなかった。

もとに、話をもどす。作家近松秋江の二十歳前後、樋口一葉らの軟文学、つまり「純文学」にふれるまでは、福沢諭吉の周辺にあった矢野龍渓ら上記の社会評論家に宿昔の影響下にあったのである。そのひとりが、藤田茂吉であった。

末広鉄腸とほぼ同輩であつた藤田茂吉号鳴鶴もまた矢野、末広と同じ福沢門下の秀才で、新聞記者（筆者註、福沢のすすめで『郵便報知新聞』の記者となる）であり文章は実にうまかつた。この人にも何か小説的の著書があつたと思うが、たしかに記憶してゐない。しかしこの人の書いた物ではやつぱり「文明東漸史」が不朽の著書である。私は昔からその書を大切に所蔵してゐたが、「四十年後の日本」（筆者註、鉄腸の政治未来小説）上下二巻と共に惜しくも先年大震災の時焼失したので、また苦心して一冊古本を買つてゐる。その「文明東漸史」は、名は歴史となつているけれど実は一つの事実小説ともいへる。即ち高野長英の伝記小説といふやうなものである。明治の末年になり木下尚江の「良人の告白（ママ）」「火の柱」などといふ社会小説が評判を博したが私は自分の眼が違つてきてゐたかもしれぬが、世評ほどには感じなかつた。勿論好い作ではあつたらうがそして随分深刻味もあるにはちがひないが私の政治的興味の重点は青年時代から終始一貫対外的関係にあつたので、末広鉄腸の「四十年の日本」が日本海の海戦でロシヤの軍艦を撃沈したりするほど興味を持ち得なかつた(8)。

と、これまた小説「新知識の弾圧」がうまれる経緯を直截かたったことになる。ところで、『文明東漸史』には異本がある。はじめの明治十七年九月のものは私版で、勤務していた報知社を販売元として発行されていた。再版は翌年二月で、発行の形態は最初の版とおなじである。ただし、このとき第四章の「鎖国後ノ宗教交際」および十九章「天保末年ノ内情外勢」を増補、一部の章をくみかえている。そのご大正十五（一九二六）年の三月、聚芳閣の「明治初期小説随筆選(5)」として復刻された。藤田本人は立憲改進党の議員在任中、一九二〇年、四十歳で歿しているのでこの復刻には無関係である。また、復刻版では四章は削除されている。上記の記述からすると、かれが購入したのは復刻版でなく元版であったのであろう。そして、単行本『水野越前守』一冊からみて、かれが手元においたのは十九章で対外関係を増補、叙述した再版本の方であったとかんがえられ、このことはあとで問題にしてみたい。

この『文明東漸史』を評価するのは、近松秋江にかぎらない。吉川弘文館版『日本近世人名辞典』(二〇〇五)の高野長英の項目を担当した佐藤昌介があげた三冊の参考文献のなかに、自著『洋学史の研究』や高野長運著『高野長英伝』とともに藤田の著作がふくまれている。藤田が歴史著書としてえがいた高野長英を「事実小説」としてとらえ伝記小説とみた作家近松秋江の観点は、みずからの〈政治的興味〉にうらうちされたものであり、オリジナリティーがあるだけではない。「蛮社の獄」にたいするかれの見解と不可分の関係――〈終始一貫対外的関係〉を政治にたいする関心事としたかれの告白があり、そしてまたわかき日の秋江、徳田浩司が明治二十年代にどんな事をかんがえていて、どういきていたかを逆にてらしだすものでもあった。ところが佐藤昌介は岩波新書中の「蛮社の獄の真相」であたらしい見方――〈ところで長英は、のちに獄中手記「蛮社遭厄小記」をあらわし、蛮社の獄の真相を「暴露」したさい、とくに両者の江戸湾巡検をとりあげ、海岸の測量をめぐって江川と鳥居(筆者註、江川は伊豆韮山代官江川太郎左衛門、鳥居は目付鳥居耀蔵のこと)とが衝突したことが蛮社の獄の直接の誘因となった、と述べている。この説は『文明東漸史』以来、通説化して今日にいたっている。しかし、両者が衝突したことは事実であるが、重要なのは、蛮社の獄の真因が長英のあずかり知らぬところにあった、ということである。〉――を提示している(9)。この〈蛮社の獄の真因が長英のあずかり知らぬところにあった〉とある解釈は作品『水野越前守』にかかわる指摘なので、いまは佐藤の新見解のあることだけを紹介しておく。佐藤による高野長英観によって蛮社の獄がじゅうらいの説とはことなり相対化されていることと、しかしここでは作家近松秋江にはかれ自身の創作意図が存在していたことをおさえておくことを確認しておくことにしたい。

作品の構造

さてつぎに作品構成にふれながら「新知識の弾圧」章を、長編歴史小説『水野越前守』のなかでどのように位置づけたらよいのかを説明しておきたい。

そもそも『水野越前守』は、作品構成を事件史的に整理すると三つのおおきな柱がある。そのひとつは寺社奉行脇坂淡路守安董の暗殺事件であり、つぎは十一代将軍で西の丸に隠居していた大御所徳川家斉の薨去で、さいごが水野越前守忠邦による天保改革の実行である。家斉の死は、天保十二年一月のことであった。物語はその前年の冬、中野播磨守清茂の小梅の別邸でおこなわれた〈雪見の雅宴〉にかりた「雪見の密談」章が劇の幕開けであった。この清茂は加賀藩前田斉泰に嫁した家斉の娘溶姫の子、犬千代を十二代将軍家慶の世子家定をしりぞけ将軍につかせようと陰謀をくわだてた張本人である。その、溶姫の生母が中野清茂の養女お美代の方であり、家斉の愛妾で柳営の実力者であった。そして、幕切れは十四年閏九月、上知一条の失政によって罷免される幕「越前守の苦衷」章である。時間軸でいえば、いじょう三年の話である。

また全三十四章は、それぞれの章のなかで小ナラティブを展開させてひとつのおおきな物語をかたちづくり、最終的に『水野越前守』一巻の劇が成立する。その展開——大立ち回り、つまり事件簿にはかならず活劇のかたち「講釈種」がある。たとえばまえの、「密談」とは脇坂安董、さらには水野忠邦を暗殺する政略をさしており、脇坂暗殺の実行犯が若年寄林肥後守忠房であった。作中、その脇坂は家斉の葬儀準備の夜、二月五日に毒殺される。ついで将軍薨去後、忌明けをまって、家斉晩年の親政政治をあやつった側近政治家、側衆水野美濃守忠篤、林肥後守忠英、小納戸頭取美濃部筑前守茂矩の三佞臣、および中野清茂こと、家斉の恩寵と威勢を嵩にかかった石翁の奥勤めを解任罷免がおこなわれる。こうして、水野越前守忠邦の天保改革は実行にうつされる。このいちれんの政略を、現代風にいいかえれば政治の重大政局として作品のなかにとりこみ人心をえがきだしていたのである。作家近松秋江の「政治趣味」が独自の筋書をうみだし、歴史小説を脚色していたことになる。そこには、作家の手腕と構成の妙味とがある。おなじように、思想小説「蛮社の獄」は成立する。

ところで昭和六年の年末、十二月二十五日に発行された単行本『水野越前守』は、同年一月から十月まで『時事新報』夕刊に「天保政談」と表題され二四三回にわたり連載された新聞小説であった。このふたつのテクストは、単純な関係にはない。単行本一冊は作家の構想力の結果として完結した「歴史小説」として現前化したテクストとして、読者は、そうよんだ。しかし、新聞小説「天保政談」はちがった。一回読切りの新聞小説は、とじられたテクストではなかった。毎夕のナラティヴは作家の想像力の表象であり、翌日をたのしみにストーリーのつづきをまちのぞんだ。じつは作家近松秋江は、新聞小説の連載に失敗をした経験がある。かつて大正十三年、おなじ『時事新報』の通俗、講談風の現代政治小説「地上の光」は、新聞読者の不興をかって杜絶した。このときの失敗は「天保政談」でいかされ、得意を吹聴していた歴史小説での失敗はゆるされず、さらに床屋政談家と野暮をいわれた作家には財政経済問題の見本として天保政談を成功させねばならない見栄があり、連載に成功したのである。成功の裡には、作家の想像力がプロットの魅力をうんでストーリーが躍動しはじめドラマチックな展開があった。

冒頭にもふれたとおり、天保十(一八三九)年におきた蛮社の獄は、作品では「新知識の弾圧」の題材となった事件である。この章、ひとつの物語は『水野越前守』ぜんたいの五分の一弱、十七パーセントをしめる、分量と内容ともに文字どおり大文字の物語であった。このことも「秋江作、歴史小説『蛮社の獄』」と本論の表題にした理由であって、あわせて作家念願のテーマであったことは、すでに上記にしめしたとおり言を俟たない。その蛮社の獄を高野長英の自死まで延長し事件簿をかんがえると、天保改革の舞台であった天保・弘化年間をこえ嘉永三(一八五〇)年まで、天保十年事件発覚からかぞえて十一年のながきにわたる。その間には、渡辺崋山がまず五月十四日に召喚され長英は十八日に自首をしともに有罪判決が十二月に確定し、その後、天保十二年十月に在所蟄居中の崋山に自刃があり、弘化元年に長英の脱獄、六年間の逃亡生活とつづくのである。

しかし、蛮社の獄は天保改革本体とは直接的には関係がない。その改革本体は十二年の五月十五日に将軍家が上意の趣を発令し、幕臣一般にむけ発表した政治財政改革をさすものであったからである。そして、この時には脇坂淡路守安董寺社奉行はこの世の人ではなかった。こうしたからみがあって、作家近松秋江は天保十年の判決後にあたる作中なら「表役人」章のはじめの節、冒頭で幕閣たちが蛮社の獄を話題にする場面をまえもって伏線〈疑獄が一段落を告げて、まだ間もない〉――をまずとりあげておき、その事件簿を新聞小説「天保政談」のなかに取りこんでいたのであった。正史では病歿した脇坂安董を巷間につたわる暗殺死として創作化し(10)、その脇坂生存中のいわば回想シーンとして、蛮社の獄を作品構造にくみこんだ手腕は作家の想像力と構成力なくしてはかんがえられまい。そもそも歴史小説をかくということは、過去の出来事を参照して現状分析をくわえ現在の読者に「教訓」を提示することにあるのだろう。しかし、こうした着想も鳥居甲斐守忠輝というけうな存在をぬきにしてはうまれなかったであろう。はじめ目付鳥居耀蔵として、脇坂寺社奉行配下の中野又兵衛、川路弥吉とともに「女犯罪跡」の廉で徳川御祈願寺感応寺検断にくわわった「検使」、現場の臨検をおこなう端役にすぎなかったかれは、蛮社の獄をつうじ天保改革本体で表舞台に登場する。その蛮社の獄にたいする処決裁断では、水野忠邦とは表裏一体の関係であった。小ナラティブに通底するキャラクターとして、またストーリーの骨太なキャストとして舞台装置の中心となって表舞台に登場する――そう作家は、かれを布置していたのである。その点、作品構成のうえで「新知識の弾圧」章はかくことのできない挿話であった。鳥居甲斐守という歴史上の人物と対置させ「歴史」といわれるものが現代史いがいのなにものでもない、現代の関心にもとづき叙述されたイデオロギーであることを、作家近松秋江は「歴史」を近代人のたち位置で政治小説に転化、創作したのである――と、そういうことになる。このことをべつの形でいいかえるなら神話の体系がかくされている、ということだ。そこには、ある思考モデルが存在する。おなじ条件、今回の場合なら外交問題と行財政問題とで直面する国難を話型とすれば、おなじ構造の「物語」が独立して成立する。戦前昭和に歴史小説がうまれる根本原理が、そこにはあった。

冤罪の舞台、尚歯会

小ナラティブ「新知識の弾圧」の事件簿にふれるそのまえに、疑獄事件「蛮社の獄」の舞台となった「尚歯会」とつたえられている洋学研究会についてみておきたい。この尚歯会が大文字の物語の舞台となったという理由だけでなく、この会をどう位置づけたのかということから、作家近松秋江が「歴史」をどのように認識し「作品」をどのような意図にもとづいて描いたのかがはっきりするからである。

単行本『水野越前守』では削除された「新知識の弾圧」章の初出紙第一節の副題は、「一、尚歯会」であった。ところでその尚歯会は存在しなかった、と明確に主張する説がある。佐藤昌介が、「はじめに」でふれた『文明東漸史』の著者である藤田茂吉が高野長英の「蛮社遭厄小記」を誤読した結果、その後、「尚歯会」が存在したかのごとくにつたえられてきたと指摘するあたらしい解釈は、いまはおく(11)。そこで、一九二八年に出版された高野長運の『高野長英伝』(史誌出版社)から、まず尚歯会にかんするつぎの一文をひいてみる。このあとしばらく長運の伝記本からの再引用がつづくが、その理由は、「新知識の弾圧」の全体的な枠組にこの伝記本の影響があったとかんがえられるからである。

> 名は尚歯会であつたけれども、実は洋学の若手揃であつた。之が次第に発達して、臨時の会合に満足せずして、定例期日を設けて開会し、泰西の文物を研究しながら、我が国の政治・経済・国防等に欠くべからざる諸般の資料を討究する、常設の一団体となつた。其の中に崋山(註、渡辺登)・長英は、推されて牛耳を執り、三英(註、小関)・勝助(註、遠藤)・春山(註、鈴木)等は、最も良く之と交つた。即ち後来、此の尚歯会は、長英等の運命を支配する動因を作るに至つたのである(12)。

最初のフレーズ、老人の集まりのような「尚歯会」という名をつけたのは、洋学の研究会であることをカムフラージュするためである。まず小関三英については、出羽国鶴岡の人で江戸にでて長英も入門した吉田長叔にオランダ医学をまなんだ蘭学者であり、そのほかの人物の経歴はこのあとの引用文にあるとおりである。また、紀州のひと遠藤勝助は尚歯会の前身、天保の飢饉救済を念頭においた勉強会の発案者といわれる人物であった。鈴木春山は長英が入牢中にかきおろした「鳥の鳴音」（別名、「和寿礼加多美」）をひそかにたくした昵懇の間柄で、渡辺崋山とおなじ田原藩の藩医をつとめていた。そして、著者の高野長運は長英の実姉の家筋、長英からは曾孫にあたる人であり高野長英再評価のために家業の医家を子息にゆずり、長英の資料蒐集および著述にと生涯をかけた人物であった。そのかれは一般的な「蛮社の獄」をそうとはよばずに「『夢物語』事件」と記述しており、つまりそこには犯罪者と烙印された外祖父を明眼の先覚者だったとする長英復権のつよいこだわりがあるわけで、またみずからの著書のなかでも土屋元作の著述『新学の先駆』から長英の尚歯会関係にふれた、いかの箇所をその伝記のなかにひいていくのである。

天保元年江戸に出で医業を開き、兼て蘭学を教授す。時に年二十七。才鋭気剛なるに加ふるに学力亦異常なりしかば、宇田川榛斎・杉田立卿・坪井信道等の先輩と肩を並べて、盛に名声を馳せたり、天保三年和蘭の生理書を訳して『医原枢要』十二巻を公にす。是れ日本に於ける生理書の嚆矢なり。渡邊崋山は、長英の人と為りを慕ひ聘して藩主の隠居、三宅友信の蘭学の師とし、自己も亦紀州藩の儒者遠藤勝助・江戸奉行筒井肥前守の弟下曽根金三郎・松山藩士赤井厳三・江戸の医師岩名昌山等と謀り一社を創立し、長英に就いて海外の政教風俗を講究す。名づけて尚歯会と云ふ。蘭医にして天文台の飜訳方たりし小関三英も亦此の会に入り、飜訳を以て同志を益せり。云々(13)

そして、さらに伊奈森太郎の手になる始原の話をくわえた。そこでは尚歯会の源流を文政七（一八二四）年、鼻祖三宅友信による〈西洋事情研究〉にまでさかのぼってゆく。煩雑になることをいとわず、上記の理由からその箇所を引用してみる。

秘密の結社のやうな此会合は、あたかも今の語でいへば、友信は総裁であり、勧進元であり、崋山は幹事長とか、主事とかいふ役にあたり、長英や春山はそれぐ\各科の研究主任であり、尚これに小関三英とか、佐藤信淵とかいふやうな同志も出入りし長英・崋山が捕へられるまで十数年に亙り、政事・宗教・教育・産業・地理・歴史・医学・兵学等あらゆる方面に渉つて秘密研究は継続されたのである(14)。

と。しかし、崋山の主君、巣鴨殿とよばれた三宅友信の田原藩屋敷、隠居所でひらいていた会合を〈秘密結社〉というのは、当をえた表現といえるのかどうかは疑問である。友信の屋敷やそのほかの会所が、周知されていたように伝録されているからである。また、この文中にある佐藤信淵は儒学とか蘭学などをまなんだ農政学者であり生涯無役におわる経世家で、水野忠邦に経済運営を手ほどきした人物であった。このようにして、長運は蘭学研究グループをほりおこし、尚歯会の存在をひろめたのである。ところがである、さきの『高野長英』の作者である佐藤は、長運の伝記の書法にそもそも疑いをもっていたこと――それは、たとえば「V　放火・脱獄・地下潜行」では、〈その大部分が高野長運がみずから収集した伝聞にもとづくもので、直接、文献史料によって裏づけられるのは、脱獄後、長英が大槻俊斎宅を訪れたということだけにすぎず、真偽のほどははなはだこころもとない、といわざるをえない。〉という(15)。長運の書法にたいする批判は、この箇所だけにかぎらない。洋学史の研究者として、また岩波文庫版『崋山・長英論集』（一九七八）では諸本の異同校訂をおこなった編纂者として、伝記本の実証性に疑問をかくさなかったのである。いわば実証科学に根拠をおく佐藤の歴史観からすると、伝聞きがきによった、今日流にいいかえれば構成主義的な「伝記」の歴史像を否定したのである。ただしこのことは、学問にたいするスタイルのちがいの問題である。

ところでたしかに、一九二八（昭和三）年のこの時期にでた最初の史誌出版社版伝記本には「贈位辞令書」の写を巻頭におくような名誉恢復のためなら、つまり家を興すためなら権威と一体化させようとするあんいな姿勢だとか、あるいは軍国昭和にむかうナショナリズムをあとおしする民心に迎合するひくつな書法だけなら、佐藤でなくとも学術書とはみとめまい。この倒錯したかのような形だけが、じつは問題の核心ではない。長運の『高野長英伝』にはもっとふかいところに錯綜する叙述があったことは、やはり否定できない。小話「新知識の弾圧」にもとうぜん、その痕跡はあった。

歴史的事実と歴史記述

高野長運の『高野長英伝』の問題点は、作家近松秋江の作品の記述にも影響がでている。しかし、そのまえに触れておかなければならない問題がべつにある。前記、尚歯会についての三人の理解、高野長運・土屋元作・伊奈森太郎の解説は佐藤昌介の説とことなっている。この点は、最終的には本稿での作家近松秋江の作品をふくめてのことではあり、テクスト読解の問題である。テクストが時代の産物であるかぎり、テクストそれ自体はとじた「世界内―存在」の対象としてみておかなければならず、同時代にいきている人たちによる「社会的―現実」との連関としてよまれる性質のものだということなのである。と言うことは、たんなる「図書」はなにもかたらずとじられた世界であるということになるわけだが、ひらかれた構成は最終審級である未来の読者の侵入にあってとじられた書き物はひらかれテクスト化する。ということは尚歯会のことを否定する、厳密このうえない文献学者の佐藤であっても、だからこう叙述するしかないのだ。

ところで長英が、前記の手記のなかで、「諸侯おうおう策を設けて、政事を質問せられけり」とか、「政務を問う者、したがって多し。ゆえに都下のひと、一時に経済学の大家とす」と述べているところから、改進党闘士である藤田が、当時自由民権論者が結成していた政治結社を連想し、尚歯会をもって政治的性格をもつ集団とみなしたものと想像される。しかしこの記述は、じつは長英一流の誇張とみるべきで、そのような事実を裏づける証拠がまったくない(16)。

佐藤の、藤田誤読説の核心はこの一文につきている。そこにでてくる〈前記の手記〉は例の獄中手記「蛮社遭厄小記」をさしており、またその手記は佐藤の説を紹介した文章のなかにすでにしめしておいたとおり、長英が蛮社の獄の真相を暴露したとされる内容のものであった。ここでみておきたいことは、まず佐藤の立場には逸脱するフィールドワークが出現している——テクスト、〈事実を裏づける証拠〉をぬきにして歴史記述はないとする懐疑主義者がおちいった「罠」がかたられているという点である。ようするに、前章の長運・土屋・伊奈森のテクストが〈事実を裏づける証拠〉にならないとかんがえていた点についてである。獄中手記からひいたふたつの主張は〈長英一流の誇張〉癖によるもので、〈政事〉、政治にたいする提言者も政策通である経世家であることも、また為政者からの人望があったとする記述もかれの性格にゆらいする証拠抜きの大口をたたいていた種類のものということになる。こうした理解は、長運の叙述とまったくことなる。諸家がその大言壮語をみぬけなかった理由は、藤田茂吉が〈改進党闘士〉であり尚歯会を〈政治結社〉と〈連想〉しそのかれの発言をそのまま信用したからだ、とそう佐藤は〈想像〉解釈したのである。こうした叙述こそ《逸脱するフィールドワーク》にほかならず、佐藤自身が最終審級の読者として「藤田茂吉」を媒体として尚歯会を理解していたことになるのであり、「客観記述」――物証主義ではなく歴史の「空所」あるいは「余白」の存在を、逆にみとめたことになる。実は、上記の引用文のすぐまえには、つぎにあるような記述、

ところで通説によれば、かれらは崋山および長英を中心に、尚歯会という名の洋学研究団を組織し、諸侯の諮問にこたえ、あるいは政治を議した、といわれている。しかし、この説は、もとはといえば、のちの自由民権運動期に、改進党の領袖である藤田茂吉が『文明東漸史』(明治十七刊)を著わし、崋山・長英を自由民権運動の先駆者とみなして蛮社の獄の悲劇的結末を説いたさい、長英の獄中手記である『蛮社遭厄小記』を読みちがいしたことから生まれた誤伝である。かれらはそのような集団を組織したことはなく、いわば崋山と個人的に交わったにすぎない(17)。

とみたてる見解にたつ主張がある。文中の〈かれら〉とあるのは幕臣の川路聖謨(註、弥吉)、江川英竜(註、太郎左衛門)をふくめ藩医鈴木春山ら十七名の諸藩士、文人、儒者等をあげている。そして、〈かれらはそのような集団を組織したことはなく、いわば崋山と個人的に交わったにすぎない。〉と、むすんだ。この立場は、はやくは一九六四年刊行の『洋学史研究序説』(岩波書店)にはじまる独自の探究の結論ではあった(18)。つづいて一九八〇年刊行の『洋学史の研究』(中央公論社)では、〈長英らは、崋山のために知識提供者としての役割を果たしたにすぎない。三宅友信の『崋山先生略伝補』に「先生(崋山)常に小関・高野の二氏を招き、地誌・歴史の類を読ましめ、訳言を聞き、随て筆記し、編冊と成す」とあり、また崋山が幕吏の尋問にこたえて、「私儀は未蘭学未熟の義に付き、講釈等は出来不申、長英幷に三栄(ママ)・鼎等を招き、翻訳等相頼み、又は理義等承り合候」(「崋山口書」)と証言しているのが、なによりの証拠である。〉と(19)、位置づけていた。

しかしである、くりかえすが佐藤の〈誤伝〉の判断は、ふたつの根拠から《逸脱》をあらわにしめしている。佐藤はもともとテクストの現実指示性（＝言語表現の指示性）を零度の文献〈事実を裏づける証拠〉として極小化してみせ、厳密で「歴史」構成主義をゆるさず、他方で表現の問題では「意味の病」をおそれる懐疑主義者なのである。私人藤田茂吉の件でみたとおり、後世の歴史家としての判断を佐藤自身もさしはさみながら、『文明東漸史』の著者にたいしては文献学者としての自身のたち位置をくずさず、長運ら諸家にはそのことを根拠に否定するのはおおきな矛盾であった。《後世の歴史家としての判断》といったのは歴史の再現にあたって記述者の感情をさらけだし、証拠と「現実」の関係づけでは佐藤もおなじ後世の歴史家のひとりであったということなのである。ところで小説家近松秋江はこの地平で、創作者として特徴的なかかわりをもつことになる。また、佐藤の態度は歴史と記述の方法論にかんしていえば、科学としての歴史学として常道をふんでいたのであろう。だから、問題はテクスト化というべつのところにある。

現代人はいかなる場合でも時間軸の尖端——円錐体の頂点にたたされており、現在に関心をもつことによるほかには「歴史」をつくりだす根拠をもっていない。過去の時間にもどることのできないわれわれ人間にとって、歴史の言説、ないしは言語による表象の結果である歴史は現在の関心をかたることにほかならないのである。佐藤にとってもおなじで、みずからの関心によって「歴史」を収奪しているので、だからかれも例外ではなかったということなのである。もっと端的にいうと、佐藤も現在の円錐体のなかに回収されたひとりの歴史家なのである。主君三宅友信の回想記『崋山先生略伝補』が「尚歯会」の存在を否定する文献になりうるのかとか、また「崋山口書」は裁判官の審問にたいする被告としての陳述であり、嫌疑をかけられている尚歯会について直截なにかをかたりえない事情があったのではないのかとか、佐藤はそうした「社会的―現実」に疑問をもつべきであった。「疑念」がはたらかなかった理由は、そうした疑いがみずからの関心として現在という時間軸のなかで存在していなかったからである。さきの節「作品の構造」のなかでなら、《神話の体系》と換言し言説化した問題であった。その意味では「零度の文献」をしんじる楽観主義者だった。小説家の歴史小説が「現在」という時空をぬきになりたたず政治小説という視野を包含するものであったのとは、まったくことなる種類のものであった。

事件簿「蛮社の獄」

蛮社の獄——単行本『水野越前守』の「新知識の弾圧」は、

> 話が少しく前に戻る。
> 天保九年の十月十五日の晩であつた。
> その日も、渡辺登（崋山）を会長にして蘭学を習得し、海外の新知識を研究してゐる同志によつて設立してゐる尚歯会の会合があつたので、四五十人の会友が集つて、例によつて、各自志すところに従つて研究し得た様式の練兵砲術のこと、或は本草薬物又は世界の地理歴史、天文航海の術、さては殖産、経済の問題などについて、愉快な雑談を交換した[20]。

とあって、幕があく。作家はしかし、蛮社の獄を主導した大目付鳥居耀蔵がひと筋でゆかないことをもちろんしっていた。上記の〈話が少しく前に戻る。〉とあるのは、作品の時系列の問題だけの口上ではあるまい。近松秋江は前節で指摘したとおり、まず物語時間にそって「表役人」章にこの蛮社事件をかきこんでいた。その、場面の時期は〈女犯の罪跡〉検断によって鼠山感応寺事件が解決にむかおうとした時のこと——案件の処断にあたった主役であった寺社奉行の脇坂淡路守安董が暗殺されるまえのことであり、風紀更生をてがけ天保改革にふみだそうとする直前の時期である。それは、天保十二年二月以前のことであった。検使役の活躍が、政争の渦中にあった石翁中野清茂に警戒心をおこさせ脇坂暗殺計画の実行をいそがせることとなった。そこで、表役人の話題となる。天保十年十二月十九日の蛮社事件判決後、時のたたない〈最近、高野長英と渡辺登等の疑獄が一段落を告げて、まだ間もないので、差当つて、是等の閣老達が協議しなければならぬ重要な政務もなかつた。〉頃のことである(21)。水野忠邦の蛮社事件にたいする見解を、つづけて〈彼自身にも、渡辺や高野の今度の無人島渡航計画は、真相を知るにつれて、それほど重大事件とは思はなかつたが、配下の鳥居耀蔵の主張を容れて、渡辺を田原の藩邸に永蟄居を申附けたりしたことは、剛腹な彼自身にもやゝ後悔してゐないことはなかつた。それは、後になつて、委しく「夢物語」や「慎機論」「鴃舌小言」を精読して、少からず啓発するところがあつたからだ。〉と記入しているのは、水野の一面をえがくいっぽうで藤田茂吉いらい高野長運らの長英観を物語る前提となっている。しかも水野忠邦を行財政改革をめざす政治家として条件づけ、そんな人物としてえがいてみせたことは作家の手腕をあらわしていると同時に、さらに他方で鳥居耀蔵をとおして改革の限界をかたっている。また、天保十年いぜん九年の小話にまきもどし劇中の時間軸をづらしてまで、作家近松秋江はわかき日の読書体験いらいふかい関心をよせていた「蛮社の獄」を作品構成のなかにわりこませ、ふくざつなストーリー展開を用意した。

もちろん、ねらいが当然ある。「新知識の弾圧」前後、前の章「目安箱」と後の「水野越前守」章は、ともに水野失脚をたくらむ計略とむすびつく石翁側の陰謀がおりこまれていた。崋山・長英を冤罪事件の被害者と告発し政治利用される「目安箱」事件、および天下有用の人物である崋山・長英を逆徒として処断した「水野忠邦失政」を糾弾する小話が、それである。そのふたつをむすびつけてテクスト化する挿話が「新知識の弾圧」だったことになり、このことによって歴史小説『水野越前守』の話柄は政治小説「天保政談」に話型をかえる。ということは、歴史上の事件「蛮社の獄」が政局のしれつな駆引き材料となって欲望うずまく「政事」の臨場感をつくりだしたことになるのである

――と、そう小説家近松秋江は意図したはずである。

この構成と意図には、だから注意がひつようである。というのは、挿話「新知識の弾圧」にはふたつの問題があるとかんがえられるからだ。そのひとつが蛮社の獄を「洋学史」のなかでどのようにとらえるべきなのか、という文明史の問題である。つぎのひとつが「蛮社の獄」となづけられた起訴事実は幕政時代にどのような政治的な意味をもつ問題であったのか、ということである。小話の冒頭に天保九年十月十五日夜の尚歯会をとりあげたこと自体が、文明史の問題ときんみつにかかわる構成なのである。作品のなかでの高野長英は、士族の身分をすてた町医者にすぎなくとも経世思想家として〈国家の政務に参与する〉勢いがあると位置づけられている。尚歯会のうごきと町民の進歩的な知識人としてのかれの行動とは、げんかくな身分制度の幕政体制のなかにあってはきわめて危険な人物であったことを意味している。そして、一〇・一五の会合は、研究会終了後に居残ったメンバーにモリソン号事件がつたえられたきわめて注目する日にあたる。周知のように、モリソン号事件は天保八年七月にアメリカ商船が力松ら七名の漂流漁民を引渡しに江戸湾ならびに鹿児島湾に来航した事件のことである〈筆者註、モリソン号は当初イギリス船とつたえられた。近松秋江もイギリス船として記述している〉。当時イギリスは東アジアで力の外交を展開していて、かつて文化五(一八〇八)年にはヨーロッパで敵対関係にあったオランダにイギリス軍艦フェートン号が長崎で砲艦外交をおこしており、日本近海はすでに先進欧米諸国の版図のなかにくみこまれていた。この状況下でモリソン号事件の政府機密文書が、評定所の記録方、幕臣書記官芳賀市三郎によってもたらされる。長崎奉行久世伊勢守の風聞書とあわせて、その閣内の議論と打ち払を表決――とくに鳥居の強行論が批判の対象となったのである。この夜の出来事は、世界の情勢にあかるい洋学者による鎖国政策にたいする批判を意味するものであった。

佐藤昌介の否定する尚歯会は、高野長運の伝記でも天保の大飢饉を契機に成立したことになっており、さらに歴史家津田秀夫はその年を天保四年と明記している(22)。このように諸本では会の性格、その成立の状況証拠はおおむね一致をみているが、小説家近松秋江が一〇・一五の会合を尚歯会としてとらえ閣議の内容を蛮社の獄の端緒としてとりあげる理解の仕方には、小説結構の関心事としてかんがえたうえだったこととして、そのうえで歴史の動向にたいする洞察力を評価しなくてはなるまい。ところで、笹川臨風に大正十年一月にでた評伝『渡辺崋山』（愛知県渥美郡教育会）がある。この著作も、〈名望のある、人格の高い〉知識人である崋山をとおし歴史の海のなかの厖大な情報を洋学史の文脈に位置づけようとする、もっともふるい資料のひとつである。

そこで此山の手派（筆者註、従前からの下町の蘭学派にたいする呼称）は一社を結びまして、名を尚歯会とつけました。歯は年齢の齢と同じで、尚歯会と云ふと高齢の老人達が集ると云ふ意味なのですが、之は幕府の嫌疑を憚つての称号に過ぎません。此会は天保九年十月十五日始めて開かれたのであります。紀藩の儒官遠藤勝助を初め、経世の実学に志ある諸藩の志士の此会に加はるものも少くありませんでした。西学を講じ、経世済民の術を研究し、相互の知識を交換するのが、此会の目的であります。そこで諸般の施政に就いて肝要なる問題で判断に苦むやうなことは、其藩士の会員から之を尚歯会に提出すると、此で討議して之に答へると云ふ風に、民間設立の政治顧問会のやうでありました。名望のある、人格の高い、識見に邁れた先生は、自づと此会の牛耳を執つて、隠然動かすべからざる勢力があつたのであります(23)。

本節冒頭の尚歯会解説と異口同音である。さらに、うえの引用文にはふたつの点で独自の着眼点があり、それは一〇・一五の会合を尚歯会の初会合と特定していることと、尚歯会を〈民間設立の政治顧問会〉とかんがえていたことである。考証ぬきの体裁であっても梗としてはその後の諸本とおなじであるということは、洋学史はこの時にはすでに一般的に理解されている文明史の文脈が成立していたことになる。もうひとつ、ここで明らかにしておくべきことがある。高野長運の著書『高野長英伝』の執筆動機である。すでにみてきたとおり、家名再興があったことは著者の意図したことであったのは間違いないとして、ここではその担保についてあきらかにしておきたい。史誌出版社版伝記本の扉をひらいたはじめの頁に、「贈位辞令書」が綴じられている。そこには「故　高野長英／贈正四位」「故　高野長英／特旨ヲ以テ位記ヲ／贈ラル」とあり、また国璽（国の印）のある勲記が掲載されており、勲記から明治三十一年七月四日に叙勲したこともわかる。明治憲法一五条には〈天皇ハ爵位及勲章其ノ他ノ栄典ヲ授与ス〉とあって、国家に功績のあった人間を顕彰したのである。そして、この天皇の大権にあずかったということは、帝国の統治者天皇をまもる「藩屏」となったことを意味する。前政府将軍家から犯罪者として処断された高野長英は名誉をここに恢復したのである。贈位の理由は明治維新にさきだつ牽引者としての貢献、洋学研究が栄典の対象であった。そうすると、笹川臨風が尚歯会を叙述した時には、すでにかなり以前に洋学史の文脈は言説空間として成立していたわけだから、読者はとっくに《考証ぬきの体裁》に抵抗感はなかったであろう。だからかえって高野長英にしろ渡辺崋山がどのような偉人であったのかを、後代の読者はもっとしりたかった。崋山の地元愛知県渥美郡で評伝がもとめられたのもうなずけよう(24)。

蛮社の獄、その時間軸

歴史小説『水野越前守』が洋学史の言説空間からなり立っていることについては、たびたびふれてきた。そのかぎりでは、作家近松秋江は過去の事件簿を材料にしてストーリー展開をえがいてみせたにすぎない。しかし、歴史小説の作家にとって歴史学者の佐藤昌介とのちがいがあるとすれば、作家の想像力がうみだす筋書のしんせんな解釈あるいは切り口がその命であり、小説構造の枠をこえ作品空間をつむぎだす手腕にある。げんに「天保政談」が、そうであった。それはたとえば、一〇・一五の会合を小話の冒頭に設定したのが作家の手腕であるということである。いえば講談の「講釈種」として周知されていた類の話を、その手腕によって現代小説のマジックリアリズム風につくりかえたのである。

小話「新知識の弾圧」は、よくしらべた物語内容とよくかんがえられた構成がみてとれる。そこでいかに、十八節中の作品空間にしめされている時間軸からその構成をとりあげてみたい。

〔一節〕天保九年十月十五日　尚歯会終了後の席上で政府機密文書、長崎奉行久世伊勢守の風聞書によりモリソン号事件が明らかになる。
〔二節〕天保十年三月初　渡辺崋山の「慎機論」がほぼ完成する。伊豆韮山代官江川太郎左衛門との文通が始まる。
〔九節〕五月十四日　蛮社の獄捜索始まる。崋山・長英に出頭命令が下る。崋山が出頭。
〔十三節〕十七日　蘭医、小関三英が自殺する。
十八日　長英、北町奉行所に自首する。
〔十四節〕二十二日　幕閣会議、崋山・長英の処分決定。
〔十八節〕十二月十九日　裁許（註、判決）。崋山、三河田原在所に永蟄居。長英は永牢、終身刑となる。

こうした時間軸は『文明東漸史』「外篇」の「渡辺崋山獄中書札」、いわば獄中書簡や、あるいは『高野長英伝』のなかの引用史料に裏打ちされたものになっている。うえの時間軸を結節点として、ドラマがおこる。ドラマとは本稿前節のなかで提起した尖端の科学者である洋学者を起訴し、また有罪をくだした事件が幕政時代にどのような政治的な意味をもつにいたるのかという問題に収斂する(25)。この事が将軍家のブラックボックス――政策決定過程をあばきだすことにもつながる。この点は、今はひとまずおく。そのまえにもうひとつの、蛮社の獄を「洋学史」のなかでどのようにとらえるべきなのかという文明史の問題のほうを、まえの節とはべつの面からあらためてとらえなおしておきたい。

単行本『水野越前守』のなかに「内外の情勢」章があって、そこでは、将軍家慶と水野忠邦のあいだで〈海防設備〉――国防問題が論議されていた。家慶が崋山・長英〈断獄の失当〉を詰問する場面を、作家近松秋江は石翁の政略「目安箱」事件とからめながらえがき、海外事情をになう外交通のてうすな事態がしんこくな懸案となっていることをとりあげている。もちろん「蛮社の獄」に端を発した非常事態であったわけだから、この疑獄事件が水野の失政とのちに位置づけられることになる。そしてつまるところ、こうした文脈を単純化すると、作家自身も蛮社の獄を「洋学史」の枠内、知識人弾圧史としてみていたことになるのである。鳥居耀蔵と江川太郎左衛門との江戸湾巡検にはじまる「浦賀海岸防備」などの海防問題の対立でも、作家の目線はおなじものであった。しかしこの問題は幕藩史をこえもっと幅をもつ近代史と直結する事態をかかえていたとかんがえるべきだと、結論的にはそういうことになるのだ。つまり維新後の帝国主義政策への転換、さらには戦前昭和の開戦までの歴史は一九世紀半ばいぜんにまでさかのぼる。まえにふれたとおりこの時すでに、日本は近代欧米の東アジア侵略の版図のなかでしか外交問題を解決する手段をもっていなかったのである。そして崋山・長英がおこなった警鐘は、そこにあった。このことが家慶と水野忠邦のあいだでおこなわれた論議の核心でもあったのである。のちに、その外交問題を内幕ものとして最初にかきとめたのは、維新当初ジャーナリストとして薩長専制政治を『江湖新聞』で批判し新聞廃刊においこまれた経験をもつ福地源一郎（号、桜痴）である。

余が聞く所に拠れば将軍家家慶公には原来尊王の志に篤き御方にておはしければ亜国（筆者註、アメリカ）軍艦渡来唯今にも戦争相始まるべき騒動に付き京都の事も心許なし兎も角も早く此事を知らせ奉れと仰出され水戸殿にも此儀尤も然るべしとの御同意ありて然らば直様所司代へ急使を発せよと閣老に命ありし事なりとは云へり蓋し或は然らん勿論この奏聞は攘夷の発端となり京都が徳川氏の内治外交に干渉せらるゝの端緒と相成りて衰亡の禍源を開くべしとは将軍家も水戸殿も諸役人も思ひ及ばざりし所なりき(26)。

この文章がいっているのは、家慶が将軍職在任中の嘉永六（一八五三）年のアメリカ東インド艦隊司令長官ペリーが遣日国使として浦賀に来航したおりの、幕内の顚末をしるしたものである。外交政策の処理は開幕いらい将軍家にかぎった執権であり、鎖国政策は徳川幕政の国是であった。その国是をやぶり〈我より需めて京都の干渉を内治外交に招〉いた政治決定を、福地は幕府倒壊の原因としてあげたのである。天保改革では、内治の問題で財政再建に失敗した首班水野は退陣においこまれた。そしてその間に、政権は鎖国政策の是非には手がつけられず、政策決定過程はまさに名のとおりブラックボックスであった。畿内一円の国替え「上知令」が財政問題と国防問題とのふたつセットの政策であったことは作品『水野越前守』のモチーフとし主題化するところであったが、強権政治家水野忠邦をもってして将軍家の国是のまえに敗北した——と、そう作家近松秋江は作品をえがき物語をとじる。時は天保十四（一八四三）年のことである。その後十年あまりおなじ家慶の治世でおきた弱腰を、福地は怒りをこめてかいたことになる。そのかれが記憶した改革を、〈第十二世家慶公（慎徳院殿）治世の初には才相あつて大に幕府の更張を試みたれども此天保の改革は厳峻に失して世上の怨嗟を招きたるに由り中途にして止み又原の弊害を見るに至れり。〉と(27)、想起していたのである。このあとつづけて、イギリスの清国侵略——アヘン戦争にふれあわせて日本の外交経略をつぎのように、福地は総括する。

通信通商を請はんか為に英国は使節を我国に特遣するの説あり蘭学者流は是を機会として大に鎖国の不可なるを

> 論して開国の議を唱へたるに幕府は漢学者流の言を納れ遂に此輩を問ふに流言人心を註惑するの罪を以てし之を処刑したり所謂蛮社の禍是なり是即ち開鎖の両議軋轢の初にして嘉永癸丑以後の論因を成せる者なりし

下役の〈外務吏員〉、外務官僚であったかれは、蛮社の獄を外交政策上の問題と位置づけその処理を〈禍是なり〉と論断していたのである。かれの著作『幕府衰亡論』はその軸のひとつとして洋学史を幕末外交史とむすびつけ政策選択をテーマ化し主題にとりあげ、そしてこの事件を、幕末治世の混乱にいたる予告とみてとったのである。歴史小説『水野越前守』は、いろいろな工夫をこらしている。しかし、そのひとつとして蛮社の獄を、時系列を前後くみかえ挿話としてとりいれ、たさいなストーリー展開を可能にしたことは間違いないとして、「しかし」というのは福地源一郎の言説とくらべれば、作家の得意とした政治解釈が限定的だったことはたしかであろう。ようするに、福地ほどには幕末にいたる文明史のなかで蛮社の獄を位置づけてはいなかったということであり、いわば前衛知識人にたいする言論弾圧事件として言説化、強調したのである。こうした理解の根底には、新聞小説「天保政談」が成立した時代状況とみっせつに関連していた。昭和六年、満洲事変をおこしその後の軍人政治とその結果おきたファシズムをさきどりし、作家近松秋江は時代の空気を蛮社の獄にうつしとっていたからである。その晩年にかれが政治小説をかいた動機は、確実に軍国ファッショの問題があった(28)。

さて、このことを別にいいかえてみる。つまり、こういうことだ。小説家には「人間」の劇に比重がかかっていたということになる、ということである。このことをおなじ文学者で劇作家の松居松翁の戯曲「高野長英」とあわせてみれば、文明史の問題のなかで「洋学史」がどのように位置づけられていたのかという問題のひとつの典型がうかびあがってくる。尚歯会にくわわり戯曲のなかでは、長英門下としてキャスティングされ登場する紀州藩士遠藤勝助〈戯曲中では「勝輔」〉との会話部分をまずみてみよう。長英にたいする有罪判決、収監後の〈どうにか如斯にか医書を読むものがあつても、兵書の意義に通ずるものは一人もありません。〉と、遠藤が荒涼殺伐とした言論界の様子をつたえたあとの長英の台詞がつぎにこう――〈ほんたうにそんな有様なのかなあ。渡辺崋山や小関三栄（ママ）のやうな先覚の士が、血を流し、一身を犠牲にして路を拓いた蘭学の野も、再び荊棘の為に覆はれて、碌な花も実も結ばないやうになつてしまつたのかなあ。〉とつづく(29)。また、最後の自裁の場面なら、

　おれの一生は幕府の無学な役人たちにいぢめ通されたが、その憐れな国法の罪人の書いた四十四種のあの著述は、次第に天下の人心を刺戟して、新しい日本の文明の花は、此の長英の最後に流す血潮から芽ぐむのだ。お蘭、おまへは子供たちの為めに生命を大事にして、おれの仕事の出来栄を見戍つてくれ(30)。

と、昭和ファシズム期になぞれば、特高警察が地下活動家の拠点にふみこんだときそんな主義者最期の無念をかきしるしたことになる。松翁は、どこまでも人間の悲劇であり進取の精神と先見の覚悟にいきた明眼の先駆者の無残をえがいた。いわゆる、文学の風なのである。歴史小説であるならばそれはそれで、ひとつの妙味であろう。しかしこの枠のなかで、どのように政治小説を仕立てるのかは軍事色にそまろうとする時代、つまり時代意識をつよく自覚していた作家近松秋江がなにを「天保政談」に仕組んだかは、またべつの問題でなければならない。その時えらんだ構想は、裁判をドキュメント・タッチでとりあげることによって、時代批評をうつしだすことであった。

疑獄事件の構造と冤罪法廷

蛮社、尚歯会会員の裁判は「新知識の弾圧」章十八節中の九節、天保十年五月十四日の渡辺崋山〈召出状〉のとどく場面からはじまる。任意出頭先は、北町奉行大草安房守の役宅である。ところで江戸時代の裁判制度は、大竹秀男・

牧英正編の青林双書『日本法制史』（青林書院新社、一九七五）によれば、〈幕府の裁判は、独立の裁判機関によって行なわれるのではなく、行政機関が同時に裁判を行なった。老中の支配下に、中央では評定所、三奉行（寺社、町、勘定各奉行）、道中奉行が、地方では遠国奉行、郡代、代官が裁判にあたった。〉とある(31)。このうちの評定所は、〈老中の命令で臨時的に五手掛・三手掛〉がおかれた。作品『水野越前守』のなかでえがかれた「吟味物」は、今日の刑事訴訟にあたっている。そして、それは原則一審制で法廷は非公開である(32)。作家近松秋江はこの江戸裁判制の骨幹のなかで、各登場人物の活劇をえがいてゆく。ということは、この法制史についてもかれはよくしらべ執筆していたことになる。なお、「新知識の弾圧」初出紙の八節は、「五手掛の吟味」と副題をたてていた。

蛮社の獄は、だれよりも水野忠邦自身が蛮社に疑念をもったところから、その緒につく。そのように、作家近松秋江はしるしている。

しかし、水野越前守は、かねて鳥居耀蔵から聴いて居る事もあり、渡辺登、高野長英等の蘭学者等が上の政事を誹謗してゐる一件については、無人島渡海の企てと別に引きはなして、尚ほ、慎重に有罪か無罪かを審問するの必要を認め、調書を評定所に下して、五手掛りの吟味をさすことになつた。今日の言葉でいふと高等裁判所である。

一座の面々は、寺社奉行に松平伊賀守、阿部伊勢守、町奉行に大草安房守、遠山左衛門尉、御勘定奉行に矢部駿河守、内藤飛騨守、大目付に初鹿野河内守、土岐紀伊守、御目付には鳥居耀蔵、佐々木三蔵など、ずらりと並んでゐる(33)。

「五手掛」の員数は、後半の引用文にあるとおりだ。また文中、〈今日の言葉でいふと高等裁判所である。〉と作家が注釈しているのは、せいかくには別件の「再吟味」である。筆頭老中水野忠邦は「無人島渡航計画」でなく、〈渡辺登、高野長英等の蘭学者等が上の政事を誹謗してゐる一件〉を問題にしていたのがわかる。そして、うえの文章のまえには、鳥居耀蔵がしくんだ「無人島渡航計画」の主犯崋山・長英という蛮社断罪の構図がきえ[34]、花井虎一の供述調書にある密訴事実は存在せず、主犯のふたりは無関係——〈北町奉行大草安房守役宅で、取調べたところによると、結局、無人嶋一件については、花井が告訴した如き事実はなく、証拠不十分により、無罪といふことに、ほぼ決定し、安房守より、その旨を幕閣に申達した。〉と、判決文書は水野にとどけられたのである。鳥居が敗北にいたる花井をつかった「着手報告書」改竄の絵柄を、作家近松秋江は「新知識の弾圧」章八節までに詳述、ドラマ化していくのである[35]。いま、物語のなかの興味処である「講釈種」にあたるその策謀自体を、ここでは問題にしない。ようは、水野忠邦には幕政にたいする政道批判である「朝儀誹謗」が、つまり政府にたいする批判がゆるせなかったのである。天保改革であらわになった、かれの強硬姿勢は内治の問題では終始一貫かわらず、その強権体質が政治経済改革を失敗させたひとつの主要因となるのである。この点では、水野は鳥居耀蔵と同腹であった。そのことを、徳富蘇峰は「近世国民史」のなかで強調したが、この点については最後の節でふれなおすこととする。

　さて、ところで鳥居ひとりが評定所の審議で強硬路線をとることのできた理由は、江戸刑事裁判の制度がかれの行動を可能にさせる仕組をもっていたからである。このことが、冤罪事件をなりたたせたのである。その制度とは、平松義郎著『近世刑事訴訟法の研究』（創文社、一九六〇）のなかでならつぎのように——〈幕府の刑事裁判手続は糺問手続であるから、捜査と公判とを画する起訴という段階がない。また、司法機関と行政機関とが完全には分離していないから、裁判の終了と刑罰との執行とを明確に分つことができない。現行刑事訴訟法の体系に編入して述べることは困難であり、不適当である。〉と[36]、解説している。このことは、青林双書『日本法制史』の説明とかわらない。引用文中の「糺問手続」とは〈吟味筋は、私人の出訴を必要とせず、裁判役所が自ら審問を開始する〉手続きをさしている[37]。蛮社の獄の場合、〈捜査と公判とを画する起訴という段階〉はなく、渡辺崋山と高野長英ふたりに北町奉行所から直接出頭命令「差紙」がおくりつけられていた。そしてその間の〈捜査〉というのは、花井虎一に密訴をそそのかせ鳥居がうごき花井の供述調書、つまり「自白」をとることであった。今までみてきたとおり、すでにこの段階で調書は偽造され、冤罪ストーリーが成立していた。また、〈司法機関と行政機関とが完全には分離していない〉ということは、今日の三権のひとつ「裁判所」が存在しないので、検察側と弁護側が真偽をあらそう法廷審理はありえないことになる。司法の審議機関と行政の捜査機関とが一体化していると、どのようなことがおこるのだろうか。鳥居耀蔵の立場にある人間がおかした「特捜検事の犯罪」と副題のある『証拠改竄　特捜検事の犯罪』（朝日新聞出版、二〇一一）を参照し、蛮社の獄を整理してみる[38]。

(1)　虚偽の供述調書をチェックする独立機関がない。
(2)　裁判官に意見をのべる勾留質問をする機会がない。
(3)　検察側と弁護側のそうほうの争点や証拠を整理する公判前整理手続きがない。
(4)　捜査段階の供述と公判証言の相違点を検討することが出来ない。

この四点は、平松義郎の〈現行刑事訴訟法の体系に編入して述べることは困難であり、不適当である。〉と指摘する糺問主義によっておこりうる疑獄事件の構造が、ひとり鳥居耀蔵だけの問題でないことをあきらかにしている。最大の問題は被疑者の権利がまったく保証されていない、ということにつきるのだ。前書の、大阪特捜部検事がFDをかきかえる「壮大な虚構」の構築と公判での証人訊問で検証される調書の作成までを、検事鳥居がひとりで〈司法機関と行政機関とが完全には分離していない〉江戸司法制——〈老中の命令で臨時的に五手掛〉でおこなわれる評定所審問までの行程で実行したことになるのである。挿入された小話「新知識の弾圧」のなかでおこなわれる任命者水野と改竄実行者鳥居との処分断行の言論をしり、新聞読者はすでによんでいた「表役人」章に記載されてある作家の説明箇所をおもいだし、犯罪者渡辺崋山と高野長英にたいする水野の見解、

しかし、二人の著したそれ等の書が、自分が今閣老として専ら裁決してゐる政治をば、その分限をも顧みず、誹謗してゐるといふ点からいへば、なるほど鳥居の説のとほり、その局に当らない者が、天下の政治を論ずることは、徳川幕府の掟に背くことにもなるのであつた。水野の考へによると、何にしても、今は政道の綱紀が悉く頽廃してゐることは明白な事実である。この綱紀を振張するためにも、先づ法の精神を明かにして、幕府の威厳を示さねばならぬと思つた。彼は、静に口を開いた。「いや、御両所の御説、某とても、その意は篤と承知いたして居るが、今日つら〳〵内外の時勢を鑑みるに、政道の荒廃が先づ何よりも憂ふべきことにてござるゆゑ、いはゞ、渡辺、高野等は、彼等が身にとりては誠に気の毒なれども、その分際にあらずして、いたづらに天下の政治を誹謗し、掟を犯したとなれば致方もござらぬ。」(39)

とある意味をかさねあわせると、新聞読者にはじゅうぶんに納得できることがあったはずである。それは、水野越前守が政治家として開明派でないことを理解できたということである。登場人物の印象は、物語蛮社の獄が挿入されたことによって複雑にそして濃密になる。また、その構成による垂直にながれる単線構造から複線的な連鎖の時間へ平面から立体的な暗部へと、冤罪事件のストーリーは躍動しドラマチックな展開による効果についておおいに感じいったことであろう。そこには作家の創作手腕といわれるものが、もちろんはたらいていたのである。

蛮社の主張と冤罪法廷

冤罪法廷となった蛮社の獄といわれた裁判を、後代の作家近松秋江はなにをどのように問題にしていたのだろうか。例の裁判での審問の結果、渡辺崋山・高野長英主犯説という検察ストーリーがくずれ、ふたりの「無人島渡航計画」の嫌疑がうすれた時、〈「何とかいたして、罪名を設けねばならぬが……」〉と、口ばしったのは大目付佐々木三蔵である。こうした無謬性も奉行や目付の個人的な意思をこえた糺問主義にねざした江戸法制のなせるところであり、大目付の内達は蛮社にたいする厳罰の方針がその大前提で、蘭学者崋山・長英を有罪とするのがはじめからの目的であった。長英が同志のためにひそかにしるした「夢物語」が尚歯会の仲間によって写本され、世に流布していた。まずこの「夢物語」が政策批判として嫌疑の対象となりかげきな政治批判はすでに官権のしるところであったので逮捕令状がだされ、さらにつぎの一手が尚歯会関係者の家宅捜査であった。その捜索によって、渡辺宅から「慎機論」「鴃舌小言」「西洋事情荅書」などの草稿、蘭書類を多数、あるいは崋山手写の翻訳、書簡類等々が押収され、事件は一変――〈罪案決定の方針も大体立つことになつた〉のである。このことが、冤罪法廷のはじまりとなる。

そして逃亡をあきらめ出頭、検束された長英ともども、押収された物写を軸に裁判の訊問がすすめられる。たとえば「慎機論」であるならば、いかにあるような駆引きが与力中嶋嘉右衛門と崋山のあいだでおこなわれたことになっている。この「慎機論」には裁判の核心となる、幕臣芳賀市三郎がもたらしたモリソン号事件の政府機密文書の内容が記載されていたからである。この点をげんじゅうに、中嶋は崋山にこう審問した。

これには、崋山も一寸当惑した。といふのは、去年の十月十五日尚歯会例会の夜、会員の芳賀市三郎が、評定所の秘密文書の写しを持つて来て、渡辺や高野に見せた、イギリス船モリソン号打払ひの決定書を基にして、攘夷の不可を痛論したのが、その「慎機論」であつたからだ。

こゝで、若し、正直なことをいつたら、評定所の書記官である同志の芳賀を窮地に陥れることになる。崋山はじつと考へて、

「は、……手前は、それを、事実として知つたと申すわけにてはございませぬ。たゞ道路の風説として、当時、専ら、イギリス船モリソン号打払ひ御評議と承はりましたゆゑ、畢竟、私の一家言として、存意を書き綴りましたものに過ぎませぬ。たとひ、その説が、廟議の機密と符合いたしましたるにもせよ、誰から聞いたといふ出所とてもないことにございます。」

「うむ。……　しかし、その方蘭学に心を寄せ、三宅侯の御隠居友信殿にも、それを申進め、屢々朋友相会して、専ら蘭学を論講し、外国の事を賞讃いたすと聞き居る。それは、どうぢや。」(40)

こうした問答がおこなわれ、作家近松秋江はそのあとをこう――〈崋山は、心の中で、外国の事には、全く感嘆して居るにちがひないのだと思つたが、そんなことはこゝで口に出すことではないと思つた（略）〉と、つづけたのである。このやりとりをえがいた作家は、本稿さきの節で中央公論社刊『洋学史の研究』でしめしていた佐藤昌介の見解にふれ言及しておいたとおり、佐藤よりはるかに人の心理をうつしとりふかい理会をしめしている。このことは歴史家か文学者かといった程度をこえ、近松秋江の人間認識にたいする陰翳の機微をつたえる表現となっているのである。逆にそのことは歴史上の人間をとおして、渡辺崋山という登場人物の人間をえがきえたということになる。

作家の手腕を、もうひとつべつの角度からみておきたい。裁判官と検事をかねた奉行大草安房守が崋山によって〈頭から少しく呑まれた形であつた〉と、かれの審判冒頭の弁明をえがいていた箇所についてである。ようは、崋山が役者はうえなのである。「慎機論」にかんしては江湖の風説によって〈所思〉をかいただけだと供述し、政府の機密情

報をもちだした芳賀市三郎をかばいとおした直後の審問では、おなじく同志江川太郎左衛門に関連する草稿「西洋事情書」にかかれた一節〈御政道を誹謗したる文意〉をとい質す場面がある。現在この「西洋事情書」は初稿と再稿の複数が存在しており、そもそもは江川の依頼で「西洋事情書」を崋山が回答、解説した文書であったが、洋学史研究のうえでもこの稿本は問題となり、当時の蘭学がおかれた諸事情を物語る性格の文書となったものである。崋山は江川におくったその「西洋事情書」がまとまるまでに〈断簡乱稿〉、そのほかのいろいろな下書をのこした。こうした片々たる文書(もんじょ)も押収物写のなかにふくまれており、崋山はそのすべての書き物を聢とはおぼえておらず、審問では安房守にかいた記憶がないとこたえた草稿中のある箇所を、作家近松秋江は作品のなかにつぎのように引用してみせた。

「国治の模様大小あり。其小なるものは、一室を治むる人の如く、門戸を固く致し、屏墻を高く致し、苟くも泰山の安きが如く、相安んじ候て、内、妻妾奴婢に傲り、門外は一郷党と雖も一切一面を交へざるものあらんに、若し郷党火を失するときは、延焼烏有に属せざるを得ず。墻の高き、門の堅き恃む可からず。況や大盗ありて来るものをや。是れ其識明ならざるにて、唯忌悪を以て守るもの。彼の雷を懼れて耳を塞ぎ、電を忌んで目を閉るが如し。嗚呼、井蛙管見、与に談ず可からざるなり。
神武より以来、夷地追々御着手相成、蝦夷、奥州開け、後来からふとの一部、エトロフ、クナシリ島、追々相開け候。太閤は朝鮮を討ち、薩摩は琉球を取る。これ神武の世に比し候へば、天壌の違ひにて、勇武の至りと云ふ可し。然るに近来邪教の徒に懲り、御規模狭少に相成候。」(41)

一言の下にいってしまえば、右の引用箇所は、作家が蛮社による政策批判をめいりょうにするためにとった創作だった。この点は、またあとでふれる。

最初の段落の文章とつぎの段落の文章はべつべつの草稿としてかかれたものであったのを、作家がひとつのまとまった一聯の文章に仕立てたものであった。『洋学史研究序説』のなかで、佐藤昌介は江川家所蔵の稿本にはこの前半の文章がぬけていることを発見し、その理由を内容が過激すぎ回答文書から削除したのだと推理した(42)。ところで作家近松秋江は歴史小説「天保政談」を構想しながら「新知識の弾圧」事件簿をおもいたった時、藤田茂吉の『文明東漸史』中の「渡辺崋山獄中書札」編、つまり獄中書簡をもちい冤罪法廷のストーリーをあたためた――まずは、そうしたはずである。この構想の柱となった獄中書簡集は〈裁判ノ真態獄裏ノ事情〉をあきらかにしようとしたもので、藤田が〈渡辺崋山獄ニ繋カレシヨリ其親友及ヒ門生等崋山ノ身上ニ就キ世上ニ露布セル種々ノ評説ヲ探リ崋山ノ注意ニ供スル為メ私カニ獄中ニ書問ヲ通シタルニ崋山モ獄中ニテ窃カニ書ヲ作リ諸友ニ回答シ又ハ獄中ノ情況及ヒ裁判糺問ノ次第ヲ通知〉した文書類を収拾し〈誤字脱語〉〈何人ニ答ヘ何人ニ寄セタル〉かを判読し整理編集したものであった(43)。こうした経緯をへて、江川家稿本「西洋事情書」には存在しない引用文前半の「小大様」宛草稿が世につたわったのである。そして、この後半の草稿も藤田編集の獄中書簡集のなかの「西洋事情荅書乱稿」からとったものだったである。作家はこのもともとは〈断簡乱稿〉別々のふたつの反故をひとつにまとめ、北町奉行が裁判で崋山に審問した内容として創造したのである。なぜ作家は、このような創作、あるいは「虚構」をかまえたのであろうか。

ではここで本節冒頭の、《作家近松秋江がなにをどのように問題にしていたのか》という点にもどる。引用箇所の前半が荘子の「胠篋」から倣ったものであることは、初稿稿本からしれる。そして、警句としてくわえた〈彼の雷を懼れて耳を塞ぎ、電を忌んで目を閉るが如し。〉とあるのは、おなじ初稿稿本から西洋の探究心とはことなり真実に目をむけない態度をさしていることがわかる。そしてどうように直後の比喩、〈井蛙管見〉の箇所もおなじく〈与(とも)に談ず可からざるなり〉とあるので、否定されるべき意味内容としてもちいられていることはわかる。だがしかし、崋山がなににについて具体的に否定したのかは、こうした文章からだけでは明瞭ではない(44)。作家はそこで後半の段落でつぎの点、〈然るに近来邪教の徒に懲り、御規模狭少に相成候。〉とある箇所をふくむ「西洋事情荅書乱稿」の文章をつけくわえ、前半の文章が鎖国政策を議論もせず世界の動静にあわなくなった外交政策を批判する意味であることを明示したのである。もちろん、このことが蛮社の主張であったからにほかならない。だから安房守がこうした箇所をふくむ文章や「慎機論」をよみきかせ、冤罪法廷――〈罪の有無に関せず、強制的に犯罪人〉とするために〈お上の御政事向を誹謗した〉廉で訊問をつづけ、どうようにおなじ理由から、長英の「夢物語」をも〈詰責〉〈大喝一声〉する所為にでたのであった。いじょうのような訳だから、小話「新知識の弾圧」が藤田の『文明東漸史』に依拠したものであったのはたしかなのである。そのうえでさらに、作家近松秋江は蛮社の提言が「近代」の碑であったことを闡明にえがいてみせたことであった。

ところで、「新知識の弾圧」事件簿にはもうひとつの文脈があった。「無人島渡航計画」が崋山・長英を主犯とする企みで、この渡航計画を蘭学撲滅の手段につかおうとした鳥居耀蔵の奸計についてである。その結果、うえでみたような裁判がひらかれ、政府の外交政策にたいする批判をゆいいつの罪科とする冤罪法廷となった。しかし審問にたいするふたりの弁明は、花井の供述した「無人島渡航計画」が虚構のストーリーであることをあばく。ここまでは、本節冒頭にふれておいた。とも角も、作家は蛮社の獄を政策上の問題と関連づけ思想小説として「洋学史」を記述構成させてゆくそのいっぽうで、蛮社の裁判をとおして政治小説として鳥居の陰謀をプロットにからめ組みいれていたのである。無罪を主張するふたりの弁明は渡航計画を立案した無量寿寺順宣父子らの証言と一致しており、ふたりが無罪であることを裁判官たちに印象づけていったのである。それとは逆に、花井虎一が無人島渡航計画を密訴し鳥居が改竄した花井の「供述調書」は、ほかの被告の証言ととうぜんくい違ったのである。この点を詰問ただされた花井は、法廷の場で、自白供述した内容と裁判に提出されている検察調書とがことなっていると証言をしてゆく。作家近松秋江は、ドラマをそこまで劇的にしくんだのである。鳥居の奸計があばかれた瞬間であった。しかし、花井虎一の公判証言は鳥居の改竄がしんじられない奉行大草安房守によって却下され困惑と混乱のうちに閉廷が宣言され——〈その日は、不得要領にをはつた。〉と、作家は十五節の冤罪法廷の場面をとじたのである。平松義郎のいう〈幕府の刑事裁判手続は糺問手続〉だったと、指摘する形にみあう「局面」であったことは、言を俟たない。

さて天保十年十二月、蛮社の獄「裁許」のあと、ストーリーテラーはこう〈名士を幕府が禁獄に附したことについては、天下の識者を挙げて驚かぬものはなかつた。〉と、語りつたえた。もちろん、作家近松秋江自身の蛮社の裁判にたいする認識である。そして、その天保十年の判決から半世紀の後、長田権次郎は〈長英華山（ママ）の運命は、繋りて『夢物語』と『慎機論』とにあり。故に二人の生涯を知らんと欲せば、更に此二書の性質を細看せざる可からず。〉——と、偉人史叢第十三巻のなかで「夢物語」と「慎機論」を位置づけ、さらにその〈細看〉を、

均しく是れ幕議に反対して、討攘の不可なるを論弁せるなり。然れども『夢物語』は、夢中の問答に仮托して、婉曲紆余の言を為し、毫も戟手怒張の態を露さゞるも『慎機論』は、痛憤激越、時を罵り世を謗りて、鋒鋩四射当る可からざるの鋭気あり。蓋し長英は、海外の事情を開示して、幕閣を動かさんとするに急なり。故に其措辞、自ら謙抑ならざるを得ず。華山（ママ）は、憂憤を洩らして、自ら遣るに専らなり、故に其用語の如何を顧みざりしなり(45)。

と、冤罪法廷で政治批判の書として訴追対象になった二冊の稿本を説明していたのである。長田の著作の発行が明治三十年のことだから、藤田茂吉の『文明東漸史』からかぞえて十三年後の伝記にあたることになる。こうして、蛮社の獄の事跡は明眼勇猛の先覚者長英と温順果敢な人物崋山との営為をとおし、近代という世界にむけた外交政策の転換を提起した偉人として世に広められていったのである。

「天保政談」断章

新聞小説「天保政談」に改革本紀ではない蛮社の獄をくみいれた意味があるとすれば、それはどんなところにあるのかを新聞読者の立場からあらためてかんがえておきたい。もちろん、「天保政談」は天保改革だけの物語ではない。だが、かれらは垂直の時系列にそって天保改革にかかわる劇を新聞連載の小説としてよんでいた。ところが、読者はそれまでの時系列とはことなる小話「新知識の弾圧」へ迂回しよむことになったのである。たしかに近松秋江という作家にとっては、青年時代に藤田茂吉の『文明東漸史』をよみ、いらい晩年にいたるまでかれの幕末動乱の文明史観を支配していたことは、関東大震災でうしなった思い出の図書をさがしもとめたのだからたしかであろうし、だからげんに十三節では、かつて〈近代日本文化の先覚者〉として渡辺崋山、高野長英、小関三英を発見、〈三人の事跡を知り、感激の涙を流し〉た楽屋話を作品中でもわざわざかたっていたのである。

鶴見俊輔の朝日評伝選1『高野長英』のなかに、つぎのような一節がある。

佐藤昌介『洋学史研究序説』（岩波書店・一九六四年刊）によれば、「閣老水野が、崋山およびその同志と、基本的に、志向を共にしていたことは、疑う余地がないように思われる」。それは、水野が、崋山の主君三宅友信所蔵の蘭書を江川太郎左衛門をとおして借覧しようとしたり、崋山たちの仲間である佐藤信淵に経済政策上の意見を求めたり、さらに鳥居耀蔵の「蛮社の獄」についての探索復命書にあきたらず、崋山たちについて別個の探索を命じていることから推定できるという（その結果、すくなくとも代官江川太郎左衛門、代官羽倉外記他何人かは投獄と失脚をまぬかれた）(46)。

佐藤昌介の論述を支持するかたちで引用した、鶴見の水野忠邦観である。水野の業績を、進歩開明派とうけとれるように佐藤の著書のなかからそうした各処をえらび並べている。しかし、幕閣首班の政治家水野忠邦は、こうは単純な人物ではなかった。尚歯会捜査の契機となった無人島渡航計画を密訴した花井虎一の処遇をめぐるかれの判断は、そのたんてきな政治行動であった。もともと花井なる人物は、無人島渡航計画にみずからくわわった俸禄十五俵一人扶持の身分のひくい小人で納戸口番をつとめ、尚歯会とも結びつきがあった。鳥居耀蔵はそこに目をつけ、花井をつかって謀計をめぐらした。裁判では無罪となり、そしてかれは〈異例な出世〉——五十俵三人扶持、役金三両の学問所勤番にとりたてられる。佐藤昌介は、こうした経緯を『洋学史研究序説』とはべつの著作でつぎのようにまとめる。

しかし、花井が立身したのは、たんに鳥居の助力によっただけではない。老中水野忠邦の日記の天保十年十二月十九日の条に、

御納戸口番
花井虎一

右は羽織格の者に候えども（ママ）、上下格相応の場所、明きこれある節、召出され候のこと。
右は無人島渡海企て候儀、内訴いたし候者に候。

と記されている。（略）右の日記の記載によれば、水野が事実無根の申し立てをしたはずの花井の「密訴」を意外にも高く評価し、かれが上下格に抜擢されることを望んでいたことが知られる。だからこそ、鳥居は安んじて、花井を上記の役職（筆者註、学問所勤番）につけることができたのであった[47]。

このひとりの人間の処遇がもつ意味は重要である。念のためにつけくわえておく。引用文中、十九日の日記は判決当

日の独白であった。そうすると、この日までには花井の待遇はきまっていたことになり、これ程あからさまな話はまたとあるまい。鶴見俊輔が評価する水野にたいする視点は、本稿でいうひろくは「外交問題」の軸――近代欧米にたいする見識を評価するものであった。もしそうであれば、水野忠邦と鳥居耀蔵とは対立関係にある。しかし、内治の問題――国内政治では、水野が鳥居をあやつり強権政治に徹する。水野の、こうした内政と外交の分裂は天保改革の経路に影をこくおとす。時代がかわり、まえにふれたとおり後日譚として福地源一郎がつたえた「幕府滅亡の結論」のなかでは、〈幕府は漢学者流の言を納れ遂に此輩（筆者註、蛮社の蘭学者）を問ふに流言人心を誑惑するの罪を以し之を処刑したり〉と手記し、国際情勢にたいして不明であったことそれにつづく外交政策の失政を幕府倒壊の要因にあげたのである。また、シリーズ「近世日本国民史」の著者である徳富蘇峰は、「幕府崩壊」をその大局とはまたべつにあげて、

扨ても水野忠邦の改革は失敗した。その失敗の責任の一半は、固より水野忠邦其人が、其の任用したる者を誤り、且つその施設の宜しきを得なかつた為めであらう。されど他の一半は当時の幕閣に、其人なかりしことに帰せねばならぬ。然も幕閣其人ありと雖も、幕府壊崩の趨勢は、之を挽回するに、頗る困難であつたらう(48)。

といい、当路の人材にかんして〈其の任用したる者を誤り〉、〈天保の末期に際して、国運の漸く開国に向はんとするの機を、一時たりとも之を遮り止めんとしたるは、鳥居忠耀亦た與りて力ありと云はねばならぬ。〉と(49)、鳥居耀蔵その人があやまった登庸であったことをあげた。このことは国際化の転換点にたちあった人間が、歴史的な価値にたいするリアルな認識や対応にもとづき献身的に政策選択を実行する有為の人材ではなかったということである。そうみれば、逆に崋山や長英らが理想にたった「現実主義者」であったことに納得ができよう。松居松翁の戯曲にあった

とおり結局、一命を賭して施政を講ずることを放棄し人の世の習いにしたがった役職のうえの泡沫、俗物者流の人間が「蛮社の獄」をひきおこしていたのである。判決のあと、高野長英は無期懲役の刑でただちに収監され、渡辺崋山は保護観察となり三河田原に護送され監視のもとにおかれのちに自死した。ようするに、水野忠邦は、マキアベリアン――未来にたいする理想をもたず、目的のためなら手段をえらばない俗物だったのでありもともと外交史に名をのこすような器ではなく、そのことを蘇峰はすぐれた人材が〈当時の幕閣に、其人なかりし〉と明言したのであった。

そして、新聞読者は作家によって用意されたこのようなメッセージを理会したうえで、次章、冤罪法廷の一年半後の十二年五月十五日に上意された、将軍家最後の改革である天保改革を「水野越前守」にもどりよみすすんでゆく。かれら読者は、作家近松秋江のつくりだした作品空間の再配置によって通時的な歴史から共時的な空間を享受し、作品と読者との双方向性の劇――コミュニケーション・メディアをおのずから体験することでドラマの陰翳を心にうつしとったことであろう。なお、佐藤昌介の『洋学史研究序説』中、その結語、〈水野が失脚したのち、かれが企図した軍事改革が中止されたのをはじめ、対外政策が著しく反動化するのであり、この事実は、海防問題をめぐる幕府官僚間の抗争が、究極において、鳥居によって代表される守旧的勢力の勝利に帰したことを明白に物語っている。〉とする指摘のあることをしるしておくこととする(50)。一九世紀中葉、世界の趨勢をみるのではなく、政権運営についても個人一身の都合による政局につきたことになる。佐藤も、世の習いにしたがった俗物者流の人間劇を物語ったことであった。

【註】

近松秋江の新聞連載小説「天保政談」の引用文は一九三一年、早稲田大学出版部刊行の単行本『水野越前守』によった。

1 『水野越前守』。二三八頁。

2 前掲註1、二八一頁。戦中、一九四〇年の雑誌『知性』十一月号の「文学の私」にも、〈十九歳の頃から藤田茂吉の「文明東漸史」矢野文雄の「経国美談」田口卯吉の「日本開化小史」などを愛読し〉たと回顧、記した。この度々の回顧が、作家の鞏固な源泉であった証となっている。

3 『マルクス=エンゲルス選集3』(大月書店、一九五五)、「ルイ・ボナパルトのブリュメール」一五頁。

4 博文館より叢書の一冊、「寸珍百種20」として発行された。

5 『芸術殿』六月号、一九三一年。

6 「清秋読書」『若草』一九三五年、十月号。

7 『日本国民』第二号、一九三二年六月。

8 「政治小説についての思ひ出」『近松秋江全集　第十二巻』(八木書店、一九九四)、三七六頁。初出、『サンデー毎日』一九四〇年十二月二十九日号。

9 『高野長英』。一〇三~一〇四頁。

10 『三田村鳶魚全集　第三巻』(中央公論社、一九七六)。「稼ぐ御殿女中」三〇一頁。

11 前掲註9、九〇~九一頁。

12 「第八章　尚歯会時代　三三　天保の饑饉と尚歯会」二八二~二八四頁。

13 前掲註12、「第九章　冤獄　三七『夢物語』」三一三頁。

14 高野長運の『高野長英伝』は昭和三年の史誌出版社による初版のほかに、昭和十八年に発行された岩波書店版があり、後版は初版以後に発見された史料(資料)を加えてある。引用文(14)は、初版にはなかった伊奈森太郎著『隠れたる先駆者三宅友信』からの再引用である(二五九頁。ただし2版による)。伊奈森の視点は、三宅友信を〈明治維新の尖端となつて〉〈尊皇開国〉を実行した先駆者とみるところにあり、蛮社の獄の関係者が維新後に叙位されたことを伝えた。

15 前掲註9、一四四頁。

16 前掲註9、九一頁。

17 前掲註9、九〇~九一頁。

18 「第二篇　蛮社の獄の研究」中、「第一章『蛮社の起源とその実態』」、「第一節『蛮社』の名称」一四三~一四五頁。

19 「第二章　洋学系経世論の展開」「六　渡辺崋山の蘭学研究と高野長英」「3　経世家崋山と科学者長英」一六四頁。二〇一一年刊行の田中弘之著『「蛮社の獄」のすべて』(吉川弘文館)中で蛮社と尚歯会との関係を、著者の田中は佐藤昌介の説にそった藤田茂吉による「潤色」説(二〇五頁)を唱え、かつ「政治疑獄」説(二一四頁)を排している。もしそうであったとして、なお近松秋江の歴史小説が高野長運らによって流布した説に連なっていた点はそれとして、だから小説家が作品を仕立てるにあたり、逆にかの説の鼻祖である藤田の『文明東漸史』を手本にしたことが再確認できると考えるのが自然である。つまり、近松秋江の回顧談は鞏固な源泉に基づいているのである。また、藤田の著作の後、明治二十五年の福地源一郎の『幕府衰亡論』（民友社）中にも西南雄藩討幕派史観ではなく、幕末外交問題の端緒〈開鎖の両議軋轢の初〉を説明するなかで〈蘭学者流〉〈所謂蛮社〉と記し、事件「蛮社の獄」を〈禍是なり〉とみ幕政衰退の原因とみてとっていた。だから「蛮社」「尚歯会」の存在を、幕臣だった当事者が政治問題と位置づけ政策路線と関連づけていたのである。あながち尚歯会は蛮社の獄と無関係な存在、とはいえまい。

20　前掲註1、一九六頁。

21　前掲註1、六七頁。

22　日本の歴史第22巻『天保改革』（小学館、一九七五）、二四八頁。

23　「十二　尚歯会」一五四～一五五頁。

24　渡辺崋山の贈位についての話は、明治四十一（一九〇八）年の二月（前編）と七月（後編）に出版された碧瑠璃園著『渡辺崋山』後編のなかに、徳川政府に対する二度の名誉恢復運動が失敗した後、維新政府が〈明治二十四年六月三日田原藩の有志、その紀念碑を建て更に遺墨展覧会を開きし事、畏くも九重の上に達し、厚き思召を以て宮内省より金百円を下賜されしが、同じき十二月十七日は　天皇詔して正四位を贈らせ給ひき。〉（四二六頁）と、出ている。蛮社に対する新政府の評価が早い時期に行なわれていたことがわかるし、読者は贈位の意味をちゃんと理解していたということである。

25　「新知識の弾圧」中の冤罪法廷は、藤田茂吉の著書「外篇」収録の崋山獄中書簡をベースに描かれている。また本文で触れたとおり、私刊『文明東漸史』の発売は藤田が記者として勤務する報知社である。そして、明治十七年に初版が発行され、翌年に「内篇」を二章くわえた増補版が出ている。ところで、私の持っている増補版は以前の所有者が藤田の「外篇」を、佐藤昌介の人物叢書『渡辺崋山』（吉川弘文館、一九八七）と校書しいちいちメモを書き残している。このメモが本稿執筆に役立ったが、しかし佐藤が用いた『文明東漸史』は原本でなく、藤田歿後に復刊された聚芳閣版（一九二六）であるのは彼が引用頁を記しているので明らかにわかる。内容に関してはとも角、佐藤が後版を校合しているのは上の理由からほとんど意味がない。佐藤は『文明東漸史』の不備を批判しているのだが、篇中の「渡辺崋山獄中書札」は、実は著者の藤田自身が苦労して整理し編んだもので逸品といえる。作家近松秋江は、その獄中書簡を工夫加工し用いたのである。

もう一点、「新知識の弾圧」事件簿は高野長運著『高野長英伝』による影響のもとに書かれている。以下はその『高野長英伝』中で、鳥居耀蔵が蘭学者処断を画策する箇所である。

折から、英船モリソン号渡来の風説に関する長英の『夢物語』が世評に上がり、囂々として朝野を動かし、既に将軍の台覧に入りたりと聞き、機逸すべからずと為し、崋山の徒を此の一挙に屠らんと、私に閣老水野越前守へ、先づ『夢物語』に就き左の如くに訴へ出たのである。

英吉利斯人来航の噂近来頻りに行はれ候へ共、之れ畢竟蘭学者と唱ふる輩が、些か外夷の事情に通ずるを幸に、無実の事を捏造して不埒の妖言を逞うし、上は以て、朝廷、将軍家をはじめ百官を惑はし、下は以て無智蒙昧なる愚民を煽動し、斯くて天下の騒乱を促し、国政を破壊せんとする所存に外ならず候。何卒彼輩を御召捕あつて厳刑に処せられ、且は向後とも斯様の邪説申出候もの之れなき様、此際一時に蘭学を御禁制下され候様奉願上候………と。崋山研究に拠る。

『夢物語』の著者を捕縛して厳罰に処し、国家将来の禍根たる蘭学を勦殄すべしと云ふのであつた。然るに、此の訴へは此の時は成功しなかつた。幕府に於ては単に聞き置くに止めて何等の沙汰にも及ばなかつた。併しながら偏狭なる朱子学の学閥から出た奸猾なる耀蔵が権勢を侍（ママ）み、幕府の威を籍りて、新興の蘭学泰西の文明を勦滅せんとする陰謀は茲に此の一回の密訴を以て終るべくもなかつた。益々毒牙を鋭くして、次の機会を待つのである。（三三五〜三三六頁）。

とある冤罪事件の構図は、作者の踏まえたところである。だから、洋学者を陥れた政府方の人間を「悪玉」として描く傾向になるのである。しかし、蛮社の獄の発端となる「無人島渡航計画」を密訴した花井虎一の告発状は、鳥居耀蔵によって崋山・長英主犯説へと改竄されたものであった。引用文中の〈密訴〉とあるのは鳥居による一連の奸計を指していることになるのだが、彼の配下の小人目付小笠原貢蔵が残し今日現存する「手控」は、鳥居の改竄を暴きだした史料となっている。この一件は鶴見俊輔が朝日評伝選Ⅰ『高野長英』（一九七五）の中の「無人島」で佐藤昌介の調査結果を踏まえ詳しく紹介しており、要点は小笠原貢蔵が役人臭はあるものの誠実な人物で、検事鳥居とは一線を画した実務型の検察事務官だったという指摘にある（一四〇頁）。しかも小笠原の探索は、鳥居が水野忠邦の命令だと偽って始められたものである。そうすると、高野長運の評伝をベースにすると、鶴見が指摘したような見解は生まれえなくなる。作家近松秋江のドラマにも、やはり制約が生じてくるのである。

26 『幕府衰亡論』（民友社、4版）、一八九四年。「◎第三章　幕府政躰の第一変革」「京都への奏聞の事情」一三〜一四頁。ただし、初版は一八九二年。なお将軍家慶が祖宗の「内治外交」の専権事項を放棄したことが「大権」の喪失とみてとったのは、一八九一（明治二十五）年刊行の竹越与三郎著『新日本史　上』のなかである（ただし西田毅校注、岩波文庫『新日本史』二〇〇五年。三四頁）。竹越と福地は相前後して、政治権力の転落問題を指摘していたことになる。そして、二書ともに近松秋江青年時の愛読書であった。ともに文章は、福沢諭吉とならぶ高い評価を与えている。（「文話十六片」『文章世界』一九〇八年十一月一日号。「私の古書架下」『読売新聞』一九三六年五月二十日）。

27 前掲註26、三三八頁。

28 近松秋江は「文化」史のなかで幕末期を位置づける視座を、〈幕末の剣士壮客の一代記には随分浮沈波瀾に富んだ演劇的物語があるにちがひなからうが、その基礎的調子が、盲目的な短見者流の行動であるから、吾々の文化史的理解と趣味と人生哲学からして、根本的に既に相容れぬものがある。福沢さんにかぎらず、これも明治の大先覚の一人であつた福地源一郎氏などにしても、一方幕末当時、たとへば近藤勇とか土方歳蔵とかその他これに類する壮士剣客の識見行動とは全く正反対の見解をもつてゐた文化人には、今から思つてみても、実に気持ちのいゝほど聡明な人物が居つた。近藤勇だつて、土方歳蔵だつて、誠実で高潔な人物であつたことには疑ひなからうが、時勢を見る眼力からいつたら、実に情ないほどあはれである。さすがに勝安房は、それにくらべると見識が時勢を抜いてゐる。〉とあるように、確かにもってはいた。以上は、一九三一年一月に出た『文壇三十年』（千倉書房）中の「槍剣趣味の大衆物」にある一節（二八七頁）である（初出、「文学評論（中）」『報知新聞』一九三〇年六月二十八日）。軍国主義の時代だから、逆に政治小説を書かねばならぬ必要性があった、とそう理解するべきなのである。編集者の松山悦三によって、また次のような〈戦争回避の輿論を喚起した〉話――〈すでに身の危険を思って、軍部全盛当時には非戦論に同和するものさえなかったときでも、彼（註、近松秋江）は敢然として軍部政治を憤慨し、当時の政治家で雄弁家として有名であった永井柳太郎に、自分の意見を長文の書面に認めて送ったことがあった。それは労働省の佐藤久作の手許に保存されているそうであるが、いわゆる秋江一流の筆で火を吐くように熱烈なものだという。（略）このように政治に熱心のあまり、昭和六年には『水野越前守』という政治小説を、当時の時事新報に十ヵ月にわたり連載した。〉――が、伝録されている（現代教養文庫『作家追想』社会思想社、一九六五年。二二二〜二二三頁）。だがしかし、作家近松秋江は蛮社の獄を、新聞小説の一章「新知識の弾圧」中で言論弾圧の事件簿として思想小説に仕立てることを優先したのである。彼には一つのビジョンがあり、「歴史と小説」の中で〈小説は個人の歴史にして歴史は国民の歴史である。〉（『文壇三十年』二八三頁、初出『随筆』一九二六年七月号）と定義、その立場にたって「蛮社の獄」を叙述したことは間違いない。

29 松翁戯曲集『高野長英』（新潮社、一九二五）、一八頁。この一書は戯曲歴史物とでもいった短編十四篇を収めた戯曲集で、冒頭に表題「高野長英」が収録されていた。

30 前掲註29、八三頁。

31 「第五章　幕藩法」「第一〇節　訴訟手続」二二八頁。

32 平松義郎著、平凡社ライブラリー『江戸の罪と罰』(二〇一〇)の「裁判の構造今昔——江戸の裁判」では、〈奉行は「公事方御定書」や先例によって、適当と考えた刑罰を記して老中に伺う。老中のもとで御仕置掛右筆という老練の役人がその当否を精査する。とくに必要であれば評定所に下して評議させる。評定所は三奉行の合議体でいわば最高の諮問・裁判機関である。評定所の評議は幕府の刑事判例をある程度統一する機能をはたし(略)議論の水準はかなり高い。評定所評議は参考意見であるが、老中は通常これを採用して指令を与えた。奉行はその刑罰を判決として口頭で申し渡して吟味を終えるが、これを一件落着という。刑が申し渡されるとただちに執行されるのが原則で、上訴の制度はなかった。〉との解説がある(八九頁)。この指摘に従えば、老中水野越前守は蛮社の弾圧について言い逃れのできない権限をもっていたことになる。冤罪裁判を、鳥居耀蔵のキャラクターによって説明することが多いなかで、制度上、最終判断は水野が行い彼が冤罪法廷を強行したことになるのである。

33 前掲註1、三〇一頁。

34 佐藤昌介は鳥居耀蔵の改竄調書——〈花井虎一の密告によるものと記しているのは、鳥居がみずからの隠謀を隠蔽せんがための偽装にほかならなかった。〉とある主旨を、『洋学史研究所説』中、「付章 基礎史料の解説ならびに紹介」の「二 鳥居耀蔵の告発状」(三九〇~四〇三頁)で調査証明している。

35 ドラマ化、近松秋江の手になる「劇」は、高野長運著『高野長英伝』中の「第九章 冤獄」を下書きに書かれている。花井虎一と仲間内だった小笠原貢蔵を「悪玉」に仕立てたのは、長運のこの九章の中でのことであった。しかし、改竄調書は鳥居耀蔵が作成したもので、小笠原の手による物写ではなかった。註25参照。

36 「第二部 幕府刑事訴訟法」「後編」五九八頁。ただし、2版(一九八八)。

37 前掲註36、「前編」四〇六頁。

38 「第2章 冤罪法廷 検察ストーリーの犠牲者——村木厚子」三三五~六六頁。

39 前掲註1、六八~六九頁。

40 前掲註1、二八四~二八五頁。

41 前掲註1、二八七頁。註25を参照。

42 前掲註34、「付章 基礎史料の解説ならびに紹介」の「一 渡辺崋山自筆稿本『外国事情書』その他について」三六三~三六四頁。

43 藤田茂吉著『文明東漸史』。「文明東漸史外篇」三八九頁。

44 佐藤昌介校注、岩波文庫『崋山・長英論集』(一九七八)の「初稿西洋事情書」には、次の箇所——〈昔一室を治め候もの、志僅に鍋釜妻妾に有、偶大盗至れば門を固め、墻を高ふして、内、妻妾に驕る、大盗圧し来の時、門墻は越ざれども、一村焼討仕候て、終に延焼に及び候、所謂荘子の譬の如くに御坐候。／抑西洋の可懼は、雷を聞て耳を塞ぎ、電を忌で目を塞ぎ候事を、第一の悪と仕候。唯万物計究理仕候には無レ之、万事議論、皆究理を専務と仕候。〉がある（一〇三頁）。しかし、作家近松秋江は初稿稿本の存在を知らなかったであろう。にもかかわらず、作家は崋山の意図を捉えていたことになる。佐藤は「解題」で、上の文章を含む〈『初稿西洋事情書』は、内容が過激なため、崋山が江川に送ることをさしひかえたもので、蛮社の獄のさい、幕吏が崋山宅から押収したおびただしい反故の中から、『慎機論』とともに発見され、これらによって崋山は処罰された。〉（五八頁）と、『洋学史研究序説』と同様の解説をしている。上記の文中、〈江川に送ることをさしひかえたもの〉とあるのは、江戸湾測量を終えた江川太郎左衛門が巡見復命書に添える文書を崋山に求めたときの顛末を指しており、その最初の文書が稿本「初稿西洋事情書」であった。また、この浦賀海岸測量時の江川(ママ)／鳥居の対立が蛮社の獄の原因をつくった、と伝えられていたのである。

45　「第五章　夢物語と慎機論」『高野長英・渡辺華山』（裳華書房、一八九七年）、五五頁。

46　「五　無人島」一四四頁。

47　人物叢書『渡辺崋山』（吉川弘文館）、「第五章　蛮社の獄」「八　蛮社の獄(2)」二五八頁。

48　『幕府実力失墜時代』（民友社、一九二八）。「第壱章　庄内藩転封事件」「【一】　中央政府鼎の軽重」一～二頁。

49　前掲註48、「第五章　天保改革関係者の処分」「【三二】　鳥居耀蔵の処分」一五八頁。

50　「第三章　蛮社の獄の歴史的意義」「第四節　守旧派の反改革運動」三五〇頁。

参考文献

竹越与三郎 縮紳版『増補訂正二千五百年史』（二西社、一九一六年。ただし、11版による。原本は、一八九六年発行。）
藤田茂吉『文明東漸史全』（聚芳閣、一九二六年）
『崋山全集』（崋山会、一九三八年、3版。初版、一九一〇年）
高野長運『高野長英伝』（岩波書店、一九四三年）
石川淳『渡邊崋山』（筑摩叢書、一九六四年）
柳田泉　人物叢書『福地桜痴』（吉川弘文館、一九六五年）
清沢洌『暗黒日記Ⅰ～Ⅲ』（評論社、一九七〇～七一、七三年）
杉浦明平『小説渡辺崋山　上・下』（朝日新聞社、一九七一年）
佐藤昌介責任編集　日本の名著25『渡辺崋山　高野長英』（中央公論社、一九七二年）

影山昇『伊予の蘭学』（青葉図書、一九七五年）
松浦総三『戦時下の言論弾圧（体験と資料）』（白川書院、一九七五年）
加藤周一『日本文学史序説下』（筑摩書房、一九八〇年）
日本史探訪16『国学と洋学』（角川文庫、一九八五年）
北岡伸一『清沢洌・日米関係への洞察』（中公新書、一九八七年）
高木健夫『新聞小説史年表』（国書刊行会、一九八七年）
家近良樹『孝明天皇と「一会桑」――幕末維新の新視点』（文春新書、二〇〇二年）
佐藤卓己『言論統制』（中公新書、二〇〇四年）
中村隆英『昭和経済史』（岩波現代文庫、二〇〇七年）
粟屋憲太郎『昭和の政党』（岩波現代文庫、二〇〇七年）
フレデリック・ウェルズ・ウィリアムズ著（宮沢真一訳）『清末・幕末に於けるS・ウェルズ・ウィリアムズ生涯と書簡』（高城書房、二〇〇八年）
栗原俊雄『勲章』（岩波新書、二〇一一年）
アレクセイ・A・キリチェンコ著（川村秀編・名越陽子訳）『知られざる日露の二百年』（現代思潮新社、二〇一三年）
平松義郎『近世刑事訴訟法の研究』（既出）
田中弘之『「蛮社の獄」のすべて』（既出）

第四章——近松秋江とテロルの時代

一節　作品「井上準之助」の成立史
――徳田浩司の生きた「戦前昭和」という時代

はじめに

徳田浩司ははじめ徳田秋江と名乗り、初期作品を発表する。しばらくしてかれが尊敬する近松門左衛門から名をとり近松秋江と改名する。そうして、明治期のおわりから大正期にかけ「別れた妻」ものとよばれる作品群を発表し、文壇での地位をえる。こうした作品は当時流行していた頽唐趣味とむすびつく「遊蕩文学」とも称せられ、みずからの素志に反する評価をうけたものであった。その後、大正期の「黒髪」ものの創作によって、作家の地位を確立する。しかし、かれが上京しこころざそうとかんがえていたものは、「政治小説」であった。その作家が昭和にいたり、わかき日に夢見た「政治」に関心をよせかかわりもつようになる。実際に政治家とまじわり、また社会評論家とも親交をもったのである。周囲の友人の文学者からは、こうした振舞いは軽蔑の対象であった。さらにこの時期がちょうど関東大震災いこうの、昭和の激動期にあたり、アジア・太平洋戦争へむかう戦間期の後半期といっちした。戦争を主導し今日「昭和軍閥」といわれるようになる青年将校による、テロやクーデターが頻繁におこるようになる。言論活動が威圧され制約されようとする時代に、近松秋江は政治問題で積極的に発言をくりかえしてゆく。そのひとつが、戯曲「井上準之助」であった。この戦前昭和、かれの作家像は明瞭になっていないのである。そのことをあきらかにする前提として、この稿では作家の「道途」を戯曲と関連する血盟団事件から、さらに二・二六事件までをあわせてみてゆくこととする。

また作家には、晩年といわれる時期があった。明治九（一八七六）年に生まれた近松秋江（本名、徳田浩司）は、アジア・太平洋戦争の末期、昭和十九（一九四四）年四月に老衰のため歿した。その死は、栄養失調が原因だったといわれているようである。享年六十九歳であった。かれの最晩年は、たまたま戦時下とかさなった。また、大正十二（一九二三）年、四十八歳のときにうまれた長女百合子は、はじめての子どもであった。そのあと作風がいっぺんすることもあって、晩年といういいかたにはいっこの合理が存在する。さらに「子の愛」ものと形容される作品群がかれ晩年の特徴とされるが、その時期、戦前昭和に作家近松秋江は政治小説をいっぽうで発表していたのである。

二・二六事件当日の近松秋江

ところで昭和初年は金融恐慌と世界恐慌にはじまり、たかまる社会不安のなかで軍部独裁体制下、軍国日本の道をたどってゆく。とくに陸軍の青年将校によってひきおこされた一九三六（昭和十一）年の二・二六事件は敗戦にむすびついた、その十年後の日本帝国の岐路となるクーデターであった。青年将校はこのクーデターを計画するにあたり天皇制を否定したわけでなく、「蹶起」をあくまで「昭和維新」と位置づけたので、「革命」だとか「クーデター」と名のることはなかったしそのことを否定さえした。しかし武装蜂起が岡田（啓介）内閣をおそい政権の転覆奪取を前提にした「蹶起」であったので、クーデターである点は否定できない。そして、近松秋江はクーデター当日、偶然徳田秋声の次女喜代子の結婚披露宴に出席し、スピーチでいわば反軍演説をぶつ。作家のとった行動は、周囲の者にとってはひや汗のでるような異様なものであった。高橋正衛の著作『二・二六事件』（増補改版中公新書、一九九四）では、当時の光景をつぎのようにしるす。

事件が起きても、二十六日の午後七時のラジオ放送まで一般市民は公式にはなにも知らされず、なにが起きたのかわからなかった。そのうちに新聞・ラジオなどがすこしずつ事件について報道をしはじめても、今日われわれが知っているようには、当局者以外には市民はだれも事件についての真相は知らされなかった。厳重な報道管制のしかれた戒厳令下、したがって言論・集会の自由が極度に抑えられたなかで、人びとはなにを感じなにを語りあっていたのだろうか(1)。

ここにえがかれたような事態であったらしいことは、二・二六事件にふれたおおくの著書にその指摘がある。であればかれの披露宴での発言は、《異様》の部類であったことはまちがいあるまい。いま事件についてふたつほど、いろいろな著作をよんでもはっきりとした説明がおこなわれていないきみょうな話題をとりあげておきたい。ひとつの話は中田整一の『盗聴　二・二六事件』(文藝春秋、二〇〇七)のなかにある。まず事件関連で、最初に盗聴をはじめたのはいつかという問題である。じつは盗聴と録音をおこなった「事実」がかくされ、このこと自体がながらく知られていなかった。中田が再発見した極秘資料文書「電話傍受綴」では盗聴のはじめは昭和十一年一月八日のことで、東京憲兵隊特高課長福島亀治の指示であった(2)、という。このとおりであれば、すでに二ヵ月ちかくまえにはクーデター情報の一端はもれていたことになる。事件当事者以外の軍人、政治家、経済人などの盗聴がおこなわれ、またその録音も実施された。しかも「国産録音機」開発グループには、民間人ふたりのほかに事件にかかわり無期禁固刑をうけた青年将校山口一太郎大尉がいた。決起した将兵は襲撃先にわかれて、夜中三時三十分から早朝四時三十分にかけ兵営を出発する。事件当夜、営門出動の可否権限をもつ週番指令として、山口一太郎は当直を交代したうえ将兵をみおくる。決起した歩兵第一連隊の出動を黙認、というより決起にくわわった人物であり、そのことが有罪の根拠とされた。そして、この山口の一件は、マークしていた東京憲兵隊が事前につかんでいたのである。

つぎの話は筒井清忠の『二・二六事件とその時代―昭和期日本の構造』（ちくま学芸文庫、二〇〇六）のなかの指摘である。事件直後に天皇みずからの判断で「暴徒」討伐命令の詔勅がくだされたと、関連著書のおおくではしるされている。たとえば半藤一利編著『昭和史探索 3』（ちくま文庫、二〇〇七）でも、この件と「終戦の詔勅」が天皇の意思だったことを強調している(3)。しかし、筒井はひとり木戸幸一内大臣秘書官長の「収拾策――叛乱軍とはいっさい取引を行わず、天皇の名による叛乱軍の鎮圧、時局収拾のための内閣の辞職は許可しない――」が、決起失敗の直接の理由であると位置づけている。ところで、宮中関係者で「蹶起」の情報を最初にえたのは敗戦直後に自決した本庄繁侍従武官長であり、その連絡はさきの山口一太郎が事件当日の午前五時ごろ電話でつたえた。ことをきみょうな出来事にしたのは、山口が本庄の女婿であったことだ。そこでかれは、宮中関係にかかわるじゅうような役割をになう。情報をきき、本庄が参内したのは六時であった。その時、天皇が決起をしり「聖断」をくだすのは、木戸と湯浅倉平宮内大臣、広幡忠隆侍従次長がおこなった会合のあとである。この間の主導的な役割をはたしたのが木戸であった、と筒井は結論づけた(4)。他書にはないこの結論は卓見の部類らしいが、後日敗戦後の木戸の言動を考えると、筒井が指摘するようなにわかな判断だったとはかんがえられないのである。木戸の策には事件前後に因果がふくまれているものだったのではないかと、そうおもわれる節があった。

このふたつの話題は一般的には極秘に計画実行されたはずの二・二六事件が、ほんとうに事しられずに運ばれたのではなかったのではないかという疑問と、逆に外部の国民がしらなかっただけのことではなかったのか、ということを物語っている。そしてまた、〈二十六日の午後七時のラジオ放送まで一般市民には公式にはなにも知らされず、なにがおきたのかわからなかった。〉（高橋正衛）あいだの、最初で最高レベルの動静を物語っており、木戸の〈絶妙な事態収拾策〉（筒井清忠）がクーデターの趨勢を決定したことになるのであった。事件全体の構造をみてゆくと、しかし山口一太郎とどうように木戸幸一も偶然に事件にたちあってはいなかった、はずである。国産録音機を開発したふたりの民間技術者が山口一太郎を心配するような数奇な運命はすでにみてきたとおりで、そのいっぽうで木戸幸一は敗戦後、極東国際軍事裁判で終身禁固刑がくだされる。四一年の東条英機を総理大臣に推挙したのは、元老西園寺公望歿後の木戸であり、この一件が有罪を方向づけ、またかれの訊問調書の供述は筒井がいうような合理をつらぬくものではなかった(5)。

このことは筒井の論構成全体にいえることで、かれの著作は軍部が政権奪取する独裁体制成立過程の計画性と妥当性ないし合理性を論証し、あらたに事件の骨子を説明したものでありたしかに木戸の方策もおなじ論調で整理されていた。しかし、粟屋憲太郎が調査し整理発表した『東京裁判への道(上)』の木戸の極東国際軍事裁判予審調書の件をよむと、責任のあった立場の人間が国際的な関係にもとづく責任ある体制運営をおこなっていたとは、到底おもえないのである。このことが、筒井のとった評価の構成についてもおなじことがいえる。国内政治を中心にした合理は敗戦と戦後にいたる時間軸のなかで、目を国外にてんじることで米国の物量、そして中国のこうだいな領土、さらにソ連外交の術数にたいする構築が具体的、かつ十分にくみこまれた論述構成が必要になる。国内の条件だけでなく諸外国の要件を加味すると、日本国内での合理は国際的な孤立を意味するだけであった。昭和八年の国際連盟脱退から、枢軸外交や開戦外交の中心人物であった松岡洋右がまったくおなじ轍をふんでいた。ようするに、国内から国外へ輪をひとつひろげれば、国際的な孤立という事態から戦略をたてられなかった国家の姿がはっきりするのである。こうした国際環境にあって、外交術にたいしてはのちに近松秋江は、昭和十二年の「三国干渉の突来」でひとつの所見をしめすがいまは戯曲「井上準之助」の文脈内の問題にもどす。大局的には、木戸幸一がくだしたクーデター初発の判断もその後に軍部の実権をにぎる統制派の路線にたったもので、敗戦までの特徴的ないったんを物語るものであった。なにも知らなかったのは、一般国民だけであった。徳田浩司ももちろんその〈一般市民〉にすぎず、〈なにがおきたのかわからなかった〉(高橋正衛)うちの一人であったはずである。昭和六年の満州事変以来、軍部の台頭をかんがえると、十一年の事件当日、簡単には口外できることでない若手将校批判を、しかし作家近松秋江は実行していたことになるのである。ここにいたる経緯のなかに、昭和七年作の戯曲「井上準之助」は位置づけなければならない。

社会戯曲「井上準之助」の構成と作品構造

近松秋江は、その晩年ともいわれた戦前昭和の時期に四幕物の戯曲「井上準之助」を発表する(6)。かれが五十八歳の時であった。戯曲第一幕は大正十二年九月一日、関東大震災発生の翌日、日本銀行炎上の場面である。時の日銀総裁が井上準之助であった。この震災のさなかに、山本権兵衛内閣の大蔵大臣就任の打診がおこなわれる。二幕は昭和四年、民政党総裁浜口雄幸の私邸。政友会田中義一内閣総辞職後の組閣場面である。三幕は総理官邸、そこが政局の表舞台となる。首相には若槻礼次郎が就任、政談と総辞職までの場面である。昭和六年のことであった。最後第四幕は第二次若槻内閣の瓦解、犬養毅政権の誕生、井上準之助暗殺とつづく終局場面となる。六年の暮、十二月のことである。戯曲全体は緊迫した政治情勢を背景にした政局のかけひきを場景化することで、激動の現代、昭和初頭を描きだしている。経済官僚の井上準之助を主人公に設定することは、経済不況と世界恐慌の昭和初期、その渦中では経済政策が政争の具、政局に組みこまれ政治課題の一つの中心になっていたことを意味する。以上が、戯曲の骨格である。時期にすると、一九二三年から三二年、第二次世界大戦前夜、この設定自体が作品の陰翳をこくする重要な意味をもってくるのである。敗戦に直結した二・二六事件発生の前史として、作家近松秋江が井上準之助の暗殺事件を位置づけたこと――〈既成政治家の背後にも何となく社会的不安不穏の思想がぼうはいとして押寄せてゐる。フアツシヨ、白色テロ、血盟団、愛郷塾等の思想を暗流として井上、団(註、琢磨)、犬養(註、毅)の凶変も生れたのだからそれ等の背景に視野をひろげ日本の現在の動向を科学的に客観するのも一つの選び方であらう。〉とあるので(7)、まちがいあるまい。昭和七(一九三二)年二月、井上暗殺事件後ただちに戯曲をかきあげ犬養が五・一五事件でテロに遭遇するような時局を、作家は上記のごとくにみてとったのである。

今日、戦間期という呼び名がある。第一次世界大戦の終了から第二次世界大戦勃発までの期間、一九一八年から三九年の間をそう呼びならわしている。戯曲「井上準之助」の問題にはいるまえに、この戦間期の動向にふれておきたい。というのは上記のとおり、近松秋江の戯曲は戦間期のなかの昭和初期にふきだす政党政治、経済情勢のしんこくな事態にとりくむ政界の要人や政治家の国家経営をテーマにえがきだされた政治問題を主題化した作品だからである。さらに、かれにとって、いわゆる政治小説は作家としての素志につらなるジャンルであり、戦前昭和の作家にとってその原初にかかわる集成期の創作にあたるものであったことも、その根拠となるからである。そんな理由が、この戯曲にはあったからだ。ひとりの国民徳田浩司が時代状況のただなかで、作家として時代をどのようにとらえたのかは、言論統制が強化される過程のなかで「表現」の問題をかんがえることにもなるからでもあった。あえて別言して、つぎのことをかきくわえておきたい。軍国日本の初期戦間期の段階から満州事変、五・一五事件、さらにかれが激昂した二・二六事件は、言論衰運の陰の部分をつよくかんじとった職業作家としての位置づけと、政党政治の衰退の現実をぬきにしてはかたれぬからに他ならない。この件はあとでさらに具体的にふれることとして、一庶民にすぎない国民にはしるよしもないかくされた、その陰の部分が周到に計画的に進行していたことを、あきらかにしておきたい。

大正十（一九二一）年十月二十七日のことであった。南部ドイツの町バーデンバーデンで三人の陸軍軍人によるある会合がもたれた。バーデンバーデンの盟約——派閥（筆者註、長州閥の専横を指す）の解消、人事の刷新、軍政の改革、総動員体制の構築は、かれら三人の帰国後の政治集団加盟活動、同志の集結、研修の目的となり、さらには戦間期後半、また一九四五年の敗戦にいたる軍部独裁体制確立の動向を決定する。軍部の一部高級将校、中央幕僚グループによって結集された一夕会、二葉会、木曜会へと発展拡大する組織の位置づけと、統制派とよばれた陸軍政治集団「昭和軍閥」へと形成されるその推移の重要性を、歴史社会学者の筒井清忠はつぎのように紹介する。

満州事変→二・二六事件→日中戦争・太平洋戦争というコースを辿るに至る陸軍の主要エリートたちの実体を補足するために、まず、バーデン・バーデンから一夕会へと至る時期すなわち彼らの原型の確立期ともいうべき時代を彼らがどのように考え、どのように生きていたかを明らかにしたい。大正中・末期から昭和初頭にかけて彼らの軌跡は、後の彼らの行動史（それはそのまま日本史となる）にどのような影響を与えるものとしてあったのであろうか(8)。

さきの三人の陸軍軍人とは、ロシア大使館付武官として赴任前ベルリンに滞在していた小畑敏四郎、おなじく欧州出張中、ベルリンに滞在研修中の岡村寧次、そしてスイス公使館付武官永田鉄山の三人である。かれらは陸軍士官学校一六期の同期生で、階級は当時少佐であった。この会合でとりきめた「密約」が総力戦、国民総動員と大戦へつきすすむ端緒となった。また、欧州大戦でのドイツの敗戦、ロシア革命後を見聞した三人には、ひとつの意思確認、〈陸軍の仮想敵国が純軍事的な目標だけにとどまらず〝思想敵〟としても立ち現れたことを意味していた。〉といった〈情況認識〉があるとみてとるのは、『二・二六事件』の著者高橋正衛である。隠喩としてのバーデンバーデンの盟約は、秋江作品にながれるみえざる物語――通奏低音でなければならない。と同時に、作家がえがいた作品の舞台はみえざる物語が構成するおもての符牒を再現してみせたことになる。だから、この「昭和史」として顕在化することになる通奏低音こそ、世相の陰の部分が作家の逆鱗にふれたのだとかんがえねばなるまい。

作品「井上準之助」と時代背景、その一

時代を左右する関東大震災、経済恐慌から血盟団事件、五・一五事件と重大事件とその経緯を背景においてかかれ

た作品が、四幕物の社会戯曲「井上準之助」である。また、この作品を収録した一九四〇年に発行の単行本『浮生』の「あとがき」には収録作品の自作解説が掲載されており、そのうちの戯曲の解説部分全文をここに引用してみたい。

> 朗読劇井上準之助は始めから、必ずしも上演を目的としたものではない。大正十二年九月一日の大震災の時、日本銀行の総裁であつた井上準之助のヒロイツクな行為に興味を持つたことからはじまつて、その不慮の兇弾に斃れた最期と照合して、一つの悲劇的生涯と見たものである。その間背景として大正の末年から昭和七年以降委しく言へば現今に至る迄の、日本の国状の序幕として、たゞならぬ気運が動いてゐたことを看取し井上を主人公として一つの時代劇を書いてみたものである。
>
> これを書いたのは昭和七年の四五月の頃であった。即ち井上の遭難の二箇月程後であつた。そして私はこれを書き、原稿料に換へて、郷里に亡き母の七回忌を弔ひ、墓石を建てて後帰京した。恰もその日五・一五の犬養毅の遭難があつた。我が国の情勢は、これより愈々不穏が募るばかりであつた[9]。

この解説文は、いっしゅの隠し絵である。母は天保十三年生まれの徳田奈世のことであり、父啓太が各種の事業をてがけたなかの、和気酒造会社、造り酒屋は犬養毅（木堂）と関係があった。日本酒白蘭の命名は犬養によったもので、彼が揮毫した文書の存在があきらかになっている。そして、東京深川には醸造元直売店があったがこれは大震災で焼失しており、だから作家にはここに書かれたひとつひとつに感慨があったはずであり、そうした私的なものは、「あとがき」のなかでは消去されている。私人徳田浩司という人間をけすことで、作家の文章はなりたっていたのである。

さて、この自作解説を理解するためには、二点の要がある。ひとつは戯曲の構成と、その構成によって生みだそうとした政治にたいする解釈の問題である。こうした点から、井上暗殺事件の二ヵ月後に四百字詰原稿用紙で百枚超を急遽まとめあげたあたりには、なんらかの下地がすでに用意されていたことがみてとれる。もうひとつは、対米開戦の前年の戦時下にあって「あとがき」をしるす既成作家によるある決意が刻印されている。

まず技能的な問題よりも、問題意識をあきらかにするために後者を先にとりあげる。「あとがき」には井上準之助の境涯のさきに〈現今に至る迄の、日本の国状の序幕として、たゞならぬ気運が動いてゐた〉と、〈看取〉し作品化したものであることがしるされていた。井上準之助の暗殺は、昭和七年二月九日のことである。テロ事件は一月二十一日帝国議会の解散をうけ、衆議院議員選挙中におこったことであった。民政党選挙委員長として候補者駒井重次の応援演説がおわり本郷区駒本小学校会場をでて車にのろうとするその時に事件はおき、党筆頭総務をかねた井上は兇弾にたおれる（筆者註、戯曲中のストーリーは上記のとおりだか、じっさいの事件は会場到着直後にテロにあう）。実行犯は、小沼正である。小沼は国家主義者井上日召の門下生で、おなじ年に革命指針「一人一殺」主義をかかげた血盟団団員のひとりであった。この血盟団はつづけて三月五日に菱沼五郎が三井財閥総帥団琢磨を暗殺するという、やはりテロ事件をおこしている。政財界要人テロについては二件の血盟団事件の前、すでに昭和五年十一月、東京駅構内で立憲民政党初代総裁であった首相の浜口雄幸が狙撃されるという事件が起きていた。犯人は、やはり右翼の佐郷屋留雄であった。このテロ事件後、容体の悪化にともない翌年浜口内閣は総辞職をし、若槻（礼次郎）内閣が四月に成立、井上準之助はこの内閣でも蔵相として重任をはたすこととなったのである。戯曲では、このあたりのことが第二幕から三幕にかけてえがかれている。作家近松秋江がえがく社会戯曲は、このように歴史とからんでいた。

作品「井上準之助」は暗殺の二ヵ月後、昭和七年の四月か五月に完成した。そして、雑誌に発表したのが、六月の『日本国民』第二号でのことである。また、単行本『浮生』の「あとがき」をかいたのが「大震災十七周期の記念日」である十五年九月一日である、と作家はわざわざ記入する。その後、「あとがき」が活字となり刊行されたのは十五年九月十九日だったが、戯曲の執筆動機はその十五年ではなくて、ほんらいは当然それいぜん、雑誌発表の七年以前でなければならない。このふたつの時間をむすぶ軸は、作品の評価とみっせつにかかわる重要なことであった。そのあいだの動向を要領よく整理した概説が、半藤一利編著『昭和史探索　2』にある。次のとおりだ。

昭和五年から八年にかけては、日本帝国にとっては歴史の大きな転換点であったといえる。それは「危機の時代」といいかえてもいいときであったであろう。そして、それはつぎの「破局の時代」をまねくことになる前夜でもあった。なるほど、この時代を実際に呼吸していた人びとには、これが転換期とはっきり認識できるような劇的な変化ではなかったかも知れない。しかし、事実はいくつもの騒動あるいは事件ともいえるものが複雑に絡みあい、影響しあって生起し、時の流れの勢いを少しずつある方向へ、すなわち軍部の政治介入があからさまになり、軍事国家への道へと日本人を誘っていったときなのである[10]。

この指摘にしたがえば、戯曲「井上準之助」は〈「危機の時代」〉にかかれ、「あとがき」は〈「破局の時代」〉にかかれたことになる。まえに自作解説に関連して《既成作家のある決意》があるとしるしたのは、なによりも〈「危機の時代」〉におきた事件として井上準之助のテロ事件を位置づけようとする点にあったからだ。戯曲は〈始めから、必ずしも上演を目的としたものでは〉なかったこととあわせて、短期間で完成させたことからもその点は納得ができるはずである。また日本銀行総裁、あるいは大蔵大臣経験者であった民政党要人の暗殺を、〈一つの悲劇的生涯〉とみその後の戦時状況「破局の時代」と結びつけ〈日本の国状の序幕〉と位置づけ、戦時体制下にしるされた勇気ある「あとがき」の見解は、半藤一利の言説でみたとおり今日の定説である。大正十二年の関東大震災という自然災害が戦中日本から日本の敗戦に直結する歴史的な災害だったとみる定説も、今日ではすでにうたがう余地はないであろう。「あとがき」にかぎれば、半藤が〈この時代を実際に呼吸していた人びとには、これが転換期とはっきり認識できるような劇的な変化ではなかったかも知れない。〉というようには、作家はみていなかったことになる。それどころか、かれは〈たゞならぬ気運〉をみてとっていたのである。だから作家近松秋江は、先に触れた《みえざる――通奏低音》をとらえていたことになるのである。軍閥政治――軍部独裁体制下ではなにもしらされないひとりの私人、国民であり、また同時に職業作家としては勇気と犀利にとんだ戦前昭和の所見「あとがき」の筆者であったことである。

作品「井上準之助」と時代背景、その二

それでは、〈たゞならぬ気運〉とかんじとったその「破局の時代」は、どのようにしておこってきていたのだろうか。さきほどの半藤一利のいう〈騒動〉〈事件〉を本稿の方向軸にそってもういちど整理してみよう。昭和五（一九三〇）年に浜口雄幸首相の狙撃、六年にはいると、参謀本部第二部第四班長（ロシア班）橋本欣五郎中佐がクーデター未遂「三月事件」「十月事件」をおこし、木曜会にぞくした関東軍の若手幕僚グループの花谷正らが満州事変を計画実行する(11)。事変の発端となった南満州鉄道爆破事件（柳条湖事件）をおこした首謀者が二葉会の河本大作であることは、今日あきらかになっている。六年におきたいちれんの軍事行動は、陸軍エリート官僚による計画的な謀略戦であった。翌七年、一月に上海事変勃発、海軍青年将校が五・一五事件をおこし、首相犬養毅を暗殺する。事態は、水面下でうごいていた。血盟団と結託、行動をともにした人物、その中心にいた海軍青年将校藤井斉が上海事変に出征し二月五日に戦死している。そして、九日に井上暗殺事件はおきた。さらに三ヵ月後に、五・一五事件が発生する。作家がいった〈たゞならぬ気運〉とは、戦前は隠蔽され戦後その背景があきらかになる事変・事件をふくめ、こうした謀略戦によってうまれてきた時代の空気であった。戦前昭和の事態は〈陸軍中央も同腹である〉（半藤一利）と指摘される軍人による政治介入であり計画的、暴力的、かつ具体的に軍国日本をもくろんだ道程「軍人政治」の一里塚がきざまれていったのである。

ただし、「あとがき」の時間軸を理解する仕方としては、上記クロニクルの展開だけでは正確さをかいている。そのことは、近松秋江が〈日本の国状の序章〉をみてとったのがいつのことなのか——それが戯曲「井上準之助」執筆時の昭和七年なのか、それとも「あとがき」を記入したときの十五年なのかという問題にはとどまらないのである。『二・二六事件』の著者高橋正衛は、「三月事件」と「十月事件」について、こんな指摘をしている。

これらの事件は「記事永久差止め」の事件であるため、当時の一般国民はもちろん、このことを知るはずはなく、ひとえに軍部、財閥、政党、宮中方面で○○事件として呼ばれながら、相互の暗闘、部内の対立に利用され、政界の裏面では不気味な威力となって、計画内容の実体以上に噂されていた(12)。

たとえば陸軍大臣宇垣一成（註、大将）は、「三月事件」が陸軍による政権奪取未遂におわった張本人として失脚し現役から排除され予備役にまわされる。この事件をきっかけに、陸軍士官学校同期の永田鉄山、岡村寧次、小畑敏四郎のバーデンバーデン密会グループが台頭する契機となったのである。その後、彼らを中心に昭和四（一九二九）年五月に結成された一夕会のメンバーによって、「昭和軍閥」が形成されることとなる。軍国の脅威は軍部の独裁体制成立へむかう——高橋正衛の叙述なら、〈昭和七年二月、三月井上日召一派の血盟団事件、そして五月の海軍の五・一五事件が決行され〉（『二・二六事件』）テロの嵐が吹く、と。

件の話をうけまえの問にたいして、つぎのような仮説はありえただろうか。テロの嵐の渦中におかれた一般の国民は、ここでは、ようするに徳田浩司は公式にはなにもしらされていない国民のひとりであり、しかし〈不穏が募る〉作家近松秋江は軍人によって隠密裡に工作されたいちれんの動向をまったくしらなかったのか、それともどこまでかはしりえる立場にありえたのではないかという問題である。具体的な話としては、かれと交流のある政府の要人あるいは関係者、または政党人とか二七会のメンバー、あるいは出版界の人間――この当時のかれは元代議士岡崎邦輔の伝記をかく予定があり江木翼、竹越与三郎とか、また安達謙蔵、あるいは同郷人の内務省警保局長松本学、また朝日新聞編輯局長美土呂昌一、馬場恒吾らと時勢をかたりあったり、そして昭和七年八月二十五日の『読売新聞』には「日本国民文化同盟委員長」就任の報道がながされたりするような立場にあったから、〈〇〇事件〉を聞きおよんでいたのかどうなのかということなのである。もしかくされていた事件を既知の話題として戯曲を創作していたとすれば、戯曲にかぎらずその後の「あとがき」の重要性は倍加し、たんなる臆測ではなくなるのである。またその可能性は、否定できない。

さてそこで、「あとがき」の話のことだが、単行本『浮生』を刊行した一九四〇（昭和十五）年は、周知のとおり日米開戦の前夜にあたる。また戯曲「井上準之助」を執筆したのは満州事変の翌年、五・一五事件前後のことである。そして「あとがき」をかいた、その時はいわゆる戦間期後、緊迫した戦時下の後半にあたることになる。その間、作家がかんじとっていた昭和七年の〈たゞならぬ気運〉〈国状の序幕〉後の一九三四年二月、反戦の拠点であった日本プロレタリア作家同盟が解散においこまれ、言論弾圧は最終局面をむかえていた。さらには十三年の国家総動員法公布と、大政翼賛会の発足へつながり戦時体制下、軍事国家の統制が決定的となる。こうした政策は研修をつづけた昭和軍閥にぞくし一夕会所属の陸軍官僚の手による既定の路線であった。日独伊三国同盟が締結される昭和十五年は米英仏との対立が決定的となる、日米開戦をひかえた一九四〇年代の〈日本の国状〉だったことになるのである。

作家は「あとがき」の記述内容の時間軸を、〈現今に至る迄〉といったその末端にあたる日米開戦の前年、戦時体制下日本の十五年と、また〈大正の末年〉といったその尖端、具体的な出来事としては関東大震災におき、「あとがき」を記していたことになる。たしかに、戯曲「井上準之助」の第一幕は関東大震災二日目の日本銀行が舞台であったし、最後の幕はテロに遭遇した井上準之助の死である。そしてその後、昭和二十（一九四五）年の敗戦までは、大正七

（一九一八）年の第一次世界大戦終了から関東大震災の十二（一九二三）年までの戦間期前半とは様相が根本的にことなるものであった。このことを、作家近松秋江は看破していたのである。つまり井上準之助暗殺から軍事国家日本の体制を、作家はみてとっていたことになるのである。さらにくわえてみると、作家が昭和十五年にかきのこした「あとがき」に〈たゞならぬ気運が動いてゐた〉としるしたひとつの文脈は満州事変と、その翌七年の五・一五事件で犬養毅の暗殺をしり、十一年には二・二六事件に遭遇したことをさしており、しかもさらにそのおなじ「あとがき」に〈我が国の情勢は、これより愈々不穏が募るばかりであつた〉とあるもうひとつの文脈は、戦争の拡大あるいは軍部独裁体制にいたる最終局面を憂慮する文言だったはずである。いちれんの戦時体制下の事態のなかで、作家近松秋江は時局を、それも批判的な発言を昭和十五年の時点で「あとがき」にかきしるしていたのであった。さきに《勇気と犀利に富んだ「あとがき」》である、と結んだゆえんである。ちなみに竹越与三郎の最後となる軍部批判は昭和十二年の予算案審議であったと、中公クラシックス（二〇一四）解説で、かれも故あってよんだはずの『旋風裡の日本』（元版・立命館出版部、一九三三）をあんだ髙坂盛彦に指摘がある（「孤高の戦闘者竹越与三郎」）。

実はその「あとがき」をかいた前年、十二月の『経済情報』誌に掲載予定の「和平は姑息にあらず」一篇が検閲によって「削除処分」をうけていた。かれは、そんな言論弾圧を体験していた。それでは〈たゞならぬ気運〉といい〈不穏が募る〉といったような言質は、繰りかえしていうのだが、戦時下、軍部独裁体制下の言論統制がおこなわれた時代における文士の戯言の範囲にすぎないものだったのであろうか。あるいは、それとも時局にたいする含意をもつ主張のいったんだったのだろうか。この点について、近松秋江の真意が類推できるような話題がのこっている。このことが作家のよみなおしにつうじるなら、なんどでも「あとがき」にかたられている所見を問いかえす意味はあるだろう。二・二六事件の当日のことである。それはすでにふれた、寺崎浩と徳田喜代子との結婚式披露宴の席上での出来事であった。ながくはなるが、時の近松秋江をしる人の文章をしめしてみたい。

その後私は市内に転居し、秋江氏の散歩圏内を去ったのでお会いすることなく年月を経た。久しぶりで氏を見たのは徳田秋声先生の次女喜代子さんと作家寺崎浩氏の結婚披露宴の席上でだった。その当日になんと二・二六事件が起きた。

大雪の早暁、一部の青年将校が各所に重臣を襲撃の報に日本中おののいた。だが幸い「治安は目下維持せられをり市民は安堵し各々その業に従事せられよ」とラジオは報じたので私はその夜大阪ビル地下のレインボーグリルの披露宴に出かけた。ところが肝腎の媒酌役の菊池寛氏がその日の事件を怖がって自重欠席となり佐佐木茂索氏夫婦が代られた。

そして祝辞を述べる先頭に新婦の父君の多年の親友近松秋江氏が立つやいなや青白い顔をけいれんさせ口をとがらしていきなり「本日の青年将校の天を恐れざる野蛮な行動によってわが日本はついに文化未開の後進国のごとき状態を示したことはなんたる憂慮すべき時代であろう。われわれペンを持つ者として……」興奮してどもりながらの論説はいつまでも続いた。司会に「あとの方がまだありますから」と注意されて氏はふしょうぶしょうに論を中断されて、ついに新婚の祝辞を一語も述べずじまいだった(13)。

この話を紹介しているのは、吉屋信子である。かのじょは、こうも記入した。――〈かつては遊女との痴情を語り、やがてわが子への溺愛を語り、そしていま新婚への祝辞を忘れて時勢を悲憤するこの老文士秋江の体当りの正直に私は初めて敬意を抱いた。〉、と。この引用文にある〈体当りの正直〉とあるのは、「近松秋江生誕五十年祝賀会」で菊池寛がスピーチで用いた形容である。二・二六事件をおそれ、菊池寛は媒酌人であったのを欠席してしまった。その〈体当りの正直〉を、菊池寛は創作の態度と処世の態度とにたいして敬意をこめてもちいていた、と吉屋信子はつたえたのである。だがしかし、作家近松秋江の小説観は、かれが「小説」というかぎりすべて純文学——虚構の「作り物」である。だから告白小説、つまり〈体当りの正直〉としての価値を評価するものだったなら、やはりかれの作品を理解したことにはならないのである。そして、戯曲「井上準之助」についても作品構成といわば軍人政治にたいする批評性とを構築した、計算ずくの創作であることにかわりがないのである。

作品「井上準之助」と時代背景、その三

陸軍の青年将校がおこしたクーデターでは内相斎藤実、蔵相高橋是清、教育総監渡辺錠太郎が「斬奸行動」にあい落命、元老、重臣、警護警察官らの死傷者も多数でていた。「被害」状況は、高橋正衛の著書では、死者九名、負傷者七名である。緊迫をつづける情勢下、近松秋江のとった弁論は菊池寛のとった行動にくらべ、内輪の披露宴とはいえ勇敢といえば勇敢な勇気のいる態度であり、その意味でならたしかに〈体当たりの正直〉ではあった。それにしてもしかし、かれは披露宴当日の早朝に決起した「革命武装暴動」の情報をどのていどしっていた、あるいはその予知を考慮したうえでの発言だったのだろうか。吉屋信子の記憶にも、肝腎なところに後知恵がはたらいていた可能性がある。新聞記者時代に体験した二・二六事件を、野口冨士男は昭和戦後の著作のなかでいかのようにしるしている。

寺崎浩と次女喜代子の結婚式は当時その階上に文藝春秋社のあつた大阪ビル地階のレインボー・グリルで、この事件当日おこなわれた。

同年五月の『娘の結婚』という随筆をみると、「思ひの外人の集りがよく」と秋声は書いているが、大阪ビルは千代田区（筆者註、旧麹町区）内幸町にあつて、当日は明らかに「危険地帯」に入つていた。当時、私は同町内の都新聞社（現在の東京新聞社）に勤務していたので、あの界隈の恐怖と緊張とを熟知している(14)。

官庁街に隣接する都新聞の社屋は大阪ビルとおなじ一画にあり、この場合、事件当日の空気は野口の証言を尊重するべきであろう。そうであればこそ、菊池寛の用心ぶかい行動も理解できる。菊池の件では「娘の結婚」にも中止をすすめる電話連絡のあったことがしるされており、またそのほかにも事件については小寺菊子などから〈当日の出来事の報告が頻頻として電話で伝はつて来〉ていたそうである。そして、結婚式挙行の決定は新潮社の編輯者楢崎勤と中村武羅夫の情報が決め手となった、という。なおついでに、テーブルスピーチについては近松秋江を直截さしてのものではないがそのひとつとして、〈演説は紋切型のものではなく、いづれも傾聴に値ひするもの〉だった、とある(15)。徳田秋声の文章全体としては事件後まもない五月発表のものとあってか、あきらかに筆はおさえられたものであった。ここでも、軍「内部」には漏れていたとおもわれる事件が、さきにふれたとおりとりあえずありえぬ話だとしても、どのていどその情報が「外部」に漏洩していたのであろうかと、おもわないではない。というのも青年将校のクーデター決起までに、おおくの事件をつみかさね軍国日本を既成事実化してきた軍部批判を、つまり当日は、かれは二・二六事件でもその批判をかさねておこなったはずだからである。晩年にいたり、わかき日に故郷を出奔してまでも切望した政治小説執筆をいよいよかきだした戦前昭和の作家には、自分の生きた時代をかんがえない日はなかった、とかんがえられるからだ。このことはすでにあげておいた、当時の交友範囲からもおしはかることは可能であろう。

そのあたりを、いままたすこし整理してみよう。満州事変いこう、二・二六事件にいたる昭和七、八年から、陸軍内部は皇道派と統制派に二分され熾烈な抗争がはじまっていた。バーデンバーデン密会グループも永田鉄山、岡村寧次の統制派と小畑敏四郎の皇道派に分裂、かれらに交流がふたたび復活することはなかった。そしてその後、九年夏にかけては急進改革派の動向が顕在化する。その延長線上の十年八月、皇道派真崎甚三郎の教育総監更迭に憤激した青年将校相沢三郎が、後任で統制派のホープ永田鉄山を斬殺する事件をおこしている。陸軍の事情につうじている者には、この暗殺事件が陸軍内部の派閥抗争の結果であることの察しのつく事件であった。国家改造、軍部独裁体制の道筋は統制派の陸軍官僚グループの方は合法的で穏健であったのにたいし皇道派の革新運動は急進的でより強硬であり、その対立はぬきさしならないものとなっていたのである(16)。国家にたいするナショナルな感情は、過激であればあるほど正統性を獲得するのが常であった。実際のところ事情は複雑で、東京衛戍刑務所につながれ特設軍法会議にかけられた、事件後の青年将校にたいする同情と支持協力とが刑務所内でもあった、といわれている(17)。このていどには、作家もしるところではあったろう。結局、皇道派は非合法クーデター、二・二六事件によって国家改造〈昭和維新〉をめざしたことになるのである。政党政治の堕落と財閥の腐敗をあるいは農村の疲弊を、下級兵士と日常生活をともにしていた隊付青年将校グループは切迫した国家の危機にあるとうけとめていたからであった。国家機能が正常に機能していない事態を、勝谷誠彦は「完全な『バカの三位一体』のモデル」のなかで、〈必要な情報をメディアが伝えない〔筆者注、言論統制で伝えられない〕。役人が上に上げない〔筆者注、軍事体制下であやつられている〕。政治家が判断しない〔筆者注、政権の亡者でしかない〕。バカな国民〔筆者注、何もしらされていない〕は目先の欲望だけでおどる〔筆者注、煽動させられる〕。〉と看破する(18)。カッコのなかの文言はデフォルマシオンの技法で、勝手に置換したものにすぎぬが、「軍国日本」でおきたポピュリズムはナショナルな感情となり暴走したのである。小説家近松秋江は、いや、庶民のひとり徳田浩司もこうした渦中におかれていたことになる。しかしそんななかにあっても、職業人として作家はしる処があって――〈ペンを持つ者〉（吉屋信子）として筋をとおそうとしたのである、とかんがえるべきであろう(19)。

青年将校が軍事的な冒険主義にはしることを、つまり二・二六事件をおこすことを周囲の軍関係者は警戒した。高橋正衛はしかしなぜ事件が〈発覚せず〉に、また〈探知されず〉にいたのかを著書のなかで問題にしている。中田整一は逆で、「蹶起」の情報は電話の「傍受」によって〈探知〉されていたとかんがえている。中田の『盗聴　二・二六事件』のモチーフは、この点の解明につきよう。さらに、皇道派の中心人物であることを理由に陸軍大臣を罷免された荒木貞夫や真崎甚三郎は青年将校の動きを把持していた。高橋の推断であれば、〈結論的にいえば、二・二六事件は、「真崎甚三郎の野心とかさなりあった青年将校の維新運動」であるといっていいだろう。〉といいきるのである[20]。その動きを察知していたのは、皇道派の上層部軍人だけではなかった。『盗聴　二・二六事件』のめんみつな調査が、そのあたりの動静をあきらかにした。統制派はふおんな空気をさっし、電話の〈傍受〉をはじめる。電話盗聴ははじめ陸軍省がおこなっていたものを戒厳司令部がひきつぎ、憲兵隊や逓信省が盗聴を実行した。盗聴は事件のまえ、一九三六（昭和十一）年一月にはじまっていたのである。このことが物語っていることは皇道派と対立する統制派も二・二六事件をすでに感知していた、ということであった。

昭和十一年一月八日の斎藤瀏宅の「盗聴」からはじまった「電話傍受綴」の記録は、三月六日の十一件をもって終わっている[21]。

ここにでてくる斎藤瀏は予備役陸軍少将で、決起した青年将校の栗原安秀中尉とはその父勇いらいの家族づきあいがつづいていた。実際に、斎藤が決起をしらされるのは二月二十日のことであり、翌日栗原に〈行動資金（千円）〉を〈斡旋調達〉しており、占拠中の首相官邸にでむき追加の供与をしていた。この間の経緯は戒厳司令部のしるところとなり、斎藤は禁固五年の実刑判決をうけ拘留、名誉を剝奪されている。

そのうえ、二・二六事件をおこした皇道派青年将校とひとくちにいっても、急進的で、事件の中心人物、または首謀者の香田清貞、安藤輝三、栗原や粛軍の「意見書問題」で失官した磯部浅一らの「改造主義」と高橋太郎、竹島継夫、安田優らのより穏健派で体制的な「天皇主義」とにわかれ、その心情と戦略には基本的なへだたりがあって、決起後の迷走の原因となる。事件の収拾過程で、そのちがいがはっきりし決起失敗が決定的となった。強硬派であった磯部は、「遺書」にその無念をかくさずにかきのこす。今日、二・二六事件の経緯や事件の構成、あるいは事件の位置づけは研究者筒井清忠の著書や高橋正衛、そのほかの研究者の著作で詳細に分析縷述されており、松本清張と藤井康栄が編纂した三冊本『二・二六事件＝研究資料』により全体像は整理され、また事件関係者の回想も数おおく出版されている。なかでも二・二六事件の究極の図式は、筒井による磯部浅一と木戸幸一の対立においた見解――〈この事件は磯部対木戸の戦いであり、磯部はいま一歩のところで破れ去ったともいえよう。〉――につきよう(22)。そして、松本らの資料からは、たとえば事件の急をきいたあとの戒厳参謀長安井藤治の混乱ぶりを垣間みてとれる手記――〈二月二十六日／一、午前五時四十分頃司令部宿直ヨリ軍隊ノ一部本払暁前、首相、蔵相、鈴木侍従長、斎藤内大臣、渡辺総監等ヲ襲撃セル旨ノ電話ニ接シ急遽（略）〉――がその巻頭に置かれた、大部の詳細な原資料集となっている。また外地、植民地「満洲」でも、事件にたいする情報の錯綜と軍の混乱は内地の二十六日とまったくおなじであった。夜のニュースは日本からのラジオ放送があり、現地時間十一時には臨時ニュースもながされ事件についてしることは可能であり、また朝日新聞社の満洲支局から情報をえることもできた(23)。そして事件終結後、三月三日、「新京事件」とよばれる、クーデターに賛同した軍人が四十人ほど検挙されるという事態に発展し、満洲でも粛軍がはじまったのである。満洲におかれていたこの時の関東局警務部長は統制派の東条英機で、かれは関東憲兵隊司令官を兼務していたのである。

「井上準之助」断章

さて、近松秋江が血盟団のテロ事件と五・一五事件を、半藤一利が記述する〈この時代を実際に呼吸していた人びとには、これが転換期とはっきり認識できるような劇的な変化ではなかったかも知れない。〉とはうけとめなかった点については、すでにたびたびふれた。とりあえず、いまは戯曲「井上準之助」が満州事変からはじまる〈転換期〉の翌年、昭和七年に存在していたことをいえば、足りよう。井上暗殺が、上記の諸事態と連動する事件だったからである。また、かれの言動を床屋政談と揶揄しはやしたてるまえに、その戯曲を時代状況のなかにおいてどうとらえたらよいのか、という鞏固な問題提起が存在する理由に注意をはらうべきである。二・二六事件当夜、かくたる事情をしらぬはずの作家が〈明らかに「危険地帯」〉（野口冨士男）の披露宴会場で反軍演説に夢中になった、その時代状況がどのようなもので、またかれがどのようにうけとめたかをしることは、肯綮の問題でなければならない。昭和劈頭からはじまるいちれんの危機を知ればしるほど、かれが職業作家としての筋をつらぬいたことが理解できてくるのである。また、そのことが作家の魂の問題であるだけでなく、軍部独裁体制下にいたる時代にいきたひとりの人間の誠実な証言であるからだ。そのことをなにもしらされていない庶民――〈バカな国民〉（勝谷誠彦）――の犠牲のもとに成立する軍国日本の形成過程をみきわめることになるのである。作家にこうした観点がなければ、作品「井上準之助」を創作したりはしなかったであろう。さらにいっておくと、作家は昭和四年七月、浜口雄幸内閣の成立後の金解禁政策、海軍軍縮問題がおこる政治状況下に戯曲の原型を構想しているのである。そのときの政談相手が、江木翼であり竹越与三郎であり松本学や二七会の清沢洌、馬場恒吾らであったり、場合によっては安達謙蔵が情報源だったかもしれない。

かれらと近松秋江との関係をいますこしく肉づけしておく。竹越与三郎とは、途中とだえるが明治末年からのふるい交友が復活していた。首相の西園寺公望が文化交流を目的に主催した「雨声会」参加者の原案をつくったのが、明治四十年当時、雑誌『中央公論』の編集主任を経験し『読売新聞』の記者であった近松秋江である。その依頼をしたのがのちの貴族院勅選議員であり、昭和十五年に枢密顧問官に就任し葬儀にも列席した竹越であった。この時の光景を、同郷の友人で葬儀委員長であり、辛辣家の正宗白鳥が『流浪の人』（河出書房、一九五一）のなかで〈当時枢密院（ママ）顧問官であつた竹越三叉が、八十余歳（筆者註、竹越は数え八十歳であった）の老軀で、遠路を厭はず、電車でやつてきた来たのは異様な感じを我等に与へた。〉（「九」）と、わざわざ複数形のかたちでかきのこしたのは友人の晩年を理解しようとしない文芸家の偏屈だったといえよう[24]。なお日米開戦の年、一九四一（昭和十六）年発行の作品集『歴史小説　三国干渉』（桜井書店）に、竹越は巻頭の序文を寄稿していた[25]。また、松本学は同郷の岡山県の人。五・一五事件のあとに内務省警保局長となり、共産主義運動の取締りを徹底強化し新官僚にぞくした人物である。近松秋江が「日本国民文化同盟委員長」就任の誤報がうまれたのは、このあたりとの関連からであったのだろうか。松本は昭和九年に貴族院勅選議員となり、日本文化連盟を組織し「邦人一如」運動を推進する。さて江木翼だが、かれは昭和四年浜口内閣で鉄道大臣に就任し、翌年のロンドン軍縮会議では補助艦保有比率変更の条約成立に尽力した。この条約締結の結果、軍部の反撥をまねきさらに満州事変がおこると軍事国家化は決定的となり、戦争の拡大により浜口内閣を後継した若槻内閣は弱体化する。こうしたむすびつきの経緯が戯曲「井上準之助」の《通奏低音》であった点については、すでにふれた。ところで二七会だが、この会は昭和四年八月に中央公論の嶋中雄作が後援者となり時事問題をかたりあう懇親会である。メンバーの範囲は〈日本の代表的な文士や評論家〉であった[26]。もうひとり、政友会の岡崎邦輔は紀州派の中心人物で、憲政会の安達謙蔵とで護憲三派内閣誕生の立役者となる。大正十四年、農林大臣に親任され昭和三年に貴族院勅選議員となり政界を引退、十一年にかれの伝記資料収集のために郷里和歌山に近松秋江は出向いたりもしていた。竹越のさきの巻頭文には岡崎とかれの〈親交〉にふれたうえで、〈政治評論家としての一面を看取せんことを望むものである。〉との一文をかきそえている。首相で全権大使の伊藤博文と日清戦争終結交渉にのぞんだ陸奥宗光ら紀州閥が歴史小説「三国干渉の突来」のなかに点描、活写されていた。そのことにはふかい一つの意図があり、だから政治小説としてよめるのだが、ここではその指摘だけにとどめておく。戦前昭和、このように幅ひろく交流をもった文学者近松秋江は、たんなる好事家として政治に興味をもったのではなかった。また、四年の年末には二七会で馬場恒吾と高橋亀吉とで赤松克磨の「国家社会主義」をかたっていたのも文学者近松秋江であり、翌年一月二十二日の『読売新聞』アンケートでは社会民衆党と安部磯雄支持の回答をよせたりしていたのである。

だから、また『浮生』「あとがき」の言質にもどしておわる。〈たゞならぬ気運が動いてゐた〉といい〈不穏が募る〉と形容した言辞は、すくなくとも昭和十五年の「あとがき」時点で、軍国日本の体制下では直言しかねる真意があった、とやはりかんがえるべきなのだ。かれは、職業作家〈ペンを持つ者〉（吉屋信子）としての〈憂慮すべき時代〉（半藤一利）にたいする信条を含意させていた。不安おののく気持ちをいだきながらも、というのは武装した兵士が麹町官庁街になぜ駐屯警備しているのかほんとうのところしらぬまま二・二六事件当日、披露宴に出席したはずの吉屋信子は、かれの「真意」に〈敬意を抱いた〉ことである。それだけの理由がなければならないような緊迫した時代を、戦後昭和の平時になって『朝日新聞』に回想文「近松秋江」をかいているときに、吉屋はみずからがそのおかれていたあの軍国日本の恐怖をかきとめていたのである。筒井清忠の著作ではクーデター「蹶起」を、皇道派幹部にかぞえられた東京警備司令官香椎浩平の心中を忖度し――〈東京地域の警備の最高責任者が敵味方不明の状況に「慄然たる思い」をしなければならなかったほど二月二六日早朝のできごとの衝撃は大きいものであった〉と、こう表現する。怖じ気づいたのは菊池寛だけではなかったし、吉屋信子が秋江回想記をかきのこす意味を発見した理由はうなずけよう。近松秋江の宴席での振舞いは、だから際立ったものであった。秋江の披露宴でのスピーチが徳田秋声にとってかたちだけの祝辞ではなく、〈傾聴に値する〉もののひとつだったらしいことは、婉曲的にだがその「真意」がつたわってくる。そして吉屋流の理解にならえば、「軟文学」の作家による硬派の演説に〈敬意を抱いた〉のである。秋江のいきどおりの対象となった「時代」は昭和十五年にしるした「あとがき」の認識にしたがうと、関東大震災時と地続きである国家総動員法成立後の戦時体制下の時代である。この「あとがき」のメモリアルが〈大震火災十七周年の記念日〉であるところに、作家の戯曲にたいする歴史的な意図――判断がある。「あとがき」記載の一ヵ月後、十月には大政翼賛会が結成されている。さらにその翌年は、統制派からなる東条内閣誕生により軍部独裁体制が完成した。作家近松

秋江の現実認識、つまり戯曲「井上準之助」は戦前昭和の結節点となった文脈のなかに布置しており、当然その位置づけを意識し、

ところで、その井上、浜口、若槻、安達等の現代政治家としての公人を、取つて以て小説や戯曲の題材とすることが出来ぬかといふに、必ずしも、さうではないと信ずる。若槻氏は、昨年の九月十八日以来一時睡眠不足になるまで国事を憂慮した。井上氏も国民経済の打開策について、夜も碌に眠られないほど焦慮した。(略)公事のために焦慮することが題材にならぬことはないと思ふが、公事は私事ほど、どういふわけか芸術に移すと興味が、ぼやつとして来る。……自分はその点について、もつと考慮を費さうと思つてゐる(27)。

と、かように創作された内容であり、その発言自体が警戒を必要としはばかられる時代のものであり、けっして床屋政談と揶揄されるようなおもいつきなどで叙述されていなかったのである。あえてかきくわえる――文士の真骨頂というべき性質のもの、それはかれが素志をつらぬいたものであった。

【註】

近松秋江の戯曲「井上準之助」、および「あとがき」の引用は河出書房刊、単行本『浮生』(一九四〇)によった。

1 「I　新聞記事にみる二・二六事件」一九頁。
2 『盗聴　二・二六事件』九〇～九三頁。
3 「昭和十一年(一九三六)」二五〇～二五一頁。
4 『二・二六事件とその時代―昭和期日本の構造』二八三～二九二頁。なお、木戸日記研究会が編集した『木戸幸一関係文書』(東

京大学出版会、二〇〇八、6刷。初版、一九六六）の「第一部　手記」中、「昭和十一年」から「昭和十二年」の〈八月九日〉までの項（一〇三～一〇九頁）に、事件に対処した記録がある。そして、本庄繁の動静にも触れ、また事件の黒幕を皇道派の真崎甚三郎大将とみていた。

5　粟屋憲太郎著『東京裁判への道（上）』（講談社選書メチエ、二〇〇六）。「第四章　木戸幸一の大弁明」一〇二頁。

6　戯曲「井上準之助」『日本国民』第二号（白日飛躍号）掲載、一九三二年六月。初出誌では、表題の前に「社会戯曲」と付している。単行本収録作品とは、最終場面などに異同がみられる。

7　「議論（ママ）より実行【三】――社会派小説の為に」「批評家の眼識」『報知新聞』（一九三二年六月九日）。

8　前掲註4、一六二頁。

9　『浮生』三三一～三三二頁。

10　「昭和五年から八年の大きな流れ」（ちくま文庫、二〇〇七）、一一頁。

11　前掲註10、「満州事変はこうして計画された」（花谷正）、一八九～二〇七頁。

12　前掲註1、一二〇頁。

13　吉屋信子「近松秋江（二・二六事件の夜）」『私の見た人』（朝日新聞社、一九六三）、一九九～二〇〇頁。この件では、萱原宏一著『私の大衆文壇史』（青蛙房、一九七二）にも記載がある（八六～八九頁）。

14　「七章　菊かおる」『徳田秋声伝』（筑摩書房、一九六五）、五一八頁。

15　『秋声全集第十巻』（臨川書房、一九七四）、五七七～五七九頁。初出、『婦人公論』（中央公論社）一九三六年五月号。なお、「娘の結婚」の内容は、高橋正衛著『二・二六事件』で指摘する事件当日の説明とはかなり異なっている。

16　前掲註4、参照。二・二六事件収拾にあたっていた木戸幸一の「手記」によれば、真崎甚三郎処分いかんによっては、皇道派〈四百数十人〉と統制派〈数十人〉の将校が対立抗争する事態を予測、苦慮していた――そんな記述が記載されている（一〇八～一〇九頁）。

17　『五・一五事件の人々と獄中の手記――日の出十一月号別冊付録』（新潮社、一九三三）は民間の商業雑誌にもかかわらず、獄中から親族などに宛てた拘置者の書簡の掲載をふくめ、「事件」が一冊まるごと特集されている。事件の翌年、一九三三（昭和八）年五月の予審終結後、軍法会議は同年八月末に結審、判決が海軍軍人十名にたいしては十一月九日に行われた。しかし件の雑誌『日の出』は判決前、十一月一日に発行されていたのである。内容からしてまさに国策雑誌に間違いないのだが、さらに重要な視点はポピュリズムがジャーナリズムにまで浸透しており、一般庶民にはヒロイズムが蔓延していたという点である。井上準之助をはじめ政財界要人、団琢磨、犬養毅らにたいするテロの温床があった。この時代傾向のなかにあって、近松秋江のたち位置はこうしたテロ事件を批判し、また作品を描いていたことが重要なのである。しかし、二・二六事件の被告にたいする同情もおなじ根をもっていた。

18 死者を昔からの友人で何でも知っていると言うなら、二七会でも同席した彼と竹越の関係を知らなかったように〈異様な感じ〉とあるのは白を切ったことになる。しかし、この記述から逆に近松秋江と政治との深い関わりを理解すればよいのであろう。

19 事件当時、『時事新報』の記者和田日出吉著『二・二六以後』（偕成社、一九三七）に、検閲削除本の詳細なルポルタージュ、記録本がすでに存在していた。なお、手元に所蔵する本には、〈安井閣下（筆者註、内務大臣安井英二）〉に宛てた〈小坂拝（筆者註、詳細不明。出版社の関係者か）〉の〈御参考ともなりますれば〉等々のメモが献本栞に書かれてある。事件の翌年一月発行なので、すでに各種情報の流布が一年弱の間にあったものと推測できる。

20 前掲註1、一七五頁。註4を参照。

21 前掲註2、二六四頁。

22 前掲註4、二九〇頁。

23 古川隆久著『あるエリート官僚の昭和史―『武部六蔵日記』を読む』（芙蓉書房出版、二〇〇六）「二・二六事件と軍閥抗争」一二一～一二四頁。

24 一九一五年に実業之世界社から、『孤蝶馬場勝弥氏立候補後援　現代文集』が刊行された。この一書は安成貞夫の主導で、実業之世界社社長野依秀一を動かし出版した。かつて明治二十年代の「文学界」同人で、その後社会改良運動に関係した時期の馬場孤蝶が衆議院選挙に立候補するため、大正デモクラシーのとば口にあたる時代に刊行されたものであった。馬場を担ぎ、選挙の資金集めのために安成が発案したものである。大正期の社会運動を探る資料としてそれ自体に意味があるが、さまざまな立場にある八十一名の賛同者が作品を提供しうまれた書籍であった。その中には夏目漱石の「私の個人主義」が巻頭に掲載されていたり、他にも興味をひく例が多数ある。本稿との関係で問題になるのは、正宗白鳥が「他所の恋」を寄せている点である。彼は近松秋江が「政治」に関心を寄せ、政談を公表することに対してはきわめて辛辣で批判的であった。白鳥自身は『孤蝶馬場勝弥氏立候補後援　現代文集』の件をみても、政治に無頓着というわけでなかったらしいことが見て取れるし清沢洌の二七会のメンバーであり、他の文学者も同様のことが言えるであろう。また、馬場の立候補は本稿で取りあげる時期にくらべかなり以前の段階のものではあったが、そうじて文学者が政治に関係することに忌避をしていなかったようである。もちろん時代の違いは明らかで、大正デモクラシーの民主主義的な風潮と軍国日本の軍部独裁体制下の間には対極の構図が厳然と存在しており、単純な比較はできない。が、しかし今はそのことは措く。近松秋江を取りあげた最初の伝記小説『流浪の人』の本文引用個所（一二〇頁）は、戦時中の秋江の葬儀を戦後になって懐古したものであった。その内容には葬儀委員長を遺言でたくした死者に鞭打つ類の冷淡さがある。死者を昔からの友人で何でも知っていると言うなら、彼と竹越の関係を知らなかったように〈異様な感じ〉とあるのは白を切ったことになる。しかし、この記述から逆に近松秋江と政治との深い関わりを理解すればよいのであろう。いずれにせよ近松秋江の政談に対しては、白鳥に代表される揶揄軽蔑が一般的なものであった。逆に言えば、彼の晩年のライフワークが理解されていないことになる。このことは今日にいたっても変わっておらず、『浮生』「あとがき」の存在は忘却されているといってよい。それ故に、一連の作家の言論と政治小説の評価は、課題とされてしかるべきものである。

25 「『三国干渉』の巻首に題す」（昭和十六年七月二十六日記）。

26 清沢洌著『暗黒日記――昭和17年12月9日－18年12月31日』（評論社、一九七〇）、二五九頁。

27 前掲註7。

参考文献

『浜口雄幸遺稿　随感録』（三省堂、一九三一年）

片山景雄『木堂犬養毅』（日米評論社、一九三二年）

平野嶺夫編纂『岡崎邦輔伝』（晩香会、一九三八年）

岩淵辰雄『犬養毅（三代宰相列伝）』（時事通信社、一九五八年）

国立国会図書館憲政資料室編纂所『憲政秘録』（産業経済新聞社出版局、一九五九年）

松本清張（藤井康栄）編著『二・二六事件＝研究資料』・（文藝春秋、一九七六年）、同・（同、八六年）、同・（同、九三年）

鶴見俊輔『戦時期日本の精神史――一九三一～一九四五年――』（岩波書店、一九八二年）

松本清張『二・二六事件（第一～三巻）』（文藝春秋、一九八六年）

明翫外次郎『二・二六事件大全集（大衆版）』（日本新創造社、一九八七年）

藤井康栄『松本清張の残像』（文春新書、二〇〇二年）

川田稔『浜口雄幸と永田鉄山』（講談社新書メチエ、二〇〇九年）

伊藤隆編『斎藤隆夫日記（上・下）』（中央公論新社、二〇〇九年）

中島岳志『血盟団事件』（文藝春秋、二〇一三年）

二節　社会戯曲「井上準之助」論
――「昭和軍閥」成立前夜の政治「小説」として

はじめに

作家近松秋江は「昭和」になって政治的な言論、とくに政局にからむ言動をくりかえしていた。そのなかでもっとも注目すべき発言は、「政変に対する私の感想」である。一九三二（昭和七）年の『雄弁』二月号のなかで、「協力内閣」「政友会内閣の成立」「満蒙権益問題」にふれた。この発言には、前提となる政治情勢の変化がある。普通選挙法が施行されたその結果、一九二八（昭和三）年二月、さいしょの普通選挙で政友会と民政党や無産政党等をふくむ本格的な政党政治が実現する。作家はこの総選挙を、事前に『文藝春秋』二月号のなかで「早く普選の結果が見たい」といいつよい関心をよせていた。そして、その後の政党間のはげしい対立と混乱のなかから、さきの政局にたいする発言がうまれる。混迷をふかめる政党政治にたいしては、〈民政党の今までの政策は、もはや行詰つて来たことを最も痛切に看取して、何とか打開策に焦燥したもの〉と、かれは民政党・政友会与野党連合派の協力内閣運動に活路をみ支持したのである。民政党の重要政策とはひとつは外交問題であり、もうひとつが経済問題であった。後者の財政金融政策をになったのが、大蔵大臣井上準之助であった。その井上は「政変に対する私の感想」を公表した直後、三二年の二月九日に血盟団員小沼正によって暗殺される。経済対策の失敗が引金となったテロ事件であった。昭和初期、その世界恐慌下の政治動向をうつし事件をかきとめようと、近松秋江はただちに戯曲「井上準之助」の筆をとったのである。

かれは、その戯曲を一九三二年六月の雑誌『日本国民』に「社会戯曲」と銘うって発表する。この作品は一九二三（大正十二）年の関東大震災を起点に、劈頭昭和の金融恐慌から金解禁にともなう経済の昏迷と緊縮政策による経済の低迷による社会不安から軍部独裁体制へむかう前夜、戦前昭和の三二年までの時代が主要な舞台である。そして、この四幕からなる戯曲は時間系列にそって総花的に表現したものではなく、作品には構成そのものとその作品の構造によってうまれる「政治」にたいする解釈をしめす仕掛けが存在する。井上準之助を主人公とする戯曲は、かれの官僚派としてのキャラクターが構造の通奏低音としてからまっている。このことを具体的にいうと、作品はいっぽうで経済不況を基調とした金融不安の時代に、かれの得意分野の「財政問題」を取りあげ、また同時にたほうでは政党政治を左右した、かれの不得意な「政局問題」をとりあげている。経済財政政策が政治過程におりこまれ、経済官僚派であった井上準之助が政策通の主要閣僚として作品に登場するのである。

経済財政の課題が政治問題となり政局に影響をあたえるような事態は、貨幣経済の発達する江戸時代にはじまっており、この観点からみれば近代社会の特徴がはやくはその幕藩体制の後半にははじまっていた(1)。作家は戯曲「井上準之助」の前年にこの観点から歴史小説「天保政談」を新聞に執筆連載し、『水野越前守』と改題して単行本を出版していた(2)。いまはただこの指摘だけにとどめ、ここではこれいじょうふれないでおく。井上が経済官僚派として活躍した時期は、今日流のグローバル化された世界経済のとうらいが顕著になった時代であった。第一次世界大戦後の大衆社会の出現と社会主義にたった民衆運動の活発化とをあわせもち、その意味からもとくに関東大震災いこうは現代社会の相貌をいろこくする。また昭和劈頭、一九二七年の金融恐慌につづく世界恐慌の渦中、所管の大蔵大臣は財政の舵とりとして、国家のゆくえを決定する立場にたたされていた。強烈なキャラクターをもつ、ひとりの公人井上準之助をとりあげることが、いえば政治小説の文脈をもつ社会戯曲としてひとつの核心を仕掛けたことになるのである。

構成の問題、および戯曲の構造化

戯曲「井上準之助」が四幕構成からなることにも、ある必然性があった。時代を、とくに戦前、「昭和軍閥」が跋扈、政治に介入し敗戦にまでいたる時代の前史をきりとるためのめいかくな作品構成であった、といえる。簡略に作品と関連する事件をふまえ、時代の経緯と作品構成をみておく、と。第一幕は一九二三(大正十二)年、関東大震災翌日、九月二日の日本銀行が舞台である。日本銀行はいわば中央銀行であり、またその大震災が現代の扉をこじあけた。そして、災害時の消火作業のさなかに、震災内閣とよばれた第二次山本権兵衛内閣の蔵相就任要請が井上にたいしておこなわれた。使者となったのがおなじ内閣で内相に就任し、震災後の帝都復興院総裁をかねた後藤新平であった。二幕は二九(昭和四)年七月二日、民政党総裁の浜口雄幸邸が舞台となる。普通選挙法によるはじめての総選挙が実施されたのは、前年二月のことであった。野党であった浜口の憲政会は政友本党の床次竹二郎と手をむすび新党を結成し、二月二十日の選挙では当選二一六名の民政党が田中義一の政友会二一七名に肉薄、その結果、二大政党対抗時代が到来する。選挙ではほかにも大衆社会状況のなかで労働運動をになった社民党系から当選者をだしており、あらたな政党政治がはじまる。その後、田中内閣が張作霖爆殺事件に連累し、天皇の叱責にあいその責任をとり内閣総辞職をしたのが作中、二幕冒頭の七月二日のことであった。ただちに当日、浜口に首班指名があり、このとき緊縮財政担当の井上がふたたび蔵相に就任、協調外交路線をすすめた幣原喜重郎とが組閣のふたつの柱となる。

三幕は六年十月から、総理官邸を舞台に第二次若槻(礼次郎)内閣が崩壊する十二月十一日までの政局が中心となる。この経緯が政党内閣制のゆくえを物語る作品の圧巻で、ストーリーの主要部分であるといってもよい。なお若槻内閣は前年十一月十四日、東京駅で右翼の佐郷屋留雄に狙撃され重傷をおい、退陣した浜口の後継内閣であった。金解禁を中心とする健全財政と協調外交をくりひろげた内閣が、経済政策の失敗と、ロンドン軍縮会議の条約締結に不満をもつ軍部の政治介入とが政局の昏迷をふかめてゆく。その混乱を背景に、渦中の内幕をえがきだすことが三幕の核心であった。四幕は六年十二月の大蔵大臣官邸、および翌七年二月九日の井上準之助私邸である。最後に、井上が血盟団の小沼正によるテロにたおれる本郷区駒本小学校の場面へとつづき終幕する――と、いじょうのとおりである。こうした作品構成が作家の「歴史」観でなければばならない。昭和十年代、戦時下の問題を、関東大震災から始めるのは今日であれば定説化しているとしても、事は一九三一（昭和六）年、満州事変いこうの軍事国家日本という時代のとば口にあった作家による構想である。原稿の手直しだとか校正をふくめ事によると五・一五事件の最中の執筆であった可能性もあり、かつ戯曲「井上準之助」の発表を実行したこと自体を記憶しておかなければならないような時代であった。そしてなによりも一九四〇年の『浮生』（河出書房）「あとがき」にあるように、その着想が緊要事なのである。

さて作品の「着想」問題を検討するまえに、《驚くべき》――テクスト成立にかんするある事態をあきらかにすることで、戯曲「井上準之助」成立の事情を考察しておきたい。冒頭にあげたとおり戯曲「井上準之助」は、昭和七年六月の雑誌に発表したものである。この作品が収録された単行本『浮生』の「あとがき」の中でその完成が、昭和七年二月の井上暗殺後、四、五月の頃であったことを書きのこしている。井上準之助については、彼の伝記が昭和十年四月に「井上準之助論叢附録」として『井上準之助伝』（井上準之助論叢編纂会）が刊行されている。この伝記と近松秋江の戯曲との間には、数々の類似点がある。そのことにどのような意味があるのかが、ひとつの問題となる。

まずはじめに、各構成面からみてみよう。戯曲の第一幕、第一場から第三場は震災の翌日、九月二日「午前六時」の消火場面からはじまっている。そして、第四場は「業務開始」を、総裁と理事の深井英五とが打合せをもつまでの推移が中心である。その時刻が「午後一時」過ぎである。このとき、両家から〈握飯や沢庵、梅ぼし。その他〉の差しいれがとどく。この後、「三時」頃、後藤新平（筆者註、子爵）がいわゆる「震災内閣」の大蔵大臣就任要請に、井上日本銀行総裁のもとをおとずれる場面がうつしだされている。こうした時間軸が正確なものであることは、後でふれる。ではその最後の場面を、まず単行本『後藤新平の「仕事」』（藤原書店、二〇〇七）のなかから紹介してみる。

「あそこに、あの人がいる！」

彼（筆者註、後藤新平）もまた敏感に、その輿望を感じた。そうして電光石火のごとき活動がはじまった。

あの刹那（筆者註、関東大震災）山本（権兵衛）内閣の副総理として、内務大臣に内定していた彼は、すぐに自動車を飛ばせて、日本銀行の焼跡に急いだ。大蔵大臣候補の井上準之助は、当時日銀総裁だったのだ。彼が日本銀行に駆けつけて見ると、井上は感慨無量の態で、茫然と焼跡を眺めていた。彼は井上の肩をポンと叩いて、

「君、心配するな、日本銀行は亡びないよ」

こうまず活を入れておいてから、井上を自動車に乗せて、一緒に焼野原の帝都を、グルグルと、二度も廻ってあるいた。

「この惨憺たる帝都を見て、区々たる一身上の問題を考えていられるか。身命を賭して御奉公するのは、今の時だよ」

それは、熱心とまごころのこもった声であった。それが彼の偽らざる心情であった。井上はそれに動かされて、蔵相就任を承諾した(3)。

こうかき記すのは、作家の沢田謙である。この文章には問題が二つある。ひとつは、後藤新平が自動車で日本銀行へのりいれたように叙述している点である。もう一点が、山本権兵衛に首相就任の大命降下は八月二十四日の加藤友三

郎首相の死後、二十七日の葬儀後であるから、震災発生までの数日間に井上本人となんらの接触もなかったとはかんがえにくいのだが、沢田の文章は「劇的」にみせるようにその叙述を優先させている節がある。つぎのような「かけひき」が、じつは組閣中にはじまっている。やはり作家の星新一は『後藤新平の「仕事」』のなかで、後藤が外務大臣をのぞみ交渉したことをつたえている(4)。とりあえず、沢田のえがいた場面を念頭において、井上準之助の伝記本と近松秋江の戯曲とのちがいをくらべてみたい。

かれの「戯曲」の展開が「伝記」本の時間軸として「第五編　大蔵大臣時代（第一次）」の「第一章　大震災火災の勃発と蔵相就任」で、そのまままったく変えることなくもちいられている。このことがどんなことを意味しているかが、まず問題となる。戯曲を制作する動機のひとつが震災時の〈井上準之助のヒロイツクな行為〉であったことは、やはり『浮生』の「あとがき」にしるされている。もうひとつの動機として歴史的な悲劇〈不慮の兇弾に斃れた最期〉があげられる。その因果が経済官僚派としての〈功績〉と蔵相就任にはじまったことを、作家近松秋江はあげていた。つまり第一幕と最後の第四幕は歴史の因果として、作家は意図的に構成したことになる。しかも昭和七年の井上暗殺という《歴史的な悲劇》は、戯曲をかき「あとがき」をしるす十五年まで、つまり軍事国家日本にいたるまでの〈日本の国状の序幕〉（「あとがき」）であるという批判が含意されていた。だから、後藤新平の蔵相就任要請の場面はたんなるトピックではなく、作品構成上の必須条件でなければならないことが理解できよう。関東大震災はこうした歴史的な展開を予測させる伏線として激動の昭和史を暗示させる効果があり、その現場に井上準之助がたちあうことをふまえ、戯曲の第一幕は作品内で完結する。そこで戯曲の発表と伝記出版の後さきをかんがえれば、時間軸設定の一致については伝記のほうが戯曲の構成を模倣したことになるのは自明なことである。そのことは取りもなおさず、創作の戯曲が「伝記」という様式のディスクールを保証したことになり、その内容までをふくめすぐれた構成であることを追認していたことにもなるのである。だから構成の一致はもう一点、「事実」にたいするクロニクルの引写しにとどまらないことになる。戯曲の中では、井上が消火作業中に以下のような発言をしていることになっている。

いや、とても大変だ。窒息してしまひさうだ。（そして深井理事を顧みながら）なるほどあそこが火元らしいが、あそこは必ずしも重要な部分でない。内部には、かなり可燃性の物があるんだから、それが段々延焼してゆくと、倉庫も火に包まれることを免かれない。この危急存亡の場合に万一日本銀行の金庫を焼くやうなことがあつては、いよく〵国家の一大事だ。深井君どうだらう、警視庁に行つたら、ポンプがあらうぢやないか。僕一つ行つて総監が居つたら頼んでみよう。（総裁は自身ですぐ出掛けて行きさうにする。）(5)

そして、この会話が伝記の中では、

井上君は、『なるほど、あそこが火元らしいが、あそこは必しも重要な部分でない、内部にはかなり可燃性の物があるんだから、それが段々延焼してゆくと、倉庫も火に包まれることを免かれない。この危急存亡の場合に万一日本銀行の金庫を焼くやうなことがあつては、いよく〵国家の一大事である。警視庁へ行つたら、ポンプがあらう、俺が行つて総監が居つたら頼んでみよう。』といつたので、深井理事が警視庁へ行つた(6)。

と、ある。この二つの文章の関係は「伝記」の個所が戯曲をならったものであることは、一目瞭然である。「ト書」部分が伝記のようにかきあらためられたのは、戯曲とはジャンルのちがいがあるので、とうぜんの結果でなければならない。念のため伝記と照合し、はじめの文章中の、カッコでしめされたト書のつづきを確認してみる。

いや、警視庁には私が直ぐ行つて来ます。総裁は此処にお出で下さい。

この会話は、深井理事のものである。その個所を〈深井理事が警視庁へ行つた。〉と、伝記では文章の前後を整えたのである。こうした処理の仕方をみれば、伝記が逆に戯曲をどのように借用、なぜ模倣したかがはっきりする。二書にみられる文章のうえでの関係はこれで十分かとおもうが、つぎの個所はべつの意味で重要である。

〈深井理事の方を見て〉深井君兌換券が無難である以上、明日から早速行務を始めようと思ふ。此の有様ぢや、市中の銀行は、到底そんな運びには行くまいから。……何処か眼に着く処へ、三日から平日のとほり業務開始といふ大きな貼り出しをさして下さい(7)。

この会話は午後の一時過ぎ、井上が消火作業中に深井に銀行〈業務開始〉のための指示をだした場面であり、ふたりの役員だけの震災時の打ちあわせ、いえば秘密裡の合意であったはずである。そうすると、作家がなぜこのような話題をしりえ、かつ会話として叙述しえたのかが問題にされなければなるまい。作家がその内容をしるには、高度で個別的な情報を入手できる位置にいた事実をしめしていた、としかかんがえられない。伝記では、この個所と照応しているのが、

そこで井上君は深井理事に向つて、兌換券が無難である以上、明日から早速行務を始めようと思ふ、此の有様では市中の銀行は到底そんな運びには行くまい、何処か眼に着く処へ、三日から平日の通り業務開始といふ大きな貼り出しをさして呉れろと云つた(8)。

となっている。以上のように全体の構成についてもいえたことだったし、また細部の叙述についてもいえることだが、伝記は戯曲をまちがいなく模倣したのである。「業務開始」の場面描写は作品「内容」の精度にかかわる叙述の問題でなければならず、この場面を伝記が戯曲を模倣したとなると、伝記編纂者にとっても作家の記述が確実な根拠をもっていたことを承知していたとしか、やはり考えられないのである。その根拠が談話のような形の資料でこんご発見される可能性を否定できないが[9]、模倣の事実を芸術表現における「リアル」の保証といいかえることができる。そのことは、すなわち作家の技量が確証をうみだしていた、ということになるのである。

近松秋江の作品の、いわば「からくり」はこの点にある。作家が、日銀総裁の井上準之助と理事の深井英五の業務秘密をかきうる位置に、やはりいたということである。と言うことは、そのことが、第三幕の政局のような、密室でおこなわれた政治的な駆け引の場面を叙述するときに光彩をはなつことになる、と。いまはしかし、第一幕第四場、ある個所で、「リアル」の核心のていどをかんがえることになるからである。それは、この場面だけが戯曲と伝記の関係でゆいいつちがいの「常盤橋の袂」の後藤新平登場場面に話題をもどそう。それは、この場面だけが戯曲と伝記の関係でゆいいつちがいの示唆することでもあり、たんに異同の問題があるというだけでなく、「創作」にかかわる重要な足がかりとなるはずだからである。

山本権兵衛の一任をうけた後藤新平は、井上準之助に蔵相就任を要請するために日本銀行へむかう。加藤高明首相死亡による臨時暫定内閣について説明したあと、この段にいたる経緯は『大正大震災大火災』につぎのとおりの報告記事がある。

最早残骸をとゞむるに過ぎない旧内閣が如何にして此の難局に処する事が出来様か。山伯亦一刻も速かに新内閣を樹立しなければならぬ事を痛感するも通信連絡を断たれた帝都は恰も原始時代に帰つたが如く心は焦れど如何ともする事が出来ない、漸くにして既定内閣を集めて其の儘内閣を組織する事に決したのは二日の午後二時頃であつた、文部は犬養（註、毅）、司法は田（註、健治郎）、外務は首相の兼任にて諸般の打ち合せを終り赤坂離宮内苑に於て午後七時山本内閣の新任式は挙行せられたのである、天を焦す火炎を望み（ママ）つゝ親しく摂政殿下より親任せられたる光景は真に悲痛の極みであつた（10）。

この記事は大正十二年十月一日に、大日本雄弁会・講談社から発行された雑誌型装丁の単行本に掲載された文章の一節である。元老会議による総理大臣就任の大命降下が八月二十八日にあり、山本権兵衛は宮中参内を大震災前日にすましたばかりであった。推測だがまず、この間に井上準之助に蔵相就任の銓衡、内示がなんらかの形でつたえられていたとおもわれる。九月二日、二時頃正式に就任がきまり一任された後藤新平が使者となって井上と接触するのは、三時過ぎになった。この時のことを、伝記のなかでは、

午後三時頃、井上君は当時日比谷の東京府立第一中学校の校舎で事務を執つて居た警視庁へ消防の御礼をいふ為めに深井理事の自動車を借り、日本銀行書記田島達介氏を同乗させて日本銀行を出た。車が宮城前の広場にさしかゝつた時に、子爵後藤新平が菊池忠三郎氏を自動車に同乗させて、井上君に面会する為めに日本銀行に向つて来るのとすれ違つた。双方車を歩めて、井上君は後藤子爵の自動車に同乗し、菊池氏は田島氏と他の自動車に同乗して、後藤子爵邸に向つた（11）。

と、このようにその間の経緯を説明した。戯曲の方では、この場面はト書で〈午後三時頃、呉服橋の方から、まだ、

ぶすく〳〵煙の立つてゐる灰燼のなかを、後藤新平子爵が、半ズボンに脚絆、足袋靴の効々しい身装で、太いステッキを杖つきながら、来か丶つた。深井理事早くもそれを認めて、井上総裁に注意する。〉となっている(12)。そしてこのあと、つぎのようにつづく。

深井理事　あ、後藤さんが、あそこに見えます。
井上総裁　（そちらを振り顧つて）うん、後藤さんが。あ、後藤さんだ。

戯曲と伝記の違いはいうまでもなく、この後の会話をふくめ、とくに戯曲では後藤のくることを予期したようにえがかれている。深井英五の会話は、このことをつよく暗示する(13)。まえに引用した、後藤新平の行動、俊敏な実行力を強調する沢田謙の「小伝　後藤新平」と、偶然に震災の路上で遭遇するように記した伝記の記述はやはり不自然さをまぬがれまい。後藤新平の描写はト書に、その「リアル」は補完されている。そして、伝記でこう――〈後藤伯が井上君に入閣を慫慂した言葉の中には恐らく次の如きものがあつたであらう。〉と挿入したあと、就任の事情をかたる具体的内容は、ほぼ戯曲のとおりに記されていた。ただ、伝記では六時に首相官邸にたちより七時、赤坂離宮で親任式がおこなわれたことと、首相官邸にもどって新旧閣僚の事務引継後、震災対策の急務として緊急勅令を発布したことをかきくわえる。一方、戯曲は日本銀行を、後藤と井上が車でたち去ったあとは、ト書で〈後藤子爵と総裁とは、いづれかへか走り去つた。〉としか記さず、第一幕がおわる。こうした作品の第一幕全体と異同部分から理解できることは、戯曲「井上準之助」はかぎられた時間のなかで創作準備を十分にしたうえの作品で、「事実」のクロノグラフをこえた「リアル」を保証した芸術作品だということである。戯曲が二月の井上暗殺というテロ事件から五月までのあいだに完成したのには、作家近松秋江の不断の「政治」にたいする関心ぬきにはありえないことも、あわせて理解できるはずである。

戯曲「井上準之助」における財政金融論

冒頭の梗概でもふれたとおり、戯曲「井上準之助」には経済小説（戯曲）の側面がある。政党内閣制のなかで「財政」の問題をとりあげ、経済政策が政治過程におりこまれ、井上準之助が政策通の重要閣僚として登場することは、その点をなによりも物語っている――ということである。作品が現代性を担保するなによりの根拠である。昭和史をかたる作品の奥行きは、けっして浅くない。

一九一四（大正三）年の第一次世界大戦がおこるまで、日本のマクロ経済は苦境の淵にあった。日露戦争以来、その戦費をまかなった外債の返済による財政圧迫がなおも継続していた。それはまた、一九一〇（明治四十三）年の大逆事件が社会不安を増幅させ閉塞感ただよう現実をつくりだしていた時期であり、この点からも大正劈頭はあかるい見通しのたたない時代であった。大正とよばれた時代を三期にわけたうちの、七年欧州大戦終了までの大正前期の後、戦中のバブル景気をのぞけば、大正戦後は九年の大不況に代表される慢性的な不況による経済不振が間断なくつづく。関東大震災は、そんな折しもの大災害であった。震災以降の大正後期が「現代」であるとは、今までもたびたびふれた。その理由もくりかえしになるが、昭和と地続きの大正晩期は第一次、第二次世界大戦との戦間期の後半にあたっていて、世相、文化現象にしろ、政治、経済でおこった情勢は一九三〇年代の問題そのものであった。ようするに、金融不安に代表されるような昭和初年期と相同だったということである。

大正という時代の経緯、特徴をかんがえると、戯曲「井上準之助」の全体の構成はもちろんだが、その冒頭の構成が卓見である理由は、納得できるはずである。そもそも、作家近松秋江は、一九三一（昭和六）年の満州事変を契機とする軍部の不穏な動向に批判をもっていた。戯曲の執筆動機が七年の二月九日におきた井上の暗殺にあったことはいうにおよばず、執筆時期のそのタイミングをかんがえると、五・一五事件での首相犬養毅暗殺と無関係ではないし、つまりは戯曲が井上暗殺の二ヵ月後には完成したというのも掲載が六月発行誌だったので間違いないところであり、事実、六月七日の『報知新聞』中の「【三】批評家の眼識」（「議論より実行——社会派小説の為に」）でこの間の事件を批判の対象とみており、近松秋江が時局とむきあう現役作家であったことの証であった。しかも、第三幕でえがかれている政局の動向は、事前の取材を必要とする事情通でなければかくことのできない密室のなかで連続してつづく「秘事」なので、この戯曲がおもいつきのものではなかったこと——そのことにくわえテロがおこることを正当化しようとする事情にたいして、時局批判が目的であったことも考慮しておかなければならないのである。戯曲の構成には、構成の組み立てとその内容によって昭和初期の「歴史」を批判するという仕掛けが仕組まれていた、——読み手の問題として、このことは否定できないのである。

ところで、昭和初年前後からつづく金融不安は経済運営にかかわる政策の失敗が(14)、その傷をふかめていったことは一致した見方のようである。緊縮財政派の井上準之助と積極財政派の高橋是清がたたかわした当時の政策論争は、世界恐慌を視野にいれた不況脱却をめぐる見解の衝突であった。経済財政問題を軸に井上をながめるとき、戯曲でとりあげられた「劇」と関連する起点は大震災後、井上が日本銀行総裁として実施した政策——震災手形による銀行救済までの、十年前にさかのぼる。そして若槻内閣の総辞職と犬養（毅）内閣の成立までの金解禁をめぐる井上と高橋との政策論争と新内閣によるインフレ政策への転換には、因縁の対決の結論となった観がある。このことがあって、作品は第三幕が戯曲の山場となる。しかも「因縁の対決」の端緒は震災をさらにさかのぼる大正二年、井上が横浜正金銀行頭取に就任したときからはじまっていたのである。

秋田博の著作によれば、一九一八年、第一次世界大戦がおわると、ニューヨークの国際金融市場の首座がクーン・ロープ商会からモルガン商会へ交替し、日本でもモルガン派の井上が最初の国際金融通であった高橋の座をうばいとった、との指摘がある[15]。昭和六年十二月、若槻内閣が崩壊し井上が断行した政策金解禁を二年で再禁止したのは、高橋蔵相であった。しかも、この両者はともにテロの兇弾に斃れ、戦前の政党内閣が五・一五事件によっておわる。さまざまにおりなされた人生のうち、戯曲の主人公井上が金融界の表舞台に登場したのは、高橋とのいれかわりだったのである。その間に確執があったのかなかったのかだが、かくたる確証はない。しかし、あったと考えるのがまず一般的であろう。二人のその関係はのちに浜口内閣いこうの件の対立を予測させる人事劇がかくされていたであろうし、ジャーナリズムをつうじての批判、あるいは国会でのふたりの論戦は熾烈なものであった。そうした経緯は物語の因果としては作品の陰影をふかめたにちがいなく、両者のかくれた間柄を、戯曲「井上準之助」に記入しなかったことで、作品は一見『浮生』の「あとがき」にあるとおりのモチーフに収斂する。このことからも戯曲が軍国日本にたいする警鐘にあった、とみて取ることはそれはそれでひとつの見方として無理はないであろう。

そこでいますこし、作品の背景をさぐってみたい。横浜正金銀行頭取のポストに在職中、井上は若槻礼次郎蔵相のもとで次官を勤めていた浜口雄幸と財政金融問題やら貿易問題など諸般の経済情勢をひんぱんに情報交換しており、その後もつづくふたりの緊密な関係のはじめは、横浜正金銀行時代にあった。震災時の後藤新平がとった行動も、井上のキャリアをぬきにしてはありえなかったのである。その後、井上は浜口内閣の蔵相に就任する。とくに一九三〇（昭和五）年一月実施の金解禁は緊縮財政による経済たてなおしにともなう金融対策が最重要課題となった、ということであった。この政策遂行の主務大臣が、井上だったのである。近松秋江の作品でもふたりの関係を切り離せないものとして、戯曲の第二幕、第二場が浜口内閣の蔵相就任を受諾する場面にあてており[16]、ふたりの間柄は経済運営を共有するもの同志として、作品のじゅうような背景となっている。いかは浜口が井上に就任要請をしたとき、その政策課題を説明した骨子にあたる個所である。

困難です。新内閣の最も難関とする所は大蔵大臣の仕事であると、私も夙にさう考へてゐるのです。それゆゑに、貴下に此の難局を燮理していたゞきたいと思つてゐるのです。無論党にも人はありますが、新内閣の使命は何であるかといへば、財政経済の現状を根本的に建て直すこと。これを最も急務としなければならんと思ふのです。それについて大体私の考では、第一中央と地方との財政の整理緊縮。第二公債の整理、第三に金解禁の断行。この三つは、どうあつても実行するつもりで居ります。これを断行するには、金融財政の実際経験に富んで居らる丶貴下の御尽力をぜひとも願はなければならんと思つてゐたのです(17)。

緊縮財政の実施による健全財政と国際金融界での信用取引確立のための金本位制の復活を、浜口は大蔵大臣の重要政策課題としてあげていた。党内事情の説明とともに、実際に作家はまえにふれたように、井上とのあいだで経済情勢での意見交換にページをさいている。この話の出所については創作の問題と関連して、詮索の対象となるが今はそのことをあとにまわし党内調整にかかわる第二幕第三場にふれておく。党外にいた井上をよくしる浜口が大蔵大臣の適任者としてあげた根拠は、〈金融経済の技術に熟練した人物〉だという点である。この理由を党内実力者――幹事長桜内幸雄、総務原脩次郎、頼母木桂吉につげたあと、党内の根回しを依頼し井上蔵相の実現にこぎつけたのである。こうした一部始終を、作家近松秋江は作品に記入した。

今日の経済学者にとっても、昭和初年の政治過程のなかで経済動向を的確に表題化する重要性は変わらなかった。中村隆英は講談社学術文庫『昭和恐慌と経済政策』のなかで、新刊一冊の改題問題に触れている。昭和の金融恐慌期を問題にするとき今日までに経済、財政政策を重視する研究成果があるので、元版初版の小説風の表題「経済政策の運命」(日経新書)が新版となって復刻された際、再刊段階で講談社学術文庫版と同じ表題に改題した。この時期の金融と政治の関係、とくに金融政策の政治問題化がいかにデリケートな課題であったかをうかがわせるエピソードでは

ある。いずれの場合にも、中村の問題意識と構想ははっきりしている。初版単行本『経済政策の運命』の意図を、

近代日本の経済と経済政策をふりかえって見ることに関心をもつようになって、はじめてのまとまった仕事であった。井上準之助蔵相の指導した金解禁政策を、その出発から昭和恐慌と世界恐慌の嵐のなかで崩壊するまで跡づけてみることは、年来の目標であった。また、経済政策の立案や実施を政治過程の一部として跡づけ、金解禁をその素材にとりあげたいという野心もあった(18)。

と、井上財政の課題とその評価を位置づける。作家近松秋江の戯曲と経済学者中村隆英の研究書にちがいがあるとすれば、作家はえがこうとした人間と同時にその人間が政争に深入りしていく過程により興味をもったことであろう。職業柄のちがいはそれとして、作家が年来おもいつづけた「政治小説」にたいする思い入れがそこにはある。その意味で、とくに戯曲第三幕、若槻民政党内閣の内紛と野党政友会との攻防は、作家の意図にそう作品のモチーフとなり主題化したことが充分にかんがえられる。財政金融政策の問題が政争がらみとなることによって、政策の舵取りをこえたひとりの人間の運命を支配してゆくという着想は、井上の境涯におおきな意味をくわえたはずである。緊縮財政による国民生活の窮状を覚悟し財政の再建をかたる、浜口・井上会談一場を設定しその中でかわされる憂国の情――〈一身を国家に捧げる決意〉を、両者に共通する感情としてえがいた根拠はそこにある。中村隆英の著作になぞっていえば、主人公は井上準之助で、井上財政が政党内閣史上初めて政策遂行の「最重要課題」となることで、「劇」の核心へとかわってゆく。

この小論の主人公は、井上準之助という一人の大蔵大臣であり、それをめぐる政、財界の巨星たち、若槻礼次

郎、浜口雄幸、池田成彬、深井英五、高橋是清などのひとびとである。そこで展開される諸事件は、昭和二年春の金融恐慌、昭和四年の金輸出解禁、昭和六年の満州事変と金輸出再禁止、昭和七年以後の公債による財政の膨張と景気回復である。そしてその背景には一九二〇年代から持ち越され、二九年から深化した慢性的な世界不況があった。

その過程を、単に経済の視角からのみ見ることは不十分の観があることを実証するために、二、三の例をあげてみよう。のちに詳しく見るように昭和二年の金融恐慌を爆発させたのは、政友会と民政党の間の政権争いであり、内閣倒壊の手段として震災手形をめぐる諸法案の審議が選ばれたのであった(19)。

この解説でえがかれる井上準之助物語は、一九二〇年代の不況にその起点がある。経済学者である中村にも昭和の恐慌をかんがえるとき、井上財政誕生までの動向を整理する魅力がつよくあったことのよくわかる解説である。

井上準之助の経済人としての境涯は三通りの異なる起点――横浜正金銀行頭取就任と、日本銀行頭取就任、さらに二度目になる大蔵大臣就任の起点がかんがえられる。いずれにしても財政運営の問題をとりあげる場合、経済恐慌の問題が主軸になることは、衆目一致している。市井人徳田浩司はその時代をいきた当事者であり、かつ政局がらみの財政再建問題が政治問題となるときの最重要課題が金融政策であることを、作家近松秋江は戯曲「井上準之助」のなかで主張したのである。このことは経済学者の中村隆英の解説と一致しており、逆に戯曲の着眼点の高さをいまにして証明していることになるのである。

戯曲中、「満蒙問題」と近松秋江の視座

くりかえすが、作品のながれを浚ってみてみる。戯曲「井上準之助」の第一幕は、四場の構成である。その最初は、

炎上する日本銀行の正面が舞台である。第二場は舞台が半分まわり、銀行の西河岸にうつり、三場で銀行内部に舞台は転回し消火作業場面にかわる。そして、最後が常盤橋袂の場景である。そこに、後藤新平が登場する。冒頭ト書には、〈大正十二年九月二日午前六時頃。大震火災の翌日である。／朝日は、東の方に昇つてゐるが、折しも、早暁から火の手の廻はつた、三菱百貨店、三井銀行、正金銀行などの高層建造物から盛に燃え上る火煙の為に、太陽は不気味な紅褐色に煤けて光を失ひ、微かな輪廓だけが深い黒煙の彼方に見られる。〉と[20]、舞台の状況説明があって戯曲ははじまっていた。作家が〈日本銀行の総裁であつた井上準之助のヒロイツクな行為に興味を持つた〉のは、総裁が先頭に立って消火作業にあたる時からのことであった。

関東大震災から時はすぎ、五年十ヵ月後、昭和四年、七月二日の午後七時すぎ、場所は小石川久世山、井上は民政党総裁浜口邸の応接間にいた。浜口内閣の組閣、最終局面の「場」にあたる。また第二幕、三場のうちの最初の場面、浜口邸玄関先で記者団にかこまれた井上を説明する、そのト書には、

井上準之助は、前幕によつて明かなる如く大正十二年大震災直後第二次山本権兵衛内閣の大蔵大臣として初めて入閣し、非常時の金融財政に対して、敏活に応急処置をなし、続いて震災復興事業等についても主務大臣として施為頗る宜しきを得た。しかるに、組閣後わづか四ケ月ならずして、山本内閣は、ある突発事件の為に総辞職をすることになつた。井上も同時に閑地に就き後三四年、昭和二年再び日本銀行総裁に就任した。いくばくもなくして、それを辞し、今日にいたつたのである。この間約五六年経過してゐる[21]。

と、しるされてある。引用文中に〈ある突発事件〉とあるのは、いわゆる「虎ノ門事件」をさす。内閣総辞職後、井上は外遊の途にのぼるが、その折、旧知のモルガン商会のトーマス・ラモントにおくった書簡[22]に〈総辞職は閉院

式の為め、貴族院に行啓中の摂政宮殿下に対する一青年凶漢の不敬行為に基くもの〉とつたえた事件が「虎ノ門事件」で、難波大助が摂政の宮裕仁親王、のちの昭和天皇を東京虎の門付近で狙撃した事件であった。ト書にある〈閑地〉は閑職をさし、伝記でも「閑居時代」と章題をたてている。しかし、外遊では各国金融界の要人と接見しており、東京市長就任を拒否したり、また引用文中にある〈非常時の金融財政に対して、敏活に応急処置〉したとある蔵相時代の勅令、いわゆる「震災手形」処理のため調査会会長に就任したり、あるいはほかの要職についたりしているので、伝記をよむかぎり〈閑地〉という立場にあったというほどの印象はない。そんな中での二回目の大蔵大臣就任であったのだが、とうぜん旧知の浜口が井上のこうした履歴をしらなかったということは、ありえない話であった。

そして、第三幕にうつる。一言でいえば、軍部の台頭、政党政治の終焉を予告するような幕である。浜口内閣の後継内閣、若槻民政党内閣末期の政権動向が舞台となる。この第二幕から第三幕への展開では、最初にふたつの点にふれておきたい。そのひとつが、浜口雄幸が狙撃されたテロ事件にはまったくふれていないことである。この狙撃事件は、後継内閣誕生の原因をつくったものであった。しかし、戯曲「井上準之助」では戦前昭和の動乱のひとつにあげられる事件も、ようするに構成上必要としなければ、取りあげなかったということだ。そこには、作家の創作意識があったことになる。もうひとつは、密室の暴露である。前幕、浜口・井上のふたりだけの大臣就任要請の要談内容があきらかにされたように、第三幕でも若槻首相と中野正剛、井上の談話内容があきらかにされた。密室内での出来事が公表されたのにはそれだけの情報を、作家がつかんでなければならない。ということは、近松秋江には情報源があったことになり、それはたとえば馬場恒吾などがかんがえられる(23)。そして、作品の性格上、かかれた内容の信憑性、「リアル」が、つぎに問われなければならない。

第三幕、第一場冒頭のト書には、〈昭和六年十月中旬、ある日の午後。／総理大臣邸。／若槻首相と中野正剛と対談。〉(24)——とある。昭和六年十月、この月は、戦前の政党政治のメルクマールとなる。また、この転機に党総務の中野正剛がはたした役割は重要で、民政党内の安達内相派の中核として富岡幸次郎、永井柳太郎、山道襄一、鈴木富士弥らと「協力内閣運動」をはじめていた。十一月のことである。この運動は軍部の台頭をおさえ政党政治を継続させようとする、野党政友会とくんだ政党側の画策、政略をさしている。作家が第三幕の最初に首相と中野の会談、あるいは談合からはじめる設定には、だから意味がある。この会談は、またその直前におきた満州事変後の事態にたいする収拾策の提示であったことも緊切の事となる。この会談内容のいくつかを、戯曲中二八五頁から二九三頁のなかから抜きだしてみる。

私も、福岡でまだ寝てゐる時（筆者註、デング熱による病臥をさす）に、九月十八日の満洲事件が勃発する。それに引続いて二十一日に英国の金本位停止と聞いたものですから、これは二つとも日本にとつて容易ならぬ重大問題だと思ひましたから、落着いて寝てゐる気になれず、独りで心配してゐました。それでまだ少し熱のあるのを推して帰つて来て、この二つの問題について、いろ〳〵研究してみたのですが、その結論として、私はかう思ふのです。（二八七頁）

このあとアメリカの動向、国際連盟の情勢分析など、中野は〈強気〉の縷言をはくことになる。しかし若槻はあくまで慎重な言動をくずさず、どちらかといえば、〈責任の地位に居る〉者が急進的な見解を牽制しているように――そんなふうに、作家は叙述している。また中国との懸案事項、「満蒙権益問題」では各国の情勢を検討したうえでこのような見解を、中野は若槻にぶつけた。

既に経済封鎖もまた恐るゝに足らずとすれば、日本は日本の主張を恐るゝ所なく徹底して、此際満蒙に於ける日本の権益の内容を堂々国際聯盟の前に説明して、聯盟の蒙を啓くことが肝腎だらうと思ひます。今のやうに、軍部は何処までもやり徹さうとする。外交の方では弱腰で行く。ジユネーブでお体裁の好いことばかりをいつてゐる。満洲の現地では、着々その反対なことをやつてゐる。それじや外交上の信義が立たぬから、出先の外交官も仕事がしにくい。ですから、外務と軍部と内閣に於てちやんと一定の方針を定めて、日本は満蒙に於て、これだけはやる。これ以上はやらないとはつきり闡明なさるのがよいと思ひます。日本の国論が統一してさへ居れば、満蒙の問題は自然に解決して来ます。(二八九頁)

この意見にも、作品内では若槻が〈楽天的〉な見解だとみたことになっており、結果はその後の経過をみれば、中野の意見をしりぞけたこととなる。戯曲の執筆が一九三二年のことであれば、作家はこの件をおもうところがあって記述していたはずである。一九三一年の満州事変は、関東軍が劇中第三幕の時間内——井上暗殺というテロの発生した翌年二月までに満州を占領、その翌三月には「満洲国」建国を強行していたからである。

もうひとつの金解禁の政策でも、中野はつぎのような見解をくりひろげる。

今日お話に上がるまでに、先達てから銀行家財界各方面の連中に会つて意見を聴いてみたのですが、誰れも、金解禁をこのまゝにして置いて、正貨が維持出来るか、どうかといふことに対して確信を持つて居る者はないやうです。正貨を維持しなければならぬといふことは、井上さんと同じことですが、皆な支那問題がかう悪化しては、金の入つて来る道は倍々梗塞するばかりですから。……井上さんは弗を買ふ奴は売国奴だといつてゐるさうですけれど、資本の原則として、実業家が見越し買ひをすることを咎めるわけにはいきません。私は為替管理といふことを詳しく知りませんが、これは、どうしても、厳粛なる為替管理をやるより他ないと思ひます。でなければ、断然再禁止をやるのです。本来ならば英国が再停止をした時に、すぐやつた方がよかつたのじやないですか、貴方にしても井上さんにしても。そのしかし、何とか早くなさらんと、正貨は逃亡してしまいますよ。弗買ひは益々甚だしくなる一方です。いくら愛国心に訴へて弗を買ふなといつたところ為方がない。経済上の理法に依つて処置するより他ありません。(二九一頁)

この金輸出再禁止にたいする発言も「満蒙権益問題」とおなじく、浜口内閣発足いらいの、いわば党の方針、および選挙公約に反するものであった。外交の国際協調路線と金融の国際信用確立は、民政党の二大政策だったからである。しかし、中野のおもいの根底には〈二年前と今日とは、内外の状勢が違つてゐ〉るとの明確な認識があり、政策転換の必要性は大蔵大臣にたいする評価にかかわっており、〈井上さんは金融財政の技術家としては優れて居られるでせうが、政治家としては、もつと大局を考へてもらひたい〉と、直言していた。それにしてもである、作家近松秋江がどうして上記のような情報「密談」をえる機会があったのかは、後でふれる。作品の「リアル」を保証したはずの中野の言質は、昭和十八年に東条内閣打倒の重臣工作に失敗し自刃した本人が生存中のことである。ではたして、直接取材をおこなっていたのだろうか。

この「満蒙権益問題」は戦前の帝国主義列強による覇権争いの象徴となった問題であり、満州侵略と断定したリットン報告書でも満州の権益をみとめる帝国主義の時代、中野の言動もその時代の内側にあったことになる。このことを、作家は批判していない、というか批判する根拠をもっていない。満州事変から「満洲国」建国の侵略過程を、アジア・太平洋戦争の敗戦にいたる十五年戦争のはじまりと予感していたらしいことは、作家の言動が『浮生』の「あとがき」にのこされているのだが。そしてもう一点、「満州国」建国の過程で重大事件がおきていた。最初の軍部クーデター計画といわれた「三月事件」をくわだてた橋本欣五郎が、おなじ「十月事件」で十月十七日、憲兵隊に監視、拘束されている。この事件は「満蒙権益問題」を陸軍主導で解決しようとする、桜会にぞくした軍人による画策の一環であった。二・二六事件に発展する重大な事件が「劇」の中でふれられていないのは、軍部によって事件が厳封されたからにほかならない。「満蒙権益問題」には昭和軍閥の壁が存在しており、作家はその壁の外の民間人であった。

戯曲中、経済政策と近松秋江の視座

それではもういっぽうの財政金融問題は、どうだったのであろう。金輸出再禁止の論議は倒閣運動にむすびつく問題で、野党政友会は井上財政には終始一貫し反対の立場にあった。この問題では、若槻の立場は〈英国がやつた後ぐ日本も再禁止をやつておけばよかつたのだ。〉と、そうまよったうえでなお井上の経済運営を支持した――これが、「劇」の叙述のあらましである。見方によれば中野正剛の「満蒙権益問題」にたいする見解は軍部の側――〈親軍ぶりはより露骨であった〉――にたつものであり(25)、同様に金輸出再禁止の見解は〈銀行家財界各方面〉の要望をつたえたことになる。そもそも、浜口内閣の重要政策であった金解禁によっておきたドル買いは円高を予測しドルを買う投機筋には〈経済上の理法〉があり、外国為替相場にたいする市場心理がはたらいた。この経済行為を、井上は〈看すみす国帑を費やして、小財閥の私腹を肥やす〉〈売国奴〉とみていた。経済原則と愛国心を天秤にかける意図がもし井上にあったとするなら、否、実際に井上は金融政策の専門家として周囲の意見に耳をかさなかった(26)。作家がこの件をうつしとったということは、かれにはその意図があったはずである。

浜口内閣が金解禁をおこなったとき、金本位制を実施していたおりの平価が百円＝四九ドルの為替レートは、金本位制停止後の平価の実勢レートが百円＝四〇ドルという一〇パーセント前後の円高で推移していた。だから新旧の平価であれば合理的には新平価で解禁のところを、浜口内閣は旧平価で金解禁を断行した。その結果、不況下の輸出不振と円売りドル買いの事態がおこり社会不安が増幅する。この動静がポピュリズムをあおり井上だけでなく、三井財閥の団琢磨暗殺の原因をつくったことになり「財閥転向」――戦争協力の契機となる。だがもちろん、中野の見解がただしいかどうかを問うことが問題なのではない。戯曲の根底を支配しているのは、不断につのる軍国日本にたいする危険視の感情であった。満州事変につづく血盟団による暗殺事件にたいする批判が、作家の創作意欲をかりたてたであろうことを指摘しておきたいのである。政争のひとつの原因には井上の経済運営があって社会不安の現状を政局問題にかえてかきうつすときに、井上のキャラクターが作品成立のうえで要であった。

またこうした経済原則とかかわる動向とはべつにもうひとつの文脈、外国為替市場のうごきがある。上記、財閥によるドル為替大量買い入れ事件「ドル買い事件」は、ヨーロッパの金融恐慌と連動しておこった。ドイツに投資したイギリスの資金が凍結され、フランスなどがイギリスから資金をひきあげにかかったいちれんの玉突きによっておこったものであった、と。九月十八日の満州事変の三日後、二十一日にイギリスが金本位制を停止した結果、イギリスにある資金は凍結され〈止むをえずドルを買ったというのが三井銀行の弁明〉であった(27)。経済史の専門家である中村隆英が著作のなかでこの〈弁明〉を記述し、また上記で説明した経緯は戯曲の筋書きを裏づけるものであった。だから財界の苦境をしった中野が〈政治家としては、もつと大局を考へてもらひたい〉と、事の当否を問う場面が作品のひとつの山場であったことになるのである。

作家近松秋江が戯曲の第三幕第一場をかくにあたりもちいた材料は、一九三二(昭和七)年一月十五日に日本青年館でおこなわれた中野正剛の演説「政局の真相と吾等の動向」であった(28)。中野泰雄はかれの著作中「30　若槻首相に直言」でその演説内容をふまえ、中野の政治行動や言動について解説している。そして戯曲作家の技量はといえば中野の演説内容を、中野/若槻のいわば「分ち書き」にし芸術作品に仕立てた点にある。おなじように、つぎの第二場の井上/若槻の「分ち書き」もなんらかの資料によったものだろう。そのうえで戯曲のどこが秀逸かといえば作家近松秋江はふたつの、あるいはすべての場面構成によって若槻首相を「優柔不断」な人物として浮彫りにしたところにあり、戦後に若槻が出版した回想録の発言内容にくらべれば当時、戦前昭和の実情をうつしとっていたのである。

首相　いや、さういふことなら、僕も安心ですが。……しかし、僕が中野から聴いて、君に話したことは、中野にはいはないでくれたまへ。

井上　なあに、中野のいふことなど。……しかし、弗買ひの銀行家と相談して、政府の財政政策に対して異議を唱へるとは、怪しからんぢやないか(29)。

この、戯曲「第三幕」「第二場」のふたりの会話をみた読者はすでにいかにある内容をよんでいるので、若槻にたいしてさまざまに想像をめぐらしたにちがいない。党総務の中野は首相若槻に、外相幣原喜重郎と蔵相井上には直接ふたりにはなす旨をつたえ、それまでは進言内容の口止めを要求していた。また、進言の目的のひとつ――中野は〈人は自分の得意になって事をやりだしている時にはなかなか鼻っ張りが強い。それはいけませぬといったってなかなかやめぬ。井上さんは財政・金融では日本第一だと思っているから、私がいったって駄目だ。〉とかんがえていたので(30)、進言目的は経済政策の転換を先輩官僚、財政金融の専門家として首相からの蔵相にたいする説得にあった。作家は、こうした人の機微を見逃さなかったことになる。また、井上との対話にある若槻が安心だという〈さういふこと〉とは、作品では金本位制の堅持と円売りドル買いの阻止が〈見事計画は成功した〉と強気な進言をする井上の為替対策をさしている。見込みちがいをおかした井上のこうした言動とその経緯を、中野泰雄はさきの「若槻首相に直言」のなかでつぎのように解説している。

井上蔵相はイギリスの金本位制離脱は長期間にわたるものではないと観測し、日本はアメリカやフランスとともに金本位制を維持できると確信して、金再禁止の思惑によるドル買い投機はドル売りで対処することによって鎮静できるものと思いこんでいた。そして、予測をこえたドル買いは、井上財政に反対して、金輸出禁止を、「激成せんとする一部投機者流」によるものであるときめつけた(31)。

そして、ふたりの対立はエスカレートすることとなる。中野の行動を若槻を介してしった井上が大蔵省をつうじて、かれを標的に金本位制の放棄を喧伝する政治家と批判を流しはじめることとなるのである。

まえに「劇」の山場を、中野正剛を軸にもってきたことが作家の犀眼だといった。経済政策の失敗が内閣総辞職の原因となる政治過程を、作家はおおくあったはずの情勢をめぐる選択肢のなかから選択していた。直面する金融対策は、政治問題化してゆく。第二幕で、浜口雄幸が井上におこなった蔵相就任の条件は、〈国民経済の建直し〉〈今日の経済国難を打開する決心〉をもち、〈緊縮財政の結果、当然、不景気は、今までよりも、一時的に一層不景気になることは予め覚悟し〉たうえで財政再建をすすめることであった。その政策根拠には、リフレ派、積極財政派の高橋是清を中心とする政友会にたいする批判があった。高橋財政を〈最近の日本の政治は――就中経済財政政策の上であまりに国民を甘かしすぎてゐる。国民に媚びてその日〳〵を送つて来たのが、反対党の政治であつた。〉と(32)。民政党内の対立は、この時の政策方針にまでさかのぼる。作家が経済政策を軸に「劇」の山場を中野の政治行動にむすびつけたのは、井上の運命を左右した政局「協力内閣運動」という政治状況――第四幕に記入する政党内閣制までをゆるすこととなる連立内閣にたいする評価を睨んだうえでの構成であった。だから作家は、――かれは協力内閣を支持しておりその立場にたったうえで、劇の構成が「政治」の解釈であることを熟知していたのである。若槻首相にたいしてとった党総務中野の政治行動が今日作家が意図したようには周知されているものとはいえないので、いますこしかれの行動に目をむけてみたい。

中野が若槻に政策転換を直言したのは、戯曲中では〈十月中旬〉である。第三幕の冒頭のことであった。しかしそれいぜんに作家が叙述しない、じゅうような政治状況がうまれている。満州事変勃発の翌日、九月十九日に臨時閣議がひらかれ事変の経過報告が南次郎陸相によっておこなわれた。この報告には軍縮政策をとる国際協調路線の幣原外相ほか、すべての閣僚が敵意をもったということである。閣内対立の仲裁にあたったのが、内務大臣安達謙蔵であった。経済運営の対立、そのうえさらに「満蒙権益問題」にいたるこの頃、中野はすでに井上、幣原といった党内官僚派と対立していたのである。この対立は中野泰雄の整理では、

井上蔵相が金融資本の立場を民政党内閣で代表していたとすれば、正剛はまさに重化学工業化をめざす産業資本の立場に立っていた。浜口首相は党内における安達の政治力と井上、幣原などの主要閣僚と党長老との調和を維持することができたが、成上がりの「官僚貴族」である若槻には、党内の緊張したバランスを保持してゆく能力がなかった。昭和六年七月には、党首脳にあいそをつかしていた正剛は、もはや民政党内閣の政策からはみだして、別の立場にたとうとしていた(33)。

ということになる。作家が十九日のじゅうような臨時閣議にふれないのは、「井上準之助」が経済小説(戯曲)の主人公だったからであろうし、逆にそのことが作品世界の限界であると同時に官僚出身の政治家像形象を簡明にしているのもまちがいないところである。その臨時閣議のひと月後、中野は若槻にみずからの考えを「直訴」していたことになる。中野のこの政治行動が、第三幕第一場であった。そうすると「劇」のト書にある十月中旬とは、十月二十日あたりである。さらに、情勢はこの日を境に急展開をしてゆくこととなった。ト書にしたがうと翌日、若槻は直談判の内容を井上にもらす。まえにひいた若槻/井上の対話は、その最後の場面のものであった。この若槻・井上会談が戯

曲の第二場で、その翌日が第三場にあたる。このときの冒頭のト書では――〈前の場の次の日／渋谷広尾、安達内務大臣の私邸二階客室。／安達、中野対談している。〉と、ある。そのときに中野が安達とかわす発言を、作家は〈若槻さんは、どうも勇断を欠いてゐます。今、国家危急の時に、あれぢや困りますねえ。〉、〈しかし、あゝ左支右梧してゐては、凡ての方面に機会を逸してしまふ。〉と、かきしるす。この直後に中野にたいしふくみをもっている井上が登場し、安達はこう――〈今、どうも若槻さんが腰がふらつき出したから、中野君に頼んで、大いに鞭撻してもらふやうに話してゐるところだ。〉と、井上につたえた。第三幕、この間のストーリー展開は作家の真骨頂がある。民政党内の動静は、今日からみれば政党政治のゆきづまりが顕在化する前夜、五・一五事件にいたる歴史的な政治状況を前景化させたものであったからだ。作家は、このように「歴史」を体験していたことになる。

井上蔵相と中野党総務は、このとき衝突する。

井上　外交と軍事については、幣原君、南君が、それぐ〳〵やつてゐるから、吾々は直接に関係ないが、こと財政金融に関する限り、僕の責任である。僕はその責任を果たす上に、最善と信ずるところを行つてゐる。それを傍から、総理大臣に対して、惑乱さすやうなことをいふてくれては困るぢやないか(34)。

ふたりの〈口争〉、対立は政策の対立にとどまらない、政治家としてのありかたが問題になる。作家がえがきだしていたのは、官僚出身の政治家がもつ属性である。党人派の中野が民衆政治家として政治にかかわってきた経歴と、若槻をはじめキャリア官僚の中で政策立案の専門家として行政を担当してきた政治家とのちがいは、引用した井上発言をみただけでも際立っている。井上は選挙でえらばれた政治家ではなく、民間から大蔵大臣に抜擢された閣僚であった。しかし「満蒙権益問題」が急浮上しているなかで、内閣のいちいんとして「軍事」に関係がないというのは、無責任というものである。縄張意識は官僚として縦割り行政のなかにあったものの了見であって、中野の〈政治家としては、もつと大局を考へてもらひたい〉との指摘は、当為をえている。後になってのことだが、作家が『浮生』の「あとがき」で〈不穏が募る〉とかきくわえた「昭和軍閥」の動向は表立ってはおらず、経済小説様だからだというだけではなく、だからのぞむべきことではないとしてこの時点ではまだ具体的には作品にかきこまれてはいない。作家の政治意思はそれとして、〈外交と軍事〉の問題——満州事変が加藤高明内閣から犬養内閣までつづいた政党内閣崩壊の原因となる、このことを上記のていどの政談で棚あげしているのは「戯曲」の性格づけをかんがえたうえでもテーマを主題的に構成し昭和前期の問題をふかめてゆく過程のなかでは、時の壁の外側の人間——創作者としての限界をしめした。

そしてふたりの対立は象徴的なかたちで、戦前昭和の歴史をうごかしていく。この間の動静には、こんな綾もある。「協力内閣運動」を安達謙蔵とはじめた中野正剛が野党政友会党首犬養毅と手をむすぶためには、恩讐をこえる決断が必要だった。かつて一九二四（大正十三）年の衆議院選挙で、中野は犬養の変節にあい〈未必の故意によって見殺しにされかけ〉たことがあって、それいご「純民党」をかかげ決別した過去があったからである。政局、政治情勢の瀬戸際での話題を、室潔は中野正剛の評伝のなかで紹介している(35)。犬養は次期内閣の首班にむけ、民政党のうごきに期待をふくらませていた。またこの間の経緯を、粟屋憲太郎の著作からおってみる。

すなわち安達は、その職掌から十月事件のほぼ全貌を察知し、青年将校と密接であった中野から軍内部の国家改造運動の実情を知り、若槻内閣では政局をのりきれず、クーデターの誘発も避けがたいと焦慮していた。そこで政・民両党の協力内閣・挙国一致内閣を作り、軍部に了解をつけつつ政局を転換しようとしたのである。陸軍は、事変勃発当初から閣内で強硬論を唱え、陸軍を側面支援した安達に好感をもっていた。

いっぽう若槻内閣は、幣原外交の基盤を掘りくずされ、また九月二一日のイギリスの金本位制離脱をきっかけとする猛烈なドル買いにより金解禁政策は破綻し、財政面でも赤字予算の編成と非募債主義の放棄を余儀なくされて、完全に行きづまっていた。このため若槻は政局への自信を失い、一〇月二八日には安達に内閣の進退を相談した。安達は犬養を首班とする政・民の協力内閣構想を示し、若槻は軍部を抑制できるかもしれぬとして、一時的にこの構想にのった(36)。

と。作家は一九三一(昭和六)年十月中旬、二十日いこうの中野の政治行動をおうことで、「政変」——失敗におわる安達の政界工作の様相「リアル」を、中野正剛という人物によって説明していたことになる。安達が中野をとおして陸軍の情報をえていたのはたしかだが、しかし安達が十月事件「橋本欣五郎のクーデター計画」をしっていたかどうかはたしかでない。二十八日の閣議終了後、安達が若槻に〈協力内閣構想〉をきりだしたのは「劇」では第三幕第四場にあたり、翌日にあたる第五場でも、首相の大和村私邸で再度会談をもちおなじ主張をくりかえす。そして、十一月一日の首相推薦権をもつ西園寺公望上京の話までを、作家は戯曲第三幕のおわりに記入する。

ところで、さきにあげた中野の日本青年館での演説は、陸軍のおこした満州事変と金解禁による経済不況を収拾するまでの〈政変の内容をはっきりせしめるため〉に(37)、その解決策を民衆へ直截うったえたものであった。昭和七年一月二十日、この演説が東京講演会から刊行され、作家はその小冊子『転換日本の動向』を参考に、戯曲「井上準之助」ならざる、激動の昭和史のとば口を活写した。作家近松秋江の政治好きを、周囲の文学者仲間は素人の好事家「床屋政談」と陰口をたたいたのだが、しかしたとえば中村隆英の場合でもそうであったように、粟屋憲太郎の著作の空白部分を人世の因果をこめて色こくうめるだけの見識をもっていたのである。それは正史のもつクロノグラフとはことなる創作の妙味があり、学者ではない作家の作家たるゆえんがそこにはあった。このことが、じつは徳田浩司が少年時代からいだいていた素志――〈夢想〉の、それは「理想」の自己実現であったことを、今日でも作家近松秋江の評価史のなかで未整理のままになっている。あるいは場合によっては、本人自身が三十年はたつ明治四十三年の雑誌『新潮』十一月号にのこした文章の存在自体を忘却していたのだろう(38)。もしそうではあったとしても、昭和前期の作家をせいかくに評価するためには仲間の《陰口》からあらためておく必要があるのだ。

おわりに

井上財政の破綻は高橋積極財政の転換策をひらき、実質上昭和七（一九三二）年からいこうの管理通貨制度によって、国内通貨量の拡大を可能にし戦費調達をよういにした。また、金解禁による深刻な不況は政情不安をまねきテロの温床となり、五・一五事件へとつづく。では金融政策の失敗を、井上はどうみていたのか。その井上の「政治意思」は、

井上　（かぶりをふつて）いや、どうも政党といふ奴はいけない。僕も今度といふ今度は政党心理といふものを余程研究したね。日本の政治は、経済ばかりじやない、この政党を改造するのが急務だ。

加納　そりやさうかも知れん。

井上　さうかも知れんどころぢやない。君、不良政党と悪財閥とが手を握つて、一国の経済的組織を破壊し、一般国民の利益を犠牲に供して顧みないといふことは、実に言語道断だ。僕は昨夜、その事をつくぐ考へて、一睡もしなかつた(39)。

と、高橋是清と事務引継の翌日、昭和六年十二月十五日、学生時代からの友人に胸のうちをあますところなくうちあ

けた発言にあらわれている。最終の第四幕、その第二場のなかのことであった。ここにいたる間の説明がなお必要だ。しかし、いまはつよい無念が井上を支配していたとだけつたえておく。十一月一日、西園寺公望の上京が「政変」を加速させた。その間の時間軸は十一月九日――安達最初の「協力内閣」新聞談話、十四日――若槻首相による単独内閣維持表明、二十一日――安達の「協力内閣」再声明、十二月十日――若槻首相が安達に協力内閣の放棄か内務大臣の辞職を勧告、安達が拒否し、翌日若槻内閣は閣内不一致で総辞職、十二日――犬養毅に大命降下、十三日――犬養内閣の成立、安達・中野ら七名が離党する。即日、井上の後任、高橋蔵相は「金再禁止」を決定。二年前、一九三〇（昭和五）年一月十一日実施の金解禁は、ここにおわる。中村隆英は昭和経済史のなかで井上財政の破綻までを解説し、つぎのようにその後の金融政策を位置づける。

金解禁を行った民政党内閣が倒れたのです。（略）高橋（是清）はただちに金輸出の禁止を行った。それと同時に国内において紙幣を自由に金貨に替えられるという金の兌換をも停止した。内閣の更迭と同時に金解禁政策が終ったのです。それと同時に明治三〇（一八九七）年に成立し、昭和六（一九三一）年まで続いた日本の金本位制度は完全に終りを告げることになった。それからあとは日本の通貨制度は、もはや金に結びつくことなく、いわば中央銀行のさじ加減で通貨供給が行われるという管理通貨制度に移行するにいたったのです(40)。

と。そして、ドル買い事件でスケープゴートにされた団琢磨暗殺のひと月まえ、井上準之助は二月九日夜、選挙の応援演説のためおとずれた駒本小学校通用口の前で暗殺された(41)。この事件を〈悲劇的生涯と見た〉（『浮生』「あとがき」）作家は、四月下旬から五月のはじめ頃に戯曲「井上準之助」を完成させたのである。

創作の発端とその動機は、血盟団員による井上の暗殺からはじまる。ストーリーの展開と作品のモチーフについても、大蔵大臣井上準之助の境涯を基調にしていることも確かなことである。そしてこの戯曲には、歴史の記憶があざやかに刻印されていた。作品の構成は恣意的で、歴史家のえがく歴史記述の精確な連続性はなく、また経済史のひと駒だけをとりあげたにすぎず、その意味では素人芸だった。しかし、専門家とはことなる時空間をえらんだ作家は、その選択された「劇」によって文学作品がもつ創作することの価値を戯曲にあたえた。戯曲にえらばれた「事件」についても、それぞれの専門書をみればすむに違いないものである。そのうえかれの戯曲には作品の骨格となる「資料」の存在があり、作家のえがいたものはその断片にすぎず、「全体」という問題をかんがえれば恣意的であることからまぬがれないであろう。しかし創作にかんするかぎり、こうした指摘が簡単に結論となるわけではなく、かかれたことはひとりの作家が「事件」にむきあう感情にささえられ、その窮極の結果として芸術作品はうまれている。このことが、近松秋江の戯曲「井上準之助」についてもいえる。

作家の資料の使い方は、ひどく恣意的であった。そのことは人間の感情が複雑であることに比例しているのではないか、とおもった程である。ひとりの人間のなかにすむ相反する感情をべつべつの人物におきかえとらえたものではないかと、そう見做すことができないかと。すでにふれたとおり、資料の内容を「分ち書き」にもちいるには戯曲というジャンルしかないと、作家は逆にかんがえたのではないか、と。そこに存在するのは、《歴史記述の精確な連続性》を必要とせず《経済史のひと駒》で構わないという、創作家のつよい意思がある。そうでなければ、素人芸として失笑をかうだけであろう。しかし作家は、歴史に立ちあったのである。その「歴史」をよむことにより想像力を動員しあらゆる「事件」とのかかわりを、後世のわれわれは双方向性の出来事として所有することができることとなる。激動の昭和史のとば口――「戦前昭和」の物語を、われわれは戯曲「井上準之助」を通路に「歴史」の記憶を獲得することになる。このことが、本稿の目的であったのだ。つまり、作家近松秋江がえがいた社会戯曲の価値を発見することになるからである。テロルの時代に、つぎの言論の存在〈資本主義とい丶ながら、憲政治下、言論の自由の許されてある法治国家である。〉――を(42)、かれの基本姿勢を伝録しておきたい。

【註】

近松秋江の戯曲「井上準之助」、およびその「あとがき」の引用は河出書房刊、単行本『浮生』(一九四〇)によった。

1 佐藤雅美著『官僚川路聖謨の生涯』(文春文庫、二〇〇〇)、村井淳志『勘定奉行　荻原重秀の生涯―新井白石が嫉妬した天才経済官僚』(集英社新書、二〇〇七)、藤田覚『田沼意次―御不審を蒙ること、身に覚えなし』(ミネルヴァ書房、二〇〇七)、安藤優一郎『江戸のエリート経済官僚　大岡越前の構造改革』(NHK出版生活人新書、二〇〇七)、テッサ・モーリス - 鈴木(藤井隆至訳)『日本の経済思想―江戸期から現代まで』(岩波書店、二〇一〇)。

2 単行本『水野越前守』(早稲田大学出版部、一九三二)。

3 「〔附〕小伝　後藤新平」二〇二頁。

4 前掲註3、「Ⅲ　後藤新平」一六五頁。

5 『浮生』。「第一幕、第一場　日本銀行正面」二四八頁。

6 『井上準之助伝』。「第五編　大蔵大臣時代(一次)、大震災火災の勃発と蔵相就任」一七八頁。

7 前掲註5、二六〇～二六一頁。

8 前掲註6、一八二頁。

9 戯曲「井上準之助」創作にあたっては、参考にした種本がある。現在、中野正剛の「政局の真相と吾徒の動向」がわかっている。ただ、「戯曲」と「伝記」の関係はそれぞれの公表時間を考慮すれば、模倣の関係が逆転することはまずあるまい。

10 「震災中の内閣組織」五八～五九頁。

11 前掲註6、一八二頁。

12 前掲註5、二六五頁。

13 深井英五の回想記『回顧七十年』(岩波書店、一九四一)では、九月二日の場面を〈井上総裁は鎮火の模様を大蔵大臣に報告する為めに出掛けた。其の留守に後藤新平伯が来て私に会ひ、井上さんは山本内閣の大蔵大臣に推薦されたから早速組閣本部に来るやう伝へて呉れと言ひ置いた。〉と記している(二〇六頁)。

14 一九八三年三月に復刻された原書房版『井上準之助伝』の「復刻解題」(宇田正)にも、〈歴史のきびしい審判では、井上準之助が身命を賭した金解禁は、結果的に失敗であった。〉、〈わが国近代百年の金融財政政策の波瀾にみちた展開の一齣として、すぐれて歴史的な痛みと重みをおびてしまった。〉と総括されている。

15 「第七章　変身の譜」『凜の人 井上準之助』（講談社、一九九三）、二七四〜二七九頁。

16 前掲註5、二七三〜二八二頁。

17 前掲註5、二七五頁。

18 「学術文庫版へのはしがき」『昭和恐慌と経済政策』（講談社学術文庫、一九九四）三頁。

19 前掲註18、「プロローグ」一五頁。

20 前掲註5、二四二頁。

21 前掲註5、二七一頁。

22 前掲註6、二六三頁より再引用。

23 若槻の『古風庵回顧録』の「序」は馬場がかいている。その中に、〈私は若槻氏から政界上層の動きを聞かされるようになった。〉と出てくる。昭和四年十一月二十七日に、二七会の席上、高橋亀吉、馬場恒吾の二人と、近松秋江は政談をもっている。他にも貴族院勅選議員竹越与三郎、元農林大臣で同じ勅選議員岡崎邦輔なども、旧知の間柄である。ちなみに後藤新平についても訪問したことのある既知の人物で、また一九二七年の雑誌『文藝春秋』四月号の「後藤新平座談会」に鶴見祐輔らと共に加わっている。さらに、後藤内閣を待望する発言も残している（『近代生活』五月号、一九三〇）。

24 前掲註5、二八五頁。

25 粟谷憲太郎著『昭和の政党』（岩波現代文庫、二〇〇七）。二八五頁。

26 鈴木隆の『高橋是清と井上準之助（インフレかデフレか）』（文春新書、二〇一二）では〈金解禁騒動は井上の独走〉と記す。また、犬養内閣成立前に次期蔵相就任予定の高橋是清は、深井英五を呼び事情を聴いた。かつて高橋の〈秘書〉で井上の〈金解禁の片腕〉であった日銀副総裁の深井が、〈金本位制の持続は無理〉で〈井上の頑固さを持て余し〉〈金解禁への転換に失敗〉した──と、鈴木はその深井の思いを伝録した。

27 中村隆英著『昭和経済史』（岩波現代文庫、二〇〇七）。「第一章　恐慌のなかの変容──一九三〇年代」中、その「3　昭和恐慌（満洲事変とドル買い問題）」六〇〜六二頁。

28 『政治家　中野正剛（上巻）』（新光閣書店、一九七一）中、六〇七〜六一六頁による。

29 前掲註5、二九七頁。

30 前掲註28。「政局の真相と吾等の動向」中、六一四頁から一部を再引用。
31 前掲註28、六一五頁。
32 前掲註5、二七七頁。
33 前掲註28、五八四頁。
34 前掲註5、三〇〇頁。
35 『東条討つべし（中野正剛評伝）』（朝日新聞社、一九九九）、八四～九〇頁。
36 前掲註25、二八六頁。
37 前掲註28、六一五頁より再引用。
38 「文壇無駄話―予は馬琴たらんことを欲す」が、かつての〈夢想〉を記した文章である。滝沢馬琴の「稗史」は芸術家として生涯にわたる理想の対象であった。以下に、〈夢想〉の一部を引用しておきたい。――〈▲私は、その、少年の頃、また斯ういふことをも思つた。／自分と同じ年配の人間で、自分が丁度五六十歳に達した頃に、大臣になつて、日本を政治する政治家があるに相違ない。自分は、その時、生きてゐるとすれば、果して何者になつてゐるか分らないが、兎に角自分も日本人の一人として、その人の治下に在るに相違ない。それを思ふと、悔しいやうな気がする。自分が大臣にならなければ、筆を執つて、其等の大臣の為ることを十二分に評価して遣らう。教へて遣らう。さうせねば、何だか気が済まぬ。さう思ふと、倍々頼山陽の事業日本外史が自分の理想の模範を示してゐるやうに思はれた。言ふまでもなく今日『日本外史』が必要だといふのではない。あの当時に於ける関係的価値をいふのである。〉――この文章は、かれの著書に再録されることはなかった。
39 前掲註5、三一三頁。
40 前掲註27、六三～六四頁。
41 戯曲の最後のト書に〈演説会場を出て自動車に乗らうとする処を兇漢のピストルで狙撃せられた井上氏はそのまゝ直ぐ自動車で帝大病院に運ばれたが、〉とあるのは作家の工夫、――高揚する聴衆と落命との対照には創作の跡がある。というのも当時の報道はもちろん、『検察秘録』「(1)井上昭外十三名殺人被告事件予審終結決定書写」（筆者註、「参考文献」を参照）とも若槻の『古風庵回顧録』（同、「参考文献」を参照）とも応援演説の前にテロに遭遇したと、記されているからである。なお、暗殺現場となる小学校名は「駒込小学校」が流布しているようだが、本稿では『井上準之助伝』の年譜記載の「駒本小学校」に従った。
42 一九三六年四月号の機関誌、近松秋江編輯号『文芸懇話会』中の「刺客の追憶―羨むべきは英吉利」。

参考文献

井上準之助『国民経済の立直しと金解禁　附録　金解禁問題の解説』（千倉書房、一九二九年）

浜口雄幸『強く正しく明るき政治』（春秋社、一九三〇年）

＊少数政権与党の浜口民政党内閣が衆議院を解散、一九三〇年の第一七回総選挙に向けて「第五十七議会解散に対する政府の声明書」として政策をまとめ発表した冊子。その中には著名な「民政党内閣の十大政綱」が再録されている。他にも「平和愛好の精神」「軍縮に対する余の態度」「金解禁の断行、国際経済常道に復す」といった主要政策が主張され合計二十五の政策を掲げる、マニフェストである。また「政党の品位」他、計八本の演説（草稿）を巻末に収録。

馬場恒吾『現代人物評論』（中央公論社、一九三〇年）

『浜口雄幸遺稿　随感録』（三省堂、一九三一年）

若槻礼次郎『古風庵回顧録』（読売新聞社。改版、一九七五年による。初版は一九五〇年）

＊若槻礼次郎による戦後の回想録。全体として自分に都合のよい歴史記述になっている。本書十二章の「軍人陰謀団」中の「十月事件」でいえば、戦後の極東国際軍事裁判（東京裁判）まで首謀者が橋本欣五郎であることを知らなかったとある。橋本が憲兵隊の監視下にはいった翌朝、陸相南次郎よりこの件で電話連絡があった。その電話の後、警視総監高橋守雄から事件の報告を聞いている。この間に、首謀者の名前が出なかったことになる叙述内容を、にわかに信じることはできない。ところでかたや橋本は満州事変の加担者であり、一方の高橋は〈策士的な考え〉の政敵安達謙蔵の同郷者で彼の系列に属する人物であった。こうした類のご都合主義が見え隠れする回顧録である。本論と関係する「血盟団事件」にふれた十三章の「暗殺また暗殺」では、〈他人から聞かされた〉自らが暗殺対象になっていることを〈何とも感じていなかった〉とあるのも他人事の責任逃れにして奇麗事であり、結局は強がりにすぎまい。なおこの件の記録は、原秀男・澤地久枝・匂坂哲郎編著『検察秘録　五・一五事件Ⅳ匂坂資料4』（一九九一）に収録されている「(1)井上昭外十三名殺人被告事件予審終結決定書写」（東京地方裁判所）の供述内容に詳しい。若槻については、血盟団の京都帝大グループである田倉利之、森憲二、星子毅の手による暗殺計画は未遂で終わる。警備が厳重なため決行できずにおわるその理由である情報収拾、警戒と周到な警備計画、そして警護体制を知っていたのだから、〈何とも感じていなかった〉と言いすててしまうのは、人の苦労を知らない無責任無理解きわまりない言質である。テロが「財閥の転向」、あるいは「ファシズム」の引金となる。戦争責任の所在を考えれば政権を担当したものとしての自省の念がまったく感じられない回顧録である、と言わざるをえない。

岡義武『近代日本の政治家』（同時代ライブラリー、一九九〇年）

高橋亀吉・森垣淑『昭和金融恐慌史』（講談社学術文庫、一九九三年。ただし、第12刷）。
藤井康栄『松本清張の残像』（文春新書、二〇〇二年）
斎藤隆夫『回顧七十年』（中公文庫、一九八七年）
筒井清忠『二・二六事件とその時代――昭和期日本の構造』（ちくま学芸文庫、二〇〇六年）
筒井清忠『昭和十年代陸軍と政治――軍部大臣現役武官の虚像と実像』（岩波書店、二〇〇七年）
御厨貴『挫折した政党政治』（NHKさかのぼり日本史・昭和～明治、二〇一一年）
鈴木隆『高橋是清と井上準之助―インフレか、デフレか』（文春新書、二〇一二年）
中島岳志『血盟団事件』（文藝春秋、二〇一三年）
今井清一『濱口雄幸伝（上・下巻）』（朔北社、二〇一三年）
深井英五『回顧七十年』（既出）
中野泰雄『政治家　中野正剛（上・下巻）』（既出）
中村隆英『昭和恐慌と経済政策』（既出）

第五章——近松秋江と政治小説

政治小説「三国干渉の突来」の成立

――青年期の徳田浩司と作家近松秋江の晩年

はじめに

徳田浩司と戦争――徳田浩司は作家近松秋江の本名であり、かれは近代日本の国家を左右するおおきな戦争を見聞する。その戦争とは日清戦争であり日露戦争であり、そしてアジア・太平洋戦争である。この三つの戦争は、徳田浩司にそのときどきにふかい影響をあたえている。かれはさいごの大戦では敗戦をまたずに病歿するまで反対し、その意思が一九三七（昭和十二）年の「三国干渉の突来」をあらわす動機であった。

かれは戦中昭和に上記の小説を八月と十月の雑誌『雄弁』にかき、日米開戦の年、四一年八月にその作品を収録した単行本『歴史小説三国干渉』を出版する。また明治二十七年から翌年の日清戦争を、慶応義塾の学生であったかれは十九歳前後の青年期に体験していた。終戦直後に戦勝国日本にたいして、ロシア・ドイツ・フランスが干渉をおこなう。この列強の三国干渉を表題にした日本と清国の講和交渉を、晩年期の近松秋江は小説化したのである。当時としてはさいしんの資料をもちい、完成させた作品であった。日本側から、このときの「日清媾和条約」を交渉した政治家をえがくということは、昭和の戦時下、その大戦をかれ自身が直視することを意味する。「軍国日本」――軍人政治を反対しつづけたかれには、とくだんの意味があったはずである。それは軍人政治下の交渉力と日清戦争の終結交渉をとおして、戦前昭和の政治を批判したことになる。外国のメディア情報を掲載した雑誌『日清戦争実記』などの資料から講和交渉の経緯をたどれば、秋江作品がもつ意図はあきらかになる。言えば、こういうことになる。その作品は言論弾圧が横行する時局にあって、作家の真底を別途の手段で偽装した。それは歴史小説に異形させ軍人政治を批判したのである、と。その際、政治史や歴史の研究者、あるいは政治思想史家の研究成果と小説家の創作をくらべるとその相違は、芸術のもっている意義をせんめいにしたことになる。またひとりの人間の個人史としても、青年徳田浩司が政治小説作家近松秋江へと成就した径庭をあらわすものとなったのである。

そのかれが雑誌『中央公論』の記者をしていたときのこと、東京専門学校での恩師坪内逍遙との座談を筆記し記事にまとめている。明治三十七年二月十一日のことである。このときの座談は、『中央公論』三月号に掲載された。じつは面晤のまえの日、日本は十日にロシアにたいし宣戦布告をしており、十一日には大本営を設置している。このかんの新年十二日に御前会議がひらかれ、二月四日には対ロ交渉をうちきり開戦を決定する。そして、六日にはロシア政府に交渉断絶を通告していた。このことが当然のこと、ふたりのあいだの話題となった。

さよう、いよ〱戦が始つた。戦争になつてはさしづめ打撃を受けるのは文芸（ママ）としての文芸（ママ）でせう。当分頓挫しませう。それでは此の事に就いて少しお話を試みて見ませう。

此度の戦争は我が国開国以来の大事件で、国家の安危の繫る所たるは勿論であるから、衆心悉く之れに向ふのはさもあるべきことだが、さりとてそれが為に、軍事以外の閑事業は殆ど全く停滞となるとか、文芸が忽ち衰へるとかいふのは不条理な事であるが、どうも日本のやうな小い国、偏狭に傾き易い議論の流行する国柄、単調になり易い社会ではそれも仕方がない。が併し戦争はどうあらうとも、それはそれ、これはこれで、諸般の事業家、専門家は各々独立に自家の職分とする所を忠実に勤めて貰ひたい。それが真の意味でいふ挙国一致で、千年の計はかくの如くしてはじめて成るのである（1）。

まず、常識の範囲をこえるような発言ではあるまい。もしこの文章に言論家の一家言があるとすれば、有用な〈軍事〉にたいして〈閑事業〉の「文芸」が相対化されていることと、戦時下にあってもその文芸が〈忽ち衰へるとかいふのは不条理な事〉だとかんがえている点にあるだろう。というのは文学者が戦争に直面したときに、かれ個人の価値がこんげんてきに問われることになるからである。文学は個人の優越性にたって、国家と対峙するものにほかならない。ということは、逍遙の発言は文芸の常道をかたってあますところがない、ということになる。また、維新後とはいわず幕末に欧米列強がアジアを侵略しかつ亡国という事態におびえ、仮想敵であった大国ロシアとの戦争をはじめた渦中で、うえの発言をしたことに価値をみることもできようか。とくに昭和前期、戦中の軍国日本の言論弾圧をしっている後代の人間には、国をとした戦時下の発言をあやぶむ注意はしぜんとおこる。しかし、逆に明治の戦争は昭和の戦争があまりに異様だったことをおしえているのであろうか。そして、文学談義の取材だったにもかかわらず、この会話が挨拶をのぞけば最初の師弟の話題であったのである。日露戦争の話がふたりのあいだで、しぜんと口をついてでていたことになる。

しかも、冷静なのである。文芸が戦争の影響をうけることをみとめたうえで、こんな話を挿入する。片岡市蔵のこどもで俳優の十蔵が二度目の入営のおり、〈本領〉の芝居をすて勝利をいのって隠退した市蔵の行動を〈大間違の話〉だといってのけた。〈閑事業〉の文芸だって、同じことなのである。その例が、独仏戦争中に〈心静かに学文に従事したゲーテであり〈千年の計はかくの如くしてはじめて成る〉と、逍遙は信念を〈今日では日本も世界の一強国であるから、十分大国民の襟懐を持して一時の戦勝の為に迂頂天になり、一二度の敗戦の為に忽ち青くなるやうな事がないやうにしたいものです。〉と開陳した。ところで、この時から四十年後のことである。昭和八（一九三三）年、近松秋江は八十一歳の岡崎邦輔からそのかれが四十二、三歳の時に外相兼全権弁理大臣陸奥宗光のそばにあって体験した日清戦争時代の話をきく機会をえる。この政談はその年に、逍遙のときとおなじ『中央公論』の十月号に「秋江記」としるして「政界回顧」が掲載される。その話の冒頭は、

明治以来——所謂新日本の興隆期になつて、二十七八年の日清戦争、その戦争の勝利。引続いて三国干渉、遼東半島還附。それから臥薪嘗胆といふ、今の言葉で申せば、一時代の指導精神とでもいふか、その臥薪嘗胆の結果を其れから十年後の日露戦争によつて実現した。この十年間が、新日本の興隆期では最も面白い時代であつたといふ、貴下の御説に私も同感です。その時代には私も大いに働いた。その時分の、まあ輪廓をざつといへば、かうでした。

と、はじまる。かれの〈その時代には私も大いに働いた〉〈最も面白い時代〉の政談が、五年後の「三国干渉の突来」にある根拠をあたえることとなる。この件については最後の節で、またとりあげることとする。

明治二十七・八年の近松秋江、その一

うえの引用文中冒頭の、〈さよう、いよ〳〵戦が始つた。〉とある文章からこぼれる感情は、一月いらい臨戦態勢にはいり騒然とするとうじの世相ばかりをうつすものではなかった。坪内逍遙の心のそこには、十年前の三国干渉にたいするおもいがあった筈である。それは、日本人にきょうつうするロシアにたいするトラウマの裏がえしである。明治二十八年四月二十三日の、ロシアとドイツ・フランスの干渉は、日清戦争の戦勝国日本帝国がうけた国際社会における版図をあからさまにしめすものであった(2)。その干渉、戦後の日清講和条約でえた遼東半島の返還が、国民を臥薪嘗胆のスローガンにかりたてる原因となっていたからである。この時の近松秋江は徳田浩司と名のった、まだ二十

歳ばかりの市井の青年で、父親が関係する米穀仲買店の店員をしていた。しかし、前々年二十六、二十七年とこの年は、かれの運命を決定した両三年になったのである。

この《運命を決定した》という形容は戦争がかれになにか直接的な結果を人生にあたえた、という意味ではない。近松秋江は雑誌『文章世界』の特集「予の二十歳前後」のもとめにおうじ、小文「米穀仲買人」を寄稿した。それは明治四十二年、三十四歳のことだから、十五年ほどまえの回想である。印象批評の「文壇無駄話」がどうにか評判になりはじめていたころのことで、寄稿したその内容はといえば人生挫折の告白書である。まず、現役トップ、全体で五番の成績で入学した岡山中学を、十八歳、二年生の一学期で退学する。学業成績のうち、〈スミスの大代数の原書を使つたり、ウイルソンの幾何学を用ゐた〉数学に落第しそうになり〈中学がいやにな〉り父親に懇願、やめたのである。このことを、かれは生涯にわたりくい、かつ忍耐のたりなさをなげいた。さらに翌二十七年、〈十九の年の正月に大阪に出た。そして商業学校に入つた。けれども病気の為に、それも亦二三ケ月で止して国〉にかえる。この商業学校は私立の学校らしく、その間の経緯ははっきりしない。そもそもは市立大阪商業学校進学のための在阪だったが、三月の受験では体質虚弱が理由で不合格となっている。ようはともに失敗談で、私事を公開したはじめとなる。

そんなやうな有様で、其年の秋になつた。ところがとうく他の店の男が、私を好いところへ連れて行つてやるからと言つて、遊廓に連れて行つた。その時分には既う私も大分ませた、大人のやうな風の心持を少しづゝ持つて居たので、さうしたところへ連れて行くといふことがそれと分つても別段怪しいことゝも思はないといふ風であつた。西鶴の書いた「お七吉三」と同じやうに、一向他愛のないことであつたが、それから私が興味を覚えて、四五度は通つた。その時分のことは、今思ひ出しても、懐しいやうな、甘いやうな気持がする。

私は全体、さういふところに遊びに行くのを好かないのであるが、其頃は時候も丁度十月、十一月の小春の頃で、生れて初めてかうした風の着物を着た若い女を眼の前に見るといふことが、如何にも新しい経験の快感であつた（3）。

このあと、件の女がきていた衣裳の細部にわたる説明をつづる。それは秋江作品の常套的な手法となり、そしてあい感傷へとつづくが、今はこれいじょうふれない。そのことよりも、ここでは〈そんなような有様〉の――「相場師」にありがちな〈悪徳〉、賭博に芸者買いの〈話に日を消して居る〉まわりの見過ぎ世過ぎに身をおいたときの〈二十歳前後を漠然と振り返つて見ると、私に取つては非常に危険な時代〉だったという話題につきる。

しかし、かれの転機はこのこと、塵芥にそまるだけではなく、〈その頃は私の感情の発育が一期を画したのであつたらうと思ふ。〉もうひとつの転機があった。このほうが、近松秋江が書き手となるのちの文学にむすびつく。

それから言ひ落してならぬことは、私が文学を愛好して居ると云ふことを意識したのは丁度その頃であつたといふことである。（略）一葉女史の「濁り江」は、私が二十の時、即ち明治二十八年の十一月の文藝倶楽部に出た。私は米屋町の奴等と同じやうに、つまらぬ生活をしては居たが「濁り江」に現はれたお力といふ女の性格乃至運命といふやうなことが、しみぐ\と味はわれた。尤もその以前から私は文章を読むのが好きであつたが、自分は小説が好きだ、小説を書いて見たいといふやうな考へはまだ無かつた、ところが、一葉の「濁り江」を読んだ結果、漫然と文章を読むのを好むといふよりも、特に文学を好むといふことがはつきりと自分で考へられた（4）。

この樋口一葉の「にごりえ」が《軟文学》にたいする開眼だったことは、ことあるごとにかたっていたことである。

そして、もうひとつの〈以前から私は文章を読むのが好きであつた〉とある回想も、秋江文学の軌跡をたどる場合、じゅうような意味をもった。三十九年の雑誌『趣味』十一月号の「吾が幼時の読書」のなかでかたったような《硬派》の文学、徳富蘇峰がだしていた雑誌『国民之友』にのるような文章をさすものであった。中学入学後、この雑誌やおなじ蘇峰の『国民新聞』のねっしんな読者になったことが、学業からはなれ怠学につながってゆくことについてもしばしば回想した。田口卯吉主宰の『史海』によって「文明史」にめざめた青年であったかれが、この「吾幼時の読書」は「歴史」と「政治」に関心をよせた始原の話で、蘇峰とむすびつく話題であり、「米穀仲買人」はまだかっことした文学人となるまえの悔恨の書であった。またいっぽう、私生活ではさいしょの妻（筆者註、未入籍）、大貫ますとの間がこじれかのじょは八月八日に失踪しており、「米穀仲買人」のでた月の七日に太田きみ子と蠣殻町の待合売笑窟ではじめてあうことになる。その私娼きみ子は、翌四十三年の「別れたる妻に送る手紙」に登場するお宮のモデルで、この小説が自己曝露を基調にした痴情小説のはじめとなったのである。そんな時期に「米穀仲買人」の告白の書がでたことに意味がある。正宗白鳥のことば――〈私はその崖下の料理屋に秋江夫人を訪問しようといふ好奇心の実行は敢てしなかつたが、秋江がそれに気づかないで、あくせくと彼女の捜索に心を労してゐるのを、歯痒くも思ひ面白くも思つてゐたのであつた。後日彼の出世作「別れたる妻に送る手紙」を読んで、涙ぐましい可憐な気持に心惹かれたのであつたが、それまでは、「さまよへる痴人」のやうに、彼の行動は私の目に映つてゐた。〉――にえがたれた近松秋江(5)、「さまよへる痴人」がデビュー作の伏線となる自己曝露を準備していたことになる。しかし、この告白の書には、もうひとつかきおとしている話があった。

明治二十七・八年の近松秋江、その二

その《かきおとした話題》は、徳田浩司が啓発された藤田茂吉の『文明東漸史』とか田口卯吉の『日本開化小史』の読書、あるいは末広鉄腸の『雪中梅』とか矢野龍渓の『経国美談』の政治小説をよんで感激したといったたぐいの

話ではない。明治二十七年九月五日、置き手紙一本をおいて、かれは無断で、家出同然にして東京へ出奔し慶応義塾に入学していた。このことにふれていないし、父親の突然の死によって帰郷した三月(みつき)にみたない在京時の出来事にふれていなかった。それはモチーフである、人生失敗の履歴という文脈ではなかったからなのだろうか。正宗白鳥の『流浪の人』では、同郷岡山の友人の下宿で慶応義塾の徳田浩司に一度あったことになっているが、本人はおぼえていなかった。近松秋江は、だがしかしまずかくしていたのであろう。そして、このことはかれのかいた何れの文章にもでてこず、東京専門学校の歴史科にはいって白鳥にはじめてあったことになっている。とに角、問題にしている文章ではふれなかった。

短期間であれ慶応義塾に在学したことを、かれは晩年になってかたりはじめる。作家の晩年は、大正十二年に長女の百合子がうまれそれを契機にいわば「遊蕩文学」から決別する決心をし、作風の転換をかためた時期いこうである。その具体的な作品として、歴史小説、政治小説がうまれた。このことと関連して慶応三田の回想がおこなわれることになる。

そして私の念頭に最も明瞭に思ひ浮んで来たのは、今から三十一年の昔、父の病気の報知に接して帰郷した時のことであつた。

——それは明治二十七年、日清戦争の戦ひ正に酣なる時であつた。私はその頃三田の慶応義塾に居つた。忘れもせぬ十一月の二十四日であつた。その日は土曜日であつた。その頃塾では、土曜日は普通の授業をせず、どの級でも皆な作文を作ることに定まつてゐた。各級にそれぐ\の課題が出て、それを即席に作つて出すのであつた。その日の私の級の課題が何であつたかは今記憶にないが、とにかく私は午前中二三時をそれに費したが文は意の如く作れなかつた。一体私はその以前から夙に文章は大好きであつたが、その文章が思ふやうに作れないのが常に何よりも苦痛であり、失望でもあつた。その頃から私は文章立身といふことを只管念としてゐたのであつた(6)。

うえの文章にある〈今から三十一年の昔〉は、米穀仲買人店員となる前年、ぴったり明治二十七年にあたる。このことは、近松秋江はとうぜん計算している。〈文章立身〉とは海軍の士官でも医師でもなく、また法律家でも役人でも教師でもない職業をさしていた。そして、十一月二十四日であることをおぼえていたのには、理由がある。日清戦争で旅順口占領が二十一日で、二十四日は、〈旅順港が陥落したといふ号外の出たその翌晩〉、塾生はカンテラ行列をくんで〈二重橋までねり行き万歳を唱へる〉予定でいたその日の夕食後に、父危篤の電報をうけとっていたからである。この報知のなりゆきをあらわすことが表題「煤けた人生の風景画」の目的であった。雑誌『文藝春秋』の創作欄にのった文章の父親とのかかわりを回想するなかで、塾生時代をかきいれていたのだった。その時代の回想には、福沢諭吉のこともでてくる。この話はあとにまわして、昭和十五年十一月の雑誌『知性』に掲載された「文学の私」から塾生時代のことを、まずあきらかにしておきたい。失明してからの、口述筆記された随想のなかのものである。上記のとおり将来に夢をいだいていた青年秋江は、〈その頃三田出身の政治評論家に傾倒してゐた。それまでは、私も、今省り見ても、好い青年であつたと思ふが、その後家の事情で一旦帰郷し、二年後に再度上京した時には、すつかり、文学に中毒された青年であつた。〉と、父親の死と米穀仲買人いごのみずからをかたっていたのである。そのなかの〈三田出身の政治評論家〉に、のちの内閣総理大臣で岡山県から代議士になる犬養毅や、最後は枢密顧問官となる竹越与三郎といった徳田家あるいはかれと交流した人物がふくまれていた。『知性』の回想時期になると、つまり軍国日本の世事にあったときの諭吉についてはーー〈私の抱懐してゐる福沢諭吉観、或は福沢さんの近世日本における歴史的価値といふやうな事については、殆んど無関係であるかもしれない。〉という件がある。この一節は宇野浩二の時評にたいする意見であって、とくに福沢諭吉を否定するというものではない。ただ、戦中にいたる昭和前期のかれは反軍の立場をつよめ、昭和六年の普通選挙ではアンケートにこたえ社会民衆党への投票を表明したり安部磯雄の社会大衆党を支持していた。そんなかれの諭吉観が、含まれていたことにはなるのであろう。随想「文学の私」は旧友懐古が主眼であったため、諭吉についても『福翁百話』の一章「志は白夷叔斉たれ、行は柳下恵たれ」にある話を三田演説館で微笑をふくんだ〈口づからの言葉〉できいたこと、その教えを〈吾々の志操は白夷叔斉の如く堅く守らねばならぬが、他人との交はりは平和で穏やかでなければならぬ。〉とあらわしたあとに、〈先生得意の極端な譬喩を持ち出して自分の志操さへ堅固であれば、どんな者と交はつても構はない。たとへば泥坊と〉云々とかきしるしている。近松秋江は諭吉の話術をわすれずにいたのである(7)。

さて問題の「煤けた人生の風景画」中、明治二十七年の諭吉回想にもどる。そこには、日清戦争と諭吉の話題がある。いかのとおりだ。

先生は一生独立自尊の布衣で居られたが、その当時の総理大臣の伊藤博文伯や外務大臣であつた陸奥宗光さんなどにも決して譲らない非常な愛国者であつて、日清戦争には、その椽大の筆によつて極力国民的愛国心を喚起するに努力せられたものであつた。しかし先生の支那を討つといふことは、決して日本の領土を拡張するといふことを目的とするのではなかつた。それよりも先生には、旧守固陋なる支那の文明が殆ど感情的に嫌ひであつた。それゆゑ支那を討つといふことは支那に文化を誘導するといふことであつたのだ。先生はその事を演じられて、そしてその支那の死命を扼するには旅順港は最も肝要な処である。旅順港さへ陥落すれば戦争の勝敗は既に決したものと見てよい。日清戦争の勝敗が文明と野蛮との勝敗であるとすれば、旅順港の陥落は取りも直さず支那に新文明の曙光を促すことである。先生は、さういふ意味の事を、あの白哲の温顔に笑みを浮かべて語られたのであつた。

諭吉の人柄は、「文学の私」とおなじ〈温顔に笑みを浮かべて語〉る姿を髣髴とするものがある。野にあって、また強力なナショナリストであることは『福翁自伝』のなかでそっちょくに自らもかたっており、国民思想の革新による国家再生が持論の諭吉にたいする評価として妥当である。そして、うえの文章にあらわされた文明観は、明治十八年の『時事新報』で主張したゆうめいな「脱亜論」(三月十六日)の延長上にある、ヨーロッパの近代主義にたつあまりの現実主義といえばいえなくはない所感であることは言を俟たないが、また盲目の西欧崇拝者ではないが「文明」の使徒として、超近代主義者像をうつしとっている。その開化思想の立場は戦争の相手国〈支那〉、その〈旧守固陋〉な清国を〈感情的に嫌ひ〉戦いが開明にむけた文化戦争だと、日清戦争を総括し、「文明と野蛮」と命名した諭吉を、近松秋江は記述した。あざやかな思い出話だというだけでなく、諭吉にたいする闡明な解説にもなっていた。三ヵ月にすぎない在京、遊学ではあっても、三田演説館での訓話は生涯にわたり「有用」という痕跡をひとりの青年の記憶のなかにきざみこんだのである。さらに、回想のなかの話題は会田倉吉の後日譚――〈宣戦の三日まえの明治二十七年七月二十九日に諭吉が『時事新報』にかかげた論説に「日清の戦争は文野の戦争なり」というのがあるが、諭吉にとってそれはまさに文明と野蛮との戦いであって、文明が勝利を得たのであった。(略)開戦となるや諭吉は、ひたすら世論を統一して軍民の志気を振い起こさせることに努めるとともに、しきりに奔走して軍費の醵出をはかり、みずからも率先して、一介の学者の身として当時では破格の大金一万円を寄附するなど、あらゆる尽力を惜しまなかったのであった。〉(8)と、かさなる。

開戦後の九月に塾生となった徳田浩司は、倉田が紹介した〈文野の戦争〉という訓話をきいていたことになる訳で、せいかくな回想であることは、いずれにしても抑えておくひつようがある。そして、諭吉のおこなった戦費拠出の件も、かれの諭吉像をうらづけたことになる。それだけではなく、ふたつの回想でみたとおりかれがおこなう回想文の性格といったものを、そこにはよみとることができるのである。それでは、何をみておくべきなのであろうか。

欧米干渉の起源

徳田浩司、のちの近松秋江が日清戦争をリアルタイムで見聞したことは、上記にあるとおりまちがいない。しかし、その作家が戦争文学としてはもちろん、日清戦争自体にもまったくといってよい程ふれていないのは何故なのか。このかれの姿勢が、作品集中の「三国干渉」を規定しているのである。そしてまた、初出の表題が「三国干渉の突来」であったことにも意味があったであろう。「突来」は造語であろうか、「突如」とか「突発」のことらしい。このことを含めあとで、またふれたい。今は、ロシア、ドイツ、フランスの三国干渉がおこなわれるにいたった起源の問題についてとりあげる。そのことはようするに近代ヨーロッパの覇権主義の問題を俎上にあげることになる。とにかく、日清衝突にいたるまでの時期を軸に総合的に整理してみる。

ところで日清戦争は、はやくに列強諸国のマスメディアが注目するところであった。この列強諸国は、帝国主義の国々とおきかえたほうがわかりやすい。たとえればハリスによる「日米修好通商条約」交渉が「万国公法」、今日の国際法によってうまれた互恵条約ではなく砲艦外交の結果だったようにである。この砲艦外交はアヘン戦争以後、中国侵略によって近代ヨーロッパの覇権主義はあからさまとなる。かれらはヨーロッパを中心に、東アジアを「絶東」「僻東」「極東」などと位置づけているが、しかし日本はその東アジアのわすれられた島国ではなかった。江戸期、一八〇四（文化元）年、ロシア使節レザノフが同国の東方計略にもとづいて通商をもとめ長崎にきたあと、四年後、〇八年にフェートン号事件がおきる。この事件は、北島正元の岩波新書『江戸時代』（一九五八）のなかの註記でならこう、当時イギリスはナポレオンのフランスと交戦中であり、フランスに本国を併合されたオランダの東洋植民地を攻撃し、オランダ船をとらえていた。その一環として、英船フェートン号が突然長崎に侵入して、オランダ商館員をとらえたため、長崎奉行は引責自殺した(9)。

と、ある。この事件では日本側の通訳と検査官も武器でおどされており、商館長ゾーフは危険をかんじ奉行所に避難している。英蘭の関係はともかく、国際問題の政策転換をせまるような領海侵犯事件を、歴史学者津田秀夫の見解では〈平和的な解決の方法は恥辱であ〉るとする長崎奉行の遺書にそって国境警備の強化がうちだされ、〈国際関係では、平和の問題を第一義的に考えようとする姿勢がなくなってしま〉い、軍事費の増額を柱におきその政策理論の根拠が攘夷論であったと、そう概括する(10)。日英の軍事力の差はおいといたうえで、ここにはふたつの問題がある。ひとつはフェートン号事件をめぐる処理のあり方がもたらした国内問題で、幕末の混乱はこの事件が起点になったのである。もうひとつが国際関係の問題で、一九世紀初頭には日本がこうはんな世界的な規範の版図のなかにくみこまれていた、という事実があきらかになったことである。また政策選択でいえば、現実主義型の交渉外交でなく攘夷論にたつイデオロギー派が勝利したことである。三日間、長崎港に繋留し人質の解放を条件に食料、薪水を要求し退去した力の外交にくっした日本外交がえらんだ対外政策だった。このことは、西欧列強の覇権主義と全面対決の途をえらんだことにひとしい選択だったことになるのである。一八九四年の日清戦争勃発までの一世紀弱は日本が世界史のなかの激動をみずからが体験し、帝国主義列強の一角をしめるまでの歴史であったことにもなる。

もうひとつのデータがある。『朝日新聞』が連載した記事「歴史は生きている」の「東アジア一五〇年」でおこなったアンケートの回答である。コメントつきで、二十名が「私が選んだ10大出来事」をあげている。結局、帝国主義、覇権主義がひきおこした近代の歴史を問題にしたことになっている。そのうえで、十人の回答者が「アヘン戦争」をあげた。このシリーズを集約するのは、基本に、歩平の「アジア地域の『開国』」という全体的な視座があって、君島和彦の〈一国史の観点から脱却し、東アジアの相互理解を深め、共通の歴史認識をつくる〉という意図がいかされている(11)。中国社会科学院近代史研究所長の歩平はいかのようにアヘン戦争を整理、評価している。

仮に重要度順に並べるとしても、最初に挙げるのは「開国」だ。それまで東アジアには華夷秩序があり、西洋諸国の痕跡はみられなかったが、これで一気に世界とつながったからだ。
日本と違い、中国では「開国」という表現はしない。アヘン戦争があったため、西洋列強に「ドアを武力で開けられた」という言い方をしてきた。とはいえ東アジアでは西洋列強のインパクトを等しく感じていた。その意味で、東アジア共通の出来事としてくれるだろう。

アヘン戦争は一八四〇年から二年間、アヘン密貿易取締りを強化した清にたいしておこなったイギリスの横槍であり、侵略戦争であった。南京条約をむすんだあとも輸出ののびないイギリスが市場拡大をもとめておこしたアロー戦争――第二次アヘン戦争は五六年から六〇年にかけて、宣教師殺害で係争中のフランスとアロー号の国旗侮辱事件を口実に武力介入したイギリスの、やはり英仏両国による侵略戦争であった。うえの文章に〈西洋列強に「ドアを武力で開けられた」〉とある一節が意味する、列強による市場獲得のための帝国主義戦争であった。そして、このことをみぬいていたひとりの日本人がいた。明治三十四年に出版された、『二十世紀の怪物帝国主義』の著者であり社会主義者の幸徳秋水である。

〇帝国主義者は万口一斉に叫て曰く、『貿易は国旗に次く』、領土の拡張は、実に我商品の為めに市場を求むるの急に出づと。
○我は世界交通の益す利便ならんことを欲す、列国貿易の益す繁栄ならんことを欲す。然れとも英国物品の市場が必す英国々旗の下に在らざる可らず、独逸物品の市場が必す独逸国旗の下に在らざる可らずてふ理由、果して那辺に在りや(12)。

産業革命いこう、一九世紀の商品経済の拡大が新市場をもとめ領土侵略をはじめた、このことを秋水は帝国主義とくくった。近代という時代の経済発展をもたらす貿易の拡張、その交易がひろがり繁栄することを、秋水は否定していない。しかし、貿易が武力や暴力、侵略戦争によっておこなわれている列強の覇権主義を批判していたのである。歩平は、このような情勢の誕生を「アジア地域の『開国』」と提起したのだった。中国にとっては当然、〈西洋列強に「ドアを武力で開けられた」〉と形容することとなる。そして、歩平の時系列順にあげる二番目は「日本の明治維新と日露戦争」となっており、このくくりは近代ヨーロッパの覇権主義による軍事行動が衝撃となって、日本は近代化とへいこうして帝国主義もうまれてくるという枠組になっている。それが「明治維新」であり「日露戦争」の位置づけである。

中国にしてみれば日清戦争をはさんで、本章はじめでみた一九世紀初頭いこうに日本が体験した構図と基本的におなじ覇権主義による侵犯の体験を日露戦争までに経験するとみてよいのであろう。そのうえで民族自決の途は、歩平が三番目にあげる一九一一年の「辛亥革命」をまたねばならなかった。しかし一方に、東アジアの動向は対外的な危機意識に刺戟をうけ「国民になる」という自発的な契機をふくめた民族自立のうごきにたって、「国民」を形成する歴史や文化を「発見」することになる、――とみてとった久留島浩と趙景達らによる共同研究『アジアの国民国家構想――近代への投企と葛藤』がある(13)。社会革命にいたらず、政体変革であった辛亥革命のなかからうまれる袁世凱政権の問題を、田中比呂志は担当した「Ⅳ　近代中国の国民国家構想とその展開」のなかで分析している(14)。覇権主義あるいは帝国主義、そして植民地化への過程という歴史問題をリセットし、共和国の立憲制がたちゆかなくなり保守的な統一に変貌してゆき、〈中央集権的権力機構が形成され統合推進〉をする中国の国内問題をえがいていた。東アジア諸国から西方のトルコにいたる地域が体験し日本もかつて体験した近代ヨーロッパの覇権主義との一世紀にわたる葛藤――〈西洋列強に「ドアを武力で開けられた」〉屈辱を、逆にヨーロッパはどのように理解していたのだろうか。

雑誌『日清戦争実記』にみられた欧米の輿論

作家近松秋江が二十歳前後を回想した「米穀仲買人」のなかには、なぜか当時の日本人が熱狂してよんだ雑誌『日清戦争実記』がでてこない。かれは〈追憶は楽しみよりも、矢張り悔恨の苦痛の方が多い。〉というなかでも、樋口一葉によって文学にめざめたことは強調した。十八歳の岡山中学時代までを回想した「吾が幼時の読書」には『国民新聞』『国民之友』の読書体験はでてくるが、やはり『日清戦争実記』はでてこない。政治小説に感激したのは、この頃であったはずである。そして、大正十四年、五十歳のときに、福沢諭吉の「文明と野蛮」の話のなかで日清戦争にふれた「煤けた人生の風景画」のなかでも件の雑誌は話題にあがらなかった。話にあがってもよさそうだとおもうのは、この『日清戦争実記』は日本中でよまれ、雑誌ながらベストセラーになっていたからである。もちろん日清戦争という坩堝のなかで、戦勝につぐ戦勝で日本人はナショナリズムの昂揚のただなかにあった。はやくは明治二十七年十月のあたまに「平壌大戦争及海洋島付近大海戦」と戦端の勝利を題材にした冊子、『日清戦乱実記』にみられる戦記物が商魂まじりで出版されており、また戦艦千代田にのりこみ『国民新聞』に戦況を連載した国木田独歩の「愛弟通信」はだれもがよんでいたし、その戦況をしろうとした人びとによって新聞の販売部数はおおはばにふえる――そんな時代であった。そんなときに博文館から発行された『日清戦争実記』は各号、十万部の部数を記録したという。「吾が幼時の読書」で歴史ずきで「新聞政治家」だと告白したのは秋江自身である。しかし、件の雑誌はおろか戦争を話題にしていなかったのである。

●福島民報評　第一編は這回の日清事件の起源及従来韓国に対する関係等を詳叙し我兵朝鮮王宮に入る迄を以て終る第二編は豊島牙山の大戦より朝鮮新政府組織に終る篇中詳細なる三国地図あり三国偉人の写真再美麗なる朝鮮凱旋勢の写景の挿図あり日清事件今日迄の歴史を詳悉せんとするもの座右に備ふるの価値あり

●国民新聞評　日清戦争起りてより、これが実記は続々発刊せられたれども、其材料の豊贍なること、此の日清戦争実記に及ぶもの少きが如し、吾人はこれを江湖に追薦するを躊躇せず、

いま、一八九四年の『日清戦争実記第五篇』十月九日号中、「博文舘図書全国新聞雑誌批評一班（ママ）」の「◉日清戦争実記」の項に掲載されている二十七紙の新聞のなかから二紙の評判記をひいてみた。はじめの批評一斑をみれば、一般読者にはどんな雑誌かはおおむねわかったことであろう。そして、あとの一斑は近松秋江の回想をしんじるかぎり、かれはこの評判記を『国民新聞』でかならずよんでいたはずだし関心をもたなかったとは、にわかにはしんじられない。「◉日清戦争実記」につづく新聞雑誌批評一斑欄には川崎紫山著『朝鮮革新策』の紹介があり、今般の戦争だけでなく朝鮮にたいする政治論が展開されていることがわかる内容になっている。事にふれては時事問題に関心をしめした晩年の作家が、文学に興味をもついぜんから「政治趣味」をもっていたとしばしば回顧していたのだから、批評一斑にあるような国家の存続をさゆうする動向をとりあげた記事が記憶からきえてしまったとは、やはり考えにくいのである。『日清戦争実記』をよんだかよまなかったかはおくとしても、昭和前期、戦前戦中の軍人政治に反対をしてい

たかれのたち位置をふくめ、この点はあとでふれてみたい。

さて、節題に話をもどす。明治二十八年、日清戦争の休戦条約が三月三十日に、また四月十七日に講和条約がともに調印され、戦争は終結した。しかしおなじ月の二十三日に、遼東半島の清国返還を勧告する三国干渉があって、日本はその勧告うけいれを二十九日の御前会議で決定する。作家近松秋江の「三国干渉の突来」も、この時間軸によってなりたっている。遼東半島返還の勧告は、前節の「三国干渉の起源」でろんじた近代ヨーロッパの覇権主義を背景とした列強の思惑による干渉であった。藤村道生の岩波新書『日清戦争—東アジア近代史の転換点—』(一九七三)の「6　下関条約と三国干渉」のなかにイギリスメディアの情報がひかれており、海外情報のいったんをしることができる。このメディアの存在はこんにち一般にいう客観報道ではなく、あきらかに欧米の歴史観が刻印された新興ブルジョアジーの欲望史観であり、一九世紀がおわろうとするときの帝国主義の歴史をうつしとったものであった。それは、覇権主義の絶対正義と市場支配の絶対合理につらぬかれた「輿論」であったからである。

政治界の天地は全く静穏なるにあらざるも晴雨儀は必ずしも下降の一方に傾けるにあらず英国政府は穏和の手段を以て平和を回復せんとするの挙あらば何時にても之に合同するを憚からずと
露国との関係は今日の如く親密なりしことなく露英両国が東洋に於て相提携する所あらば世界の平和を保持するの方向に歩を進むべし
英仏は曾てクリミヤの役に同盟軍を組織して露軍に当りたるも今や之と提携するは軍事にあらずして平和的競争に於てあらんことを欲すと述べ最後に英国は諸外国が殖民拡張策を執りて平和の方向に進むと共に貿易を進歩せしむるに至るを喜ぶなりと説きて局を結べり(15)

うえの引用文は明治二十七年の十一月九日に、英国首相ローズベリーがギルド・ホールの〈倫敦市長の催しに係る宴会〉でおこなった演説内容である。この記事は、ロンドン発の十二日外電として雑誌に掲載されたものである。そして、演説自体は、英露関係とアジア情勢を右の主旨にそって解説したものだったのである。十二月七日発行の『日清戦争実記』にのったということは、ロンドン発のじゅうだいな情報を日本人が一月以内に、ほぼ共時的に目にしたことになる。つぎにこの時点では、英露関係に対立がなかったことになる。そして、この協調関係にかんしては、三国干渉いごの英国の政治行動とはことなっている。最もじゅうようなのが平和裡に植民地の拡大をすすめ、政策課題として貿易の拡大をはかることを公にしていたことである。この政策が意味していることは、列強の覇権主義と市場独占を宣言したことになる。メディアの時事報道は歴史を総括する性質のものではないとはいえ、外電の錯綜ぶりはあとからかえりみればその顕著なものの代表であった。のちに英露同盟はなく、日英同盟が東アジアの基軸となり、『日清戦争実記』が紹介していたメディアの全体的なトーンは、英仏の対立関係がみてとれドイツは親日派であり、アメリカは局外者であった。

ところで、イギリスにとっては、外交と貿易が戦略の両輪であった。休戦と講和が成立するまえに、はやくも日本の躍進を危険視する論調が保守派の政治家からでてくる。そのひとつ、「日本の進歩に油断す可らず〈デイリー、アルガス〉」の記事は、〈英国が今日まで其製造業の最良得意と認め来りし東洋の市場をば、日本の為めに、突然奪ひ取られんとしつゝある〉と警鐘をならし(16)、新聞による輿論喚起が、

抑も吾々英国人は二三十年来保護貿易なる障碍物の為めに、諸文明国に対する商売の路をば、大に狭められ、今は唯東洋の市場のみを目的にして、我製造業を維持するの有様なるに、然るに今回戦争の結果として、支那帝国の全体が、外国貿易に開かるゝ〈此一事は日本政府の支那に対する要求中の一箇条なりと聞く〉と、同時に吾々

は思ひ掛けなくもこゝに最ともおそる可き商売上の競争者と相接せざるを得ざることゝはなれり。

といった具合におこなわれるようになる。日本の「文明力」をみる目は、時とともに列強間でおおきくかわる。英国首相ローズベリーの演説紹介と同じ号に、訳者による解説記事にはつぎの〈清兵一万若し日本の長崎に上陸せば日本は苦もなく征服せらるべしなと最も物知り顔に論じたりしは僅か二三ケ月以前の事なりし〉と(17)、こんな軽口をいましめる警戒心がめばえていることを紹介していたのである。そうした空気のなかから「日本の進歩に油断す可らず」といった論評が大勢をしめるようになり、国民四千万の〈僻東〉の小国が四億の民をほこる帝国を崩潰させる事態に憂慮しはじめる。英国にとってはそれもこれも貿易相手国として、その利害の大小をかんがえてのことであり日本に圧力をかけるのである。このことも干渉のはじまりで、メディアをつうじた作為の輿論であった。

雑誌『日清戦争実記』は、明治二十九（一八九六）年一月七日発行の五十号をもって終巻となる。戦況にしたがって、とうぜん編輯内容に工夫がこらされてくる。最初「局外国」として取りあつかわれていた西欧列強の動向が、第十編、明治二十七年十一月二十七日号で改変したあらたな「海外評論」欄に、日清戦争に関心をよせてくる海外のうごきを諸外国のメディア情報によって紹介する。戦前の予想にはんする戦況に、まずおどろきがうまれる。そして、緒戦の日本の勝利にたいする驚愕とその成果を近代化の達成として注目すると同時に警戒心をつのらせるようになり、弱体化する大国清をみて戦後の利害に関心をもつようになってゆく。さらに、干渉論にかわってゆく列強の動向は日本の国際的な地位の向上であるだけでなく強力な競争相手として理解し、植民地分割で利害が衝突する国家であることを認識し牽制しはじめたことになるのである。三国干渉後、イギリスでは保守党を支持する政府系新聞に日露の戦争を予告する観測記事がはやくも掲載される。清露の秘密条約があきらかになり、ロシアによる旅順口租借がつたわる経緯のなかではじまっていたのである。

露国は先頃の干渉に由て、一方には支那を同盟国として其国事に勢力を恣にする端緒を開きたると同時に、一方には日本より未来永劫忘る可からざるの怨を買ひ、為に彼をして諸般の準備整ふの期を待ちて、積日の屈辱を伸べんの敵愾心を惹起さしめたり、事情既に斯の如くなれば、今後四五年の間は太平無事を楽むを得るならんと雖も、恰も一時休戦の姿に異ならざれば、仮令ひ如何にして又何時戦争起る可しと確に予言するを得ざれども兎に角に遠からずして東洋の天地に波瀾を生ず可きこと明白なり(18)。

予測記事であるならば、だれもがかける。しかし、この記事は後半に軍備拡充を前提としたうえで、開戦必定論の分析があり、日露戦争が「天皇の戦争」であることを看破し西シベリア鉄道開通一年前にその戦端の機会あり、とみてとっていた(19)。この記事の指摘は、また日本人の記憶の問題であった。おもえば本稿冒頭の、近松秋江が対ロ宣戦布告直後に坪内逍遙を取材したおり、挨拶のあと、文芸談話をとりあげるその本題のまえに日露戦争を話題にしていた。日本人がこの戦争にかけたおもいの丈が、ふたりの間にもあったことになる。その当時からかぞえて十年まえ、加熱するマスメディアを、徳田浩司は渦中のひととして見聞したはずである。そのことは、逍遙とあったときの一場面からも推測できよう。また、岡崎邦輔との政談のなかにもあった。しかし、くりかえすようだが、近松秋江は日清戦争を回想の対象としなかった。そこにはなにか理由があった、否、なければおかしい。それではつぎに、作家近松秋江がえがいた作品「三国干渉の突来」をとりあげてみたい。

秋江作「三国干渉の突来」、および講和交渉の顚末、その一

作家近松秋江には、ふたつのことなる言動がある。二十歳前後、米穀仲買人の手伝いをしていた頃、蘭学者高野長

英やおなじ渡辺崋山だとかの〈西洋文明輸入の先駆者の事跡が何となく好きで、その為に身は囹圄の苦楚を嘗めても、その志は金鉄の如く堅かつたヒロイックな行為が慕はしかつたこともあつた。〉と[20]、かれらの進取にとむ剛情な精神にあこがれた。それは、樋口一葉や『文学界』の同人たちにあこがれ軟文学にえがかれた人間精神の機微にめざめた時期とほとんどおなじ頃のことで、一年とずれていなかった。硬派の政治小説、あるいは国民思想とその時代精神をえがいた馬琴の『南総里見八犬伝』に趣味をもとめていた時のことである。この回想は大正十一年十二月暮の六日から九日にかけ、『時事新報』に連載した文章のなかのものである。そしてその「趣味」は、近松秋江によれば『報知新聞』初期の主筆であった藤田茂吉（号、鳴鶴）のれいの書物『文明東漸史』（私版、一八八四）——高野長英の伝記からまなんだ、とされている。なおまた、最後の結びはつぎのとおりである。

丁度その歳の夏から日清戦争が始まつて、日本の勝利となり、更に十年後三十七八の日露戦争があつて、又日本海々戦の大勝利となり鉄腸居士（筆者註、末広鉄腸のこと）が小説の中に書いてゐるとほりの光景を新聞の号外で見た時には、私は何より十年前に読んだその「四十年後の日本」といふ小説のことを思ひうかべた。けれどももう十九か二十歳の頃鉄腸居士の政治小説を非常の情緒をもつて愛読心酔した時のやうな愉快はそれ以来一度も味ふことが出来なくなつた[21]。

十八歳で岡山中学を退学してから、二十歳前後は徳田浩司にはもっとも春秋にとんだ時代で、最後の一節は昭和十年九月号の『文芸通信』のアンケートでもおなじ回答をよせていた。無垢な十代の空想がそのあと二十代では、〈自分には最も忌はしい。一番不安と迷妄との時〉にしずんでゆくことになる[22]。いま、この稿で問題にしている日清戦争、あるいは日露戦争のふたつの戦争については、まえに紹介した書法とどうようで、末広鉄腸を回顧するそのいったんとしてさわる程度であった。ふたつの戦争にあいわたる国民的な感情をみずからの体験として、しょうさいにかたるのは失明した晩年のことで、『歴史小説三国干渉』を出版した一九四一年八月、ちょうど太平洋戦争がはじまる年の著書巻末「自註」のなかでのことであった。

その四一年について、ふれておかねばならぬことがある。この年の四月、情報局第二課長の鈴木庫三少佐が岩波書店刊行の安倍能成著『時代と文化』を問題視し出版事業に介入、出版取締りの主導権は軍人が掌握するようになる。かれの著書は、そんななかでの出版であったことになる。しかも、かれの作品集も禁忌にふれ「次版改訂処分」をうけ、再版本は改変し出版された(23)。集中「承久の乱」をあつかった一篇「明恵上人と泰時」の二ヵ所――ひとつは〈頼朝以来武家に掌握せられた兵馬の権を朝廷に取戻さうとして後、鳥羽上皇院宣を以て〉とある〈後、鳥羽上皇〉を〈後鳥羽上皇〉に、もうひとつは〈大臆病の謀主に騙られ〉の〈謀主〉を〈朝臣〉にあらためてある。前者は誤植とはいえ敗戦昭和のまえの、天皇絶対主義の皇国史観に牴触し泥をぬった。後者は後鳥羽上皇側につき斬首された能登守秀康、三浦胤義、山田重忠を「首謀者」から討伐の院宣にしたがい出陣、出兵した「忠臣」「忠君愛国」の意味に変更されたことになる。『浮生』(一九四〇)の「あとがき」にいう五・一五事件後の〈愈々不穏が募るばかり〉の頃、「井上準之助」とおなじ日である昭和七年六月号の雑誌『経済往来』に発表した「明恵上人と泰時」が太平洋戦争直前の時局柄、うえのような「次版改訂処分」をうけたことである。集中の「三国干渉」は検閲強化のなかだから、その意義をふかめる。さて、作品集の「三国干渉」はこのようにはじまる。

明治二十八年の四月半ば。

関門海峡には春の押寄せて来るのも早かつたが、玄界灘を渡つてシベリヤ大陸の方から吹いてくる寒波は、動もすれば、すでに開きかけた桜や李の花を縮ませた。

下関の大吉旅館の二階十二畳と十畳の二室つゞき。ゐながらにして春の海を往来する風帆も眺められた。一衣帯水の九州路の山々も淡い霞を隔て、指呼の間に見えてゐる。

それにもかゝわらず、春の海から吹いて来る風を厭うてか、長い縁側の障子はいつも閉め切つたまゝである。

外務大臣陸奥宗光は、五六日前から宿痾の胸の病が再発して、今は三十九度から四十度の高熱に悩まされてゐた(24)。

また「三国干渉」は、全十四章によって構成されている。そのうち、下関でおこなわれた講和条約交渉と関係するのは六章までである。そして、冒頭の〈四月半ば〉とあるのは、十一日のことであった。欧米列強の干渉をうけてはじまった講和交渉は、在外公使館の情報収集とへいこうしてすすめられていた。二日前の九日、ロシア駐在公使西徳次郎から外務省に打電されたロシア外務大臣の情報が陸奥全権にこのとき、十一日とどけられ、内容確認のあとただちに梅の坊旅館に滞留する全権伊藤博文に回送される。その場面が、一章の核心であった。

講和交渉については、じつは同じ年の二月二日に清国全権委員張蔭桓、邵友濂にたいし全権委任状の不備を理由に交渉を拒絶していた。講和条件を有利にすすめるために戦争をつづけ、遼東半島や要衝の地を占領することがほんとうの理由であった。大陸に利権をもつ関係諸国は戦争継続をみて日本にたいして猜疑心をいだき、その結果、列強の干渉圧力をうけてゆくこととなるのである。そんな経緯をへて三月二十日に、アメリカの仲介で李鴻章が全権として来日した。下関で、着岸したその日のうちに第一回の公式会談「会商」がはじまり、日清全権それぞれが確認のうえで「委任状」の交換がおこなわれ、つづいて翌日、第二回会見を午後二時半、春帆楼でひらくことをきめ初日は散会した。この段取りについては、近松秋江の「三国干渉」にはでてこない。かれの作品は四月一日の日本側「媾和条件」の開示が物語の起点となるが、そのことはまたあとでふれたい。講和交渉は、五回開催された(25)。意外なことに、その会談内容が具体的に、かなり詳細に大陸の新聞紙『上海申報』に公開される。研究書でことなる会談日あるいは開始時刻をふくめ、田保橋潔の著書『日清戦役外交史の研究』はこの記事どおりTPOをおっており(26)、せいちな調査によるさいしょの本格的な研究書によって記事の精確であることが保証されたのである。そして、この記事が『日清戦争実記』の第三十四編（発行、七月二十七日）第三十五編（同、八月七日）第三十六編（同、八月十七日）に、「下の関に於ける媾和談判の状況」と表題をふし訳載されることになる。条約内容についての国際法上の根拠、歴史的な例証、手続き上の合法性など、その専門的な知識をぶつけあう談判、両国のなまなましい駆引きが紹介された。交渉のなかで一貫しているのは軍事的な勝利を背景にした日本側のつよきな態度、言動で、こうした日本側の姿勢のまえでは清国の法律顧問として招聘されたアメリカ前国務長官ジョン・フォースターの戦略もおよばなかった。そうはいっても、地元メディアである『上海申報』にのせた記事だったということは、国内むけに全権李鴻章の矜持をみせようとする意図はかくせない情報となっている。三月三十日の休戦協定調印、四月十七日の講和条約調印と、五月八日、芝罘における条約の批准交換から二ヵ月がすぎたとき、日本人は中国経由による条約交渉の「内幕」がもたらされることとなる。

さて、陸奥全権にとどけられたさきの外電前半部は、

「露国外務大臣は、今回日清の談判を以て永続の平和を一旦締結するも、其条件を履行し能はざるが為め、再び平和破裂するに至る如きことなきを望むと言ふにより、本使は我国より要求する条件過重なりと思はるゝにやと問ひたり。同大臣は、之に答へて、清国公使は、大陸に於ける割地は清国の最も難渋する所、又償金の額は余りに過大なりといひ居れり。然れども露国政府は未だ其事情を詳かにせざるを以て何等の意見を述ぶる能はずといへり。本月九日、本使が露国駐剳の英国大使と面談の節、同大使云ふ、目下東洋の事件に関し、露国外務大臣は

稍当惑し居るもの丶如し。日本国の要求は固より至当なり。多分英国政府は之に対して何等の抗議を為さざるべしと。」（略）(27)。

と、あった。西情報は、まず日本が〈要求する条件〉を、ロシア側が摑んでいたことをしめしている。つぎに、清国側が国土の〈割地〉と過大な〈償金〉に難色をもっていることを、ロシア側は清国公使よりききしっていた。また、ロシア政府は講和条件にたいする態度決定をしていないこと、そして英国政府は干渉はせず戦勝国側の権利をみとめる態度をとっていた。電文で問題となっている日本の講和条件は、四月一日、清国側にしめしたものであった。作家近松秋江は、この四月一日の条件提示からの経緯を――〈四月一日はまだ病に臥さぬ陸奥は、李経方と春帆楼に会見して、日本側の媾和条件を全部提出し、四日間を期して、逐条的にか又は全体をか清国の諾否を明答せんことを要求した。もし又修正意見があれば、その改訂を申出るやう確約した。それにも係わらず、李鴻章は病床より長文の覚書を送つて、日本より提出せる媾和条件に対して事実的に諾否を答ふることをせず、徒らに支那流の美辞空言を連らね、縷々連綿として国内の事情を披瀝して哀訴するばかり、一向日本の提案に対しては要領を得た応答となつてゐない。〉と(28)、説明した。この四月一日案提示にいたるまでに、日清両国は三月二十一日と二十四日に二回の交渉をもっていた。この間にも日本軍は大沽、天津、山海関を占領し政都北京にせめいる形勢にあった。このことを、李ははげしくひなんし停戦をもとめさらに「媾和条款」の開示をせまり、とにかくは、まず休戦協定の締結をつよくもとめていた。たいする日本側の対応は、講和をむすぶことが戦争の終結であることをゆずらなかった。日本は、なにより開戦の責任が朝鮮の独立問題にたいして話合いを拒否し武力解決を選択した清国側にあったことをせめ、両国の対立は基本的な交渉手順がとけないまま第二回の「会商」も散会していたのである。

凶変は、三月二十四日、三回目の会談後におきた。「会商」終了後、李鴻章が止宿中の引接寺にもどるとちゅうで壮士小山豊太郎（通称、六之助）に狙撃されたのである。この事件によって、日本側は休戦協定を無条件でのむなど事態は急変し早期に講和条約を締結する方針をかためることとなる。しかし、当日二十四日の「談判」は先鋭化していった。『日清戦争実記第三十五編』によれば、李が外国の干渉問題をだし揺さぶりをかけてきたのである。そのなかで前年二十七年に、日本は清国が英国に依頼した調停を拒絶していたこともあかされている(29)。講和条約によって欧米列強との利害衝突、摩擦をおそれる清国側のいう干渉問題を、伊藤は――〈此度日清両国の事を議するには他国は皆な局外の位置にあるものなれば、妄りに潜越の処置あるべしとも覚えず。〉と、かんたんにしりぞけていた。講和破綻のあかつきは〈局外〉の外国にたよらず〈貴国大皇帝の御親裁あるまでの事〉と、伊藤は講和が二国間協定である原則論を主張してゆずらなかったのである。その直前の談論で李が要求した「媾和条款」の提示を、伊藤は陸奥とその場でうちあわせ明日二十五日の十時に公表することをのんでいた。この直後に、二国間協定の原則論がとびだしたのである。この条約上の法制論が外交上の問題に発展することを、李側の情報では伊藤が熟慮しなかったことになる。しかし、日本側は列強の動向をしらなかったわけではない。英仏とのあいだの懸案事項になっていた自由航行の保障問題から、台湾の割地問題が日本に台湾を割譲、帰属させることで列強の干渉がしょうじる可能性はじゅうぶんかんがえられた。李の懸念とはこのことであり、二国間協定ではすまない難題をだし譲歩をせまった。干渉問題をひとつあげるとすれば、そういうことなのである。

さきの作品集中「三国干渉」の引用文にある四月五日の回答日がすぎても諾否の返答がなかったとあるのは、いちおう「歴史的」事実である。また、その五日は、李の哀訴が内容の「覚書」がとどいたことになっている。秋江作品では、日本側がこの「覚書」を清国側の回答と理解していたことになっており、その「覚書」は日本側の提案にたいする正式な回答とはみなさず、伊藤全権が拒絶したことになっている。ところで、正規の回答書面がおくれていたのは総理衙門の困惑、いわば協議機関都察院の紛糾といった清国内の事情だけでなく、水面下で北京政府が工作活動をしておりロシアと交渉していたからであり、そのことはまえにあげた外電、西情報がうらづけていた。ひと言でいえば、清側は時間稼ぎがひつようだったのである。四月一日の講和条件の提示から、作品集中「三国干渉」が記入する五日以降の動向は、田保橋潔の著書と『日清戦争実記』の「下の関に於ける媾和談判の状況」の記述とでは基本的な日程に異同がある(30)。李鴻章の狙撃事件によって、日本政府が条約締結の早期決着をめざす方針にかわったことは、すでにふれた。そして、四月八日におこなわれた伊藤／経方の会談を、秋江作品では十一日に開催されたことになっている。かれが講和条件の〈諾否の返答〉をもとめた会談日をわざわざずらしたのには、作家近松秋江の芸術観にもとづく理由があった——と、そうかんがえるのが妥当であろう。

講和交渉の顚末、その二

第四回講和会議は、四月十日午後四時に春帆楼でひらかれた。このとき、李鴻章の傷はいえていた。この日の「会商」を、田保橋潔は著書のなかで〈講和条約の成否をトすべき重大会議であり、負傷の全癒した清国首席全権李鴻章は全権李経方を従へ列席したのに対し、陸奥全権は病床にあり、伊藤全権は単独で出席した。／会商の劈頭伊藤全権は清国対案に対する修正案を提示した。〉とかきだし(31)、条約文をしめしたあと、四月一日に提案した条約案文を修正した十日の本案が日本側の最後通牒であることを位置づけたうえ、〈第四回会商は日清講和会商中最も重要なる意義を有し、講和条約の基本条件は本日を以て成立したと云つてよい〉とするした。この間の講和条約原案から修正案を整理し〈講和条約案にもられた基本原則＝四つの条件〉をまとめた中塚明の著書『日清戦争の研究』から(32)、その四条件を略述列記してみる。

(1)朝鮮の独立問題

⑵領土の分割問題
⑶賠償金の問題
⑷通商条約の問題

この四点を「下の関に於ける媾和談判の状況」の場合とくらべると、清国側の交渉術が、つまりは国家戦略がはっきりする。⑴の問題は開戦の原因をつくったことと平壌の戦闘で軍事的な敗北におわったことがあり、李は「会商」の対象にしなかった。また、⑷は、ふくざつな経緯があった。事前に公になると清国政府が干渉問題を有利にすすめようとする列強との交渉で足枷になると判断し、⑷を秘匿したのである。だからとうぜん、『上海申報』の記事をやくし掲載した『日清戦争実記』にも、⑷はでてこない。⑵と⑶が、講和交渉のさいだいの問題となったのである。

⑵の割地では国際慣例や国際法を駆使し歴史と法律を問題として、知恵と知識を介し激論がかわされた。清国側は三月二十一日の第二回会談で、戦略地天津からの即時撤退を要求する。おなじように四月十日の第四回会談では、関税問題がからむ経済拠点の占領地営口の返還をつよくもとめたのである。二十四日の第三回会談では台湾割譲問題が浮上し干渉の派生と非占領地であることを理由に、割地に反対していく。清国側は「譲地」と「占領地」を法と慣例にてらして、日本に譲歩をせまったのである。さらに、⑵の問題では、華夷秩序のいただきにあった中国の地歩体面上のこだわりをあらわにし情意にうったえてきたのである。またこの割地問題では、藤村道生の岩波新書中の「遼東半島割譲要求案の変化図」（筆者註、二五八頁）をみれば日本側の譲歩の跡がはっきりする。だがしかし、未占領地である台湾割譲では日本側がいっぽもひかなかった。交渉経緯のなかで、この⑵の問題は交渉全体にふかい影響をあたえてゆくことになる。停戦案と講和案の交渉順序で紛糾し戦果で圧倒的に優位な日本は、即時停戦を要求する大国清の主張をおさえこんでいった。交渉のうえでも、勝者と敗者の現実がこの件で明瞭になったのである。

(3)の「償金」問題は、戦後復興の鍵となり国家自体の存在とかかわることになるので、ある意味では「譲地」「占領地」問題以上に細部のこみいった論議の対象となった。まず負担金の算定基準がはっきりしておらず、かんたんにいえば丼勘定のようなものであった。中塚明のしらべた条約案の準備過程では、最初期の「予定条約」には〈軍費賠償金〉は明記されず〈、、、、円〉となっている(33)。それが四月一日案では庫平銀三億両と明記され、十日の修正案は減額し庫平銀二億両で決裁する。ところで十五日、最後の第五回「会商」のつめの交渉段階でも、李は日本の新聞紙をかざすいきおいで〈貴国の軍費を記載しあるが、其額は只八千万円とあり〉と、そのなかの記事をしめし、前回の交渉につづき賠償金の〈五千万はいけぬとならば、二千万は如何〉と、伊藤に減額をせまった。李は賠償金を減額する手管をつくしへらす算段をくりかえし談判していたのである。このあたりの経過は、『日清戦争実記』に詳細かつ感情あふれる「リアル」な交渉記事がのっていた。このことと関連して、つぎの件ははっきりさせておいた方がよいだろう。

田保橋潔は(3)の賠償金にかかわる経済の問題になると、「政治」あるいは「政治思想」をふまえた「外交史」を記述した着実で堅実な書法が相対的にかんりゃくな叙述にかわる。こんな一節が「五章」の「第二　講和条約の成立」のなかにある。

日本国修正案を会商の基礎とし、清国全権をして只管その軽減緩和を哀請するのやむなきに至らしめたのは、伊藤全権の顕著なる成功と云ってよい。但両国全権に経済専門委員が附せられず、三億金円の戦費算定の基礎、竝に清国財政の負担能力が明示せられず、抽象的の素人財政論を以て終結したのは、今日より想像だにせられざる現象である(34)。

田保橋の著書のなかにも、清国には法律顧問ジョン・フォースターと税務担当のロバート・ハアトといった専門家の存在がしるされており、前者についてはすでにふれたが、(3)のうち戦費の問題については著書のなかに〈日本国政府の要求の不当なる点を指摘反駁せしめられたしと申請した。〉とあり[35]、この問題については専門職〈海関税務司〉の意見をあおいだ「李文忠公電」史料をしめしていた。営口返還の根拠が関税問題にあったこと、さらに清国経済全体の財政問題におよぶことを主張したのは、とうぜん専門家の助言があったであろう。だから、交渉のなかの経済問題はけっして〈抽象的の素人財政論〉であったとはいえず、四月十日の「会商」をうつした「下の関に於ける媾和談判の状況」中、「第四回の会見」でおこなわれた財政、金融問題の議論が具体的に詳細、多岐にわたっていたことはそのあらわれであった、とかんがえるべきである。伊藤はこの交渉で、〈外債と賠償とは是れ貴国目下の責任なれば逸れ難し。〉と、哀訴を逆手にした大国の威信を材料につかい、しかも金融市場における外債の問題では長期金利のしくみまでを清国の国威とからめ返済論をしめしていたのである。ようするにここで確認しておかねばならないことは、講和会議での全権の発言は個人の意見ではなかったということだ。中塚明の著書によれば、日本側には外務省法律顧問のアメリカ人ヘンリー・デニソンとの協議、助言があり、その助言――〈要求はごく大まかに作られるべきであること、細目を表面にだすことは日本政府に不利を招くであろうから絶対にしてはならない〉との戦略をたてていたことになっており[36]、伊藤の発言は国益にそう形にしたがっておこなわれていたことになる。だから、田保橋潔がいうような素人議論と、かんたんに片をつけてはならないのである。

政治小説『三国干渉』断章

本稿「政治小説『三国干渉の突来』の成立」をおえるのにあたり、上記の経緯をふまえふたつのことをはっきりさせたい。まず、作家近松秋江は講和条約の交渉内容をどの程度しっていたのかという問題がある。つぎに、かれはどのような立場で作品「三国干渉の突来」をかいたのかという、本稿冒頭の問題提起にかかわる問題である。第一の問題は研究者によって発見されたような委細はともかく、全体的にはこんにちの水準で理解していたとかんがえられる。単行本を刊行するのにさいし、収録作品の解題となる「自註」をかきくわえた。「三国干渉」のその解題には、すでにふれたとおり末尾に参考文献をあげている。そのうち「伊藤公秘書類纂」と陸奥宗光の『蹇々録』はともに日清戦争にかんする一級資料であり、戦後になっても価値はうすれていない。もう一書、巽来次郎の『日清戦争外交史』は、田保橋潔著『日清戦役外交史の研究』にさきだつ一九〇二（明治三十五）年に公刊されたものである。刊行後ただちに発禁にあったので、その後の研究にいかされた跡はないが、戦前、一九二九（昭和四）年の出版解禁いぜんのものとしては唯一のものだったといってよいだろう[37]。執筆にあたりこの三冊の資料を、近松秋江はもちいた。あとはなんといっても直話である。「序」文をよせた、外務大臣陸奥宗光の秘書官だった中田敬義、陸奥の従兄で元代議士岡崎邦輔がその対象者であった。もうひとり、「『三国干渉』の巻首に題す」の筆者で陸奥と親交のあった枢密顧問官竹越与三郎である。かれらの話が創作のうえで役立ったことは、あとでふれる。

ここで、あえて再度言及しておきたいことがある。昭和十二年初出の「三国干渉の突来」を収録した昭和十六年の作品集『歴史小説三国干渉』は検閲処分の対象となった。その間、四年間のことである。また、十四年には『経済情報』誌十二月号に掲載予定だった評論「和平は姑息にあらず」が削除処分の筆禍にあっていた。そんな情勢の時代、作品集に寄稿した竹越与三郎と中田敬義がただの符合だけの題言をよせたとは、時局柄かんがえられない。その題言とともに、やはり「直話」のなかで、終戦交渉にあたる軍人にあらざる政治家の矜持をかたったであろうことをおぼえてしまうのである。このことを推察可能にするようなストーリー展開が仕組まれているからである。秋江作品では、四月十七日の条約調印までの交渉日程で四月八日の、伊藤／経方の会談が十一日になっているいがいは田保橋の著書とおなじで、ただしくしるされている。この差異のなかできわだったちがいは、李鴻章の養子であり狙撃事件のあと全権大臣参議官から全権となった李経方の役割＝存在のありかたである。父負傷の後、四月一日に春帆楼で日本の最初の講和案を陸奥からうけとったのは、経方であった。また五日の「覚書」――父李の嘆願書は問題外として却下されている。この間、すくなくとも八日まで、清国政府は水面下でロシアと工作をしていた。李の暗殺未遂によって条約締結をいそいだ日本は、その八日に経方を召致し講和案の諾否をうながし停戦期限の残余をつげ警告する。この日本側の通告をうけ、清国側は九日に修正案を提示し翌日十日、実質最後となる第四回交渉にのぞんだのである。いじょうが、十七日の条約締結までのあらましである。

さて、作家近松秋江はこの日程のなかで、八日の件を十一日にずらした。この十一日は作中、公使西徳次郎からロシア側の情報が外務省にとどいた日にあたり、ただちに情報が外相にもたらされる。その間、経方召致とロシア情報をかさねあわせてえがくことが、創作上の決め手――〈その頃北京政府とペテルスブルグ政府との間では種々の交渉が行はれてゐた。北京の要路では、それの成り行きを鶴首して待つてゐるのであつた。李全権もそのとほりであつた。〉と(38)、ドラマを創作したのである。浄書された西の「電文」は、経方が退室するのといれちがえに陸奥広吉から伊藤博文の手にわたった――と、作家はこうプロットを拈出し、その西情報をかたわらのふたりの書記官、もうひとりは中田敬義のまえで黙読した伊藤が〈「うん、これだ。……煮ても焼いても食へない、あの狸爺の李鴻章の奴、裏面でどんな工作をしてゐるか分らん」〉と声をあげた、その国家事業にあたるひとりの人間の心理状態をかきこみ、コミュニケーション・メディアの「臨場」感を演出したのであった。むろん、そのまえにおこなわれた最後通牒の場面である、つぎの手順もわすれてはいなかった。経方は、清国側の修正案をいかのように説明した。

「日本全権閣下の仰せ至極御尤でございまするが、目下私共父子の立場が極めて苦境に在ることを、ひとへに御高察願ひます。閣下御提示の条項中大半は承諾を茲に御確答申上げることを得まする。それは父の命により文書にして携帯して居りまする。しかし、第二条の盛京省（後の奉天省）の南部（遼東半島）と台湾及び澎湖列島を割地すること、第四条の軍費賠償金として庫平銀三億両を支払ふことは極めて重大な問題でございますから、単に文書を以て直ちに御約諾申上げることは困難でございます。父鴻章の容態は貴国医博士の意見に聴きましても、まだ外気に当ることを厭はねばならぬさうでございまするから、或は私共の旅館に御出張を願ひまして、尚ほ此の二問題については慎重に熟議を重ねたいと存じます」[39]

この説明を、伊藤は戦勝国全権として納得しない。日本は臨戦態勢がととのっていること、そして〈「（略）談判不成立となれば、貴殿等父子一旦日本の地を退去せられた後、再び北京城門を無事に通過し得らるゝや否やも測り難い。荏苒として時日を消費してゐる場合ではありませんぞッ。たゞ諾否の確答をなされぬ以上、最早面談無益ですッ」〉と、〈励声一番〉恫喝をしたのである[40]。このあとの場面として、作家はまえの、れいの裏工作にたいする伊藤の感情をえがいた。小説でなければ、こうした肉声を叙述できなかったであろう。上記、作品の結構はそのための遅延であったことになる。この小説の属性が研究書とのもっともちがうところであり、直話を効果的に挿入しえたことになる。「歴史」では、清国側の修正案が九日に提示される。「文学」では十一日に経方との交渉場面が挿入された。この劇を当日手にした西情報とかさね仮構＝物語化することによって、うえでみた人間劇場が成立したことになる。このことを、作家の手腕という[41]。だから、経方が宿舎引接寺にかえり伊藤との会談を李鴻章に報告するとき、開口一番〈伊藤は極めて驕傲であります」〉と口をひらき、日本側の修正案以外では妥協の余地がないことをつたえた。そのとき李父子は、ロシアの意向をつたえる本国政府の回訓を〈鶴首して待つ〉ていたのである。交渉の最終局面にいたる土壇場の緊迫感を、作家近松秋江は日程をずらすことによりその効果をもとめたことになる。実際の時系列をとらず、変形したテクストをつくりえたのは「小説」だからであった。そして、そのことはかれが内部関係者のことまでをふくめ知悉し講和条約交渉に精通していればこそ、変形テクストをつくりえたのであった。いじょうが本章、冒頭さいしょの問題の結論である(42)。

つぎに、作家近松秋江が作品「三国干渉の突来」をどのような立場でかいたのかという二番目の問題は、晩年の作家像をとりあげることとおなじことになる。本稿を「成立」と題した理由は第一の問題をあきらかにすることと緊密にかかわっており、全十四章中の六章までは、いえば「外交史」である。ここではそのことにかんする、二点をはっきりさせておかねばならない。ひとつが日清の交渉史を調査していること、そしてその交渉史を外交問題と把握していたことである。さらにそのことは、「自註」にかいていた一節――〈時の政治家は国民をリードした〉とあるコトバをよくかんがえればわかるはずだ。この片々たるコトバにすぎない一節には、秋江晩年にいたるまでの人生を凝縮した意味がこめられていたはずである。かれの「歴史小説」は、実際に作品「三国干渉の突来」でみたとおり政治小説でなければならない。またじつはそうしたかれの政談は、かつて「床屋談義」と蔑称されていた。しかしかれの政談が、本稿でなら日清戦争の交渉史が「本筋の話」であることをしっていれば(43)、近松秋江という人間の政談が軽蔑されざるものであることは理解できることであろう。

そのつぎに日清戦争という日本の、近代になってさいしょの大規模な戦争だったはずのものが、つまりそのこと自体が注目された戦争が、作品のなかでは戦場場面をみごとに捨象している。ではそれは、なぜなのか。結論をいえば日清戦争が徳田浩司にとって、「天皇の戦争」ではなかったということである。かれが明治二十七年、三田の慶応義塾の学生だったときの九月は、開戦一ヵ月後であった。しかも二十五日は、――〈旅順港が陥落したといふ号外のでたその翌晩、塾生は悉く塾に参集し、直ちにカンテラ行列を組んで、旅順港陥落の歌を高唱しつゝ、二重橋までねり行き万歳を唱へるといふことになつてゐた。〉とある慶応義塾関係者による愛国セレモニーの日であった(44)。二重橋前で「天皇皇后両陛下万歳」を三唱したカンテラ行列は当時各紙がほうじ、戦勝祝賀行事にふさわしいイベントであった。しかし、かれは二十四日に父の危篤をしらせる電報をうけとると、その夜の最終列車で帰郷している。だからかれは、カンテラ行列に参加していない。このことはたまたまの偶然にすぎないが、その日は等し並みに〈学生らしい愉快な気持ち〉でいただけで、それいじょうの感情をもつことはなかった。かれの回想は件のごとしであり、ようするにナショナリストの昂揚感をしるしてとくべつの形であらわしてはいなかったのである。雑誌『文藝春秋』の小説「煤けた人生の風景画」は、そのようにしかかいていない。

しかし、徳田浩司は国家のあり方を生涯つよく意識していたし、またそう生きてきた。そして国民として、日本の発展をねがってもいた。「自註」でなら、露独仏の「三国干渉」の〈怨みを遂に忘れることが出来〉ずに、こう——〈私はこの日清戦争から日露戦争に至る十年間位ゐ日本国民の発展途上にあつて緊張した時代は無かつたと思ふ。或は私自身が明治時代と共に成長したのだから、殊にそう思ふのかも知れぬが、〉と(45)、告白した。だが、そう告白したナショナルな感情と愛国思想とがかならず一致するとはかぎらない。まえにあげた共同研究『アジアの国民国家構想——近代への投企と葛藤』の一書で提起した、

フランス革命後に成立したすべての国家が「資本主義」「共産主義」などという国家形態の如何にかかわらず、システム化された国民国家群に入ること以外の選択肢を持たなかったことは、歴史的には実証済であるが、その国や地域が経てきた実際の歴史過程で、先行する（モデルとしての）国民国家から何をどのように学んだかを、その前提としての「伝統社会」との関係をも含めて検討する必要がある(46)。

と整理した問題を、わかき日の徳田浩司、あるいは晩年の近松秋江にかさねみる必要がある。徳田浩司は近代のナショナリストではなく、「伝統社会」の「歴史」にめざめた政治少年であった。また晩年の近松秋江は昭和初頭いこう

の軍国日本、そのとくに満州事変以後は「軍人政治」に反対した(47)。近代国民国家の形成期から確立してゆく明治の時代をおくった青年がただちに愛国主義者となるわけではなく、ナショナルな感情が昂揚し日清・日露の戦争を「天皇の戦争」と称賛したのでもなかった。そのひとりに徳田浩司がいたということでありそうした青年であった徳田浩司を、政党政治、今日なら民主政治を支持した晩年の作家近松秋江が回顧していたということなのだ。そもそも三国干渉の体験とはロシアの南下政策、あるいはイギリスのフェートン号事件、場合によっては江戸湾の黒船出現といった一九世紀初頭からはじまる東アジアにたいする欧米の覇権主義とむすびついていた記憶であった。そして戦後の三国干渉は一九〇二年の日英同盟締結後、欧米列強が日本にむけた覇権主義という牙のさいごとなる干渉だったのである。そのときに〈臥薪嘗胆というモットー〉をかかげ〈時の政治家は国民をリードした〉と、作家近松秋江が昭和十六年、一九四一年の「自註」にかきしるした「真意」はあくまでもいだいな政治家の軌範であって、昭和の「軍事国家」日本を国民国家形成期の明治にとかさねてみようとしたりしたものではなかった。このことが重要なのである。作品「三国干渉の突来」に戦争を叙述せずに外交史のみを記述した理由は、理想の政治家をかたっていたからである。その政談には、あるいは「大きな物語」には作家がいきた人生を凝縮する意味がこめられていた。かつて半世紀前の戦争の記憶を、作家は満州事変いこうの軍人政治のなかにまぎゃくに逆説の形でみてとっていたはずである。

そこで、「はじめに」の節で紹介した雑誌『中央公論』中「政界回顧」のなかで、冒頭引用文にあった〈最も面白い時代〉の肝要事はこうである。岡崎邦輔より九歳年長の従兄弟陸奥宗光のさそいにおうじ終戦交渉「媾和談判」を、かれは一部始終をかたわらで見聞することとなった。つぎにあげるのは、三国の干渉をうけいれざるをえない国力の差をかんがえ戦争続行を断念したあとの逸話である。陸奥は岡崎にこう、

その時私が代議士になつたので、陸奥が私を呼んでいふには、つら〳〵今日の日本の政治社会の事を観るに、

官僚は官僚藩閥は藩閥、政党は政党といふやうに、政界が横断されてゐる。此の横断はいけない。よろしく横断しなければならぬ。それはひとり政界ばかりなく、一般社会がさうである。実業家と軍人、華族と平民、さういふものが悉く横断的に社会に存在してゐる。これを縦てに連ねて、政治を国民の利害から割出して来ることにしなければならぬ。それが、また全体の権利でもあり、義務でもある。さうするには、どうしても政党政治といふものを発達せしめなければならぬ。君は官吏といふものになつた経験がないから、官界の事は知らないだらうが、吾々は十分その経験を有つてゐる。だから一層政党政治の必要を認めてゐる。君もこれから政治に関係するなら、その決心で大いにやれ(48)。

と、〈教訓を与へられた〉と回顧する。陸奥が事情あって衆院議員を一年で辞退したあとに、明治二十四年九月の補欠選挙で和歌山県第一区で当選したころのことであった。その後、かれは日清戦後に伊藤博文首相をたすけ自由党員河野広中らの知友にはかり、かれ自身もまた自由党にはいり政党を足場に〈一時代の指導精神〉臥薪嘗胆をうったえ国論統一のため政治生命をとして邁進する。――このことを、かれは〈最も面白い時代〉と形容した。立憲主義を旨とする政党政治は、近松秋江が不断に主張していたことなので、この一点がかれと岡崎邦輔をむすびつけたことになるのである。そして戦前昭和、言論弾圧の渦中にあって歴史小説に偽装した政治小説に筆をとった理由が、またそこにはある。「政界回顧」の末文「筆者附記」には、〈こゝには、筆者の乞ひにまかせて、最も支障りなき、その一端を洩らして下さつたものを記録した。〉とある。この伝録の裏には過去のことだけでなく、政党政治の根幹である経世済民〈政治を国民の利害から割出して来ることにしなければならぬ。それが、また全体の権利でもあり、義務でもある。〉と上記に回顧した裏に当時眼前でおこなわれている「軍人政治」の現状にたいする批判がかくされていたと、そうかんがえたらよいのであろう。

しかし、今日二一世紀の人間は、いかのことを明記しかつ記憶しておかねばなるまい。「媾和談判」にいたる戦時外交の結果である「三国干渉の突来」いぜんに干渉のうごきが顕在化していたことは、まえにみてきたとおり『日清戦争実記』の「海外評論」であきらかになっている。東アジア情勢の不安定材料は、戦時外交のなりゆきにかぎられるものではなかったのである。欧米列強による覇権主義がアジア地域での政略の核心としてすでに存在しており、植民地化・草苅場状態となっていたからだ。しかし戦後、朝鮮では反日親露政権が誕生し、また清国とロシアの接近がうまれつぎの戦争にむけて対立の先鋭化がすすんだ。そのいっぽうで、日本が一九世紀さいごの五年から二〇世紀さいしょの五年にまたがる日清と日露との戦争に勝利した十年間は、大日本帝国が東アジアから東北アジアを侵略し、あらたに支配してゆく帝国主義という覇権主義の秩序をつくりだす転換期であった、と。今日の歴史認識と国際政治の緊張という視座にたって、十年の戦間期をみたときの総括である。このことを明記しておかなければ、一九四五年に焦土と瓦礫の山のなかで帝国の崩壊を経験した「国民」の意味をかんがえないですんでしまうからである。素志にかえり政治小説をえがいた作家近松秋江こと、市井の人徳田浩司はアジア・太平洋戦争敗戦の前年四月に、栄養失調による老衰で死亡した。かれの死は、帝国八十年の歴史の象徴であった。その時のかれは病軀から光をうしない、盲目の人であった。そしてその最期まで、硬骨漢であった。

【註】

近松秋江の作品「三国干渉の突来」の引用は、桜井書店刊行の単行本『歴史小説三国干渉』（一九四一）中の「三国干渉」によった。

1　「坪内逍遙氏を熱海の宿舎に訪ふ」。

2　『日清戦争実記第四十七編』（一八九五年、12月7日号）。「海外評論」中、「日露の将来」の冒頭で三国干渉を報じた海外メディア情報を、〈英国スペクテート新聞が、日本は露国に恰も子供扱ひされしを非常に無念に思ひ、二千五百万磅を投じて海軍を拡張し、何時しか機を竢つて屈辱を雪がんとするの決心なり、又露は支那より遼東半島を譲受け、旅順口を浦塩斯徳港とに軍隊を派遣し、日本をして朝鮮に其兵卒を駐在せしめざるの策を廻らし、彼半島国を占領せんとし、日露の形勢甚だ危しと論ぜるを、ジャンパンメールは駁して云く。〉と紹介、概説するが、〈英国スペクテート新聞〉は英国保守党機関紙で、日本に対する偏見と厳しい論調を繰りかえしていた。その一端が、初めにある〈日本は露国に恰も子供扱ひされし〉といった表記に顕れている。日清戦争ではメディアの存在に関心をはらわなかった日本は、日露戦争ではその失敗を踏まえメディア対策を立て情報戦略を展開し成功したといわれている。なお、雑誌『日清戦争実記』は、月の「7」のつく日に三回発行された。

3 「米穀仲買人」。『文章世界』特集「予の二十歳前後」十一月十五日号、一九〇九年。

4 前掲註3。

5 『流浪の人』（河出書房、一九五一）、八四〜八五頁。

6 「煤けた人生の風景画」『文藝春秋』六月号、一九二五年。

7 近松秋江は東京専門学校文学科卒業の年、一九〇一（明治三十四）年に幸徳秋水の元へ当時おきた事件の感想を認めた投書を出した。その彼の金持ちに対する義憤を、秋水は『萬朝報』の七月二十六日の記事「社会の大罪（上）」に引用掲載した。彼は、このときの事を一九一四年の『文章世界』七月十日号に「私の自伝的社会観」と題し文章を寄せる。そこでは秋水の所業を若者を引きつけるための手練手管の一環であるかのように書いているが、福沢に限らずいわゆる印象批評の壺を押さえる名手は、人物評でも同じ観察眼を発揮していた。

8 人物叢書新装版『福沢諭吉』（8版）二〇〇一年、二三四〜二三五頁。また、日清戦争を「文明と野蛮」とみてとる論調は、海外、欧米でも早くからみられた。『日清戦争実記第十四編』（一八九五年、1月7日号）の「海外評論」欄に訳載された明治二十七年十月二十日の新聞社説の中に、〈今代の日本人は、清国に一大打撃を加へて、東洋の覇権を、更に進歩文明的人種の手に移すは、明らかに日本の天命なりとの信仰の中に生長せり。両議院が「陛下は正しく清国を文明の敵と認め玉ひ」と云ひ、「聖意に循つて清国の頑鈍を懲す」と云ふは、無論国民の誠実なる信向を表するものならむ。〉（「〇倫敦タイムスの日清論」）とある。同じく、

9 『日清戦争実記第二十七編』（一八九五年、5月17日号）同欄「日本帝国と欧米各国（三月十日発行、仏国巴里フイガロー新聞）」中には、〈米国に於ける主義は、之を独乙に比すれば、一層硬直なるものなり、即ち今日の支那帝国の滅却は、米国新聞紙及び輿論の日毎に勧告する所にして、支那国の滅亡は、文明が野蛮を征服するものなりとまで論下するに至れり。〉とある。

10 「Ⅸ　天保の改革とその前後」二一五頁。

津田秀夫著、日本の歴史第22巻『天保改革』（一九七五年）。五六頁。

二〇〇七年、歩平「日中対等の姿に慣れる時期」（8月1日）、および君島和彦「東京裁判の不徹底さ　葛藤深める」（11月26日）。

12 『帝国主義』（岩波文庫、一九五二）、八〇頁。

13 「⑶一九世紀という時間の幅で国民国家の形成を取り上げる意味（はじめに）」（青木書店、二〇〇八年）、Ⅶ〜Ⅸ頁。

14 日本の大国主義的な国民国家像から中国、朝鮮の連邦的な国民国家像をトルコ、インドを含めたアジアという地域で「国民国家」の意義と限界をまとめようとした述作になっている。

15 『日清戦争実記第十一編』（一八九四年、12月7日号）。「海外評論」、「●英吉利」「〇首相の演説」。

16 『日清戦争実記第十七編』（一八九五年、2月7日号）、「海外評論」。

17 前掲註15、「〇保守党機関紙（筆者註、「英国保守党の機関スペクテートル」とある）と日本」。本文の引用文の後に――〈昨今は全く以前と打て変り漸やく迷夢の醒めたる如く日本の人民には熾烈なる国民的感情の燃ゆるあり日本人は欧洲人軍器を使用する洵に恐しき強国なる事を論ずるに至り剰へ遂に左の如き意味にて日本の侮る可からざるを説明せり〉と、翻訳者の解説が続いている。また、文中の〈左の如き意味〉とあるのは、〈従来亜細亜に於ける戦争は其関係する所限界あり亦仮令ひ他と交渉するが如きこと起るにせよ何の恐しき事もなく亦報復せらるゝの懸念もなかりしに今後東洋に於て開戦行動するには日本の人民を渾べて白皙人種と見做して取懸らざる可からざる蓋し日本を攻撃せんと欲せば欧洲の中原に於て戦争するに必要なる労力、費用、及危険を冒すことを覚悟せざる可からずが故に容易に日本を強迫す可からさるは勿論日本を侮蔑する事すら六ケ敷かるべし〉とあるように、日本の国際的な地位の向上、というよりも欧米と並ぶ列強であることを認め〈白皙人種〉――白色人種による黄色人種日本人に対する警戒心が強まったことを伝えた内容である。

18 『日清戦争実記第四十八編』（一八九五年、12月17日号）。「海外評論」、「日露の衝突避く可からず（筆者註、この記事では「スペクテートー新聞」と表記している）」。

19 前掲註18。記事中の「戦争の機会」と題した分析では、〈扠我輩の所見を以てすれば、日露の衝突を起す機会には二様ありて、其一は日本の海軍力未だ充分と云ふ程に至らざるも署々用意備はるを見んか、露国の海陸軍人は啻に日本の軍艦こそ正しく直接或は間接に陛下に危害を加へんとするものなること疑なきが故に、今彼国を攻撃して其鋭鋒を挫くこそ誠に良計なりと忠告するなる可し、〈略〉〉とある。文中の「忠告」はロシアに対する助言だから、〈陛下〉は一八八一年に暗殺されたアレクサンドル二世の皇位を継承したアレクサンドル三世になる。この文章を、逆に日本側にたって読めば、ロシアが〈危害を加へんとする〉のは明治天皇になる。そうすると、日露戦争は「帝国」間の戦争となるわけだから、機会をみて早めの日本攻撃を「忠告」した英国保守政治家には対日警戒心が強くあったことになる。この延長に立って日露戦争を捉えてゆくと、「天皇の戦争」「軍神の戦争」という思考は、たやすく生まれうることになるであろう。

20 『秋江随筆』（金星堂、一九二三）、「山茶花の蔭より（良民的作家）」三四一～三四二頁。初出、『時事新報』一九二二年十二月十日。

21 前掲註20、三四二頁。

22 前掲註20、「二十歳時代の不安と迷妄──婦人公論の問ひに答へて──」四一八頁。

23 『歴史小説三国干渉』初版の「明恵上人と泰時」は、二五四頁が〈後鳥羽上皇〉と、二五八頁が〈朝臣〉と、ゴム印による赤文字が押され出版されていた。初刷は、この形で出版の許可が下りたようだ。また、「次版改訂処分」に因り本文にあるとおり、その赤文字が再版で更訂される。また再版奥付には初版印刷、発行日等の他に再版の発行日〈昭和十六年九月十五日〉と、他に〈初刷三千部発行〉〈再版二千部発行〉が刷られており、そして丸囲み文字「公」のゴム印が青色で押捺されていた。この印章が検閲済の標だったのであろう。こうした経緯は、再版本カバーの「改訂版」と刷られてあることから判明したことである。

24 『歴史小説三国干渉』。三頁。

25 田保橋潔著『日清戦役外交史の研究』（刀江書院、一九五一）。田保橋は著書の中で条約調印日を「会商」の一回と数え、計六回開催としている。

26 「第四章　下関講和会商　休戦条約の成立」四四九～四九五頁。「第五章　講和条約の成立」四九六～五三二頁。

27 前掲註24、九頁。

28 前掲註24、一二～一三頁。

29 中塚明著『日清戦争の研究』（青木書店、一九六三）。「第五章　日清講和条約」中の「一　講和の発端」には講和問題で、イギリスが〈十月八日（筆者註、一八八四年）トレンチを通じて、はやくも日本に講和を打診してきた。〉との指摘がある。この後のことになるのであろうが、当時のイギリスでは一種のセンセーションを起こしていた。その事態を『日清戦争実記』の「海外評論」欄で追ってみる。まず第十一編（一八九四年12月7日号）の「○首相の演説」中の早い段階で、政府が十一月九日に平和恢復を呼びかけていることを表明する。第十二編（12月17日号）の「○首相の時事演説」では同じ演説の中で、ロシアと共同で当たろうとしていることを明らかにしたことがわかる。第十三編（12月27日号）の「○英国首相の政略、首相の演説」では十月二十五日の段階で「風説」だとしたうえで、講和の仲介役諸国の拒否にあっていること（筆者註、「倫敦支那エキスプレス」の記事）がすっぱ抜かれる。第十四編（一八九五年1月7日号）の「○英国首相の仲裁政策を評す」にも、十月二十日発行の雑誌『倫敦経済』が各国の反対にあっていることを掲載する。英首相への批判は、「○倫敦タイムスの日清論」中には〈此教訓の経験によりて教へらる丶迄は、外よりの干渉は、如何に好意を以てするも、更に注意を惹かざる可し。両戦国が各国の好意を認む可き時は来りつゝあり。遠からざる可し。然も未し故に他の諸国は、平和を望むこと、余輩に劣らざるも斯る大早計〈ローズベリーが聯合仲裁を企てし事〉処置に加入するを辞せり。〉とあって、中塚の指摘したイギリスによる講和の外交政策は失敗に終り、大国のメンツは潰れたのである。同じ号の「〇媾和と合衆国新聞」の中には、清国の仲介要請を受け大統領クリーブランドと国務長官グレシャムが試みた講和の失敗が、外交音痴だと激しく批判された（筆者註、「桑港クロニクル」の記事）との紹介記事も載っている。第十五編（一八九五年1月17日号）は、編輯デスクによる「干渉と英国新聞」と題したイギリスのマスコミ界の概括記事――〈戦捷の声と相比例して高まり来るものは、外国の干渉論なり、今や戦捷の声益〻大にして、干渉の声も亦益〻大ならんとす、干渉説の本家本元なる英国に於て、各新聞紙が如何に嫉妬的に威嚇的の干渉を論ずるかを見よ。嫉妬的の評論威嚇的の干渉、我に於て何か有らん、疾風勁草を知るは今の時と知らずや。〉――がのる。以上でみる限り、日本に対する「干渉」の包囲網は、開戦二ヵ月を過ぎた十一月には始まっていたことになるのである。

30 前掲註24、「自註」三四〇頁。近松秋江が創作のために用いた「参考書」として挙げた資料は、交渉当事者の「伊藤公秘書類纂」、陸奥宗光著『蹇々録』で、今日でも基礎資料である。もう一書、巽来次郎の『日清戦争外交史』を挙げており、こうした資料によって作品「三国干渉の突来」は書かれたことになる。

31 前掲註25、五一三頁。

32 前掲註29、二七〇～二七六頁。

33 前掲註29、二六一頁。中塚が記す戦費総額は、二億四七万五五〇八円（二七五頁）である。なお、秋江作品集「三国干渉」では〈八千万円内外〉とある。

34 前掲註25。五一六頁。

35 前掲註25。五〇〇頁。

36 前掲註29。二七五頁。

37 田保橋潔の『日清戦役外交史の研究』が彼の歿後に出版されるまでの経緯を、東洋文庫研究部の和田清がその著書の「序」に表す。原稿は〈今次大戦の酣なりし頃〉に完成していたとのことである。むろんこの時点で、近松秋江はこの原稿を見ていない。その「序」の中にある、田保橋の〈「近代日支鮮関係の研究」が既に外交の機密に触るるの故を以って、後に頒布を禁ぜられた〉のは、外交文書非公開の原則に基づく処置であった。一九四〇（昭和一五）年以降のことである。この書物も、彼は参考にできない。巽来次郎の『日清戦争外交史』については、「明治期外務省調書集成」『日清講和関係調書集第二巻　蹇々録』（クレス出版、一九九四）中、稲生典太郎の巻末解説「『蹇蹇録（ママ）』の諸版本について」にその説明がある。東京専門学校出版部（筆者註、早稲田大学の前身）から出版されたが、発禁にあい印本が差押えられた。この発禁処分にあった一九〇二年八月は二月に博文館を退社した近松秋江が同出版部に勤めていたので、巽の一件はまず知っていたはずである。竹越与三郎の伝録（「『三国干渉』の巻首に題す」）では、近松秋江が〈陸奥外交を中心とする政治に研究する所少なからず〉とあって、その時期に岡崎邦輔や中田敬義と親交があり、彼らの手を経て巽の著作を読む機会をえたことは十分に考えておかなければならない。作家近松秋江の政治小説を考える場合このことが重要で、手遊びで創作したのではなかった証明になる。別には、信夫清三郎の戦後版『増補日清戦争』の筆者による「増補版への序」で、元版は一九三四年十月の刊行直後に発売禁止処分を受けたことを記している。使用した資料の中の『日清韓交渉事件記事』が〈中国に利用される〉との理由から、外務省の意を受け内務省が発禁命令を下したのだそうである。また、田保橋の頒布禁止も同じ文献を用いたためだったことに触れている。近松秋江自身の発言では、一九四〇（昭和十五）年十二月二十九日の『サンデー毎日』の「政治小説についての思ひ出」に、主題を論じた中の一節――〈満洲、中華民国などの問題も悪くはないが、これには、ややデリケートな苦心を要する〉（筆者註、『近松秋江全集第十二巻』一九九四、三七六頁）――があり、作品「三国干渉の突来」にも外交問題の影響があったということになるのであろうか。

38　前掲註24、二二二頁。

39　前掲註24、一四～一五頁。

40　前掲註24、一八頁。

41　近松秋江は、たびたび繰りかえすように『蹇々録』を見ていた。もともと外交文書非公開の原則により頒布が禁止されていた「秘」字の捺された外務省印刷物を、かれは中田敬義の所蔵本を借りて読んだのであろうか。書中の「〇下ノ関談判（上）」、「〇下ノ関談判（下）」（筆者註、「明治期外務省調書集成」『日清講和関係調書集第二巻』、三六七～四四五頁）を見ていれば間違えようのない交渉日程である。例えば註39にあたる小話は、上記『蹇々録』の四二二頁を小説化したものである。陸奥は、李経方との面談場面を「此厳談」と形容し伊藤が〈……断言せり〉と発話したことを書き取った。しかし、小説では〈伊藤は終に励声一番した。〉となる。ここには単なる想像ではないリアルがあり、その「現実」は臨席した者だけが知っているものであった。作家の手腕とはこのことの謂であり、物語化の技術を指しているのである。

42　藤村道生の岩波新書『日清戦争―東アジア近代史の転回点―』の中には、ロシア公使西徳次郎の情報と関係する論述として〈伊藤が、譲歩案を提示した理由は、もし談判が決裂すると、陸軍が直隷作戦を開始することになるが、そのときは列強による干渉が必然的になると判断していたからである。天皇も、「万一、談判破裂にいたり、北京城下の盟約にあいなり候節は、外国の干渉を免れず、ついに土地割譲も、償金も皆無に属するやも保しがたし」と伊藤に同意し、「善良に終極をむすぶ」ことを要望した。一二日に到着した西駐露公使の電報は、ロシア陸海軍協同委員会が、日本軍の北京進入阻止の手段を検討し、仏露連合艦隊によって阻止できると結論したことをつたえ、伊藤の危惧が杞憂でないことを傍証した。〉との、説明がある。藤村は本文中の引用文、註27の後半にあたる電文箇所を要約し説明に用いている。なお、藤村の文中の〈一二日に到着した西駐露公使の電報〉を、作家近松秋江は〈二日前四月の十一日〉に外務省に打電してきたと記しているので、藤村とは一日異なっている。

43 武田泰淳対談集『こんにゃく問答①身辺箚記』（文藝春秋、一九七三）。「毛沢東と河内音頭」一一四〜一一五頁。

44 前掲註6。

45 前掲註24、三三九頁。

46 前掲註13、Ⅸ頁。

47 一九七四年八月十九日の『山陽新聞』「吉備の書44」に、和気神社宮司の小森一郎に宛てた近松秋江の書簡が掲載されている。書簡は一九二八（昭和三）年二月二八日付のもので、掲載の記事には〈内容は、赤木さんの手紙に対する返事で、政治の事が記されている。「和気郡あたりでは政友会が全盛のようだし、また、岡山県は犬養（木堂）氏の関係上、県を挙げて政友会のようだが、以前は本来、進歩党、すなわちいまの民政党系統で、その辺りは実に条理一貫せず、自分には不可解、かつ不賛成だ」と書き「もはや既成政党では清新な政治は不可能だ」と自分の見識を述べている。〉とある。この箇所からは、当時の政党政治に対する不満をもった彼の見解が読み取れよう。鈴木長治郎が編輯兼発行人となって政治研究会編の『何党を選ぶ可きか（全国名士の厳正批判と推薦の辞）』という冊子が、一九三〇年一月に出された。少数与党の民政党浜口（雄幸）内閣が誕生したのを機に、二月の第一七回総選挙を予想してアンケートを実施したものらしい。近松秋江は、〈社会民衆党を選びたい（略）〉と応え〈直裁（ママ）有効に無産民衆の生活の安泰を実現する政策を立て、いる政党に加担するつもりです。〉と回答した。上記の書簡内容が実際の投票行動に結びついていく――当時の作家の一面が理解できる。また戦後になって、作家が一九二八（昭和三）年から四三（昭和十八）年頃までつけていた十八冊のノートを曽我直嗣は紹介している。一九五一年の『読売新聞』（1月23日）文化欄に「あゝ『秋江日記』」を寄稿したもので、〈満州事変前後から太平洋戦争が始まるころの日記には軍閥の横暴を憤慨し祖国を亡ぼすものだと断言している。〉と、伝えた。やはり、作家の一面が理解できよう。

48 「政界回顧」中、「伊藤博文と陸奥宗光」『中央公論』十月号、一九三三年。なお、この章のみ『歴史小説三国干渉』に収録。

参考文献

『日清戦争実記』第十一篇～第五十篇「海外評論」（博文館、一八九四年～一八九五年）
宮崎辰之允『日清戦乱実記』（中村鍾美堂、一八九四年）
鳥谷部銑太郎『明治人物評論』（博文館、一八九九年。ただし4版）
伊藤痴遊『事実隠れたる　明治裏面史続編』（成光館出版部、一九二五年。ただし4版）
平野峯夫『岡崎邦輔伝』（晩香会、一九三八年）
衆議院・参議院編輯『議会制度七十年史・憲政史概観』（大蔵省印刷局、一九六三年）
山部健太郎『日韓併合小史』（岩波新書、一九六六年）
古屋哲夫『日露戦争』（中公新書、一九六六年）
信夫清三郎（藤村道夫校訂）『増補日清戦争―その政治的・外交的観察』（南窓社、一九七〇年）
『日本近代文学大事典第六巻』「近代文学側面史―著作権の変遷と発売禁止」（講談社、一九七八年）
鶴見俊輔『戦時期日本の精神史――一九三一～一九四五年』（岩波書店、一九八二年）
明治期外務省調書集成『日清講和関係調書集第一巻　日清媾和始末　露独仏三国干渉要概他』（クレス出版、一九九四年）、『日清講和関係調書集第二巻　蹇々録』（同、既出）
坂野潤治『近代日本の国家構想』（岩波書店、一九九六年）
安田浩『天皇の政治史―睦仁・嘉仁・裕仁の時代』（青木書店、一九九八年）
横手慎二『日露戦争―20世紀最初の大国間戦争』（中公新書、二〇〇五年）
岡本隆司『世界史のなかの日清関係史―交隣と属国、自主と独立』（講談社選書メチエ、二〇〇八年）
松本健一『開国のかたち』（岩波現代文庫、二〇〇八年）
福井憲彦　興亡の世界史第13巻『近代ヨーロッパの覇権』（講談社、二〇〇八年）
佐谷眞一『日清戦争―「国民」の誕生』（講談社現代新書、二〇〇九年）
伊藤一哉『ロシア人の見た幕末日本』（吉川弘文館、二〇〇九年）
福田歓一（加藤節編）『デモクラシーと国民国家』（岩波現代文庫、二〇〇九年）
松本健一『司馬遼太郎が発見した日本―『街道をゆく』を読み解く』（朝日文庫、二〇〇九年）
加藤聖文『「大日本帝国」崩壊―東アジアの一九四五年』（中公新書、二〇〇九年）

加藤陽子『それでも、日本人は「戦争」を選んだ』（朝日出版社、二〇〇九年）
片山慶隆『日露戦争と新聞―「世界の中の日本」をどう論じたか』（講談社選書メチエ、二〇〇九年）
和田春樹『日露戦争―起源と開戦【上】・【下】』（岩波書店、二〇〇九・二〇一〇年）
伊藤之雄　日本の歴史22『政党政治と天皇』（講談社学術文庫、二〇一〇年）
瀧井一博『伊藤博文―知の政治家』（中公新書、二〇一〇年）
平間洋一編『日露戦争を世界はどう報じたか』（芙蓉書房出版、二〇一〇年）
古澤誠一郎　シリーズ中国現代史①『清朝と近代世界史19世紀』（岩波新書、二〇一〇年）
リチャード・シムズ（矢田部厚彦訳）ＭＩＮＥＲＶＡ日本ライブラリー㉓『幕末・明治日仏関係史―一八五四〜一八九五年―』（ミネルヴァ書房、二〇一〇年）
加藤陽子　ＮＨＫさかのぼり日本史『とめられなかった戦争』（ＮＨＫ出版、二〇一一年）
岡本隆司『李鴻章―東アジアの近代』（岩波新書、二〇一一年）
服部龍二　ＮＨＫさかのぼり日本史『〝外交敗戦の〟教訓』（ＮＨＫ出版、二〇一二年）
北岡伸一　ＮＨＫさかのぼり日本史『帝国外交の光と影』（ＮＨＫ出版、二〇一二年）

第六章――近松秋江と自叙伝「作品集」

一節　『新選近松秋江集』論
——作品／選集その構造、純文学への途

はじめに

四十三篇の小説を、作家みずからが整理編纂し『新選近松秋江集』を新選名作集シリーズの一冊として改造社からだしたのは、一九二八（昭和三）年のことである。近松秋江は生前この手の作品集を、『現代小説全集第十二巻』「近松秋江集」（新潮社、一九二五）のほかにそのとうじ流行の文学全集のなかの一巻としてほかに二冊をだしている。時系列にそって、併記してみる。

『現代日本文学全集32』「近松秋江・久米正雄集」（改造社、一九二八）
『明治大正文学全集42』「近松秋江・宇野浩二集」（春陽堂、一九二九）

これらの作品集は、大正末年から昭和初年にかけて出版されていたことになる。改造社が一九二六年から出版、手がけたいわゆる世にいう円本ブームの時期にあたっている。しかし、一九二八年にだされた『新選近松秋江集』（改造社刊）にはほかの三冊とはことなる、作者によるきわだった編修の手がくわわっていた。かの作家には「別れた妻」「黒髪」「子の愛」系列の、読者の耳目をあつめた代表作があり、こうした小説の表題は出版社側からすれば売れ筋の作品

であったろう。とくに円本を代表した改造社、春陽堂版の文学全集はそうした作品群によって構成されている。このことを、しかし非難しているのではない。作家近松秋江をしるためでなら、あるいは傑作にふれるうえでも当然のことであった。その中にあって、本稿で問題にしようとする『新選近松秋江集』は半生をこえはじめて女児をえた四十八歳にいたった人生を、とくに著名とはいえない作品、おもに短編によって構成してみせようとする体裁をとっていたのである。その全体の構成は原則、作品の発表順ではなく物語内容を編年体にならべ整理した作品集となっている。このいわば評伝小説体は、物語内の時間軸を正確にしりうる作家自身によってのみ可能となる構造であった。と同時に、編年体をくずした内容の場合はある作風のジャンルが入れ子の形で全体の構築と緊密な関係をとりながら、年代記ともいえる小説集の目的にしたがった工夫をこころみていた、とかんがえられる年代記ともいえる作品集であった。

この特徴にそい本稿を記述することになるが、もうひとつの特徴はこの自叙伝小説集はほかの三冊の作品集では収録されていないおおくの小品群によって成立していること、その特徴をとくに指摘しておくひつようがある。このことが逆説的には、作家の編修意図を実現させるための密接不可分な事情を物語っているにちがいないからである。また、三冊の全集には緒言「エピグラフ」があり、その題辞は作家の小説観がというよりもよめばすぐに気のつくとおり、自作にたいする弁明のような言訳がかかれてあった。かれの作品にたいするこうした点にはすでにその当時から秋江作品の受容史、読まれ方とふかくふかく結びついていたとかんがえるべきであろう。そしてその辺りのことは、当時にかぎったことではなかった。じつはこの問題が今日にいたっても解決したものではないことを、ここであえてことわっておく。とりあえず、上記の全集順にその題辞をしめしてみたい。

凡ての創作は凡ての子がその父母に似てゐるよりも遙かに鮮明に且つ深刻にその著者の生活気禀性情面影を伝へてゐる。

かくて血続上の子孫は夙に滅びたれどその霊智によりて西行も芭蕉も一葉も永久に生きたり　自分は我が著作によりて後世に自己を語られんことを恐れ且つ恥ぢる（新潮版）

わが芸術に対して深き自信なきは予の最も不幸とするところなれとも書きたることは悉く自己を欺かざるを信す（改造社版）

西鶴の短篇には小説の結構をせぬから書いてゐることに嘘がなく人間の深き閃めきを表はしてゐる人間の真実を書き表はすことにどうして文学的価値がないといへようか　経世家でも哲人でもやつぱり個人の生活を知らねばならぬ（春陽堂版）

いじょうのとおりだが、大正末年の「私小説」論争の結果、ひと言でいえば「芸術と実生活」の問題にたいする弁解が緒言「エピグラフ」にかたられている、ということになるのである。本稿はそうした事情をどのようにかんがえたらよいのか、ということもモチーフのひとつである。いじょうの諸点をふまえ、つぎに作品集『新選近松秋江集』における構成の問題にふれてみたい。

作品集『新選近松秋江集』の成立、その一

作品集『新選近松秋江集』収録の小説中、最初の作品群は「別れた妻」ものとよばれ、大貫ますとの同棲生活をえがいた作品であった(1)。かのじょとの出合いは昭和三（一九二八）年の作品集出版からさかのぼること二十六年まえの明治三十五（一九〇二）年中のことで、坪内逍遙がはじめていた朗読法研究会会場の貸席清風亭でのことであった。近松秋江、本名徳田浩司が二十七歳のときである。そして、その翌年三月には、青春時代の舞台の中心となる牛込久界隈、久世山周辺の小日向台で同居をはじめる。かれは、また東京専門学校（後の早稲田大学）文学科を二十人中の

八番の成績で三十四年に卒業しており(2)、同居をはじめたときは博文館の雑誌『中学世界』記者をしりぞき早稲田大学出版部で『早稲田学報』の編輯者をしていた。そして秋江とだけ署名した小文を、島村抱月が主宰する『読売新聞』の「月曜附録」にかきはじめたころのことでもあった。このようにしてはじまった大貫ますとのふたりの間柄は明治四十二年にますが失踪し姿をかくすまでの七年間、男の勝手から同居別居をくりかえしており、そもそも最初の離別は同棲からわずか一年後にすでにはじまっていた。ますとの別れ話にいたる葛藤とその後の経緯は輻輳、外からみていると複雑怪奇で、こうしたふたりのあいだの事情をとりあげた作品が「別れた妻」ものとよばれるわいざつな世界をつくりだすこととなるのである。

この間のことを、べつのかたちで整理してみたい。改造社版と春陽堂版の文学全集と今回問題にする新選の作品集とでは、「別れた妻」もの系列の収録作品には根本的なちがいがある。それぞれの文学全集では作品「別れた妻」と「疑惑」をおさめているが、作品集ではこのふたつの作をとりあげず「旧痕」「無明」、および「雪の日」「伊年の屏風」「小石川の家」を収録している。一般的には「別れた妻」ものとよばれる作品系列は「別れた妻」と「疑惑」、またはおなじ年にかかれた「執着」をさし、そのうちの作品「別れた妻」は雑誌『早稲田文学』初出では「別れたる妻に送る手紙」の表題で四ヵ月にわたり連作されたもので、事実上の出世作であった(3)。まえの《根本的なちがい》というのは発表時期がまったくことなることと、作品ジャンルのちがいとでもいった、作品の性格にちがいがあるということである。明治四十三年の「別れたる妻に送る手紙」、そして大正二年、『早稲田文学』二月号の「執着」と『新小説』十月号の「疑惑」はリアルータイムの現在進行中の体験をえがいた暴露的な創作であり、「旧痕」「無明」はそのおなじ題材がそれぞれ大正十五年と昭和二年の『中央公論』に掲載された作品であった。この十数年の時間のラグはとくに後者の作品においてはライブ感覚がうしなわれ、前者にくらべてリアルにではなく評伝風に伝録された客観小説となっている。このちがいは『新選近松秋江集』における編纂意識とふかくかかわっているはずで、この作品集では「別れたる妻に送る手紙」にみられた種類のドラマ性はなく時系列を原則とした回想を軸とした物語を、「雪の日」から「小石川の家」へひとつらなりの連作形式に編輯している。そのことが作品群「別れた妻」ものにだけみられるのではなく、ほかの作品群についても、作品集『新選近松秋江集』全体の特徴となる構築を物語るゆえんとなっているのである。

かつて宇野浩二のあげた〈恋愛を題材にした小説〉でいえば時系列だと、「別れた妻」もの系列のつぎは「大阪の遊女」ものの系列がつづかなければならない(4)。しかし、新選の作品集ではこのふたつの作品群のあいだに、ふぞろいな題材からなる「久世山情趣」から「食後」まで五作がならべられている(5)。この入れ子構造の問題についてはまえに指摘したことだが、やはり作品集全体の構造にかかわる《ある作風のジャンル》にたいする問題と具体的にかかわることでもあり、簡単にその説明をしておきたい。五作品は宇野のあげるような具体的で共通の題材がえがかれているのではないので、めいせきな公理にもとづく分析対象とすることはできそうにない。しかし、なんらかの共通するかっこうな要素をみつければ、作品に通底するふぞろいな題材によるくみたてからなんらかの発見が可能になるはずである。新選の作品集では、全体的にも後者のように編纂された創造的な痕跡がのこされている。作品集全体にかかわることとなるといったのはこの意味のことであり、先まわりして指摘すれば巻末「農村行」いかの四作品は問題をくみたてるなにものかによって作品群が成立している、とよみとれるのである(6)。巻末の作品群ではそのなにものかを「生の行方」、あるいは「終の人生」とでも要約すればよいきょうつうのテーマ性がある。大正十三年の「私小説」論争いごその当事者であった作家には、「創作」性を意図するところがあった(筆者註、【註】欄の「一覧表」を参照)。そして、たしかに「久世山情趣」から「食後」までの作品群については、発表時期にしろ題材、あるいは対象の共通性はみとめがたいのだが、だからふぞろいで不規則なのであり、しいていえば故里周辺から材をとった「老若」と「人の影」は「故郷」ものの系列にぞくしている。またいっぽう、青春の点描をえがく「食後」にはじまり「久世山情趣」までは「別れた妻」もの系列の「小石川の家」との関連性をみてとれ、物語内容は作品集全体で「時間」の連続性をもっていた。さらにいうといま問題にしている作品と巻末の作品群には、いわば人間の「存在模様」といった協働性に共鳴する要素によった編修意識ないしは企みが顕著にある、とよみとれる。このことを、はじめに「小石川の家」で、ついで「久世山情趣」によって確認したうえで、さらに「人の影」についてもふれて確認しておきたい。

私は今度東京に帰つたら小石川の方に家を持たうと思つている。なるべくならば長くゐ馴れた牛込の方にゐたいと思ふのだが、（中略）私の精神生活に織り込まれた心の波の最も泡湧した時代はむしろ牛込時代よりも小石川時代の方に多かつた(7)。

小石川小日向台町の西端に突出してゐる通称久世山は、（中略）まだ、ほんとうの久世山の原つぱであつた時分——今から二十年くらゐ昔のことが、私には懐しく偲ばれるのである。

思つてみるのに、私の三十前後から七八年の間の生活圏は殆どあの久世山の周辺をとり巻いて展開してゐたやうに思はれる(8)。

ここでいううえの〈小石川時代〉は大貫ますとの八年ちかい同棲時代をさしており、その時のことを〈精神生活に織り込まれた心の波の最も泡湧した時代〉と形容しており、〈牛込時代〉は学生時代をとおしてのおりおりの生活圏にあたっている。ところで、ますとのあいだの事情が実際は当人ひとりのおもいこみによる葛藤であったにちがいなかったとして、みずからを棚にあげ相手をなじるのは人のつねではあろう。そして、大貫ますに責任がなかったことは、『新選近松秋江集』におさめられた作品によって判明する。しかし、人知をこえる我が身のくるおしい性愛は、旧作明治四十三年の「別れたる妻に送る手紙」から「執着（別れたる妻に送る手紙）」「疑惑」、そして「大阪の遊女」系列の作品とへいこうしてかきつがれた大正四年までの「仇情」「閨怨」「愛着の名残り」を通読すれば、あきらかなことだ(9)。その身勝手にすぎた話である秘話をあとから別記かきとめたのが、大正から昭和をまたいだ「旧痕」と「無明」であった。作品の表題の意味——「無明(むみょう)」とは《煩悩のために悟をひらくことができないこと》、あるいはその古傷「旧痕」——をふくめこのことを伝録するまでに、作家は十数年の時間をようしたことになる。その径庭とは、明治に生をうけみずからも立身の渡世に身をこがし、大正の自由な空気のなかで「頽廃時代」に惑溺しておきながら、昭和にうつろうとする時にすべての身勝手をほうりだし過去からの転向をはかろうとする人の歴史があった。

また、政談をこのんだかれは戦前昭和の軍国日本のなかで、暗黒の軍人政治を批判する立場を担保する。昭和三（一九二八）年の新選の作品集を出版するときには、みずからの転身の結果をまだ知る由はない。しかし、そうした転向を前提とする予感なしには新選集の編修意識は存在しえず、かつこの予感が根底になければ、かれは享楽主義の大正作家、遊蕩文学による頽唐趣味の覇者として文学史に名をのこすだけのことになったであろう。前にみた文学全集のその端書は、こうしたこととときりはなせない関係にある。いまは昭和前期の話題には、ここではこれいじょうふれえない。ただ、遊蕩文学の輩だけにむすびつく作家ではなかったことを、「人の影」によってたしかめておきたい。

一体彼れは二十日生き伸びたのが(ママ)、四年生き伸びたのか、それとも三十八年生き伸びたのか、私には分かりません。影です、影です、人間は影です(10)。

作中最後の一節をあげてみた。〈彼〉とあるのはこの場合、徳田浩司の実兄小山利九次のことで、養子にでたあと故あって渡米し明治四十年九月二十八日に出稼ぎさき、シアトルでの突然死をするまでの顚末とその感慨がしるされたことになっている。二十日前、異国ですでに死去していた兄のしらせを実家からの手紙でしるまでの、〈二十日〉の日時は〈私〉の心のなかでは兄はまちがいなく生存していた。また、かつて横浜港に見送りわかれてから〈四年〉は心のなかに存在しており〈三十八〉歳までは兄がいきていたその確信を、作家は〈影です〉と知見し、結局は〈人間は影〉だと処決裁断することになるまでの哀傷がかたられていた。肉親の死をとおしてむすびついた幽寂境を、つまりははかない人の生命、生ある人の存在にたいする意味を了解するのであった。そこには、生の裂け目にのぞいたパラドックスが強調されている。近松秋江は短編小説にはふさわしい文体を完成しえなかった、というよりもかれは本質的に短編作家ではなかった。しかし、この手の感傷をえがかせれば手腕を発揮し、喜怒哀楽万般の心象をえがくその書法は独自の技量をしめした。「老若」では、

もう二十幾年といふもの私ひとり郷里とは遠く懸けはなれた東京の方に暮らして居るので、可なり親戚なども多く大抵近いところに生活して居るので、平常の往来なども頻繁で、親戚相互、身内の者の噂や、生死、嫁娶其の他人の身の上につゞいて起つて来るいろいろな出来事などが彼らの間には一つの世界を成り立たしてゐるのであるが、私ひとりはさういふ世界から自然遠ざかつて居た(11)。

とある述懐は、〈祖母の三十三年、父の二十七年、兄の二十三年を延期したり繰り上げたりし〉たいちどにすませた法要にあつまる血族のことを話題にとりあげたものであった。血族の、いえば一挙手一投足を、三十代はじめの頭髪に〈老いといふことをはつと意識して哀愁の胸に迫るのを覚えた〉白髪の一件から四十歳はなかばの〈私〉が、あれこれとおもいつくままを物語ったらしい作品では衆生のゆきかう人生にみる往還に落涙したり、甥の嫁たちの姿態にあらたな生命の息吹をみてしまう。近松秋江は、〈老若〉のそんな対象、「人間存在」の環をこのんでえがいている。こうした題材は人間にたいする作家のとくべつな関心、説明をくわえるひとつの観念であることを意味していたのである。

作品中では集落の人をふくめてのこととなるのだが「ルーツ」から歴史にたいする想像力へと、家系譚がもともと歴史ずきの徳田浩司を歴史小説作家へと執筆分野を拡張拡大させる鉱脈、動機にむすびつくこととなるのである。

あらゆる人生、人の境涯にたいする関心にひきつけられたとき、作家が構想した一冊の構成は「久世山情趣」から「食後」にいたる作品群と同様に、選集中の「意気なこと」から「小猫」にいたるそれぞれの身辺をめぐる観察にもとづいた九篇の小説(12)——ことなる日常的な生活を題材としたふぞろいの作品群にもおなじようなものとして人の歴史をみておくべきであろう。あえてくわえていうと、集中最後の作品群四篇「農村行」から「うつろひ」にもおなじ理由を、前にはこう——《いわば人間の「存在模様」といった協働性に共鳴する要素によった編修意識ないしは企みが顕著にある》と、こういった形容でその理由をみておいたのである。

作品集『新選近松秋江集』の成立、その二

宇野浩二が作品系列によって収斂させてみせる手法はひとりの作家の身辺をめぐる解説であり、それは私生活を根拠としたくくり業であった。しかし、小説家近松秋江が作品にえがいた題材を身辺雑記であるかのようにだけ規定し物語内容をきりすててしまったのでは、創作主体にとってはあまりのことで身も蓋もなかったにちがいあるまい。にもかかわらず、日本の文壇ではこうした見聞記をこえない話型がげんぜんと存在する。しかも、新潮社の編輯者中村武羅夫が仕掛け大正末年から昭和にかけてあらそわれた時評文程度にしかつながりをもちえない、創作家たちの智恵をはたらかせたとはおもえない、力こぶをもっともらしくふりかざし激論したかのごときくうそな「私小説」論争にかぎらなかった。また、小説家による口角あわをとばす百家争鳴とは、あとからかんがえればそんな程度のものである。しかしこの私小説論争は、昭和戦後の評論壇の中村光夫／平野謙による文学論争にまで尾をひく。そこで一時期、一九四七年からの三年間に『読売新聞』紙上で短評を発表し異彩をはなったという白井明の遺稿集のなかの文芸批評

のひとつ、――〈正宗白鳥先生が「風雪」に連載中の「自然主義盛衰史」はなか〳〵面白い――筆者が意識せずに、日本自然主義文学の非科学性、非実証主義、無内容、見当違ひを無慈悲に暴露してゐる点が、特に！〉と揶揄した、表題「新自然主義」のつづきの箇所からこの問題をとりあげてみる。この白井明については文学事典のたぐいにその紹介はなく、かれは生涯ただ一冊だけの単行本に収録された、友人代表で林房雄がつたえた献詞の言葉によってのみしられるばかりの批評家であったらしい。そうした経歴をもつ、ひとりの読者でもある白井明ではあった。そのかれの文章、

自然主義の闘将などといはれた作家達の殆んどすべてが、フランス自然主義を英訳で読みかじつて、自己流で田舎者流の解釈をつけ、文壇制覇の道具に使つたのだから、出来上がつた物は、本場の自然主義とは似も似つかぬ、体験切売りの告白身辺私小説になつたといふ事情がよく解るのが面白い。

日本の自然主義系作家で、フローベルやゾラやモーパッサンの大小説主義を消化し得た者は一人もない。せい〴〵徳田秋声になるか三上於菟吉になるかが、日本自然主義の徒の最良の場合であつた。他の自称自然主義作家に至つては、自然主義の名において、下手な自伝文章を切売りして来ただけである。正宗白鳥先生御自身もその例外でない。その故に、白鳥先生は人生にも文学にも興味のなささうな顔をしながら、終始文壇の正統派としてあがめられて来た(13)。

実証ぬきで、達者なフランス語を身につけたらしい、シャレた都会人風情をおしたてた者によったとみられるこの手のインテリー評、コトバころがしをまにうけるひつようはまったくない。

ここで、白井の文芸評をとりあげた理由はふたつある。かれのこのあとにつづく観測は見事にはずれ、また徳田秋

声はとも角、三上於菟吉にいたっては批評家のたんなる思惑買の話柄にすぎない。その上、かれの寸評の根拠が中村光夫の〈「近代文学」といふ文学の奇形児〉論にもとづいているらしいことは、書中の「メフィストの弁明」一文にいたって垣間みえてくる。ただ発信元とする中村にかんする推測はおくとしても、予測はずれのフランス文学を絶対視した白井の戦術は戦後の文壇を席巻したまことしやかな虚構でしかなく、中村光夫の単行本『風俗小説論』（一九五〇）中の諸篇とむすびついてくる主張ではあった。ようするに日本の自然主義文学は日本の文学であればよいだけのことで、西洋の正統なフランス文学とはことなるといった、かれの批評にたいしては見当ちがいだけの物知り顔にすぎない内容、いわば「交通」の矛盾だけをおさえておけばそれでよいのだ。日本の自然主義文学、はたまた私小説が西洋文学観からは本質的でないにもかかわらず現実なのである。その事実を明治の人間である正宗白鳥はよくしっていただけのことである。だから、かれが日本のその自然主義文学を無意識に批判していたなどとかんがえるほうがばかげている。またもうひとつは、白井の独断批評がかつて小説家が徳田秋江を名のり、昔おなじ『読売新聞』にのったかれの単行本『文壇無駄話』（一九一〇）におさめられた印象批評と相似形の関係にあることの因縁をみてとれるのである。徳田秋江の、自他ともにいわゆる無駄話と形容し一世をふうびした印象批評とはことなり、白井明の戦術にはいつの世にもかかわらぬ二番煎じのあることをかんじいった次第である。ここには、敗戦国側のあしき戦後批評の典型がはりついていた。

さて、そこでだが。上記、白井の言説内容の批評にたいする論述とおきかえてとらえ直してみれば、独断批評の誤読にもとづいたその結論、——〈日本製の「純文学」と「私小説」とは絶対に小説ではないといふ世界的常識だけは忘れないことだ。〉（「小説と大説」）——といった事大主義程度の勇気ある暴論がいま現在にいたるまでつたわっている秋江文学、あるいは作家にたいする記述となるのである。ところでこうした白井の詐術に納得する読者が存在するであろうことは、たやすく理解できることである。まえの章であげた円本時代の全集題言が物語っているものは、白井に代表される読者の存在があった、否、さらに今日でもいるなによりの証拠ともなるのであった。だから、なにも白井明ひとりにかぎった文学史上の問題ではないのである。たとえば川本三郎の単行本に、丸谷才一への弔意をかたった中につぎのような一節がふくまれている。

日本の近代文学の主流だった私小説を極端に嫌った。世外の人である作家自身を主人公とし、その屈折した暮しを描く湿った私小説に対し西洋風のおおらかな物語を評価した。小説のなかに批評性を取り込んだ。

私小説が市民社会の外側にいる作家、いわばアウトサイダーを狭い視野でとらえたのに対し、丸谷文学は、市民社会にいる常識ある人間の物語だった。湿り気がなかった(14)。

かれ川本自身は高潔にいきてきた文芸評論家であり、またこの文章の骨子は〈丸谷文学〉の説明にあたっているので、その比較としての私小説を図式化してみせた節はある。ただそうだとしても、丸谷の〈市民社会にいる常識ある人間〉との対抗関係で、私小説作家を〈世外の人である作家〉だとか〈市民社会の外側にいる作家〉と規定しすませてしまっていることは、七〇年代のはやくから確信犯としてサブカルチャー〈世外〉をまでカバーしてきた評論家としては狭窄視野におちた文学観だとかんがえざるをえないのである。そのかぎりでは、白井流とかわらぬ偏見がある。

だがしかし、である。それでは私小説の代表にあげられてきたような近松秋江の作品は、どうなるのだろうか。かれの小説を譬えて顕微鏡をとおしてのぞきこんでみると、字面からたちあらわれてくるのはかれの私生活であり、仄聞したことのある身辺をめぐる話題であったりするのである。たしかにこのことを、否定はできない。しかしこの点にかんしても、創作主体と無関係な文学作品はないと考察する意見があるとだけを、ここではしるしておく。では今度は、身辺雑記にみまがう作品を天眼鏡でのぞきこんで拡大された活字をながめたら、どうであろう。大写の像からは身辺情報が捨象され個々の具体的な事実でなく、「文学とは何か」といった一般論がたちあがってくる、と。そうはならないであろうか。作品集『新選近松秋江集』の構成には、こうした教義にたいする問いかけが仕掛られている、とみえてきはしないか。作品集の全体構造とそのなかの一篇の作品をたばねたおのおののある連作群はそれぞれが相互の関係性によってうらづけられた、「文学とは」という問いかけにたいする解答を提示してみせたことになるはずである。否、なるはずであった。

まえの章では連作群と作品集との構造について、「別れた妻」の作品系列と「久世山情趣」から「食後」までの五作品、およびそのふたつの連作群の関係をとりあげ検証した。ここでは「大阪の遊女」ものの作品系列と「冷熱」から「はげ白粉」までの四作品、および「男清姫」を中心にその全体構造と連作群の関係をみ、「墓域」と「村火事」についてもふれておくこととする[15]。「大阪の遊女」系列の作品は大正三年の『新潮』一月号の短篇「黒髪」が最初のもので、この作品が大正四年のみずからの著作『閨怨』(植竹書院)におさめられたあと[16]、賀集文楽堂から刊行された九人の作家からなる選集『情話黒髪』の巻頭に収録され、秋江作品の遊女をえがいた小説を象徴する表題となる[17]。遊女を初見する場面を、〈入つて来た一見眼に立つほど小造りな、寧ろ貧弱な、物足りない感じのする女でした。けれども色の白い、品の好い、丁度雛のやうな女でした。〉とえがいた姿態は、三年後に出合うことになる「京都の遊女」もののモデル前田じうとつうじるものであった。さらにつづけて〈黒髪〉を、

横になつて細かに見ると、何処も何処も小いが、小いながらに格向好くできてゐてきり、と才発な顔で、薄のやうに切れの長い黒い眼をしてゐます。
それから頭髪の好いこと、言つたら、僕は、これまでに、あんな頭髪の好い女は見たことはありません。僕は、髱の沢山出た髪が好きですが、(中略) 然るにその女には、生来髪の毛が多いので、自然に髱がはみ出てるのです。

> その後も続けて逢ふやうになつてから、よく見ると、抜き衣紋に羽織の紋の処まで黒い毛が房々押被さつてゐました。両方の鬢が深く耳の下まで隠して、その鬢の張つてゐるのが、小い白い顔よりも幅が広いくらゐでした。清方の浮世絵の女の髪の毛をもつと沢山にして、それをもつと乱したやうな頭髪です(18)。

と、その「美」をうつしだすまでの表現は、作家が得意と自負するだけの筆力を発揮するものとなっていた。今日、「黒髪」は前田じうとの顛末をおさめた単行本『黒髪』(新潮社、大正十二)、またはその集中の一篇「黒髪」に代表されているが、上記引用の「黒髪」に表出された作品が作家の趣向を物語る嚆矢であった(19)。

作品集『新選近松秋江集』では「大阪の遊女」ものからこの「黒髪」はとらずに、「青草」「津の国屋」「流れ」および「男清姫」を収録編輯していた。また大正四年の短篇集『閨怨』では「黒髪」のほか、さらに「仇なさけ」「うつろひ」をくわえ「大阪の遊女」系列の作品として収録しており、新選の作品集の場合はその「仇なさけ」「うつろひ」は巻末四作、いえば年代記にあたる主要系列の回顧篇のなかにうつしている。物語内容をかんがえれば新選作品集のほうが整理されたものになっており、難波新地の一見茶屋の女将の手紙によって遊女落籍のあと台湾にわたった経緯をしった主人公は遊女の姉がすむ足利にたずねていく。その後日譚「仇なさけ」と「うつろひ」を集中最後の話型にくみいれ「死んでいった人々」を処理したカテゴリーは、『新選近松秋江集』の編纂意識をしるうえでのゆうりょくな手掛りとなってくる。つまり「男清姫」を連作群の最後に配列し、『雨月物語』中の愛欲のために無明の闇へ道をはずした僧侶を連想しながら遊女をころし〈鬼に化して居るやうに思〉う恐懼にみずからもおそわれる情景が「大阪の遊女」系列における連作《閨怨》の幕であることを意味し、後日譚をきりはなし「大阪の遊女」ものを成立させせくったことであった。この系列の結構としては、だから作家の意図は肯綮に中ったということになるのである。そして、作品群中の「冷熱」などの四作はかつて関係をもった女との愛欲物語をまとめており、とくに「嫌はれた女」「朝霧」「はげ白粉」の三作は、郷里をおなじくし主人公と同姓をなのる女も、またその夫〈老夫〉も同郷の間柄にあたり、まさに無明の闇にまよった男女の劇をえがいたものであった。しかもこの時、作中主人公はのちに結婚する女と同棲をはじめたばかりであり、そのふたりの転居先をしばらくあって夜中にさがしあてたその女にとってはだまされたも同然の心頭にあった――立場は逆だが、かの女の恋情は底しれぬ無明の世界であったことだ。連作群「男清姫」とむすびつく所以である。こうした構造のなかで「墓域」と「村火事」が入れ子物語となって構成されているのは、「別れた妻」もの系列の構築とおなじで、時系列でいえば「墓域」は「大阪の遊女」ものと時期が並列していた。時系列のまったくことなる「村火事」のほうは「墓域」とともに「故郷」ものの系列にぞくしており、村落の話柄のなかではいわば補完関係にあたっており、やはり作家にとっては昭和期の作品とむすびつく《歴史にたいする想像力》の起源をしめすことになる作品である。またあえてつけくわえれば、連作群「嫌はれた女」はその変形譚であったことにもなるのである。

ところで、作家の身辺をめぐる実生活が私小説の属性とされるのは、後日「私小説」という文壇用語の発見とその後の定着によって強調される条件であった。それいぜんは、創作者によって言語表現されたときの題材の問題にすぎなかった。このように距離をとり作品とせっすることの方が、「読者」による鑑賞としては健全だというべきである。そもそも「私小説」論争がおこなわれていた渦中、「主観小説」「客観小説」「私小説」「心境小説」、さらには「本格小説」から「通俗小説」までさまざまにコトバが交錯し、当事者がもともとどこまで共通理解をもったうえでの議論か曖昧であった。そうした論争のなかで「私小説」というコトバに収斂し文壇用語として集約されたので、術語としての精度をもっていなかったのである。のちに私小説は「芸術と実生活」といった枠組をもちい議論されるようになったが、その形容自体は芸術の価値にたいしてはどんかんな対応に終始した。だから術語「私小説」誕生いぜんは文学は言語表現そのものの価値を正面からとりあげ、評価の対象とされていたことになるのである。そうであれば、川本三郎の文章のなかにあった〈世外の人である作家〉とか〈市民社会の外側にいる作家〉といったとくしゅな人物設定をするひつようがなくなり、表現者のひとりとして作家を位置づけ作品をよむことができたのである。このことを、作品集『新選近松秋江集』はあきらかにしているし、また近松秋江の編修意図があきらかになるはずであった。

作品集『新選近松秋江集』の成立、その三

さて、「男清姫」につづく作品群は、「鎌倉の妾」ものと「京都の遊女」ものの連作がつづく[20]。ことなる「女」をえがいたふたつの連作は官能におぼれた主人公をえがいたまえの節の作品群とも連関しており、「男清姫」は道成寺縁起伝説にかりた表題となっており、女主人公の清姫（安珍清姫）が僧の安珍に恋慕し蛇の姿に化身して僧を焼殺する話に由来し、「男清姫」では男が女に恋慕するというぎゃくの話型であった。また「京都の遊女」系列のおわりに「葛城太夫」が配置されているのは、連作「大阪の遊女」ものの「男清姫」の場合と同型の編修意図であった。なおこの点は、さらにべつにふれる。「鎌倉の妾」系列の「浮気もの」は「秘密」の女主人公のその後の境涯をしる〈派出婦〉の情報から作品化したもので、いわば後日譚にあたり〈妾〉との事情がすべてあきらかにされている。この系列の小説は作品集『新選近松秋江集』に収録されたもののほかには、つぎの順で「女難」「あだ夢」「春さき」「忍ぶ夜」の四作が大正六年中にかかれており、その集大成のかたちをとって「秘密」が、作家の最初の新聞連載小説として『読売新聞』に大正七年一月から二月にかけ三十回にわたって連載される。新選作品集のなかで構築されたふたつの作品群のなかの連作「鎌倉の妾」からは「秘密」がとられ、また「葛城太夫」が連作「京都の遊女」の最後に配置されているることにはそれぞれの意味がとうぜんあったことであろう。またさらに、その編修意図だけではない近松秋江というひとりの創作者の手腕をこのふたつの作品にはみておきたいとおもう。そこで事をしるための手掛りとして、まず最初に「葛城太夫」に関連する安田徳太郎の証言からはじめてみたい。

わたくしはまだ一七歳であったが、この秋江さんが毎日風呂の中で、わたくしをつかまえて、今日は、女の家に行ったら、女の父親が出て来て、頭ごなしに怒鳴りやがったとか、今日は、西陣のほうに隠れていると聞いたので、たずねて行ったら、いくら探しても、家が見つからなかったとか、今日は、笠置のつぎの、女の郷里の大河原村まで、汽車に乗って行ったが、その母親がどうしても女に会わせてくれなかったとか、毎日、毎日そういう話ばかり聞かすので、わたくしのほうがうんざりしてしまった。秋江さんはわたくしに話をしているときは、右の小指を出して、これが、これが、と小指ばかり動かしていた(21)。

回顧者の安田は実父の死後にうえの姉多年にあずけられ労働農民党代議士にして生物学者の山本宣治の両親亀松、多年が経営していた「はなやしき浮舟園」でそだてられており、上記の話はそのときの追想のひとつである。ただ、安田の話のなかに〈女の父親〉がでてくるが、この証言内容はかれいがいには伝録されてない。そのほかの話柄は前田じうの話ではあるが作品「葛城太夫」ではなく、連作「黒髪」の物語内容と具体的な点でほぼ一致する。肝腎なのはうえの文章につづく作品にかんする話の中身で、その話題が「秘密」の話型とつうじており、またそのことを敷衍すると秋江文学の全体像につらなる書法を暗示している、とかんがえられるのである。「葛城太夫」にかんしては、つぎのようにある。

ところがどうであるか。一九一六年(大正五年)の『中央公論』の春季特別号の広告がデカデカと載った。そのまん中に大きく、近松秋江「葛城太夫」とあって、近来にない大傑作だとうたってあった。わたくしも家へ送って来た『中央公論』を、こっそり読んでみた。驚いたことに、秋江さんがわたくしに毎日、毎日、風呂の中でべラベラしゃべったことが、そのまま小説になっているではないか。ただちがうのは、伊賀の上野の山がどうだとか、木津川の流れがどうだとか、木がどうだとか、鳥がどうだとかいう景色だけがお添えもので、あとは全部そのままであった。読んでから、わたくしは『中央公論』をポンと投げ出して、思わず阿呆らしいと怒鳴った。じっさいわたくしは子供心に阿呆らしいと思った。つまり、わたくしは文豪近松秋江さんの小説づくりの稽古台の頭タタキに使われたようなものであった[22]。

作家がかきこんで完成した作品では安田が〈お添えもの〉とあげた風景描写が緊要な条件であり、〈大阪の遊女〉でもみたように遊女を描写するときには姿態からはいり衣裳の説明がくわえられとくとくと描写がつづくといった具合に、近松秋江の書法にはその審美的な綴方にひとつの定型があった。かれが短編作家にふむきな理由の一端がそこにある。また、「葛城太夫」がよみごたえのある根拠はほかにもある。たとえば近松秋江が実生活の暴露を目的としたじょうぜつな物語作家であるかのように、あるいは身辺雑記でなりたつ私小説作家の典型であるかに見立ててすますのでは、それだけでは枝葉をみてのことでしかない。あるいは、こういうこと——作家にたいする見立ての根本がちがっているということである。「葛城太夫」の構成は結核をわずらう弟の病状のこうしんが時間軸となっており、その死が物語の愁歎場となり作品の幕がおりることとなるのである。弟の死にいたるストーリー展開を、あたかも幕間劇のごとく入子構造として構築し姉弟愛を楽屋話として後景のなかにかくし、姉の日々を表舞台にあげ遊女である姉を、〈葛城の現実の生活の傷ましさは憐れんでゐるが、この場合彼はたゞかの女の妖麗なる姿態を愛でゝゐるばかりなのである。古い江戸の錦絵によつて得られる快感を仮りに彼女の姿態と色彩の鑑賞によつて代り求めようとしてゐるのである。〉と[23]、その構図の根幹にかかわる解説を作品中でかたっていた。明治三十九年の『東京日日新聞』四月二日に掲載された「あこがれ」だとか新選作品集にも収録される「柴野と雪岡」が明治四十三年に原題「主観と事実と印象」としてかかれており、習作時代から幻想世界と想像力を彷徨する人物や文学表現を思索する人物をえがいていた(24)。

いますこしくこのことにふれておくと、夕暮の風景――「美」のなかで恍惚状態におちる瀰気的な体験は芸術家の気質としてしばしばかたられてきた。そうした体験「美意識」があじけない日常世界にかえると霧消してしまった話を、かれはやく「あこがれ」にのこしており、この登場人物には作家の祖型がたくされていたのである。だから、さきの前者は美を憧憬することが芸術の目的とかんがえる人物であり、後者は時をへたその相似形の人物であった。この図式を応用すると、姉の葛城太夫を〈現実の生活の傷ましさは憐れ〉み宙づり状態においやり、しかも前面におしだした〈彼女の姿態と色彩〉「錦絵」によって理想の遊女を架構することになり、情話「葛城太夫」を成立させたことになる。昭和の戦後、『文豪の素顔』(要書房、一九五三)の作者長田幹彦が〈ぶきりょうな売笑婦〉の話題をひきあいにだし作家近松秋江の美意識をわらってみせても、その話が逆に作家の創作手法、書法を証明していることになるのである。

そのことは、こういうことでもある。読者には主人公の葛城太夫が醜悪かどうかだったことではなく、関心はかのじょが物語のなかでトリックスターとしてえんじている役割にある。かのじょは過去／現在の二元論に、双分制でわかれた世界をつなぐ両義的な媒介者であった。その葛城は〈古い江戸の錦絵〉との世界を往来する神話世界を象徴するような架空の太夫であることを、作家はそうした両義的で、同時に矛盾にみち対立した「遊女」という登場人物に仕立てていた。長田幹彦がみた現実の側から、こうした小説作法を批判するのはたやすい。なによりも、夢みた美と荒涼たる現実がきしみあう二項対立する世界をえがき現実の姿に落胆する登場人物をとらえたのは、もとをただすと「あこがれ」を明治三十九年の『東京日日新聞』に発表していたわかき日の評論家徳田秋江である。だから、近松秋江は《現実の側》――日常世界の様態を熟知していた。ようは、小説は実話でないというだけのことである。そこでつぎに、かつて頽廃時代に京阪をいっしょに流寓した長田幹彦のさきの話を「近松秋江」から引用してみることにする。

かれは、作家と葛城太夫のモデル前田じうのことを、こう、

> 今でも、どうしても忘れられないのは、秋江氏と、あの金山太夫とのいきさつである。金山太夫というのは、祇園における秋江氏の愛妓であつた。とてもよく売れる娼妓であつた。色の黒い、痩せぎすの、失礼ながら私なぞは一向に魅力を感じない女であつた。どうした悪縁か、秋江氏はその娼妓と実に情痴の限りをつくしたのである。秋江氏の作中には、『葛城太夫』なる変名で美化してあるが、それとはおよそ似てもつかないぶきりやうな売笑婦であつた。果たしてあれを本気でかいたとすれば、私は秋江氏の作家としての評価を疑はずにはゐられなくなる。完全に通俗小説以下である(25)。

と、悪し様にかき、長田幹彦が祇園の風俗をしるために最初に座敷へよびその夜は近松秋江が同衾した事情からふたりのその後の関係までをおもしろおかしく暴露した。作家はすでにこの世になく死人に口なしのうえ長田の話はともかく、芸術をかたるのに実際の話題が事を左右するわけではなく、ようは作品のできしだいでなければならない。そうするとふたり、安田と長田の口実をならべてみてわかることは、小説「葛城太夫」がなにもかもをあけすけにした作品ではなかったということ、この一点につきるのである。そしてそのうえ安田の話からは、作家の流儀によってみずからの作風に仕立てた書法をほどこし完成させたのが「葛城太夫」であったことになるのだ。かれの回想には作品「葛城太夫」と単行本『黒髪』の連作および新選作品集の「旧恋」「旧恋（続編）」の内容が混同されたりしており、ひとつひとつは作家の口からでた話であったとしても、作品についてかたるときには精確な話柄ではかった。ただ傑作として名だかい『黒髪』の物語内容と情話「葛城太夫」の作風とは異質のものであること、さらには「黒髪」という作品の印象にたいするうけとり方を「葛城太夫」ととりちがえているのではないのかといった疑問がのこることは、

あえてくわえておきたい。ここではこの問題にこれいじょうをふれないが、安田のつぎにある〈体あたりでじぶんの弱さ、だらしなさを、貧しさを、世間にさらけ出した近松秋江さんは、人間としてもひじょうに誠実で、純情で、正直な人だと考えるようになった。〉と理解するにいたる、戦前昭和に新興医師連盟の結成にくわわり医療救護の活動にしたがったり、またはゾルゲ事件に連座するなどの実践経験をもち一貫した社会派活動家による人物の評価は、長田幹彦ら文壇人とはあきらかなちがいがあることはたしかなことであった。

近松秋江の創作観による特徴的な作法は、「鎌倉の妾」系列でも確認することができる。作品の構築にあたっては、かれは不作為犯などではけっしてなかったのである。

博士は鎌倉に分院を持つてゐたので一週間の中火、木、土の三日は必ずその方に来ることになつてゐて土曜日から日曜にかけては、そちらで過すことが多かつた。それで三重は博士の命に従つて鎌倉に住まはせられることになつたのであつた。夏季は博士も殆ど鎌倉の方にゐることが多かつた[26]。

この博士は四年間のドイツ留学を経験し、病院を経営する四十をすぎた医師であった。三重は鎌倉でかこわれた、その人の妾である。作品「秘密」では本部の医院がどこにあるのかは明記していなくても、読者はこの引用箇所をよむことで作品の設定を合理的に納得したことであろう。だから、宇野浩二は〈「鎌倉の妾」物〉とよんだ。最初に新聞連載小説として発表されたこの作品は、上記の引用が四回目にあたる。いっぽう物語のほうも三年間なに事もおこさなかった三重が家をあけたふた晩の弁解を思案する場面を目にした読者は、このあとにおこる事態の展開に関心をむけたにちがいあるまい。そして、小説好きの三重がいぜんから興味をもちいま手紙のやりとりを一年ちかくつづけている小説家と東京で合っていたことがあきらかになるのが連載六回目のときで、作中、そこまでの序章にあたるなかで

あきらかにされる。ここまでに物語がいたる初回の掲載紙では、

つい此の間まで煅きつけるやうな太陽の光に蒸し返されてゐた海はもういつの間にか見違へるほど秋寂びた色に変つて、真碧に澄んだ水の上には白帆が遠く、あちらにも此方にも流れてゐた。小坪の鼻から逗子、葉山、三浦半島につゞく津々浦々が今朝は手にとるやうに近く眺められ、つい眼のさきの水のうへ盆栽かなんぞのやうに浮いて見える江の島の彼方には髣髴とした伊豆の山々が煙波の中に朝光を真正面に浴びてゐる(27)。

と、美辞端麗なる風景描写をかきいれていた。なおここではぶくが、女の姿態にたいする描写も秋江流の書法を墨守する。ところが作品の場所を鎌倉にそもそも設定したのは、たまたまの事実にそったものではない。たしかに、かつてかれは高山樗牛を田中王堂にともなわれ鎌倉長谷寺の仮寓に訪問したり海水浴を体験し、そのほかたびたび周遊し、よくみしった土地柄であった。つまりはさきに《不作為犯などではけっしてなかった》とことわった秋江作品の根拠が上記風景描写の引用文であって、風景が作品の構築にあたっては安田徳太郎の話にあったとおり秋江文学の要諦にあたるということなのである。もうひとつ創作と連関するアリバイをくわえれば、一月八日からはじまる連載の一年前、大正五年の大晦日から一泊で徳田秋声ら四人で鎌倉にゆき金亀楼にとまっていた。もともとはこの旅行は近松秋江ひとりの予定でいたのが、偶然に秋声らといっしょにゆくことになった経緯については「初日の出」にくわしい(28)。このときに作家は鎌倉の実地見分をすませ、風景描写の構想はすでに随筆のなかで完成しており土地勘をいかす条件がととのっていた。当否はおくが新聞読者の存在をかんがえ、それなりにながい連載小説のなかでは鎌倉が男女ふたりの「秘密」を展開させる劇場として必須条件となった。その理由は劇を単調にさせないために、鎌倉は三重がすむ実際の妾宅「横浜」ではかなわぬ仕掛となっているからである。

問題にしている、「鎌倉の妾」系列の最初の作品は大正六年一月の「女難」と、翌々月の「あだ夢」そして四月の「春さき」とつづくふたつの作品が「秘密」の冒頭で家をあけた両日の出来事を暴露していることになり、この連作を「夏姿」と改題しひとつの物語として六月に単行本『未練』（春陽堂）に収録する。昭和にはいって「夏姿」は『近松秋江傑作選集第三巻』（中央公論社）に再録されるが、そのおり編者の宇野浩二はこの単行本収録の「夏姿」をふまえて解説をし作品系列を命名したのである。なお宇野はこの連作「夏姿」の短編二篇の初出をしらず、そもそも作家本人がわすれていたらしいのだが、十二月の四作目である「忍ぶ夜」をよんでいればつぎのような情報はしりえた。そのことが、作品読解にも影響をあたえている。それは内証の妾宅が〈博士〉の自宅から〈四町〉とはなれていない近隣にあって、ひんぱんにかよっている場所にあって家庭にはかくせおおせていること、また東京から〈速い電車〉で四五十分の〈郊外の方の町〉であったことがわかるので、主人公の作家が箱根から東京への帰途に下車したずねたり、夜中にふたりして東京と妾宅を往復しもどるような行動がとれたことだとか、作中の東京行終電時間の設定が鎌倉ではありえぬ無理のあった点などである。

つまりこういうこと、いずれの場合も作中の鎌倉が「架構」の場所であったこと、またそのことが劇を展開するうえでの拡張発展をかんがえただけの「鎌倉」ではなく、「鎌倉」はふたりの秘密をまもる手段でもあった、と。ところが、「忍ぶ夜」では秘密にしていたふたりの情事が帰郷する女中の口から周旋屋の夫婦にしられ、そのため妾から一年つづいたふたりの間をおわりにすることが手紙でつたえられ、なおも〈忍ぶ夜〉の夜分には拒絶にあいわかれることになるのである。そのためだろうか、「忍ぶ夜」では前にある妾宅にかんするような事実をあきらかにしている。すでに、秘密にする理由がなくなっていたのである。多分それだけのことではなく、作家には人として妾にたいする底意が計算ずくのうえであったかもしれないのである。なぜなら女の側からは秘密はまもらねばならず、とにかくは波風はたてたくなかったから――そう作中で、妾はふるまっていた。このことも、近松秋江はかきもらさず記入した。そして、昭和二年の「浮気もの」のなかで「鎌倉の妾」のその後を、〈派出婦〉からききしり作品化した。話を宇野浩二にもどすと、かれにはしりえぬこととはいえ解説のなかで上記のような解釈の可能性をかたるにはいたらなかった。結局、「鎌倉の妾」ものは、新選の作品集では「秘密」とその後日譚が収録されたのである。

作品集『新選近松秋江集』の成立、その四

あらためて、新選作品集の構築意識の問題にもどる。「鎌倉の妾」系列の作品群を、作家はうかれ心ではじまる「あだ夢」のような世界から物語をはじめて、最後ははじめからさまで愛着のない女とのあいだにうまれる男児の出産と死にいたるまでの劇「秘密」を冷徹な眼をもってえがいてみせる。しかも、すでにそのいっぽうでは京都の遊女、前田じうとの関係がはじまっていたのである。そして、「鎌倉の妾」ものの作品群にぞくすこととなる作品「浮気もの」は「忍ぶ夜」から十年後の小説にあたり、『新選近松秋江集』中にも収録されている過去を清算する意味でかかれたはずの頽廃時代を回顧した作品の、さらにそのあとのものとなるのである(29)。作家の編纂意図としては作品群の集成という位置づけよりは、内容をかんがえるとやはり後日譚として作品集にくわえたことであったろう。こう、「浮気もの」を〈老境に入つ〉たときの気持ちから、〈昔関係のあつた女のことを偲ぶのは、少年の頃愛読した小説の中の男や女を思ひ出すに類したものだ。〉といった感慨のいったんとしてかきしるされていた(30)。その作中の話題は、臨時の派出婦が家の主人にもたらした名をあらため〈富葉〉となのり芸者にでていた〈三重〉をしる女のくしき縁からうまれた情報だった。この作品で「秘密」では架構の「鎌倉」が横浜の戸部であること、そして妾宅はその高台の閑静な住宅街にあることを明記した。横浜駅からちかい博士が経営する病院の存在もあきらかにする。作家は宇野浩二が三巻本の「傑作選集」をあむとき、この話は隠蔽したにちがいなかった。なぜなら「傑作選集」のまえに、新選作品集ではみてきたとおりの編輯をしていたからである。このことには、重要な問題がある。

小説「葛城太夫」では長田幹彦がモデルの太夫と作品内の金山太夫のちがいを問題にし、〈完全に通俗小説以下〉だとみまちがえたような創作を完成させていた。また「秘密」も、宇野浩二がすっかりだまされた形の作品につくりかえていた。ということは、近松秋江は《不作為犯》ではなく《詐術師》であり、川本三郎が俗伝の眼鏡をかけてのぞいた私小説あるいは私小説作家像の枠組からみえてくるような作品構造ではなかった。さらに、かれには名作「黒髪」系列がかかれるまえに、作家の書法をもち作家の流儀にもとづく小説作法を完成させていた。こうしたことをひとつの例として、作品集『新選近松秋江集』の編修に工夫があったことまでをみてとるべきなのである。そしてまた、つぎのことがみえてくる。まず最初に谷崎潤一郎が一九二四(大正十三)年に出版された『黒髪』によせた緒言をとりあげる。

君は臆病な性質のやうだが、その実長い年月を回顧すると、可なり剛情に生きて来た人だ。それも意志の頑強な、壮健な人なら知らぬこと、失礼ながら精神的にも肉体的にもいろいろ欠点を持つてゐる君が、失恋、孤独、貧窮、嘲笑、——さう云ふさまざまな試錬に遇ひながらヘタバツてしまはずに、いや、ヘタバツたのかも知れないが、ヘタバリながらも、満身に創痍を浴びながらも、ヂツと堪へて生きて来たのは、全く偉い。君こそほんとうに古兵だ。君がくるしく、やるせなく、悲しかつた人生の戦いから、血を以て購つた芸術が、読者の胸に真実の響きを伝へるのは寧ろ当然過ぎることだ。

文章中の〈君こそほんとうに古兵だ。〉とある形容が、適切であるのかどうかはわからない。しかし、引用文全体の作家をかたった境涯についてては理解のゆきとどいた内容である。誤解をおそれず断定すれば、〈血を以て購つた芸術〉とあるのは秋江文学にたいする的を射た紹介である。なにより『黒髪』全編は、おなじモデルをえがいた「葛城太夫」とは異質な書法によって制作されており上記谷崎の表現にみあう小説であった。簡略化していえば小説『黒髪』が表題ににず情話物語様ではなく、〈読者の胸に真実の響きを伝へる〉〈血を以て購つた芸術〉いがいのなにものでもなかった。単行本の中扉には〈三部作、その一〉とあり、巻末の広告頁には「第二巻■痴狂〔黒髪続巻〕」「第三巻■旧恋〔同〕」とあるので『黒髪』単行本はその続刊の腹案があり、〈失恋、孤独、貧窮、嘲笑〉を基調にした小説集を予定していたらしい。このことをふまえて、選集『黒髪』を「黒髪」（一～六章）「狂乱」（七～十六章）「霜凍る宵」（十七～二十三章）と解体しそれぞれの小説の表題をみてみれば、作品の内容が的確に表題化されていたことがうなずける。というよりは一冊の物語内容がはっきりしてくる。そして、続編にあたる「痴狂」（筆者註、『国民新聞』に連載した「二人の独り者」を改題）、および『新選近松秋江集』収録の「旧恋」「屈辱」（註、新選の作品集では「旧恋〔続編〕」と改題）をあわせ、連作「京都の遊女」系列の作品群でえがかれた金山太夫の失踪、探索、在所の発見までの全貌が姿をあらわす。その時の読後感を谷崎のコトバをかり敷衍すると、〈君のやうな古兵に比べれば、僕なんかは甘い者だ〉と謙譲して〈君に対して帽子を脱ぐ気になつた〉と敬意をあらわしたのは、〈血を以て購つた芸術〉の凄味にかんじいってのことだったのだ、と――そんなふうに読者も作品を納得しよんでいた。谷崎の真意を、そうしんじたらよいのだ。

『黒髪』――そのうちの「狂乱」中に、こう〈何の因果で、あの女が思ひ切れぬのであらうと、自分の愚かしさを咎めつゝも、やつぱり思ひ切ることが出来ず、その愚かしい煩悩に責め苛まれる思ひをしながら、うか〱と道を歩いてゐた。〉とある(31)。前田じうとの五年間につぎこんだ勘定の高をくやみ、失踪した女をうらみ、突慳貪においはらう母親をなじり、そして京の辻をさまよい、あげくは山間地南山城の女の原籍地である「童仙房」まで探索しようとする凡夫をみて、谷崎は作家の凄腕に脱帽したのである。その「凡夫」にたいしては、安田徳太郎の〈人間としてもひじょうに誠実で、純情で、正直な人だ〉とみるか、長田幹彦のように〈作家としての評価を疑はずにはゐられなくなる〉とうたがうのか、あるいはまた谷崎がいう〈君がくるしく、やるせなく、悲しかつた人生の戦いから、血を以て購つた芸術〉と評価するのか、見方はわかれる。しかし、谷崎が実人生と芸術とを混同したとはおもえないので、今かれの〈脱帽〉問題ではっきりさせておきたいことは、人は人、芸術は芸術ときりはなしていた点につきるということである。改造社版『現代日本文学全集32』の題辞に〈わが芸術に対して深き自信なきは予の最も不幸とするところなれとも書きたることは悉く自己を欺かざるを信す〉とかきしるした後半の意味は、谷崎がいわんとするところであったのである。なお、近松秋江が前田じうの探索で取材していたのは、『黒髪』の「狂乱」中の題材だけではなかった。周囲は、あるいは今日もかれがいわば職業作家であることをわすれていた。新選の作品集にもおさめられる「農村行」の題材周辺を南山城で採取し私小説論争いご、いわゆる客観小説の例題としてこの作を発表しているのである。この件も、作品と作家の関係をかんがえるうえで一石をとうじていることであった。凡夫をえがいたことと、たとえ恋は盲目のたとえの直中にあったとしても、そのこととの区別はなおひつようなのである。

　そこで谷崎潤一郎の言質にいたった作家にたいして、べつの角度からみてみることにしたい。そのことによって近松秋江が「文学」をどのように理会していたのか、という問題にゆきつくこととなるからである。谷崎の緒言につづいて、平野謙が近松秋江と関係をもった女を追尾し、そして、評論家がえた結論をとりあげてみることとする。平野が最初に着目したのは大貫ますの失踪その追跡そして発見、離別にいたる経緯でありその間の無明の闇におちた凡夫が執着した女から解放されるまでにみせる、前田じうでもくりかえされた〈狂乱〉〈痴狂〉〈屈辱〉とおなじ醜態を物語る「疑惑」を発表した動機を問題にして考察、とりあげた。

> つまり、秋江は新しい女を知ってから、はじめて前の女との関係をつぶさに描くという執筆態度をとったようである。新しい女を知ることとは、前の女に対する執着から解き放たれたことを意味するが、そのときはじめて秋江は前の女に対する執着や怨恨を綿々と愬える作品を書くことができたのである。同時に、その執着や怨恨は女の

方から行方をくらまし、その行方をやみくも追跡することのなかに、いっそう深められるような性質を持っていたのを、私どもは知り得る。ここに秋江の恋愛と執筆のパターンがある(32)。

と、その結論にある。近松秋江という作家に〈新しい女を知ってから、はじめて前の女との関係をつぶさに描くという〉〈恋愛と執筆のパターン〉を、平野は発見した。この公式にみあう典型的な事例としては、かれがあげた女のなかでもまえの大貫ますと遊女の金山太夫こと、前田じうである。「鎌倉の妾」の〈三重〉はおくとして、平野公式でならもうひとり「大阪の遊女」〈東雲〉ははぶくことのできない存在である。かれの説にしたがえば、ますを忘却するのは東雲との出合いが大正元年の十二月にあったことを必須条件としていたからで、問題の「疑惑」は翌年の十月に発表されていた。たしかに創造の因果関係についての発見自体は奇怪とよべるような卓見だったとして、評論家がどうして作中の凡夫にたいしこうまでこだわりをみせたのかは、対象が遊蕩作家の近松秋江だったからだけではなかった。もし評論家に類似の体験があったとしたら、人間の感情がよくつうじたことであったろう。否、人ならだれしもがもつ気持ちとして〈私どもは知り得る〉と、——かれは痛切な共感をおぼえたにちがいなかった。

平野謙は昭和の戦前、プロレタリア文学運動とかかわりそのときにハウスキーパー制度の人間蔑視を、みずからが体験していた。党上級幹部の小畑達夫にのりかえた美貌の恋人のことが、昭和八年の一日、神奈川地区共産党細胞の一斉検挙によって検束された日本金属フラクの中村亀五郎の内妻として顔写真いりの新聞でことこまかにほうじられた。その女、根本松枝は、ふたたび党の指示により小畑でなく中村のハウスキーパーとなり同棲し銀座のカフェーではたらき支援活動をつづけていたのであった。平野はそのときにはじめて自分をすてた恋人のその後のことをしり、冷酷な制度をいきどおり心の深手をにじゅうにおったのであった(33)。作家と評論家とのあいだには根本的な事情のちがいがある。が、しかし平野謙は告白していた——〈その執着や怨恨は女の方から行方をくらまし、その行方をやみくも追跡することのなかに、いっそう深められる性質を持っていたのを、私どもは知り得る。〉、と。評論家には凡夫の気持ちをみのがすことのできないほどに女との日々の記憶を、そのことをひとつの観念の問題として言語化していた。そうでなければ、平野が複数形で〈私どもは知り得る〉などと他人の気持ちまでを記入できなかったはずだからである。すべての外界の事態はコトバに置換することで、はじめて自明な対象として理解が可能になる。作家の経験は、評論家の経験でもあったゆえんである。

作家近松秋江は、あるときを境に現実の大貫ますでなくまた遊女の東雲や前田じうでなく、記憶を通路に観念の渦まく〈狂乱〉〈痴狂〉〈屈辱〉が跳梁する主人公をえがき亡者の出現する作品を構築している。その劇「茶番狂言」は、あくまで愛欲の亡者を演技する演者《凡夫》をひつようとし登場させていた、とみなければなるまい。そうでなければ、秋江作品にたいする平野公式による見解は成立しない。別言すればあらゆる言語表現者にとって、対象はだれでもよかった。「無明」の闇にさまよい恋路にある人間をえがくにはとくていの実体であるひつようはなく類推可能な登場人物であればよく、恋物語ではその対象となる女あるいは男は函数であり交換可能なだれかであった。コトバによる観念、つまり概念はつねにひらかれておりひとつの指示対象「物」として完結してはおらず、「小説」だから大貫ますならそのひとりの女としてえがくことにより成立するのであり、もちろん前田じうについても同様なことがいえた。そうでなければ「読者」との関係性はうまれず、平野謙でみたようなある種読者の感動をひきだすこともありえない。だからというべきであろう、作家近松秋江は時として愛欲によって破滅した僧侶を想像しては身震をおぼえ初出表題が「五慾煩悩」とあった「中禅寺湖物語」をえがき、また時として世話物の登場人物をおもっては「葛城太夫」をえがき情調の世界を手にすることができたのである。

平野謙におきた誤算は、近松秋江が私小説の発明者だとする文学史観「私小説の二律背反」論に固執していたことにつきるので、はやくは一九五三年、はじめてかれを論じたなかで〈「わけしり」らしくて、一点思いもよらぬ没常識なところを底に蔵していた近松秋江であればこそ、『黒髪』のような異様な傑作もよく書き得たというべきだろうか。〉とかたってみせて、文学をひとりの作家の性癖に特化する言辞をろうしてしまうのである。谷崎とのちがいが、ここに顕著にある。二十年間ちかくのあいだに近松秋江論を、かれは新潮社版『平野謙作家論集 全一冊』（一九七一）と講談社学芸文庫『さまざまな青春』（一九九一）とに収録した長短計七篇をあらわした。しかしその舌端は、結局のところ堂々巡りだったことがはっきりする。この間に、かれは読書の質と量を拡張しながらも、つまりは情報量がふえても平野公式といわれる思考の形式はそれいじょうに文学理解のシステムとしてかわりえなかったのである。このことが作家論中、近松秋江最後の論をみれば納得できることであろう。

しかし、秋江はちがう。女房には逃げられ、女は友人に横取りされ、おまけに女房は下宿させていた学生とくっついたというような不運のもとに人生をスタートした秋江は、こりずにまた女に惚れ、逃げられ、追っかけるという赤木桁平のいわゆる「痴」と「愚」のふるまいをその後もくりかえすのである。『青草』（《ホトトギス》大正三年四月）に描かれた大阪の遊女とは夫婦約束をかわしながら、土壇場で遠く台湾へ逃げられ、さすが台湾まで追っかける資金もないままに、遊女の姉を秩父かどっかに探しあてて（筆者註、秩父でなく足利）、綿々とかきくどくその未練ぶりには、すっかり姉の亭主に警戒されてしまうといったていたらくである。そういう秋江独特の「痴」と「愚」のパターンの真骨頂を造型したのが、一代の名作『黒髪』の連作にほかならない(34)。
こうした好事家なみの面白半分にしかみえない評論家の芸当は《根本松枝体験》によってうけた痛手をふくめたうえでのかれ自身の文学観のせい持味といったものであり、芸術の成立ち「虚実の皮膜」については無関心をよそおい「芸術と実生活」論ひとすじで作品内部の複数性を見限っていたからである。そうすると、「京都の遊女」系列のなかでも「葛城太夫」にはふれえず、また連作「鎌倉の妾」系列の「秘密」にむかいあわずにいたのは、ふたつの小説が評論家の芸をすりぬけ相いれえなかったからにほかなるまい。「葛城太夫」や「秘密」には視点人物として観察者が介在しており、さらに結構は物語構造を合理的に構築する要件「虚実の皮膜」をみたしたものとなっていた。そうした作品の存在を承認したうえでないと、逆に平野公式が破綻することについてはすでに指摘したとおりである。

「純文学への途」断章——「柴野と雪岡」の位置

それでは、近松秋江は「文学」をどのようなものとおもい描きろんじていたのであろうか。平野謙がじぐざぐの試行錯誤というよりまっすぐいちずにおもいつづけた私小説の課題は、大正戦後に変革期をむかえたメディアの問題でもあった。そのとうじの問題であれば、どうしても「別れた妻」ものや「京都の遊女」ものの作者のこととその秋江文学とが関心の対象になるのはとうぜんのことであったようだ。が、ここでの問題はかれの事のはじまりである徳田秋江と名のり評論家として文壇無駄話をかいていた、明治末年から大正初年のころの話である。管見をのべれば、わかき評論家がキーワードである「純文学」という術語をもちいたのは二度、ただ樋口一葉の「にごりえ」に純文学の「趣味」をみつけた話柄をふくめれば三度のことであった(35)。これからその用例を考察しておくのは大正十年前後から昭和初頭にかけておこる文学変容の理解とむすびつき、平野公式でみたかれに代表されるような文学観をどのように理解したらよいのかといった問題解決に役にたつとかんがえたからである。のちの私小説論争時、文学概念の変革期にクローズアップされる秋江文学について、文学者としての素地をしめしまた端緒となったかれの文学観をしめすその文章をひいてみることにする。

(1)　兎も角今の吾れのやうに純文学を以つて職業とせうといふ決心は夢にも思ひ及ばなかつた、(「吾が幼時の読

書」、『趣味』明治三十九年十一月号)

(2) アイヂアライズする所に芸術生ずといふ意味に於て、仏蘭西の純文学にも亦た作家の人生観或は経験の内容の貧富を問はざるべからず候。(「芸術は人生の理想化なり(西鶴と近松)」、光華書房刊『文壇無駄話』明治四十四年、二九〜三〇頁。初出、『現代』明治四十二年六月号。ただし、昭和女子大学近代文化研究所刊『近代文学研究叢書54』(一九八三)中、「近松秋江」による。)

文章(1)は三十一歳の評論家が、講談の赤本あるいは小学生のはやくに覚醒した新聞読者のころに掲載されていた歴史小説、または斬髪物といった新聞小説の愛読者だった時代を回想した文脈のなかで、術語「純文学」をもちいていた。文章(2)は三年後の三十四歳で、田山花袋と島村抱月との主客論争(筆者註、現在の用語では「芸術と実生活」論争)をくりひろげていた時期に、近代リアリズムの問題を考察する文脈のなかで術語「純文学」をもちいていたものであった。この間わずか三年のちがいだったが、文壇は新旧交代の時期にあたり自然主義文学運動の最盛期をむかえていた。核心は、徳田秋江が反自然主義論を軸にして評論活動を活発化していたところにある。

また、最初の文章(1)は、坪内逍遙から二葉亭四迷を経由した近代小説(＝純文学)にとりくんでいる立場から、〈新小説(ノベル)〉と比較し幼時に愛好していた読物を旧文学と回想していた点が壺となる。こうした文学史観は、めずらしいことではない。そのひとり、直木三十五が旧文学を現代小説によみがえらせ大衆文学の復活にかけた動機は、純文学〈文壇小説〉にたいする非純文学〈通俗小説〉への〈関心〉がそのはじまりであったのだ[36]。ただ、徳田秋江は直木とはちがった。そのかれが東京専門学校を卒業し正統の文学者の途をあゆんでいたかれの地図のうえに進展の跡と独自路線がえがきだされたのは上記、うえの文章(2)の段階にあったときのことである。だから、かれにはこの文章は深化をあらわすもので、そこでは田山花袋が描写論のなかで説明した客観説を否定し、「リアリズム」といっても作家の主観

（＝人生観や経験）が肝腎な点となるゆゑんを、〈アイヂアライズ〉＝〈理想化〉により作用、成立すると結論づけたところに、印象批評家徳田秋江の立場が誕生したことになるのである。いえば、擬制の終焉を宣言した。

ここで、うえにあるかれの説が成立するまでにつよい影響をあたえた田中王堂についてべつにみておきたい。五十二歳で結婚する王堂、田中喜一を「論ずる書」としてわかき日の「柴野と雪岡」時代を回想し、

学問を愛好する高尚な青年学者として、私の眼を悦ばしたものであつた。純文芸にこそあまり渉らなかつたが、アカデミツクな学者からは聞くことの出来ない、カルチユアの広い会話で、西洋の諺や泰西の偉人哲学者などの逸語や金言などを引いて語るといつたやうな会話ぶりであつたから、私は氏の宅に遊びにゆくたびに、毎時も智識を開発され、物知りになつて、一日狩くらした猟夫が夕方重い獲物袋を肩にして帰つて来る時のやうな、喜悦と希望とに満ちてゐたのである[37]。

と、批評文「芸術は人生の理想化なり」を発表する時期にあたる田中王堂の学風とかれとの深交をかたった。徳田秋江にとっては文章家として生涯尊敬した恩師高山樗牛にたいし、王堂は《想像力と幻想世界を彷徨する人物や文学表現を思索する人物》たることをもとめ、かつそうした嗜好にたつ表現者であろうとした習作期のかれには信頼のできる指導者であった。そしてかれの文学主観説をより理解するために、その、文化運動〈プラグマティズムを日本に導入した一人〉王堂と大正文化主義を唱導した土田杏村との関係について、ふれておきたい。土田が王堂からうけた影響を、清水真木は〈無視することのできないものであり〉〈象徴主義は土田と田中に共通するもっとも重要なキーワードとして理解されねばならない。〉と[38]、副題が「土田杏村と文化への問い」とある書中で指摘している。さらにこのキーワード「象徴主義」が、王堂に由来するものであることをも強調した。また、上木敏郎が〈特異な批評家〉土

田杏村をはやくから〈掘り起こすべく〉はじめた個人雑誌を紹介した谷沢永一がふたりの関係を見逃さずにふれていたことを[39]、やはり清水は注視、言及している。このふたり王堂／土田の師弟関係はさきの作中でふれてあるとおり、作家近松秋江にとっても文章表現の根底となる認識論《物と仮象》といった哲学的な命題とかかわっているので重要な意味があったことになるのである。

この稿と連関する問題は、土田杏村が一九一九年に刊行した単行本『象徴の哲学』にある。土田の主張する「象徴」論は〈意識とその対象との関係という単純なテーマ〉をとりあげたもので、表現者「私」の〈意識〉をめぐる問題を考察したものであった——と、そう解説する清水真木によると、この考察を〈個別の意識の作用は、その都度あらかじめ三つの側面を具えて〉おりこの〈意識の作用〉を「表象作用」「判断作用」「情意作用」に類別し[40]、〈すべての意識の作用は、本質的に情意作用へと収束〉し〈具体的な出来事のうちに〉「価値」＝「意味」をみいだそうとする主体〈意識を向けている「私」自身へと遡行する〉と、要約整理した。さてそこで、話をもどす。「柴野と雪岡」時代の近松秋江はこのとき登場人物にたいする観察と描写をめぐる難題——主体の「私」をめぐる表現者における《物と仮象》の問題で、《主観／客観》の作用のあいだにおこってくる関係性の理解をどう決着させたらよいのか艱難辛苦、ゆきづまり状態にあった。その時わかき日のかれにあたえた柴野＝田中王堂の「解」は、ひとりの人物による断片的なすべての言動はいかなる場面においても〈真理〉である、とおうじて〈「ですから、凡て、此方の主観で、物は解決するでせう。……例へば画家が山を描く場合に（略）ですから印象は真理として好い理由なのです、道徳だって、印象的に行つて好い理由なんです。……好い場合もあるんです。」〉云々、といった調子の論弁をくりかえしていた[41]。この掛合い問答はアーサー・シモンズの印象主義が話の発端であり土田杏村の場合はフッサールの現象学が拠り所となっていたので、一九世紀と二〇世紀との両者をわける時代の壁はたかくてとおいものであった。しかしながら、テーマ〈言語表現の象徴的な性格〉を究明しようとしている点では新旧の壁をこえ共通の基盤をもっており、その意味では近松秋江の作品は田中王堂の初期の思想をえがいて意義のある内容、というべきものである。ちなみに表題「柴野と雪岡」は、初出誌では「主観と事実と印象」とあり作品内容にそった哲学的な題名で、単行本『人の影』（忠誠堂出版部、一九一四）の収録時に小説風な表題にあらためられたものである。だから習作期の作家にはテーマ「表現論」、つまり意識の作用をモチーフに《観察と描写の難題》を主題的にとりあげる意図のあったことがはっきりしている。その文壇無駄話家のかれがしばしば素朴実在論と形容される田山花袋の自然主義観と、そのことを象徴した「平面描写論」を一顧だにしなかった根拠はあった。しかもこの守備範囲は、印象批評家徳田秋江ひとりだけのことではなかった。このことがあとにつづく、佐藤春夫、橋浦時雄、そして三上於菟吉、あるいは今井白楊といった詩人にも影響をあたえたことである。

ところでいっぽうで、小説家としての苦悩の原因は言語表現によりえられる「リアル」の描出、かれのコトバなら〈具象化〉の書法にたいする自信のなさにあった。やはり、小説描写の問題である。批評技術は印象批評、無駄話家として周囲のみとめるところであっても、三十歳半ばになってみても小説家としての先行きはたっていなかった。未整理の原論と小説制作とのあいだの溝が、近松秋江のなやむところであった。いえば、言語表現の本質である物それ自体＝《対象／仮象》＝コトバの意味（つまり、概念）の関係を橋渡しする言語表出を実感できないいらだちだけの隔靴掻痒のくるしみのなか、そんな事情にあったかれが上記ふたつの引用文をむすぶ結節点にいたる過程で、トルストイの作品から描写論と題材論で決定的な影響をうけることとなる。つまりは、トルストイからまなんだこと「トルストイ体験」が描写の問題ならそれは、〈外界の物象〉によって提示し「表象」する方法であり(42)、そしておなじように〈一人称〉であらわされた題材の問題ならそれは、〈自己の直接経験〉の「価値」ないし「意義」を発見し「表象」する方法のことであり(43)、このふたつを一体化した表現法の獲得がトルストイ体験の内実であったことになる。そこには、徳田秋江がかんがえあぐねていた文学表現にたいする到達点があったことになる。

その間、《結節点までの過程》はまえにみた「あこがれ」から「柴野と雪岡」までの時間軸と一致しており、明治三十九年にいちど発表していた前者の作品「あこがれ」を、かれが「春の夕ぐれ」と改題し明治四十三年時点の『文章世界』五月十五日号に再掲載した理由には、いまみてきた事情のあったことが推察できるのである。また西洋流の「純文学」を志向しながら、一年いじょうにわたった主客論争の問題は、近代小説の「虚構」にかんする関心がいちじるしく後退していたことである。学びの姿勢では王道にあったかれは、尊敬する二葉亭四迷が坪内逍遙が『小説神髄』のなかの中枢「小説の主眼」説の内容を「小説総論」のなかで修正し〈大略を陳んに、摸写といへることは実相を仮りて虚相を写し出すといふことなり〉と提示した創作原論[44]、本稿の話題にそくしていうと、《物と仮象》をむすぶ表象作用〈言語表現の象徴的な性格〉をただした虚構説をしらなかったはずはなかった。が、しかし花袋の描写論を中心とした〈虚実〉の争論のなかでは「虚構」の問題が焦点とはならずに、小説家を夢みたかれにも表現技術のありかた、態度の問題に軸がかたむいていった。このことがのちのちまで、それは最大限、「私小説論争」まで問題の尾をひくこととなる。ただし、この出来事は大正末年かの論争がおきたことで闡明になったことであって、術語「私小説」の発見が、つまりコトバの概念の発見が文学史の再読につうじるたんてきな出来事をしめしているのである。

かいつまんで、「別れた妻」系列の作品がうまれるまでの要衝をたどってみた。近松秋江が小説制作にかんする人物描写になやみ模索し到達した地点からすぎること一年あと、明治四十三年の『早稲田文学』四月号におもいもかけない種類の作品が発表された。自作自演を可能にする——〈拝啓／お前——分れて了つたから、もう私がお前と呼び掛ける権利は無い。それのみならず、風の音信に聞けば、お前はもう（略）〉と[45]、書簡形式を媒体に作品を構成、別れた妻とはかぎらない複数の「読み手」との関係性に着眼する書法をとった「別れたる妻に送る手紙」がうまれ連載することとなる。自然主義のようなモデルと固定的でその被写体のモデルから逸脱せずに対応する客観描写ではないけれど、かれは全面的に被写体を霧散させることはしなかった。つまり「トルストイ体験」、ということは作家はモデルに従属する表象ではなく、自律した「印象」＝登場人物を手中におさめたのである。その延長線上に「私」というモデルの被写体をこえ、「私」ではあるが「私」でもない濃密だが流動性にとんだ「別れた妻」系列の作品群を獲得した。後代の平野謙は、だからおのずからのこととしてこの網の目にひっかかったのである。このひとつの成熟をえた集積点では「純文学」としての〈新小説（ノベル）〉の存在を、小説家のかれはまちがいなく確信し、手中にしたことである。なぜならそのごの「葛城太夫」や「秘密」といった作品の存在が、かれの書法を証明していたからであった。

【註】

本稿の引用文のうち、『新選近松秋江集』に収録されている作品は、本作品集よりすべて引用した。なお、『新選近松秋江集』の目次・発表年月日の一覧表を以下にあげておく。丸数字は、作品中の配列順を表す。

①旧痕（大15・10）	②無明（昭2・1）	③雪の日（明43・3）
④伊年の屏風（明45・6）	⑤小石川の家（大9・4）	⑥久世山情趣（昭3・2）
⑦老若（大8・11）	⑧人の影（明41・1）	⑨初しぐれ（大8・12）
⑩食後（明40・11）	⑪青草（大3・4）	⑫津の国屋（大3・3）
⑬流れ（大2・12）	⑭冷熱（大9・11）	⑮嫌はれた女（大11・11）
⑯朝霧（大13・7）	⑰はげ白粉（大14・3）	⑱墓域（大4・12）
⑲村火事（大14・2）	⑳男清姫（大3・11）	㉑秘密（大7・1・8〜2・20）
㉒浮気もの（昭2・6）	㉓旧恋（大12・3・4、6）	㉔旧恋〔続編〕（大13・5）
㉕葛城太夫（大5・4・5）	㉖意気なこと（大14・8）	㉗女一人男二人（昭2・5）
㉘めぐりあひ（昭2・2）	㉙早春の温泉場（昭3・3）	㉚銀河を仰いで（大14・9）

㉛燐を噍んで死んだ人（大15・3）	㉜中禅寺湖物語（大6・10）	㉝柴野と雪岡（明43・8）
㉞小猫（大1・8）	㉟子供（大13・1）	㊱児病む（昭2・9）
㊲遺言（昭3・4）	㊳私は生きて来た（大12・9）	㊴頽廃時代を顧みて（大12・12）
㊵農村行（大15・6・8、11）	㊶仇なさけ（大3・3）	㊷死んでいつた人々（大7・12）
㊸うつろひ（大4・3）	＊註、明＝明治、大＝大正、昭＝昭和。	

1　大貫ますとの同棲時代をえがいた作品は、①旧痕、②無明、③雪の日、④伊年の屏風、⑤小石川の家——である。

2　一九〇一年発行の『早稲田学報　第五十六号』（早稲田学会発行）「得業證書」授与欄。

3　表題「別れた妻」は、一九一五年に新潮社のシリーズ本「代表的名作選集十六編」が出され簡略化された。小説の題材となった対象を、〈仮に、秋江の恋愛を題材にした小説を四種類に分け、それを女主人公の身分によって何何物といふ分け方で分けると、「別れた妻」物、「大阪の遊女」物、「京都の遊女」物、「鎌倉の妾」物、の四種になるが〉云々と、宇野浩二が『近松秋江傑作選集第三巻』（一九三九）の「解説」で命名したのが始まりである。また、〈「子の愛」物〉も同じ。また、時間系列もこの順である。なお、この傑作選集は、眼疾の本復を願い徳田秋声、正宗白鳥、上司小剣、それと宇野によって近松秋江とも関係の深い中央公論社嶋中雄作の賛同を得て編まれ出版された。

4　前掲註3を参照。

5　五作とは、⑥久世山情趣、⑦老若、⑧人の影、⑨初しぐれ、⑩食後——の作品のことである。

6　巻末四作品とは、㊵農村行、㊶仇なさけ、㊷死んでいつた人々、㊸うつろひ——の作品のことである。

7　『新選近松秋江集』。六四頁。

8　前掲註7、七五頁。

9　山本宣治の従兄弟安田徳太郎は宇治浮舟園時代に近松秋江から「葛城太夫」の材料をさんざん聞かされており（『思い出す人びと』（青土社、一九七六。四九～六九頁。）、また夏目漱石の場合は一九一一年六月七日に作品「疑惑」の題材となる話を聴いている。「疑惑」は一九一三年十月に発表されているので、その二年以上まえのことである。漱石の「日記」にはその日に聞いた話の寸評を、〈小説の様に面白かつた。〉と記載してある。そこで問題にしたいのは、彼が〈小説の様に〉と表記したその意味である。彼のように非私小説を書く作家は話柄の個別の話題が〈面白かつた〉ということではなかったであろう、というのが第一点である。また近松秋江が小説家としてもっている固有の観察眼、あるいはそうしたキャラクターの話術を〈面白かつた〉といったのではなかったのか、というのがその第二点である。そして一つ一つの下世話な行為が独自だとかあるいは想定外の行動だとかいった興味本位の発言ではないだろうというのが漱石の寸評の意味だったのであろう、というのが結論である。この頃ちなみに『東京朝日新聞』の連載小説掲載を、近松秋江は漱石に依頼し、徳田秋声の『黴』の後に掲載される段取りになっている旨の返事を九月二十五日に受け取っている。このことと日記の経緯との関係は不明だが、漱石との交渉はなお続いていたことになる。またこの日記の一件を、平野謙は〈みずからの〝ゴキュの嘆き〟を、明治四十四年六月七日に夏目漱石に綿々と愬え、それを聞いた漱石は「小説の様に面白かつた」ので、話の概略を日記にメモする気になったようである。〉（講談社文芸文庫『さまざまな青春』、二〇六頁）と、推測している。

10 前掲註7、一〇五頁。

11 前掲註7、八四頁。

12 九篇の小説とは、㉖意気なこと、㉗女一人男二人、㉘めぐりあひ、㉙早春の温泉場、㉚銀河を仰いで、㉛燐を噉んで死んだ人、㉜中禅寺湖物語（原題「五慾煩悩」）、㉝柴野と雪岡（原題「主観と事実と印象」）、㉞小猫――までの作品を指している。

13 林房雄編『匿名批評　東西南北――白井明遺稿集――』（創元社、一九五二）。六四頁。

14 『そして、人生はつづく』（平凡社、二〇一三）、「丸谷才一　徹底した雅びの人。」二七二頁。

15 「大阪の遊女」系列とは、⑪青草、⑫津の国屋、⑬流れ――⑳男清姫はこの連作に含めて考え、その作品群と関連する⑭冷熱、――そして、⑮嫌はれた女、⑯朝霧、⑰はげ白粉――の連作が作品群を構成している。また、これらの作品群と異なる⑱墓域、⑲村火事の二作を挿入――布置し、新選作品集は構造化されていた。

16 『閨怨』一冊の構成は、「別れたる妻に送る手紙」「執着」「疑惑」と「黒髪」「津の国屋」「青草」「流れ」「仇なさけ」「うつろひ」「男清姫」との二系統により成り立っている。そして、この作品集は二人の女性から見捨てられる男側の〈閨怨〉をモチーフに成立したものであることが理解されよう。その結果、近松秋江という作家が無明の闇に迷う遊蕩作家といったレッテルが貼られる原因となる。

17 賀集文楽堂刊『情話黒髪』は一九一六年に出版（但し、4版奥付による）。この作品集は、近松秋江の他には長谷川時雨、前田林外（彼は二篇収録）、尾島菊子、上司小剣、田村俊子、岡田八千代、吉野臥城、久保田万太郎、の短編が収められていた。平野謙流にいえば、「黒髪」中「大阪の遊女」のモデルとの出合い（筆者註、一九一二年十二月七日）は、八年続いた大貫ますとの間の葛藤、執着に終止符が打たれることとなる。

18 『情話黒髪』（一九二〇、4版による）、一四～一五頁。

19 『黒髪』一冊は、一～六章までが『改造』（一九二二年一月号）に表題「黒髪」として掲載され、七～十六章は同じ雑誌（同年四月号）に「狂乱」として、十七章～二十三章までは『新小説』（同年五月号）に「霜氷る宵」として掲載され、単行本にはその三篇が収録され出版された。

20 作品集に収録された「鎌倉の妾」ものの連作群は、㉑秘密、㉒浮気もの——で、「京都の遊女」ものの連作群は、㉓旧恋、㉔旧恋（続編）（原題「屈辱」）、㉕葛城太夫——である。

21 前掲註9、安田徳太郎の項を参照。「近松秋江」六二頁。

22 前掲註21、六二～六三頁。

23 前掲註7、三八七頁。

24 近松秋江が東京専門学校で影響を受けた人物は、敬意を抱いていた美学者で文章家の高山樗牛であり、「柴野と雪岡」の登場人物でもある柴野、つまり英米の経験哲学を講じていた田中王堂であり、カント哲学の研究者桑木厳翼であった。こうした彼の履歴が印象批評を軸とした無駄話を書くこととなり、田山花袋、島村抱月の自然主義論を批判することにも繋がってゆくこととなる。

25 『文豪の素顔』（要書房、一九五三年）、一四九～一五〇頁。

26 前掲註7、三六〇頁。

27 前掲註7、二五七頁。

28 『青葉若葉』（新潮社、一九一七）、一九七～二〇八頁。初出、一九一七年の『文章倶楽部』二月号。「初日の出」には、〈私はまだいよ〳〵江の島にゆくか何処にするかといふ決心もつかず、唯飄然街路に出ていつた。と、丁度そこへ向から徳田秋声氏と中村武羅夫氏とが私のところへゆくところだといつてやつて来るのに出会した。〉とあり（一九九頁）、秋声の甥岡栄一郎が加わり江ノ島に行くこととなる。

29 過去を清算する意味で書かれた作品とは、㊳私は生きて来た、㊴頽廃時代を顧みて——二作が該当する。ただ子供にむけて書いた形を取っている㊲遺言——も創作意図は同じであったと考えられる。

30 前掲註7、二九六頁。

31 『黒髪』（新潮社、一九二四）、一一二～一一三頁。

32 『平野謙作家論集　全一冊』（新潮社、一九七一年）、「近松秋江」一四八頁。

33 平野謙のいわば《根本松枝体験》については、山中和子著『平野謙論　文学における宿命と革命』（筑摩書房、一九八四）の「昭和十年前後」〈五五～五六頁〉で屈辱的な言葉をのこし最後の〈別れのくちづけ〉をし去っていった話を含め、初めて紹介された。また、平野が根本松枝の掲載記事を切抜き保存していたことも紹介されている。

34 前掲註32、一五八～一五九頁。

35 「予の雑誌より受けたる感化」『文章世界』一九〇九年十一月一日号。

36 『直木三十五作品集』〈文藝春秋社、一九八九〉、「大衆文芸作法」六八〇頁。また、木村毅の『私の文学回顧録』〈青蛙選書、一九七九〉も直木と変わらない読書体験のあったことが回想されていた。木村より二歳年上で直木と同じ明治二十四年に生まれた広津和郎にも直木と同様の大衆小説史観がある〈萬昇堂刊『小説作法講義』、一九三四〉。やはり同じ年に生まれた大衆小説作家の三上於菟吉もエッセイ集『随筆わが漂泊』〈サイレン社、一九三六〉の中で、彼らと同じ文学史像をしばしば取りあげていた。同じ年に生まれたといえば、宇野浩二も例外としない。ある時期の少年や青年は、似たような文化環境で育っていたことになる。変わったところでは橘文七の『明治大正文学史』〈啓文社書店、一九三二〉では自然主義文学より前の文学思潮を手厚く解説し、いわゆる近代小説の純文学以前を重視する姿勢を取った。上記文学者たちの文化背景の説明にあたる。昭和の戦後版で島方泰助によった『明治小説論』〈明治書院、一九四九〉のように「明治小説の近代性」に焦点をあてた小説像とは、趣が異なるものであった。

37 『秋江随筆』〈金星堂、一九二三〉、「田中王堂氏」五一〇～五一二頁。初出、一九一九年の『新潮』十月号、「五十二歳の花婿田中王堂氏を論ずる書」。

38 『忘れられた哲学者』〈中公新書、二〇一三〉、一〇六～一〇七頁。

39 『完本・紙つぶて』〈文藝春秋社、一九七八〉、一〇〇頁。

40 清水真木は、三つの作用が指示する文章を具体的に、次のように、〈表象作用〉における表現＝「ウサギがいる」、〈判断作用〉における表現＝「あそこでウサギが跳ねている」、〈情意作用〉における表現＝「あそこで跳ねているウサギはかわいい」といった例文をあげ、最終的には〈すべての文〈言明〉は、価値命題として理解されねばならない。〉〈出来事のうちに何らかの価値〈＝意味〉、たとえば「かわいさ」のようなものをみいだす。〉ことになり、〈意識する主体としての「私」〉が〈あらゆるもののうちにあらゆるものを見いだす〉のだと、『象徴の哲学』における「象徴」の主張を解説している。ちなみにこの著作は、卒業論文「現代哲学序論―認識の現象学的考察」をもとに執筆されたものだと指摘している。この〈意識する主体としての「私」〉の問題を、徳田秋江は「柴野と雪岡」に先立つ一年近く前、一九〇九年十月十五日号の『文章世界』中、「『泡鳴論』と『懐疑と告白』」で論じていた。田中喜一〈王堂〉の「岩野泡鳴氏の人生及び芸術観を論ず」〈『中央公論』九月号〉と島村抱月の論考〈『早稲田文学』九月号）とを比較し哲学と文学の特質を論じた。その結論を〈理想は常に吾等の思惟行動の根抵の法則をなしてゐる。〉としたうえで、〈人間の精神活動〉の〈智、情、意の三様〉のうち〈情、意活動〉を「趣味」と規定し、その「趣味」が彼の文学表現の基本であることを説明していた。この見解には象徴主義の紹介者でプラグマチスト王堂の影響が色濃く反映している。その主義者が〇九年中いわゆる「芸術と実生活」論争の渦中にこの問題へ加味するがごとくに、「文芸に於ける具体理想主義」では〈世間では今でも猶ほ往々にして自分を目するに反自然主義者を以てするやうである。〉（『趣味』五月号）と断ったり、同月の「近世文壇に於ける評論の価値」中には〈評論を必要とする社会は演繹的のものではなくて、是非とも帰納的のものでなければならないのである。〉と言い、自然主義者の足らざるところを思い〈自分が自然主義を余り有難いものと思つて居らぬことは、今猶ほ昨の如くである。〉（「文芸に於ける具体理想主義」）と、その言論には辛口評を刻んでいる。改めて言うまでもなく、徳田秋江は王堂の思想の内側の人であった。

41　山を描く画家の話とは。――〈三十里も遠方にある山が、一朝空気や光線の関係に依つて三里ぐらゐしか離れてゐないやうに見える。その時は、三里しか隔つてゐないのです。実際三里の近くに山はあるのです。画家はその通りに描いて好いのです。〉――この命題を、山が動かないことは〈経験〉や〈知識〉によって知っている。画家は〈で否、これは山が近くに来たのでなくつて、空気や光線の具合で近くに来たのだと思はれるのだと思ふ。〉――そこで柴野は「解」として画家の〈印象は真理として好い理由〉だと、論弁した。柴野と雪岡のこの問答には、田中王堂の考えていた「象徴論」の原理が集約した形で示されている。この王堂の考え方が土田杏村との関係を証明していよう。ちなみに現代評論選集第一編『王堂論集』（新潮社、一九一五）中の「象徴主義の生活」冒頭で、彼は〈瞬間の中に永久を見る。瞬間を以て永久を捉へる。これ等は象徴主義によりて生活しようとする人々の常に誇つて口にする所の言葉である〉〈極めて自信に充ちた気分は遺憾なく言ひ表はされて居る〉と説明（九〇頁）――「象徴主義」を定義した。

42　「トルストイの技巧」『文章世界』一九〇九年五月一日号。

43　「明治四十一年文壇の回顧（香の物と批評）」『文章世界』一九〇八年十二月十五日号。

44　『二葉亭四迷全集第五巻』（岩波書店、一九三八）、七頁。初出、一八八六年の『中央学術雑誌』四月号。

45　『別れたる妻に送る手紙★』（南北社、一九一三）、三頁。

参考文献

島村滝太郎『近代文芸之研究』（早稲田大学出版部、一九〇九年）

田山花袋『インキ壺』（左久良書房、一九〇九年）
田山花袋『花袋文話』（博文館、一九一一年）
小林秀雄『私小説論』（作品文庫、一九三八年）
中村光夫『風俗小説論』（河出書房、一九五〇年）
成瀬正勝編著『昭和文学十四講』（右文書院、一九六六年）
柳田泉『『小説神髄』研究』（春秋社、一九六六年）
土田杏村　叢書名著の復興13『象徴の哲学（付　華厳哲学小論攷）』（新泉社、一九七一年）
和田謹吾『描写の時代－ひとつの自然主義文学論－』（北海道大学図書刊行会、一九七五年）
勝山功『大正・私小説研究』（明治書院、一九八〇年）
大森澄雄『私小説作家研究』（明治書院、一九八二年）
石阪幹将『私小説の理論－その方法と課題をめぐって』（八千代出版、一九八五年）
青山毅・浦西和彦編『谷沢永一書誌学研叢』（日外アソシエーツ、一九八六年）
EDWARD FOWLER THE RHETORIC OF CONFESSION — Shishosetsu in Early Twentieth-Century Japanese Fiction (University of California Press Bekeley, 1988)
イルメラ・日地谷＝キルシュネライト（三島憲一・山本尤・鈴木直・相澤啓一訳）『私小説―自己暴露の儀式』（平凡社、一九九二年）
亀井秀雄『「小説」論―『小説神髄』と近代』（岩波書店、一九九九年）
鈴木登美（大内和子・雲和子訳）『語られた自己―日本近代の私小説言説』（岩波書店、二〇〇〇年）
日比嘉高『〈自己表象〉の文学史――自分を書く小説の登場――』（翰林書房、二〇〇二年）
山本昌一『私小説の展開』（双文社出版、二〇〇五年）
渡部直己『日本小説技術史』（新潮社、二〇一二年）
樫原修『「私」という方法―フィクションとしての私小説』（笠間書院、二〇一二年）
梅澤亜由美『私小説の技法―「私」語りの百年史』（勉誠出版、二〇一二年）

二節　『新選近松秋江集』論
――作品／選集その構造、客観小説への途

はじめに

昭和初年前後に、円本と呼ばれた文学全集が複数の出版社から販売された。その結果、明治、大正時代の日本文学が多くの人によって読まれる読者公衆の時代が到来した。それら全集とはべつに、新選作品集が改造社から出版される。そのシリーズの一冊として、昭和三（一九二八）年に近松秋江の選集もだされた。作家みずからが編纂したこの著作集は、代表作の収録された円本全集とはことなる意図がかくされていたのである。その意図とは作品の題材となったわかい日のものから、年代記風に順次並べ編綴することであった。作家の意図するところの意思があきらかになることは一九二〇年代の文学状況がうかびあがることになり、また当時のかれの文学観が闡明になるのである。

ではそこで、一九二九年に出版された文学全集のちょめいな題辞である春陽堂版『明治大正文学全集42』の、その文章全文、

西鶴の短篇には小説の結構をせぬから書いてゐることに嘘がなく人間の深き閃めきを表はしてゐる人間の真実を書き表はすことにどうして文学的価値がないといへようか　　経世家でも哲人でもやつぱり個人の生活を知らねばならぬ

とある箴言を、まずとりあげてみたい。その文学的なアフォリズムが意味していたことは、大正時代の作家近松秋江の自身にたいする評価であることと、と同時にかれが文学者としてのみずからのこれまでの軌跡をかたっていたことであった。なぜこのような言質がひつようだったかは、いまはおく。ただ、〈西鶴の短篇〉を〈秋江の短篇〉とおきかえれば、文中〈嘘がなく〉までの箇所は当時の秋江作品にたいするおおかたの見方となる。題辞の意図は、あくまで〈文学的価値〉を〈人間の真実を書き表はすこと〉と規定することにあった。作家であるかぎり実際問題は、どうすれば〈人間の深き閃めきを表はしてゐる〉人物がえがきうるのかということにかかってくる。そのための結論が、最後の〈経世家でも哲人でもやつぱり個人の生活を知らねばならぬ〉ということになる。しかもそのなかでも、〈個人の生活〉が肯綮に中っていたのである。いじょうを、かつての評論家徳田秋江時代の文学観と照応させてみれば、時の径庭をこえ変化していないことが確認できるはずである。

ところがである、明治の時代に獲得された純文学であった近代小説が、大正戦後に出現した文化の変貌によってメディアの変化を加速させることでおきた地殻変動のなかで、おなじく変化の洗礼の対象となっていた。こうした現代小説が誕生する時代状況にたちいたったなかでの発言であることが、一九二九年に発行された全集の上記題辞の紙背にはかくれていた。コトバの字面、たとえば〈人間の真実〉などは坪内逍遙が近代小説の要件としてあげた「小説の主眼」（筆者註、『小説神髄』）とおなじにみえていても、そのコトバがさす対象はちがった《対象》——意味となっているとかんがえられるのである。さらに、この時すでに文壇用語として流通していた「私小説」をうえの題辞にかさねあわせると、明治の徳田秋江時代の近代小説〈新小説（ノベル）〉はセピア色に変化しており、ズラされた文学上の概念は時代がもとめた価値観にそまっていた。昭和戦後の平野謙の「芸術と実生活」論がしめす芸当は、この時にすでにたしかな手応として確立していたことになる。あえてつけくわえておくが、春陽堂版全集の前年に出版された改造社版全集のやはりアフォリズム、〈わが芸術に対して深き自信なきは予の最も不幸とするところなれとも書きたることは悉く自己を欺かざるを信す〉のなかの〈書きたることは悉く自己を欺かざるを信す〉とある結句は、春陽堂版中の〈経世家でも哲人でもやつぱり個人の生活を知らねばならぬ〉との惹句とともに共鳴しあい、私小説をあてこんだ平野流の芸当擬により誤解されあやまった形でつたえられてきた。題辞からあふれてくる悲嘆の相貌は、誤解された言論にたいする裏がえし——ひらきなおりであった。つぎに、時代状況と作家の関係を具体的にみてみることにする。

作品集『新選近松秋江集』の構成

久米正雄はこんなこと、〈私は第一に、芸術が真の意味で、別な人生の「創造」だとは、どうしても信じられない。〉を、——「『私』小説と『心境』小説」のなかで遠慮がちにいいきっている。この発言は私小説を支持するかれの立場のあらわれで、西洋の近代小説〈新小説(ノベル)〉を〈作り物〉の〈偉大なる通俗小説〉だとも断定した(1)。まだ、かれは自分の発言を〈暴言〉と形容していたが、坪内逍遙の『小説神髄』いらい日本語表現を重ねてきた小説家たちには西洋文学の典型を崇拝するだけではおわらず個別の表現現象を直視する時代となっていた、とそうかんがえるべき発言であろう。久米に代表されるように、文学メディアは象徴的な変化にみまわれており前節の地殻変動とはこのことをさし、具体的には「通俗小説」あるいは「大衆小説」といわれる新文学が再成誕生してくるのである。

論を、近松秋江の話題、——〈文学的価値〉を〈人間の真実を書き表はすこと〉と規定した問題にもどす。窮極は、小説家が明治の当初から継続しいまにつづく文学理論の核心である〈やつぱり個人の生活〉といった、そのことの理解にかかわる問題についてである。この稿で問題にする作品集『新選近松秋江集』なら、集中の「葛城太夫」いこう後半にあたる「意気なこと」から「小猫」までの九篇の編修意図について問いただすことになる(2)。この作品群は創作年代がことなり、題材についても「別れた妻」の大貫ますだとか「京都の遊女」の前田じうといったような系列、共通性をもたない作品であった。このうち、もっともふるい作品は一九一〇（明治四十三）年の「柴野と雪岡」で、最新作は「燐を嘴んで死んだ人」の一九二六（大正十五）年のもので、その間十六年の作品群である。この懸隔は、明治期、創作者として初期の習作期に希望の灯火をみてから激変する大正期、文学界でおきた地殻変動のさなかまでの期間にあたっている。ところで集中の短編「柴野と雪岡」の原題は「主観と事実と印象」であり、その表題が暗示するとおり作者の思索の形式を物語っており、原題は大正三年の短編集『人の影』（塚原書店）収録時に改題されたが、『文章世界』では創作欄に掲載された小説らしくない表題の短篇であった。作品内容は大学の恩師である哲学者の田中王堂をモデルにしたもので、認識論――《物と仮象》との表象作用の関係について、哲学的な問答からはじめ、主人公が小説作法にたいするひとつの手ごたえをえるまでを軸とした物語である。近松秋江は、明治四十三年の八月にこの作品が雑誌に掲載されるまえの五月二十六日に王堂宅に一泊しており、舞の会がおこなわれていた上野鶯亭の夜からその翌朝にかけての交流を小説にしたてたものであった。じつは前年の六月に大貫ますとのあいだで離別の協議がまとまり八月の別居後、一年ちかくたつ、かのじょが失踪するまでの時期を題材にとりあげた作品でもあった。このことが創作にたいする思索にも影響をあたえ、小説らしくない表題に反映していたのである。

自分は、今ある小説を作つてゐる。さうして、その作にモデルになつてゐる、あの性格に就いて、その性格の全部――或は全生涯――またその腹の中までも分つてゐない。それ故自分に分つてゐる部分だけを取つて描いてゐる。然らば此方に見えたゞけの性格は、其の人物の真の属性でないか。何うか。自分の空想を事実と認識してゐるのではなからうか。と省みた。が、大丈夫、それは矢張り事実なのであると分つた。その場合モデルたる人物の言ひ且つ行つた事は、正しく時間と空間との範疇に入るべき事実として存在して居たのである。それを取つて材とするは、空想でも虚偽でもない。純乎たる事実であると思つた(3)。

作品公表前後の著述からみて、文章中の〈ある小説〉とは明治四十三（一九一〇）年四月から『早稲田文学』に連載した「別れたる妻に送る手紙」であるらしく、だとすれば引用箇所は大貫ますの失踪と探査中の思案所をかきしるしたことになる。思案所とはモデルの描写にかんする問題であり、その場合のモデルは大貫ますだけでなく登場人物全般の問題としてとりあげていたはずである。大貫ますの居所をつきとめるための行為によってかれは周囲のひとびとと悶着がたえなかったうえ、さらに水天宮裏の私娼太田きみ子をめぐって友人正宗白鳥の意趣返しにあっていたりと、かれは身動きがとれない最悪の渦中のひとであった。そして、柴野の助言をえた結論、〈モデルたる人物の言ひ且つ行つた事は〉、〈それを取つて材とするは、空想でも虚偽でもない。純乎たる事実である〉との結論に逢着したのである。この思考形式はトルストイの日記中の「私」の体験が〈純乎たる事実〉にあたると確信した「トルストイ体験」のときとおなじであることになるし[4]、また後年の文学全集の題辞内容とも矛盾しておらず、〈個人の生活を知らねばならぬ〉とあった断言が要諦となる根拠をしめしており、さらに〈書きたることは悉く自己を欺かざるを信す〉とあった結句を上記の素描とむすびつけてかんがえれば、私小説論とは関係のない小説作法上の信念だったことはあきらかだった。その信念は、すくなくとも、大正末期の「私小説」論争がおきるまでは、まちがえのない信念であった。だから「主観と事実と印象」にはリアリズム、人物描写を獲得する途上にあり小説制作の思索にふける作家デビューまえの思考の形式がたんてきにあらわされており、またわかき日の文壇無駄話家の姿がえがかれていた。後代、十九年後に〈文学的価値〉を、〈個人の生活〉を基底に〈人間の真実を書き表はすこと〉と春陽堂版全集の箴言としてあらわしたとき、この間の二十年になろうとする足跡がかたられ問題にしたことは当然といえば当然のことであった。

ところで、作品集『新選近松秋江集』中の、検討している九篇の作品群の最後の作品にあたる「燐を嘗んで死んだ人」によって、広津和郎、宇野浩二とのあいだで小規模な論議だが私小説論にからむじゅうような遣りとりがおこる。

その作品はかれ自身の体験をかいたものではなく、故郷でおこった事件を題材にとって小説化したものであった。しかしこの小説を、作家が題材としてもちいている「故郷もの」の配列にくわえない理由は広津・宇野との争論によって、あらたな方向づけがおこなわれていたからである。この創作をめぐる論議はかつての思考形式とはことなり全集の題辞がかかれた意味を闡明にし、文学界でおこった地殻変動の一部始終をあきらかにする。論争を仕掛けた広津和郎は『新潮』の文芸時評「創作上の問題いろ〳〵」のなかで、《自身の体験をかいたもの》を〈主観的な一人称的小説〉とよび「主観小説」と規定し、《故郷でおこった事件を題材にとって小説化したもの》を〈客観的な三人称的小説〉とみ「客観小説」とよびならわした。そして問題の作品を、小見出し「近松氏の客観小説」の冒頭をいかのようにしるす。――〈自分は近松氏の『燐を嘸んで死んだ人』といふ作物を読んだ。これは主観的な作家近松氏が、氏の日頃からの憧憬の的である客観小説に向つて、一つの試みを教へようとした大胆さと勇気とに興味を感じて、一番最初に読んで見たのであるが、自分は甚だしく失望した。いや、失望以上に、一種いたましさと云つたやうなものをも感じたといふ事を、正直に云ふと、告白しなければならない。〉と。この感想が小説家の「客観小説」にたいする酷評をあらわすだけにとどまらず、一九二〇年後半から三〇年代にいたる文学状況をあらわすことになり、かつ内幕をよくしる人の言論であることに注意がひつようであった。

広津和郎の結論は、つぎのとおりである。

　併し自分はこれを読んで、失望を感じ、いたましさを感じたのは、単に近松氏のためにばかりではない。素質のない方角に向つては、二十年努力しても、結局人は何ものをも獲得しないといふ一つの実例を見せられた気がして、人間の努力の儚さといふやうなものに対して深い感慨に耽らされる、と云つた意味で、二重のいたましさを覚えさせられたのである。

結局、近松氏は主観的作家で、客観的作家ではない。近松氏が氏の素質に適はざる方向へ向つて、始終努力してゐるといふその勇気には感心させられるが、併し氏が客観小説に成功する事は、今のところ想像がつかない(5)。

「京都の遊女」系列最後の小説「屈辱」の説明からもうかがいしれた、大正期の航跡をみてきたうえでの〈近松氏は主観的作家で、客観的作家ではない。〉とある断定はふたつの意味から、広津ゆえの絶対的な自己限定でなければならぬものであった。ひとつは大正十年の夏、東京市外大森町森ヶ崎の旅館大金での体験にもとづく結語だったからである。否、徳田秋江といった二十年ちかい前からの耳にしていた仄聞だったらしく、とにかくも半年ちかい朝な夕なに、離れ座敷のとなりどうしの部屋に顔をだしては政治や社会問題を題材にした客観小説をかく覚悟を、近松秋江は一方的にはなしていた。机上には原稿用紙が用意され、しかも雑誌社からも督促があり原稿のできていないことを弁解し、また箱根に場所をうつしてもかくことをえない先輩作家を熟知していた(6)。「神経病時代」でデビューした日のあさい新進作家の広津はそうした光景を見聞しており、大正七(一九一八)年におきた米騒動を小説化する話をきかされていたのである。ようは、呻吟してはすすまぬ構想話や意欲ばかりの話の聴き役だった。時はその前年にロシア十月革命がありソビエト政権が成立しており、検事総長平沼騏一郎が「怖る可き危険思想」を警戒する時代背景のなかでおきた米騒動――富山県魚津に端をはっし全国北海道から三府三十二県におよんだ騒乱のうち大阪の米騒動をとりあげる――そんな話柄の物語だった。関東大震災をはさんで、昭和初頭の動乱にむすびつくメルクマールを象徴する歴史的な事件である。もうひとつ、かれがそのあと昭和にはいって、新聞連載小説「天保政談」だとか社会戯曲「井上準之助」、あるいは「三国干渉の突来」などをえがいて独自の歴史小説、政治小説を創造し時代批判をこころみていたことをかんがえると、完成していればきちょうな時代の証言をえたかもしれず、また戦前昭和の実績をかんがえると時代を先駆ける作品たりえておかしくなかったはずである。戦後の著作『小説同時代の作家たち』のなかで直話をえ注視もしていた先輩作家にたいし「主観小説」をみとめ、いっぽうで〈彼の客観的な社会小説は、彼の生涯中たうたう発表されなかつた〉と放言をくわえた人のうえの結語には、だから絶対的な自己限定があったのだ。しかし、戦後にいたって戦前昭和の業績を無視しふれなかったのは、どうみても広津和郎という人間だけの『年月のあしおと』（講談社、一九六七）――〈昭和の初めの頃から敗戦までの思い出〉（「あとがき」、三四二頁）だったのである。

広津和郎に反論する近松秋江

いっぽう、近松秋江は、広津文が掲載された四月一日発行の『新潮』から三日をあけない日の夜には反論をかきあげていた。また、「燐を嘸んで死んだ人」の掲載された『中央公論』が市販された三月の二十日過ぎから反論執筆までのあいだにひとりの未知な読者からその作品にかかわる私信をうけとっているが、この書簡の件については作品紹介のあとでふれる。そして四月七、八日の両日に反論「僕の客観小説について広津和郎君に与ふ」が（上）（下）にわけて、『読売新聞』に掲載された。かれはふたつの点、小説の読み方にたいする陳述と客観小説にたいするみずからの意思をうったえたのである。なお、問題の小説は『中央公論』主幹の滝田樗陰生前中に掲載の予定があったらしく、内容に被差別部落にたいする表現で危惧するところがあり作家にそのとりあつかいかたにかんする忠告、注意があったうえで成立、大正十五年三月に発表されるという経緯をへていた。ということは、樗陰が病歿した大正十四年十月中には構想ないし最初の原稿ができていた作品であったようである。しかも本人自身に〈あの小説は、可なり出来の悪い小説〉だとの自覚があって、上記の問題に原因があったことを弁解していた。その作中、主人公である市原栄は作家の小学校時代の知人であり、面識のない妻お稲は、被差別部落の人でうえのふたりの娘としたに長男をもうけていた。もうひとりの中心人物松村霜子は栄とはさしたる面識のない東京在住の寡婦であったが、この人物については作家のよく知る婦人ではあった。いじょうが、登場人物のあらましと作家との関係である。ストーリー展開は、栄が女を道理のないままに故郷につれてかえると家族と同居し、はてはひとつ屋根のしたで霜子とのあいだで情事にはしり家庭が崩壊する――という事件簿を物語った小説であった。その栄は堕落医学生で学業を放棄したあとの人生は零落頽廃におちた敗残者様となり、霜子と心中のまねごとのあと、表題どおり最期は猫いらずをのんでひとり自死してはててしまう。筋書としては、そんな結構であった。この物語自体を、広津は〈近松氏よ、この客観小説は一体何事でありますか。〉と詰問し、〈何といふ事もなく、あほらしくなります。〉と斬ってすてた。さらに文学としても〈この相当に長い小説の中の何処に、どの一人の人間でも、実際に描かれてゐるところがありますか。そして又どの一行でもほんたうに生きてゐる描写がありますか。〉と、徹頭徹尾みとめなかったのである。

広津和郎はまえにひいた結論にみた〈失望以上に、一種いたましさ〉をかんじとり、〈近松氏は主観的作家で、客観的作家ではない。〉とする道理をあげていたのである。反論をこころみる近松秋江の意図は、この反証一点ににじみでている。

作者の身辺のことを書いた作品が（それも、或る程度まで成功してゐなければならぬことは勿論であるが）今日相当に高く評価されてゐるといふのも、そんな予備知識を、文壇の誰彼れが具へてゐるので、所謂楽屋落ち的の興味を唆られることとも、少からずあるのだと思ふ。これは決して安心すべき評価ではないと思ふのであるが、広津君が謂ふ所の、僕が主観的の作で従来多少成功を収めてゐるといふのも、或は、その辺の予備知識が広津君をはじめ、読者の興味に混入して居りはせぬかと思ふ。

僕は、何とか道理をこぢつけて『燐を嚥んで死んだ人』の評価を、少しでも高めようとする、そんなケチな動機からいふのではないが予備知識のある者が読めば、主観的な、又は作者身辺の事を書いた物でも、相応に諸君の興味を助けるといふ事実は僕の、あの拙作でも、前述の読者の一人には、恰も僕の主観的小説の如き感興を与えたのであらうと思ふのだ(7)。

ここでは、「作品」と〈予備知識のある者〉との意味づけがまず問題になる。広津にとっての客観小説「燐を嘸んで死んだ人」が、書簡をかいた未知の読者には〈予備知識のある者〉であり主観小説になる。このことはひと先ずおいておき、文壇人の話としては、うえの引用文冒頭の〈作者の身辺のことを書いた作品〉とはデビュー作の「別れた妻」だとか、代表作の「京都の遊女」にぞくする系列の作品群のことである。さらには、「大阪の遊女」系列の作品群もふくまれるのであろう。だから上記の〈予備知識〉とあるのは、それぞれの作中人物と作者との話柄をさしていた。近松秋江にはこれらの小説が代表作にあげられることを嫌悪し忌避するときがくる。そこには作家にとっては「転向」の意思があった。つまり問題はふたつあり、そのひとつ広義の意味では私小説にたいする解釈の問題があり、もうひとつは広津の論にたいする反措定が当時どのような意味をもっていたのかということである。大正十二(一九二三)年の、『中央公論』誌上の八月に悔恨の半生をつづった「私は生きて来た」を、「頽廃時代を顧みて」を十二月にそれぞれ発表し、うえの作品群では〈美しい青年の夢は、丁度夕方の虹の如く果敢なく消えていつた。〉あとの遊蕩三昧におくった時代のものであることを、つぎのように、

それから殆ど二十余年、人間の一生涯で最も働き盛りの間彼は意の如き芸術の成らざる嘆きと、それに伴ふ生活の艱難と、女性に対する絶望や憤怒とで具さに疲労と困憊とを極めてゐた。人の一生涯はもつと面白いもの、順調に幸福が得られるものと思つてゐた期待は根柢から覆され破砕せられたやうな惨めな状態になつてしまつた(8)。

と総括し、つづけて、

あまりに、空想してゐた期待と違ひ過ぎ現実の不如意と苦渋とに愛相が尽いて、これではいつそ生存を中絶してしまつた方が好いと思ふことが屢々あつた。殊に恋愛の絶望と憤恨とは彼にとつては確かに死よりも強い苦悩であつたに違ひなかつた。

と、告白した。この時期が四十八歳にして最初の子ども百合子が誕生する前後とかさなる。そして、こうした意識は新選作品集におさめる一九二八（昭和三）年にかかれた「遺言」中の〈子は三界の桎梏といつてお前達といふものが出来てから、急に又生命が惜しくなつて死といふことがひどく恐ろしくなつて来た。〉といった感情にみちびかれかかれた「子の愛」系列の作品と直線でむすばれてゆく(9)。また、ふたりの子どもにむけた遺書のかたちをとる作品である「遺言」にも過去を清算する意図があり、「遺言」、「私は生きて来た」「頽廃時代を顧みて」とならべて収録した編修には本人による意思があったはずである。なお「遺言」のかかれた、その三年まえの二五（大正十四）年には『新潮』八月号で創作にたいする転機願望をすでに口にしてもいた(10)。ようするに広津が名づけ評価する〈主観的な一人称的小説〉である作品群を、いちれんの文章のなかで否定しようとしていたのである。かれの時評文に反駁する底流にはこうした感情がひそんでいて、「主観小説」と「客観小説」という分類による作品観そのものにたいしても反撥し、文壇内の《読み説き》にたいしても拒絶反応をみせることとなったのであろう。文学全集の題辞についても、こうした経緯とふかい関係があったことになる。

話題を、そこで《読みの陳述》にもどす。今日の地点から「主観小説」と「客観小説」といった文壇用語を見直してみると、またさらにこの用語とともに派生してくる「本格小説」は一時の術語でしかなかったのである。さらにこのことを敷衍してゆけば、この時期に文壇用語として定着しはじめる「私小説」をふくめて文学の成立を説明する有効性をうしなっていることを意味している(11)。まず、作品「燐を嘸んで死んだ人」にたいして〈予備知識を十分に具へてゐる者〉――つまり《未知の読者》である書簡の差出人は、この作品では文壇人とは倒立的な関係として存在している。近松秋江は〈予備知識〉をもって小説を評価することの是非をろんじるにあたり、一般読者からの〈可なり長文の書面〉は文壇人広津とはぎゃくの内容であったことを紹介し、広津のもちいた「主観小説」あるいは「客観小説」にたいする根拠をしりぞけることが本意であった。そしてその内容というのが、事件簿に登場する妻の事情をよくしる読者の話であった。作家側が不本意ながら読者の手紙をもちだした意図はそれとして、文学理論の一般論からすると、作品の評価は予備知識の有無とは無関係であるという結論になるはずである。なぜなら、現在の読者は予備知識を前提にして小説をよんだりはしていないからである。

しかし、いま問題にしている議論は、一九二四(大正十三)年の中村武羅夫による「本格小説と心境小説と」により私小説論争に火がつきそのあとの近松/広津/宇野といった三者三様のかたちで渦中の人となっており、まえの久米正雄の発言などとも関連するいちれんの文壇事情によって、過去の秋江作品が注目の対象となった。こうした、当時の文脈のなかにあっては、《読者の手紙》が文学成立にからめた一般理論の対象とはなりえなかったのである。作中の事件、〈あの事実を、作者である僕よりもよく知つてゐる人間〉は、滝田樗陰の忠告によって栄の妻を〈つとめて朧げに且つ尋常な婦人に書いたところ却つて、右の予備知識ある読者には、あのとおりの女性であつて傍目には夫の栄が忌むほどの婦人でないばかりか、むしろ霜子の方に反感を持つた。〉と、手紙にはかきとめてあったそうである。「燐を嘸んで死んだ人」をこの一般読者の感想をもって広津の誤読とかこつけ、作家自身が現在はみとめたくない過去の作品をふまえたらしい〈近松氏は主観的作家で、客観的作家ではない。〉としたかれの結句は予断にもとづくもの、といいたかった。作家側の論を単純化すると、ようするにそういうことになるのである。

宇野浩二による近松秋江への反論

作家が明治末年の青年時代に「純文学」として〈新小説(ノベル)〉の存在をまなび近代小説という世界の構築を実践し、のちの大正戦中期に「葛城太夫」を制作し「秘密」で仮構をこころみえがいた小説をのこしたのはたしかなことである。くりかえしになるが、トルストイ体験が〈新小説(ノベル)〉制作を実践中のまだ文壇無駄話家でしかなかった作家にとっては失意克服の契機であったし、その発見した「純文学」の小説作法が「主観小説／客観小説」の対比からでは理解できないといったいらだちを、近松秋江は広津文にたいしておぼえ危機意識をもった。作家はトルストイ体験が理由で「私」の身辺を題材とする小説道をえらび真理を、かれはしばしそのことを「美」といいならわし創作家稼業にはげんだ。が、しかし「主観小説」という術語によってかれの小説道が評価され「私小説」の代表にみられることは、半生にいたる作家生活のあいだ予期できなかったであろう。一九二三年の関東大震災後におきた時代の激変はメディアの地殻変動を誘発し決定的に、そしてうまれた小説観の変革はかれにとっては不意打ちの種類の事態であった。その時にかれがのこしたふしぎなコトバが、改造社版全集題辞の〈書きたることは悉く自己を欺かざるを信す〉とあった後半の言質だった。もちろんかれがそのなかで確信しているのはわかき日いらいの小説道であり、私小説の擁護などではありえなかったのである。

近代が準備した小説観は「自我」という名の個人主義の装置であり、その実現のためのリアリズムという真実を描写する装置であった。かれは、坪内逍遙の手でしかれたこの近代小説「純文学」の王道をあゆむ。広津和郎もかれの著作『小説作法講義』（萬昇堂、一九三四）のなかでこのことをみとめており(12)、まえにふれた作家の「トルストイ体験」ばこのふたつを自前のものとする集積点でのできごとだった。後日その結果が「京都の遊女」系列の「葛城太夫」であったり「鎌倉の妾」系列の「秘密」でともに〈作者の身辺のことを書いた作品〉と一般的には理解されているが、近代リアリズム小説の理念にしたがった結構であり、前者の登場人物弟ひとつをとっても後者の作品舞台をとってもそうした仮構による構築によって成立した作品であった。しかし、個人主義の装置は西欧の近代としての「公共圏」とはおなじはたらきをしたものではなく、日本社会の「共同性」によってうまれた〈作者の身辺〉の人間がえがかれている。このことをかつて近代からの後退と処断したのは歴史主義、正確には唯物史観の解釈にすぎず、日本の社会のなかで人間をえがくことは西欧近代とおなじ個人をえがくこととはならなかった。ならなかった、そうらなかったのは逆説的だが、作家たちが日本を直視していたということになる。リアリズム作品のなかで主題的にテーマ化し小説的ないった二項対立の図式は、幻想物語にすぎなかったのである。西欧近代を軸とする近代／半近代と存在として人間を描写するとしても、そもそも現実世界の目線でえがくほか手段は存在しない。近松秋江にはこのことが「トルストイ体験」によってえた結論でありその延長に「柴野と雪岡」がうまれ、大正末年の論議によりかれの小説道が矮小化され「私小説」論に回収されようとしても、かれには納得ができるものではなかったのである。

そこでだが、近松秋江が読者からの手紙をもちだしたことで、広津和郎につづいて宇野浩二の非難にあうこととなる。このこと、非難の内容はつぎにふれる。宇野が予備知識と書簡とをむすびつけ、その延長線上でどんな問題を焦点化しようとしていたのかは「小説の諸問題」と表題にあるとおり、文壇の〈去年あたりから今年にかけて、この心境小説とか、私小説とか、主観小説とか、本格小説とか、客観小説とか、引いては大衆文学とか、通俗小説とかいふ問題に、大分花が咲いてゐるやうであるし、これからも当分あちこちで議論が交されることだらうと思ふ。〉情勢とかさなっていた(13)。一九二四（大正十三）年にはじまり、宇野が指摘した二五年から二六年の新造語氾濫の渦中にあった近松秋江だから、まえにもいった二八年に改造社版全集にみられる題辞を記述することになったのである。のちに私小説ともよばれるような文脈は、たしかに作家自身のなかでも存在した。ただし、本稿で問題にしている『新選近松秋江集』の編修意識には、べつの脈絡がある。その文脈は戦前昭和にみられる作家の新展開と直結していて、このかれがとった路線は「私小説」論争の影響をふかくはうけておらず、またこの論争のとば口で発行された新潮社版『現代小説全集第十二巻』のなかの題辞〈自分は我が著作によりて後世に自己を語られんことを恐れ且つ恥ぢる〉とあった意思表明のほうに当為があり、この意思の存在があって広津・宇野論議が意味をもってくるのである。二五年十一月のこの全集とおなじ年の八月、『新潮』の「近松秋江氏と政治と芸術を語る」でも同主旨の発言をしており、それはさきの「頽廃時代を顧みて」であげた例の作品評価にたいする慚愧の念をかたったものであった。かれの広津批判は、こうした背景とむすびついたものであることはまちがいあるまい。

それでは、宇野浩二の批判文の内容をみてみる。近松秋江の「僕の客観小説について広津和郎君に与ふ」のなかに、広津と併記され〈苦労人〉だとか〈専門家〉といわれ宇野がひきあいにされているからであろうか、かれもこの件をみすごすことができず広津が秋江批判をおこなった翌月、『新潮』のおなじ文芸時評欄で「燐を嚥んで死んだ人」に言及した。そこで、まず〈小説と読者の予備知識など丶いふことは、所謂文壇のゴシツプか新聞の三面記事かの外に、嘗て文学の正しい議論に私は聞いたことがない。〉とかんがえている宇野の諫言からはいってみる。とはいえ、宇野のこの前提はかれそのひとの持味からすれば手筋ちがいの感ありだが、言及している内容についてはつぎのとおり正論である。

尚、近松氏のその論文の中に「予備智識」といふ言葉を使つて、彼の従来の主観小説を、私たちが賞讃するのは、主人公に対して予備智識があるからで、「燐を嚥んで死んだ人」の場合でも、先にいつたやうにその材料に対して予備智識を持つてゐた読者は感心して来た云々といふ一節があつたが、小説家としてばかりでなく、鑑賞批評家として十数年前の「無駄話」以来尊敬して来た近松氏の言葉として、私は読み違ひではなかつたかと幾度か疑つた位である。現に今でも疑つてゐる(14)。

この一文では、秋江側に伏線があった。徳田秋声の作品「卒業問題」と「挿話」「決しかねる」の評価をめぐって、広津和郎の分類なら前者が〈客観小説〉にあたっており後者は〈主観小説〉である。近松秋江は秋声作品の評価のありかたについても、広津にたいする回答のなかで自説をくりかえす――〈否、多くの人が、客観的作品を主観的作品よりも不成功の場合が多いと見るのは、錯覚と、ある先入主観の誤れる作用である。〉と、疑義をただす。しかしその理由を、客観小説「卒業問題」がみとめられない秋声自身の不満を代弁しひきうつしたうえで、つぎのように〈作者自身のいふことは、必ずしも確な標準でない場合もあるが、兎に角作者がさういふのである。此処に於て、僕は広津君と宇野君の批評眼に稍不安疑念を抱いてゐる。両氏の頭は、是等の場合或は錯覚してゐるのではあるまいか。〉と、自作にたいしたのと同様の主張を徳田秋声の小説評価についてもふたりを論難したのである(15)。かれの論述全体では前提にある正論、たとえばここでなら〈作者自身のいふことは、必ずしも確な標準でない場合もあるが〉といった類の留保をたてたすぐそのあと、舌の根のかわかぬ傍から自作にたいする〈兎に角作者がさういふ〉いかの弁論にきりかえおためごかしの弁解をもうしたてていた。

この詭弁の構造を、もちろん宇野は読者の手紙にあった《栄の妻》の描写について〈その人物を作者が別の人物のやうに書かうと、特殊な性格に書かうと、平凡な性格に書かうと、そんなことは問題ではない。読者は唯現されたものを見るのである。〉とみぬき、自分の鑑賞眼にたいする論難を排撃したのである。この読者の手紙にたいするやりとりの範囲では、分は宇野にある。しかし問題はもっと錯綜的で、「予備知識と書簡」の関係が「主観小説/客観小説」との対比の延長線上に不透明な文壇用語である「私小説」の問題の代案となり、主観小説が私小説と結びついてゆく歴史経過となる初手となっているのであれば、事はそう簡単でない。ということは、近松/広津・宇野の争論は大正末期から昭和におきた私小説論争のメルクマールのひとつとして意義があった。後智恵をもつ後代の目からはさきの宇野の問題提起がこの問題における歴史経過の結節点であったことはあきらかであり、その場合には宇野の決め所〈読者は唯現されたものを見るのである。〉といった根拠が結論とはなりえず一般論にすぎなかったこともまたあきらかである。創作の評価が文学理論の枠内だけでなく、時代の傾向やあるいはモデル問題が影響をあたえることだっておこる。また自然主義文学の退潮いこう大正期の文学を通覧するとき、久米正雄の発言でクローズアップされた文学観の地殻変動のさなかに、秋江側の文脈にあった「純文学」として〈新小説(ノベル)〉の存在は問題としては浮上しなかった。そこには世代の交代ということがあったとして、もっと根本的なところで大正期の文学史の問題が存在していなくてはならないはずである。

それでは秋江側——日本近代文学の文脈が、なぜ浮上しなかったのか。近松／広津・宇野の論争、というよりちいさな論議だが、その内容は歴史問題を喚起する契機を含意していると同時にコトバの概念のなりたち、つまり文壇現場の話題が中心だったからである。その意味では、「私小説」というコトバの始原が刻印された意味ぶかい争論であった。また、この時期の「私小説」論争を昭和戦後の寺田透なら、〈僕に与えられた題目は「私小説と私小説論」だが、僕はこのふたつを別々には扱わないつもりだ。「私小説」を論じながら「私小説論」に論及するだろうし、「私小説論」に関する論議で「私小説」の話をするだろう。〉と、こう論の筋道を整理し、問題を提起する。かれの提案は歴史を想起させ文学史のなかでひとつのコトバにたいする歴史認識の過程をあきらかに照準化した、という点で意義がある。かれはあとをつづけこう敷衍し、

僕はそのやり方をまちがいではないだろうと思う。なぜなら「私小説」の問題は、主として「私小説論」の問題だからである。もっと分かりやすく言うと、「私小説」をもわれわれはただ小説として読むのであって、それが「私小説」だというのは、「私小説論」の渦中に捲きこまれたあとではじめて問題となることだからだ。大正の末

年「私小説」という言葉が発明される前から、私小説は作られていた。けれども誰もそれを「私小説」として読みはしなかった。「私小説」というのは、規範ではなく、自然発生した状態に与えられた名だからである。今迄のところ「私小説」に関する省察から「私小説論」がはじまるのではなく、「私小説論」によって「私小説」にあれこれの性質が押しつけられて来た傾きが大きいといわなければならない。それは帰納的概念というより半ば帰納的半ば演繹的な直観的判断の上に立つ概念である(16)。

と、提案の説明をくわえた。この問題提起を、近松秋江が制作現場の作家としてこだわっている背後にある《「純文学」として〈新小説(ノベル)〉》にたいする信念とすりあわせてみると、ただしい指摘――〈「私小説」というのは、規範ではなく、自然発生した状態に与えられた名だからである。〉とある指摘のなかの〈自然発生した状態に与えられた名〉だと、そうかんたんに割りきってはかんがえられず、透視図法によってえがかれた正確な地図のように文学史をえがいただけでは「予備知識と書簡」での双方のやりとりにたいする問題解決にはならなかったであろう。寺田透のめいせきな解釈が、つまりは創作にかかわる作家たちには納得のいくものではないだろうということである。

そこでまた、広津和郎の言論にたちもどってみる。当時佐藤春夫と散文芸術論で事をかまえ、雑誌『洪水以後』いらいの評論家としての真骨頂を発揮してみせたリアリスト広津は、すでにふれたとおり〈近松氏よ、この客観小説は一体何事でありますか。〉と断言しみずからのたち位置を闡明にしたうえで、かれが物語内容にはなった批判の矢は、作品「燐を嘗んで死んだ人」におけるその、

中の人物は一体いかなる性格を持つて生きてゐる人間なのでありますか。何のためにあの男があの女のところに現れ、何のために二人が直ぐ関係し、そして何のために、あの女が男の故郷までのめ〳〵ついて行くのでありま

すか。そこに何の心理が描かれてゐるのでありますか。何といふ簡単な人間の動きでせう。実際、あの女がのめ〳〵と男の故郷の男の家までついて行つたのを見ると、何といふ事もなく、あほらしくなります。——いや、そんな事は未だいゝ。この相当に長い小説の中の何処に、どの一人の人間でも、実際に描かれてゐるところがありますか。そして又どの一行でもほんたうに生きてゐる描写がありますか(17)。

と、身ぢかな先輩作家にたいしリアル、真実の不在を言挙した。否、小説家であることの存在をなじった、といった方がただしい。このきびしい批判には、世代交代後の人生理解にたいする根本的なちがいがあらわれている。広津だからというよりかれらのぞくした年代の作家には、「燐を嚥んで死んだ人」がすでにあってはならないストーリー展開と現実認識によって成立していた小説であったようだ。そのことをなによりもめいりょうにさせたのは、寺田透が整理提示した問題の構図が大正戦後に変革期をむかえたメディアの性質を物語る問題として拡張していたこと、さらにはコトバ「私小説」論によってあぶりだされた歴史の認識にかかわる文学像の変容が問題でなければならぬということであった。

つぎにあげる上司小剣の時評文とくらべてみれば、そのことは文学像変容の問題が世代交代の問題とともに文学にたいする態度のちがいであったことも、さらにあきらかになるであろう。近松秋江より二歳年長の上司は『読売新聞』の編輯記者であり小説家でもある、いわば同世代のおなじ文学環境にあった人物である。とはいってもかれらの交流がかつて読売新聞記者時代の正宗白鳥をかいしてのことであったから、長年の相身互身のような文学同人仲間というわけではなかった。

近松秋江氏の『燐を嚥んで死んだ人』では、作者の観方の少し変つて来たのを見た。いや観方はちがはないでも、扱ひ方にゆとりが出来た。些かにチグハグといふ感じもしたが『月日の経つのは早いもので……』と、炬燵にあたりながら、静かに世間話をしてゐるといふ風……。少し気の抜けかゝるところもあるが、ニコ〳〵ニヤ〳〵と話し込んで来ると、おでんの煮込みといふ味が出て来て、初めの退屈もどこへやら。釣り込まれてしまひまで聴く気になる。二重結婚も三角関係も初めは手軽く扱はれたが、ずゐぶん思ひ切つたところまで書き進めたものだ。気の弱いやゝノロマな男が突然に死を考へるところは、冷やりとさせられた話に山があつて、面白かつた。男の弱さ、女のズルさ。作者の語らうとする処はよく呑み込めるところ〳〵に、さはりの文句もある(18)。

みてのとおり旧派然とした書法であるが、表現の紙背をよむ年季をつんだ人による乙張のきいた印象批評である。かれの評価をみていても広津との価値観のちがいを個人差というには、人生とのかかわりかたにたいする寛容度にちがいはおおきく物語内容にたいしても理解が基本的にちがいすぎていよう。人生にむきあうこうした相違は、第一次世界大戦いごの戦後社会での処世にもとづいた根本的な差異が存在していたということである。登場人物の処世にたいする許容の範囲がふたりの世代では、価値観がふかい溝をつくり対立していた。それほどの相違をふたりの間にみとめなくてはなるまい。だから、大正といわれた時期がどのような時代であり、その末年に突如おきたかにみえた文学メディアの変容の意味をかんがえ、近松秋江という作家における戦前昭和の文学像をみきわめるうえでの意義につながりがあるとかんがえられるのである。

大正戦後の社会と既成作家

大正の変革期の時代を上司小剣とともにおなじようにむかえその境涯をしるのには、かれよりさらに三つほど年長の田山花袋がかきおろした体験記『近代の小説』(近代文明社、一九二三)の書記をみればうなずけるであろう。冒頭を、〈それは昨年の後半期のことであつた。〉――と、この記述からはじまる五十四章は、同著発行の前年、大正十一年の新聞、雑誌に連載した中戸川吉二らあたらしい時代を象徴する作家や久米正雄の「破船」、志賀直哉の「暗夜行路」の評価を問わずがたりに寸評する形式でしるされたものである。編輯者の眼で作品をとらえ文筆業という世界の変化をおおづかみに論評するふたつの観点で、かれの観察はすぐれている。その花袋は日露戦後、明治三十九年三月に発行された投稿雑誌をかねた文芸誌『文章世界』の主筆をつとめ、自然主義文学を主唱し時代の転換をみずから演出した。このときの経験がかきおろしで刊行された著書のなかでも、新旧体制のちがいをみきわめたジャーナリストとしての眼力をとおして直視しており、大正戦後の時代におこっていた変化をはやくによみとっていたのである。

ところで、大戦中の一六（大正五）年に博文館の『講談雑誌』に「悪魔の恋」を連載し大衆文学の作家として地歩をかためつつあった三上於菟吉はあたらしい表現分野を開拓している自負する気持ちから、大正戦後の出版状況からうまれた生活に満足しようとする〈現在の思想と感情との小康に阿りすぎてゐる〉同輩を批判し〈心の世界に於いて新生を夢見る――その生みの苦しみは往々彼の肉体をさへ破るのである。〉と、その発言をエスカレートさせつぎにあるような見解をあらわした。

レオ・トルストイの最後の悲劇、ニイチエの発狂――その悲壮美を極めた大時期を今更めかしく言はずとも、田山花袋の「蒲団」製作時代、島崎藤村の「破戒」製作時代、近松秋江の「疑惑」製作時代――彼等はめいめいに物すさまじい緊張の時代を持つた。

花袋にしろ、藤村にしろ、秋江にしろ、さうした期間のあとで、なほも「残雪」時代、「新生」時代、「黒髪」時代の激しい生活を持つたのである。

彼等先輩は、今や静思に耽けるもよからう。多くの後輩、豊富なる物資と安楽なる家庭に飽満して偸安の虚楽に酔へるが如きは甚だ取らない(19)。

ここにあるのは時流の〈文壇小説〉のそとにいるアウトサイダーから大正の作家をみているきびしい視線であり、二四年の「私小説」論争の渦中にこうした発言をしていたのである。また、おなじ大衆文学の立場にたって〈文壇小説〉を批判したのは直木三十五であり、「大衆文芸作法」のなかでは〈芸術的小説の衰頽、大衆文芸の発展は、これを世界中、凡ゆる処に例をとることができる。〉とみてとって(20)、その「結論」では読者公衆である〈茫大な読者層〉である大衆が新文学〈通俗文芸〉を支持している現実をといた。直木は大衆文学にたいする文学史の構想を、大正末年のメディア事情を一九一五、六年の中里介山による「大菩薩峠」の『都新聞』連載をもって〈大衆文芸〉の〈復活〉とむすびつけ説明しており、それいぜんの〈沈滞〉を高山樗牛、森鷗外、坪内逍遙、島村抱月の手になる〈純粋文芸〉——近代文学の興隆により〈文壇小説以外の通俗文芸を度外視し去り、従つて通俗文芸に対する、若き作家達の関心、努力は全く無くなつて了つたのであつた。このやうにして、震災以前の大衆文芸は、沈滞その極に達した。〉と(21)、説明した。かれは明治期の各種たような通俗小説〈大衆文芸〉を列記しあげていたが、ちなみにその中のいわゆる政治小説『雪中梅』(註、末広鉄腸)や『経国美談』(註、矢野龍渓)などは講談物とともに、近松秋江にとっては樋口一葉の作品によって「純文学」に目をひらかれるまでの、十代の愛読書であった。そのかれが近代文学の書き手の側で苦辛することになったのは、青少年時代に身につけた素養とそのあとから学習した〈新小説(ノベル)〉とのうめがたい自家撞着にさいなまれた結果であった。広津和郎や宇野浩二ら大正の新世代にはこのような苦悩はすでに理解できなかったであろうし、直木三十五のうえんな文学史の構想がはたしてかれ自身とどのていど血肉化した問題だったのかもやはりうかがいしることはむつかしい。

この世代間の較差にふれるまえに、いちど三上於菟吉の話題に論をもどす。田山花袋、島崎藤村、近松秋江の明治期ではなく大正期の作品、しかも話題作の時期をそれぞれの作家の問題作がうまれる〈激しい生活〉とあわせて評価する着眼点を、かれが〈偸安の虚楽〉にふける自分たちの問題とかさねて批判しているところにざんしんなきり口がある。《自分たち》とは三上らいわゆる大正の作家のことであり、時期的には「私小説」論争にくわわった作家たちのことである。直木の構想にくらべると、三上の言質はちいさい。だがしかし、作家としての問題意識というべきか、創作世界の深淵にのぞむ姿勢は真剣そのものであった。というのは、花袋が「残雪」を『東京朝日新聞』に連載したのは一九一七（大正六）年から翌年にかけてのことで、かんたんにいえばこの作品は信仰問題を媒介し、自然主義文学観からの脱却をばねに実行した思想小説であった。その表現形式は自然主義期にみられた表現手法であった暗喩による描写法をとらず、内面の思索を換喩による文章表現をもちい内面世界の説明を直截的にこころみようとした文体革命も視野にいれていた。この文体論はまたあとでふれるとして、三上は作家の危機意識にねざした転換期の作品をはやい段階で評価したことになり、このこと自体すぐれた観察者の証であった。その花袋は上記の転機前後から一般に花柳小説とよばれている愛妾飯田代子をモデルにした作品をのこしているが、この連作をふくめ大正文壇史の流行によりそった通俗小説を数おおくかいており、またいっぽう、二一年十一月から百二十六回にわたった新聞小説「廃駅」のような本格小説をのこし、この小説がのちの昭和初頭には農民文学として評価されたりもする活発な創作活動をつづけていた。このことを、三上はしっていたであろう。

島崎藤村の場合も、実生活と芸術の両面で窮地においこまれていた。四男三女の末子であるかれが次兄広助の娘こま子との悖徳の関係を告白したのは、『東京朝日新聞』に一九一八（大正七）年五月から連載した「新生」のなかのことであった。昭和戦後、四六年に平野謙が執筆動機を〈恋愛と金銭とからの自由といふ血腥い現実の欲求に促され〉たとする理由をあげ、〈複雑奇怪な特異性を烙印づけられた作品〉と形容した小説を(22)、広津和郎が「燐を嘗んで死んだ人」をまったくみとめなかったように、芥川龍之介は死後に公表した「或阿呆の一生」のなかで文学者藤村の人格否定とむすびつく作中主人公を告発する文言をのこしている(23)。三上はだから、懺悔の真実性と芸術の真実性とで評価のわかれるこの作品がかかれた〈「新生」時代〉の〈激しい生活〉を是とし、みずからがぞくした大正作家の〈偸安〉ぶりに警鐘をならしていたことになるのである。このことは人間性の問題であるとともに、世代間の葛藤でなければならなかった。そして、三上は近松秋江の〈「黒髪」時代の激しい生活〉をふたりの泰斗とならべ評価するだけでなく、藤村の『破戒』と花袋の「蒲団」といった日本の近代文学誕生の地平のさきに〈近松秋江の「疑惑」製作時代〉の〈物すさまじい緊張の時代〉を定位させたかれの文学図像は、大正作家のあつい眼ざしをこえ開拓者にたいする敬意をかたったことである。ここには世代較差の問題の、ひとつのかくれた鼻祖があったのだ。もうひとつ本稿と関係する回想文——広津和郎の『年月のあしおと』に〈大正八年は宇野あたりを最後として、いわゆる大正期の作家と云われている人達が大体出揃つた年であつた。／今まで「中央公論」の一人舞台であつた綜合雑誌界に、「改造」「解放」などが次ぎ次ぎと現れて来た。〉とする追想がある(24)。ここには、新進作家だったかれの実感がこもっていた。

広津の証言にかかわる話題にふれるまえにここで本節冒頭、田山花袋の体験記『近代の小説』の問題をとりあげることとする。私小説論争がおこる大正末年までに、旧世代の既成作家がそれぞれどくじな循環のなかで肯綮に中る製作活動をおこなっていたこと、そして大正戦後、その直後には新時代をになった作家が登場しおわっていたこと、このふたつのおりなす文脈から地殻変動とむすびつく旧世代の文学観崩壊がはじまった。いわば、転換点である。この間のあらましを、花袋はメディアとの関係をふくめた文学史を俯瞰し、

こんなことを私達は話し合つた。雑誌と新聞と芸術とのことなども次第に私達の口に上つて来た。
『しかし、それに対して苦情を言ふことは出来ないね。雑誌も新聞も商売本位だから……。芸術のためにあるといふよりも世間のためにあるんだから。だから、いくらでも変つて行く方が好いんだよ。その方が活気が出て

来るんだよ。作者などもぐんぐん変つて行く方が好いんだよ』
『さうすると、雑誌や新聞に沢山出る人が矢張流行児といふことになるわけですね？』
K君は言つた。
『それは何うしても、さういふことになるだらうね？』(25)

と、理会していた。文中さいしょの〈こんなこと〉とあるのは、中戸川吉二、中村白葉、久米正雄、志賀直哉だけではなく、その前章中の新人作家山崎斌の「結婚」、坂本石創の「梅雨ばれ」、藤沢清造の「根津権現裏」、喜多村進の「靄」、伊藤靖の「発掘」といった今日では時にうもれわすれさられた人たちの作品にそうおうの分量をこえて批評をし、近代文学の創始者二葉亭四迷らとはまったく関係をもたない〈既に度々新時代を隔て丶ゐた〉〈潤一郎、星湖、秋江あたりからも、既に二度も三度も新しい時代が来てゐた〉当代の作家としてとりあげ直近時代を物語っていた内容をまでをさす(26)。むろん、このことが田山花袋という文学者の探求心と興味のひろがりをあらわしていることは、言を俟たない。と同時に、旬の存在者であろうとした意欲とも無関係ではあるまい。こうしたことが、大正期の花袋をはぐくんでいたこともまちがいあるまい。また、上記引用文中の〈流行児〉は、〈芥川とか菊池とか里見〉をさす。この発言をおさめた著書が刊行された年は久米正雄の発言「私小説と心境小説」の一年前にあたり、大正末、一九二四（大正十三）年の「私小説」論争まえの刊行である。また、二〇年前後には花袋自身が男女を舞台にのせた通俗小説を多作しており、自然主義期いこうの、通俗と純文学の中間をゆくような本格小説「廃駅」などをふくめた新聞小説や婦人雑誌などに長編小説をかいており、大正戦後のメディアの変革期を実作者としても活発に作家活動をつづけていた。ジャーナリストの眼力は、時代にみあった変貌を可能にしていたのである。だから新時代にあわせ改めていきなおそうとした作家を、再評価することが可能になるのである。この新時代が出版メディアの変革とともにはじまるのは、広津による『年月のあしおと』の証言が明らかにしていた[27]。

そこで、近松秋江のこだわった「純文学」をめぐる文学観の問題にもどる。綯い交ぜの時代、とはいっても「予備知識と書簡」の問題は平野謙が整理した『現代日本文学論争史』中での「私小説論争」期をみると、近松／広津・宇野の争論が実質その終盤の出来事でありまた昭和文壇へとつづく転換点に位置するものであることがわかるのだが、同時に近松秋江にとってはそのことが既成作家としての集積点だったのである。この点が、肝腎なのだ。というのは「私小説」論争ではコトバが、おもいこみによる定義が文学史のある方向性を決定する。広津和郎がもちいた文学表現にたいする主観小説／客観小説による二項対立の規定は、そのひとつの例であった。大正末年を支配したコトバはもちろん「私小説」であり、このコトバが歴史的な現実をあらわすにすぎないものであったことは、昭和戦後の一九六一年から翌年にかけての「純文学論争」をもってこの種の文学論議が今日では成立しえなくなっていることからもはっきりしている[28]。

そもそも人間が文学をひつようとしている理由は、寺田透のまえの評論のなかでいう〈結論的に僕の考えを言えば、僕は私小説を私小説なるがゆえに否定したいとは思わない。文章がうまい、写生が上手だ、体験の解釈と描出の仕方に新風がみとめられる、という程度の私小説こそもう沢山だが、僕にとって類推不能の体験や思考や感覚を報告してくれる私小説が、いや自己表現までが、無用だとは考えられないのである。〉とある文中の〈自己表現〉[29]、文学表現にたいする読者側のおもいといったことが、これいじょうの事実はほんとうのところはないのである。手みじかにいえば、三上於菟吉のうけとめ方とおなじであった。この文学表現、〈僕にとって類推不能の体験や感覚を報告してくれる〉〈自己表現〉の問題は、近松秋江が「純文学」であり〈新小説（ノベル）〉といい、近代文学の製作時に核心とおもいえがいていたことにほかならなかった。そのことを自我の発揚とよんでもよく、または真実の探求心と同義語でもある。しかし、広津と宇野が「燐を嚥んで死んだ人」にたいしてはなった言論は、大正戦後にはぐくんだ大正作家のあたらしい人生経験にもとづく言動であった、とかんがえなければなるまい。作家と作品の関係を新式の文壇用語である「私小説」の仕儀でかこいこみ、当然そのことによってかれらいぜんの既成作家がくるしみ探求した「自我」だとか、あるいは「真実」だとかの諸制度を自分たちとは無縁な観念としてしりぞけていたのである。あるいは芥川龍之介が「新生」の主人公に挑発をしかけた問題さえ、おなじであったことである。旧世代の既成作家がしんじ循環させてきた文学の制作活動はかれらには集積点であったが、大正戦後の作家には転換点を意味するものであった。あたらしい大正文学の担い手が、大戦後のメディアの変革をつうじてたどりついた私小説観を、近松秋江がうけいれられない理由であった。

ふたたび、作品集『新選近松秋江集』の構成について

「私小説論争」の問題が、昭和戦後のいわゆる六〇年代劈頭におこなわれた「純文学論争」をさいごにおおきな話題の対象とならないのには、理由がある。つぎにあげる引用文は一九六二年一月号の雑誌『群像』に小説家である高見順が寄稿した「純文学攻撃への抗議」を、評論家の江藤淳が「文壇の私闘を排す」のなかで私小説像として整理した文章である。だから、基本的に江藤にはなんらの責任はなく、あくまでも平野謙とのあいだで、いわば「私小説論争」の変形というのか、純文学理解にたいする覇権をあらそった〝普遍論争〟時のひとつの文章として、高見が主張した私小説観をなぞったものであったということである。その高見は戦前から小説だけでなく文芸評論をてがけており、『私の小説勉強』(竹村書房、一九四〇)とか、翌年またその翌々年に『文芸的雑談』(昭森社)『文芸随感』(河出書房)といった著作がすでにあり、平野にたいする批判をかくだけの理由があった。

高見氏が「ノスタルジアの描いた純文学論」といつているのは、久米正雄の「心境小説」のことであり、それが

「純文学を内部から腐らせた」というのは、久米のいう「純文学」が単なる観念であつて文学的実体ではあり得なかつたという意味であろう。そしてここで高見氏が平野謙氏の「純文学変質説」を「悪質」と断じながら擁護しているのは、「混濁と、痴愚と、猥雑と」を併せ持つた近松秋江らの「私小説」である(30)。

ここにあるのは前提となった〈純文学〉にかんする叙述を削除した、私小説を擁護する高見文のあるひとつの要約である。これだけでは論の全体像を了解しきれない原因は、江藤文の表題中に〈私闘〉とあるとおり論争者に各自のおもいこみがあったからで、大正作家のあとにつづき登場した現役の作家である高見自身には当事者の自負とおもいれ「混濁の浪」とがいろいろあった。だから、江藤が高見文からとりだした引用の綴方が、かれの興味にもとづく文脈であったことだけはまちがいないことである。しかもいっぽうで、戦後に登場した文芸評論家である江藤はべつの箇所では、高見は〈自分の頭の中にしかなくなつている観念を擁護〉していて、〈文学者の社会化現象〉、文学環境の変化を痛感していた評論家江藤には私小説〈擁護論者〉の高見文が死文と化したものにすぎないとかんがえていたのも事実であった。そんなかれのうけとめる私小説像であったが、同時に私小説理解の一般的な定型化が成立していたことのほうが喫緊の事なのである。ここに提示されたいじょうの議論のふかまりはすでに期待できず、結局はっきりしたことは私小説に普遍的な概念があるのではなく、歴史的な文壇用語としてひとり歩きしていたということの証拠となるのだ。そもそも上記の〈近松秋江らの「私小説」〉が複数の作家によるどの作品をさしているのかを具体的にはとりあげてはおらず、そのうえ〈「混濁と、痴愚と、猥雑と」を併せ持つた〉とあるようなかれらの文学作品が私小説の定義として限定できるようなものでありえるのかさえ、はなはだしくおぼつかない要約であった。まえの寺田透にならえば、ようは〈類推不能の体験や感覚〉をあらわした〈自己表現〉が私小説であるかどうかではなく文学作品たりえるかどうかの問題だけのことであって、「純文学論争」がその点をつよくおもいおこすような議論であったことを逆に物語っていたことになるのである。
こうしたことを足がかりに、作品集『新選近松秋江集』の問題にたちもどってみたい。この集の冒頭に、「旧痕」および「無明」がならんで収録されている。この配置自体に作品集を、編纂者近松秋江が年代記風編年体の評伝作品集として構成したことを物語っている。そして、両作品は後日の評論家が私小説の属性におもいいたる「別れた妻」系列の作品であり、また大貫ますとの同棲からさいしょの離別まで、明治三十六年早春から翌年五月までの期間をとりあげていて、その作品群の時系列ではふたりのあいだの最初期の経緯が記述されていたのである。ふたつの作品はその時から四半世紀ちかくがすぎた、大正十五（一九二六）年の十月号と翌年一月号のともに『中央公論』誌上に掲載されたものであった。かれは、かつてこの系列の作品群によって世にで作家としての地位を確立する。さらに「京都の遊女」系列の作品がかかれると、この作品群も私小説の典型的な文学といわれたことについてはすでにふれた。このような評価があることはそれとして、しかし、後日譚にすぎぬふたつの作品は題材関係はともかく、大正初年前後の作品「別れたる妻に送る手紙」から「愛着の名残り」までとは別種の書法によった作品でなければならないのである。そこにあるのは暴露小説の体であって、かつての作品にはあった心の奥底から発する青年の〈混濁と、痴愚と、猥雑〉をえがき、小説形式が可能にする冒険の最前線「前衛」に位置しかかれた作品ではなかった(31)。このちがいは年齢のひらきもおおきいが、私小説論争期にかかれたことと無関係ではなかったであろうし、さらにはかれの転換期いごの昭和戦前の作品と接続する文体の問題をも視野にいれておくひつようがある。

去年の春の初から一年余り同棲した女と、どうしても別れることになつてから、彼女は、「あなた、わたしが、こゝを出ていつたら、国からお母さんをお呼びなさい。さうすると、家の中が綺麗でいゝ。女房とも何ともつかない者を家に置いとくのは、あなたの出世の妨げだ。」といつてゐた。それは彼女自身の境地をも客観的に思つて見てさういふのであつた。そして、そんなことをいはなければならぬ自分の生涯を、彼女は悲しく諦めてゐると丶もに、屈辱に対する、抑へ切れぬ憤懣もあつた。中野は、彼女の、その心根を思ふと為すに忍びざることを行ふやうな感があつた。自分の病的な愛慾に原因してゐる自我を没却しさへすれば、大きくいへば一人の婦人の生涯を救ふて、好運に導くこともできるのであつたかも知れぬ(32)。

男は婚姻届をださず、〈同棲した女〉との〈一年余り〉のふたりの境涯を、作家はこの引用文で説明している。ふたつの作品「旧痕」と「無明」とには公序良俗といった世間の俗気、人間社会の観念がつよくある。一九一九(大正八)年五月一日号の『文章世界』に発表した短篇「老婆」のなかでは、〈普通の世俗的な自尊心〉で〈自分の感情を冷かに批評したり自省し〉てみて、作品のモデルになった大貫ますを上目線からさげすんでみていたことをかきつけていた。男と女の関係づけをかたって、〈あなたの出世の妨げだ〉といったような俗眼でみるような世智は、しかし最初の「別れた妻」系列の作品ではえがかず、男の蒙昧――嫉妬根気と底惚のくりかえしがとことん表現されていた。女は数年ちかい結婚生活が破綻し離縁を経験していたが、はじめからわかっていた筈のそのことがふたりのあいだの悶着となって日々くりかえされていたのである。男は嫉妬し女はその原因の気後れから〈屈辱〉をかんじ、ふたりの溝はひろがっていく。しかも〈彼女自身の境地をも客観的に思つて見てさういふ〉とあるのが女の境遇〈自分の生涯〉自体をさしてのことだけでないことは、この時期の作品でめいりょうになる(33)。それは〈普通の世俗的な自尊心〉とあざとくむすびついており、このことの立論はいまはおくとして、ここまでのふたりの関係がうみだした径庭をえがくことが「旧痕」のほんらいの目的、モチーフであった。しかし、もとの目論見ではこの「旧痕」だけで完結させる予定がくるったのは、続編をかかねばならない理由としてもうひとりの女の存在があった。「無明」には、離別の直截の原因をつくった女〈お半〉が登場する。作品の構図として、この女がえんじる役割は広津・宇野との争論でふれた「燐を嗤んで死んだ人」の松村霜子にあたり、また結婚をすることとなる猪瀬イチとのことをえがいた新選作品集中の「嫌はれた女」と「朝霧」で登場する〈お辰〉〈お歌〉に該当する女であった。

そして、その〈女〉たちに通底するのはおろかな男の〈性情〉を説明していることになる、と作家はかんがえているのだがその意図についてはまたあとで引用する。いまは上記の文中、〈自分の病的な愛慾に原因してゐる自我〉について説明をくわえておきたい。このような〈自我〉が〈普通の世俗的な自尊心〉によってはふみこえることのできない暴力装置を誘発する文学の文学たる起源——寺田透のコトバなら〈類推不能の体験や思考や感覚〉をかたる、発生譚であるゆえんを物語ることとなる。それでは、どうしてなのか。このことを普遍化すれば、「文化」の仕掛が「自然」を截断してはじめて成立するからである、と。ヒトは文化を構想したその瞬間から潜在的に危機が存在することになり、截断された自然が暴力装置として兇暴化し人間をおそうことになる。文化の危機は、だから不断に人間社会の底にひそんでいるのである。そうすると、この場合の〈病的な愛慾〉とかんがえるような〈自我〉は、「性」の形となってあらわれる自然と対立する人間の危機にほかならなかった。

その問題をかたるにあたって、「死んでいつた人々」だとか「老婆」では〈別れた妻〉との身分のちがい、間柄を一方的に記述していたが、その《世間の俗気》の問題とともに作品「旧痕」ではじめて告白されるおもいもかけぬ説明が叙述されることとなった。作品の表層にかぎれば、男の狡猾さだけのことになる。しかし〈自分の病的な愛慾に原因してゐる自我〉——こうしたコトバのうらにひそむ無意識の抑圧が、じつは不世出のドラマ「別れたる妻に送る手紙」を誕生させることとなる。

その時分の私は、もう童貞ではなかつたけれど、そんな経験は甚だ未熟であつた。女の為ることは何にでも、その奥には、それについて初め彼女に手ほどきした者のあることを思はしめた。その悩みに一気に掻き消さうとするために私は、一層、精神ばかりでなく肉体を疲労せしめなければならなかつた。

それを考へれば、どうしても此の女と別れねばこの悩みは消える期はないのだと知りながら、却つて愛執は別れることを困難ならしめた。そんな矛盾から来る悩みを一刀両断に打ち切ることの出来ないのは愚かの至りであると知りつつも、それを為し得ないのは、又その時分の私にしては止むを得ぬことでもあつたのだ(34)。


引用文、はじめの段落では大貫ますの過去四年の結婚生活によりうまれる確執が、実際は母や姉には相談できない〈深い性理上のこと〉であり、性生活にかかわるものであったことをあきらかにしている。かのじょの床上手は〈初め彼女に手ほどきした者〉の存在をつねに意識させ、嫉妬根気の地獄にあったことを告白したのである。あとの段落では、底惚の地獄が〈世俗的な自尊心〉といった人間社会の代理物「文化」によって脱出できるような事態ではなく、続編にもちいた表題に由来する無明の闇にまよう経験であったことを闡明にする。結局、両方の地獄は人間が想像した社会理論の幻想ではこええない身体性の暴力、自然がもつ暴力いがいのなにものでもなかったのである。だから、平野の論理ではあたらしい女をみつけてはそのまえの女のことをわすれ無間地獄から救済される、と秋江作品を公式化する。そうすると、自然の暴力による抑圧から逃走する男の寛解が条件となって、かれの作品は成立ししかし二度(ふたた)びくりかえすおなじことを「黒髪」で演じたこととなる。

新選作品集では、しかし近松秋江にはひとつの構想がある。みずからの〈弱い意志と不検束な品行〉が落魄をまねきそのことを〈恥辱〉だとおもいつづける自意識は「燐を嘸んで死んだ人」の主人公市原栄だけのものでなく、作家がえがきつづけた下種張る男の〈性情〉の典型を意味するものであった。だから、現代社会からはかれらは敗者として排除される運命にある。文化が隠蔽する男／女の関係は不断に危機をはらんでおり、その危機は市原栄のような人間をとおして顕在化する。「燐を嘸んで死んだ人」につづく新選作品集の「中禅寺湖物語」〈筆者註、原題「五慾煩悩」〉

の主人公〈僧侶〉Bの劇もおなじモチーフからなりたっており、このふたつの作品のまえにおかれた一九二五年の作品「銀河を仰いで」が〈自然と人事とをかけ値なしの現実〉としてうけいれる主人公をえがき布置された集中の構図は、編修者近松秋江の意図がめいかくである。作家がえがいた人間の危機は破鏡しでもどる結婚生活にやぶれた〈女〉をとおし「旧痕」と「無明」でも試作されることとなる。人間の意思は、自然の暴力をまえに破砕されてゆく――そんな構想だったのである。私小説流の議論に事よせた広津・宇野の形骸化された形式だけの技術批評はあらたな舞台を意識しすぎたことで、こうした文学の文学たる芸術がもつ仕掛「毒」をみようとはしなかったことになる。とはいえ時代の変化のなかで、新人類の広津は大正戦後の社会化された人間の問題を問題にしていたことではあった。

この市原栄の問題が、「無明」の世界でも構造化されていた。同棲していた女が親元にもどり、男の母親が帰国するのにあわせやとった女中の〈お半〉とのあいだで〈唯本能の戯れに過ぎなかつた〉関係をむすび、所帯をたたみ男が下宿屋へうつる〈二た月ばかり〉の筋書のなかのその出来事を、作家は「無明」でえがきだした。この作中前半の母親が帰国するまでと、そのあとのストーリー展開を、作家は「新潮合評会第43回」のなかで(35)、当初の「旧痕」では予定になかった離婚歴のある三十女の〈お半〉が同居する後半をくわえた理由を〈「旧痕」の後に、今度の前半だけ書いて、あとを捨てればよかつたのだが……あの人物のダラシなさを説明するには書いても悪くもないと思つたので……〉と発言し、「無明」が「旧痕」の続編であれば主人公中野の〈性情〉をかたることが〈後におはんと云ふものによつて膠のやうにしてついて来てゐる〉物語の必然であることの意味を説明し、〈私は「旧痕」よりもこの方が力がありやしないかと思ふ。〉と、あらたなシリーズ客観小説の勘所を弁論していた。いっぽう、女が〈お半〉との話をきかされたあとの小説の結末で、〈わたしもう、あなたといふ人を見るのも厭です。〉〈あなたも明日から、わたしの処へなんか来ないで下さい。〉といった女の剛情を物語の結構とし、作家は嫉妬根気と底惚の《地獄》におちた男の〈性情〉を記入することで客観世界の謂となる作品を完成させる。女をさんざんなじってきた男に愛想尽しするこうした場面

は、前作の続編として「無明」をとじるのにあたって「旧痕」の、

やがて又彼女はいつた。

「その代りにあなたにいつておきます。私が、あなたにさう気に入らなくもないことは、それはよく分かつてゐます。ただ私が一度嫁づてゐたことがあるといふので、私がどうしても可けないといふんですから、今度もし、又初めてゞない者を貰ふやうなことがあつたら、私は承知しませんから。」

「うむ、それは。」私自身でも心にうなづいてゐた。

その後二十年を経る間に私自身の処女性も、またすつかり汚されて、そして燻されてしまつたのである(36)。

とあった、最後の場面を肉付けするうえでのつながりをもつものでなければならなかった。作家がいちどならずも数度にわたりくりかえす上記のような体験のあと、「別れたる妻に送る手紙」の連載をはじめるのは一九一〇(明治四十三)年四月のことである。かれの年譜をたどると、はじめの離別ののちにふたたび同居し、大貫ますが最後に姿をかくすのは連載のはじまる八ヵ月前、前年の八月八日のことである。「旧痕」にあったはじめての同居からかぞえると、七年目のことである。そしてます失踪から十七年後、一九二六(大正十五)年とその翌年に「旧痕」、「無明」とがかかれた。ここで、ふたつの時期にかかれた男/女の関係を表象したその表現の問題にふたたびふれておくと、伝達性のたかい書記で叙述された「旧痕」および「無明」は現実という文脈に依存し成立する文章体となっており、それにたいして「別れたる妻に送る手紙」では「旧痕」や「無明」でえがかれたような現実をあきらかにはせずにその文章表現は離別の核心をかくし、〝おくれた青春ドラマ〟を「手紙」形式の書簡体にたくした冒険的な〈類推不能の体験や感覚〉(寺田透)の心理劇にしたてる冗舌口調となっている。作家の近松秋江は、ふたりだけの《秘密》——現実を摂

理をもって公開するまでに最後の離別から十六年間の歳月をかけた、否、かかったことになるのである。

「客観小説への途」断章――「農村行」の位置

作品のモチーフまたは題材、場合によっては作品の舞台によって文体をかえたりするのは、作家の技術の問題である。このことに、近松秋江という作家はひじょうなこだわりをみせた。たとえば題材がおなじ「京都の遊女」系列の作品でも大正五年に執筆した『葛城太夫』とそのあと数年後の『黒髪』ではその表現手法はことなり、前者の優美流麗をモチーフとした作品の描写にたいして後者は《黒髪》から想像するような祇園の遊女金山太夫を艶麗に記述した作品ではなかった。いま最後に問題にするのは、この『黒髪』でありまた「農村行」という作品である。『黒髪』は、三篇べつべつに発表された中編小説を単行本としてまとめたもので、そのうちの七章から十六章は「狂乱」と題して雑誌『改造』に発表された。大正十一年の四月号のことである。遊女が身をかくしゆくえしれずになったその女を、主人公が探索、彷徨し京都府相楽郡南山城村の「童仙房」をたずね足をのばす場面が中心となっている。遊女をめぐる顚末を物語る内容が、読者の耳目をあつめたのである。雪がまう冬の十二月末、女が養生しているときかされた奥ぶかい山中のその在所〈隠れ家〉にはたどりつけず、とどのつまり女の母親の奸智だったことにうすうす気がつくこととなる。谷崎潤一郎は遊女への愛着がもたらす執着をえがききわめた小説家の業に脱帽したが、身ぢかの友人長田幹彦は作家がおもいつめるにいたる金山太夫にたいするかれの美醜観にうたがいをもった。だからか、この一作については傑作とほめる声があるいっぽうで、作家は醜聞としてのちのちまで世にのこす結果となるのであった。

南山城の物語は、じつは作品「狂乱」だけでなかった。その世界だけのことなら、私小説のレッテルをはってすますこともありえたであろう。が、しかし近松秋江が、職業作家であることをわすれてはならない。かれが金山太夫のモデル前田じうをさがしもとめ彷徨した南山城の木津川ぞいは、関西線沿線の山あい大河原、笠置の一帯であり、あるいは加茂の周辺であった。そのなかでは、大河原村役場で戸籍までを閲覧したりしている。作家は「農村行」では「狂乱」とおなじ舞台となる〈南山城でも最も山の深い鷲峰山の南麓に開けた中和束の村〉でおきた作中人物和田直道の一家、妻美奈子と十三歳になる直次をのぞく心中事件の経緯をじつに事こまかに作品化したのであった。この作品が成立するにあたっては、〈事実あつた事件〉を〈偶々委しい材料を提供してくれた者〉が存在していたことを、作家は一九四二年に出版した『農村行』（報国社）の「自序」のなかにかきとめた。その作中、自家に火をはなった村火事は、おもわぬ形で事件が連鎖してゆくこととなる。小学教員の直道をしたう田代彦三郎が心中事件の因をつくった地主の屋敷を、義憤から消火作業のあと村の青年をまとめ襲撃する。そんな事態も、おこった。

元は自分の家の田地であつたものを、谷沢万兵衛の為には借金の抵当として奪はれ、今度はそれを小作にして借りて作つてゐたのが、年貢米の滞納といふことを楯にして、青田のまま地主から取上げられてしまつた。それには、何でも母親のことが関係してゐるらしかつたが、直次には、それが、どうもよく解らなかつた。父も祖母もそれについては何にも語らなかつた。たゞ、直次が自分にも残念であつたのは、母や祖母とゝもに自分も、苗代の時分からその田に入つて働いてゐたが、その丹精の効もなく、折角稲が青々と威勢よく伸びて来たのに、もう和田の家の者はその田に足を入れることはならぬといふのであつた(37)。

産のすくない山かいの僻村にあって、脚気がもとで準教員の職をしりぞいた直道の一家はうえにある理由から極貧生活をしいられていた。そして、作品は和束村の貧窮を背景として〈村一番の金持谷沢〉の策謀をおりなしながら、物語が展開してゆく。その谷沢万兵衛は彦三郎が絆でむすばれている村をすて大阪へ出奔したことをよいことに、〈村の警察から手を廻はして大阪の警察へ彦三郎のことを通告した。すると大阪の警察では主義者でも入つて来たかの如く思ひ込んで、早速彦三郎の居所を突留めて拘留に処した。〉と(38)、小作農（小作奴隷）の問題だけでなく関東大震災ぜんご期にみられた官憲弾圧を最後に時節柄の話題としてくわえ、「農村行」の筆をおく。この小説を擱筆〈書了〉したのが『新選近松秋江集』中「農村行」の末尾に大正十五（一九二六）年十月十八日と作家自身による認があるので、昭和前期に尖鋭化する問題をおりこむ意図のあったことはまちがいない。またこの作品は、吉江喬松や小牧近江らのよびかけで一九二二年から二三年にはじまる農民文学運動の側から、——〈現在農村経済の行詰まりから一家離散の悲運に陥る有様を描いたもので、流石に老練の手腕、到底駆け出し作家の企及すべからざる妙味がある。村を去り行く或る農家の老婆が右に云つた老教員の家庭へ暇乞ひに来て、教員の老母と語合ふ一条など、会話のコツの如き手に入つたもので、ひたすら感心した。が、分類すればやはりプロレタリア的作品に属せしめるべきものであらう。〉と(39)、こうしたあらたな評価がくわえられたのである。このことと、「狂乱」を構成している主人公のえんじる痴愚とはむすびつくことはあるまい。

　この「農村行」には昭和前期に歴史小説をのこすことになる作家によって、岐路を暗示するような場面がえがかれていた。その内容には少年時代から青年期にふかい影響をうけた徳富蘇峰、山路愛山、『新日本史』の著者竹越三叉、あるいは『文明東漸史』の著者藤田茂吉らジャーナリズム系の史論家からの自立、自家薬籠にむすびつく創作家としての意義があった。かれには、歴史問題と創作問題を天秤にかけて歴史的な出来事にたいし、その可変性を発見する改訳行為があった。いえば、歴史という円錐体の時間の頂点にたつ作家であった。そのための鍵をにぎる登場人物が新田惣左衛門の孫娘久枝である。和束の村民が小作人組合からの加入をもちかけられたときに、反対した中心人物が惣左衛門であった。その理由はかれらの山村がかつて由緒のある禁裏御料地だったからで、惣左衛門はそうした伝統ある村落共同体の相互扶助を根拠に地縁社会をまとめたのである。しかし、実際には小作問題が和田直道一家をおそっていた。村の条理にはんする地主谷沢万兵衛とのその交渉はほんらい惣左衛門の役であったが、二十にみたない孫娘久枝が代役をはたし耕作権をとりもどすのであった。地主谷沢との妥協〈口約束〉には〈女を見ると眼のない狒々爺児〉の奸計がはたらいてのことだったのだが、しかもそうした謀は恨みをかって刃傷沙汰で命をおとす結果をまねくことになるのだが、ここでの問題はそのことではない。作家近松秋江は久枝のとった行動が批評家の〈浅薄な常識〉から〈作為〉とみられることをきらい、ストーリー展開からはなれト書風に――〈後に、一家の経済を救ふために、みずから進んで東京の洲崎に女郎に身を売つた女〉であることを作中に〈底を割つて〉挿入、入れ子構造の形で別途わざわざ記入した。作家の計算では久枝が耕作権をとりもどす行為にでたことを、女丈夫〈男まさりの〉〈気性もの〉の性格にもとづくもの、そしてその証拠がみずからを一家救済のため〈女郎に身を売つた女〉であることを叙述、挿入しておいたのであろう。

しかし、地主との直談判と女郎に身をしずめたふたつの話柄は別物であったと、当時の評家にたいする牽制の問題とは別個に、やはりそうみるべきである。そもそもさきにあげた「自序」には、心中事件がおきた年月と、その材料がもたらされた時期をつまびらかにしない。擱筆したのは大正十五年のことで判明しており、その〈大正の末年頃と言へば例の左傾思想が最も猛烈に横行した時代〉――であることは「自序」に明記している。ただここからは推測にすぎぬが、材料提供者は特定の関係者でなければ作品「狂乱」をよむか単行本『黒髪』にふれ、おなじ舞台でおきた事件の情報であったから提供したのではなかったのか。作品か単行本を起点としそう類推すれば、提供は大正十一年か十三年のことになる。だとして、作家が〈小説的に出来てゐる〉〈事実あつた事件〉の提供をうけてから、執筆にあたるまでさいだいで数年ちかいラグがあったことになる。当然、筋書外のト書風の挿入文にあった、〈後に〉〈女郎に身を売つた〉とあったのは事件後から執筆までのあいだの出来事となるのだ。だから、ラグは間違いなく存在した。

ところで作家はその遅延のあいだに、「京都の遊女」系列の作品「屈辱」を大正十三年五月号の『中央公論』に発表し、この作品を前年『新小説』に発表した「旧恋」につづく改題した「旧恋（続編）」を、作品集『新選近松秋江集』のなかに収録したこの小説を最後に、モデルの前田じうをとりあげることはなかった。また私生活では猪瀬イチと結婚後、翌年の大正十二年の大震災直後に長女がうまれると、かれは過去の作柄との決別を心にきめる。こうした生活の変化のなかから、近松秋江は転身、否、転向をはかることとなる。もうひとつの契機を、あげておく。かれは大正十三年に新聞紙『時事新報』に連載していた政治小説「地上の光」が、社の方針で差止めにあい挫折を体験する。その理由は、かれがとくいの政治談義を軸にした現代小説が新聞読者の不興をかったため「憂目」の杜絶であった。この読者公衆の問題も、その後の創作活動にたいする心構えに影響をあたえる。「農村行」の情報をえてからその執筆までのあいだに、過去からの転向を余儀ないこととする時期をもったことになるのである。このことと直截関連するかどうかはおくが、雑誌連載は順調でなく筋書の苦労がみられた(40)。

では話を、大正十五年制作の「農村行」にもどしこの稿をおわる。この時期に小説「農村行」がかかれたことは、さきにあげたとおりの意味があった。史論家からの自立と自家薬籠による創作空間の拡張をこころみていたからである。和東村でおきていた騒動は大正戦後の経済不況と軌を一にした小作争議のひとつであったこと、それと稲岡進の青木文庫『日本農民運動史』(一九五四)によれば、小作問題についてのデータには、

大正九年に四〇八件であった小作争議件数が、翌十年に一躍して一、六八〇件になり、参加小作人の数も四倍にはねあがり、十二年には一、九一七件、昭和元年に二、七五一件、昭和六年には三、四一九件を数えるように、多少の増減はあったが大勢として一路増加して行く傾向を見ることができる。

この事実は小作争議の波が全日本に拡がったことを示していると同時に、小作人組合の数もまた激増したことを物語っているのである(41)。

とあって、作品「農村行」のリアリティーはこうした状況によって補完されていたのである。惣左衛門と小作人組合の話題も、大正十一年四月に創立する「日本農民組合」前後までの小作争議の動向をなぞっていたことになる。また、『農民文芸十六講』中の大槻憲二の評価も時の趨勢からうまれたものであったことが、理解できよう。ところで「自序」によれば、〈この事件の中心になつてゐる彦三郎といふ青年と直次といふ少年また惣左衛門と言ふ老人の思想には、甚だ幼稚ではあるが〉云々とことわっており、情報と創作とのあいだには、いわば歴史離れがあり作品世界の構築が作家の世界であることを主張していたことになる。ということはこの言質をふまえると、材料提供者が農民運動の関係者といったようなイデオロギーをもつ立場にある人物ではなかった、とそう推測できる。そのなかでえがかれた久枝の行動はやはりストーリー展開上の虚構である可能性がつよく、読者公衆の胸間におもねる形となっている。歴史小説、さらには大衆小説の特徴である読者／作家との双方向性の関係――コミュニケーション・メディアを意識してのことだった。また、大正末年に設定し彦三郎を〈主義者〉として拘留する例の件は心中事件当時の事実としてでなく、執筆時の世相にうつしかえた結構だったことになるのである。

一九二〇年代後半、予定していた『黒髪』続巻をまとめえず、「京都の遊女」系列の作品「屈辱」を最後とし「農村行」発表までの数年は、文壇全体があたらしく戦前昭和にむけた転換期へとうごきだしていた。作家近松秋江自身もこの渦中にあって、方向転換をはかった。「農村行」は、その一里塚のひとつだったことである。そしてまた、〈別れた妻〉物語をあらためえがいた「旧痕」と「無明」といった作品も、やはりこの時期にかかれるべくして叙述された《リアリズム》――客観小説だったことになるのである。

【註】

本稿の引用文のうち、『新選近松秋江集』に収録されている作品は、本作品集よりすべて引用した。

1 『文芸講座』第七号、一九二五年一月。ピーター・ゲイ著『小説から歴史へ』（金子幸男訳。岩波書店、二〇〇四）の「謝辞」に続く一一頁に〈現実に対し復讐するために作家になったのだと、生涯繰り返し言い続けたフローベルにとって、文学的創造の霊感源となったのは、とりわけ不愉快な経験であった。〉と、マリオ・ヴォルガス＝リョサの言葉を引用、記している。そのフローベルの件については、日本では加藤周一が一九五〇年の角川選書『文学とは何か』の中で作家と作品の関係に触れ（二〇～二一頁、ただし新版による）、上記と同様なことを紹介しており、近年では村上春樹が『雑文集』（新潮社、二〇一一）の中でも取り上げている（三六八頁）。古くは、田山花袋が『東京の三十年』（博文館、一九一七）中の「私のアンナ・マアル」（三三九～三四七頁）がそうした話題の例となる。外国人作家による作品の受容史をたどると、一筋縄でないことは明らかである。なお大正十三（一九二四）年の私小説論争以降にあっても、青野季吉の『文学の本願』（桜井書店、一九四一）中には〈フローベルが「ボヴアリー夫人は私だ」と云つたやうに、人間の観察と創造とは、結局、作家自身の自己追求であり、自己表現であるとすれば、それは難中の難事に相違ないのである。〉（「散文精神の問題」二二二頁。初出、河出書房刊『新文学論全集』一九四〇）といい、〈人間を描くといふことでなく〉て〈発見〉〈創造〉することであると指摘しており、正論は常に存在する。

2 九篇の小説とは新選の作品集中の「意気なこと」「女一人男二人」「めぐりあひ」「早春の温泉場」「銀河を仰いで」「燐を嚥んで死んだ人」「中禅寺湖物語」「柴野と雪岡」「小猫」を指す。

3 『新選近松秋江集』。「柴野と雪岡」五二一～五二二頁。

4 トルストイ体験を言説化した「明治四十一年文壇の回顧（香の物と批評）」（『文章世界』一九〇八年十二月十五日号）等を、十年を過ぎた『読売新聞』の「箱根から（三）」（一九二〇年十月十三日）の中で〈勿論「私は小説」は私の知れる限りトルストイも此の方式を用ゐて多くの傑作を成し、〉云々と回想し、また、この「私は小説」という表記を最初に用いたのが彼自身であるとも記すが、その言葉を後日論争の対象となる「私小説」といったそのままの意識では用いていなかった。

5 『新潮』四月号、一九二六年。広津は一九二四年の五月八日と十日に『時事新報』の時評「五月の創作を読む」のなかで「屈辱」（『中央公論』五月号、『新選近松秋江集』では「旧恋（続篇）」と改題収録）を取りあげ、そこには昭和の評論家平野謙に先立つ論点があった。その冒頭〈近松秋江の小説を読むのは自分には久しぶりのことである。／これは彼が昔から取扱ふあのテーマだ。〉と始めて〈人生の一切の事を顧みずに、唯その女を失ふ事の苦痛に駆り立てられて、常人の思ひも及ばないやうな執着と痴情のとりことなる。――『別れたる妻に送る手紙』の昔から、此作者が殆んど十五年もの長い間、いつも書きつけるあのテーマだ。〉と示しそのあと、〈非難揶揄の意味を少しも含まずに、唯驚嘆をもつて考へる〉（八日、四）と、まず閉じる。十日の（五）では〈彼の人生で知つてゐるもの、全部をひつくるめて、その中からそのエキスを取つたなら、それは次の二つに還元出来るだらう。それは『文学』と恋愛――いや『痴情』との此二つのエキス〉と、文学と痴情を近松秋江の精髄にあげ後者を、（四）に続ける形で〈相手の女はその度に違ふが、いつでもそれを追ふ主人公は同じ一人の男である〉〈彼が深く知つてゐる人間の痴情についての体得〉話であることを「京都の遊女」ものの「屈辱」を見て取っていた。そしてひとつ加えれば、彼の政治談義は〈文学者近松秋江のユウモアになるだけの話〉だと斬って捨てる。以上が広津和郎の秋江観であった。こうしてみると、「燐を嚥んで死んだ人」における二人の論議は起こるべくして起きたことである。なお宇野浩二もこの作「屈辱」を五月九日の「五月創作批評」（『読売新聞』）に取りあげたが、「世話物」の人情噺に胸をうたれたという程度の感想もどきの評がそこにはあるだけであった。

6 「手帳」『小説同時代の作家たち』（文藝春秋社、一九五一）、一七五～一九九頁。

7 「僕の客観小説について広津和郎君に与ふ（上）」一九二六年四月七日。

8 前掲註3、「私は生きて来た」六一五頁。

9 前掲註3、五五八頁。なお『新選近松秋江集』中の「子供」と「児病む」とは、宇野浩二による作品系列では〈「子の愛」物〉に属している。

10 「近松秋江氏と政治と芸術を語る／作家と記者の一問一答―其十―」『新潮』一九二五年八月号。なお、そこでは、頽廃時代を代表する作品群を〈併しあれで以て、私の作柄がきまつて仕舞ふといふ事は、自分にとつて非常に無念な事です。〉と、自らの過去に対する「現在」の心境を語っていた。

11 大正末年から昭和にかけての「私小説論争」は、平野謙が編修した未来社版『現代日本文学論争史上巻』（一九五六）中、一九二四年の『新小説』一月号掲載、中村武羅夫の「本格小説と心境小説と」に始まり広津和郎の三五年の『純文学のために』所収の「『純文学余技説』に答ふ」までの評論を参考にした。なお早くには、文壇用語としての「私小説論」を整理した小笠原克の「私小説論の成立をめぐって」がある（近代文学研究双書『昭和文学史論』八木書店、一九七〇）、一〇五～一二八頁。初出、『群像』一九六二年五月号。

12 「一、小説製作の態度に就いて」には、――〈一般に、小説といふものを、作りごと嘘ででつち上げた面白い話――といふ風に思つてゐる人がある。が、小説は凡そそれと反対である。真実のことが、小説である。〉（六頁）、〈小説に於ける問題は、その主人公の内面的な事実である。〉（七頁）――とある。

13 『新潮』五月号、一九二六年。

14 前掲註13。なお、引用文中〈先にいつたやうに〉は、以下の〈近松秋江氏が「燐を嚥んで死んだ人」の材料を知つてゐる一読者から感激の手紙を受取つた〉とある箇所を指している。

15 前掲註7、(下)。

16 『文学その内面と外界』(弘文堂、一九五九)、「私小説および私小説論」一〇二頁。初出は、岩波講座『文学第五巻』一九五四年。寺田透の提言を、谷沢永一は「私小説論の系譜」(『近代日本文学史の構想』(晶文社、一九六四)の中で、〈歴史的過程展望の第一着手〉と位置づけている(一七三頁)。この寺田の立論は、芥川龍之介が「『私』小説論小見—藤沢清造君に—」(一九二五年『新潮』十一月号)の中で、〈僕が異議を唱へるのは決して「私」小説ではない、「私小説論」である〉と言い、全体の骨子でも芸術作品として〈名篇〉であれば「私小説」を認めており、寺田に先行する論旨であった。芥川とこの私小説観を関連づけ論じたものに、進藤純孝の『芥川龍之介』(河出書房新社、一九六四)の「第四部 尽きる時」がある(三八九～三九四頁)。

17 前掲註5。

18 「三月の雑誌(完)」『読売新聞』一九二六年三月十三日。

19 『随筆わが漂泊』(サイレン社、一九三五)、「文壇天眼鏡〔芸術家の生活〕」一五八頁。文末に、一九二四年七～十二月『新潮』掲載とある。

20 「第二章 大衆文芸の意義」『直木三十五全集第二十一巻』(改造社、一九三五)、八頁。

21 前掲註20、「第三章 大衆文芸の歴史」一七頁。

22 「島崎藤村—「新生」覚書」『近代文学』一、二月号。本稿引用文は、『島崎藤村』(筑摩書房、一九四七)「五 新生論」一七五頁による。

23 『芥川龍之介全集 第八巻』(岩波書店、一九五五)。「或阿呆の一生〔遺稿〕」一三五頁。

24 「六十二 大正八年という年」(講談社、一九六三。ただし、第三刷)、二六七頁。

25 『近代の小説』(既出)。二九〇～二九一頁。花袋が「大正十一年中の連載小説」として取りあげたのは、中戸川吉二の「北村十吉」(『国民新聞』)、中村白葉の「蜜蜂の如く」(『福岡日日新聞』)、久米正雄の「破船」(『主婦之友』)、志賀直哉の「暗夜行路」(『改造』)である。その説明の中で〈Ich-Roman〉の術語を用いていた。

26 前掲註25、二七七～二七九頁。この中には、〈私はそれを読み尽すために数日を費した。成るたけ詳しく読んで見たいと私は思つた。そしてそこから私とさういふ人達との距離を知り、併せて私の位置をも知りたいと思つた。さうした若い人達の生活や、心や、傾向やさういふものをも知りたいと思つた。〉とあって、文学者である職業人の田山花袋という人となりがよく現れている。

27　山本芳明は『カネと文学　日本近代文学の経済史』（新潮選書、二〇一三）で収入や納税額を数値化しその変化から、広津和郎の回想を裏付ける〈文壇の黄金時代の始まり〉を指摘する。ただしデジタル化した典型パターンでは見えてこない、いわばアナログ型の文壇史は編輯者達の証言を採取、収集したものを文章化した大村彦次郎著『ある文芸編集者の一生』（筑摩書房、二〇〇二）だとか、私生活に関する資料等を集積し記述した川西政明のシリーズ『新・文壇史』（岩波書店）では、広津が譬た息づかいを知ることができる。ここでは例として、川西の「第二巻　大正の作家たち」（二〇一〇）を挙げておく。

28　『戦後文学論争下巻』（番町書房、一九七二）、「純文学論争（解題、大久保典夫）」四七三〜五五五頁。

29　前掲註16、一三三頁。

30　前掲註28、五三四〜五三五頁。

31　一九二四年『新潮』十月号のシリーズ「人間随筆（其十一）最近の近松秋江氏」中、三上於菟吉の「情痴の勇者」に〈抱月先生が新内情調と呼んだ『別れた妻（ママ）に送る手紙』にしろ、すらすら書いてあるようで実に鏤骨の刻苦が感じられる。〉と、文章仕様を認めていた。

32　前掲註3、「無明」一八頁。

33　前掲註3。一九一八年の作「死んでいつた人々」では、二人の間のいわば「階級」とでもいった観念の違いを問題にしていた。

34　前掲註3、「旧痕」四〜五頁。

35　一九二七年『新潮』二月号、「二月の創作」。近松秋江の発言内容は、徳田秋声に応えたものである。また、〈お半〉の創作問題は徳田秋声以外にはおおむね好評であった。「無明」に対する発言者は、本人をのぞき秋声以外では出席者七名中の、中村武羅夫、芥川龍之介、堀木克三、藤森淳三、久保田万太郎の五名であった。

36　前掲註34、一五〜一六頁。この告白小説「旧痕」の続編「無明」の評価で興味深いのは、第四十三回「新潮合評会」の座談では作品を読んでいなかった宇野浩二と、もうひとり広津和郎が発言をしていなかったことである。客観小説「燐を嚥んで死んだ人」を、広津と宇野は一九二六年の小さな論争で、しかし私小説論争の延長線上で重要な意味をもった作品を全否定した二人であった。また、その宇野は座談会後に「無明」を読んで合評会掲載号と同じ「文学談議（ママ）（文芸時評）」のなかで取りあげ〈久振りの力作〉を〈優れた感銘は得られなかつた〉理由について、〈この小説の一番の欠点でそして致命傷は、作者の感激の薄弱さ、もつと遠慮なく云ふとそれの欠乏である。〉と、「旧痕」と併せて、結局、近松秋江の客観小説を酷評したことになるのである。

37　前掲註3、「農村行」六六七頁。

38 前掲註37、六九七頁。

39 農民文芸会編、編纂者犬田卯『農民文芸十六講』(春陽堂、一九二六)。「第三講　現代日本の農民文壇」(大槻憲二)、九八頁。

40 本文に触れたとおり、「農村行」の材料は提供者がいた。この作品には初出誌と新選の作品集、それと単行本『農村行』収録のものがある。単行本の作品は一部に異同があるものの新選の作品集を踏襲していた。問題の雑誌に発表された作品には、創作で苦労したらしい痕跡がある。『新潮』六月号の終に「次号完結」の予告が出ていたが、八月号に続きの一部が掲載されただけで、連載完結は十一月号でのことであった。提供された材料は〈ずゐぶん小説的にできてゐる〉〈事実あつた事件〉だった題材のわりには、順調に完成した作品でなかったことがうかがわれる。

41 「第五章　日本資本主義の全般的危機と農民運動の発展」(ただし、一九七二年八刷による)、一〇四頁。

参考文献

木村靖二『近代日本農民運動発達史(改定新版)』(白揚社、一九三一年)
野々宮三夫『世界プロレタリア年表』(希望閣、一九三二年)
平野謙『昭和文学入門』(河出新書、一九五六年)
小田切秀雄編、犬田卯『日本農民文学史』(農山漁村文化協会、一九五八年)
平野謙『純文学論争以後』(筑摩書房、一九七二年)
尾崎秀樹『文壇うちそと—大衆文学逸史—』(筑摩書房、一九七五年)
尾崎秀樹『歴史文学論—変革期の視座—』(勁草書房、一九七六年)
十川信介編鑑賞日本現代文学第四巻『島崎藤村』(角川書店、一九八二年)
『直木三十五全集別巻』(示人社、一九九一年)
南山城村史編さん委員会『南山城村史　資料編・本編』(ぎょうせい、二〇〇一、〇四年)
大澤真幸・斎藤美奈子・橋本努・原武史編『一九七〇年転換期における『展望』を読む(思想が現実だった頃)』(筑摩書房、二〇一〇年)
谷沢永一『近代文学史の構想』(既出)

三節　「別れたる妻に送る手紙」、その変容
——私小説論争と連関する問題

はじめに

近松秋江は、戦前昭和をふくめそれいぜんから私小説家としてとりあつかわれてきた。私小説の概念規定がいまもって不十分ななかで、作家近松秋江はその点を逆証明するアナロジーとしてゆうこうな位置にあるとかんがえられたのである。

『近代文学研究必携』中、清水茂は「近松秋江」の「研究のてがかりと問題点」で三つの問題をあげ、そのさいしょの「一」に、

一、秋江が白鳥・坂本浩の規定するようなたんなる自然主義者か、それともまたたんなる「遊蕩」文学者、「情痴」作家か(1)。

と要約しているが、こうした問題点はいまだ未整理の部分がおおい。近松秋江と自然主義との関係はもっとも難解な点で、明治四十年、田山花袋の「蒲団」によって日本の自然主義文学の性格が決定されたため、かれの、明治四十三年の「別れたる妻に送る手紙」から大正二年の「疑惑」の成立をもって私小説の完成とからめる観点は、平野謙が昭

和二十六年十月の「私小説の二律背反」(塙書房、『文学読本・理論篇』)で手がけていらい、文学史上の言説としての説得力をもつにいたった。また後者の「遊蕩」「情痴」のコトバは自然主義文学や私小説とかにせまくかかわるだけでなく、ひろく文学精神全般にかんする観点をふくんでいるにもかかわらず、「芸術と実生活」の関係から強調されるむきのあることも事実である。

近松秋江は、いじょう二点の問題を大正末年から昭和初期の「私小説」論の誕生から定着期にかけて自身でもふれた。とりあえずの経緯を素描しておくと、作家がこの時期に段階的にではあったが、論争の渦中、「私小説」なる文壇用語に埋没してゆく事実を否定はできない。その姿勢がのちの評論家たちに影響をあたえたとかんがえるのは、たんなる邪推であろうか。しかしにもかかわらずかれの文学者像全般について、流行とは異次元の創作観が存在する点を相対化することで、芸術空間のひろがりと文学史の差異が明確化することに期待をかけてみたいのである。

一九二〇年代のジャーナリズムの動向

作家が昭和初期前後一九二〇年代に、かれの代表作となったいちれんの「別れた妻」ものをもちだす背景には、まず明治時代を再検討する風潮とふかいかかわりがある。

個人的には大正十一(一九二二)年に猪瀬イチとの結婚があり、翌年十月には長女の百合子が誕生していた。このことと前後して、大正十二年の「昔し住んだ家」(『新小説』七月号)、「私は生きて来た」(『中央公論』九月号)、「頽廃時代を顧みて」(『中央公論』十二月号)などで過去をかたり、ついで大正十三年には「自分の処女作及び其時代の回想」(『文章倶楽部』五月号)をかく。「近松秋江誕生五十年祝賀会」は大正十四年五月のことで、その一ヵ月後に「煤けた人生の風景画」(『文藝春秋』)を発表し、はじめて上京したときの、三田の慶応義塾時代の懐旧にふけるといった具合である。また時期は前後するが、大正十五年の「『別れた妻』を出した頃の文壇」(『文芸倶楽部』七月号)、昭和二年の「『別れた妻』を書いた時代の文学的背景」(『早稲田文学』六月号)といった旧作にかんするきちょうな証言がある。そして、大正十三年にあむ短編集『返らぬ春』(聚英閣)は過去を軸にしてうまれた随筆と小説を兼備したような小品集であったが、こうした種類の創作はかれの特色を物語るものであった。

こうしたなかに、出版ジャーナルのもとめにおうじて筆をとったのであろう旧作「別れた妻」ものの問題を設定すると、べつの性格が生起していたことがよみとれる。つまり、個人的なレベルの出来事を、明治時代を歴史的な事項として把握する姿勢にかわっていったのである。大正十年前後の地平は、十二年の関東大震災をはさんで昭和劈頭の地点にそのまま継続してゆくことになる。明治を歴史化する例については、昭和二年の五月に『私乃見た明治文壇』(野崎左文、春陽堂)、十月に『自己中心明治文壇史』(江見水蔭、博文館)の刊行があげられる。また雑誌『早稲田文学』によるシリーズ「明治文学号」は、大正十四年三月号の「混沌期の研究」にはじまり、昭和二年六月号の「自然主義前後研究号」までの七回つづいた。かわったところでは、かつて出版された内田魯庵の『きのふけふ(明治文化史の反面観)』(大正三年、博文館)を、大正十四年六月に『思ひ出す人々』(春秋社)と改題、収録作品の一部を削除あるいはくわえたりと改編しこの時流のなかで再刊したりしていた。近松秋江の言論は、こうした出版ジャーナリズムと連動していたのである(2)。当時の文壇はいっぽうでこうした懐古趣味をもち、他方では土崎版『種蒔く人』(大正十年二月)にはじまるプロレタリア文学が興隆し、また芸術派の『文芸時代』もうまれるといったまだら模様をみせる時期であった。

また、大正十年代は昭和初期の一九二〇年代とかさなりあう前半にあたっており、そのうちの動向中、近松秋江自身の文学意識をかんがえるうえでじゅうような軸のひとつは「私小説」論というあたらしい文学理論との照応関係である。しかしかれ自身が大正九年の十月十一日から十四日の「箱根から(一~四)」(『読売新聞』)でみずからが創案した語という〈私は小説〉にふれ、翌年一月十八日のおなじ『読売新聞』紙上欄の「今年は何を書くか(「アンナ・

カレニナ」のやうなもの）」でその用語の矮小性を〈形から申せば、短い物よりも長い物が書きたいと思つてゐます。そして長短に干らず、自伝的の観照態度――六ケ敷くいへば、さうだが、これを平たくいへば「私は小説」の境地からずつと離れなければならぬと思つてゐるのが最も主なる点です。〉とみとめ、〈一人称〉小説を否定し〈仮ひ「私は」といふ第一人称でなく三人称にして架空の人名を用ゐても、それがやつぱし自伝的の物ならば、畢竟耳を掩ふて鈴を盗むの比ひに過ぎない。〉とつづけ〈可なりまだ人間が活きてゐ〉る「アンナ・カレニナ」のような作品をかきたいと、年頭の抱負をかたっていた。この文章による私小説論の定義としては後にいわれる「一人称小説」というぐらいで、「私小説」が術語として流行する前段階を暗示する程度であった。ただ文章表現から、こうした《私》意識の抽出は表現主体の問題とからめて、大正十二年の関東大震災いごにみられるおなじ意識の先ぶれとみることができるし、その後の戦前昭和におけるカテゴリーを内包した一端であったと、そうはいえよう。

一九二〇年代の近松秋江とその自画像

つぎに取りあげる文章は、作家が文壇現象にくみこまれてゆく推移をしめしている。最初にとりあげる大正十三（一九二四）年五月の「自分の処女作及び其時代の回想」で、明治四十年の『早稲田文学』十一月号に掲載された第一作「食後」の解説をおこなう。近松秋江は芸術にはかならず作意があるといいつつ、「食後」を〈私の溜意気そのもの、如く本質的の物〉とまでとくが、この文章にはまだ私小説といった概括はない。だからかんたんにいうと、この時点で創造の観点と「私小説」論の柱となる伝記的な側面をきりはなし関係づけてはいなかった。

ついで、副題を「私の代表作は如何にして書かれたるか」とした、大正十五（一九二六）年七月の「『別れた妻』を出した頃の文壇」では「食後」と「別れたる妻に送る手紙」を縷述するなかで、〈今日でいふ本格小説〉〈第一人称で、一種心境小説〉〈一体、一人称――私小説〉といった把握で概括するようになる。しかし、この文章では全体的に創作態度の問題を記述しみずからの伝記面の説明はない。そのためかどうか、流行する文壇用語を多用した文脈は意味を曖昧にし説明にいろいろな飛躍がめだった。ただ注目するべつの点としては、「別れたる妻に送る手紙」との関係から二葉亭四迷の明治四十年作「平凡」にふれていたことである。習作期のかれは芸術目標を尾崎紅葉の江戸趣味と技巧主義におきゆきづまるが、〈率直、平易な気持で紙に臨んでゐる〉「平凡」から目標がうまれ「別れたる妻に送る手紙」をえた、と。またおなじことを、さきの『別れた妻』を書いた時代の文学的背景」でも〈率直で、自叙伝的、今日でいふところの私小説風の書き方〉と、昭和二年時点のかれは「平凡」をそうかたっていた。作家は紅葉とは対極にある「平凡」の文体にたいする工夫をたかく評価し、また影響をうけたのである(3)。

最後にあげる文章は自己にたいする批評文で、表題も「近松秋江論」となっており昭和三(一九二八)年に発表したもので、副題は「自画像」とある。

本当の作者は創作家即ちクリエーターでなければならない。クリエーターは、いふまでもなく、一つの小宇宙を、彼の想像によつて形成するので、その創造の才ある者でなければ、真個の創作家だとはいはれまい。然るに秋江はその小宇宙創造の才分を欠いてゐる。自分は彼が、はじめから、私小説以上に本筋の創作を成し得ないと思つてゐたが、果してそのとほりであつた。彼は今日何等の眼に止まる作をしないではないか(4)。

自己批評として、大正末から昭和初期、一九二〇年代の特徴である自虐にはしりすぎた印象がある。かれはこの時、「頽廃時代を顧みて」のなかで話題にした作品をほうむる覚悟であった。文章の照応関係から、上記引用文ではかれは当時でも大正時代の作家たち、久米正雄らとはことなり、願望としては芸術にたいする〈私小説以上に本筋の創作〉〈一つの小宇宙〉の存在をしんじていたようだ。わずか一年後にでた春陽堂版『明治大正文学全集42』の宇野浩二との合著開巻頁にある、自己曝露を創作の基調としたものとうけとられかねないような自筆の題辞にくらべ、この論旨のほうが正統な骨子を前提に自己分析のいったんが成立している。だがいっぽう結論的には、「私小説」論が昭和期にはいって決定的に定着した事実を物語っている証拠となっていた。

しかし、こうした文壇史的な状況のなかにあってなお、「私小説」論の定義が不徹底であったことはぬぐえない。大正十五年における近松秋江の芸術目標は〈今日でいふ所謂本格小説で行きたい〉（「『別れた妻』を出した頃の文壇」）ということであって、その〈本格小説〉の例として、尾崎紅葉の「金色夜叉」をあげ小栗風葉の「青春」をあげているのである。概念化の不足、あるいは用語の混乱は時代の限界にぞくする問題だとして、それでもこの調子でかたる文章には、私小説論最盛期の空気とかなり異質ではなかったかとの疑問がのこる。というのもその頃、紅葉や風葉の作品はどちらかといえば通俗小説として認知されていたからである。

もうひとつ、久米正雄が大正十四年中にかいた「『私小説』と『心境』小説」のなかには、明治の小説を痛罵した一節、〈私は第一に、芸術の真の意味で、別な人生の「創造」だとは、どうしても信じられない。そんな一時代の、文学青年の誇張的至上感は、どうしても持てない。〉――がふくまれていた(5)。近松秋江の願望が「金色夜叉」であり「青春」にあるのだとして、またこれらの作品やそのうえ久米が嗤笑の例にあげた「アンナ・カレニナ」を〈本格小説〉とかんがえたのだから、かれは久米の痛罵する対象のひとりであったにちがいなかった筈である。そのかれは前の文章につづけて〈私に取っては、芸術はたかが其人々の踏んできた、一生の「再現」としか考へられない〉と、追打ちをかけたからである。かつて現実描写を主張した明治の自然主義者でさえこうした理解をしないのだから、ぎゃくに久米の提言は過去の拒絶からうまれた新世論の登場であったとみることができる。戦後昭和の伊藤整や平野謙の言説からかんがえると(6)、この時期の作家近松秋江は不思議な存在の仕方をみせていたことになる。

ところでさきの手ずからの「近松秋江論」では、伝記的な傾向がつよい作品を私小説とみる観点はうごかないとして、このことは当然定着しつつある文壇用語「私小説」なる眼鏡からのぞいた場合に限定した芸術観としておかねばならない。とりわけつぎにあげる個所は、論を指向する仕方として特筆に価する。

近松秋江の文学的業績の総勘定は、もう何年か前に附いてゐるので、彼が「別れた妻」それから「疑惑」といつた系統の情緒文学と変態恋愛の心理と交錯したやうな文学。それにつゞいて京都の女のことを主題にした「黒髪」系統の文学。それは、「別れたる妻」系統の文学と別の物でありながら、その実傾向は、いづれも同じやうなものである。

この文章には、今日作家をかたるときの枠組がすでにある。ひとつは作品系列で創作内容を規定する仕方で、ふたつ目が伝記面を強調し芸術を概括、把持しようとする仕方である。後者が「私小説」論議のなかから生じてきた観点であることは、否定しえない事実である。

だが反面、〈情緒文学と変態恋愛の心理と交錯した〉とか〈京都の女のことを主題にした〉とする芸術空間の所在と、その観点からうまれる枠組が後退した根拠を「私小説」論にたずねてみなければならないのである。はやくは作家自身、大正三年十一月号の『中央公論』に掲載された「男清姫」のなかで、後日の「近松秋江論」とおなじ「女」にかんする幻想をかたっており、その幻想は「別れた妻」ものまでさかのぼる。この点を批評家側の問題として、紅野謙介は「近松秋江と平野謙」で平野の評論をとりあげ、ぎゃくに近松秋江をとらえかえす作業をおこなっている。作家の回想文中の〈情緒文学と変態恋愛の心理と交錯した〉「別れた妻」系列と〈京都の女のことを主題にした〉「黒髪」系列（註、京都の遊女もの）にたいするそれぞれの評言は作品の自律性をあらわすものであり、この種のモチーフが平野には「私小説」論に集約しにくかったらしい。だから後半の〈その実傾向は、いづれも同じやうなもの〉だという〈傾向〉を、「芸術と実生活」といったカテゴリーに包括し「私小説」論として収斂させる。紅野は平野が〈近松秋江という生身の作家の歩程を単一化し、私小説成立史からはずれる部分〉をかえりみなかった、と指摘したのである[7]。

私もかつて平野謙の批評形式をおなじ観点から論及したことがあるが[8]、平野固有の問題意識の根ぶかさが近松秋江の〈作品史＝私小説成立史の二重読解作業〉（「近松秋江と平野謙」）にかなったものの、他方芸術空間とか造型美をとおざけた例をみてとれるだろう。だが、瀬沼茂樹が指摘する〈マックス・ウェバアなどによつて歴史的方法として提出されている〉理論である伊藤整の〈型による認識の仕方〉を[9]、平野が理解していなかったわけではない。そのことは河出文庫版『小説の方法』（一九五四）のかれの手による「解説」をよめば理解できることで、伊藤流書法からうまれた結実を〈一種奇想天外な概念〉とみてとりつつも、伊藤の指摘〈造型と現世意識とは楯の両面である。〉こと[10]――その「逃亡奴隷と仮面紳士」中の思考をふくむ論考を見極め、平野は他者の追従をゆるさぬ作家の〈現世意識〉をだけ平野探偵よろしく確固不抜の精神で追求することになるのである。かれの連稿、近松秋江論にかぎれば、青年時代にあじわうプロレタリア文運期のハウスキーパー制度にかんする体験ときりはなせなかった。端的にいうと平野個人の失恋問題にあるのだが、しかしハウスキーパー制度、恋人が共産党組織の幹部のもとにはしった政治の犠牲者《根本松枝体験》という幻想〈現世意識〉は、生涯なくならなかったらしいのである[11]。だから、作家近松秋江がえんじる「女」にたいする愚直な実生活〈現世意識〉に関心をもつこととなるゆえんがあった。

近松秋江の回想文としてとりあげた上記の芸術論は作品「別れた妻」ものを通路とした一九二〇年代、大正十年代から昭和初年代までのたしかなひとつの文脈をのこしている。が、しかしこの経緯は本節はじめにいったとおり「私小説」なる文壇用語の比重が拡大定着する様相を物語っていたものなのである。そのうえで、かれ近松秋江はもうひとつの意識の層でべつの芸術主張をくりかえし、自然主義者であらざる主義者の語部をえんじていた。

私小説の問題「心境小説と本格小説と」を特集し明治いらいの既成作家の文章がのった雑誌に、大正十五年の『新潮』六月号がある。そのなかで田山花袋、徳田秋声にまじり近松秋江も「本来の願ひ」をよせていた。かれにかぎらず、かれらたち明治の作家は久米正雄がしりぞけた、一言でいうと芸術造型の観念性とでもいうべき考え方をうたがわなかった。近松秋江にかぎっていえば、《私》意識の流行といった大正十二（一九二三）年の関東大震災いこうの時代環境をいったん解体してみると、かれが明治の教養に支配された創作上の観念から自由でなかった点はあきらかである。明治のはげしかった欧化主義の余燼、近代化の刻印がきえずにいた、と換言してもよい。だから、この観念性ゆえに〈自分と隔絶した、他人の生活を専ら客観的に取扱つて、そこに人生のある意義を仄めかすやうな物が書きたい〉と、「本来の願ひ」の中にいっていたのである。しかもこうした物言いはめずらしいことではなく、かれには常套句であったことは種々みてきたとおりである。

この近松秋江の発言は、時代の流行にたいし斜にかまえたため生じたのではない。時流にたいし不満ばかりで、屈折しているようにみられがちな作家の態度には、この時期にさえ創作にたいする鞏固な観念が作家主体の内にあることを忘却してはならないのだ。おなじようにそのことは、かつて明治四十年代、〈平面描写を唱へる自然派が嘗て何等の詳しい科学的の考察も遂げず〉（「七月の小説」）にいた(12)、としんじていたから自然主義者の即物的な写実観と一致できなかったのである。逆説めくが大正時代の作家久米正雄のあたらしい言説をしるにつけ、明治期に青春をもった作家たちはつねに近代の正統であろうとしたため震災いごに特殊な立場にあった、ということなのだろうか。近松秋江は葛西善蔵ら純正な私小説家、あるいは大正の新世代とべつの《私》意識にあったことを、『新潮』の特集は物語っていたのである。そうでなければ昭和期、かれが人生と芸術の結果について改造社や春陽堂の円本文学全集の開巻題言にある歎声はもらさずにすんだはずであった。

「別れた妻」もの、ふたつの系列

近松秋江は時をへだて、再度「別れた妻」ものといわれる作品をかいた。最初は平野謙の執拗な探索にあい形をあらわにした小説群で、南北社版『別れたる妻に送る手紙』の二冊におさめられた「別れた妻」系列を中核とする作品である[13]。つぎは十三年をすぎた一九二六（大正十五）年十月号の『中央公論』誌上に発表した「旧痕」と、翌年同誌の一月号掲載の「無明」である。

この両期の作品はことなるそれぞれの時代環境を背景に成立しており、創作主体の意識はまったく別個のものであった[14]。周知のとおり「別れた妻」ものの評価は、大正十年いこうの「私小説」論の発見と[15]、そのあと戦後昭和につづく論議のからみから再構築されているが、「別れた妻」後者の作品についてはとも角、とくに現在、前者は平野文学史観を解体し、その地点からはなれた位置づけと作品自体を自由によみとる時期にある。近松秋江が私小説論の影響をうけたことと、私小説とかかわりのない創作観念をもっていたこととは厳密であってよい。その点にふたつの系列、「別れた妻」ものを別個にきりはなして考察することの意味があり、だから冒頭にあげた清水茂の問題提起が今日も意義をもってくるのである。近松秋江がはじめから私小説を制作しようとして「別れたる妻に送る手紙」をかいたのではない、このことだけは間違いないのである。

まず印象批評をよりどころに文壇無駄話家として、一九〇九（明治四十二）年に実行するはげしい自然主義文学批判は、方法意識を模索する習作期の立場が現前されていた。そこでは「主観」におもきをおき、感覚と様式によって構成される形象——伊藤整のなら〈型による認識の仕方〉——が試行され、一九世紀の実証主義にもとづいた客観文芸に叛逆する主観主義の論をうちたてた。論争は、必然的に文学思想と作家主体との関係についてのあり方が争点となり進展したのであった。のちに「別れた妻」ものの作品群を、伝記とリアリズムが平面で合体した私小説論によって説明しようとするときは、昔日の執拗徹底した芸術認識にたいするこだわりはうすれている(16)。十年をこえる年月がすぎ、芸術表現の拡張とそうした体験の結果がわかき日の《私》そのものの深化願望をときはなした、とはいえるであろう。

　ところで大正時代がはじまる前後にかけて、ちょうど最初の「別れた妻」もの系列の作品がかかれていた時期、そのころの世紀末の雰囲気は、北原白秋や木下杢太郎ら「パンの会」にみられた頽唐趣味にそまっていた。自然主義後の運動として耽美主義を代表するこの「パンの会」を端的に〈神経の悦楽〉とよんだ北原白秋は、明治四十二年に出版された詩集『邪宗門』(易風社)の「邪宗門扉銘」中で〈我らは神秘を尚び、夢幻を歓び、そが腐爛したる頽唐の紅を慕ふ。〉と、宣言していた。たほう、おなじ経験はかつてのわかき日の自然主義者本間久雄がそのころの論評を戦後になって編綴した『自然主義及び其以後』(一九五七、東京堂)では〈たそがれ〉観をかたっていたり、自然主義の泰斗田山花袋が大正六年にみずからの半生記を書下した『東京の三十年』(博文館)のなかには〈倦怠と単調と不安〉といった記述をのこしたりしていた。

　こうした精神的な傾向は、ひろく時代をおおう気分だったことになる。河村政敏の「明治のデカダンス」によれば、反自然主義を標榜する耽美主義者さえ、〈自然主義と同じ次元の現象を、その耽美的な趣味性によって病的に拡大誇張したような一面もあり、巨視的には自然主義の傘の下にあった。〉と位置づける文学史観をみても(17)、自然主義グループの周辺にいた近松秋江を、自然主義文学運動の「デカダン文学」(本間久雄)のなかからうまれた文学者とする見方はおこりうることではある。がしかし、だからかれの主張は自然主義文学いこうの芸術世界を暗示するような展開をみせていたのである。明治末期から大正期の文学空間に支配されたおおくの文学者のひとりとしてかれのことをみていたから、清水茂の〈たんなる自然主義者か〉〈たんなる「遊蕩」文学者、「情痴」作家か〉といった修辞疑問の形をとる問題提起となったのであろう。ちょうど久米正雄がだいたんに私小説を肯定したのとおなじで、個々の文学者はあたらしい思想環境、あるいはメディアの変革期をむかえる大正戦後にいきていくことになるのだから、そのいわば時代の雰囲気を反映した文学表現はうしろをふりかえり後戻りしなければならない理由がなかった。とりわけ大正時代に出発した文学者であれば、それだけの根拠があればすむことであった。

近松秋江の方法意識は、大正の新人作家ほどかんたんではない。かれのたち位置はその当時顕在化した〈虚構の近代にたいする反抗〉(「明治のデカダンス」)に根ざす唯美の世界の周縁にいることを証明していた。だがこのことだけでは説明がつかないからこそ、清水がもちいた修辞疑問の意味とその表現効果による秋江文学を肯定するだけのふかい理由がなければならぬことになる。文学者近松秋江はそもそも古典趣味につよい関心を生来もっていたこと、しかも一方で、あらたに近代西洋に基礎をおく文学とまた哲学を学習しただけでなくその影響はけっしてちいさなものではなかったのである。だから尾崎紅葉にたいする親近感は不思議なことではなく、また樋口一葉によって純文学に開眼し、かれを筆頭に赤木桁平から「遊蕩文学」者と罵倒された哀艶情話の名手であった長田幹彦との親交、おなじ批判の対象となった審美の歌人吉井勇と交遊し親近感をいだきかれらの文学を愛好する理由はあった。かれは、上記にみたとおり自然主義者たちとはふたたび同席をゆるされない対立をみずからえらび、同学の恩師である島村抱月に論争をいどみ忘恩の徒となり、自然主義の牽引者田山花袋には耳をかさず一方的な批判ばかりをまくしたてていた。後年の円本全集題辞にみた悔恨の念だとか、前節でとりあげた回想文のうち一九二〇年代の自画像にえがいた失意の感情は、この時期の言質がわざわいとなっていたことであった。つまり、おもいえがいていたような文学人生ではなかった、ということである。

こうした心境のなかで、「旧痕」「無明」は発表された。その「旧痕」と「無明」は記述内容が「別れた妻」をかいたという点で原「別れた妻」とおなじ題材であっても、内包する散文精神のよってたつ芸術観はべつのものであった(18)。その原因が関東大震災ぜんごの、「私小説」というコトバの発見により私小説論という形でくくられる小説が流行する文学状況にあったことと無関係でなかった点については、すでにふれたとおりである。

【註】

1 近代文学懇談会編『近代文学研究必携（増補版）』（学燈社）一九六三年（ただし、一九六五年の七版から引用）、一六六頁。なお、「二」「三」は、〈二、その作品に一脈流れる切々たる真率さをどう評価するか。三、晩年の反戦思想は在来の評価でよいか。〉と続く。

2 田山花袋の復刻本『名張少女』（昭和四年八月刊行、岡村書店）に明治の歴史化を叙述する一文が残っているが、広くは大正から昭和にかけての円本文学全集の流行があり、昭和二年から五年にかけての『明治文化全集』（全24巻、日本評論社）も同様である。

3 田山花袋の「蒲団」が創作世界に与えた影響は、文学史上の事実である。しかし近松秋江が二葉亭四迷の「平凡」から影響を受けたとする発言内容には、興味ある文学史上の受容関係を暗示する。近代的な文章の創始者二葉亭は自然主義の文学表現を揶揄して〈牛の涎〉（「平凡」）と言ったが、《現実》という観念を軸に文学思想と文章表現を一体化し深めたのは、自然主義文学運動に違いない。花袋はその代表として表現主体の確立を「蒲団」ではたした。彼の場合は自らの過程から必然的に成立したとして、近松秋江の場合文学思想を文章に転化するといった面では花袋と関係なく、二葉亭を継承したということである。（ただし、彼は一九〇八年十二月十五日号の『文章世界』中、特集「明治四十一年文壇の回顧」の「香の物と批評」でトルストイ体験による《私》意識による叙述の方法を発見した、と伝録している。）この仮説を踏まえ、明治四十年代の《私》意識の展開を図式化すると、自然主義者と彼の《私》は芸術造型を緊密化する物語作者としての別々の途を同時に歩き始めたといえないだろうか。若い作家に《私》事を書くといった「蒲団」流儀の文学観が蔓延するのをみて、正宗白鳥は戦後昭和の二十三年に『自然主義盛衰史』（六興出版部）の中で〈かういふ浅はかな文学観が起こらなかつたら、近松秋江の面白い小説も、岩野泡鳴の面白い小説も出来なかつた。〉と思っていたらしいが、あまりに乱暴な解釈で、秋江が自然主義文学運動を嫌う理由もわかる気がしてくる。

4 『新潮』一月号。

5 『文芸講座　第七』十四号。

6 伊藤整の「近松秋江論」（『近代日本文学研究大正文学作家論　上巻』小学館、一九四三）は近松秋江生前の作家論で、私小説論を基礎においたものであった。その論の中では昭和前期の彼は、大前提として私小説作家であることが刻印されていた。平野謙の『昭和文学私論』（毎日新聞社、一九七七）に収められた「伊藤整の小説論」には、彼が私小説に関心をもっていたことを強調するように整理されている。ところで平野が「近松秋江論」を展開するつもりはないといいつつ、〈『疑惑』一篇が最初の金無垢な私小説〉で〈私小説の性格をながく規定した〉と断言するのは、『芸術と実生活』（講談社、一九五八）に収録する戦後五一年に発表した「私小説の二律背反」のなかでのことである。一方、伊藤の戦前の評論集『小説の運命』（竹村書房、一九三七）『私の小説研究』（厚生閣、一九三九）をみてみると、戦後、瀬沼茂樹が新潮文庫の『小説の方法』『小説の認識』の解説を書きその彼が叙述するように、伊藤は私小説に限らずもっと文学の全体を記していた。ちなみに戦前版の『小説の運命』の「跋」は瀬沼の手になるもので、短文ながら伊藤を新心理主義との関係で紹介している。そんな中での伊藤の「近松秋江論」であったが、この論では戦後、私小説と西洋文学を比較して逃亡奴隷／仮面紳士といった彼独自のアイディア等々で説明するような特色はまだみられなかった。平野公と伊藤理論が雁行し私小説論を競演、展開するのは、戦後昭和になってからのことである。

7 雑誌『指向二号』一九八三年二月。

8 「近松秋江の評論活動」『花袋研究会々報　第8号』一九八一年十月、「近松秋江の評論活動二」『花袋研究会々誌　創刊号』（一九八二年三月）。

9 『小説の認識』（新潮文庫、一九五八）、「解説」二二九頁。

10 『我が文学生活』（細川書店、一九五〇）、一八八頁。

11 中山和子著『平野謙論　文学における宿命と革命』「昭和10年前後」（四二頁）「戦後『政治と文学』論争」（二六七頁）。

12 『国民新聞』一九一二年七月十六日。

13 一九一三（大正二）年十月発行の『別れたる妻に送る手紙★』には「別れたる妻に送る手紙」「執着」を、同年十一月発行の次編『別れたる妻に送る手紙★★』には「疑惑」「雪の日」「小猫」を収録する。

14 原「別れた妻」ものの連作は一九一五年十一月号の「愛着の名残り」（なお、一九一七年に発行された『未練』で「続疑惑」と改題、収録）で終わる。「旧痕」「無明」は、原「別れた妻」ものとは別の着想——私小説の流行と無縁なものとはいえず、自然主義と対抗して描いた文章に比べると言語表現の変化、文体の違いについても見逃せないものがある。

15 平野謙は編者の一人として『現代日本文学論争史』全三巻（未来社）を編纂し、その上巻の「私小説論争」に九篇を採録、「解説」も自ら書いており、彼には「私小説」論はライフワークであった。その平野は一九六七年の雑誌『群像』に冒頭〈周知のように、伊藤整の『小説の方法』も中村光夫の『風俗小説論』も、私小説論をひとつの重要な核として展開されている。〉とある一節から始まる「『小説の方法』」を六月から七月号に連載し、〈私自身の私小説発生に関する微視的な意見〉——〈まずそれは私小説という言葉がいつごろ文壇用語として流通するようになったか、という問題とかかわっている。数年前から小笠原克や榎本隆司の丹念な調査によって、私小説という言葉はだいたい大正九年十二月から大正十年一月にかけて、はじめて新聞雑誌に散見するようになったことが確認されている。ただし、その場合は「所謂『私小説』」とか「『私』小説」「私は小説」というようなかたちで流通しはじめたもののようである。〉（『わが戦後文学史』、二四四頁より再引用）と、〈私小説発生〉問題を記す。ただ、管見を述べれば平野が紹介しているより二ヵ月前に、近松秋江が「箱根から」で〈私は小説〉について言及している点を、本文中「一九二〇年代のジャーナリズムの動向」の節で触れておいた。

16 近松秋江の個の探求にみられる限界は、美的な探求を並行して行ったことに帰すのであろう。図式的に言えば、前者は西洋型の近代主義に該当し後者は日本伝統の古典趣味であり、事を始める前にすでに矛盾に引き裂かれた状態にあった。だが、印象批評家としては、批評の世界に足跡を残し前進をもたらしたのだから成功者であった。なお、自然主義の文学思想は文学の発想形式その文章化にいたるまで、日常性の再構築――今日の言語学の定義なら「現前の記号学」、コトバは外界を写すための道具である、という立場――を標榜した。その中で個の探求は、現実社会に対立する近代的な自我の問題として文芸批評の中核におかれた。自我構築の挫折と私小説発生を結びつけ定型化したのが、自我史観を公理とした平野文学史観であり、平野公式として定着する。こうした文学者の存在の様態を、伊藤整は「逃亡奴隷」と定義する。この「型」に類型化する方式を伊藤理論と呼び、本人も「理論」と口にしている。

17 『近代文学3（文学的近代の成立）』（有斐閣双書、一九七七）、「過剰な『生』の氾濫」二一一六頁。

18 近松秋江の昭和期の文学営為は宇野浩二のいう「子の愛」もの（一九三九年十月、『近松秋江傑作選集第三巻』）をさらに拡げ、広津和郎が名づけた妻のイチを描いた「おえつ」もの（一九三四年六月三十日、『大阪朝日新聞』）を含む家庭小説に身辺小説の中心が移る。私小説が流行する当時、文学表現には青春時代のような臨場感が新たな「別れた妻」ものにはなかった、ということである。加えて言えばこうした身辺小説に対して、清水茂の「研究のてがかりと問題点」であげる三番目の〈晩年の反戦思想は在来の評価でよいか〉とあった〈晩年の反戦思想〉は、彼が本来の願望していた政治小説あるいは歴史小説となって結実してゆく。その継起として客観小説「旧痕」「無明」は結節点に位置する。小説家にとっては戦前の世界恐慌からファシズムへとむかう時期、例えれば軍人政治と対立させ《モチーフ》政治、経済、歴史を主題に取りあげ、物語の軸として作品化し批判を展開する本筋の社会小説であった。私小説論だけでなく戦前昭和にみられた、こうした展開を設定し客観小説の一環として「旧痕」「無明」をリアリズムの問題として見直すという余地は、当然考えておかねばならない課題である。

参考文献

本間久雄『英国近世唯美主義の研究』(東京堂、一九三四年)
益田道三『近代唯美思潮研究』(昭森社、一九四一年)
日夏耿之助『明治浪曼文学史』(中央公論社、一九五一年)
野田宇太郎『日本耽美派の誕生』(河出書房、一九五一年)
平野謙『わが戦後文学史』(講談社、一九六九年)
野田宇太郎『木下杢太郎の生涯と芸術』(平凡社、一九八〇年)
『平野謙全集　第六巻』(新潮社、一九七四年。後、講談社文芸文庫『さまざまな青春』一九九一年)
中島国彦『近代文学にみる感受性』(筑摩書房、一九九四年)
河村政敏『北原白秋の世界—その世紀末的詩境の考察』(至文堂、一九九七年)
杉野要吉『ある批評家の肖像—平野謙の〈戦中・戦後〉—』(勉誠出版、二〇〇三年)
伊藤整『我が文学生活』(既出)

第七章——近松秋江と印象批評

一節　評論集『文壇三十年』論
――言論家としての集大成

はじめに

近松秋江は、一九三一年一月に千倉書房から『文壇三十年』を上梓する。回想記がはやっていた当時、明治年間に文学活動をはじめた作家、評論家はきそうように回想本を出版していた。円本の流行が懐古趣味をかきたてた。「文学界」の同人であった戸川秋骨のような英文学者が随筆『都会情景』（第一書房、一九三二）をだした。しかしかれの単著はそれらとはちがい、明治末年にはじめる文壇無駄話からちょっきんの昭和期の歴史小説や通俗小説にいたる批評文をおさめたものであった。かれは自然主義文学の牙城だった早稲田派にあってその自然主義をしつようなまでに批判し、どくじな言論家としての思考と方向性の地歩をかためてゆく。その三十年の文章を収録したものが『文壇三十年』であった（1）。

大正二（一九一三）年のこと、佐藤春夫は新刊紹介のなかで徳田秋江の南北社刊『別れたる妻に送る手紙』上下二巻本をとりあげている。この時、おくれてきた新進作家は筆名を近松秋江でなく、まだ徳田秋江となのっていた。このはじめての創作集は、三十八歳のときのものである。そして、新刊紹介の筆者である佐藤春夫は慶応義塾の学生であり、いぜんから評論家徳田秋江のちいさな簡易な装釘本、評論集『文壇無駄話』の支持者であり、明治四十三年ごろ、その時期にかかれた印象批評――無駄話を崇拝する愛読者であった。かれのこの文章にたいする嗜好は、生田長江の紹介状をえて近松秋江をたずねしばらくの交友があったことからもわかっている。訪問したのは、〈あまり人間きのよくないつまらないことを永永と書いた小説〉〈常に些の侮蔑と多大の尊敬とが、同じところから同じやうに一時的に混同して湧き出すのを覚える。〉とある一節をふくむ新刊紹介執筆とおなじ年、冬のことであった。

人の兄としては私もこの小説を弟共に読ませる積りはない。ハイネはカサノバの何とか云ふ性慾生活のことをかいた書物を評して「どうも恋人には読ませたくない、だが友達には読ませたい」とか評したさうな。私はその言葉をここに引用する。併乍、それは別の標準から云つた場合で、それが為めに芸術としての価値を低級なものだと判断する程私も未だ徹底しては居ない、況んやこの小説は病的な趣味に充ちてはゐながら、然も病的なるものの観察したヒユマニテイをも相当に描き、外聞の悪いことを書いて居るとは云つても、静かに読んでゆくうちに誰が作中の主人公乃至作者に向つて第一の石を擲げることが出来るか。この書は病的な個性の忠実な研究録で歪めざる人情の尊重すべき記録の一つに属する。そこにこの書の倫理的意義をも亦認めざるを得ない(2)。

『田園の憂鬱』(新潮社、一九一九)や『都会の憂鬱』(同、一九二三)のわかき日の作者が、この書評文のなかには丸ごと存在している。そうでなければ〈この小説は病的な趣味に充ちてはゐながら、然も病的なるものの観察したヒユマニテイ〉をえがいているとある言葉のたぐいを、自信をもってかさねては記入したりはしなかったであろう。「別れたる妻に送る手紙」が『早稲田文学』に連載されていた明治四十三年、自然主義論の旗手であった相馬御風は佐藤春夫のごとき言説をうわべどおりにうけとめ、『早稲田文学』主筆の島村抱月に連載中止をうったえ、実際にこの連載小説は杜絶した。「道徳」という言葉を常識的にうけいれれば、〈病的な趣味〉〈病的な個性〉は実生活者にはあってはならない、顰蹙にあたいする内容が「別れたる妻に送る手紙」であった。ところで、「倫理」と「道徳」とがいつからひとしく論じられるようになったかは寡聞にしてしらないが、上記引用の末文〈この書の倫理的意義をも亦認めざるを得ない。〉とある箇所は、常識人の社会派文学者にとってはしられざる世界を意味していたにちがいない。しかし、佐藤春夫は〈倫理〉を主観的な善悪の問題として、つまりは道徳の問題としてかんがえたのではない。『田園の憂鬱』の原題「病める薔薇」の著者は、人間真実の問題から〈病的なるものの観察したヒュマニティ〉をみてとった。「別れたる妻に送る手紙」の作中主人公がえんじつくした「業」は道徳問題といった善悪の劇でなく、人間につきつけられた現実問題で、もちろんせつじつな話でなければならなかった。新刊紹介の肯綮は、この一点につきる。その末尾は、〈兎に角「別れたる妻に送る手紙」前後両篇は、作者の数奇な生涯とともに世に残つて、少数の卓越した批評家に依つて尊重せられ、少数具眼の好事者に依つて今よりも深く愛玩せらるるに相違ないと、信じてゐる。〉とむすんでおり、佐藤春夫の嗜好にみあう芸術作品であったことは確かなのである。

しかしこの予言ははずれた、といってよいだろう。また、「別れたる妻に送る手紙」とおなじ仕儀の『黒髪』(大正十三年刊、新潮社)は耽美主義者谷崎潤一郎によりとくべつの称讃にめぐまれるが、ある種いちぶの文学愛好家、たとえていえば歌人吉井勇のような風流人士の嗜好を満足させたにすぎまい。はじめに、なぜこうしたことを話題にとりあげたのかは、とうぜん理由がある。平野公式とよばれる定理をあみだした評論家平野謙の代表作『芸術と実生活』(昭和三十三年刊、講談社)をしる専門家をふくめた読者には、いちれんの「別れたる妻に送る手紙」「黒髪」系列の作品にたいして、実生活を根拠とする告白小説、つまりは秋江作品にたいする「私小説」観の定理が根づいてしまっている。この既存理論によって、今日、佐藤春夫の主張は埋没したままである。そのねづよい平野公式がつたわった契機は、もともとは戦後、一九四八年に『自然主義盛衰史』(六興出版部)をあらわし、徳田浩司(註、近松秋江の本名)の葬儀委員長となりかれのことを一身に見聞してきたと断言する友人正宗白鳥が五一年に河出書房の『流浪の人』(一九五一)で作中にえがかれた〝別れた妻〟の一件を小説化し白日のもとに暴露したことから、実ははじまる。結局のところをたどれば平野公式はその延長線上に成立しており、リアリスト白鳥の文学観に脚色された〝私小説〟とよばれる既存理論のせいで、今日しばらく文学者近松秋江の核心がつたえられずにいたのである。

戦前昭和、近松秋江は何を問題にしていたのか

節題にある「戦前昭和」は、大正期のあと一九四五年、大戦の敗戦までの昭和期のことである。そのはじめに、近松秋江は本稿冒頭でいった評論集『文壇三十年』をだしている。著書巻頭の「自序」には、

自分が、所謂文壇といふところへ歩み出してから、顧ると、かれこれ三十年になる。三十年の文壇生活といへば、随分長いやうである。勿論今日の若い人達にとつては、あまりに長過ぎる余計の存在のやうである。が、余計であると否とにかゝはらず、私などよりもまだ、遙に長く文壇を見て来てゐる先進大家がある。その人達をおいて、こんなことをいふのは、自分ながらおこがましい次第であるが、決して短くはない三十年の間に見て来た文壇の、あちこちの事どもを書き誌して、新春の閑読に供す。

とある。この「自序」全文はいちどくすると書下しの文壇回想記のような説明となっているが、実際はそうでない。ふるくは一九一七（大正六）年にだされた田山花袋の半生記『東京の三十年』（博文館）といった書物だとか、おなじ一九二六（昭和二）年に出版された野崎左文の『私乃見た明治文壇』（春陽堂）だとか江見水蔭の『自己中心明治文壇史』（博文館）のような、〈私などよりもまだ、遙に長く文壇を見て来てゐる先進大家〉による回想記の類ではない。東京専門学校の先輩、後藤宙外による一九三六年の『明治文壇回顧録』（岡倉書房）をのぞけば、史談を意図するこの種の著作は、近松秋江と同期の者では大戦後の一九五四年、七十五歳になる正宗白鳥の『文壇五十年』（河出書房）がはじ

めてであった。白鳥にはすでに自叙伝全集シリーズに『正宗白鳥―不徹底なる生涯』（文潮社）といった個人史があることはあったが、ようはそういうことである。だからそれはかれ、小説家近松秋江がわかき日の無駄話とみずから放言した批評文にはじまる昭和初年までの論集であった。しかも五十五歳の文学者近松秋江には、まだこえねばならないつよい意思にみちびかれる大仕事がのこっていた時のものである。

そこでこのことについて、まずはふれておきたい。

しかし、秋江氏の床屋政談は別格として、全く政治に無関心ないまの既成文壇人、特に秋江氏と同年輩の作家はいうまでもなく、中堅作家といわれる人たちの間でも、本気で政治問題に触れるのはバカ気たことだと思っている人が多いようだ。秋江氏の床屋政談を軽べつしているのはおおむねこの人たちだ。秋江氏はバカにされていることを知らずに、いつも本気で床屋政談を続け、とうとう「朝日」紙上でこの人の政治評論を展開した勇気は買ってやっても好い(3)。

雑誌『中央公論』編輯者の木佐木勝が、評論集『文壇三十年』発行前々年の日記にのこした文章である。そのなかの「床屋政談」の風説をひろめたのは久米正雄らしく、右の日記は当時の空気をつたえていた。満州事変の年、評論集発行とおなじ昭和六年の一月から十月に『時事新報』夕刊に連載した政治財政の構造改革をえがいた歴史小説「天保政談」も、その翌年に社会戯曲と表題をふし大正十二年の関東大震災、昭和初頭の金解禁から暗殺事件までをとりあげたいえば政治小説「井上準之助」もかかれておらず、ただ読者の不興をかって連載打切りとなった実録政治小説「地上の光」が大正十三年にあっただけの時期にのこした、昭和四年の日記の一節であった。こえねばならぬ仕事とは、政治小説執筆の願望をもち歴史小説執筆に関心をいだき、他言をはばからなかった上記のような創作のことであった。

そんなかれの境涯を、うえの日記は軽蔑を籠めかきしるしている。その薄ら笑いは、この日の日記にかぎらない。さきの木佐木日記では政党政治の現状を糾弾し、そのあとをつづけて、

その点、秋江氏は少なくとも直観的に現代政治の複雑性をとらえ、政治の動向に関心を持っていることは「朝日」に載せた政治評論によっても伺われる。政治に対しては完全な無関心派よりも、政治の影響を受け止めている。ただ秋江氏の「文芸批評」が昔から印象批評に止まっているように、得意の「政治評論」も印象批評の域を出ていないことは否まれない。直観的ではあるが、とりとめもない点において、また、その間口を拡げると長談義になって、はた迷惑だという点において、客の立て込んでいるときの床屋政談となる。

といって、かれの政治評論を床屋政談ときめつける思いはいつもとかわらないのである。木佐木も中堅作家といっしょになって〈秋江氏はバカにされていることを知らずに〉とある、陰では軽蔑していた。しかし、木佐木が無駄話家の印象批評にことかりて政治批評を〈直観的〉代物だとみているのは、まちがえである。まだみぬそのごの仕事に言及しえないのは仕方ないとして、二月二十八日から三月二日まで『東京朝日新聞』にのった「評論数項」、政治談義は、作家近松秋江の年季がいまはしっかりと記入されていた。「評論数項」の二題目、その結論が常識――〈甚だ平凡なことだが思想善導書とは、健全な常識を養ふのほかはない。それには、多方面にわたつて読書するの他はない。〉――だから、木佐木のいうようには〈直観的であるが、とりとめもない〉わけでなく、〈いかに科学的に精密なる、確固不動の根拠に立つてゐるといつても、人間社会のことは、自然科学の研究対象であるところの人体そのもの、やうに簡単にはまゐらぬ。〉と(4)、そうひとつの理路を、作家近松秋江はたてている。今日いじょうに科学万能の時代に人間社会の隘路をいいたてることは、印象批評にすぎないことだったのだろうか。きっと、そうではあるまい。この

結論は、地方の市立図書館館長から「思想善導」の書物および理由をもとめられた一条におよんだ提言であった。そこには、徳田浩司という人間の「有り様」が明白にしめされている。そんな文学者の近松秋江が第五六議会を傍聴、〈幣原氏の外交演説を聴かうと思つたら、それが当日順延されて、あたかも若槻前総理大臣の財政その他の一般施政にわたる質問演説を聴くことを得た。〉と、ときの首相田中義一との代表質問応答「貴族院を傍聴す（上・下）」を寄稿する。いまは木佐木がかろうじて目にとめた寄稿文のそのいちぶ質疑内容でなく、つぎにあげる、

下院（註、衆議院）では、押すな押すなで圧しつぶされる恐れがあるので、上院（註、貴族院）にいつてみた。下院は、先年寺内（註、正毅）内閣が解散をした時に、まるでかうもりの如く、傍聴席の裏の廊下にまたがつて、壁に身体を付着けて、議員席をのぞいてゐた。上院は、第二次大隈内閣の時に聴きにいつた。田健治郎さんが何かいつてゐた。私も、松方（註、正義）さんが大蔵大臣をしてゐた時、やつぱり上院で金貨本位制度に改革する施政演説を聴いたことを思ひ起すと、随分古い時代から傍聴道楽があつたものだ(5)。

とある懐古に作家の閲歴、今日にいたるまでの議会傍聴の経路が刻印されていることをしるのである。この文章のなかに田健治郎の名前があるということは、大正三（一九一四）年のシーメンス事件の名でしられる海軍収賄事件の話がかくされている。収賄事件の話は、こうなる。明治二十三年の議会開設いらいはじめて貴族院が衆議院通過の海軍予算案を否決し、予算不成立の責任をとり山本（権兵衛）内閣は総辞職をする。難産ののち組閣の大命が降下し、第二次大隈内閣が成立する。だから、かれはこの一大スキャンダル騒動の間に議会を傍聴していたことになるのである。この事実は、それはそれで作家近松秋江の政治にたいする関心度をかたっていたことになる。また、「貴族院を傍聴す」の文脈でさらに重要なのは、松方正義の〈金貨本位制度に改革する施政演説〉を話題のなかにだしていることだ。

明治二十九年に貨幣法が公布されたときの蔵相兼任の第二次松方内閣の傍聴をとりあげているのである。この年の十月から実施された金本位制は松方の宿願であって、欧米列強と国際通貨の決算手段で軌を一にする近代化策だったのである。かれはこの経緯を熟知しているからこそ、傍聴記に松方の一件をかいた。そして、この傍聴記成立の意味するところは第一次大戦のためにいちどは廃止した金本位制の再施行が、第五六議会でも財政金融対策の主要案件となっていることをかたっていた点にある。

この続きはまだあるがあとにまわし、ようはかの傍聴記にはこうした経路があった。たぶん近松秋江が中央公論社の編輯室ではなす床屋政談のなかにも傍聴記のこうした経路もあっただろうが、木佐木はしってかしらずか無視したのだろうし、その意味をみとめず〈はた迷惑だ〉とおもい煙たがったのである。だが作家近松秋江は、藩閥政治によるかつての「専制」を否定し時代の趨勢をふまえ現行の「代議制」による立憲主義の政治をいかつぎのようにまとめる。その前にかれの見聞を簡略化してみる。薩長土肥の覇権争いから、藩閥官僚と民党の主導権争いそして政友会と民政党の政争と、かれの閲歴は憲政史とかさなっており、その見解は、

田中首相の答弁振りは、従つて又、議院政治といふものは、お互にうそを吐き合つてゐる壇上政治といふものは、お互にうそを吐き合つてゐる壇上政治であるといふことを思はしめた。反対党といふ、天下公然の監視のついてゐる政治だから、まあ安心出来てゐるやうなものゝ、壇上では、ほとんどことぐく、うそをいつてゐるか、さうでないまでも、少しも聴いて用に立つほどのことをいはない。それゆゑ代議政治は、個人の専横をゆるさないかはりに、あつても、消極的にしか用をなさない政治であると思つた(6)。

と。作家は政治概論をかたっているわけでなく海外の新情報を解説紹介するのでもなく、新聞をよめばすむような政

局筋ばかりの無駄話と木佐木が言うのももっともだったのかもしれない。だがというのか、しかし徳田浩司は二度目の明治二十九年の上京で、無名のそのかれが二十一歳のときに松方正義の国際金融にかんする施政演説に関心をもち、また東京専門学校に入学した三年後からは内幸町日比谷の議事堂通いが日課になった政治青年だったのだ。後年、小説家近松秋江が大正十三年の「地上の光」になると、傍聴した第四九特別議会を作品にとりいれ、加藤（高明）内閣の緊縮政策を批判した。このときの蔵相は社会戯曲「井上準之助」では首相の浜口雄幸であり、社会戯曲では浜口・井上コンビの金解禁実施を糸口にして、デフレ政策を批判することになるのである。さらに歴史小説「天保政談」では水野越前守の政治改革だけでなく金融財政にかんする改革をもうひとつの柱とかんがえ、あわせて政治財政の構造改革として幕政をえがき、民衆に人気のない緊縮政策に異をたてたのである。個別の政策が立憲原理にもとづく議会政治によって国家の運命を左右するという着眼点があったことは、かれのえがく作品が物語っていた。

さらに傍聴記には前ふれたとおり代議制の〈壇上政治〉に歯軋りし、また寡頭政治にたいしては〈個人の専横をゆるさない〉〈天下公然の監視の政治〉に着目をし賛同している見解がある。かれの政局論は、首相の金解禁問題の答弁にたいする一知半解ぶりを嗤う木佐木の時事観より守備範囲はひろく「国家」観に内接する議会制にまでおよんでいる。この政治思想は、昭和前期の言論と密接不可分にむすびつく。昭和十一年の二・二六事件当日、叛乱軍占拠地に隣接する大阪ビルのレインボー・グリルでおこなわれた徳田秋声の次女喜代子と寺崎浩の披露宴席上で、危険をかんじた菊池寛は仲人をにげているがかれは皇道派青年将校の批判演説をぶつ。軍人政治に反対する行動は、この一件にとどまらない(7)。代議制をみとめ寡頭政、独裁政治に反対する立場は、徳田浩司のいわば議院内閣制にたいするながきにわたる見聞と理解をしめしていたことになる。『東京朝日新聞』掲載の「貴族院を傍聴す」は〈得意の「政治評論」も印象批評の域を出ていない〉と、木佐木がいいきるようなものではないのである。こうした経路をみてゆけば、昭和前期にかきのこした作家の政治小説、あるいは歴史小説はたんなる手慰みのような作品ではなかった。アジア・

太平洋戦争にいたる、政党政治の崩潰から軍人政治までの経緯には井上準之助のデフレ政策と高橋是清のインフレ政策――経済金融政策と財政問題での主導権争いと不況による政情不安が原因の一端であった。大蔵大臣井上の緊縮政策がおよぼした庶民の生活不安を政情不安としてだけでなく財政問題として、もちろんおなじようにして歴史小説「天保政談」についてもかきのこしたのである。作家近松秋江の小説には、たしかな根拠があった。しかし、明治末年の「別れたる妻に送る手紙」もそのあとの「黒髪」もたしかに実生活者からみれば、無計画で将来のない芸術家による薄汚れた作品にちがいあるまい。苦労人の妻ににげられ苦界の女「醜業婦」にいれあげる自堕落な人間を、小市民がそうそうはゆるしたりしない。とはいえ、作家近松秋江の核心部が既存の文学理論に汚染された言説のせいでつたえられていないとしたら、そのことはやはり不幸なことだ。『木佐木日記』の記述内容は見るべきものをみず、その手の汚染原因をつくった代表例のひとつであったことである(8)。

評論集『文壇三十年』の構成とその意義

千倉書房から単行本『文壇三十年』を出版したのは、「はじめに」章の冒頭でふれたとおり一九三一年のことである。巻頭の「芸術の形而上学的解釈」から巻末「槍剱趣味の大衆物」まで、二十八篇を収録する評論集であった。しかし、目次にならんだ表題からでは編纂意図が明確とはいえず、ただ芸術主張、回顧もの、文壇時評、そのほかにトルストイだとか滝沢馬琴あるいは佐藤義清こと法名円位、西行といった無駄話の深淵にふれるような直接的な影響関係をしるした内容――文学上の影響関係をしるした内容の文章をくわえると、四種類の分野にわたっていることが理解できるていどであろう。さらにまた元号による、編年体でかぞえた文章の発表篇数をくらべてみると、明治年代十一篇、大正七篇、昭和九篇が収録されている。ただし、初出不明のものが一篇ある(9)。「自序」で〈自分が、所謂文壇というところへ歩み出してから、顧ると、かれこれ三十年になる。〉といい、〈決して短くはない三十年の間に見て来た文壇の、あちこちの事どもを書き誌して、〉とある表題「三十年」間のなかの、もっともふるい文章は明治四十一年二月発表の「近代人の芸術」で、最新のものは昭和五年の十一月の「女流作家漫談」である。また、かなりの文章のタイトルが改題されている[10]。とりあえず、いじょうが『文壇三十年』の構成についての全体的なあらましであり、各文章の位置づけである。

その『文壇三十年』は、大正十二年に刊行されたかれの『秋江随筆』(金星堂)が随筆「東京及関東」「京都及関西」のほか、「社会評論一束」「梨園の落葉」「文芸雑感」「女子問題と教育」「人物の印象」の章立で一巻をあつめた著書とはその編纂がことなっている。また十年まえ、かれには大正二年九月に春陽堂の現代文芸叢書第二十九編としてだした、三五判の小型本『新古典趣味』がある。そのなかにおさめた〈新古典〉と称する諸篇が、中扉のうらに〈この小冊子を遠き国のアーサー・シモンス先生に献ず〉とあるとおり[11]、印象批評家を自負する無駄話家徳田秋江の趣向にあった作品群であり、また「愛読の書日本外史」「新しき人西行」「芸術品は感興を移すもの」「女殺油地獄」は『文壇三十年』にも再録されており[12]、この諸篇にたいする評論家のおもいが存在する。またさらに、「近松座の天の網島」「一月の文楽座」「お俊伝兵衛の作者を思慕す」「秋声と円喬」も一書全体の批評系列にぞくする類の文章であって、印象批評家、つまりは持前の文壇無駄話家のスタイルをくずすものではなかった。この《くずすものではなかった》というのは、大正初年では明治四十三年来の言論人であったこと、大正四、五年いこうにけんちょとなる筆名という〈近松秋江〉を名のらず、また欧州大戦、第一次世界大戦いごの文学状況とは関係のなかった時期の評論家であった、ということであるいうことである。逆にいうと、大正期を代表する著述『秋江随筆』では『文壇三十年』のうちの昭和期と接続する批評意識をもち、文壇無駄話家としての『新古典趣味』では『文壇三十年』の「自序」にあった〈顧ると、かれこれ三十年になる。三十年の文壇生活〉初期のわかき青年論客時代を代表していたことになる。これにくわえていうと、大正六年の『青葉若葉』(新潮社)、九年の『京美やげ』(日本評論社出版部)、十年の『煙霞』(春陽堂)、十二年の『都会と

「近松秋

田園』（人文社）、十三年の『返らぬ春』（聚英閣）の諸本に掲載されている随感録――随筆随想はかれが得意だ、と公言はばからぬ文章であったが『文壇三十年』からは除外された。このことはそれはそれで、『文壇三十年』という評論集の性格を物語るものであったことになる。

そうみてくると、『文壇三十年』に収録の作品分野のひとつ「芸術主張」の論述は『新古典趣味』と同趣意の評論である「近代人の芸術」「芸術の形而上学的解釈」「劇・小説・評論」「トルストイの技巧」といった文章は〈三十年の間に見て来た文壇〉をかたろうとしたときに、まず最初の対象としてとりあげられるべきかれにとっての神髄に価するものであったのだろう。おなじように、「回顧」ものと名づけた文章には個人を回想した「長谷川二葉亭氏」「高山樗牛を懐ふ」「徳富蘆花氏」だとか、さらに舞台を拡張した「自分の見て来た明治三十年以後の文壇」がある。この種の文章には、たとえば敬愛してやまなかった徳田秋声とともに自然主義文学の中心人物であった田山花袋はもっとも身ぢかな人物のひとりであったにもかかわらず、文学者近松秋江からみた他者としての距離感がはっきりとかきとめられている。ありていにいうと、前者は尊敬する文学者としてえがかれていたのである。そして、同書中には、そのおなじ身ぢかな先輩作家を論評した「国木田独歩氏」「島崎藤村氏」とやはり「田山花袋氏の追懐」を収録しているが、それらはすべて明治四十一年にかかれたもので、いわば文壇時評にちかくかれにとっての神髄である文学精神をものがたるような文章ではなかった。つまりは、こうした対象にたいする相違は、ここでは重要な問題になるのである。いまは〈私は、長谷川二葉亭の「平凡」から直接の影響を受けて「別れたる妻」を書いた。〉との一節をふくむ、その時期を回顧した昭和二年の文章から検討しておきたい。

併しながら、前記のごとく私は夙に田山花袋氏の欧洲大陸文学に造詣するところ深きを認め、且つ又、氏によつて長谷川二葉亭氏のロシヤ文学の翻訳――ルーヂン（浮草）、アーシヤ（片恋）などの如何に芸術味の芳香高きものであるかを教へられてゐたり、又今から二十六年前はじめて、田山花袋氏から借りて読むことを得たマウパツサンなどの文学によつてロシヤ、フランスの文学に入つてゆくことを得た等の関係から、私も自然主義運動の風化から、全然埒外に立つことは出来なかつた。また文学上の見解から、埒外に立つことを欲しなかつた。けれども自然派が段々その論旨に錯誤を来したり、極端な、不合理な説を唱へたり、或は文壇の実際行動に於いて甚だしき排他的態度になつたりするに至り、私の穏健雅正を肯とする心掛けとは相容れないものを感じた。そして、前述の如く自然派の先鋒に立つてゐる人々の作物が事実上単調に陥り、型が出来、無味乾燥、そこに何等の芸術的の血と肉とを認めざるに至つて、自然派に同意することを得なかつた(13)。

引用文の前半は、田山花袋との交流を率直にかたっていた。ところで、「田山花袋の追懐」には徳田秋江が学生時代の思い出――〈前歯の少し出た、生してゐぬが、頬髯の荒い、鼻の下の溝の明瞭に刻まれた。眼付に人を圧迫するやうな、つまり余り好い人相ではなかつた。それが嚇すやうに私の胸に刻まれた。〉と(14)、昭和期の出版にあたって改題したこの一文をふくむ冒頭部分では、原文の十年ほどまえの目撃談を〈大分昔話である〉という字句をかきくわえ回想文であるかのように工夫し、『文壇三十年』に再録した。その内容とうえの引用文、昭和期にかかれた文章の前半部分〈私も自然主義運動の風化から、全然埒外に立つことは出来なかつた。また文学上の見解から、埒外に立つことを欲しなかつた。〉とある叙述内容は一致し、自然主義文学運動の勃興期のかれの心情をみとめうることができるようになっている。しかしそのごの、引用文後段〈けれども〉のあとの〈自然派の先鋒に立つてゐる人々の作物が事実上単調に陥り、型が出来、無味乾燥、そこに何等の芸術的の血と肉とを認めざるに至つて、自然派に同意することを得なかつた〉と断じた文学者近松秋江の転変をかたろうとすれば、明治四十二年の「芸術と実生活」論争があらゆる意味でかれのターニングポイントとなる。この論争がおこる直前の文章が、四十一年にかかれた国木田独歩、田山花袋、島崎藤村にたいする問題の人物評だったのである。では、その「芸術と実生活」論争では徳田秋江が自然主義文学についてどんなことを発言していたのかが、とうぜん問題となる。自然主義の運動自体が変貌する契機となったこの論争は、明治四十二年の雑誌新年号に掲載された田山花袋の「評論の評論」がことの端緒で⒂、そこではかれの年来の主張を〈自分は実行上の自然主義といふものは意味を成さぬと思ふ。自然主義の傍観的態度は既に始めから芸術的学問的である。〉と条件づけ、〈けれどこれを一直線に押して見ると、実践と芸術との問題となる。〉と整理し、客観主義にたって〈実行上と芸術上と、自然主義に区別はない〉との批判をしりぞけてあらためて結論づけていた。こうした花袋の自然主義観にきびしく反論を継続、くわえたのが徳田秋江であった。口火をきった文章は一月二十四日の『読売新聞』にのった「文壇無駄話」――〈新年からの読み物の一つとして密かに期待してゐた『文章世界』の『評論の評論』は、筆者が匆忙の際に認めたものと思はれて、論理の矛盾に陥り、独断に失した点の多いのを頗る憾みとする。〉とかきだす、上記の花袋説をいかのように〈余事はさて置き「……けれど自分は実行上の自然主義といふものは意味を成さぬと思ふ……」といふ断定を下す者ならば、〉ととらえてみせて、かれの〈実践と芸術〉論を全否定する内容のものであった。

そして、半年にわたりかれがとなえた文学主観説の中核をなしたのが「芸術は人生の理想化なり」とともに、『文壇三十年』中その巻頭の「芸術の形而上学的解釈」だったのである。この評論文は、もとは明治四十二年六月に『趣味』に掲載した表題が「ウオルター・ペータア氏の『文芸復興』の序言と結論」であった。そのサブタイトルを「印象批評の根拠」と題していたところに、この論争過程のなかでは意義をもつ。というのは、田山花袋の文学論がもつ最大価値であった〈自然主義の傍観的態度〉、つまり客観説を否定する根本的な根拠となったからだ。と同時に、文学は主観の産物であると主張した無駄話家の絶対価値観でもあったのだった。この立場の延長線上で芸術を実人生にたいする「観照」であるととく、かれの師である島村抱月の客観説をも否定することとなったのである。かつて、その系列にぞくする文章を中心に『文壇無駄話』を編纂公表しどうようの形でまとめた『新古典趣味』を軸に昭和期の評論集を再編輯したのだから、言論家近松秋江が著作集『文壇三十年』一冊の思考と方向をどのように位置づけたのかはもはやあきらかであろう。こうした了解を準備しよまないかぎり、昭和二年の『新潮』八月号掲載の評論「芸術と実生活の問題」が明治四十年代に発表された主要な評論文であった「芸術の形而上学的解釈」や「近代人の芸術」とか「芸術は感興を移すもの」とならべて巻頭部分に収録されている根拠を理解することはできなかったであろう。文学者近松秋江には自然主義の文学運動転換をみちびいたとする自負心を、昭和の著作『文壇三十年』でかたっていたことになるのである。

徳田秋江と名のった無駄話家の評論

前節の問題にさらにもう一点、つけくわえておきたいことがある。評論家としての徳田秋江の転機が「芸術と実生活」論争にあったのはたしかだとして、その転変がとつぜんの出来事ではなかったということについてである。かれの文学指向は「吾が幼時の読書」にえがかれたような体験いらいかわらず伏流していたものが(16)、論争によって間歇泉のように噴出したものであったことについてである。また、そうした文学の嗜好は昭和前期の政治小説、歴史小説が誕生する原初であったことについても、やはり付言しておきたい。まず、つぎのようなふたつの文章を、ひとつは方法論をかたりもうひとつは文学者の態度をろんじた文章をみておきたい。

今年の回顧に就いては、別に系統のある意見も持ちませんが、まあ一と口に言へば去年――四十年度からの状態を継続して来たので、そんなら本年が特に何うかと際立つて眼に附しほどのこともありません。主義、談理の側から或は印象とか表象とか申した処で、まだまだ、それを以つて今を論じやうとすれば、演繹論の弊に陥るに過ぎないので、左程の大変動はない。またそれで好いのです。此の調子で進んで行つて好況であらうと思ひます[17]。

要するに、文界も自然主義運動で一革命遂げた訳であるから、之れからは其の清心な地盤の上に立つて本当にあて気のない作をすることが肝要である。

批評家も、何時までも頼まれもせぬ、自然主義のお手伝ばかしをしてゐずと、安心してドシ〳〵独立の問題を目付て論ずるなり研究なりして結構だと思ふ[18]。

うえの論評はともに依頼された特集用の原稿だったらしく、明治四十二年の文学状況を予測する内容であった。最初の文章では、イデオロギーはいずれの主義者にとっても〈演繹論の弊に陥るに過ぎない〉とある指摘が肝要事となる。ここにいう〈演繹論〉法は、田山花袋の自然主義論にたいする論議のあり方がそれにあたる。徳田秋江は「芸術は人生の理想化なり」ではいいたりなかったことを「西鶴と近松」で再論した。この表題は前号では副題でもちいており、今号の副題は「対象に対する演繹的見方と帰納的見方」である。なぜ表題の「西鶴と近松」なのかというと、〈西鶴の芸術品は、客観的実在に対して作為を加へたるらしき痕跡は殆どなけれども、近松の方は大に異り、素材に対して作者が随意の作為を加へたる證跡は到る処に散在いたし居り候。〉とあるように、このふたりが主客をあらわす二項対立を象徴する関係としてとらえられていたことによる。さらに重要なのは、この主客の対立は滝沢馬琴をとおして〈例へば馬琴の如き勧善懲悪の意を旨とせる文学には、作者の理想（道徳上の既成概念など）を挾めるが故に、真の意味の写実の目的を達すること能はず。描写は何処までも客観的ならざるべからず〉と、坪内逍遙が過去にとなえた〈没理想説〉をひいて自然主義の客観説がことあたらしいものでないことを批判したうえで、かれ自身は主観の文学をおなじ評論のなかで支持していた点にある。その文学における主観の重要性を〈理想化〉のタームが代用していたわけだが、あえていっておくと、このことは伝統主義者である近松門左衛門を敬愛する評論家の文学嗜好と一致していたのである。逆に、井原西鶴は自然主義の「平面描写」、つまりは田山花袋の客観描写を傍証する有力な近代主義者であることをつよく意識したうえでの表題が、再論「西鶴と近松」だったのである。だから、はじめの文章の文壇予測気球のなかには、対立の根が仕組まれていたことになる。徳田秋江の原初の立場は昭和の著作集『文壇三十年』のなかでは、馬琴でいえば「文学の功利主義を論ず」と「功利派作家としての馬琴」として、また近松でいえば「近松」として再録される。

もうひとつ、評論「西鶴と近松」のなかには、創作家としての近松秋江をしばることになる〈具象化〉という重要なタームがでてくる。自然主義運動期には上記の理由から、客観主義者としての西鶴が標榜され主観主義者の近松は排斥された。このことと関連して、〈理想化〉とともに〈具象化〉というタームはもちいられていた。

　併しながら（一）の「作者の主観が加はる」——小生の意には主観の働きと申度候——といふことの不可ならずして寧ろ必要欠くべからざるものなることは、今日の進歩せる自然主義者も等しく承認して疑はざる所と存じ候。（三）の「十分なる客観化」といふことは、「近松たる勿れ、西鶴たれ」といふ本意を示す合ひ言葉にもならぬにはあらねども、これは、普通に芸術品の具象化といふことの意味にも用ゐられ易くして、「枝」（筆者註、真山青果の作品）や「沈溺(ママ)」（筆者註、小栗風葉の作品）にも客観化即具象化は行はれ居候。即ち之れを以つて西鶴——自然主義文学に特有なるものと、必ずしも見做すべからず候。依つて問題は、残る（二）の「作者の理想が加はる」といふ一点に到着いたし可申候(19)。

この文章では、評論家の文壇見取り図の断片――〈今日の進歩せる自然主義者〉、〈自然主義文学に特有なるもの〉といった了解事項にもとづく記述内容を文脈化していた。真山青果と小栗風葉は、〈今日の進歩せる自然主義者〉でない、といった具合にテーマ化し主題としている。にもかかわらず、そのふたりの作品には〈自然主義文学に特有なる〉〈客観化即具象化〉がある、とそう結論づけている。徳田秋江――〈私も自然主義運動の風化から、全然埒外に立つことは出来なかった。〉その主張からは『早稲田文学』派にたった明治四十一年までの文壇状況をみてとることができる。かれは島村抱月がしめした「文芸上の自然主義」による文学歴史観にそった枠組から、文壇見取り図をえがいていたのである[20]。そこには、気鋭の学匠との関係が色こく刻印されている。また、島村抱月はその一作だけでなく自然主義における思想的な意義、あるいは形態論的な分析を総合的に整理してみせたのである。この史学はのちに片岡良一の『自然主義研究』一書にうけつがれてゆく問題意識の精度をもっていた[21]。評論家は、そのせいで真山青果と小栗風葉とを〈今日の進歩せる〉いま当今の自然主義者とみておらず、また個別の作品理解については田山花袋の断定をうけいれることはなかったのである。この《いま当今の自然主義者》との条は、実は論争時期における徳田秋江の個人的なこだわりをあらわしての表現として意味をなしていることなのではあるのだが、そのことの詳細はまたあとでふれることとする。いまは、〈具象化〉というタームの問題にもどす。

徳田秋江が〈自然主義文学に特有なるもの〉といったときには、その〈特有なるもの〉が田山花袋の標榜する客観主義をさすことになり、〈「近松たる勿れ、西鶴たれ」といふ本意を示す合ひ言葉〉を念頭においている。かれがそのことでこだわりをみせた理由は、田山花袋の論断――〈自然主義の傍観的態度は既に始めから芸術的学問的である。〉といった種類の排主観の主張にみられる専横ぶりにあった。さきにあげた、論争のきっかけをつくった「文壇無駄話」のなかでもとめたことは、〈不得要領の文字以上に、一層明確なる辞儀を用ゐて、〉〈精神を講明せられんこと〉だとする要求に、かれの意図はすでにあらわれていた[22]。そしてこの立場を、論争の経緯のなかでのこととして簡略化すれば、田山花袋がとく客観主義は〈芸術品の具象化といふことの意味〉とは根本がちがっており、だから〈特有なるもの〉なのであり、むろん「態度の問題」などではなく、〈普通に芸術品の具象化〉とは自然主義文学にかぎらず芸術普遍の課題でなければならぬ――というものであった。だから自然主義者ではない真山青果にも小栗風葉にも芸術家であれば〈客観化即具象化〉を、つまり、元来必須条件とされた芸術世界における客観化は、〈芸術品の具象化〉により当然のこととして成立しているのだと主張した。物事の一義は態度としての主客などではない、との一点であった。

その〈具象化〉というタームに、徳田秋江は上記のような慮るこだわりをみせた。とはいえ、事は簡単なことではない。四十一年までの、かれの小説ははじめての翻案風「寿命」と、そしてかなりの手ごたえをえたという「食後」であり、「人影」「その一人」「報知」、主観小説の「八月の末」にすぎない。こうした短編小説は、四十三年の連載小説「別れたる妻に送る手紙」にいたる「雪の日」まで十一篇中のうちの六篇であり、初期作品群を形成する習作期にぞくする範囲のものであった。そのうちには、官能小説「食後」をはじめとして月評や時評でとりあげられた複数の作品もあり、なかでは「八月の末」を、無駄話の評論家徳田秋江がかいた小説だったとして、水野葉舟は「最近の小説壇」のなかで、こう――〈徳田秋江さんの『八月の末』は、秋江さん自身が随分能く書いてあるやうに思へるが、何となく読売に書いて居られる『文壇無駄話』と、小説の間にあるやうな所が、大変多いと思つた。所によると、今少し自分を突き離して、思切つて書いて欲しかつた。〉と[23]、評している。小山内薫も、〈徳田秋江氏の『八月の末』は、書いてあることも、其モデルも余りに能く知り過ぎて居るので、作物としての吾々の感じを捉まへるには、いろくなことが間違つて来て困るやうな場合があるが、然し、小説としても、正直に立派に書いてあると思ふ。〉と、おなじ月評欄で読後感をしるした。ふたりに共通していたのは、いわばモデル小説として受容している部分であろう。そのことを論争の文脈におくと客観化の不足ということになり、作中人物を〈具象化〉することとその客観性との関係からは、水野の場合の評言〈今少し自分を突き離して〉だとか、小山内の場合なら〈其モデルも余りに能く知り過ぎて居る〉とうけとられるような理解からも、「八月の末」は成功作とはいえない客観化のたりない作品だった。

さきの《事は簡単なことではない》といったのは、こうしたことをさしてのことである。そしてみずからも、〈私の『八月の末』などが素材に近く芸術品に遠いのは、取も直さず此の晶化が足りないからでございます。〉と(24)、弁解していた。文中〈此の晶化が足りない〉のは、過去の名作には〈無用の混入物を取つて棄てたあとには、芸術家の想像乃至主観の熱を以つて全然溶解し変化を加へたもの、みが残る〉からだと、自作が客観的でない理由をそうかんがえてはいた。ようは、口のたつ評論家徳田秋江ではあったが、のちに近松秋江と名をあらためる作家にはほどとおい力不足だけがあきらかな小説家にすぎなかったのである。そして、かれのまなんだ描写がトルストイのものであり、『文壇三十年』には『文壇無駄話』にもおさめた「トルストイの技巧」と「トルストイの官能描写」を再録しており、その文章は徳田秋江がめざす立場を端的に物語るものであった(25)。

徳田秋江、その発想の諸形式

近松秋江は大正が昭和に改元されると、サブタイトルを「自分を中心とした大正十五年間の回顧」と題した文章のなかでつぎのような立場を披露し、自然主義時代のことにもやはりふれている。

この機会に、私は、私自身の立場に就いて、一言して置きたいとおもふ。私自身は固より渺たる文壇的カラクタアに過ぎないのである。私は文壇の片隅に住居して以来いまだ嘗て同志同好を語つて一つのグループなどを形造つたこともない、同人雑誌を発刊したこともない。いわゞ何座専属の役者でない。いつも一本の筆しか用意してゐないで、何処の新聞文芸欄でも、いかなる雑誌にでも書かすところへ書く単身一騎の文士である。即ち一人一党を以つて自から居る者にぎ(ママ)過ないのだが、乍併いかなる主義、傾向、主張に対しても自から見る所、自から信ずる所のものを以つて批評しうる不羈自由の立場に居るのである。勿論、特に一定した雑誌に拠つてゐるのでなく、一つの舞台に専属してゐるのでないから、自から言説の場所と時日とが散漫になつて、従つて格別世上の注意をも惹いてゐなかつたと思ふが、もし、幸にして、特に私個人に対して多少の興味と注意とを払ふことを惜まなかつた人があったならば、自然主義派の主張に対して与へた私の批評の正邪を了解してくれた者も少しはあつた筈だ。私は後になつて、さういふ人に三四出会した(26)。

かれが〈単身一騎の文士〉だというのも〈不羈自由の立場〉の人間であったというのもおおげさな形容でなかったであろうし、〈何座専属の役者〉のような名望家とは縁のない人生をおくってきたのはたしかである。しかし明治末年の自然主義時代に、佐藤春夫が反自然主義の論調「文壇無駄話」をみとめたのもまちがっていないし、また谷崎潤一郎もしかりであり永井荷風もおなじであったろう。谷崎潤一郎ならかれのデビュー作「刺青」以前の作、明治四十四年『スバル』六月号掲載の「少年」を評価し、永井荷風ならその著書『ふらんす物語』に収録された四十二年一月の『新潮』にのった「祭の夜がたり」を相馬御風の誤読を排して評価したのも、〈不羈自由の立場〉からの論評であり耽美薫風の近代感覚をよみとり支持したのが徳田秋江であった。四十二年一月号『趣味』の文壇観測のなかで〈文界も自然主義運動で一革命遂げた訳であるから、之れからは其の清心な地盤の上に立つて本当にあて気のない作をすることが肝要である。〉ともとめていたことを、自然主義陣営周辺に位置どりする評論家の立場で実行してみせたことになる。そうしたかれが主義者の罠におちなかったのは天賦の才がなす技であっても、だがそのいっぽうで世間からの笑い者に見紛われるような境涯に身をおいたことは、逆に天賦の才が裏目にでた結果だったからであろう。昭和にいたるまでの十数年の経路を、上記の文章はかぎりない真実の告白としてかたっていたことであったろう。

この告白はそれとしておくとし、〈単身一騎の文士〉近松秋江にはまえにふれておいた独自な文学史観がある。みず

からをかたる「大正時代の文学」と題した自己中心の史観――その核心部にあたる岩野泡鳴と徳田秋声にふれたあとの文章、

中に独歩は、明治四十二年に死んだから、大正時代とは無関係であるとして、藤村、花袋、白鳥の三氏の最も活動したのも主として明治時代のことで、白鳥氏は大正に入つてから今日に至るまでも依然として健筆を誇つてゐるが、其内容の芸術的価値人生的意義等に就ていへば、殆ど悉く明治時代に於てこそ新し（ママ）意味と価き（ママ）値を有つてゐたもので、大正時代に入つてからは特に新なる価値を発揮したとは思へない。

とある文章のなかでの大正期、かつての自然主義作家でとりあげたのは、文中〈藤村、花袋、白鳥の三氏〉のほかは、前記のふたりばかりであった。そして、前章でとりあげたとおり明治期の論争時、真山青果と小栗風葉を自然主義作家にはくわえなかった文学史観について今またふれておきたい(27)。

はたして、島崎藤村、田山花袋、正宗白鳥は明治の運動期で価値をうしない、かれらの大正期は〈新なる価値〉からみはなされた存在だったのだろうか。かの叙述では、はじめに谷崎潤一郎、長田幹彦が台頭し、ついで芥川龍之介、菊池寛、久米正雄が登場し、大正中期いこうは新聞小説、婦人雑誌で活躍の場をえた中村武羅夫、加藤武雄、三上於菟吉、そして末葉ではプロレタリア文学をあげ、文学史の〈新なる価値〉についてを俯瞰する。だが文学史観の問題は、こうした新進作家の環だけをめぐらすことにあるのではない。右の自然主義者の三人、島崎藤村には姪との近親相姦を題材にした問題小説『新生』が、田山花袋には自然主義転向後の宗教小説、それにつづく大正戦後の文化からうまれる諸メディアに連載した長編大衆小説群が、正宗白鳥には昭和にかけてつづく言論人として実践した批評活動と、近松秋江があげたかれらはこうした仕事だけでも、自然主義というイデオロギーの限界論ではすまない〈新なる価値〉とむきあってきた文学者であった。

ひとりひとりのかれらのあらたな展開をみずに、〈大正時代に入つてからは特に新なる価値を発揮したとは思へない。〉と予断しているのには、この期にいたってみてはじめてかんがえられる理由がふたつはある。まずそのひとつは、自然主義の文学運動にたいする個人的な悪感情でありひとり亡き島村抱月にたいする底意にみちたのちのちの言動はその顕著なあらわれであって、別言すればその悪意は「偏向」といわれる類のものである。明治の主客論争、「芸術と実生活」論当時の発言にそくしていえば、徳田秋江がつちかってきた読書体験からうまれた好悪にもとづくそのときどきの気分の問題とかかわりがなかったのである(28)。このことにかんしては徳冨蘆花や二葉亭四迷、あるいは「故高山樗牛に対する吾が初恋」いらいのひとりの文学者にたいする敬意をこめた人物評と一対の感情としてかんがえれば(29)、理解することができよう。いずれにしても、印象批評家として無駄話の名をかかげ主観にもとづく「美」を主張しはじめると、了解不能性をものともせずとどまるところをしらぬ無誤謬性――饒舌を一年ちかくにわたりくりひろげた。そして、もうひとつの理由は、かれの固執する文学嗜好が自然主義文学にむけられたときの〝ドグマ〟であった。もしこのことを人間生来の問題と規定したならば、徳田秋江が自然主義というイデオロギーをうけいれる余地は最初からありえなかったことになる。つまりは近代という時代から放たれた、科学の名辞によっておしよせる客観主義の「真」からの逃亡奴隷であったからだ。これがふたつ目の理由である。さらに今、あえてもうひとつの理由をくわえれば、同郷の後輩である正宗白鳥にたいする敵愾心があったはずで、その人間臭にみちた境涯は白鳥によるのちにかかれる回想集『自然主義盛衰史』や小説『流浪の人』等々の著述にえがかれたかれにたいする人物像から、逆にうかがいしることができるはずである。正宗白鳥が肝にめいじていたのは、懶惰な徳田浩司とはいっしょに仕事をしない――この一点であった。そのため、かれは早稲田大学出版部を退職した。

それにしても、不思議なことだ。近松秋江は生涯にわたり田山花袋との親密な交流をつづけ、島崎藤村、正宗白鳥との交流もたえたことがなかった。白鳥にいたっては上京いらい旧知の間柄だからと、家族にのこした遺言にしたがって葬儀委員長をつとめることにもなる。この経路をふくめ、すべては文学と実生活は別物だとかんがえる無駄話家のご都合主義だと、かんがえるべきなのであろうか。あるいはかれは、こうしたオプチミズムを人生の極意とでも感じいっていたのであろうか。それとも凡俗な木佐木勝のようなリアリストがしめした、近松秋江とは仕事だけの付合いとわりきる交流があたりまえで、そんな人間だったと納得するべきなのであろうか。近松秋江という文学者の特質を、ようは「今、ここ」だけのこと――いわば共時的な形だけですますことのできる人間だとみなせば、それですますことができる人物だったのであろうか。しかも、文壇無駄話の発想はこうした人間からはなたれた信念の形式だったといってしまうのは、かれの人柄とむすびつけすぎただけの話柄なのだろうか。印象批評という発想形式は無駄話家の奥義、近代主義の必然と合理性とは無縁な、また共時性と対極である歴史主義の通時的な理路からきりはなされたその場の主観をかたることだったのではないか。無駄話は、やはりかれのキャラクターによってのみ成立可能だったのではなかったのか。そして、このことはトルストイ受容にみられた問題でもおなじことがいえたのである。

では文学上の話にもどし、トルストイとの関係を、再度ここでとりあげておきたい。その理由は自然主義文学理論の中心概念であった「客観主義」を批判するときにさいし、〈具象化〉という考えをたて批判していた論理の有効性を検証するためである。ひろくは、自然主義リアリズムの問題となる。そこで、作品鑑賞にあたって島崎藤村の自伝小説「春」が印象度で〈乏し〉く高浜虚子の創作「俳諧師」が〈富んでゐる〉とみてとった根拠を説明した箇所をひいてみる。

一寸した、ドアの把手の毀れて用を為さぬやうになつたのでも、家庭教師が、モスコウから帰つて来た主人公等を廊下まで出迎へた、その素振にも、また其の把手の毀れたことを低声で、其処から明けて入らうとする公爵

〈主人公の父〉に注意する挙動にも、極々微細な感情が表はれてゐる。さういふ所を、悲しいと唯言つて了つたのでは、抽象的になつて了ふ。吾々技巧の劣い者がやると、何も抽象的になり易い。所が此処に引例したやうな場合では、少くとも、ト翁は感情を外界の物象に託してゐる。で、感情を託するに適当なる物象を巧みに選択してゐる。ノツペラボウに陥つてゐない(30)。

こうした〈感情を外界の物象に託〉す、つまり〈具象化〉とおきかえる描写を、習作期にあった徳田秋江はトルストイから模倣したのである。短編「食後」中、風俗描写がその成果であり、月評子からも注目された場面である。そもそもかれが文章家として自信をふかめたのはトルストイの著作から『生ひ立ちの記』を翻訳したときにはじまり(31)、その影響の根は、明治四十一年の『早稲田文学』五月号に発表した小品「その一人」が『生ひ立ちの記』のなかの内容を翻案した小説であったことからもしれる。

さらにもう一題、トルストイの創作方法について、あとに引用する文章の直前で注目する発言をのこしている。それは、〈幾許作者だつて、根が赤の他人の文壇の人——即ち世人に対して、自分の腹の底まで見せられるものか。見せ得られるものではない。若し批評家にして、さういふ要求を以つて、作家に臨むとしたならば、実にく虫の好い話である。誰が糞。批評家が最後の審判の神ではあるまいし。〉といいつのらさせたのは、作中「告白」の信憑性にたいする批判者への見解のなかでのことであった。この反論は習作中の評論家徳田秋江が「客観性」の担保にたいする所感をいったまでだが、この発言は自然主義文学における「芸術と実生活」論の延長線にいたる主張のひとつではあった。だから、〈具象化〉は表現上の、あるいは論争の過程でもちいた〈理想化〉だとか、あるいはまた〈晶化〉は表現内容にかかわる術語であった。そして、この主張のつづきを、例えばトルストイにしてからが、さうである。成程『懺悔録』などには、懺悔を目的として書きもしたらうが、ト翁の諸作に其の懺悔的の形式のあるのは、一つは、第一人称にしたこと〻、二つは、人間の研究に最も材料上の都合の好い、自己の直接経験を主として取扱つたからで、あらゆる自己の迷妄と、煩悩と、解脱と向上とを文芸の形に解釈せんとしたまでゞある。私などは微力ながら今後も此の意味に於て人間の研究を続けやうと思ふ。自然主義であらうが、なからうが、目的は、窮屈な規則にあてはまらしめんが為にあらずして人間の研究そのものである(32)。

と結論づけ、習作段階の作家は〈人間の研究そのもの〉が創作の目的であり、〈窮屈な規則にあてはまらしめんが為に〉〈抽象的になつて了ふ〉イデオロギーにならうのではないことを口にしていたのである。そして、トルストイの『懺悔録』がリアルな〈人間の研究〉であるのは、ひとつは〈第一人称〉の形式をとったことと、つぎに〈自己の直接経験〉がそのことを担保しているとかんがえていた。この流儀を、かれは実践してみせたことになる。また、徳田秋江とトルストイの接点は徳冨蘆花の『トルストイ伝』がとりもったものであり、『生ひ立ちの記』の表題もその伝記中の訳名からつけたものであった。しかし、〈掌大の簡素〉な『自然と人生』(民友社、一九〇四)の〈平淡簡易の小品文〉は、この徳富本が座右の書となる契機ではあったが、トルストイ受容にかんしてはかれいちりゅうの嗜好があったことは上記二例の引用文からもうかがいしれるはずである。

「トルストイの技巧」では、こう〈従来、翁を我が邦に紹介した人は主として一種の思想家的傾向の人であつた。従つて翁の思想的方面は可なり遺憾なく紹介せられたと言つても好いのであるが、技巧の方面は、其思想的方面の為に、鮮からず光彩を奪はれてゐる。杜翁果して技巧に見るべきものがないのであらうか?〉――という修辞疑問は〈技巧の方面〉を等閑視してきたトルストイ体験の仕儀を批判しており、かれのトルストイ観をツルゲーネフとマシュー・

アーノルドともども〈翁の芸術的方面を先づ差当り歎美したい。〉とかきしるしていたのである[33]。ここにも特色のひとつであったかれが、二項〈通時／共時〉の関係性の内側で共時的な形式主義者であることと表裏の関係にある着眼の人であったことがしれる。近代を代表し時代を変換させたイデオロギーである進歩史観を、かれの場合は、自然主義の立場が「演繹」的な思想であり本来「具象」的であるべき芸術が観念のための道具となることを拒否して、トルストイ受容とおなじく反自然主義の原理のひとつとなる「帰納」的なスタイル――〈帰納的見方〉にたつことを宣言し、サブタイトルを「対象に対する演繹的見方と帰納的見方」と題した評論「西鶴と近松」を公表し、近代でなく非近代を表象した近松にたいする関心をしめしたのであった。

そして四十三年のこと、文壇無駄話家徳田秋江はデビュー作となる「別れたる妻に送る手紙」と直結する十一作目の短編「雪の日」で内縁の妻大貫ますとの〈自己の直接経験〉をえがき、つづく四月からはその出世作を〈第一人称〉の手紙形式で発表し、四回にわたって出奔した妻との話を連載した。芸術の〈晶化〉を問題軸としてとりあげ、「八月の末」の月評子にこたえた〈素材に近く芸術品に遠い〉小説のようにうけとられた作品同様、このかぎりではデビュー作もトルストイ探究の皮肉な成果になってしまったことになる。まるで悩めるトルストイアンでなければ、うえにみられたトルストイ受容の高話からすればおもいはなかば、失意の船出となる。徳冨蘆花とはこの不明の出来事が原因となって、〈当時自身の問題に小説的な事件が連続して起つたりして、何となく心から身世を狭くしてしまひ名家訪問の勇気がくぢけ、そのまゝ心ならずも音信を怠つてしまつた。〉のであった[34]。無駄話家の出世作は、理想家であり夢想家でもあった評論家の挫折となるおもいもしなかった運命のめぐりあわせとなる。また、のちの『文壇三十年』には、トルストイにまなんだ〈人間の研究〉の一端であった評論「真実の女性アンナ・カレニナ」を掲載することとなるのであった。

近松秋江、昭和期の批評

大正期を位置づけるような言論が評論集『文壇三十年』をかざっていない事実は、正宗白鳥が「放浪の人」と形容するような、そしてみずからもいっている京阪時代の頽廃生活に起因していることはまちがいあるまい。その後にみられる近松秋江の転機は五十歳に手がとどこうとする四十八歳のとき、おそい長女百合子の誕生という私事の理由もあることはあるが、なんといっても関東大震災であった。この震災に遭遇したかれはつぎのような感慨を、翌大正十三年、年頭の雑誌によせている。

大正十二年は忘れ難い悪い年であつたが、個々の場合に立ち入つてみれば、この年が一生忘れられない幸福な年であつた者もあるであらう。しかし、一般の日本人の歴史の上からいへば大正十二年は実に呪ふべき悪年であつた。よつて極めて通俗に考へて大正十三年は、もつと〳〵好い年であつてほしいものである。歳首に当つて将来の一年のことを思ふて志を一新するのは人間の行路に好ましいことである(35)。

一九二三(大正十二)年の自然災害が、〈凝つと、咽喉に詰まる涙を噛みしめて勇躍するほかはない〉〈人間は前を見て進むのほかはない〉と、かれの昭和期——と同時に時代は現代とよばれる幕をひらいた。十三年の六月から『時事新報』夕刊に連載した新聞小説「地上の光」は、五十五回の連載で杜絶の憂き目にあう。が、しかしかれには現代政治を創作化する最初のこころみとなる。そのあと、一九三二(昭和七)年のこと、四幕物の社会戯曲と題した「井上準之助」を雑誌『日本国民』六月号に発表する。戯曲冒頭に大震災で被災した日本銀行炎上の場面を、第一幕、第一場としてえがく。時の日銀総裁が井上準之助であった。かれにとっても、この震災では東京深川にあった実家の酒舗にあずけていた中学生いらいの日記も焼失するという辛酸をなめている。

直売店が延焼にあい東京人となりその間にあつめ保管していた蔵書をうしない、また日本橋の同郷でわけありの女性にあずけていた中学生いらいの日記も焼失するという辛酸をなめている。

さてその社会戯曲は、作家近松秋江がえがく前期昭和の時代意識をうらなう恰好の作品構成であった。第一幕のつぎは、昭和四年七月の浜口民政党内閣成立の第二幕にとび、テロによる浜口遭難事件後の第三幕は六年におきる若槻内閣の党内抗争を、最後の第四幕が民政党内閣の瓦解と終幕の七年二月九日におきた井上準之助暗殺の最期をえがいたのである。こう大略すると、この作品の成立が井上殺傷から四ヵ月にみたない急拵えの感はいなめず、本来はもっとおおがかりな作品に仕立てたかったらしいのだが月刊誌の制約からそれはゆるされなかった。しかし事情はともかく、その短期間のあいだにストーリーの構想をたて執筆したのである。すでに二番目の節にあたる文章でふれた、近松秋江が《代議制の〈壇上政治〉》に条件をつけ立憲主義の議会政治に讃同を表明した話は、政友会の田中内閣時の国会傍聴記のなかでのことである。その田中義一が張作霖爆殺事件によって引責辞任したのが戯曲の二幕にあたり、浜口雄幸に大命が降下され内閣総理大臣に就任する。このとき「憲政の常道」にしたがい民政党に政権がうつり、かれが支持していた二大政党制による議会主義が実現する。このことが意味したのは井上暗殺の問題を作品にとりあげるときの必要かくべからざる時代性の骨格となるひと幕であることを、作家近松秋江はかれの政治観にもとづき計算にいれていたことである。第三幕は六年九月におきた満州事変解決にむけ、党人派安達謙蔵の二大政党による協力内閣構想と民政党内の政局が軸の幕である。この安達内相の政略の失敗が政党政治にあたえた影響は民政党内閣の瓦解にとどまらず、結局軍部台頭をゆるすことになる。そして、金解禁をいそぎデフレ政策を強硬実施した官僚派若槻首相・井上蔵相コンビによる金融財政政策のゆきづまりを第四幕でとりあげ、上記のとおり下野した井上準之助は選挙活動中にテロに遭遇し落命したのである。急拵えの背景には歴史の偶然をよそおった事件にたいして、近松秋江に危機意識がはたらいていたことは間違いないであろう。

作家近松秋江が構想する、大震災いご昭和初頭にかけての歴史のダイナミズムを社会戯曲は構築している。かれが活写した党内政局の中でとくに指摘しておきたいことは、情報をリークし作品化したとおもわれる安達の渋谷広尾私邸での場面である。党総務の中野正剛と井上蔵相とが鉢合わせする政敵関係の密談をえがいた第三幕は圧巻で、この政談は翌昭和七年におきる血盟団員による井上暗殺につづく軍部独裁を計画した陸海軍青年将校らによる五・一五事件をむすぶ端緒をかたる、今日からみれば歴史の秘話であった。そのことはそれとして、しかし、この場面は床屋政談としておとしめられるようなものではなく、あくまでも歴史学としてでもなく、小説家は社会戯曲を文学表現にもとづく迫真にせまる登場人物の要談シーンとして活写した。芸術家としての信条であった〈帰納〉〈具象〉的な場面として、第三幕は政談をえがいていたし、ということは、だから近松秋江という小説家は政客の情報をリークできるような位置にたっていたことになる。そしてなによりも、この小説家が文壇周囲の誰彼からも床屋政談を揶揄され陰で軽蔑されていた、そのころの話だったことである。そして評論集『文壇三十年』を刊行したのは社会戯曲の前年、昭和六年のことであった。しかも、満州事変がひきおこす不透明な政情不安のさなかにあって、十二月に単行本として発行することになる新聞紙『時事新報』の「天保政談」でも、民衆に不人気なデフレ政策を断行した老中水野忠邦による改革を政治小説として連載しつづけている。軍人政治を批判することになるかれには、近未来の、軍国ファッショを予感していたような時代環境のなかにあって創作活動を実行していたことになる。

その前年の昭和五（一九三〇）年には、『文壇三十年』に収録することになる「文学評論三四」を、かれは新聞の時評文としてかいている。昇曙夢の訳書『ルナチヤルスキイのマルクス主義芸術論』からは〈結局マルクスの経済学説あるひは世界観の中には、文学芸術の好き（ママ）精髄は統一し網羅することは出来ないのである。〉とはじめる中のつづきに、わかきマルキスト青野季吉の最新刊書『マルキシズム文学論』（天人社、一九三〇）についてふれた。

それから、こゝろみに、青野季吉といふ人の『マルキシズム芸術論』をわざ〳〵買つて読んだが、これも、芸術そのもの、新諦には、何の触れてゐるところはない。マルキシズムの芸術とは、何をいふのかと、研究心から、教へられる期待をもつて読んだが一向そんな有難いものはなかつたのに、ひどく失望した。たゞ空疎な論理的遊戯を一生懸命に力こぶを入れて繰返してゐるに過ぎない(36)。

近松秋江が〈研究心から〉えらんだ参考図書が、青野の初期代表作『転換期の文学』(春秋社、一九二七)、あるいは『解放の芸術』(解放社、一九二六)やマルクス主義文献翻訳家としての『無産者自由大学』(南宋書院、一九二八)でなく、また一九二九年の左翼評論家の論集『マルクス主義文学闘争』(神谷書店)、そして翌年の『実践的文学論』(千倉書房)でもなく、むろん一九二五(大正十四)年の左翼マニュアル本『無産政党と社会運動』(白揚社)でなかったのは、左翼陣営で活躍している青野季吉のことをしったうえでのプロレタリア芸術の概論書選択だったことであろう。そのかれの青野評価がようは、作家が当時のあらゆる文学事情に関心をもっていた証拠ということになるのである。かつて演繹的なうえの失望をかくさない、小見出し表題が「解らないマルキシズム文芸論」のなかの一節であった。かれの青野評価が裁断批評をきらった無駄話家が、自然主義の文学批評を拒絶したときのスタイルが、いまはマルクス主義批評の〈たゞ空疎な論理的遊戯〉にかさねられ批判対象となっているのがみてとれよう。しかも極論を、プロレタリア文学にたいして〈芸術そのもの、新諦には、何の触れてゐるところはない。〉ときめつけたことであった。さらにいますこし、近松秋江とプロレタリア文学についてみてみる。

プロレタリア文学が『種蒔く人』発行にはじまる大正十年、一九二一年は、大震災を起点に規定をもうける現代歴史観とほぼ軌を一にする現代文学のはじまりを意味する。近松秋江も、その後の論壇で左翼文学にふれる機会を何度ももつこととなる。そうしたひとつ、昭和三(一九二八)年、雑誌特集号の「文芸と政治との関係に就て」中、巻頭評論のなかでくりかえされるつぎの主張の根拠は、いつものとおりの叙法であった。

文学が政治的機能に従属してゐるなどといひ切つてしまふのは、極端なその時限りの一時的の浅薄な現象に拠つて物を言ふことであつて、両者の本質的な立場からは肯定出来ないことである。前にも、いつたとほり、草の青き、菜の花の黄を、今更に変色せしめようとするに類する愚挙である。又、近松や西鶴に向つて、何故に貴公等は、熊沢蕃山や荻生徂徠たらざるか、といふやうなものである。蕃山は蕃山。近松、西鶴は近松、西鶴で各それ等の本分を果してゐるのである。

況んや、吾々が、三百年後の今日に於て、元禄時代の民生々活の呼吸を知らんと欲せば、当年の政治記録よりも、近松西鶴の草紙の方が、はるかに真相を伝へてゐるのである。文学の力も亦た偉大なりといはねばならぬ(37)。

うえの伝統文芸に価値をおく評論を、大宅壮一は年間評壇「昭和三年の文芸・劇・映画」評のなかで不見識となじったのである(38)。やはりわかきマルキストで、ふるきコンサバティブによる呪文のごとき反近代の常套句法による羅列とよんだのが、日本最初の文壇メディア論となる『文学的戦術論』(中央公論社、一九三〇)の著者大宅だった。近松秋江はむろんどうじなかっただけでなく、〈新諦〉をみないマルクス主義文学論を容認しなかったのは青野季吉にたいしてとおなじであった。さらに注目しておきたいことは、新聞に三日に分載された時評文を『文壇三十年』に収録するさいに、このプロレタリア文学批評にあたる文章は削除し小見出しの「嗤ふべき剣劇大衆もの」を「槍剱趣味の大衆物」と改題し、文壇で流行話題をさらっていた今日のサブカルチャーである時代小説と大衆文学の関係を批判的にろんじた一文として再録するのである。この編輯作法や時代意識が単行本の全体的な基調となったのは、言を俟たない。

こうした経緯のなかでなにが重要だったのかは、著作集『文壇三十年』のいっさつを編纂するためにとった近松秋江の態度である。とうぜん、その方針のなかには「文学とは何か」といった命題が告知されていたからなのである。また、文学者近松秋江が明治、大正時代にたいするみずからの文学史観にならいかれ自身の昭和史学をどうみせようとしたのかということが重要になる。しかしその場合「女流作家漫談」をふくめての話にもなるのだが、まず「通俗と芸術と」の一本の評論文が、かれの史学と文学との嗜好をふまえた意向をあらわすものだったとみておきたい。この評論が昭和三年一月三十日から二月一日の三日間にかけ『都新聞』に掲載されたときの初出表題は、「短篇と長篇、通俗と芸術等の問題」である。さきにあげた「槍剱趣味の大衆物」はこの作の延長にあるというのか、具体的な例題だったといえよう。これらの評論文の軸をささえていたのが単行本の収録表題、原題ともおなじ「歴史と小説」であり、また「愛読の書日本外史」が文学にたいする指向をうらづける原初をかたった文章に他ならなかった。この文学と史学にたいするひとつらなりの環は、明治、大正、昭和時代をかたるうえで評論集『文壇三十年』をつらぬく深層部にながれていたのである。

昭和三年の「通俗と芸術と」には、大正期、第一次大戦後のメディア革命によってもたらされた文学環境の変化にたいする問題意識の語り口が、冒頭そのはじめに――〈通俗と芸術の問題。この問題は既に幾度か繰返された問題である。長篇小説――殊に新聞や婦人雑誌の続き物が芸術品としては軽視されるといふことは、非常な片手落なことであつて、「中央公論」や「改造」や「新潮」に掲載されるもの丶みが、必ずしも優越な芸術品だとは云はれぬ。〉といったぐあいに、提示されていた(39)。既成文学を否定し現代文学への変革にむけた意思をもつ「本格小説」というタームの発見、あるいは「私小説」「心境小説」、さらに「通俗小説」そして「大衆小説」にかかわる文学論争に呼応、連鎖し重層化してゆく過程のなかから芸術文化の既成領域が蚕食、更新され拡張をくりかえすことによって、中村武羅夫の「通俗小説の勝利」のなかでのコトバなら、〈今や、すべての創作は、滔々として通俗化しつ丶ある。〉〈今や、すべての作家が、通俗小説を書かうとしつゝある。〉といい(40)、上記の問題提起にみられるメディアの地殻変動は周知、承認されてきたのである。初志にもとづくような壮大な「稗史」はかかず京阪放浪をくりかえす近松秋江が、後日、政治小説、あるいは経済財政問題を歴史小説にかり隠し絵を象嵌した「天保政談」を昭和六年に連載することになるのはすでにふれたことだが、この時期、昭和三年には長編小説の価値を〈長篇小説といふ以上は、一つのコンポジシヨンがなくてはならぬ、ある事件とある人物とによつて構成せられたるパワフルな物でなくてはならない。〉と、将来存在することになる作品を個別、具体的に予見していたかのような言説にたって、こう――〈作品に表現されてゐる理想なり、希望が将来に向つて働く価値あるものでありたい。〉と、かれはその〈価値〉をかたり〈理想〉をつのらせ飼い太らせてゆく。そこで、こうつづける。

しかし私自身には何一つとして長篇で見ごたへのある物を書いてゐる次第でもないので、あんまり威張つたことをいふ権利はないのだが、少くとも理想としてはさう思つてゐる。三十有余年以来さう思つてゐる、私の少年時代にあつて、最も多く私を感化したもの、感興を与へたものは、馬琴の八犬伝と山陽の日本外史とであつた。そして、いかにしたならば、馬琴と山陽とを一つにしたやうな味のする小説が書けるかと思つてゐた。中頃その自分が堕落して恋愛小説家になつてしまひ、少年時代の終りから青年時代の初めにかけて純情にして熱心なる理想家であり、ドリーマーであつた者が、ツリビアル・ナチユラリスト。別言すれば、平和時代の個人描写――に変つてしまつた(41)。

うえに《初志にもとづく壮大な「稗史」》としるした内容の概略が、ここにみられる――〈馬琴と山陽とを一つにしたやうな味のする小説〉と。このことはまた、たしかに意にはんしたらしい酔生夢死の半生からさめたそのときの思い出話にすぎない。無駄話家にして口舌の徒であり夢想家にして理想家であった少年、青年時代の自画像を、老境にむかおうとする五十三歳になる今またわかき自画像とかわらぬみずからの姿を鏡にうつしみたときの口上書が「通俗と芸術と」の一篇であった。だが、しかしここでのべていることは思い出話とばかりはいえず、評論集『文壇三十年』をまとめようとしたときの動機があったはずである。そうであったから、著書のプロローグは「芸術の形而上学的解釈」でありエピローグには「槍剱趣味の大衆物」をおく、無駄話にはじまり歴史話におわる構成はすぎた三十年の時間がある。と同時に構成には、生涯のかわらぬ文学趣味を交叉させ著作集の空間を構築した。その空間の構築には、思い出話がかかせなかったのである。さいごにその「動機」についてだが、加筆しておくことがある。

『文壇三十年』断章

あらたな時代をむかえ、わかきマルキストが古きコンサバティブの言論をわらい不見識をさげすんだりしたのは、一時のことであった。満州事変と五・一五事件が、デモクラシーからファシズムへと転換してゆくことになるからである。それにしても、小説家近松秋江の古典趣味は根がふかかった。少年のころにおなじ時代の空気をすい隣村にそだったキリスト教徒正宗白鳥とくらべても、そのちがいは歴然としている。かつて、そんな徳田浩司が東京専門学校でまなんだものは、自然主義文学ではなかった。明治二十三年に、あたらしく文学科を創設した坪内逍遙は朗読法を教授するようになり、三十八年にはのちに文芸協会に発展する易風会をおこし演劇革新運動を推進することになる。この年に朗読研究会から名をかえた易風会は、四月二十八日に赤城神社境内の清風亭で雅劇「妹山背山」の第一回試演をおこなう。その時、徳田浩司は四年まえに学業をおえ三十歳になっていた。かれもこの運動のメンバーのなかに名をつらねており、しかも熱心な活動家のひとりで中心的な存在でもあった。このことがかれには、しかし東京専門学校のなかでのひとつの活動にすぎないことではあった。ところが運命との遭遇がおこったのは、その貸席でのことだった。あこがれた江戸前の女、藍染の唐桟の袷をまといかいがいしくはたらく大貫ますと清風亭で出合うのである。かのじょは離婚歴のある苦労人で、のちにそのことが理由となって、〝別れた妻〟となる女性であった。

ところで坪内逍遙には、過去に演劇運動とはべつの転機となった文学上の人生を経験していた。明治十四年六月の学年試験で落第した年の話である。

同じ学年に、もう一つ重大な意味を持つ出来事があつた。明治文学史の上からいへば、もつと大きな出来事だと言つてよい。それは、従来明治文学革新に於て経典視されてゐる『小説神髄』の萌芽が、この学年間に発生してゐることである。

英文学の講師ホートンが『ハムレット』を講じたことは前にも述べた。それに関聯して、学年中途の試験に、『王妃ガーツルードの性格を評せよ』といふ問題が出た。が、逍遙にはその問題の意味が解し兼ねた。東洋流に解して、王妃の行為の道義評をしてしまつた。ところが、それは性格描写に就いての事なので、まるで問題の焦点を外れてゐて、ひどく悪い点をつけられた。これに対し逍遙は大いに反省した。さうして東西両洋の文学の根本的相違乃至本質的相違といふものゝ、容易ならぬことを知つた。さうして、欧米の小説や戯曲の性格解剖の研究を中心として、一般文学論の研究に取りかゝつたのであつた(42)。

そして、こんな言説が存在する。この坪内逍遙の伝記を、まるごと借用した江藤淳は「日本文学と『私』—危機と自己発見Ⅱ」のなかにとりあげ日本における近代文学の〈自己欺瞞〉を追求——〈「小説神髄」が日本の近代小説の路線を敷いて以後、誇張していうなら、小説家は第二、第三のホートンにほめられるために書き、批評家は第二、第三のホートンの位置に自分を置くために書くという奇妙な型が次第に出来上がり、今日にいたっているように見える。〉と、言及した(43)。さらに逍遙が滝沢馬琴、為永春水、式亭三馬の伝統文芸、その伝統からうまれた〈自分の感受性に対する自信〉に蓋をして、欧米文学を真似たというのである。いうまでもなく、かれは西洋かぶれの〈第二、第三のホートン〉になるようなことはなかった。しかしその伝でゆくと、近松秋江という小説家は日本近代の〈自己欺瞞〉や〈奇妙な型〉とある狭間のなかにあって、そのこととことなる小説観を喧伝していたことになり、江藤淳がいう〈路線〉とは逆にいきたことであった。と、言ういじょうに、わかきマルキストや周辺の文学者からは理解をこえた真逆の小説家であった。

いったい、無駄話家徳田秋江の原初はどこにそのはじまりがあったのだろうか。昭和の評論集中の「歴史と小説」であげている言論家は竹越三叉であり徳富蘇峰である。このふたりの経世家にくわえ福沢諭吉から、かれはことあるごとにふかい影響のあったことをあげる。かれらの政談に耳をかたむけ、文章を愛読したのだそうである。素志、「吾が幼時の読書」時代にさかのぼると、竹越が改版のたびに補筆修正をくわえた民友社版のベストセラー本『新日本史』(筆者註、上巻初版は明治二十四年)が愛読書であり、べつには福地源一郎のおなじ民友社版『幕府衰亡論』(筆者註、初版は明治二十五年)をよみ感銘をおぼえたことをくりかえしかたった。また、藤田茂吉の私家版『文明東漸史』(筆者註、初版は明治十七年)は震災でやいたあとも、古書をもとめ手元においた愛着の書であることもかたっている。そして、かれが二十三歳になるまで、東京と故郷岡山の和気の往来をくりかえし最後の進学先にえらんだのは、東京専門学校の歴史科であった。さらに、もう一題くわえておく。「天保政談」を連載するにあたりあつめた資料のなかから、書肆博文館のシリーズ本寸珍百種中の角田音吉著『水野越前守全』(筆者註、初版は明治二十六年)を再発見したのはかれの素養があってのことだった、と強調しておかねばなるまい。評論集『文壇三十年』は、巻末三篇「愛読の書日本外史」「歴史と小説」「槍剱趣味の大衆物」を布置し出版する。本稿冒頭に全文を引用した、その「自序」のなかに〈決して短くはない三十年の間に見て来た文壇の、あちこちの事どもを書き誌して、新春の閑読に供す。〉と、しるした。文学者近松秋江の文学志向の由来であるだけでなく、かれの原初の趣味性をも〈書き誌し〉のこしたことになるのである。

【註】

本稿引用文は、『文壇三十年』収録の評論文についてはその著作から初出との異同部分を含めてそのまま引用した。

1　『文壇三十年』。その掲載評論表題・原題・発表順年月日一覧

『文壇三十年』表題	原題	発表年月
近代人の芸術	ニグロを作るには黒き石を以てせざるべからず	明41・2
田山花袋氏の追懐	田山花袋氏	41・5
国木田独歩氏	性格の人国木田独歩	41・7
島崎藤村氏	同	41・11
トルストイの技巧	同	42・5
芸術の形而上学的解釈	ウオルター・ペータア氏の「文芸復興」の序言と結論	42・6
劇・小説・評論	人生批評の三方式に就いての疑ひ	42・6
芸術は感興を移すもの	顔の形容	43・9〜10
女殺油地獄	同	43・12
近松	近松の印象	44・1
西行	古歌新訳	44・5
愛読の書日本外史	同	大2・2
お俊伝兵衛	パセチック・ユーモアのお俊伝兵衛	2・3
トルストイの官能描写	杜翁の芸術に就いて	6・3

文学教育の欠陥	同	13・6
長谷川二葉亭氏	長谷川二葉亭さん	14・5
高山樗牛を懐ふ	高山樗牛氏を思ふ	15・5
歴史と小説	同	15・7
功利派作家としての馬琴	馬琴鑑賞	昭2・2
文学の功利主義を論ず	文学の功利主義を論じてわが馬琴に及ぶ	2・6
秋声氏の個人問題	白鳥の秋声論	2・6
芸術と実生活の問題	同	2・8
徳富（ママ）蘆花氏	徳富蘆花先生	2・9
通俗と芸術と	短篇と長篇、通俗と芸術等の問題	3・1〜2
自分の見て来た明治三十年以後の文壇	文壇早稲田派の思ひ出	3・12
槍劔趣味の大衆物	嗤ふべき剣劇大衆もの	昭5・6
女流作家漫談	女流作家批判	5・11
真実の女性アンナ・カレニナ		未詳

2 「『別れたる妻に送る手紙』徳田秋江作」『佐藤春夫全集　第十二巻』（講談社、一九七〇）、四四九頁。初出、『我等』（我等社）一九一三年十二月号。

3 『木佐木日記　第三巻』（現代史出版会、一九七五）。「昭和四年、三月二日（土）」三六九頁。

4 『朝日新聞』一九二九年三月二日。「評論数項…三…」

5 前掲註4、二月二十八日。

6 前掲註4、三月一日。

7 結婚式当日の光景は吉屋信子の『私の見た人』（朝日新聞社、一九六三）の「近松秋江」に描かれており、その後のことについて

8 は中央公論社編輯者の松山悦三の現代教養文庫『作家追憶』（社会思想社、一九六五）の「近松秋江」等に伝録されている。代表例といえば、平野謙が編纂した『近松秋江集』（集英社版日本文学全集14巻、一九六九）がある。この全集本は「苦海」一篇以外、いわゆる「別れた妻」・「黒髪」もの十篇を一集に収めた。その作品に対する理解は平野の好みに基づいており、晩年の家庭を描いた「苦海」も彼の私小説観に従ったものであった。

9 前掲註1を参照。

10 前掲註1を参照。

11 シモンズ評は、早くは一九〇七年『早稲田文学』五月号の「無題録」に掲載されている。無駄話に影響を与えたウォールター・ペイターとともにアーサー・シモンズを論じた。ペイター論は「ウオルタア・ペータア氏の『文芸復興』の序言と結論」、副題を「印象批評の根拠」とし発表。その中でペイターがシモンズに先立ち印象批評の先駆者であることを指摘しており、評論としても重要なものの一つである。また、『文壇無駄話』では、表題と副題を差替え収録している。

12 前掲註2を参照。ただし、「新しき人西行」は単行本『文壇三十年』では「西行」と改題している。

13 「『別れた妻』を書いた時代の文学的背景」『早稲田文学』一九二七年六月号。

14 『文壇三十年』二二三頁。

15 『文章世界』一九〇九年一月一五日号。この「評論の評論」の最後の段落にあたる主張は一九〇九年の単行本『インキ壺』（左久良書房）に収録する際、「フランスとロシア」と表題を付した田山花袋の自然主義観を代表するものとなる。

16 『趣味』一九〇六年十一月号。この文献は、近松秋江の古典趣味に対する由来を記した最も古い記録である。

17 「明治四十一年文壇の回顧（香の物と批評）」『文章世界』一九〇八年十二月十五日号。なおこの評論を、東京専門学校入学前の橋浦時雄は抱月、泡鳴らでなく唯一秋江文に注目したという。（雁思社刊・橋浦時雄日記第一巻『冬の時代から　一九〇八—一九一八』八頁）

18 「四十二年の文芸界に対する要求」『趣味』一九〇九年一月号。

19 『文壇無駄話』（光華書房、一九一〇）、四一～四三頁。なお、引用文中の（一）から（三）を、徳田秋江は以下のとおりまとめその（二）の問題点を中心に取りあげた。

　併乍、此処にて特に小生が、読者の注意を仰がんと欲する一事は、右申述べし、馬琴が最も多く有し次いで近松が多少有する欠点に対する非難の語として従来慣用せられたる、

　一作者の主観が加はる不可（之れは没理想論の当時に、多く用ゐられしもの、その誤謬なること、その時に於ても後になつ

て理解された）
二作者の理想が加はる不可（二十年前にも用ゐられ、また今日の自然主義者等にも用ゐらる）
三客観化の不完全（同上）
など言ふ辞義の適、不適如何といふことに御座候。（略）依つて問題は残る（二）の「作者の理想が加はる」といふ一点に到着いたし可申候。

20 『早稲田文学』一九〇八年一月号。後、『近代文芸之研究』（早稲田大学出版部、一九〇九）に収録。

21 「前期自然主義の研究」「自然主義確立への道標」「二つの頂角」、『自然主義研究』（筑摩書房、一九七五）。

22 『読売新聞』一九〇九年一月二十四日。『文壇無駄話』では「作品と作家」と改題。

23 「最近の小説壇」『新潮』一九〇九年十二月号。

24 前掲註19、七三頁。『文壇無駄話』では副題が「ウオルター・ペータア氏の文芸復興の序言と結論」とある評論「印象批評の根拠」を、『文壇三十年』では「芸術の形而上学的解釈」と改題し収録している。その際に種々な改稿を施しており、本稿の引用箇所はその時に削除されている。またこの評論は、印象批評の解説を縦軸にし主観（理想）の問題を個別に横軸として織りなす形で展開しており、その個別の問題の中で削除されたいわば作品時評をおこなっていた。いわゆる「芸術と実生活」論――主客論争の折に、〈故田山花袋氏は嘗て『芸術は現象の再現也』と云つたが現象の再現といふことは、まづ以て厳密なる意味を成さぬのである。〉（『文壇三十年』一五頁）といった批判は、結局『文壇無駄話』原文の削除行為によって判明するペイターの所論に沿ったものであった、ということになる。削除箇所についての理由も、縦軸の文脈の中ではペイターの所論に阿た枝葉にすぎなかったからであろう。前掲註11を参照。

25 「トルストイの技巧」の初出は一九〇九年五月一日の『文章世界』で、「トルストイの官能描写」は一九一七年三月の『トルストイの研究』。

26 「大正時代の文学」『文章倶楽部』一九二七年三月号。

27 吉田精一著『自然主義の研究』（東京堂、一九五八）の「下巻」では、小栗風葉を「自然主義文学の確立と発展（一）」で、真山青果をその「（二）」で取りあげる。いわゆる「前期自然主義」でなく、「本期自然主義」、あるいは「日本自然主義」と別称される成立時期の記述である。近松秋江がこの時期の二人をそうした文脈から外したのは、そのこと自体に意味があったろう。自然主義者と名指しあった当時の特定グループの党派的な存在を、自らが認め語ったことになるからである。一九〇九（明治四十二）年の劈頭、田山花袋の「評論の評論」に始まるいわば「芸術と実生活」論争の大局を俯瞰する論が、翌年の総合雑誌『太陽』七月号に掲載されている。金子筑水（註、馬治）はその「時事評論」のなかで、〈昨今の自然主義論は、殆ど全く純粋人生観上の真面目な論戦、作家や評論家みづからの実行上の主張に傾いてきた。全体が著しく主観的又は個人的になつてきたゝめ、自然主義に関する解釈もさまぐ〵に分かれてきた〉と現状を分析した上で、次の三つのグループに分けた。先ず〈主として花袋、天渓諸氏によつて代表される傾向を指す。〉「徹底的自然主義論」のグループ。そして、第二の〈抱月氏を中心とした『早稲田文学』社の諸氏を代表とする。〉「温和的自然主義論」のグループと、第三の〈漱石氏に関係のある帝大出身の新しい評論家諸氏を代表と見る。〉「自然主義的非自然主義論」グループであった。この伝でゆくと、文壇無駄話家徳田秋江は第二、第三の両方に軸足を置き、しかも突如第三の方向に比重を移していく弁論術を駆使、陳述していたことになる。

28 一九〇九年当時、近松秋江は雑誌『新潮』十二月号のインタビューに応え——〈私は、成程学校は早稲田を出たんですけれども、特に早稲田派と言はれることぐらゐ厭なことはありません。例へば、私が島村抱月さんのことを批評したりなどすると、早稲田派文士が早稲田派文士を批評するからと言ふので、特にその点にのみ興味を世間では持つて居る人々もあるやうですが、妙なところに興味を持つものですね。兎に角、最う少し一騎打ちの人が出て来なくては、文壇もさつぱり面白くないですね。〉と、正論を見立て論陣を張ったのである。

29 『中央公論』一九〇七年五月号。

30 前掲註1、一三六頁。

31 一九〇八年九月、東京国民書院刊行。一二年に続編『青年時代』を同書肆より出版。翻訳にあたっては、徳冨蘆花の勧めがあった。

32 前掲註17。

33 前掲註1、一三三頁。

34 前掲註1、二二七頁。

35 「大正十二年を送りて新に大正十三年を迎ふるに当りて所感を誌す」『中央公論』。

36 「文学評論㊦」『報知新聞』一九三〇年六月二九日。

37 「政治と文学」『新潮』四月号。

38 「昭和三年の評論壇」『新潮』十二月号。

39 前掲註1、二一七頁。

40 「文壇雑筆（下）」『読売新聞』、一九二六年二月二十五日。中村の結語は以下のとおり、〈世界のどんな立派な小説でも、それは皆な或る意味での通俗小説だ。今まで全盛を極めて居た私小説や心境小説は、日本だけで発達した小説道の変則である。これからは、日本の小説も、だん〳〵本道に戻つて来る機運に向つて来たのだ。私は、このことを震災以来から、夙に主張して来た。〉（「通俗小説の勝利」）——である。

41 前掲註39、一二〇〜一二一頁。

42 河竹繁俊・柳田泉著『坪内逍遙』（冨山房、一九三九）、一〇三頁。

43 『江藤淳著作集　続1』（講談社、一九七三）、一六三頁。

参考文献

後藤宙外『非自然主義』（春陽堂、一九〇八年）

金子筑水『時代思想之研究』（早稲田大学出版部、一九一〇年）

阿部次郎・小宮豊隆・安倍能成・森田草平『影と声』（春陽堂、一九一一年）

樋口龍峡『現代思潮論』（中央書院、一九一三年）

小宮豊隆　文芸思潮叢書第十二編『文芸評論』（日月社、一九一四年）

田中王堂　現代評論選集第一編『王堂論集』（新潮社、一九一五年）

馬場孤蝶『近代文芸の解剖』（広文堂書店、一九一四年）

馬場恒吾『現代人物評論』（中央公論社、一九三〇年）

武野藤介『文壇余白』（健文社、一九三五年）

上塚司編著『随想録（高橋是清遺著）』（千倉書房、一九三六年）

柳田泉『『小説神髄』研究』（春秋社、一九六六年）

伊藤之雄　日本の歴史22『政党政治と天皇』（講談社学術文庫、二〇一〇年）

川田稔『満州事変と政党政治―軍部と政党の激闘』（講談社選書メチエ、二〇一〇年）

坂野潤治『日本近代史』（ちくま新書、二〇一二年）

鈴木隆『高橋是清と井上準之助―インフレかデフレか』（文春新書、二〇一二年）

井上寿一『戦前昭和の国家構想』（講談社選書メチエ、二〇一二年）

二節　文壇無駄話家徳田秋江の登場
――印象批評の成立

はじめに

徳田秋江は、明治四十三（一九一〇）年の三月に評論集『文壇無駄話』を上梓した。訳書、通俗世界文学第九篇『シルレル物語』と『生ひ立ちの記』（筆者註、原作トルストイ）をのぞく自作の著書としては、さいしょの単行本であった。

論集中、もっともふるい文章は「自然と印象」で、明治三十九年九月のことである。おなじく最新の文章は「センスとアイヂア」で、明治四十二年九月の文章である。一冊の著書の出版までには、あしかけ四年が経過していた。その間の批評活動、無駄話家から、徳田秋江は印象批評家とよばれることとなった。このことは、とうじのかれを不足なくかたることではある。しかし単行本『文壇無駄話』刊行の前年、明治四十二年のかれは言論活動をつうじておおきな、自然主義文学運動をゆるがすような足跡をのこしているのだが、かならずしも整理された形でつたえられていない。そのため、評論家徳田秋江にたいする評価はじゅうぶんに理解されていない現状がある(1)。いうまでもなく、一九一〇年前後は自然主義文学運動が峠をこえる変貌期にあたる。このことが歴史的な評価としてあきらかになるのは後のことである。そして文学者徳田秋江における言論の全体像はなおいちぶの、好意的な読者の評価にとどまっていた。そんな評論家に照明をあてる有効な手段が、主観的な言説空間をつくりだした「印象批評」とくくられる文学批評論であった。しかし、印象批評は科学主義にゆらいし、近代を代表する自然主義という文学思想からは異端視されたのである。

徳田秋江の島村抱月批判、その素描

ところで、明治四十二（一九〇九）年は、近松秋江が自然主義文学運動から離脱した時期にあたる。東京専門学校いらいの人間関係のなかで、何かがおきていたとしても、今は実際のところをしらない(2)。とも角、ひとつの文学グループ文芸研究会とか早稲田文学社からはなれた。このことは、学校の先輩であり自然主義文学理論を包括的にとらえた島村抱月、その人にたいする叛逆を意味していた。かれは抱月を論敵にえらぶことで自ずからの「論理」をえたのである。そのうえかれはもうひとりの自然主義文学推進者、田山花袋をも論敵とした。このふたつの道筋が、もうわかくはない三十四歳になる印象批評家徳田秋江の芸術の春となってむすびつくこととなった。

戦後昭和の評論家平野謙も注目した、かれの代表的な評論「芸術は人生の理想化なり」は無駄話家のためだけでなく、時代の金字塔である。具体的な経緯は、そのかれの文学主張は明治四十二年の『早稲田文学』五月号の「観照即人生の為なり」に対抗する文章で、ほかにおなじ観点をもつものには五月十六日の『読売新聞』紙上の「島村抱月氏の『観照即人生の為也』を是正す」などがある。抱月は当時、芸術をとおして人生の価値をとらえかえす立場をとったことにより、内面観照中心の芸術論に逢着していた。この文学理論は自然主義論のうち、客観主義の有力な定義となったのである。

島村抱月には、この地点にいたるまでにいくつかの道のりがあった。前年明治四十一年の九月に、代表的な論考「芸術と実生活の界に横はわる一線」をかき、岩野泡鳴の実行論を疎漏としてしりぞけたいきさつがある。その後、田山花袋が新年の『文章世界』十五日号で提唱した〈実践と芸術〉を契機におきた論争の過程のなかで、六月「序に代へて人生観上の自然主義を論ず」や九月の「懐疑と告白」へとつづき、「観照」の論を媒介とする客観芸術を権威あるものと規定していたのである。このことを巨視的に位置づけるとすれば、「リアリズム」の定義と「生」の哲学とをあたらしく発見した、日本での一九世紀文学確立のための所論であった、といえる。

現実の悶々なるが為に最高芸術を成すのでなく、現実の悶々が最もよく人生観照の瞬間を作り得るが故に最高芸術を成すのである。実行なるが為に芸術なるに非ずして、実行の上に蒙らされる観照あるが為に芸術になるのである。人生を観照する、此の一事実に芸術製作の動機も発し、芸術鑑賞の目的も含まれる[3]

さて斯やうに人生の中心の目的は分らぬにしても、芸術といふ一活動は我々をして此の自覚に到らしめようとする一の手段として世の中に存在して居るとしか思はれない。無論、歴史的に言へば、卑近な実用功利の目的で存在して居た時代もあるし、また全く娯楽の機関として存在した時代もある。今でもさういふ元素が入り交つて居るのは事実であるが、観照といふことを標準として考へると、結局、芸術は人間最後の目的を知らうとする自覚心を刺戟せんが為に存在して居るものと見て差支へなからう[4]。

抱月は、はやくは明治三十二(一八九九)年には『美辞学　全』をあらわしており[5]、さらに発展させた三十五年の『新美辞学』では第三編の「美論」のなかで、今日の美学にあたる言説を全六章計十七節にわたり詳述していた修辞学および美学におよぶ学究の徒であった[6]。この著書発刊の五月に海外留学生としてロンドンにわたり三年間の欧州滞在ののち帰朝し、自然主義文学運動がおこるとその指導的な役割をおうこととなった。だから、かれは修辞学に端緒をもつ芸術論を基礎におき人生の真相を価値づけていたわけであり、いえば本格的で本質系の理論家だったのである。四十二年刊行の著書『近代文芸之研究』は三十九年からの〈自然主義論を中心〉(「凡例」)に諸作を収録したとあるが、絵画・彫刻・音楽・演劇・歌劇に横断するリベラルアーツともいうべき広範囲に通底する近代の価値をあらわす著作であり、たんなる文学評論集ではなかった。

こうした立論、抱月理論を、徳田秋江は否定した。抱月が客観認識の定理、メカニズムを設定し合理的な方法とした主張は無理のある理会の過程ではない。体験的な事実、あるいは経験則からえた客観性が法則として整理認識にいたる根拠を、抱月は世界観として論理化していたからだ。その理論は、認識される対象のほうではなく認識主体の世界像にたいする説明であり、このメカニズム究明は古来思弁の体系として取りあげられ論述されてきたものであった。田山花袋の場合も抱月とおなじことがいえるわけで、かれの場合は実作者として成功を獲得しえたのだから、その経験主義は筋金入りであった。つまりは、花袋の主張を論理によってその矛盾を論破することが現代の評論家にいたっても、意味はほとんどあるまい。かれの直観によって発揮された能力は実作をとおして成功をもたらしており、リアリズムの方法化をささえる形而上の領域が、作家固有の識閾の問題だったからである(7)。このことはさらに、つぎの節でふれることとなろう。

ところで島村抱月の客観説をみとめず、芸術を、主観の構成とするのが徳田秋江の立場である。〈理想化〉は、そのための有力な術語となり芸術モデルとなる。

明治文壇の自然主義者等が、如何にありのまゝを書くのだ〳〵ともうしても、西鶴みづからは、観念の窓より覗くと申し居り候。観念の窓より覗くとは、取りも直さず抱月氏の所謂観照化又は赤熱を白熱化することにて、小生共にいはすれば、即ちアイヂアライズに他ならず候。アイヂアライズとは、仮に作者の主観によつて客観に変化を加ふること、でも申したらば宜しかるべきか(8)。

相ことなるこの見識が、両者のあいだで再びうまることはなかった。近代の核心である科学主義のいっかんである自然主義論が、抱月いごに発展しなかった事実をかれの言説は物語ることになる。無駄話家徳田秋江における芸術の春をいい時代の所産となることも、文学史のそのあとの出来事と密接に関連していたためである。現代という時代と通底する論争が個人主義と命名されデモクラシー思想の外延である大正モダンともいわれつぎに到来する時代精神を暗示する議論として、かれの言論は記憶されてよいものであった。

徳田秋江の田山花袋批判、その素描

田山花袋の主張は、自然主義文学のパブリック・オピニオンを代表した。その言説には矛盾があっても耳目をひいた。そして、がんらいが小説家である花袋は人間の行為を、読者を蠱惑する直観のかった文章で叙述した。また、かれの手になる評論は法則の内縁をこえ、表現行為の内側にとじて内包するクリエイティブな契機を表出、あらわした。個別の知性による批判をこえ、人間にひそむ可能性を愚直なまでに主張したのである。いわゆる「芸術と実生活」の概括はもっともよくそのことをしめしていたし、大正期の宗教による救済をあらわすその文章は、やはり表現者として文学者の特徴を闡明にしめしていた。

実行が全力的であるだけそれだけ、観照が難かしくなる。実行と観照とが同時にしてゐることは殆ど不可能のことであつて、人間業では出来ない。だから、何うしても観照は実行の手を留めて、回顧的にならなければならぬ。かういふ意味を抱月君が読売の日曜附録で言はれた。これは確かにさうであるが、私は其実行と観照との距離に就いて考へて見た。距離が遠くなればなるほど、芸術は生気を失つて来はしないかと思つた。私は成たけこの距離の近い処に居たいものだと思ふ。
此距離の近い処に、まことの意味のアナライズといふことがある。現代作家の苦悶は此の苦悶である（9）。

この文章は島村抱月の「観照」論に触発されかかれたものであった。おなじ六月十五日号の「評論の評論」のなかで〈ありのま、の事実と謂っても、底の底まで客観化を行ったものでなければ、それは事実と謂はれない〉ともいって、このことを自然主義における肝腎要の問題と提唱している。とはいえふたつの論述が奥義をひめた表出にもとづいたもので、文意の実質にうたがいをむけられたことも確かである。しかし名作を数おおくのこしえた小説家は、そのときに獲得された創作体験を記述、現前しえたと確信しみずからをうたがわなかったことであろう。

ただしである、抱月にしても花袋にしてもそうごに影響のあることをいうにつけ、その内実に間（あわい）の存在をかんじさせる。一致する何かがあるとすれば、芸術が実生活とは一致しない領域のものであることを支持しあう程度にとどまるだけであろう。もちろん、自然主義以前の文学とは画然とした新規の思想がうまれたことを、否定はできまい。しかし文学誕生の契機にかかわる、うえの「芸術と実生活」の言論はもともと常識的なことであり、そのこといじょうにはなんらの合意もない。この点に、自然主義文学議論の実質があらわれており、と同時にひろくはあらゆる文学思想に共通する性格を物語っている、という事実も否定できまい。

無駄話家徳田秋江の花袋批判は、いじょうのような事情を背景としておこった。六月十五日号の『文章世界』での花袋文は、「評論の評論」冒頭でかれの「芸術は人生の理想化なり」を批判したもので、単行本の『インキ壺』収録にあたりその文章に「個性と類性」と小題をふし二項対立による差異の解説——つまり、上記の客観主義の成立には〈充分なる客観化には作者の充分なる主観の修養が必要なこと〉を再度のむすびとした。近松門左衛門／井原西鶴にたいするちがいによる客観の位置づけと、さらに真山青果の「枝」と小栗風葉「耽溺」の作品理解にたいする再説部分の結論にあたる。この論説が、徳田秋江の実行論で印象批評に発展する芸術主観説を批判したことになる。その延長に、まえの引用文「現代作家の苦悶」がかかれていたのである。これをうけて、秋江は続編の筆をとり、花袋文をふたたび批判したのである。

排主観説を自然主義論だけの特色とせず、〈没理想論の精髄〉だとする観点は花袋批判の第一の要点である。このあたりは、抱月と東京専門学校の同窓で反自然主義の陣営にぞくした後藤宙外とおなじ主張である。そして、自然主義は坪内逍遙の〈没理想〉とことなり四つの、文学者が所有する価値（＝主観）をとりいれており、みずからをしらない文学史にくらく、かえって主観的な論調であると反論した。これが第二の要点である。さいごに秋江はたんなる常識的な条理が芸術をつくってはいないことをくわえ、批判をむすんだのである。そこに曰く、

「閑日月」（註、正宗白鳥作）にも「春」（註、島崎藤村作）にも「生」にも「妻」（註、以上田山花袋作）にもなかるべからざる理想化なりといふこと。此の理想化はあらゆる人間の行為の根底に横つて存在せる作用なるが故に、芸術は人生の理想化なりと申したからとて、折角の自然主義を破壊するものでないのみか、自然主義の根拠を強固にせんとするものなるが故に、心配など、さら〳〵御無用なる事。乍併その小生の所謂理想化と、普通に所謂「作者の理想の加はる不可」の場合の理想とが没批判的の考にては混同し易き故、後の方は、『対象を演繹的に見ずして帰納的に見る』と改めた方都合（ママ）よきこと。まづは、ひとわたり如此御座候草々不宣(10)

と。芸術は作為であり作家の主観による創作行為である、といいたかったのである。だから、花袋の言説では芸術制作とのかかわりといった肝心な創造の問題が説明されてはおらず、不明瞭でありまちがった芸術論に由来しているのが自然主義文学運動である、ということになる。この立場が印象批評家徳田秋江の到達点となった。

この間の理論的な展開は、花袋が提唱した明治四十二（一九〇九）年の『文章世界』一月十五日号の、「評論の評論」中で提起された〈実践と芸術〉問題にはじまる。その後、文学史上の大規模な論争に発展する。しかし不思議なことに、花袋には事前の予測がまったくなかったかのようだ。だが論争の発端、伏線は自然主義を〈芸術上〉の問題に限定するのか〈実行上〉の問題をふくむものかとの抱月の提出した前年来の論点を、文芸誌の編輯長というよりは現場記者の直感力でおもいつくところを継承したあたりにこそ花袋の晴眼があった。岩野泡鳴の「耽溺」をはじめ、藤村、白鳥などいくつかの新作を評定した最後の話題として、自然主義論をとりあげるなかで「客観」主義の理解をつきつめていない論者にたいする不満を、〈巴渦の中に熱中して居るやうな態度は自然主義の態度ではない。〉と批判し〈傍観的態度〉を自然主義文学固有の価値であると、のちに争点化する「芸術と実生活」について縷述していたことになるのである[11]。単行本『インキ壺』収録時の小題である、この「フランスとロシア」での指摘が文学理論一般の問題に拡大する契機となる。徳田秋江はただちに自説を寄稿し、反論する。『文章世界』の文章をよんだ四日後の十九日に脱稿した「文壇無駄話」を二十四日の『読売新聞』で公表した[12]。花袋文の第一印象として〈論理の矛盾に陥り、独断に失した点〉をあげ、ついで〈まことの自然主義〉を説明してほしいと要望した。ところでかれは、自然主義を〈日本文明史上の壮観たる一大運動〉とみていた。人間は抑圧の被害者たりうるから〈人生観の「新解釈者」〉となり、創作の動機がうまれる、と。そのあとの包括的な動向として芸術〈実行〉説が誕生してゆき、いっぽう花袋も筆をつくし「評論の評論」にこたえ論争がつづいたのである。だがその結論は、簡単な話ではない。

私は自然主義の主唱者ではないが、それこそ傍で観てゐるのに、自然主義には、立派な実行的部分が存在してゐる。いやそれを除却したなら自然主義なるものは大半空虚になる。私のやうな傍観者が平生、之れに対して敬意を表してゐるのは、多くはそれが為である[13]。

徳田秋江が文明のいちだい運動とみてとった自然主義を、抱月と花袋、それと長谷川天渓が文学運動にせまく限定したことにたいする苛立ちが根本にある。そのかれの志向の底にある「政治趣味」を脱皮し、心あつくした始原の政治小説を世にといわかき日の理想を形としてあきらかにするのは、人生でも文学でもはるかに時空をへだてたのちの話である。かれが文学をせまく限定しない理由はなによりもそのときの体験故であるが、しかし今はこれいじょうはふれず、話題を元にもどす。そもそも花袋文の矛盾をあげれば、自然主義文学の程度に結論がくだるとはかんがえられない。小説家としてかれがのこした傑作は、条理の程度に左右されないであろう。上記にしめした花袋の〈ありのまゝの事実と謂つても、底の底まで客観化を行つたものでなければ、それは事実と謂はれない〉とか〈充分なる客観化には作者の充分なる主観の修養が必要なこと〉とあるような強弁にひとしい修辞——それは花袋という人間の文体を、徳田秋江は深切にうけとめようとする気持ちがなかったということなのだ。

かれがしめした〈実行〉の論は、半年をまって深化の跡をのこす。この深化の過程に独自の文学主体がはっきりするとみてとることで、作家近松秋江についてもあらたな定義なるものをかんがえうるのである。

徳田秋江の実行論あるいは主観説、その素描

印象批評家徳田秋江の「実行論」は、文学主観説をもっともよく説明している。いうまでもなく、作品の内容を行動にうつすことを〈実行上の自然主義〉というのではない。文芸革新会による反自然主義にたつ後藤宙外が前衛から後退するのをみても、この手の皮相的な議論は争点からすぐにきえる。簡略化してみる。自然主義にたいする論争軸は、島村抱月の認識論としての「客観説」と田山花袋の描写論としての反「実行説」とにあった。

秋江側にそくしてこの点をみると、客観でなく主観の優位とあるがままでなく様式の尊重を芸術の必須条件として

いたことである。ひと口でいうと、反リアリズムの肯定であった。それがため、自然主義の文学理論を否定したのである。だからこそ、文学主観説の確立をとく文学理論の立場からは、とくに喫緊の課題となる。

▲大層話が他に外れたが、批評は実世間の経験と、それに伴つた考へ深い反省とから来たものでなければ駄目だ。小説を作るのだつて矢張りさうである。「経験を主観によつて統一する」之が肝心である。

ですから、坪内（註、坪内逍遙）氏の所謂「主観的批評を主にして云々」の主観を排された理由は十分に理解するが、内容の豊富な経験は、皆な個人〳〵の主観によつて特色をなしてゐるのであるから、その意味の主観で以て、所謂自我派の批評がして見たいと思ふ(14)。

この文章はひととおり論争がおわったあとの発言で、明治四十三年三月上梓の評論集『文壇無駄話』を校正中にかかれたとかんがえられるものであり、小説（＝芸術）を総合的、めいかいに公式化していた。論議につかれたとの弱気な言辞ものこすが、「凡てが主観の創造」と副題をかかげて、〈客観的価値に絶望〉した人間のもとめるところをのべた。一九世紀を、科学の跳梁と観念の跋扈とによる反人間的な時代という見方をしていたのである。ようするに、科学的な客観主義の否定は人間主義恢復の宣言であった。かれの反リアリズムの言説は単著『文壇無駄話』をつらぬく棒のごとき主張軸であり、その反リアリズム観をモチーフに、主題の文学主観説を構築しようとした。その立場がウォルター・ペイターにならったものであることを、かれは書中でも告白していたことである。そして今、アナトール・フランスの名を併せあげたうえで〈批評は創作だ〉と、断言した。

徳田秋江の言説空間は、厖大でふかい主題を暗示する。ひとりの評論家は伝統をうけつぐ継承の精神と、自己のうちなる創作衝動を物語った。かれは日本の自然主義者が開発しもちいた術語を、まったく逆の結論へみちびいた。ひとつのパラドックスは論の矛盾でなく、芸術家が予感しえた窮極の世界像を説明している。ひとつの、人間がつくった観念をどちらの側からみるのか、その選択のいかんで、マンネリズムから転化し進取にとむ継承と創造の精神を発揮する。

このことを、秋江文「島村抱月氏の『観照即人生の為也』を是正す（一）」にみるのである。副題は「何故に芸術の内容は実人生と一致するか」であり、自然主義者でなく真逆の論客がかかげるタイトルやリードは刺戟的な見解をあからさまに予測させた。明治四十二年のこの五月十六日、本格的で最初の抱月批判は曲折と変化をへて、七月十一日、連作（五）までの約二ヵ月のあいだ継続しながらもつづくことになる。その間に関連し継起する「芸術は人生の理想化なり」と「西鶴と近松」や「ウォルタア・ペータア氏の『文芸復興』の序言と結論」などの話題となった評論文をかきあげる。連作の抱月批判は、そのモチーフを〈芸術製作行為を以つて観念的実行なり〉という点におき、その説明を継続したものの「未完」と末尾にある。だが、中途半端におわったということではない。その連作の（五）のなかで、

▲小生が、島村抱月氏の「観照即人生の為なり」の批評を目的として本論を起しながら、中途にして、氏の「第一義と第二義」の批判に彷徨せるは、それに依つて理想と理想化との意義を平俗に闡明しながら、兼ねて芸術製作行為の実行なることを説明せんと欲したる次第に御座候。目的は何処までも其処に在り。力めて岐路にさまよふことを避けざる可らず候(15)。

とこれまでの事情と意図を説明し、その枠組をゆきつもどりつしていたのである。問題提起は、左の連作（一）のとおりであった。

芸術が観照を待たざれば成立せず、といふことは、芸術の内容が実人生と一致すといふこと、論点を異にし居り候。小生は、前者（即ち抱月氏）に賛成すると同時に、後者をも主張いたさねばならず候。何となれば、抱月氏も語られ候通り……人生の観照とは、現実の上に蒙らされたるものにして、観照化――即ち観念化、或は理想化――能く芸術を（も）成し得べし。乍併その観照化すべき対当は実人生に他ならざれば也[16]。

秋江の着眼点は、最後の論および論争中のそれぞれの文章でじゅうぶん拡大しえたとみてよい。〈曰く談理批評は野暮、印象批評は意気。〉としんじた評論家は[17]、気儘の典型を主義とした。また、

▲傍観的といふことは好いこと、思ふ。乍併それを唯常識一遍に解し去つて、傍観的だから、作家の人格を問ふ必要がないとか、傍観的だから描く対象とは無関係だとか、いふやうなことを言つて来ると、其処に其の傍観的といふタームが始めて無意味、没論理になつて来るのである[18]。

と、花袋の主張を〈作家と作品を二元的に見〉誤る自然主義者だと糾弾することになる。牙と毒気をきかせ、〈此奴、一番論理の理路を正さねばならぬといふ気になる。〉――おなじ評論家からでたつぎの言葉である。

創作がとらえた世界を、いっぽうでは客観的な所産とし、たほうは主観的な所産とする。自然主義によってもたらされたリアリズムからはなれローマンス「稗史」の復権へはしるコースに、秋江は越境しようとする。芸術は結果にあるのでローマンスという先祖返りは趣向の問題であって、創造の精神を否定するものではない。かれが自然主義前派の尾崎紅葉とか、あるいは明治二十年前後の政治小説にあこがれるのは、この故である。

加之抱月氏は「……本能満足といふのでは、もう足りなくなつて、自己の覚醒、個人の覚醒といふことになつた」と断定致され候へども、そもく自己覚醒とか個人の覚醒とかいふことは、本来極めて漠然たる空虚の文字にしに、本能満足といふ文字の直接にして且つ内容に富めるに遠く及ばず。自己覚醒といひ、個人の覚醒といふは一片の形式的名辞に過ぎず候。是れ故綱島梁川氏などの言説の余弊也(19)。

乍併「理想及び理想化」は、此二三年自然主義運動のモツブ的分子に依つて排斥せられたり。小生どもが、その、盲目的、没批判的に排斥し去れるものを新なる意味に於て生さんとする所に、言論を費す意義生ずる也(20)。

このふたつの文章のうち、そのはじめのものは崇拝する高山樗牛に同調する徳田秋江が〈観念的実行主義〉を意味づけるための一節である。そして、あとのものは〈芸術製作〉が実行論である経緯を説明したおわりの一節で、観照論にたつ同窓の〈モツブ的分子〉相馬御風を批判した部分である。そこには、芸術家のすべてを物語る趣味性がある。リアリズムと人生とを、自然主義と背中あわせにむきあって逆方向をながめているかぎり、おなじ芸術を遠望することはない。文芸用語は共通する時代の産物だが、言論装置のもちいかたいかんで創造物の見通しをべつのものにかえた。では、かの評論家をどのように位置づけたらよいのか。肯綮に中る文芸用語〈理想化〉とあらわされた術語は主観の優位を定義の内側にふくみ、自然主義論に背馳する要となったのである。作品が芸術家の主観にもとづく実行の結果だ、とする結論にいたった。だから、文壇無駄話家徳田秋江は創作活動を〈観念的実行〉とみてとり、〈作家と作品を二元的〉にはかんがえない立場をとる。芸術主観説の由来である。

印象批評家徳田秋江の位置

無駄話を言論の旨としんじた徳田秋江の批評活動、とりわけ芸術主観の説＝芸術実行の説は、明治末、一九一〇年前後の文学史にどんな意義をもたらしたといえるのか。自然主義理論の泰斗島村抱月、自然主義小説の英傑田山花袋、この両雄を軸とした自然主義文学運動にたいし、どの程度、論としての独立をえていたものかに評価の分水嶺がある。文学史にそくすと、『中央公論』をふくめ明治四十一年の新年号『早稲田文学』『文章世界』は、自然主義の人で創作欄をうめていた。が、そのあとわずか一年ののち、花袋の「芸術と実生活」論から主義の根幹がうごいた[21]。

稲垣達郎の説明にしたがえば明治四十三年の自然主義文学論を、〈本来排主観であるはずだった自然主義側からすれば、ひとつの大きな屈折だった〉とみる[22]。この事態、芸術主観の説が〈思潮の推移〉をしめした点でふかい意義をもつ、というのである。この断定は片上天弦と安倍能成の論争にふれた結論である。同様のものに、周知の相馬御風と阿部次郎の論争があり、確実に文学理論のターニング・ポイント──明治の集積点から大正へ、新旧の結節点である。しかしその一年前に、自然主義論がイデオロギーとしては熔解をはじめていた。この点に徳田秋江のはたした重要な役割がある、といえるのだ。稲垣がいうところの〈論としては《自己》なり《主観》なりが問題の中心〉であると指摘する、この観点は文壇無駄話家のかれによってひきだされていた、ということである。たとえかりにおなじ論者が他にいたとしても、論争のなかで主張していたかれの位置づけ自体の変更はありえない。明治四十二年十二月二十五、六日の『国民新聞』掲載の「思ひ浮んだこと」は、年間総括文で、〈四十二年度に評論が栄える気勢を示したのは事実だ。識者は評論の必要を認めてゐる。〉とあって、文壇無駄話家の史的読解は闡明である。

先達て「朝日」（筆者註、『東京朝日新聞』「文芸欄」）に、自然主義中のローマンチック分子を力説した阿部峙楼

（?）といふ人もよくわけの分かつた人だと思つてゐる（二十五日）。

吾等は文芸即道徳即人生観と観ずるのである。吾等は、独り文芸のみならず、凡ての物を優秀なる功利主義の立場から見るのである（二十六日）。

前者は阿部次郎のことをつたえ後者は片上天弦の意見を是認する、かれの発言であった。ようするに、科学主義の絶対的なイデオロギー、無謬性が四十二年中で倒潰した、という立場をとった。のちに、近代リアリズムと概括される文学論、つまりは自然主義論の後退があったこと、そして、大正の文学とよばれるような結節点がうまれていたことに他ならない。

主観主義を肯定する傾向はこの年を境として、急激に生起したことになる。生方敏郎が整理した「無駄話を論ず」では、前年の春から〈時の間に人気を得た〉と文壇無駄話家をおさえ、欠点のある反面に〈広い趣味性を有つ〉〈非常な技巧家〉であると評価し、〈氏の長所は挑戦法にある〉とまで観察している[23]。印象批評家徳田秋江の登場以後、もっとも感覚的な唯美主義思潮からもっとも主知的な「朝日文芸」の評論[24]、あるいは白樺派のような青春の文学があったことを、現在では周知のこととしている。この点は基本的に、かれの論評内容の存在と軌を一にしていたのである。明治四十二年の文学動向のなかで、かれは反自然主義の立場を説明しえた、とするのが本稿の結論である。そのかれの到達点がペイターとともにアーサー・シモンズの *Studies in Seven Arts*（『七芸術論』）に由来することを、くわえておく。

そして、時代思潮の説明を分担するように、島村抱月が早稲田大学出版部から『近代文芸之研究』を、田山花袋が左久良書房から『インキ壺』を出版すると、その翌年、明治四十三（一九一〇）年の三月に徳田秋江は光華書房から『文壇無駄話』をと[25]、論争の当事者はそれぞれ記念碑たる著作を順次世にとうたのである。

【註】

本稿引用文は、次の島村抱月の『近代文芸之研究』、田山花袋の『インキ壺』、徳田秋江の『文壇無駄話』に収録されている文章について、表題の改題、文章の異同あるいは小題の追加など収録時に整理され明瞭な形になっていることを考慮し、著作から引用した。

1 中島国彦著『近代文学にみる感受性』（筑摩書房、一九九四）中、「37章『感興』醸成装置としての秋江文学」を著作に収録する際、雑誌論文を増補改稿している。雑誌論文が著作論文の形に収録される過程には近松秋江研究の進展が顕著にみられた。また、紅野謙介著『投機としての文学――活字・懸賞・メディア』（新曜社、二〇〇三）中、「批評の文体と文壇共同体―徳田（近松）秋江「文壇無駄話」の周辺」にも同じことがいえる。本稿は初め一九八一年の『花袋研究会々報』と一九八三年の『花袋研究会々誌』に発表した文章であり、後に一九九〇年刊行の『近松秋江私論―青春の終焉』（紙鳶社）に収録した論考を、さらに菁柿堂の増補版『近松秋江私論――青春の終焉――』（二〇〇五）による論考から今回改稿したものである。本文中の〈評論家近松秋江にたいする評価はじゅうぶんに理解されていない現状がある。〉とあるのは、基本的にその初版本当時の評価である。

2 一九二九年、中島孤島に「徳田秋江に与ふ」（『中央公論』二月号）という文章がある。一九〇六年前後から翌年までの『早稲田文学』編輯に関係していた頃の内幕を回顧した、一九二八年の『中央公論』十二月号掲載の秋江文「文壇早稲田派の思ひ出」に対する孤島（筆者註、近松秋江とともに『早稲田文学』の編輯に当たった）に関連する記載内容に訂正を求める、〈併し僕が、それから幾ヶ月かたつて、全く単独に、島村君と袂を別つやうになつた事情については、君は多く知つてゐないやうだ。〉とある内容の文章であった。例えば、――〈簡単に断言しておくが、あの文中僕（並に斬雲。―註、薄田）に関する事は、大部分君の当推量だ。当時の関係者は一二を除くの外、みんなまだ生存してゐるのだから、正確な事実を調べるに何の困難もない。それにもかゝわらず、想像にまかせて「文壇太平記」を作るといふのは、飛出しの記者ならば知らず、多少の文名もある君としては、軽率な沙汰といはねばなるまい。／自体あゝした分裂騒ぎなぞのあつた当時は、双方に感情の縺れがあるので、得て邪推の渦を巻き起すものである。現にあの当時も、君たちは水谷（註、不倒。島村抱月が『早稲田文学』を主催し、年長の水谷が編輯長を勤めた。）氏側からは、「猟犬」といふ渾名をつけられてゐた。島村君のために様々の消息を嗅ぎまはるものゝやうに思はれてゐたのだ。〉――とある。孤島自身の早稲田文学社退職がやはり抱月と対立し離叛した後藤宙外の文芸革新会と結びつけて語られている今日の説明とも異なる、中島の主張を描いている。そして、〈昔、君が、朝に、夕に、矢来の家を訪れて来たあの当時の、喪家の狗のやうな君の面影が目の前に彷彿する。〉とある記述などは、正宗白鳥の小説『流浪の人』（河出書房、一九五一）に劣らず余りに辛辣であり、秋江側の情報がすべてを語りえてはいないことを、中島孤島の「徳田秋江に与ふ」は物語っていることになる。秋江文「文壇早稲田派の思ひ出」は『文壇三十年』（千倉書房、一九三一）に収録された際に、表題を「自分の見て来た明治三十年以後の文壇」と改題し小題を加えている。孤島が批判訂正を求めた内容は、小題「文士生活難」あるいは「一党の暗闘」に書かれている。

3 「観照即芸術の為なり」『早稲田文学』一九〇九年五月号。

4 「芸術は何の為に存在するのか」抱月全集第三巻『文芸評論』（博文館、一九二九年）、二四一〜二四二頁。初出、『文章世界』一九〇九年六月十五日号。

5 『美辞学　全』は、扉頁に島村瀧太郎講述「美辞学　完」とあり、東京専門学校蔵版と刷られている。また、坪内逍遙の「美辞学」（筆者註、明治二十四年十月発行の『早稲田文学』に一度掲載。）が抱月の「美辞学」の後に綴じられており、合本の形で製本されている。奥付はなく、和綴じボール表紙に「美辞学　全」の題簽が貼られている。早稲田大学図書館には、「図書館蔵書明治32年12月製本」の蔵書票が貼られた蔵本がある。はやくから抱月は講壇での講義をまとめ、その講義録を表していた。

6 『新美辞学』は、逍遙の序を付し東京専門学校出版部刊行。

7 私小説弾劾の書、中村光夫著『風俗小説論』（河出書房、一九五〇）に代表される「論理」を否定、修正した小谷野敦の「私小説批判について――中村光夫、田山花袋に敗れたり」（平凡社新書『私小説のすすめ』、二〇〇九）は、論理の空疎を炙りだしている。正宗白鳥著、実録『自然主義盛衰史』（六興出版部、一九四八）は逆に歪んだ「現実」を提供していて、花袋には大正期に思想小説・宗教小説・花柳小説・歴史小説等々、多彩な創作活動の展開があり、このときの花袋を自然主義者で括ることは不可能である。「作品」に即して評価をするのは、当然のことなのである。

8 「芸術は人生の理想化なり」『文壇無駄話』（光華書房、一九一〇）、二八頁。

9 「現代作家の苦悶」文芸入門第二篇『インキ壺』（一九〇九）、二四一〜二四二頁。初出、『文章世界』一九〇九年六月十五日号、「評論の評論」。引用文中の抱月文は、「第一義と第二義」（『読売新聞』一九〇九年六月六日）。

10 前掲註8、「西鶴と近松（前論の補遺）」、五二〜五三頁。ちなみに前論「芸術は人生の理想化なり」の副題は「西鶴と近松」であったが、補遺は「対象に対する演繹的見方と帰納的見方」である。筆者のなかでは、論の発展があったことを確信していたことであろう。

11 『インキ壺』二一六〜二一九頁。一月十五日の「評論の評論」中、最後のパラグラフの直前に〈▲何はともあれ、昨年は賑かな意味の多い年だった。今年も更に発展すべき所に発展したい。〉と記し、『インキ壺』にこの文章以降を収録する時の小題が「フランスとロシア」である。その中で、フランスは〈総て学問的〉でロシアは〈飽くまで実行的〉だと解説し、持論を〈自然主義の傍観的態度は既に始めから芸術的学問的である。また自然主義はさうした処にそのまことの意義を有して居るのである。〉と続けた。こうした言説空間の延長に〈実践と芸術〉の問題が存在することを、花袋は提起した。この重要な問題提起を、『インキ壺』中では削除している。なお、単行本表題の「インキ壺」はサント＝ブーヴの箴言を借りたもので、「インキ壺」は「創造の器」で「インキ」は「秘められた才能」程の意味で用いられており、花袋は芸術談話の断片を綴った書物として編纂したようだ。

12 単行本『文壇無駄話』収録時の表題は、「作品と作家」と改題。

13 前掲註8、「作品と作家」三二九～三三〇頁。

14 「文壇無駄話」『読売新聞』一九一〇年二月六日。

15 『読売新聞』七月十一日。

16 『読売新聞』五月十六日。

17 前掲註8、「印象批評」三四四頁。初出表題は「文壇無駄話」。最後の文章を、〈『太陽』の「文芸史号」は小生に冠むらすに印象批評の名を以つてしたり。是れ善悪共に敢へて当らず候。若し小生の偶評偶感にして手短な所ありとすれば、そは此の日曜附録が小生に貸与する床店との関係のみ。小生の批評はむしろ床店批評に候。然り屋台店文学に候。五間々口の大店の檀那衆方、敢て屋台店の主人の言を気にする勿れ。草々。〉と、戯言のごとくに結んでいる。文学者としての資性が、印象批評という形式をつうじて現れているとみるべきであろう。

18 「文壇無駄話」『読売新聞』一九〇九年六月六日。

19 前掲註8、「自然主義とその以前の思想」三六六頁。初出表題は「文壇無駄話」。

20 前掲註15。

21 特集「明治四十一年文壇の回顧」が四十一年十二月十五日号の『文章世界』に組まれており、島村抱月は「紛々たる反対論の如きは」を寄稿していた。そのなかで近代小説が確立したことと、「道徳問題」が起こったことを、――〈要するに自然主義が道徳から過られ累された中心点は、自然主義を以て邪淫を人に勧めるもの、醜悪を人に行はしむるものと誤解されたるところにあつて、この惑ひを釈く唯一の方法として、芸術と道徳との関係を明かにせなければならぬと考へたのである。〉とし、自然主義文学批判を端緒とする〈道徳と芸術との根本問題〉の存在を明記した。結論的には、〈真文芸は人の実生活と少しも離れるところはないが、たゞ、それを深く思ひ、切に考へさせるもの、それが真文芸の目的である。〉と応じた（前掲註4、「四十一年文壇の回顧」一七二～一七三頁）。だから、「観照」論が近代芸術論の制度設計の根幹に関わる領域と、抱月は考えていたのである。同じ年の『早稲田文学』九月号に「芸術と実生活の界に横たはる一線」で、この問題に対する体系的整理をおこなっていたのは、その証左である。なお、田山花袋の場合はどちらかと言うと、本質系の提起というより「描写」論という創作モデルの導入によってアプローチしていた。

22 「総説」『日本近代文学論大系　4「大正Ⅰ」』(角川書店、一九七一)、四六一頁。

23 『読売新聞』一九〇九年五月二日。

24 自然主義文学の興隆期に、谷崎潤一郎が一九〇七年の『スバル』六月号に発表した「少年」を七月二十日の『国民新聞(月評欄)』で、谷崎作品の最初期の小説を耽美的作品として評価する。この時の恩義が近松秋江著『黒髪』(新潮社、一九二四)に序文を寄せることとなった。永井荷風著『ふらんす物語』(博文館、一九〇九。ただし発禁処分となる)収録の「祭の夜がたり」を、『文章世界』十二月十五日号の「矢張り豊年(四十二年文壇の回顧)」中で、耽美主義の作品として評価する。この時評文は、相馬御風が自然主義の作品として評価したことに対する誤読を正したことになった。近松秋江が御風を〈モッブ的分子〉(註20の引用文参照)――「暴徒」に準えて自然主義文学運動に附和雷同する者と批判する根拠の一例であった。

25 『読売新聞』の「日曜附録」を中心に掲載された「文壇無駄話」が独自の見識をもつ優れた批評であり印象批評として評判を取り、評論家として徳田秋江の評価が定着する。作家佐藤春夫は一九四〇年発行の雑誌『形成』七月号の「良書供養4」の中でこのことを取りあげており、その前、一九一四年には、面会を望み生田長江の紹介で近松秋江を訪問していた。なお、研究者の吉田精一は文庫版『文壇無駄話』(河出書房、一九五〇)の「解説」中で鑑賞家としての見識を高く評価し、また『随筆入門』(河出書房、一九六一)では日本で最初の印象批評であることを紹介、単行本『文壇無駄話』を名著と位置づけている。

参考文献

田山花袋『美文作法』(博文館、一九〇六年)
田山花袋『小説作法』(博文館、一九〇九年)
田山花袋『花袋文話』(博文館、一九一一年)
相馬御風『黎明期の文学』(新潮社、一九一二年)
片山伸『生の要求と文学』(南北社、一九一三年)
相馬御風『自我生活と文学』(新潮社、一九一四年)
阿部次郎『三太郎の日記』(東雲堂書店、一九一四年)
現代評論選集第四編『阿部次郎論集』(新潮社、一九一四年。ただし再版一九一五年)

田部重治訳『ペーター論集』（岩波文庫、一九三一年）
ペーター（田部重治訳）『文芸復興』（岩波文庫、一九三七年）
益田道三『近代唯美思潮研究』（昭森社、一九四一年）
矢野禾積（峰人）『近英文芸批評史』（全国書房、一九四三年）
平野謙『芸術と実生活』（講談社、一九五八年）
大西克礼『美学（上巻）』（弘文堂、一九六六年、6版。初版一九五九年）『同（下巻）』（同、一九六〇年、4版。初版一九六〇年）
田部重治『ペイターの作品と思想』（北星堂書店、一九六五年）
河盛好蔵・平岡昇・佐藤朔編『フランス文学史』（新潮社、一九六七年）
矢本貞幹『イギリス文学思想史』（研究社、一九六八年）
山田朝一『荷風書誌』（出版ニュース社、一九八五年）
工藤好美『ウォールター・ペイター研究』（南雲堂、一九八六年）
速水博司『近代日本修辞学史—西洋修辞学の導入から挫折まで—』（有朋堂、一九八八年）
富士川義之『ある唯美主義者の肖像（ウォルター・ペイターの世界）』（青土社、一九九二年）
原子朗『修辞学の史的研究』（早稲田大学出版部、一九九四年）

第八章——跋に代えて

文学者近松秋江の境涯
——徳田浩司、その鞏固な源流

00—プロローグ

発起——文学者近松秋江は、不思議な存在である。一言でいえば、そういうことになる。というのか、否、とくだんにふくざつで陰影にとむ文学者であった。

そのかれには自身の、うごかしがたい理屈と思考の方向性があった。明治の自然主義時代にもその片鱗をみせた。がしかし、やはりそれは敗戦にいたる軍国日本のとば口で、かれを戦前昭和にとくだんに佇立する文学者として、言論をもちい地平をひらくこととなった。このことを総体として叙述するのが、本書の目的であった。「跋」にかえて、本論表題に「境涯」とあるのはそういうわけでもある。副題中の「鞏固な源流」は一九二一年の評論集『文壇三十年』刊行にいたる棒のごとくつらぬく骨ぶとで筋金入りの言論家を表象し、かれの精神性、素志をあらわす形容である。そのことはそれでまちがいないと確信しているが、しかし、文学者の境涯における春秋のはじまりであった時代性のなかではぐくまれた趣向を、かれ自身は「趣味」とよぶがかれ個別の動向とその解明にいたるほど、かれとそして大状況とのかかわりについての説明がまだたりなかったことを痛感する(1)。このことを、いますこし加筆しておきたいので、章題に「跋に代えて」とくわえたゆえんとなる。

その1――発端

かれのさいしょの事績は、文壇無駄話と形容した印象批評による評論群である。その事がなぜ複雑な陰影をもつのかといえば、当時、一九一〇年前後、自然主義文学運動の盛期にかれの無駄話は反自然主義イデオロギーの橋頭堡だったからである。というのは、当時ペンネーム徳田秋江を名のっていた近松秋江は自然主義文学運動の牙城のひとつ、かれの出身校の出版部からでていた雑誌『早稲田文学』周辺の文学者とみられており、また自然主義文学の泰斗田山花袋が主幹をつとめる投稿雑誌『文章世界』の有力な執筆陣だったからである。かれとおなじような境涯にあり、先輩であった後藤宙外が文芸雑誌『新小説』によって反自然主義の論陣をはり、古巣の仲間と義絶したのとはまぎゃくの処世であった。まず兄事する花袋のいわゆる「芸術と実生活」論と対峙し、ついで恩師の島村抱月に論をかまえた。しかし自然主義文学には反対は反対だが、かれはそれはそれとして寄る辺は確保しかれらの周囲にあって文学活動をつづけた。本筋では文学主張を主軸としてみなければならぬとはいえ、形のうえではかれの処世はそういえる。かれ自身も、このことはみとめている。その神経は、類まれなる部類であろう。なぜか強靱、鞏固である。故をもって、不思議な存在であったのである。

二十九歳の、わかき日の中村武羅夫が表紙に王春嶺の偽名をかたり、「序」を大町桂月が「跋」を小栗風葉がよせた『現代文士二八人集』（文山堂書店）を大正四（一九一五）年にだす。書中「徳田秋江氏」のなかで、中村は〈何物にも不平があり、何物にも反抗し、何物をも呪ひ、何物をも破壊したい――世の中を敵視した人た（ママ）。〉（一五五頁）と看破する。が、それを断行、実行する勇気がないとみた。ところがである、上記のごとくに、かれは敢然と文壇の泰斗および恩師に論争をいどんだ。とはいえ、人生に陰をさしたことは否定できない。雑誌『新潮』の訪問記者でもあった中村が、――〈日本外史や、十八史略を読んで、幼少の頃に養はれたロマンチックの趣味は、依然として残つて居る。私は其ロマンチツクの趣味を、誰れが何と云つても、十襲して保存して置きたいと思ひます。〉といった話をひきだしていた(2)。このかれの性情は、上段の話題ときりはなせないことではある。かつまた大状況と対峙したときの源流だった、とおもわざるをえないのである。

その2—誤謬

もうひとつの事績、戦前昭和の行動も同様であるということである。しかし、そのまえに確認しておくべきことがあるだろう。

近松秋江の大正期は、反道徳的な風俗作家とみられている。事実、赤木桁平は『読売新聞』紙上の「『遊蕩文学』の撲滅」のなかで、かれの作風を倫理的な立場にたって罵倒、歯に衣をきせぬ調子で批判している(3)。ただ実際のところは、大正十三年に刊行された『黒髪』(新潮社)収録の、十一年にかかれた三部作「黒髪」「狂乱」「霜氷る宵」を、あるいはまた、翌年に『国民新聞』に連載した「二人の独り者」を今日の読者なら想定するにちがいないであろう。だとして赤木が新聞にかいた五年の批評までの時点だと、どの作品をさして〈撲滅〉の対象としたのであろう。「別れた妻」シリーズだとか「大阪の遊女」シリーズだろうか。はたまた、新潮社から刊行された情話新集シリーズ中に輯録の「舞鶴心中」と「葛城太夫」だったのだろうか。そうであれば文芸評論家としては、ずいぶんとせまい料簡だったことになる。

この伝は、世のつねであった。英国ヴィクトリア朝の時勢のころのことである。ラファエル前派の運動家らによる唯美主義の流行期に「詩の肉体派」と形容された論争があった。アルジャーノン・スウィンバーンの『詩とバラッド』を、凡庸な作家ロバート・ブキャナンが上記にある表題をかかげ批判し、運動の中心にいたロセッティの詩集中の「初夜の眠り」には不道徳のレッテルをはって攻撃した。ラファエル前派と唯美主義についてはあとにふれるとして、常識家で半可通でしかなかった赤木桁平は大声疾呼、大衆の常識を味方に徳田秋江ら数名の名をあげ排斥をもくろんだ。それは、ブキャナンの場合とまったくおなじ手法であった。大英帝国の絶頂期におこなわれたブキャナンの批判が、輿論の支持をうけたのにはんし、赤木桁平の場合はどうだったのか。赤木の批判で遊蕩文学が撲滅されたかのような文学史の記述があるが、しかし批判された文学者はみなそれぞれの途で活躍することとなる。赤木の批判は、一時の熱冷ましだったのであろう。また、近松秋江には今日ではきちんとした形ではとりあげられていないだけで、数種類をこえる随筆集として名著がのこされており、かつ目立たないだけで第二次大戦まえの国語テキストに収録されるような随感録の種類をもつ文章表現の名手であった。こうした情調と作品描写は密接不可分の関係にあり、当時からキャリアはじゅうぶんであった。かれの〈幼少の頃に養はれたロマンチツクの趣味〉を、のちにうつしだした世界が随感録であった。この性情が、かれのあらゆる行動の源流となった。ゆえに、鞏固である。

なおまた、新人赤木の文章には師匠である夏目漱石が指摘する浅薄とでもいったらよいような不足があった(4)。しかし当時のこととして、こうはいえよう。かれの粗雑な表現は創作者側からは無視された伝達内容が、なお一般の常識家には影響をあたえたようだ。「一般」というのは自然主義文学を不快にかんじていた人間、またそれいじょうに文学そのものを容認できないような人たちの群である。明治末年の「パンの会」にあつまった耽美主義者たちの頽唐趣味にも、おなじ眼がそそがれた。文学には、芸術には毒がある。そうとしか理解していない人たちが期待する空気みたいなものを、英国ではブキャナンが、日本では赤木桁平が代弁したのである。このことは、日本にだけでなく英国にあったように世によくおこることの例にすぎなかったことであった。そうだったとしても、のちになって文学者近松秋江がはなった〈嫌軍〉の肉声、戦前昭和の反軍思想が軽視されたことはやはりかれ自身の事績と無関係ではなかった。

その3──誤解

ではなぜ軟弱卑猥な遊蕩文学者、そうみられていた作家近松秋江が反軍思想を声にだしたのだろうか。反軍思想と形容するのは、あるいは言いすぎであろうか。一九四一（昭和十六）年十二月の日米開戦は、三一年の満州事変にはじまる戦火の拡大をつづけた軍国日本のゆきつくところであった。軍閥政治が段階的に輿論をコントロールし国民を戦争へかりたてる過程で強制と支配をつよめてゆくと、言論は孤立し「反戦」どころか「和平」をさえいいだせない国情となるなかで、近松秋江は軍人政治を嫌悪し反戦気分をうったえ、軍閥政治をだからその程度の心づもりならば批判していたのはまちがいないのである。かれの手になる「和平は姑息にあらず」は、三九年の段階で雑誌掲載の削除処分をうけ、言論弾圧の対象となった(5)。

かれが旧作を否定し転換をかんがえたのは、関東大震災、一九二三（大正十二）年を起点としていた。つよく意識したのは、それいごである。遊蕩文学の風俗作家からの転機は、震災いごの社会の転変と軌を一にしていた。戦前昭和へ直結する震災ぜんごからの現代社会の出現は、作家の真底をうごかしたのである。その意味でなら「転向」と呼称してよい。かつて徳田秋江は「文壇無駄話（予は馬琴たらんことを欲す）」のなかで、こういっていた。

▲其の、十八年の昔、医者説にも画家説にも頭振を振つた当時の少年たる私の胸に宿つてゐた理想と欲望とは偉大なる文章家になつて政治を論じたい──古今の盛衰興亡を評論したい。といふことであつた。

何うして、さういふ趣味が、私の胸に宿つたかといふに、種々な理由もあつたらうが、確かに、頼山陽の日本外史が、主として、私に、天性具有してゐる趣味を刺激し覚醒したものと思はれる。

私は、今、想つて見ても、自分くらゐ日本外史を愛読したものは、世間に、誰れ一人もないやうな気がする。さういふ気がするのである。恰も私くらゐ高山樗牛を好んだものはないやうな気がするのと同じだ(6)。

長兄が〈銭が儲かる〉医者をすすめ父が〈絵が好きだから〉と画家になることをすすめたのを、少年の徳田浩司は上記のように三十五歳での回顧——かれの「政治趣味」は〈天性具有してゐる趣味〉だといいはなっていた。このかれの性癖は転向後、さきの『文壇三十年』にも改題した馬琴論「功利派作家としての馬琴」(原題「馬琴鑑賞」)と「文学の功利主義を論ず」(原題「文学の功利主義を論じてわが馬琴に及ぶ」)とを収録し、かれも、樗牛が公認した国民思想を統一した作家として馬琴を評価するのであった。ともに一九二七年、五十二歳のときの論評である。かつて馬琴の稗史を、〈冬瓜の如き無味乾燥なる〉自然主義文学のたらざる小説の神髄であるというおもいをふかめ、また〈自分は馬琴が「八犬伝」その他の作に依つて徳川末期に立つやうな地位に立つべき、小説家の仕事はどうすればよいのだらうと、三十余年考へ徹しては今日に及んでゐるのである。〉と(7)、こちらの話は戦前昭和になってからのことである。〈考へ〉はもちろん小説作品ではないが、かれはある予兆のなかに——〈馬琴も山陽も畢竟偉大なるイリユウジヨニストであつたのだ。〉とかんがえ、つねにみずからの小説を馬琴にかさねあわせるといった——いつまでたっても、予兆のなかの住人〈イリユウジヨニスト〉であった。

さう思つてくると、恰も山陽に、彼自身にとつて惑はない哲学があつたがために、常に勇気を持つて日本外史を書くことが出来たやうに、馬琴にもまた彼自身の哲学や理想が極めて分明してゐたが為に八犬伝の如き大部な伝奇小説を作ることが出来たのである。山陽などは馬琴の如く強健な肉体の持主ではなかつたけれど彼は気に於て常人に優れてゐた。而して自己の哲学や理想を日本歴史の上に具象化したのであつた(8)。

余所目からみれば遊蕩文学の風俗作家まがいのかれが、そのえがいた「夢」ゆえに逆に鞏固な理想のなかの人間であったことになるのである。かれはこうした素志を、源流を往還するたびに、予兆をおおきく飼いふとらせてゆくのであった。

その4――床屋政談

こうした覚悟をもって実行した政治向きの話を、はじめに床屋政談だと揶揄したのは久米正雄らしい。しかし、それはかれだけでなく誰もがそうおもう、空気があった。文壇人だけでなく、わかきマルキストはさらに小馬鹿にしたのであった。そのうえ、作家とは二人三脚にある編輯者たちがかれの政談を仕事の邪魔だと、陰口をたたいた。「空気」というのは、こうしたすべての感情の謂であった。編輯者時代の日記を四冊のこした木佐木勝はそうしたなかの筆頭で、松山悦三も追想集一冊のなかでしんらつな厭味をかきのこした。かれらのようなステレオタイプの証言は、戦前昭和の作家近松秋江の事績をくもらせたことであろう。むろん作家、作品研究はかれらの仕事ではないので、その責任はまったくべつのところにある。もうひとり上記の証言者と事情のことなる、大村彦次郎が当時のことを伝録した話をひいておくことにする。

白鳥と同級だった近松秋江は「新潮」の編集室へ頻々と現われ、楢崎（註、勤）を相手に長談義をした。秋江が来ると、仕事が手につかなかった。秋江はめずらしいほど記憶力がよく、「あれは明治三十何年の何月何日の何時頃で」というように、微に入り、細にわたってまくし立てた。話題は大抵硯派の床屋政談的なものが多く、ときに口角泡を飛ばすような、激越な口調になることもあった。秋江のこんな話を聞いていると、これがあの余韻嫋々たる「黒髪」や「別れたる妻に送る手紙」を書いた作者であるのか、と思い、まじまじと秋江の顔に見入った。もうその頃は永年の独身生活を清算し、二女の父親として子への愛のために余生を送ろうとしていた。娘たちへのひたむきな愛情を題材とした「恋から愛へ」を春陽堂から出版したが、反響はよくなかった。やはり読者は男女の愛欲を舐めるように描いた昔の作品のほうを好んだ(9)。

うえの引用文は春陽堂から出版された著書の件がひかれているので大正十四年、一九一五年いこうの話題らしい。そしてこの文章には、作家にたいするあらゆる類型が記入されている。そのなかにでてきた白鳥は、いうまでもなく正宗白鳥である。なお戦前からの編輯者ではない、一九三三年うまれの大村は近松秋江の謦咳には直截にせっしていないので、うえの内容はすべてが人伝にきいた話か回想集かなにかからの引写しである。また、編輯者の楢崎勤がのこした『作家の舞台裏』一冊は毒のある白鳥をひきあいにだしたりする、これもまた作家にとってはかんばしい伝録でなかった(10)。

話をもどす。うえの引用文の肯綮に中る指摘はふたつ——そのさいしょのひとつが〈話題は大抵硬派の床屋政談的なもの〉と〈余韻嫋々たる「黒髪」や「別れたる妻に送る手紙」を書いた作者〉を比較対照していることと、もうひとつが〈読者は男女の愛欲を舐めるように描いた昔の作品のほうを好んだ〉と断定しているこのふたつの箇所をからませ文脈化させることによって作家の境涯を構図化していることである。昭和一桁うまれの編輯者は、平野謙を代表とする過去につたえられていた作家にたいする言説(ゴシップ)の範囲を踏襲したのであった。要諦の順序をかえ、検証してみたい。さいしょに、文学嗜好を〈男女の愛欲〉にてらして〈昔の作品〉にもとめた「読者」が、秋江作品にかぎってのことなのか、それとも文学一般の勘所とむすびついての断定なのかが、かれの文章では本当のところが明確になったとはいえない。

明確とはいえない、そう——手元にある単行本の奥付は、『恋から愛へ』は一月(ひとつき)のあいだに三版がすられ、満州事変がおきたその年末に出版された歴史小説『水野越前守』は年内に四版の増刷がなされており、日米開戦の年、八月の政治小説『三国干渉』が二版、計五千部が出版されていた、そのことをあきらかにしている。このことから、大村が〈反響はよくなかった〉と断定する読者像は『恋から愛へ』は、著作の内容が〈男女の愛欲を舐めるように描いた昔の作品〉を愛好する読者だけではかれないことになる。〈反響はよくなかった〉と断定するには、読者の数がおおすぎることになるからである。歴史物語でもあって政治物語である客観小説二冊についても、おなじだ。大村の想定外の読者像、そんな「読者」の存在があったことになるのだ。たとえれば、「別れたる妻に送る手紙」の後日譚「疑惑」やあるいは「黒髪」といった私小説ずきの評論家である平野謙がきりすてた読者像の存在を想定しておかなければならないのである。そして、ひとつ蛇足をくわえる。『恋から愛へ』一冊とおなじく、多分、大村はみずからがあげている「黒髪」をよんでいなかったであろう。このことについては、あとでその理由をあげる。

その5―樋口一葉

大村彦次郎のさきの文章では、その中のもうひとつの要諦は「文学とは何か」という広義の問題を提示しているところにある。この問題をべつの領域の課題に変形し、しかしおなじ観点にそって近松秋江という文学者について叙述してみたい。楢崎勤の回想とからめた、さいしょの提示〈話題は大抵硬派の床屋政談的なもの〉と〈余韻嫋々たる「黒髪」や「別れたる妻に送る手紙」を書いた作者〉とを対照的にとりあげていること、その問題領域こそ戦前昭和の近松秋江の文学観を物語るものとしなければならないのである。というのは、前者が客観小説をさし後者は私小説をさしていたからだ。このことの関係を分析することが、副題の「徳田浩司、その鞏固な源流」をときあかすことになる鍵があるはずなのである。

かれ近松秋江が、そのかれの文学が私小説といわれるものであるのかどうかを、ここではふれることはしないが、

〈余韻嫋々たる〉作品をえがいたことはまぎれのない事実である。しかし同時に〈硬派の〉作品をのこしていることは、まぎれのないもうひとつの事実である。楢崎勤の驚歎を、大村は〈父親として子への愛のために余生を送ろうとしていた〉〈もうその頃〉の話としてかたっており、その時期が戦時体制下をふくめた時代ともかさなるので、大村の〈余生〉云々という件は根本がまちがっている。《ステレオタイプの証言》とは、かれのこうした伝録をさしてのことである。さらに後者の〈硬派の〉作品が滝沢馬琴に由来のあることを、この稿ではまずさきにふれておいたのはこのことと関係するからだった。そして、さらに〈余韻嫋々たる〉作品が樋口一葉に由来することを、作家は戦前昭和、滝沢馬琴をかたるいっぽうで一葉のことにふれることをわすれなかった。「文学の功利主義を論ず」のなかに、こうある。

　近頃の文学に生活問題が書て（ママ）ゐない…………切実なる生活背景が、文学に欠けてゐるといふことは、昔から、時々繰返されたことで、前述のごとく、明治二十七八年から前後にかけて、硯友社派の文学全盛の時代にもさういふ非難があつた。ところが、彗星の如く顕はれた一葉女史の小説には切実なる生活味が豊かに含蓄されてゐたのであつた。――その当時に在つて、紅葉山人その他の作から転じて一度一葉の作に眼を移すと、明かにそれを感じた[11]。

と。上記〈近頃の文学に生活問題が書てゐない…………切実なる生活背景が、文学に欠けてゐる〉とある近時の話題と、〈彗星の如く顕はれた一葉女史の小説には切実なる生活味が豊かに含蓄されてゐた〉とある過去の文学体験をただちにむすびつけて理解するのはむりがあるだろう。かれの叙述からその意図をつかむことはかんたんなことではなく、近松秋江にとっては「文学とは何か」という問題とふかいところで通底していたのである。つまり、作家が〈切実なる生活味が豊かに含蓄されてゐた〉といったとき、そこには人生を決定するような経験がかくされていたのである。

作家が〈二十歳前後を漠然と振り返つて見ると、私に取つては非常に危険な時代〉であったと、人生経路のまがり角としるしたのは三十四歳のときの「米穀仲買人」のなかでのことで、うえの文章「文学の功利主義を論ず」は五十二歳のときのことである。その「まがり角」で、

私は米屋町の奴等と同じやうに、つまらぬ生活をしては居たが「濁り江」に現はれたお力といふ女の性格乃至運命といふやうなことが、しみぐ\と味はれた。尤もその以前から私は文章を読むのが好きであつたが、自分は小説が好きだ、小説を書いて見たいといふやうな考へはまだ無かつた、ところが、一葉の「濁り江」を読んだ結果、漫然と文章を読むのを好むといふよりも、特に文学を好むといふことがはつきりと自分で考へられた(12)。

とあるように〈切実なる生活背景〉にたいする理解の一端をかたるとともに、さらに「文学」にたいする会得をもかたっていた。このことがかれには、源流としての素志だったのである。

同人誌『文学界』に明治二十八年一月から連載された「たけくらべ」とならんで、かのじょの代表作とされる「にごりえ」は同年の月刊誌『文芸倶楽部』に掲載された。だから、かれがいうように二十歳のとき〈彗星の如く顕はれた〉一葉体験である。この体験をのちに〈今日の新小説(ノベル)〉の発見だったとくくり、またつづけてその体験からはじまって〈純文学を以つて職業〉としているみずからの生活も独白したのが、三十一歳の「吾が幼時の読書」を執筆しているときだから(13)、この話の方は「米穀仲買人」をかく三年前のことで東京専門学校文学科を卒業して五年後のことにあたる。そしてこの間、「吾が幼時の読書」から「米穀仲買人」までの発表時期がちょうどかれには小説家としての習作時期にあたっていて、「吾が幼時の読書」の翌年、明治四十年に、小品の翻案小説をのぞけばさいしょの創作「食後」が発表されていた。この作品は、東京麹町の英国大使館裏手の下宿屋でいちじ生活をともにした岡山中学の先輩河西正

東の体験——廓がよいの話を創作したものであった。

その6—作品「食後」

この「食後」は、ちょっとした評判をとる。雑誌『新潮』の作品評では、

▲徳田秋江氏の『食後』　刹那に起つて来る官能の衝動を、きはめて微細に新しく描かんと企てたところに本篇の努力と価値とが窺はれる。全体の書きぶりは素人気を脱せぬが、十四ぐらゐの少年が少し年上の女の側に寄り添つて、手を余所事のやうに廻して腰を軽く抱くやうにしたところ、それからその時に起る気持ちの変化の細かく書いてあるところなどは、紅緑（註、佐藤）氏などが書く官能派のものに較べると、わざとらしさが無い。（早稲田文学）[14]

と、官能表現と心理描写に注目しており、情緒主義とか唯美主義とを主張する評論家がかいたのちの小説群を暗示する評であった。しかしこの作の登場人物は、かれ自身ではなかった。そしてもうひとつ、雑誌『趣味』の評ではそのころのかれにたいする話題を垣間みせることとなる。

○食後（徳田秋江）さる大家が徳田君はも少し冷かな智的なものを書くだらうと思つたら案外肉の薫りのする温いものを書いたと云つてゐた。始めて秋江君の小説を見たのであるが文章はかなり巧いものだ[15]。

徳田浩司が樋口一葉によって文学の蒙を啓かれ、〈文学修業といふのも嗚呼（おこ）なれど、兎も角今の吾れのやうに純文学

を以つて職業とせうといふ決心は夢にも思ひ及ばなかつた〉とおもう(16)、その間には十年の経路、曲折があったことになる。というのは二十歳の岐路にあったとき、かれには「純文学」の発見といったあらたな体験のいっぽうで、英国流にちかいタイプの徳富蘇峰や竹越三叉に代表されたジャーナリズム系の史学者による文明批評に啓蒙されていたからである。かれが〈文学修行といふのも嗚呼なれど〉といっているのは、そういうことなのだ。つまり、近代小説と対極に位置する江戸稗史であり硬派の滝沢馬琴の作品と直結する、かれにとっては本筋の「思想」とでもよんでよい経世済民のおもいを忘却したわけではなかった。その素志からすれば、文学修行を「愚かなこと」とおもうゆえんがある。だからであろう、うえの作品評〈冷かな知的なもの〉とは、そうしたかれの素志にまつわるその後の評判にたいする周辺文学仲間たちの興味のむき、関心の所在をさすものだったとおもわれる。その話柄が無駄話となって形をあらわすのは翌年、さらに反自然主義の論陣をはることとなる翌々年のことになる。こうした鞏固な源流とむすびついた文脈が存在するなかで、はじめての小説「食後」が〈案外肉の薫りのする温いもの〉だったとあるさきの叙述が、かれにたいして意外の感があったことをたんてきにあらわすものとなったのである。徳田秋江は無駄話のなかで思想をかたりえても、創作としては思想を形象化する力量がなかった。多分、文明批評と並行して国家経綸の書だとかあるいは政治小説に眼をむけていたのだから、そういうことで——力量不足についての見解はまちがえてはいないであろう。

　そうはいっても、このことが三十二歳のかれ個人の創作力の問題にたいしてはいえたとしても、大村彦次郎が広義の問題として「文学とは何か」と提示した解とはなるまい。そして、「食後」が一葉によって蒙を啓かれた純文学〈今日の新小説(ノベル)〉の結果だったとしたら、その場合の解についても留保しておくべきである。わかき徳田秋江は左に思想の問題をおき右には美意識にたいする覚悟が、ともに《鞏固な源流》があった。そして小説家近松秋江の転変には、うえの両者を問題にする場合は美意識が問題の核心となる。一葉の小説「わかれ道」からなら、こんな言動がうまれる。

二十余りの意気な女。色も大方白からう。忙しい折からとて多い頭髪を櫛巻にしてゐる女。長めな八丈の前だれをかけて、お召の台なしの半天を被つてゐる女。あばれ者の傘屋の吉に慕はれる女。厭味の無い女。色気の無い女。——お妾に行くといふのは色気があるからではない。——出世を望む勝気の女。此の世を苦労にする神経質の女。煩悩の強い女。自分は斯ういふ女性が好きである。仮しその女が人の妾とならうとも、露地裏で仕事屋をしてゐやうとも、斯ういふ女には他人が説伏の力を以つては遂に抂ぐことの出来ない嬌々の気が漲つてゐる。力強い自我から流れて出づる最高倫理がある。自分は斯ういふ女が好きである。自分は斯ういふ女ならば、仮しそれが如何なる世間的破倫の行為をしてゐやうとも棄てることが出来ないのだ(17)。

とある前半の文章——〈仮しその女が人の妾とならうとも〉までは作品から連想した主人公の女〈お京〉像である。この主人公の女は、「死んでいった人々」に登場する〈矢来の婆さん〉がかたった大貫ます、未入籍のまま八年同居した女と瓜ふたつの人物であった。そしてその人物が身にまとう衣裳とか所作、あるいは言動からその女の〈切実なる生活背景〉をえがくこと——この類推可能な表現領域のひろがりを獲得することこそが、習作期の作家のめざすところであった。また、それだけでなく生涯の創作上の書法となる、この芸術家としての第一義をあらわしえぬ自然主義の〈冬瓜の如き〉小説群を、無駄話家は嫌悪し批判の根拠とした。鞏固な源流にもどれば、一葉の小説からまなびとった純文学としなければならないのである(18)。そして後半の文章は、人生観の根幹をかたっていたことになる。このとき、明治四十四年は、〈世間的破倫の行為をしてゐやうとも棄てることが出来ない〉大阪の遊女〈東雲〉とめぐりあう二年ちかくまえのことであった。おなじ境涯の前田じう、京都の遊女〈金山太夫〉をモデルにした「黒髪」ではなく、二年ちかい馴染となる江口たねを主人公にえがいた遊蕩文学の嚆矢となる大正三年の「黒髪」、艶情小説が誕生するゆえんはかれの人生観に根ざすものであったことになるのである[19]。しかも金山太夫が主人公の「黒髪」は、読者が期待した色情とか情痴をテーマとするような作品ではなかった。

その7──「文学界」

明治二十八年、徳田浩司が雑誌『文芸倶楽部』で「にごりえ」をよんだころの樋口一葉を、勝本清一郎は「文学界」と関係づけてつぎのようにいった。

半井桃水や村上浪六の世界と無縁でない資質と教養を一面に持っていた一葉としては、もし「文学界」によって西欧風の若々しい初期ローマン主義運動にめぐり合わなかったとしたら、せいぜい露伴や紅葉のあとを追う作風にとどまり、「たけくらべ」のような新鮮で繊細な心理描写の作風には達しなかったかも知れない[20]。

生活苦をしのぐしたたかな一葉の反面を、二十歳のかれはしらなかった。そのかれは明治中期のロマン主義によって醸成された〈新鮮で繊細な心理描写の作風〉に目をうばわれたのである。しかも、のちの徳田秋江が「吾が幼時の読書」と「米穀仲買人」でかたった言説は、ことわるまでもなくその原初の体験を後智恵によって意味づけたものであった。この「智恵」は、かれがどう強弁し否定しようとも東京専門学校文科でまなんだ智識であったはずである。かれの教養と、さきの「わかれ道」の読解でみせたような美意識はきりはなすことができまい。この両者のむすびつきによってかたられ、はじめて《原初の体験》の意味づけは成立し、評論「吾が幼時の読書」や「米穀仲買人」といった表象空間が生成したのである。順序は、こうでなければならない。ふたつの回想文が二十歳の体験自体を言語化したものでないことは、もちろん自明のことなのである。
そんなわけで、三十歳をすぎてからのかれの言説をジャーナリズム系の史学者からうけた影響とは別途に、明治二十年代後半から三十年代はじめにみられた文学思想の意義を「文学界」の文学運動と関連させさぐってみたい。たぶんそこには、徳田秋江の美意識の形成とかかわるなにものかの存在があるはずだからである。というのは、ひとつに「米穀仲買人」のなかで雑誌『文学界』を購読したこと、そして島崎藤村のアーサー・シモンズ訳をとおして文学の〈嗜〉みをえたことをあげ、また「私の早稲田に入つた経路と早稲田に対する希望」でも愛読の雑誌としてあげているからである(21)。このことを前提に、もうひとつ「文学界」にかんする勝本清一郎による話題をとりあげてみる。かれの「文学界」三期説は増田五良の『「文学界」伝記』(聖文閣、一九三九)をふまえたものだが、解釈についてはオリジナルである。

「文学界」の第一期は透谷のどこまでも精神的な作品中心、第二期が一葉の作品中心、この期の一葉の作品のなかでも人間の肉体はまだ成熟していません。それを西洋人物画の一つのタイプにまで打ち出したのが藤村詩。これが「文学界」の最後の第三期の成果です(22)。

座談会のなかで、比喩〈西洋人物画〉によってかたられているこの箇所をきりとった引用文が曖昧であるのはおくこととし、一冊の座談会中の「『文学界』から『明星』へ」という章のなかの一節「人物画としての詩から風景画としての散文へ」で、勝本が発言したのが上記のものであった。評論家の中村光夫も、「明治中期」の「文学界」の運動を勝本と同様の観点で整理している(23)。同様というのは島崎藤村を中心において、ラファエル前派的な傾向(勝本)とか芸術至上的な唯美的な人生観(中村)を「文学界」の運動の到達点とみてとったのである。この動向には、上田敏がはたした評論活動の役割におうところもありラファエル前派にもふれていた。こうした明治中期の雰囲気と徳田浩司の趣向――かれ自身は「趣味」といっていた――とが一致した。徳田浩司の学風は英文学を基礎におくものだったのでフランス文学を中心にした日本の自然主義とは肌あいがあわず、そのこともあって田山花袋らの文学に拒絶反応をつよくもつことになる。

人間を描いて、人間の情を描くことを忘れぬ者にして、始めて能く人間を描き得る者といふことが出来る。芸術家としての科学者等は純理科学者等の如く物象を単に物象として取扱ふだけでは満足せぬ。之れを情化（ヒューマナイズ）するのが芸術家としての科学者の本務である。客観を情化するは、芸術制作に当然伴ふ成約である(24)。

この文章には、ふたつの注目点がある。まずひとつが〈情調で事を叙するのは旧式だ。といふやうなことが言はれる。情調で事を叙する作例は西洋のにも、日本のにも幾許もある。〉と書出し、この例題としてモーパッサンの英訳本による *The Inn*（山小屋）をあげての定義であった。そして、その結論――〈彼（註、モーパッサン）の作は、情調の筆を執つて、あらゆる自然を情化したものである。〉とある指摘をふくめ、これらはもちろん日本の自然主義者にたいするあてつけになっている。明治四十四年、年頭のこの批評は前年のいわゆる「芸術と実生活」論争の残り香であったが、無駄話家の芸術にたいする信念ではあった。このふたつめの意味が肝要事である。うえの文章は徳田秋江にとっての美意識とよばれるものを縁取っており、論争をとおしたときの堅忍不抜の精神――理屈と思考の方向性だったのである。ここに、かれの唯美主義者の謂れがあった。

その8―唯美主義

島村抱月が明治四十二年に出版した『近代文芸之研究』（早稲田大学出版部）のなかには「研究」「時評」のつぎに、「講話」篇がおさめてある。その講話には文学、演劇あるいは音楽、オペラ、舞踏、絵画と、三十八年英国留学をおえた帰朝者による新情報が満載されていた。そして、その冒頭に「英国の尚美主義」がおかれており、末尾で明治三十九年の講演筆記であることをことわっている。なお「尚美主義」は唯美主義とやくしている aestheticism の別訳で、耽美主義ともやくされ流通していく。抱月は、留学の体験をおりまぜた話を意図的に提供したようで、明治三十九年には副題が「英国現在の文芸」とある『滞欧文談』（春陽堂）を公にしておりとにかく話題はゆたかである。この講話の動機は、〈此主義が日本現時の社会の種々の状態と余程通ずる点がある〉からだともことわっている。べつの「絵画談」では、英国で一時すたれたラファエル前派が復活してきている思想界の運動をつたえた。その世紀末の傾向は日本の文学運動とも無縁ではなく、明治末年にデカダンスの流行となって顕在化してくることとなる。そこで、唯美主義についてて「英国の尚美主義」のなかから、つぎの二箇所をならべて引用しておく。

Ⅰ　英国の尚美主義と云ふものが果して直接に仏蘭西から来たのであるかどうかは暫く別として、是れが一方英国の夫のラファエル前派運動といふものを父として生れて来たものであることは明かである。即ちラファエル前派の続きが尚美主義である(25)。

Ⅱ　尚美主義といふもの丶中には、凡そ三点の注意すべき箇条がある。即ち第一はビュカナン（註、ロバート・ブキャナン。尚美主義およびラファエル前派を攻撃した道学者流の反対派。）の所謂肉感的といふこと、第二は芸術は芸術みづからの為と称して思想道徳の凡てから独立しやうとすること、第三は情緒の強いのを主とし自己といふものを余りに明かに掲げ出さんとすること、是れであります(26)。

「Ⅰ」が〈系統〉、いわば歴史的な系譜の解説で、「Ⅱ」は〈結論的批評〉で、抱月自身はブキャナンの立場には否定的であり、ほうふな智識をちりばめ体験を挿入しながらの芸術の自立を推奨する有益このうえない講話であった。そして抱月は唯美主義を、第三の問題を梃子に科学精神が〈客観のために自己といふ主観が埋没し尽されんとする〉時代に〈自己の発揚〉を〈主張〉したものとしてみとめ、肯定的に紹介していた。この傾向の前衛的な人物としてオスカー・ワイルドをあげており、情報のあたらしさでは群をぬいていた。抱月にはすでに明治三十二（一八九九）年には坪内逍遙と菊地熊太郎とのあいだで講義録の形にあまれた『美辞学　全』があり(27)、かれはつづく三十五年には単著で『新美辞学』（東京専門学校出版部）をあらわし、当時最尖端に位置した修辞学の専門家であった。こうしたバックボーンをもつ人物の講話が、『近代文芸之研究』にはおさめられていたのである。また、『滞欧文談』の文章もしかりであった。ちなみにワイルドの訳書は、一八八八年に出版されていた童話集を飜訳した大正五（一九一六）年に刊行された本間久雄の『皇子と燕』が最初である。享楽的な人生観とデカダンスの時代を代表するワイルドをふくむ、抱月による唯美主義の講話は、かれの文学にたいする理解とみずからの文学的な立場をかたるものであった。そのかれが自然主義の文学を擁護するようになると、徳田秋江はそのことを抱月の変節とうけとり批判することとなったのである。かれが田中王堂の素養を大写しに喧伝したのにたいし、抱月の教養について口をむすんでかたろうとせず、頑になってふれなかったのは訳をふくんでのことだった。

ところで、勝本清一郎は樋口一葉の登場が雑誌『文学界』の創刊とロマン主義との邂逅による歴史的な幸運をみてとっていたが、このかのじょの革新性については、おなじことが徳田秋江にもいえたはずである。かれは、明治三十九年に学生時代の下宿から眺望したときの遠景風物をえがいた「あこがれ」一篇――〈全体に漾ふた薄い〳〵紅の色は中に交る深緑をぼかして、さながら色彩と光線とで出来た洋画の幅を展べたやうであるが、〉とあるそのあとは、日本画のべつの形容がつづく――小品を発表する。この〈洋画〉の説明が色彩で光や空気をとらえる英国の風景画家ターナーにまなんだものであることは、よういに想像できよう(28)。そうしたターナーの芸術を擁護したジョン・ラスキンの『近代画家論』はラファエル前派の運動に影響をあたえ(29)、また、かれはこの著書の意義を島崎藤村の文章からとりあげていた(30)。そのモチーフは〈徹底的帰納法の精神〉による〈自由討究の精神〉の例示にあったのだが、文章全体の意図が自然主義文学批判にあったにせよ、精神の変革はかれの美意識の一貫性を担保するものであったことにはかわりがない。

さて明治三十三年ごろ、牛込袋町時代のわかき日のかれは美の世界にすみ、そして美を夢みる住人だった。

『行つて見やう、行つて見やう、あの丘には如何なものがあるだらう。』と、其の時は自分でそれと覚えなかつたが神秘に鎖された美の真相といふやうなものが探つて見たくなつたのであらう、其の丘を目あてに急いだ、自分が小石川のその高台を踏んだのは此の時が初めてゞあつた。さて行つて見ると、近づくに従つて、ほんの今の前認めたつもりの、美しい姿は丘の何処にも見えぬ(31)。

ここにあらわされている喪失の美学をえがく着想は、唯美主義の属性のひとつである。短編「あこがれ」は明治四十三年五月の『文章世界』十五日号に、表題を「春の夕ぐれ」と改題したものが創作欄に再掲載されている。「あこがれ」を論争の渦中にふたたび発表したことについては、べつの意義がある。しかしここでは、論争でなく個人の文脈のなかでみておく。「春の夕ぐれ」では冒頭と最後には文章をくわえ、その冒頭ならこう――〈フトしたことから四五年前の覚え帳を披いて見たら、斯ういふことを記してゐた。自分には、もう斯様な考へは段々うすれてゐる。その自分が一度は斯様な考へを通つて来たのであつたかと思ふと、今更に昔見た夢に比べて現在の自分の心の遣り場の無いのが強く胸に響く。〉と、ある。醜悪な現実（＝肉体）と神秘な芸術（＝肖像画）の対比は、美の使徒ワイルドの『ドリアン・グレイの肖像』の最終場面と比類なくそっくりにた構図である。しかし、かれは樋口一葉のようには〈神秘に鎖された美〉をかなでるような名作をのこすことなく、機会をおのずからのものとすることができなかった。葦固は葦固なのだが、〈あこがれ〉ではある美意識〈昔見た夢〉は美神を射ることがなかった。そのことを物語る作品が「あこがれ」であった。このことを、「春の夕ぐれ」の冒頭の文章でかたっていたことになる。また「小石川の家」のなかでかたるターナーの話題は、「あこがれ」の二年あと、大貫ますと同居していたときの一齣であった。実をいえば「春の夕ぐれ」を公表するその一月前のこと、かれは連作「別れたる妻に送る手紙」の第一回を発表しており、妻との〈遣り場の無い〉別れ話が文壇でのデビュー作となったのである。

その9—ヴィクトリア朝

徳田浩司がフランス文学をたしなむようになるのは、明治三十四年に博文館に入社したあと、同僚となった田山花袋をかいしてのことである。ただトルストイは徳冨蘆花のすすめによるが、ツルゲーネフなどロシア文学についてもかれからすすめられてからのことであり二葉亭四迷をみとめることとなるのも、そうしたふたりの関係からであった。それいぜんの徳田浩司はあくまで英文学の徒であり、このことは東京専門学校でまなんだ素養が中核をなしていたのである。また、わかき日の徳田秋江は、一八三七年から一九〇一年のヴィクトリア朝の風潮のなかの人でもあった。海外交易が発展し商工業が成熟した物質的な繁栄のなかから、一九世紀の中頃、享楽的なデカダンスをともなったラファエル前派の運動が勃興する。かれは、この運動を擁護した文学者あるいは周辺にあった芸術家からの影響をうけることとなったのである。まえにあげたジョン・ラスキン、そして文壇無駄話のなかでしばしば登場するアーサー・シモンズは恩師であるかのようにしたった。ウォルター・ペイターも、そのひとりであった。文学者近松秋江が自然主義が発見した「社会と文学」の枠組を理解しようとしない、否、理解できなかったのは一事にこうした人たちの影響下にあったからであり、かれのもともとの趣向もあずかって生涯そのことはかわることがなかった。鞏固な源流のもとにあった、と換言してもよいであろう。

今ひとつのエピソードをつうじて、さらにこの点にふれてみておく。日本では明治四十二年から四十五年にかけて「パンの会」にあつまった二十代後半の文学者や画家を中心に木下杢太郎と北原白秋が発起した、江戸情調と異国情調を基調とする運動はちょうどラファエル前派のようであり、頽唐趣味は日本耽美派をうんだ。自然主義文学の運動は、その頃にはすでに昔話の部類に属していた。かの田山花袋は、そんな明治四十四年の『中央公論』六月号に中編小説「死の方へ」を発表する。すでに印象批評の名手と評判をとっていた徳田秋江は時評子とはことなり、やはりこの作品を〈世評の如くには、私は感心しない〉と評価をくだしたのが二ヵ月あとに発表した「文壇無駄話」のなかでのことであった。花袋はこのとき「四十の峠」と告白する精神的な荒廃期にあり、ユイスマンスの神秘主義を経由し大正戦後にむけ自然主義文学からの転換を準備しはじめていた時のことであった。そのあと実際に『東京朝日新聞』に思想小説「残雪」を連載し、また宗教小説『山上の雷死』収録の諸短篇をえて作家のこころみは結実する。ちょうど執筆が大正七年におわる欧州大戦とかさなる時期の作品だったこともあり、戦後小説として大正時代の再出発を位置づけることともなったのである。こうした転換とむすびつく「死の方へ」は四十年、肺結核で他界した実兄実弥登を題材にした小説であった。直観するどく印象批評を展開し趣味判断をくだす無駄話家には、花袋におきたこうした機微を発見することはなかった。

芸術家を〈科学的自然主義〉者と形容し〈人情の解剖者〉とみたてたうえでの結語が、つぎの箇所になる。

芸術家は、人情の紆余曲折を観察せねばならぬ。仔細に観察しやうとすると、人情の変化ほど瞬刻の微も忽に出来ないものはない。さうして遂に人情の究極する処は分らない。作家は自分が描かんとする目的を中心として一つイリュウジョンの世界を造つてゐるのである[32]。

ひとりの作家の転換をみぬけなかったそんなことを、問題にしたいのではない。自然主義者が唱導した客観主義を批判するだけの見解がもつ限界を指摘しておきたいのである。重い結核患者を、そして梅毒患者の二期症候を、さらに脚気衝心患者の摘出した心臓をそれぞれ観察する医師たちとおなじ位置に芸術家をおいて、その芸術家を〈人情〉の観察者にたとえても〈遂に人情の究極する処は分らない〉のが芸術世界だと主張しただけのことだったのだ。作家とはみずからの〈一つイリュウジョンの世界〉を想像する者なのだから、自然主義者がいう芸術家は医師とはちがい、科学者などではないということなのだろう。徳田秋江のいままでの姿とすこしもかわらぬ、あの樋口一葉理解や滝沢馬琴願望とかわらなかった。結局、自然主義が発見した「社会と文学」の枠組と交叉することは、生涯なかったのである。

話をもどそう。アーサー・シモンズの話題は、ここではおく。そのかわりというか、ここではウォルター・ペイターをとりあげてみたい。かれのことを、徳田浩司は原書でよんだ *Studies in the History of the Renaissance*（『文芸復興』）でしることとなりシモンズとともに、「芸術と実生活」論争の坩堝にあったときにペーターのこの著書のこんな――〈詩に対する情熱、または美に対する欲求、或いは芸術自体のために芸術を愛好することは、この場合最も賢明にそれを識別する方法をわれわれに教える。なぜなら芸術は、過ぎて行く瞬間に、またそれらの瞬間のためだけに、最高の価値のみを与えることを率直に約束するからである。〉とある箇所、著書の「結論」に依拠したごときの発言をくりかえし自然主義批判の根拠のひとつとしたのである[33]。かれがヴィクトリア朝の風潮にあったという意味は、近代の繁栄に反抗した唯美主義者たちの隣人であったことをさしていた。ちなみに、『近英文芸批評史』（全国書房、一九四六。

ただし、三版）の著者矢野峰人が同書でとりあげたのは、マシュー・アーノルド（一八二二～八八）、ペイター（一八三九～九四）、オスカー・ワイルド（一八五四～一九〇〇）、アーサー・シモンズ（一八六五～一九四五）、トマス・スターンズ・エリオット（一八八八～一九六五）の五人であり、そのなかのエリオットをのぞけば、無駄話家にとっては射程内の文学者であった。わかき日のかれにはこうした下敷きがあって過激な言論を発信しており、このことに関連する後日譚をくわえておく。

近松秋江が千倉書房からそれまでの言論を整理し『文壇三十年』にまとめ刊行したのが、一九三一（昭和六）年である。三十年前、一九〇一年は明治三十四年だから、東京専門学校を卒業し博文館で田山花袋の知遇をえた年であり『読売新聞』の「月曜附録」で秋江の筆名でデビューした年である。表題のゆえんとなる。著書に収録されたペイター論については、まず四十二年の『趣味』六月号誌上で表題を「ウオルター・ペータア氏の『文芸復興』の序言と結論」、副題を「印象批評の根拠」として発表する。そのあと四十三年の単行本『文壇無駄話』（光華書房）では、表題と副題をいれかえ収録した。論理の詳細をここではおくことにして、平田禿木が明治二十七年四月の『文学界』十六号ではじめて紹介したペイターをシモンズにさきだつ〈印象批評の先駆〉としていることと、また文学史家で批評家のジョージ・セインツブリーの言説をかり〈人生哲学の精髄を語つてゐる〉と理解している点は、無駄話家の解釈である。そして、最後の『文壇三十年』におさめたときには、「芸術の形而上学的解釈」と改題していた。かれはこのとき、きわだった改作をおこなう。かつてペイターの所論とそれにみあう論理を駆使し時評の形でとりあげた当時の諸作品の解説部分を削除して、評論文「芸術の形而上的解釈」をペイターの学説紹介として再構成したのである。自然主義者との論争箇所に該当する文章を除外したことで、モチーフだった例の「芸術と実生活」論争がなかったことになってしまったことになる。ひるがえってかんがえてみれば、四十二年の無駄話家は事寄せ論文をかいていたことになるのである。

そこでは、この改変によってあきらかになることとは、どんな問題なのだろうか。かつて論争当時、かれには文学観といったようなものがまだ確立しておらず、ペイターを楯に物知り顔の論客としてふるまいつよがってみせるのが目的だったのだろうか。この見方は、正宗白鳥の所見でもある。あるいはまた、かれの趣向にみあうペイターの学説によって、文学観を拡張するようなある種のモラトリアムの状態にあったということなのだろうか。それとも勇気ある挑戦、ペイターの借着をまとってそのいきおいを物語るための姿をみせようとしたものだったのだろうか。とにかく文壇最大の有力者と母校の恩師を論敵にまわしまだ外国人のペイターという権威をひつようとした、ほんとうはもう若輩者とはいえない三十四歳の人間の下心にすぎなかったのだろうか。しかし、論争をつうじて誕生したかれの手になる無駄話が、日本で最初の印象批評と位置づけられることとなる。かれ、徳田秋江には自身の、それは鞏固な源流からはなたれた理屈と思考のうごかしがたい形式があったことになるのである。

10―エピローグ

結句――徳田秋江がはやくに滝沢馬琴の稗史からかれを〈偉大なるイリユウジヨニスト〉と定義したのは、それはそれでよい。また、樋口一葉の小説によって〈今日の新小説(ノベル)〉に覚醒したというのも、それはそれで問題がない。だがしかしである、誤解されつづけたうえに巷間の世上どころか専門家といわれる人士のあいだでも俎上にあがらなかった昭和前期の作品にたいする位置づけをたださなければ、かれにとっての「文学とは何か」という問題は解決したことにはならないのである。冒頭のふたりの文学にむけたかれの熱情と昭和前期の作品とは、ひとりの人間のなかでは一本の棒のごとくにつらなる芸術の問題――想像力にかかわることだったからである。

前者の馬琴にいだいた「理想」と、そして後者の一葉にみてとった「文学」は徳田秋江が「趣味」と形容し、また生涯を決定したかれの出合いとなった。とはいってもこのことが、直截的に昭和前期の作品とむすびついたわけではない。かれには一方でふたりとおなじ時期に文学者ではない啓蒙家との出合いがありその影響から、周囲の人たちからは「床屋政談」と揶揄されかれ自身は「政治趣味」とよび飼いふとらせてゆき、いつかは形にしなければならない芸術上の沸点がやってくる。大正十四（一九二五）年の「近松秋江氏と政治と芸術を語る」という雑誌『新潮』八月号のシリーズ記事が、ちょうどその「形」〈五十を一転機としてこゝに少年時代の理想を実現して軟文学よりも、社会、政治等の評論などを書く方に向けたいといふ希望は持つて居る。〉――を説明する機会となった。十二年、九月一日に関東大震災を体験しその直後十六日に長女がうまれると、かれは過去との決別を心にちかい清算する決心をすることになった。そうした心境を、まえの談話でかたったのである。

その契機は、具体的には竹越与三郎との邂逅によってうごきだす。十四年一月十四日、新宿駅から帰宅するときの車内で、竹越と再会した。明治四十年に読売新聞社で同席していらいだから、十八年ぶりの出会いであった。そのとき六十一歳のかれは、三年前に貴族院勅選議員に任命されていた。その後は、著作を進呈されたり生命保険代金を肩代わりしてもらったり政治家岡崎邦輔との接見を手配してもらったりと公私にわたり知遇をえ、しばしば自宅を訪問する付合いがはじまることとなる。その竹越に『旋風裡の日本』と題する昭和八年八月にだした著作集がある(34)。この稿では〈我々の日本丸は、今大海の真中に於いて旋風に吹きまくられて居る。〉と「題言」にある書を参考にし、近松秋江の戦前昭和の動向を竹越との関係からかんがえ素描しておきたい。

竹越与三郎（三叉）を、徳田浩司ははじめ在野のジャーナリスト系歴史家のひとりとしてかれの書物の愛読者となり、その後ひろくは文明批評の、個別には経済・政治学などの著作をよんでその理解者となると、かれを知識人として敬愛してきた。かれはまったくの自由主義者だったので、だからか軍人をきらっており書中「私有財産没収論と共産主義」のなかでなら〈軍人等は不幸にも一二の眼鏡を以て、一二の隅角から之を観察するのみであつた。斯くては彼等の観察が正鵠を得なかつたのは、自然の勢いである。〉（五六～五七頁）と、独善的な軍人を嫌悪しあらゆる機会にこの手の見解をくりかえしていた。また本書の刊行が原因となってテロの標的にされた、といわれている。かれの軍閥政治にたいする批判は、近松秋江に同様の感慨をいだかせたことであったろう。経済でもかんぜんな自由経済を信条とし、「資本主義という経済」といわれた概念を社会主義者による〈政治上のスローガンに過ぎぬ〉(一五〇頁)という反共主義者であるだけでなく、国家による統制経済(計画経済)をもみとめなかった。この観点から江戸期に実施された天保改革もみとめず、警保局長クラスの鳥居耀蔵の進言は〈経済組織の実際を知らざる机上の空論であつたので、全然失敗に終つた。〉(三八頁)と結論づけている。近松秋江の『水野越前守』中、水野忠邦の心中をさっし、あるいは経済運営の実務家である矢部定謙と遠山景元に目をくばったのは竹越の経済理解とおなじであった。昭和初年の金融恐慌につづき一九三九年の金解禁実施による円高・株安、そして不況による経済の混乱を、今日でいう徹底した市場経済主義者の竹越は市場原理をかんがえない浜口・井上の経済政策の失敗として帝国議会で糾弾の質問演説をおこなっていたが、近松秋江はこのことを理解していて社会戯曲「井上準之助」を執筆するときには参考にしたことであろう。また昭和十二(一九三七)年発表の「三国干渉の突来」では、単行本に「『三国干渉』の巻首に題す」をよせた竹越による作品成立過程までのあいだに高配があった。この作品で、日清講和交渉をとりあげたうらに、戦前昭和の軍人政治批判をこめた隠約は竹越らと同様の時代認識にもとづくものであったことであろう。

近松秋江が戦前昭和に歴史小説だとか政治小説をかくにあたっては、一通りをこころえたうえで創作にあたっていた。この事を、上記、竹越与三郎との関係でみてみた(35)。かれが発信した「転向」後の覚悟だったことになる。ひとつは滝沢馬琴に発見した理想観念の自己実現化が、もうひとつは樋口一葉に発見した文学技術の自己実現化が覚悟の動機をささえた。青年の強固な源流がうごかしがたい理屈と思考の向きとなって、一家言を手にしたかれが軍国日本へむかう過程のなかではたした役割は戦前昭和の作家の結果にたいする価値を過小に評価するべきではない。戦後、正宗白鳥の友人近松秋江をおもしろくえがいた小説『流浪の人』(河出書房、一九五一)は、表題いじょうの価値をもっていない。葬儀の日、昭和十九年の四月二十五日、白鳥は枢密顧問官の竹越与三郎が老軀をおして参列したことにおどろいたようだが、ほかの参列者もおなじようにおもっていたようにえがいたが、その話はかれの偽装である。いろいろ熟知していたはずの故人の話題を、表題の「流浪」の人物いじょうには表現しなかったのだ。最後の最後に徳田浩司の遺骸には、京都の遊女前田じうの鬱金の布につつまれたセピア色の写真が二人の娘の手で胸元におさめられ出棺された(36)。時に六十九歳の、文学者近松秋江は数奇な人生に幕をとじたのであった。

註

1 『文章世界』一九〇九年十一月十五日号。特集「予の二十歳前後」中、具体的には「米穀仲買人」の位置づけが問題になる。
2 『現代文士二八人集』、附録「如何にして文壇の人となりしか」三〇〇頁。初出、『新潮』一九〇八年11月号。
3 『読売新聞』一九一六年八月六、八日。後、『芸術上の理想主義』(洛陽堂、一九一六)一～一九頁。なお、同書中の「近松秋江氏に与へて氏の作品及び態度を論ず」(一八四～一九六頁)で挙げている秋江作品は、「別れたる妻に送る手紙」(一九一〇年『早稲田文学』4～7月号)「青草」(註、一九一四年『ホトトギス』4月号)「舞鶴心中」(註、一九一五年『中央公論』1月号)「住吉心中」(註、一九一五年『中央公論』4月号)「閨怨」(註、一九一五年『新小説』6、7月号)「再婚」(註、一九一五年『中央公論』8月号)「京都へ」(註、同『文章世界』8月1日号)である。
4 『芸術上の理想主義』中の夏目漱石の序文には、〈文学を専門にする大家の論文を見ても、外部は如何にも立派さうに見えながら、其実少しも立派でないのが沢山あります。(略)私のこゝにいふところを参考にして、是等大家の行く方向とは反対に未来の足を運んで下さい。〉といった一節が、遠回しだが的確な批判が含まれていた(五頁)。
5 経済情報社刊、『経済情報』政経篇十二月号。
6 『新潮』一九一〇年九月号。
7 「文学の功利主義を論ず」『文壇三十年』、六四頁。
8 「歴史趣味と哲学」『野依雑誌』一九二一年十二月号。
9 『ある文芸編集者の一生』第二章、四六～四七頁。『恋から愛へ』には、「京都の遊女」「鎌倉の妾」「別れた妻」系列の作品も収録されている。この点でも、大村の文章は不正確である。
10 副題「一編集者のみた昭和文壇史」四六～五一頁。一九七〇年、読売新聞社刊。

11 前掲註7、五四頁。
12 前掲註1。
13 『趣味』一九〇六年十一月号。
14 「前月文芸史（明治四十年十月十一月五日迄）」一九〇七年十一月号。
15 「彙報」一九〇七年十二月号。
16 前掲註13。
17 「二葉の女―『別れ路』のお京―」『新潮』一九一一年七月号。
18 同じ時期、一九一〇年二月十五日号の『文章世界』に載せた尾崎紅葉論「『多情多恨』の柳之助」でも同様の見解を語っており、表現領域の拡張による美的感興をつくりだす紅葉文学を、近松秋江は認めさらに生涯かわらぬ評価とした。
19 『新潮』一九一四年一月号。
20 「一葉と『文学界』」『近代文学ノート2』（みすず書房、一九七九）、三八四頁。
21 『新潮』一九一〇年十月号。雑誌の中ではこんなことも――〈尤も私はまだ入学しない時分から今日と殆ど同じ程度の趣味を以つて近松をも読み、一葉女史の「濁江」「分れ道」をも読んでゐたのだから、早稲田に入つたが為に、其様な趣味を開発されたのではない。入らなくとも既に其様な趣味は有つたのである。〉と、強調している。
22 『座談会明治文学史』（岩波書店、一九六五。ただし初版は、一九六一）、二三六頁。
23 「第二章　明治中期（第七節）」。『現代日本文学全集　別巻1』「現代日本文学史（明治）」（筑摩書房、一九五九）、九五～一〇二頁。
24 「感情の筆」『学生文芸』一九一一年一月号。
25 「英国の尚美主義」、五八四～五八五頁。
26 前掲註25、五九二頁。
27 手元の著書には奥付がなく、和本風に綴じたもので表紙に「美辞学　全」と題簽が貼っており、扉には島村滝太郎講述、そして表題および東京専門学校蔵版と印刷されている。抱月は明治三十一年に母校の講師となり九月から美辞学の講義を担当していたので、その折のテキストだったと思われる。なお冊子中、逍遙の「美辞学（美辞学の弁）」は明治二十四年の『早稲田文学』十月号に掲載されたもので、菊地熊太郎講述（農学士）の「修辞学」は不詳。
28 大正九年の作「小石川の家」（『早稲田文学』四月号）に、〈向うの方の雑木林は黄緑色の新芽吹いて、まるでターナーの絵画の如く春霞を罩め、うつとりと遠く立つてゐる、私はその造花の神秘めいた雑木林の間を分けていつてみたくなつた。〉（『新選近松秋江集』、七二頁）とあり、風景画家ターナーの理解が示されている。

29 世界美術全集13『ターナー』（小学館、一九七七）、「ラファエル前派」（阿部信雄）一二八～一三一頁。

30 「吾等の批評（所謂早稲田派の諸評家に与ふ）」『文章世界』一九〇九年五月十五日号。徳田秋江が藤村の〈批評といふことを考へる度に、自分はラスキンを思出す。〉――と始まるあとの文章を略説引用した、その意図は――〈島崎藤村氏の、「ラスキンはターナアを批評すると共に、またターナアの描かんとするものを批評した」といひ、また氏が、ルソーを引いて、自由思想といふことを唱説するのも之れに他ならぬのである。〉とあるとおり、批評家側がもたねばならぬ表現の問題にかんする心構えであった。「芸術と実生活」論争の渦中での発言は、具体的には自然主義の思想で文学の価値を決定する演繹的な批評方法にたいする批判になっており、〈極端なる奴隷時代、服従時代思想沈滞時代〉というコトバが彼の意図を端的にしめしていた。無駄話家は藤村の左久良書房から出版された文芸入門第一篇『新片町より』（一九一九）の「批評」（一五二～一五三頁）から上記のラスキンの箇所を要約し、またルソーの箇所を「ルウソオの『懺悔』中に見出したる自己」（一六～二四頁）の文章から要約していた。藤村の〈これからの劇評は舞台以外のものを観た上での批評でなければなるまい。〉（一五三頁）とか〈文学の批評も単に書籍から得たばかりでは面白くない。実際、正しい判断は書籍ばかりではえられない。創作する人の態度が変りつゝあるやうに、批評家の態度も変らねばならぬ。〉（一五三～一五四頁）とある「表現」者の態度の革新に、無駄話家は共鳴していたのである。

31 『東京日日新聞』一九〇六年四月二日。

32 『新潮』一九一一年八月号。

33 吉田健一訳「『ルネッサンス』の結論」世界文学大系96『文学論集』（筑摩書房、一九六五）、二〇一頁。

34 『近代日本社会運動史人物大辞典3』（日外アソシエーツ、一九九七）の竹越与三郎の項を担当した岡崎一は、〈『旋風裡の日本』（立命館出版部）を出版して軍人や右翼団体を厳しく批判。〉と、著作集を概括している。

35 今東光が武田泰淳対談集『こんにゃく問答①身辺剳記』（文藝春秋、一九七三）のなかで、縁者の竹越与三郎と近松秋江とを身近でみており、政治問答は〈本筋の話をしていた〉と証言している。一二五頁。

36 前掲註9。第七章、一八二頁。

参考文献

上田敏『文芸論集』（春陽堂、一九〇一年）
上田敏『文芸講話』（金尾文淵堂、一九〇七年）

上田敏『小説うづまき』（大倉書店、一九一〇年。初出、『国民新聞』同一月一日〜三月二日）
島村抱月　家庭文庫『芸術講話』（婦人文庫刊行会、一九一七年）
田山花袋『東京の三十年』（博文館、一九一七年）
馬場孤蝶『孤蝶随筆』（新作社、一九二四年）
上司小剣『U新聞年代記』（中央公論社、一九三四年）
本間久雄『英国近世唯美主義の研究』（東京堂、一九三四年）
後藤宙外『明治文壇回顧録』（岡倉書房、一九三六年）
星野天知『黙歩七十年』（聖文閣、一九三八年）
平田禿木『禿木随筆』（改造社、一九四九年）
馬場孤蝶『明治文壇の人々』（三田文学出版部、一九四二年）
平田禿木『文学界前後』（四方木書房、一九四三年）
野田宇太郎『パンの会―近代文芸青春史研究―』（六興出版、一九四九年）
相馬黒光『黙移』（東和社、一九五〇年）
増田五良『文学界のころ』（朝日新聞社、一九五〇年）
矢野峰人『「文学界」と西洋文学』（門書店、一九五一年）
秋山正香『高山樗牛―その生涯と思想』（積文館、一九五七年）
和田芳恵『樋口一葉伝―一葉の日記―』（新潮文庫、一九五九年）
塩田良平　人物叢書『樋口一葉』（吉川弘文館、一九六〇年）
鹿野政直『資本主義形成期の秩序意識』（筑摩書房、一九六九年）
杉山二郎『木下杢太郎―ユマニテの系譜―』（平凡社、一九七四年）
成田成寿監修・笠原勝朗編集『年表　英米文学史―翻訳書併記―』（荒竹出版、一九七五年）
長谷川義記『樗牛―青春夢残（高山林次郎伝）』（暁書房、一九八二年）
岩佐壮四郎『世紀末の自然主義―明治四十年代文学考―』（有精堂、一九八六年）
谷田博幸『唯美主義とジャパニズム』（名古屋大学出版会、二〇〇四年）
仁木めぐみ『ドリアン・グレイの肖像』（光文社古典新訳文庫、二〇〇六年）

海野弘監修・根津かやこ編集『世紀末の光と闇オーブリー・ビアズリー』(パイ　インターナショナル、二〇一三年)
竹越与三郎(髙坂盛彦編)『旋風裡の日本』(中公クラシックス、二〇一四年)
荒川裕子監修・朝日新聞社編集『テート美術館の至宝ラファエル前派展　英国ヴィクトリア朝絵画の夢』(朝日新聞社、二〇一四年)
三菱一号館美術館・朝日新聞社企画事業部文化事業部編集『ザ・ビューティフル―英国の唯美主義一八六〇―一九〇〇』(朝日新聞社、二〇一四年)
後藤茂樹編集　世界美術全集13『ターナー』既出。

第九章——年譜考

近松秋江生活年譜

「凡　例」

一、この「生活年譜」は、近松秋江の明治から昭和期までの年譜である。
一、この「生活年譜」は秋江の、生活圏としての居住地、および肉親知人友人その他交友関係を当たれる限り調査し掲載した。
一、前項の目的の他に、職歴等を併せ列記した。
一、各種文学全集、また個人全集および各種単行本、文芸年鑑、文学事典等を参照した。

明治9年（一八七六）　1歳

5月4日、岡山県和気郡に生まれる。

＊岡山県和気郡藤野村大字藤野字田ヶ原（現在の和気町藤野。昭和62年10月7日附け和気町発行謄本では、岡山県和気郡藤野村大字藤野七百六拾八番地）に、父徳田啓太（天保12年1月19日生、明治27年11月24日死亡、54歳）、母奈世（天保13年3月28日生、大正15年4月7日死亡、85歳）の四男として誕生。名は、丑太。生家は農業および造り酒屋で、屋号は滝之舎。徳田家には、宝暦12（一七六二）年10月29日の売渡証文が残っていて、また寛政4年には仙次郎宛の売渡証文（江戸期のものが六通見つかっている）が現存しており、江戸時代中期から後期に地主と金貸しを兼ねていたことが判明している。徳田家は、日本画家であり東京の秋江宅で画学生生活を送り、帰京した徳永春穂に伝わる古い家系には、徳永忠太郎、その長男仙次郎から分かれ弟忠三郎に始まる。秋江の祖父にあたる忠三郎と父啓太と続くが、忠三郎については、除籍謄本もあって確定できる。明治期について確認できるところは、5年の家屋絵図で酒造場があること。また、木堂犬養毅命名による日本酒白蘭（大正11年3月、直筆の書が現存）を醸造、明治以降、昭和10年にいたる売掛け伝票、和気酒造会社（大正11年）の店舗写真が現存、東京深川区（現、江東区）新安宅町32に直売店（同じく酒舗写真が現存）を経営。他に、明治17年4月12日の兼業御鑑札御下御願〔質屋、穀物仲買／署名は、長兄啓太〕が現存しており、金貸し業も継続していたと思われる。明治28年には秋江の長兄元作が猿目神社（現、和気神社）氏子総代に推挙され、当時の組合立小学校、藤野村本荘村学校組合会議員再選通知書（明治41年2月21日）および和気郡教育会特別会員推薦状（大正元年9月26日）が残っている。元作は村会議員に就任しており、藤野村村会議員当選告知書（明治40年6月25日、大正2年2月25日）も現存。また、朝鮮をふくむ鉱山開発、採掘事業にも出資経営しており、多くの公文書・関係書類書簡等が現存する。明治20年代の地方収税署長、馬場恒吾の父亀三が酒造場検査に来たことがあった。同じ時期、友人で文学者杉山平助の父、紳商の岩三郎を見知る。他に、代議士や有力な経済人との交流を伝える書簡が残っている。

明治14年（一八八一）　6歳

この頃から、土地に伝わる母奈世の添え乳物語に幽霊の話を聞き、精神的な影響を受ける。

明治16年（一八八三）　8歳

10月11日、安養寺南光院跡（住所／藤野村大字泉字野吉）にあった岡山県和気郡第二十六番学区組合立野吉小学校初等第六級を修了する。証書の姓名は、岡山県平民徳田丑太。

この頃、『大学』『中庸』『論語』等の素読を学ぶ。また、酒造場職人が持ちよる講談速記本の赤本を読みはじめる。

＊丑太の小学校時代の一級下、川口米華（82歳）は〈小柄で、ちょっとイライラしたところのある人でしたが、人気者の級長でした。淡白でいたずらっぽいところもある利口な人〉（『山陽新聞』昭35・8・28）と回想している。

明治17年（一八八四）　9歳

4月6日、野吉小学校初等第五級を、試験第三等にて修業する。

この頃、『日本略史』の「南北朝戦記」読書により歴史に興味を覚える。

明治18年（一八八五）　10歳

4月10日、野吉小学校初等第四級を修業する。

10月22日、岡山県和気郡第六番学区に改正された野吉小学校初等第三級を修業する。

明治20年（一八八七）　12歳

12月19日、尋常野吉小学校、尋常小学第四学年を修業する。
この頃より、英語を学ぶ。

明治21年（一八八八）13歳

この頃、好学心が起こり、地理歴史に興味をもつ。夜間、三、四人の級友とで、小学校の教師郷先生から『日本外史』を学ぶ。

＊この恩師により中学受験の指導を受け、後年、東京専門学校進学の助言を得る。但し、名については不詳。

9～11月、和気郡の隣郡にある西光寺、住職藤村憲亮（母奈世の甥）の下にて仏門に入る。その後、姉野恵の反対にあい還俗する。

＊天台宗菖蒲山西光寺の所在地は、岡山県赤坂郡多賀村。現、赤磐郡赤坂町多賀七三六番地。憲亮の後、内藤良昭、良映が住職を務める。良昭の妻信子は、徳田家の菩提所安養寺の出。藤村家は、現在、願光寺住職。藤村憲弘が継ぐ。

10月5日、岡山県和気郡第五六七番学区に改正した三石・英保・神根・三国・日笠・藤野・本荘・和気・山田・塩田の十ヶ村組合立和気郡高等野吉小学校（野吉小学校東隣の客殿、観音堂を使用）一年の時、和気郡尋常和気小学校学芸展覧会にて、絵画の部で二等に入選する。

この頃、中学校入学試験の準備のため、『日本外史』、『十八史略』、数学、英語を修学する。また、父親と小学校教師が語る政治談義に加わり、『大阪朝日新聞』と岡山の二三の地方紙を読み、三人の「新聞政治家」と称して政談に耽っていた。

明治22年（一八八九）　14歳

3月25日、高等野吉小学校、高等小学第一学年を、進級試験第三等賞にて修業する。

＊現在、高等小学校跡に石碑「野吉高等小学校之跡」を建立。ただし、石碑は境内の外に立っている。

12月17日、和気郡高等野吉小学校二年の時、岡山県吉野郡尋常金川小学校教育勧業品展覧会にて、鉛筆画部門で優等賞をとる。

明治23年（一八九〇）　15歳

3月28日、高等野吉小学校、高等小学第二学年を、進級試験第三等にて修業する。

＊高等野吉小学校一、二年から三年生にかけた十五歳前後に、『日本外史』『十八史略』を読み、また講談もの赤本を耽読し、歴史往来に交感を体験する。

4月4日、第四区通学生徒第三学年副組長となる

5月1日、和気郡高等和気小学校三年の時、上房郡竹荘学事奨励会・和気郡神根学事奨励会にて、絵画の部で一等に入選する。

7月5日、前年の憲法制定後、第1回総選挙についての感想、見聞を記録する。

明治24年（一八九一）　16歳

3月27日、西片上在所の高等協和高等小学校と高等野吉小学校とが合併した安養寺境内に新築のなった岡山県和気郡立高等和気小学校、高等小学第三学年を、進級試験第二等にて修業する。

4月12日、和気郡高等和気小学校三年の時、第1回奨学展覧会にて図画・図画甲科の部で各第四優等に入選。4月23

日、岡山県英田郡敷尋常敷知小学校学芸奨励会にて優等賞をとる。

同　28日、第2回吉野学事奨励会にて第二優等賞をとる。

5月7日、第四区通学生徒第四学年組長となる
10月24日、和気郡高等和気小学校四年の時、第4回真島郡学芸奨励会にて、図画の部で三等に入選する。

この年、岡山中学入学前年の春に、岡山へ初めての小旅行をする。

明治25年（一八九二）　17歳
3月28日、藤野村大字吉田の有吉夘（卯）太郎に養子縁組をする。4月1日、丑太郎と改名。
同　30日、高等和気小学校、高等小学第三学年修業、卒業する。卒業に際し、試験で第二等を受賞。
＊10里離れた岡山に受験準備のため、故郷を離れ村の一年先輩（註、農科大学校から農商務省の技官となる）の下宿で3ヵ月を送る。後年この人物が、「鎌倉の妾」ものの作品に登場する。
4月3日、有吉家を離縁、復籍する。

6月20日過ぎ、岡山中学を受験し、合格する。
＊試験は初日、数学。2日目、算術。3日目、作文、漢文、図画。六十人中五番の成績、現役では一番となる。
9月、入学する。英語原書のウィルソン幾何書・スミス大代数書、原書による歴史の学習が負担となり、最初の普通試験で三十番に落ちる。ボート遊びを覚える。
＊母奈世と縁続きで、村の大尽の隠居が岡山で営む煙草屋の二階や隠居の妻の実家に下宿する。

明治26年（一八九三）　18歳

暑中休暇中、滝沢馬琴の『八犬伝』を読む。

この頃から、田口卯吉主宰の『史海』、『国民新聞』、雑誌『国民之友』を耽読するようになり、徳富蘇峰に感化される。

12月、学業に興味を失い二年一学期終了後、岡山中学を退学する。

＊岡山中学の後身、岡山県立岡山朝日高等学校のホームページ（出典、ウィキペディア）の「有名な卒業生」の「文化・芸能」欄に「近松秋江―自然主義作家」として記載されている。

明治27年（一八九四）　19歳

1月、福沢諭吉の実業論を読んだことが契機となり、父の許諾を得、市立大阪商業学校進学のため大阪に出る。大阪堂島の米穀商の二階に投宿、後に大阪市土佐堀に下宿し、受験準備をする。

＊受験勉強のかたわら、末広鉄腸の『雪中梅』などの政治小説を読み感激する。また、初めて近松門左衛門の作品に触れる。

3月、市立大阪商業学校を受験したが、学科試験は七番で及第するも体質虚弱のため不合格となる。

夏、岡山市で父と同居する。この頃、矢野龍渓の『経国美談』、藤田茂吉『文明東漸史』、田口卯吉の『日本開化小史』を読む。

9月5日、無断で、家出同然に最初の上京、慶応義塾に入学する。芝区（現、港区）田町に土木技士の未亡人が営む家に下宿して通学する。下宿料6円弱、仕送り10円であった。また三田演説館で、福沢諭吉の訓話を聞く。この時期、三田出身の政治評論家に傾倒する。その一人が藤田茂吉（鶴鳴）であり、後に私淑する竹越与三郎（三叉）、他に末広鉄腸、犬養毅（木堂）らであった。

＊7月25日、日清両国が豊島沖で衝突、最初の海戦が起こる。8月1日、日本宣戦布告。11月24日、旅順陥落。この頃、年

来、清国の開明化を主張していた福沢諭吉は、日清戦争が「文明と野蛮」の抗争であるとの持論を三田演説館で講話しており、秋江はその話を聴いていた。なお、福沢が『時事新報』に論説「日清の戦争は文野の戦争なり」を掲げたのは、宣戦三日前の7月29日のことである。

11月19日、土曜定例の小論文筆記訓練の後、下宿に戻り父危篤の電報を受け取る。23日夜、最終の9時45分の神戸行き汽車で発ち、24日に帰郷。迎えの村民から父の死亡を聞かされる。
この頃より、文学界同人にたいする興味をもつ一方、村井弦斎、泉鏡花を読む。

明治28年（一八九五）　20歳
9月、哲学や文学を志す青年の懐疑や希望の混ざった「人間の存在」に関わる職業に思いを寄せるようになる。
この年一年ほど、岡山市大雲寺町に在住し、父も出資していた米穀仲買店の店員となる。この時、春陽堂版の高山樗牛作「滝口入道」を読む。
＊二十歳前後まで、ヒポコンデリー（憂鬱症）に悩まされた、と昭和3年の『中央公論』4月号の「遺書」で告白する。
12月頃、泉鏡花の「滝の白糸」を病床の中で耽読する。

明治29年（一八九六）　21歳
1月4日、次兄国治、29歳で男児陽一郎一人を残しインフルエンザによる急性肺炎で死亡する。
この頃、軟文学に耽読する。一葉の「わかれ道」により鑑賞眼が啓かれ、とくに「にごりえ」に触発され、小説家を志す。その他にも、『国民之友』『文学界』『帝国文学』『読売新聞』の講読者となる。
5月頃、10日間、気管支カタルの病気治療を兼ね小豆島に滞在する。

9月、再び上京。水害のため水路により船で横浜到。鉄道が不通のため寝具等が届かず知人の下宿に半月居候をした後、神田区(現、千代田区)駿河台鈴木町の高台の大野家で下宿を始める。

*東京専門学校を受験、合格したが通学せずに午前は二松学舎で漢文を、午後は国民英学会(錦町3丁目9番地)で磯辺弥一郎の英語の講義を受ける。越後出の大野家の下宿屋では『国民之友』『日本人』『文芸倶楽部』や書物を乱読し、とりとめのない空想に耽る日々であった。そして下宿代の遅延で、大野の獰猛な上さんから理不尽な叱責をうけ下宿替えを思い立つ。

11月27日、弟子となり小説家を志す目的で樋口一葉を本郷丸山福山町に訪ねたが、妹くにから、一葉が四日前の23日に死亡したことを聞く。それまでも、「にごりえ」の舞台である小石川指ヶ谷町界隈を探索する。

12月25日召集(閉会、翌年3月24日)の第10議会にて、首相兼蔵相松方正義の金本位制実施の施政方針演説を傍聴する。

この年、初めて東京駿河台の下宿屋で年を越す。

*同郷の幼友達で小学校の上級生の明治法律学校に通う友人と二重橋を拝謁する。

明治30年(一八九七) 22歳

1月5日、川竹亭で落語を聞く。

*寄席に興味をもち通うようになり、都会の情調に心惹かれるようになる。

同 12日、英国公使館裏、麹町区麹町5番町に下宿替えをする。明治法律学校に通う幼友達と2ヵ月間同居。その後中学の三年先輩で、処女作「食後」(明40・11)のモデル、在京4ヵ月の河西正東と同居する。

この月、『一葉全集』を35銭で購入する。また、友人と、半蔵門から銀座まで散歩の途中、京橋銀座1丁目の読売新聞社にて、新連載「金色夜叉」の絵巻画を見る。

*秋江が購入した『一葉全集』は、初めて編まれた個人全集である。明治29年11月23日、一葉歿後、編集された和綴じ雑誌

型装丁の一巻もの。初版発行は明治30年1月9日。

3月25日、午後、坪内逍遙の講義「リア王」を聴講する。この頃、『エミールの日記』や哲学、倫理学の書物を読む。

この月中旬、河西正東に誘われ四谷の遊廓に上がった。また月末前後家主宅に盗難事件が起き、麹町署の事情聴取をされるも直ちに解放される。

5月、病気のため、一時帰省する。

10月、三度目の上京。内幸町の長与胃腸病院に69日間入院する。診断結果は、胃酸過多症および神経衰弱であった。
＊前回上京時と同様、水害被害のため岡山に出、汽船で神戸へ。神戸から海路、駿河にて下船。箱根北山まで徒歩で行く。夕刻新橋に到着、神戸で2泊船旅をふくめ4日がかりの行程となった。なお医院は、適塾に学んだ西洋近代医学者であった長与専斎が長男称吉により開院、小説家善郎は末子にあたる。
12月、退院後、東京での遊学希望を断ち、芝口の旅館に宿泊し翌日早朝、新橋を発ち名古屋で一泊し帰国。夜、実家に戻る。

明治31年（一八九八）　23歳
1月、松飾りの取れたあと入院費用を、隣村の帰省中の知人に返金に行く。
2月、養生を兼ねて兵庫の塩谷と明石、淡路の洲本で過ごし、塩谷の宿が不満で予定を切上げ五日目に早々帰宅した。
＊この間、投稿雑誌を読みながら鬱々とした日を送り、また遊学資金の醵出の件で長兄元作と諍いを起こす。
初夏、神戸にある新聞社に就職するつもりで面談のため、雑誌などで知っていた英文学士で主筆を神戸の諏訪山にある旅館に二度目の訪問をする。作文を提出していたが再会を果たせず、その足で四回目、家出同然の上京をする。

十日間滞在の後、心配する母奈世の相談を受けた小学校時代に実家離れに下宿をし、中学受験を指導した恩師の郷先生が秋江に書簡を出し、呼び戻される。
＊恩師が東京専門学校進学を勧め、相談の結果、愛好する史学が学べる歴史科に進学することとなる。また、中学校の教員資格が取得できることも魅力の一つであった。この時、徳富蘇峰の『国民新聞』と『国民之友』に見られる硬派の政治主張に憧れ、最初の遊学時の体験から理想の低い世俗的な学生、卒業生が多いと思い慶応義塾への進学を断念する。
9月初旬、五度目の上京をし、小石川区（現在、文京区）同心町に下宿する。東京専門学校（後の早稲田大学）文学科に創設された歴史科に入学し、三年間通学する。この時、正宗白鳥を知り、一時寓居し、白鳥の弟、三男の洋画家得三郎を相知る。浮田和民の国家哲学・歴史哲学に啓発され、後輩にあたる徳富兄弟の話も聞く。また、神田美土代町のキリスト教青年会館の講演会で内村鑑三、植村正久らの話を聴講し感激する。在学中、生涯私淑する高山樗牛を見知る。坪内逍遙により文学や演劇について啓発される。田中喜一（王堂）には三年の間、心理学、倫理学、哲学を教授され、卒業後も私宅、牛込揚場の高等下宿をしばしば訪問する。

秋のある晩、本郷西片町の樗牛宅を訪問し汁粉をご馳走され、森鷗外の話を聞く。

この頃、本芝1丁目32番地の料理屋芝浜館に郷里出身の代議士を訪問し、江戸前の女性を見初める。薄い藍色の唐桟の袷を着た粋な女中で、後に、割烹清風亭で働いていた最初の妻（未入籍）大貫ますに江戸前の女をかさね見る。ますとの十年以上にわたる愛憎関係とそのことによる絶望と憤恨とが、政治の方面の将来を断念する原因となる。
＊二十四、五歳の豊竹呂昇の義太夫を本郷若竹亭で聴き、呂昇を贔屓にするようになる。

明治32年（一八九九）　24歳

9月　英語政治学科に転科する。
＊フィリピン独立運動を『国民新聞』をとおして知り、日清戦後の三国干渉に思いを重ねあわせ、悲憤慷慨する。

＊東京専門学校在学中の32、33年の頃、麹町区内幸町（現、千代田区）日比谷の議事堂に帝国議会傍聴のため頻繁に出かける。傍聴は、素志にもとづく日課であった。

明治33年（一九〇〇）　25歳

春、杏の花が咲くころ学友二、三人と泉鏡花の話を聞きにゆく。その後、早稲田の園遊会で上田敏が談笑する姿を見かける。

夏、休暇中、浮田和民の紹介で徳富蘇峰の青山南町の私邸を訪問する。

9月、東京専門学校三年次、美辞学を受講し島村抱月を知り飯田橋の自宅を訪問するようになり、論文指導を受ける。これを機に翌年、抱月の下で『読売新聞』「月曜附録」に小説月評を執筆するようになる。

この頃、牛込袋町の藁店二階に下宿。そこで、隣家の泉鏡花を訪ね来る尾崎紅葉の話し声を聞く。

秋、歌舞伎座で五代目菊五郎の「天の網島」を観る。

明治34年（一九〇一）　26歳

春時分、抱月宅に集まり、「月曜附録」の打合せをする。好きな光景、「秋の寂びた入江とか湖水」からペンネーム秋江を、この時決める。

4月22日、「月曜附録」の「鏡花の『註文帳』を評す」により、批評家としてデビューする。

7月8日、薄田泣菫の紹介で徳冨蘆花を青山南町の寓居に訪問。その後、転居先の千駄ヶ谷原宿の貸家にたびたび訪ねる。しかし、明治44年の大貫ますとの愛憎事件に恥じて、音問を断つこととなった。

同　15日、東京専門学校文学科を卒業する。

＊『早稲田学報』第56号の「文学科」得業名簿にその名が載る。20名中八番の成績であった。ちなみに、正宗白鳥は一番の成績で卒業、大隈重信伯爵夫人の賞品を受く。卒業を前に、友人と江ノ島へ海水浴に行く。

同 26日頃、印刷局職工による、当時実際に起こった三万円窃取事件に関し、幸徳秋水に義憤を認めた書簡を出す。

＊秋水の「社会の大罪（上）」（『萬朝報』7月26日）に書簡が引用掲載される。

9月16日、坪内逍遙の紹介で博文館に入社し、編集長上村左川のもと雑誌『中学世界』記者となる。月給十八円。在職6ヵ月で退社する。編集局長は坪谷水哉であった。この時、田山花袋と相知り、ツルゲーネフや二葉亭四迷の価値を学ぶ。そして、高山樗牛との談話を傍らで聞く。また、花袋の紹介により、川上眉山を訪ねたりする。

12月上旬、田山花袋から借りていたツルゲーネフの英訳本『その前夜』を読了、その後も「ルーヂン」「アーシャ」を貸借する。

この年、上田敏を、『中学世界』新年号付録の小品依頼のため一枚40銭の原稿料を持参訪問。他にも小杉天外、川上眉山へ原稿依頼に行く。

＊『中学世界』の明治35年1、2月号の「青年文壇」選者を担当していた。

明治35年（一九〇二）　27歳

2月、博文館を退社し早稲田大学出版部に入り、『早稲田学報』編集にあたる。編集部で正宗白鳥の同僚となる。

3月8日、東京専門学校第2回留学生として渡英する島村抱月を、横浜埠頭で讃岐丸を見送る。

3月初め、高山樗牛を鎌倉長谷寺の仮寓へ、田中王堂に伴われ訪問する。

8月15日、上総国夷隅郡東海村の東海楼に滞在する。

夏、逗子に結核で静養中の高山樗牛を再訪する。

＊12月24日、樗牛が死去する。

初秋、牛込大曲の割烹清風亭で女中手伝いの大貫ますを初めて見知る。

＊最初の妻大貫ますが道楽者の夫との四年の結婚を廃し出戻り一年後、実家の近所にあった父親の代から懇意にしていた店主の店を手伝っていた。大貫ますに、かつて本芝の芝浜館で取次ぎに出た江戸前の藍の着物姿の粋な女中を思いあわせる。

この年、牛込区（現在、新宿区）袋町12、小原方に下宿する。

＊『早稲田学報』臨時増刊第77号（12月20日号）、「第17回報告及名簿」の職業欄では「『中学世界』雑誌記者」となっている。

12月頃、大貫ますとの恋愛感情を強く意識するようになる。

＊坪内逍遙が主宰する演劇革新運動に加わっていた秋江はこの年、坪内逍遙が明治23年以来続けてきた朗読法の研究会会場として使っていた神楽坂赤城明神境内の貸席清風亭で大貫ますが座敷女中として働いていた。

明治36年（一九〇三）　28歳

前年に引続き、桑木厳翼の斡旋で、神田同文館の哲学辞典の編集を月30円の手当てで続ける。

3月初め、牛込区肴町の下宿屋より移転、ますと大日坂上の借家に同棲後、小品「小猫」の舞台となる小石川区（現在、文京区）小日向台町にて同居する。その間に、実家から家財道具等の購入資金の援助を受ける。2月頃に同居を決めたが、引っ越し直前まで同棲に躊躇し迷いながらの転居であった。さらに、同居三日後から前夫の存在に懊悩するようになる。

＊ます、明治9年8月1日、牛込□□町21番屋敷門借地にて二男二女の末っ子として生まれ、昭和4年8月9日に死亡。享年54歳。父は彦八（明治7年、伝蔵を改名）、母は屋す。大貫家「壬申戸籍」の本籍地は〈牛込□□町21番屋敷門借地居住〉。不明箇所は、「水道」か。昭和二年抹消の謄本では、本籍地欄は、〈明治二十七年六月十四日牛込岩戸町十八番地より東京市

牛込区牛込水道町二一番地〉。生業は、地主の老舗で屋号を越ヶ谷屋と名のる精米業者であった。父彦八は下総国葛飾郡増尾村、農平門増蔵の二男。天保10年に生まれる。先代大貫彦八の養子となる。義母かずは第三大区牛込横寺町、工藤井源助三女。彦八は明治9年9月21日、〈変死〉。38歳。20日午前2時、牛込水道町21番地の在所で強盗（凶悪事件指名手配中の越後出身、元米搗き傭）の刺殺に遇う。母屋すは七尾県管下鳳至郡甲田村、農小笠原弥三郎二女。天保11年12月20日に生まれる。明治45年2月7日、牛込区筑土八幡町50番地にて死亡。73歳。なお、彦八長男宗吉（慶応3年4月24日誕生）の死亡および届受附は、〈大正九年一二月二七日〉。宗吉と屋すの死亡届地は同じ。父の死亡後、米穀小売店の生業は兄宗吉の代で零落し、秋江とます二人の同居、そして失踪前後の宗吉は牛込区北山伏町6番地にて郵便配達の職にあった。

＊父彦八の強盗刺殺事件は、当時『朝野新聞』（9月22日）『読売新聞』（9月23日）に報道された。

7月下旬、牛込区早稲田南町に転居する。甥の末広敦が半年間下宿する。

＊末広敦（明治18年5月8日生まれ）は、秋江実姉野恵の長男で早稲田中学に在籍していた。世話をみたますの好人物であることが敦を通じて郷里に伝わっており、母奈世、姉野恵はますとの離別には反対であった。

8月末、小石川区小日向台町3丁目56番地、かつて川上眉山の住んだ鼠坂上の借家に転居する。

＊同所に宛てた11月17日消印の坪内逍遙葉書を受け取る。

11月、12月にかけ坪内逍遙が関係する翻訳シリーズ物菊判『シルレル物語』（596頁写真❶）の翻訳が完成する。

＊発行は、「通俗世界文学第九篇」として冨山房より12月24日。稿料70円強であった。

明治37年（一九〇四）　29歳

1月、『都新聞』美術記者の林田春潮の紹介で、桜井義肇から代わった社主麻田駒之助に会い、2月、雑誌『中央公論』の発行元反省社に主幹として月給40円で入社することを決める。後日、烏森の料理屋湖月で、雑誌刷新の話を聞く。

＊西本願寺法主大谷光瑞の推薦で巌谷小波が入社、麻田、秋江の三人体制で、博文館『太陽』のような総合雑誌出版を計画

する。入社後、期待に反した編集方針に明け透けな批判を、麻田にする。文芸雑誌中心とする持論が通らず、はやくも意欲を失い退社の要因となった。

2月11日、熱海雙柹舎に坪内逍遙を訪問。記者として談話筆記をし、3月号に「坪内逍遙氏を熱海の宿舎に訪ふ」を掲載する。
＊この頃、「海外新潮」欄で、翻訳のアルバイトをしていた東京帝国大学生の滝田樗陰と連れだって作家訪問をする。
春の初、三兄利九次（明治28年5月7日、岡山県御野郡鹿田村大字古松の小山万五郎の養子となる）が渡米の予定であることを書簡で伝えくる。

3月5日、大日坂の上、小石川区小日向台町3丁目18番地に転居する。

4月、大貫ますと別れる決心を固める。

5月14日、母奈世の上京を理由に、ますと最初の別離を決め、ますは翌朝、牛込区北山伏町の兄宗吉の元に出戻る。翌15日の11時に、静岡で一泊し二度目の上京となる母と利九次が渡米のため新橋に到着する。
＊船便の都合から利九次の出航が遅れ、一月近く待機のため同居する。
6月7日、午後2時、利九次が神奈川丸で横浜からシアトルに渡航し、40日後に現地到着の葉書を手にする。

7月、小日向台町の近隣、大日坂の茶畑の一隅に建つ新築借家に転居する。

初夏、二葉亭四迷を、坪内逍遙の紹介で初めて訪問する。その後、雑誌記者として度々取材その他で、駒込西片町10番地在に訪問する。

8月、静岡県、興津から清見潟に遊ぶ。
＊龍華寺にて高山樗牛の墓に詣で、不二見の銕舟寺に立ち寄る。
同月末、マクミラン版ガーネット訳で、ツルゲーネフを読む。

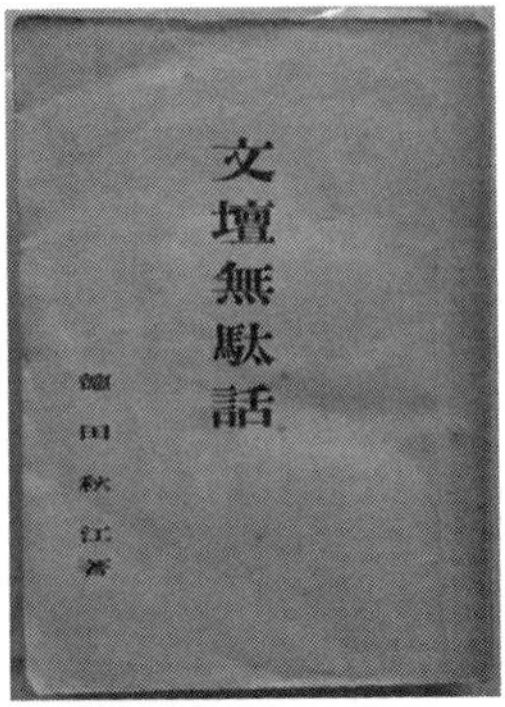

❸『文壇無駄話』（光華書房、明治 43 年 3 月 15 日）

❷トルストイ原著『生ひ立ちの記（幼年、少年時代）』（東京国民書院、明治 41 年 9 月 10 日）

❶通俗世界文学第 9 篇『シルレル物語』（冨山房、明治 36 年 12 月 24 日）

❻『別れたる妻に送る手紙★』（南北社、大正 2 年 10 月 16 日）

❺現代文芸叢書第 29 編『新古典趣味』（春陽堂、大正 2 年 9 月 15 日）

❹トルストイ原著『生ひ立ちの記（青年時代）』（東京国民書院、明治 45 年 2 月 20 日）

❾情話新集・『舞鶴心中』（新潮社、大正 4 年 2 月 27 日）

❽『人の影』（塚原書店、大正 3 年 4 月 22 日）

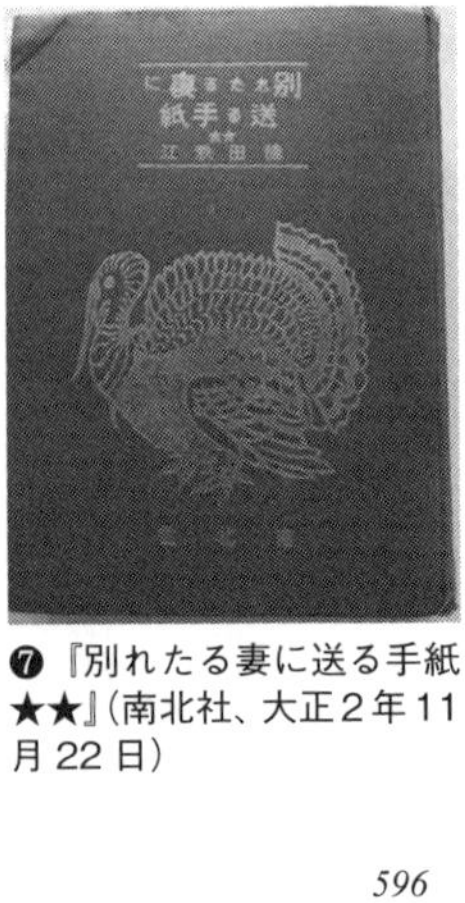

❼『別れたる妻に送る手紙★★』（南北社、大正 2 年 11 月 22 日）

9月、反省社を退社する。雑誌『中央公論』文芸欄の設置提案が受け入れられず、意欲を喪失したのが原因。退社後
10月、二葉亭四迷に就職口の斡旋を依頼、東京朝日新聞社の池辺三山の面接を受ける。募集枠がなく、結局、入社は果たせなかった。

＊反省社退社の理由については、別に編集の業務怠慢をみかねた麻田による馘首や、貴族院議員石黒忠悳に対する非礼が発端となり自己都合により退社したものとがある。

10月8日、義兄末広新蔵に伴われ母奈世が帰郷する。

11月初旬、小石川区音羽1丁目（現在の9丁目付近）、目白新坂下、ますの母の家に寄寓する。

＊宗吉の嫁が往来するようになる。

12月、年越しのため、小石川水道町の古本店京屋へ書籍を売り金策をする。

明治38年（一九〇五）　30歳

4月28日、赤城神社境内の貸席清風亭にて、易風会の第1回試演「妹山背山」が行われる。

＊この時易風会と名を改めた演劇革新運動の母体は、坪内逍遙が明治23年の東京専門学校文学科創設時から始めた朗読法の研究が始まりで、文芸協会へと発展する。この俗曲研究会に土肥春曙、水口薇陽、東儀鉄笛、武山盛造ら先達と一緒に徳田浩司も加わり中心的な役割を担った。他には、正宗白鳥、巌谷小波、中村吉蔵らが参加する。

8月、小石川区高田老松町に転居する。

同　5日、麻布龍土軒で開かれた柳田国男の土曜会に出席する。

9月12日、島村抱月が帰国。後藤宙外らと横浜桟橋に出迎える。

11月、牛込区喜久井町20番地に転居。隣家には、田山花袋の長兄実弥登（明治29年1月、四谷区四谷内藤町1番地か

ら転居）が住んでいた。

明治39年（一九〇六）　31歳

1月、再刊した雑誌『早稲田文学』の編集に月20円で従事するが、仕事ぶりは彙報・時報が滞る杜撰なものであった。雑誌の発行所は金尾文淵堂。編集体制は主筆抱月、編集長水谷不倒、参与東儀鉄笛、編集は中島孤島、秋江であった。その孤島と抱月の対立により、秋江が板挟みにあう。

＊『早稲田文学』創刊の披露会が富士見軒で開かれた時、児玉花外が抱月に抗議する場面を目撃する。

同月上旬、4日に六十四歳で歿した福地源一郎（桜痴）に対する談話記事を作成のため、徳富蘇峰へ取材に赴く。

2月17日、2時から、芝の山内にあった紅葉館にて、文芸協会設立の発会式が行われた。

5月頃、歌舞伎座で、松本幸四郎の「勧進帳」、市村羽左衛門の「助六」を観る。

8月頃、牛込区北山伏町36番地の田山花袋宅で、国木田独歩に初めて会う。

9月、上州伊香保町塚越七平別邸に20日間滞留する。

＊この地で、初期短編「伊年の屛風」の構想を得る。

同月下旬、芝の紅葉館で開かれた島村抱月帰国歓迎会に出席。広汎で盛大な文壇の会で広津柳浪、小杉天外、国木田独歩の酔余の喧嘩に居合わせる。

10月、早稲田文科の交友会で、島村抱月と後藤宙外の口論を目撃する。

この頃、島村抱月との編集方針の相違で、退社の決心をする。

秋、島崎藤村の紹介により、旧龍土軒で開かれた龍土会に参加。国木田独歩、小栗風葉、岩野泡鳴、蒲原有明、柳川春葉、生田長江、武林夢想庵等が出席した。

この年、牛込区袋町に住む。矢来の中島孤島宅を頻繁に訪問し、無花果の盆栽を預けるなどの交流をする。

明治40年（一九〇七）　32歳

1月上旬、『読売新聞』主筆の竹越与三郎（三叉）に初めて会う。

＊退社の後、十八年ぶりの大正14年1月14日省線の車内で偶然に再会した後、生涯の知遇を得る。

同月、早稲田文学社を退社し、読売新聞社の教育、宗教関連の「月曜附録」主任として入社する。

＊在職中、6月17、18、19日に、神田駿河台の総理大臣西園寺公望邸で開かれた一夕の饗宴、雨声会参加者の原案を、竹越の依頼で作成した。当時、フランスのアカデミーに譬えられた。

2月1日、神田一ツ橋の学士会館で開かれた、柳田国男と岩野泡鳴の発案による第1回イプセン会に出席する。

3月、読売新聞社を退社する。

この頃、神田区三崎町大川写真館にて秋江、ます（唯一の写真となる）および従兄弟の徳永節衛、道太郎とで写真を撮影する。

6月、牛込区赤城元町7番地に西洋小間物店を購入、開店する。屋号は「藤の屋」。店舗兼住宅、二階建。西洋万小間物類を販売した。購入資金は、財産分与五百～六百円を当てる。

＊店舗・家屋に関する土地登記簿は、秋江の住んだ時期、明治40年6月から42年3月までは、「事項欄」のとおり。「順位号弐番」は明治39年7月20日、同「参番」は大正5年6月のもので、その間までに移転の記載はない。土地購入についての確証はつかめない。ついでに、表示欄によると、住所は「東京市牛込区牛込赤城元町七番地」、赤城坂中ほどに当たる。左隣は草履屋、右隣は下駄屋、真向かいは薬屋で、背後は崖になっていた。明治41年秋の大雨で敷地が崩れたことがある。地積は「六拾六坪弐九夕」とある。

順位番号	事項欄
弐番	明治参拾九年七月弐拾日受付第九六四（印）号 同日付売渡証第四ニ因リ東京市京橋区木挽町九丁目参拾番地森村開作ノ 為メ所有権ノ取得ヲ登記ス（印）

8月、榛名山に避暑に行く。

9月、雑誌『趣味』の編集者西本波太の訪問を受け、9月号の「文芸界消息」で小間物店が紹介される。

同　13日、神田一ツ橋の学士会館で開かれた、第5回イプセン会に出席する。

＊出席者、柳田国男、岩野泡鳴、長谷川天渓、田山花袋、正宗白鳥、蒲原有明、前田晁、三津木春影、小山内薫他。

10月16日、夕方の6時過ぎに、9月28日、アメリカのシアトルで三兄利九次（明治3年10月8日生まれ、享年38歳）が死亡した旨を、長兄元作からの速達で知る。

＊現地9月28日、友人の送別会のあとの夜半、脳卒中により急逝。10月1日、荼毘に付され、遺骨は国元岡山に送られた。

11月1日、『早稲田文学』（11月号）で、小間物店が紹介される。

＊この前後、『早稲田文学』の記者の中村星湖が訪問する。

同月、『早稲田文学』の編集室を置いていた薬王寺前町の島村抱月宅を訪問し、処女作「食後」掲載の11月号受け取る。

＊二葉亭四迷と正宗白鳥に好評であった「食後」については、掲載予定だった『文章世界』の編集者前田晁との間で不掲載にいたる見解で、トラブルが10月まで続いていた。その間の島村抱月の態度から、抱月の鑑賞眼を疑うことになる。

12月1日、『新声』（12月号）で、小間物店が紹介される。

同　6日、神田一ツ橋の学士会館で開かれた、第8回イプセン会に出席する。

＊出席者、柳田国男、岩野泡鳴、長谷川天渓、正宗白鳥、岡村千秋、秋田雨雀。

明治41年（一九〇八） 33歳

2月7日、神田一ツ橋の学士会館で開かれた、第9回イプセン研究会に出席する。

＊出席者、柳田国男、田山花袋、正宗白鳥、西本波太、岡村千秋、池田銀次郎、川村繁則、秋田雨雀。

4月15日、国木田独歩に贈られた田山花袋、小栗風葉編『二十八人集』に「人影」を掲載する。

＊6月23日、結核のため他界した独歩に病床の寂寞を慰めるため、交流の深かった友人によって編まれた書。序文を徳富蘇峰が、題字を西園寺陶庵（公望）が揮毫する。

5月19日、大貫ます、戸主・長兄大貫宗吉の牛込区牛込水道町21番地より牛込区牛込赤城元町7番地へ分籍する。

＊ますが歿した昭和4年、裁判所より相続人がいないことを理由に絶家処分が下る。抹消された戸籍は赤城元町に分籍した時のままであった。

4月中旬、小杉天外のため明進軒で小宴を開く。

6月6日、二葉亭四迷のロシア外遊のため、上野精養軒で行われた送別会に出席し集合写真に収まる。

8月末～10月初めまで、箱根堂ヶ島近江屋に逗留する。

9月10日、新潮社の佐藤義亮の口利きで、国民中学会の東京国民書院からトルストイの四六判『生ひ立ちの記』（596頁写真❷）を出版する。

＊出版を勧めたのは、交流していた徳冨蘆花であった。また、苦労を重ねた翻訳で、文体にたいする自信を得、創作意欲が生まれる。なお、早稲田大学入学前の橋浦時雄が立派な翻訳だと感心する。なおまた、『文章世界』12月15日号「明治四十一年文壇の回顧」中の秋江の「香の物と批評」を特集中唯一感動した、と25日の日記に記す。

同　堂ヶ島に遊興中の田山花袋、前田晁が来訪した。その折、「食後」前借稿料の代わりの原稿を依頼される。
12月29日、新橋を発ち伊豆新江島屋にて越年、同道は正宗得三郎、読売新聞社の岡村千秋。31日に、伊豆山権現に登る。

明治42年（一九〇九）　34歳

1～2月、正宗得三郎と伊豆山へ滞在、その間、相撲見物のため一時帰京する。

1月25日、河野桐谷（明治12年10月4日生まれ、東京専門学校卒。劇作家、美術評論家）宅の第3回雑司ヶ谷会に、午後3時から9時まで出席する。参会者は秋江、相馬御風、秋田雨雀、楠山正雄、正宗得三郎であった。

2月、赤城元町7番地で起臥する。この月をもって小間物商を廃業する。

3月1日、牛込区喜久井町20番地のますの母親宅に一時同居する。9日頃、小石川区関口台町5番地に転居する。

同　20日、麻布龍土軒で開かれた龍土会に出席する。

3月頃、暴漢に襲われる。この頃、田中王堂との交流が続く。

4月1日、博文館に田山花袋を訪問する。

6月2日、二葉亭四迷の、染井照庵で一時より執行された告別式に参列。その席上で、正宗白鳥と島村抱月との論争を話題にする。
　＊明治42～43年前半にかけて、後に「芸術と実生活」論と整理される論争を、秋江が抱月と田山花袋との間で行う。この時、印象批評に立った無駄話家・徳田秋江の名が広まる。
同月、大貫ますと離別まとまる。
同　18日、音羽9丁目のますの母親宅に同居する。

7月9日、夏目漱石を訪問する。

8月8日、ますと別居する。8月末、ますが姿を隠す。

同　10日、橋浦時雄が、「香の物と批評」の他に「芸術は人生の理想化なり」等の自然主義批判の評論、トルストイ訳『生ひ立ちの記』を、岩野泡鳴、小山内薫と共に評論の価値に注目した旨を、日記に記す。

同　18日、箱根堂ヶ島に止宿する。

同月、箱根堂ヶ島、伊豆に滞留を続ける。

9月12日、読売新聞社に立ち寄った後、正宗白鳥、上司小剣と明治座で「殿中刃傷の場」を観る。

同　14日、『国民新聞』「風聞録」に転居予定の記事が出る。

11月7日、「別れたる妻に送る手紙」の作中お宮のモデル太田きみ子に初めて逢う。

同　27日、有楽座にて、演出小山内薫、主演市川左団次のイプセン劇「ボルクマン」を観劇する。

この頃、田山花袋から借りたモーパッサンの短編集を読みはじめる。

12月頃、一時、ますの母親宅に寄寓する。

12月8日、小石川区関口駒井町1、坂の登り口にある加藤方に転居、下宿する。
＊この年をまたぎ、ますとの離別の渦中、憂傷を癒すためかつてから大貫家と懇意にしていた赤城下で高利貸しを営む元髪結いの老女を話し相手に頻繁に訪れる。

明治43年（一九一〇）　35歳
1月、春場所の駒ヶ獄と太刀山の相撲に熱狂する。
2月頃、三越に就職予定を知らせる書簡を徳田元作に送る。また、雑誌『秀才文壇』の記者が訪問、「文士歴訪記」に紹介される。
＊関口駒井町1に宛てた2月13日消印の松居松葉の葉書と、2月15日消印の徳田元作の封書を受け取る。
2月20日午前2時30分頃、牛込区赤城元町7番地、元小間物店が5番地下宿業犬飼イノ、隣家草履商小川鉄三郎の間から失火、類焼し焼失する。
＊火災を遠望しながらますとの関係が失われてゆくことに思いを巡らす。
この頃、『早稲田文学』記者中村星湖が「別れたる妻に送る手紙」の原稿督促に来る。

3月15日、菊半截判『文壇無駄話』（596頁写真❸）を光華書房から出版する。

3月上旬、太田きみ子、正宗白鳥に囲われたため姿を消す。

5月26日、上野鶯亭で行われていた舞の会を訪ね、その後、田中王堂宅に一泊する。

7月3日、牛込区薬王寺前町20番地の島村抱月宅で西村酔夢と会う。

夏、7月頃、夏目漱石を訪問する。

8月11日、信州軽井沢へ出発する。

同　23日〜10月まで、塩原古町楓川楼に滞在する。秋山孝之助が訪ね来、写真を撮る。
＊塩原の旅館の女中が上京し、一年近く世間を忍ぶ関係が断続的に続く。
11月初旬、帰京。その後、翌年1月末まで小石川区音羽の久世山下、音羽通り路地奥の小旅館の二階四畳の座敷に逗留する。
＊ますとの別離後の神経衰弱に悩まされ、旅行の帰途その足で世帯道具を預けている、高利貸しの老女を転居した赤城神社崖下の妹と二人同居する長屋を訪ね、ますの消息を聞き出そうとする。
12月19日、島崎藤村を浅草新片町1に訪問し、徳田秋声を誘い、豊国で食事をともにする。

この年、帰省し、長兄元作、友人徳永節衛らと故郷の芳嵐園に遊び記念写真を撮る。

明治44年（一九一一）　36歳

1月頃、大逆事件に関連で、郷里藤野村の実家が家宅捜査をうける。

＊内田魯庵の「日記」の明治44年1月25日の項に、次の――○正宗白鳥は郷里で刑事に尾行されてゐたさうだ。或る刑事は正宗の行動を報告するを怠たつた罪で月俸百分の二五を罰せられたさうだ。徳田秋江の郷里の実家も調べられたさうだ。浜町の女に憂き身を扮して神経衰弱になるやうな男がナゼ恐ろしいのだらう。シカシ危険人物に見立てられたのは両君の光栄である。――と、記載がある。

1月末、小石川区小日向水道町58に転居する。

3月頃、牛込区白銀町、都築家の素人下宿に同宿する宇野浩二、斎藤寛（筆名、青葉）の処にしばしば出入りし、今井白楊とも知り合い、彼の紹介で三富朽葉を相知る。

＊通寺町の洋食屋三好亭で、『奇蹟』同人峯岸幸作、広津和郎と出会う。

5月、姿を消した大貫ますの行方を探すため日光へ行き、旅館の宿泊者名簿を閲覧し歩く。

＊警察に「失踪者探索願」を出す。神山旅館の宿帳から岡田某とますの滞在したことを知る。

＊松尾秀夫の「伏字起こしに賭けた青春」（『噂』昭46・10）に、「捜索願」の一部〈……拙者内縁ノ妻ニテ三十六年三月以降、四十二年八月八日マデ約七年同棲シ居リ候処、種々ナル事情ノ為メ……〉が引用されている。

5月21日頃、ますの行方を追って、岡山へ行く。

＊かつての下宿人岡田と同棲中のますを見つけ、ますはいったん東京に戻る。後に、これまでの二年間を「心の暗黒時代」と回想する。

6月2日、岡山の帰途、4月から大阪新報記者をしている岩野泡鳴を訪問。その後、文楽座で竹本摂津大橡、竹本越路太夫の人形浄瑠璃を聴く。夕方、大阪箕面電鉄沿線の池田に遠藤清子と同居していた岩野宅に寄り、その日は宝塚新温泉に行き一泊。翌日、泡鳴、清子と連れ立ち大阪梅田へ、千日前、道頓堀を漫歩する。5日頃、帰京。
同　7日、夏目漱石を訪問し、ます探索中の話、日光神山旅館で「ます」の名記載宿帳を発見した話をする。
8月8日、牛込区天神町26番地の佐久方に転居する。
同　23日、野州塩原に、10月まで断続的に逗留する。
9月、牛込区矢来町47番地に転居し、自炊生活に入る。
同　25日、夏目漱石より、依頼中だった『東京朝日新聞』連載小説の件で返書が届く。
　＊徳田秋声の「黴」の後に予定との書簡内容であった。
10月9日から、神田の医院に通院が始まる。15日、医院で高浜虚子と出会う。22日、23日、通院の帰途、有楽座で豊竹呂昇の「新口村」を聴く。

同　27日、帝劇にて、自由劇場主催「寂しき人々」を観る。

11月17日夜、吉原きりさでの朝日新聞「文芸欄」廃止追悼会に出席。その後、森田草平、鈴木三重吉らと会食を共にする。

同　18日、馬場孤蝶の依頼により、慶応義塾にて「文学上より見たる福翁自伝」を講演する。その折りの交渉使者は、久保田万太郎であった。

同　28日、帝国劇場にて、文芸協会第2回公演の「人形の家」を観る。

この頃、夏目漱石を訪問。また、「食後」のモデルで中学校教員河西正東から上京、転職の旨を告げる書簡を受け取る。

12月、島村抱月を、山茶花の植わる諏訪町の新居に訪ねる。

この月、帝国劇場で人形浄瑠璃を聴く。

明治45年、大正元年（一九一二）37歳

2月11日、喜多六平太の能を嶋田青峰、戸川秋骨と観る。

同　7日、ますの母屋す、長兄大貫宗吉宅の筑土八幡町にて死亡。享年73歳。葬儀のため一時在宅中のます、3月1日に再び岡山に発つ。

同　20日、トルストイの四六判『生ひ立ちの記（青年時代）』（596頁写真❹）を東京国民書院から翻訳、出版する。

同　24日、次兄国治の遺児、陽一郎（明治26年6月1日誕生）が養子入籍する。

＊昭和12年、長兄元作歿後、実家の家督を相続する。

4月8日、日本橋区（現、千代田区）4丁目の春陽堂の帰り、本郷の徳田秋声、および滝田樗蔭を訪問する。

同　9日、雑誌『演芸画報』の記者、原稿依頼のため藤沢某来訪する。夜、牛込亭で円遊の落語を聴く。

同　11日、大阪から午前9時に新橋についた岩野泡鳴が正宗白鳥の家に寄ったあと訪ねて来たが、原稿執筆のため外出を諦め一時間程座談する。

5月20日、田山花袋を博文館に訪問する。

6月、某日夕、牛込亭にて円喬の落語を聴きに行く。

同　29日、趣味社開催の活動映画会に加わる。

＊参加者は、河野桐谷、阿部次郎、秋田雨雀、中谷徳太郎、紀淑雄、安成貞雄。

7月3日、平福百穂、嶋田青峰らと銀座台湾茶店へ出かける。『国民新聞』記者小島某が同道。

同　6日、国民新聞記者小林某が原稿依頼のため来宅する。

同　8日、午前中、趣味社の西本波太が来訪する。また、中村武羅夫が来宅する。午後、嶋田青峰と佐久間町のホト

トギス社に行き、高浜虚子と会う。夜、寺町で活動写真を観る。
同　9日、神田明神を散策する。夜、新富座へ浪花節を聞きに出かける。
同　10日、岩野泡鳴の『発展』を受贈する。12日、平福百穂、松崎天民、小島某とカッフェ・プランタンで歓談する。
同　13日、早稲田文学社へ相馬御風を訪問。不在のため河野桐谷、中谷徳太郎と会食。帰途、長谷川時雨を訪問する。
8月9日、山口孤剣の送別会に出席する。
同　23日、夜、浅草の島崎藤村宅を訪問。その折、藤村が艪を漕ぐ船で隅田川で夕涼をとる。
＊文芸院が渡仏文学者を派遣することが話題となる。翌日、森田草平と会い藤村が適任者であることを話し合った。ただし、この計画は経費の都合で立ち消えとなる。
同　24日、田山花袋、前田晁と日本橋区の博文館で会う。帰途、牛込区矢来町62に住む森田草平宅へ立ち寄る。
同　25日、ますを探すことと、文壇での不遇を感じ東京へは当分戻らぬ過去の清算を覚悟で東京を発ち岡山へ向かう。途中、木曾福島で一泊し、京都へ出る。
9月初め、岡山へ行くが、ますは見つからなかった。
9月15日、故郷より上阪。夜、大阪心斎橋筋で宇野浩二と会い、難波新地を散歩する。大阪市久右衛門戎橋北詰西入の柴家に宿泊する。
同　16日、柴家にて、宇野浩二と大阪毎日新聞記者の増野三良(郎)の訪問をうける。後に、宇野の紹介で玉出に転宿する。
＊この折、長田幹彦作「尼僧」の評価が三人の間で話題となる。
同　17日、増野三良と二人で岩野泡鳴を大阪新報社に訪ね、雑談をする。その後、大阪郊外の池田の泡鳴宅で、同居中の遠藤清子を交え談笑する。
＊この時、島村抱月と松井須磨子の恋愛事件が話題にあがり、初めて二人の関係を知る。この時の公表した作に関連し、岩

野泡鳴は大正2年8月19日に抗議と絶交を申し込み、10月16日、弁解の葉書をうけとるも彼の怒りは解けなかった。
同　25日、流浪中の長田幹彦が尋ね来る。またその後日、幹彦と心斎橋筋ですれ違い、吾楽の店にて増野三良を紹介する。以後、しばしば難波新地、宮川町、道頓堀の法善寺裏で遊興、流連する。
＊冬には、道頓堀界隈の風物詩、四ッ橋の蠣船で船料理を食す。幹彦が夏目漱石の陰口を聞かされる。
9月末、増野三良に伴われ、長田幹彦を訪ね行く。
晩秋まで、堺市大浜公園南丸三楼に、長田幹彦と滞留する。
10月上旬、大阪天下茶屋に滞在する。
＊この間に、近松座の「天の網島」を観たり、松の亭で豊竹呂昇を聴く。
11月、島村抱月と京都で、長田幹彦・増野三良・秋葉俊彦と共に会う。
＊なお大正3年、抱月、松井須磨子の京都南座公演が大当たりする。
12月7日、大阪難波新地の旗亭一見茶屋で、「黒髪」「青草」のモデルで当時二十六歳の小女郎東雲を知り、一年近く通う。その間に法善寺の寄席、新派劇や活動写真、文楽座や浪花座に連れ立って出かけるようになる。
＊遊女東雲は足利生まれ、母の歿後、実父により品川の売笑窟に売られる。大阪から台湾、中国福州へと男と渡り、文通が続いた。また、実姉を足利に訪問し東京で会ったりしている。

大正2年（一九一三）　38歳
1月1日、六甲山下芦屋村より堺市大浜、丸三楼にて越年する。
同　道頓堀文楽座で狂言を聴く。
2月19日、文楽座で三代目竹本越路太夫（一八六五〜一九二四年）の人形浄瑠璃「鮓屋」を東雲と一緒に聴きに行く。

＊この間に、東雲との仲が深まってゆく。
3月21日、泉州堺大浜に移る。郷里の岡山備前から帰京の折り、関西を遊覧中の正宗白鳥と大浜の汐湯で偶然に出会う。月末にかけ十日ほど、和気に帰郷する。31日、上阪。白鳥が『新小説』10月号に発表する「疑惑」を執筆する様子を書き残す。
＊完成した「疑惑」は最初『中央公論』に持ち込んだが、掲載拒絶にあう。留守中の宿に神戸に止宿中の島崎藤村から渡仏を知らせる音信が届く。
4月、大阪住吉へ転居。この春、大長寺など吉野一円を散策する。
＊東雲が住吉の宿に尋ねてくるようになる。また翌年、身請され自前であったことを難波新地の旗亭の女将から聞かされる。
4月12日、8日に再度、島崎藤村から渡仏の葉書を受け取る。梅田駅を阪神電車で発ち、神戸へ。諏訪山へ通う坂の途中にある花隈町38番地の葛城旅館二階座敷に藤村を訪問する。
＊三の宮に興行中の市川左団次が訪ね来て面晤する。夜行の11時新橋を発った、初対面の有島生馬と旅館で会う。翌13日、フランスへ向かう仏国郵船エルネスト・シモン号に藤村を共に見送る。
同　15日、大阪綱島大長寺に紙屋治兵衛、小春の墓に弔う。
5月14日、大阪東区東平野町4丁目13番地森家方に転居。
同　25日、宇治浮舟園に止宿する。
＊浮舟園は、右翼七生義団黒田保久二によって刺殺された無産党系代議士山本宣治の両親亀松、多年の経営になる「はなやしき浮舟園」。西洋の草花を栽培していた。以降、曾遊の地となる。
7月6日、麹町区飯田町6丁目飯田館に転居。夜、発起人生方敏郎、正宗得三郎による両国永代橋河畔都川に秋江歓迎会に出る。

夏の一夜、早稲田大学の文科予科に在学中の三上於菟吉が今井白楊に案内され、赤城神社境内の長生館に訪ね来る。また、牛込区通寺町の素人下宿二階に三上を訪ねるようになる。

*三上が所有していたウォルター・ペイターの全集、『アミールの日記』など書籍の蘊蓄を語る。三上は東京専門学校当時の「憲法講義」手写本や『演芸画報』を見せてもらったりし、親交を深めていった。

同　13日、7時、新橋を出発、大阪へ向かい、7月中、大阪箕面の旅亭、一方亭に滞在する。

同　20日、箕面を転居。その間40日の逗留中に、三上於菟吉、宇野浩二と天王寺中学の一級上で二紀会の画家鍋井克之（後の昭和17年8月、報国社刊『農村行』の装釘者）が来訪する。

9月15日、現代文芸叢書第29編として三五判橋口五葉装『新古典趣味』（596頁写真❺）を春陽堂から出版する。

9月から10月22日、依頼のあった原稿執筆のため有馬温泉池の坊別荘に滞在。その間、9月仲秋の日、難波新地に行き、また九月末の28日まで大阪の遊女東雲と有馬で三日間を過ごす。

10月16日、四六判正宗得三郎装カバー附『別れたる妻に送る手紙★』（596頁写真❻）を南北社から出版する。

10月23日、東雲が、落籍した貿易商と門司港経由で台湾の台北へ渡る。

同　24日夜、大阪を発ち、25日朝、新橋に到着。半年間の京阪神流寓中に、しばしば病身の母奈世を見舞うために帰郷する。そして、生まれ故郷にたいして異郷の念を強くもつようになる。

同　25日、難波新地の旗亭の女将から、東雲落籍前後の一部始終を認めた書簡を受け取る。そして、直ちに足利在住、29歳の実姉を荒物屋を商う嫁ぎ先を訪ねる。

11月12日、永代橋河畔都川にて、発起人楠山正雄、長田幹彦、加能作次郎、坂本紅蓮洞窟独身者の会を行う。

同月中旬、牛込区赤城元町16番地、赤城神社境内の長生館六畳一間に仮寓する。

*長生館は元貸席の清風亭で、下宿屋となっていた。

この頃、東雲の義兄が義妹の東雲を案じて相談方々、上京尋ね来る。

11月22日、四六判カバー附『別れたる妻に送る手紙★★』（596頁写真⑦）を南北社から出版する。

11月頃、佐藤春夫が生田長江の紹介状をもって、牛込区矢来町の下宿から赤城神社境内の下宿長生館に訪ね来る。
＊「文壇無駄話」の愛読者佐藤は雑誌『我等』12月号の書評、『別れたる妻に送る手紙』（大2、南北社刊）を書く準備のための訪問であった。後日、佐藤春夫は、秋江と連れ立ち訪問した三上於菟吉と親交を結ぶ。

大正3年（一九一四）　39歳

1月、東雲が台湾に居るとの知らせが実姉からあり、手紙で連絡を取る。
＊同年、東雲から帰国を願望する、6月22日付、「江口たね」名の手紙を受け取る。
2月、読売新聞に復職する。
＊野本一郎から五来欣造に主筆が交代、文芸欄刷新体制による上司小剣編集長の元で徳田秋声、正宗白鳥、佐藤紅緑も復職する。
3月14日、夜、『反響』創刊号執筆者披露晩餐会が神田区錦町の料理店三河屋で開かれ出席する。
＊発行者の生田長江、森田草平と、阿部次郎、安倍能成、伊藤証信、岩野泡鳴、植竹喜四郎、岡田耕三、小宮豊隆、堺枯川、鈴木三重吉、津田青楓、中村古峡、沼波瓊音、万造寺斉、和辻哲郎の十七名が参会。出席予定だった夏目漱石が当日欠席する。
同　28日、八年ぶりに歌舞伎を観る。
同　31日、銀座のレストラン・ヨウロツパにて、上司小剣全快祝に出席。
＊ソルボンヌとベルリン大学の留学を切上げ『読売新聞』主筆に就任した五来欣造ら十数人が出席する。

4月1日、下谷区（現、台東区）谷中天王寺町34番地の田村俊子宅に徳田秋声、中村武羅夫とで立ち寄る。
同　12日、3月20日に開会した東京大正博覧会を上野公園にて見学する。
同　15日、4時、品川駅に、正宗得三郎の洋行を、蒲原有明・生方敏郎・坂本繁二郎・岡落葉とで見送る。
＊25日、得三郎、森田恒友と三島丸にて神戸港よりマルセイユへ出発する。
同　22日、四六判カバー附『人の影』（596頁写真❽）を塚原書店から出版する。
同　24日、奈良へ、午後11時新橋を出発し、25日午後3時、奈良に着く。菊水に一泊、春日神社、三月堂、二月堂、大仏殿を拝観し、26日、大阪へ向かい、神戸で一泊する。
5月2日、1時30分、尾道に着く。四国高浜へ出発、6時50分高浜着。4日から6日まで、伊予道後・温泉に滞在する。
同　15日、故郷和気から大阪梅田に戻る。
同　19日、京都へ。四条縄手大和橋上ル玉の家に投宿。24日、東京専門学校時代の恩師桑木厳翼、当時、京都帝国大学文科大学教授を私邸に訪問、数時間雑談をする。
＊桑木厳翼、この年度を最後に東京帝国大学文科大学教授に転任。
同　26日、大徳寺、金閣寺、北野天神を見物。その後、伏見御香宮で皇太后の霊柩を見送り、夕方、宇治、花屋敷浮舟園に宿泊する。

6月5日、朝9時、帰京する。

7月5日、日光へ、初めての避暑。9月末まで、中禅寺湖畔蔦屋に滞在する。
＊中学時代、趣味で始めたボート遊びを楽しむ。
同　9日、蔦屋前で、高浜虚子と出会う。25日、松崎天民を見送る。

8月14日、一時避暑客の雑踏を避け日光湯元の板屋へ転宿。9月1日、中宮祠蔦屋に戻る。

10月2日、神橋近辺の旅館に一泊の後、帰京、長生館に戻る。蔦屋の女中からその間に、大貫ますが東京下谷の材木商と蔦屋に投宿したことを聞く。

同　17日、谷中の斎場にて、広津柳浪の告別式に参列する。

11月、有楽座名人会で、豊竹呂昇の「時雨炬燵」等を聴く。

12月16日、紅葉祭に、麹町富士見町の実家を出ていた神田根津在の長田幹彦とともに出席する。

大正4年（一九一五）　40歳

1月1日、母奈世が病臥にある音信を受け取る。

同　24日、赤城神社内、長生館に中村星湖が来訪する。

同月、『中央公論』1月号に「舞鶴心中」を発表、翌月、慶応義塾出身で子息がモデルとなった京都の旅館柊家西村家から抗議を受ける。

2月27日、情話新集（一）として菊半截判竹久夢二装『舞鶴心中』（596頁写真❾）を新潮社から出版する。

3月23日、胃腸検診のため入院中の上司小剣を、京橋采女町の鈴木医院に見舞う。秋江も、同郷の医師鈴木恒次の診察を受ける。

同　25日、丸善に寄った後、長田幹彦と会食。次の銀座清新軒で、正宗白鳥に出会う。

同　26日、老衰の目立つ母奈世と二週間程過ごす予定で京阪を経て郷里、岡山県和気へ。午前5時29分牛込駅出発。長田幹彦が同道する。信州松本着、浅間温泉に一泊。27日、松本、名古屋を経て桑名へ着く。船津屋で一泊。28日、大阪天王寺駅に到着する。同道の長田幹彦と別れ、大阪駅より郷里へ向かう。3月末まで、郷里に滞在する。

＊長田幹彦から来京の催促を促す、返信先払い電報を受け取る。
4月6日、京都へ。車中で、『閨怨』『近松名作集』の校正をする。長田幹彦と流寓、木屋町の西村屋、金子竹次郎の三条小橋の万家、祇園の吉歌、一力で遊興に耽る。在京中、祇園縄手通り大和橋玉の葉村家（歌舞伎嵐和三郎の屋号）の二階六畳の小間に投宿し、この小間には金山太夫も訪ね来る。
＊春先の花寒の頃、幹彦が座敷によんだ『黒髪』（大13、新潮社刊）のモデルとなる遊女金山太夫と出合う。その夜、床入り。今日の世の女とは思えない、古風で優雅な姿態の、西鶴か近松の作品中の遊女と思しく惹かれてゆく。
同　24日、長田幹彦と北野神社から仁和寺一帯を散策する。26日、文楽座の竹本越路太夫の「紙治」を聴く。27日、奈良西の京へ、西大寺、秋篠寺、唐招提寺、薬師寺を俥で巡礼する。

5月7日、大仏殿修理落慶供養を、長田幹彦、堺の丸三楼の女将と共に見物する。

6月1日、宇治、花屋敷浮舟園に滞在中に、長田幹彦、中村吉蔵、松井須磨子らが同道する島村抱月と会う。
＊この頃、4月の都踊り以来、金山太夫との交情が深まる。源氏名、金山太夫、本名前田じう（註、「志う」とも表記）は明治25年、京都市上京区中筋通浄福寺東入ル菱屋町24番地に生まれる。この年24歳。この時すでに土田麦仙門下の若い深間の日本画家が存在していた。父親某（嘉永6年生、この年63歳）。前田家は祖父某が、明治2年、京都府が事業として「空地」だった童仙房を士族授産のため開拓を始めたが希望者が少なく一般窮民に枠をひろげ、その時に入植する。そして、父40歳の明治25年に再び京都市上京区に戻る。翌26年、油小路竹屋町に転居、さらに猪熊通り椹木町に転居する。また、この相楽郡南山城村童仙房、および大河原、笠置を含む一帯が小説『黒髪』の舞台となる。また、花屋敷に滞在中、金山太夫をモデルに描いた情話小説『葛城太夫』（大5、新潮社刊）の構想を、山本宣治の甥で17歳の安田徳太郎に湯船につかりながら毎日語り聞かせた。後年、大正15年、在所の者と思われる人物からの情報提供があり、童仙房で起きた事件をもとに「農村行」を発表する。
7月5日、現代代表作叢書第11編として菊半截判函附津田清楓装『閨怨』（617頁写真⑩）を植竹書院から出版する。

同　22日、郷里和気に帰省。しかし落ち着くことができず、一週間ばかりの滞在となる。
同　30日、夜、京都駅10時56分発の列車で帰京、午後1時に東京駅に到着。その足で、赤城神社境内の長生館に戻る。
同　31日、新潮社に中村武羅夫を訪ねるが不在のため加藤武雄と談話。その帰りに牛込弁天町の中村宅に寄り、また小川未明と会う。午後、神田佐久間町の植竹書店主植竹喜四郎、水谷竹紫を訪問する。
8月1日、新潮社の中根駒十郎を訪問する。
同　2日、鈴木三重吉を訪問、在室の春陽堂の和田利彦に会う。夜、頼みの筋があって「道草」執筆時の夏目漱石を訪問し、9時に辞し帰宅する。
同　4日、徳田秋声が来訪する。午後、丸善で田中王堂に会う。この数日間、金策し電報為替で、牛込郵便局から京都の金山太夫に送金する。
同　14日、文学普及会講話叢書に寄稿した四六判「徳川時代文学講話」（617頁写真⓫）が早稲田文学社より刊行中の第14編として刊行される。
＊同書第14編には窪田空穂、島村抱月も寄稿。また「徳川時代文学講話」は、大正10年6月に春陽堂の『文芸百科要義下巻』に復刻収録される。
9月上旬、散歩中、青木堂前の路上で森田草平と邂逅、しばし談笑する。
同　18日、早稲田文学社主催の文芸講演会にて講演をする。演題は「近松に現われたる自然主義的要素」。
同　21日、新潮社へ行く。田山花袋の情話新集第五編『恋ごゝろ』を得、長生館に戻り読む。
11月18日、代表的名作選集第16編菊半截判の秋江篇『別れた妻』（617頁写真⓬）が新潮社から出版される。
12月16日、紅葉祭に出席する。会費2円50銭。
同　19日、麻布龍土軒にて5時より、生田葵山帰朝歓迎会兼忘年会が開かれた。

❿現代代表作叢書第 11 篇『閨怨』（植竹書院、大正 4 年 7 月 5 日）

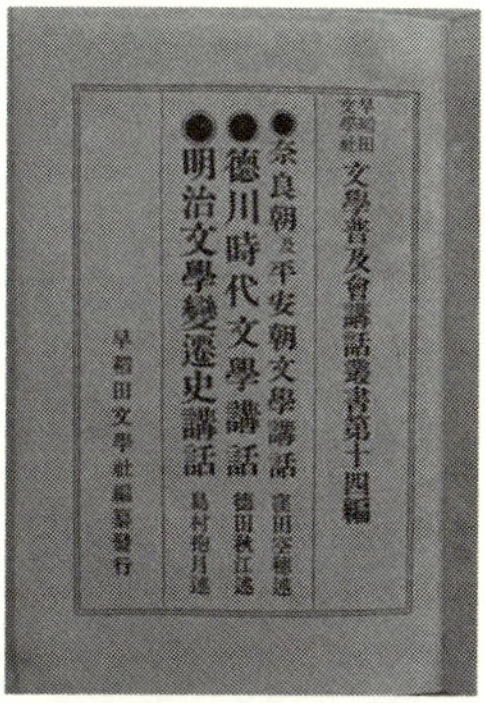

⓫文学普及会講話叢書第 14 編「徳川時代文学講話」・他（早稲田文学社、大正 4 年 8 月 14 日）

⓬代表的名作選集第 16 編秋江篇『別れた妻』（新潮社、大正 4 年 11 月 18 日）

⓭『蘭燈情話』（蜻蛉館書店、大正 5 年 7 月 10 日）

⓮情話新集・『葛城太夫』（大正 5 年 7 月 15 日）

⓯情話叢書第Ⅱ輯「黒髪」・他（三育社、大正 5 年 11 月 7 日）＊白鳥恭輔氏蔵

⓰『未練』（春陽堂、大正 6 年 6 月 15 日）

⓱『青葉若葉』（新潮社、大正 6 年 7 月 8 日）

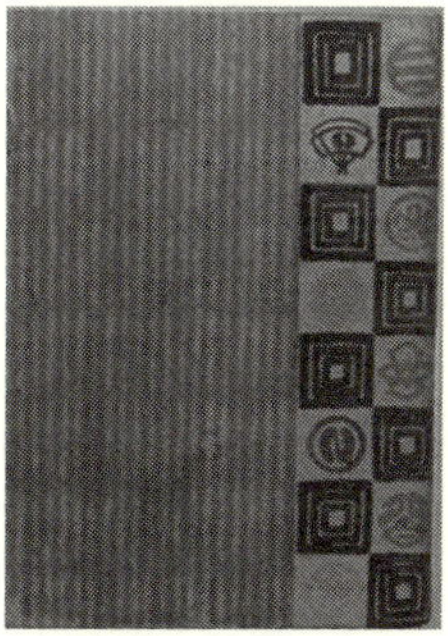

⓲『新註近松名作集』（新潮社、大正 6 年 10 月 8 日）

同　29日、上司小剣の肝煎でもたれた日本橋区（現、中央区）米沢町鳥安での第1回忘年会に加わる。小剣、徳田秋声、前田晁、秋江の四名が参会。会食後、歳の市を見てまわる。
この年、73歳の母奈世、脳出血により半身の自由を奪われ、後に認知症を発病する。

大正5年（一九一六）　41歳

1月8日、片岡少年劇を有楽座で観る。

この時期、赤城元町16番地、長生館に下宿を続け、この数年、神楽坂周辺が生活の場となり、体に不釣り合いな太いステッキを提げるようにして漫歩する姿を、宇野浩二が見かける。
＊質屋の伊勢屋に通い、赤城坂下の湯屋、鮨屋手の字、牛込郵便局、プロレタリア文学の作家鈴木清次郎の弟が営む貴金属時計店、古書好文堂に出入りしたりする。そして、長田幹彦と往来、小川未明、今井白楊、秋田雨雀もその往来した人たちであった。また、牛込仲町で同居生活を始めていた三上於菟吉、長谷川時雨をしばしば訪問する。そんな折の一日、池田幸次郎の世話による見合い話の相手の写真を見せたりしている。
3月25日、有楽座にて、玄文社開催の古典研究会で繁太夫ぶしを聴く。帰路、徳田秋声、長田幹彦と落ち合い麹町区富士見町5丁目19番地の幹彦宅に行く。

5月上旬から、宇治、花屋敷浮舟園に滞在する。

5月13日、9時24分の京都発最大急行で帰京する。

同　25日、両国にて滝田樗蔭と8日目の大相撲を観戦、栃木山と太刀山の土俵で栃木山の勝利に感涙する。

7月10日、菊半截判函入『蘭燈情話』（617頁写真⓭）を蜻蛉館書店から出版する。

同　15日、情話新集（十）として菊半截判竹久夢二装『葛城太夫』（617頁写真⓮）を新潮社から出版する。

7月末、知人の住職の招きで、日光唯心院内に逗留する。文学好きの見知らぬ二十八歳の女、小説「夏姿（女難）」のモデル「鎌倉の妾」から手紙を受け取り、頻繁な遣り取りが始まる。

8月6日、日光より一時帰京する。散歩をかね東京駒形の前川に行き、一人蒲焼とビールの夕食を取る。

同　19日、モデルの妾と会うため日光から帰京、翌日10時、東京駅婦人待合室で待ち合わせ半日を過ごし、その日は東京で一夜を共にする。

＊「鎌倉の妾」のモデルは東京に生まれ、実父の死後、幼少時に養父母に引き取られる。その後、座持ち程度の芸者となる。東京で芸者の置屋を営んでいた時に、横浜の病院長の妾となり戸部で六、七年を過ごす。後に、東京に戻り、再び置屋を営むこととなる。

同　21日、4時25分に上野を発ち、9時日光に着く。

同　28日、寄宿先の唯心院から、帰京する。

9月上旬、胃腸を害し静養のため、箱根底倉梅屋に投宿する。20日、帰京後、戸部に妾を訪ねる。

10月14日、柳橋の柳光亭で行われた島崎藤村帰朝歓迎会に出席する。

同　18日、富士見町の長田幹彦宅で行われた、岡本柿紅、久保田万太郎、徳田秋声ら十名による句会に出席する。

11月1日、神経衰弱の快方を機に、牛込の鳥料理屋川鉄で夕食後を取り、有楽座にて豊竹呂昇の「堀川」を聴く。

同　7日、三育社から発行された菊半截判竹久夢二装情話叢書第Ⅱ輯に「黒髪」（617頁写真⑮）を収録する。

＊同書は大阪の遊女東雲が主人公の「黒髪」（大正3年『新潮』1月号）の他に、長谷川時雨「願ひの糸」前田林外「心中の前夜」尾島菊子「恋愛の歌」上司小剣「銀の指環」を収録。大正8年に、一・二輯合本の『黒髪』が出版される。

同　14日、夏目漱石と、矢来の消防署前で行き合い立ち話を交わす。その一ヵ月後、12月9日に漱石死去する。

12月12日、夏目漱石の青山斎場での葬儀に参列。帰路、秋田雨雀と三上於菟吉宅に立ち寄り、食事に与る。

12月27日、上司小剣提案の東京上槇町末広鳥安本店での第2回忘年会に出席する。参会者は正宗白鳥、前田晁、上司小剣、秋江の四名。この年末、里見弴の『善心悪心』を受贈する。

同　31日、江ノ島に行く秋江と彼を訪問中の徳田秋声と中村武羅夫とが道で出会い、本郷秋声宅に赴き衆議一致、江ノ島行きを決め東京駅を発ち金亀楼で一泊する。

＊秋声宅に来た甥の岡栄一郎も同道することとなる。

大正6年（一九一七）42歳

1月1日、初日を眺めた後、途中、鎌倉町原の台に高浜虚子を訪問、歓待のあと自動車で鎌倉見物をし4時半過ぎの汽車にて帰途。新橋で下車し銀座で牛鍋の夕食をとり帰宅する。

同　11日夜、京都の桑木厳翼と講談物、早川貞水の「大岡政談」「天一坊」を話題にする。

同月中旬、関西からの帰途、尋ね歩き転居した横浜戸部の高台にある妾宅を訪ね、一緒に東京上槇町末広本店の鳥料理屋に出掛ける。夜、二人して戸部に戻り一泊し早朝に帰京。その後、しばしば宿泊するようになる。

同　20日、6時、牛込区横寺町芸術倶楽部にて、早稲田文学社主催の講演会で話をする。演題は「文壇時感」。他に坪内士行、本間久雄が講演。

3月上旬、箱根へ行く。

＊この頃、妾の主人である医学博士が出張滞在する京都で、妾と二日程遊覧する。

同　22日、玄文社開催、有楽座の古典研究会で大阪の繁太夫を聴く。

同　29日、京橋区釆女町の鈴木胃腸病院に、胃弱および蟯虫駆除のため4月上旬まで入院する。

4月11日、大戸復三郎の選挙応援のため、岡山に帰省する。22日、池田孝次郎を生家に招待する。祖父忠三郎の五十年忌に参列。

同　26日、岡山を発ち、帰京する。

5月10日頃、長田幹彦の家で豊竹呂昇のレコードを、徳田秋声と一緒に鑑賞する。

同月上旬、麹町区山元町1丁目7番地の里見弴宅を訪問する。

同月末、横浜戸部の妾が男児を出産する。
＊6月初め、胎毒の病が進行する男児と初めて対面。その晩に同病により死亡する。
6月1日、文楽座に行く。

同　15日、菊半截判小村雪岱装『未練』（617頁写真⑯）を春陽堂から出版する。

7月8日、菊半截判『青葉若葉』（617頁写真⑰）を新潮社から出版する。

8月4日、三上於菟吉を訪問、三富朽葉、今井白楊が犬吠埼で溺死したことを知る。

8月中旬より30日、および9月25日頃まで箱根芦の湯、紀の国屋に逗留する。その間に日光へ行き、8月26日に新那須温泉山楽旅館に宿泊する。

10月8日、菊半截判函入在田稠装『新註近松名作集』（617頁写真⑱）を新潮社から出版する。

秋、横浜戸部在、「鎌倉の妾」のモデルと絶縁する。

11月末より、京阪へ行く。

12月24日、上司小剣提案の米沢町鳥安での第3回忘年会に出席する。参会者。徳田秋声、正宗白鳥、上司小剣、秋江の四名。

同月暮、歌舞伎座で、年末恒例の越路太夫の「天の網島」を坪内逍遙、正宗白鳥と聴き、帰途白鳥と銀座に出、帰宅する。

大正7年（一九一八）　43歳

1月5日、箱根へ。箱根底倉の梅屋に滞在する。
2月24日、大磯に立ち寄り帰京する。
3月21日、京阪へ旅行する。
4月15日、読売新聞社に立ち寄り、上司小剣と築地周辺を散策、歌舞伎座で人形浄瑠璃「沼津」を鑑賞する。
同　19日、午後6時半より、芸術倶楽部で、早稲田文学社主催の講演会で話をする。演題は「現代作家の文章」。他に中村星湖、吉田絃二郎、本間久雄が講演。
同　28日、関西出発を前に銀座川鉄で、徳田秋声から鳥料理の持て成しを受ける。
同　29日、朝8時30分、京都へ特急で発つ。7時30分、京都着。
同　30日、京都南禅寺町北の坊14番地、経済史学者の黒正巖宅に逗留する。
＊第三高等学校最後の校長および岡山大学長となる黒正は、次兄国治の遺児で、陽一郎の妻梅野の実兄にあたる。
4月末、胃腸カタルに苦しむ。

5月4日、京都を発ち大和初瀬の長谷寺に参詣、5日、吉野から奈良に遊ぶ。上市から徳田秋声に誘いの手紙を出す。

6日、奈良四季亭に止宿。発熱し四季亭にそのまま滞留する。10日過ぎ、京都南禅寺へ戻る。

5月頃、安井金比羅宮の南門路地に住む母親の二階で、前田じうと一ヵ月起居を共にする。

6月中旬、和気の実家に帰郷し、下旬、京都に帰る。

7月5日、五条に宿泊し、6日、高野山一乗院に到着し、以降、高野山山房に滞留する。

8月、徳田秋声の『秘めたる恋』を受贈する。

9月22日、高野山を下山し、和歌浦に一泊。23日、京都に戻る。この間に、前田じうが疾病のため廃業、失踪する。

同　24日、島村抱月を三条小橋の旅館万家に訪問し、その後、京都南座の松井須磨子の楽屋で座談をしばし行う。

同　26日、高雄に紅葉を見物に行く。

9月下旬、京都の黒正巌宅に逗留する。

10月24日、京都を発ち、岡山和気に帰郷する。

11月6日、和気の実家で、新聞に掲載された島村抱月の訃報記事に接する。
＊5日1時、局発信の電報「シマムラホウゲツケサシス」を受け取ったのは、郡部地区配達の遠隔地にあたり8日と遅れる。また、秋江もスペイン風に罹り病臥の身で、11月7日の青山斎場で行われた葬儀を欠席した。一時、歯の治療で京都に戻る。
11月末、京都下河原、松の家から、東三本木丸太町上ルの縄手通りの維新前から続く古民家信楽の一室四畳半の小座敷に移り止宿。
＊その間に、安井金比羅宮北門に転居した母親の住む長屋を突き止め、南山城の縁続きの農家で前田じうが病気療養中であることを聞き出す。その二日後、母親が再び転居、行方を晦ます。また、前田じうの病気治療に必要な金の工面を認めた12月4日附の書簡を徳田秋声に送る。母親から聞いていた異母弟、三条大宮西入ルであんも屋を営む店舗を捜し出し母子の素性を知ることとなる。
12月10日、京都南山城村大河原一帯に前田じうの探索を続ける。
同　28日、宇治、花屋敷浮舟園に赴く。
同　29日、前田じうを関西線大河原、加茂方面に探索する。
同　31日、宇治浮舟園で越年する。
＊暮前後、京極で映画「ロメオとジュリエット」を観る。なお、大正7年版『早稲田大学交友会名簿』（大7・11）の住所は、

牛込区赤坂元町長生館。

大正8年（一九一九） 44歳

1月年明け、南山城村大河原の村役場、京都の区役所で調べた前田じうの旧居を尋ね歩く。

＊台帳記載の住所を探訪の経過とともに、シリーズ「黒髪」の構想を思い浮かべる。その間一週間が過ぎる8日、金比羅宮付近にて母親の姿を認め、安井南門路地、棟割り三軒建平屋中央に、居所を突き止める。

同　9日、長屋に隠れていた前田じうを見つける。

＊日を置いて、金比羅境内の金光教教会所で教師立会いで水掛け論を繰り広げたり、前後の日時、長屋界隈で騒動を続ける。

同日夕、川端警察署刑事の尾行がつく、総合雑誌『中外』の編集者安成貞雄が来訪、淹宿する。

＊安成は出張中にそのまま、養家の中西周輔（叔父）の子、京都帝国大学学生で従兄弟の下宿先池田屋に止宿を続け、新聞の消息欄を見て信楽に訪ね来る。夜の席で、5日に自死した松井須磨子を話題にする。以後、足数繁く訪問をうけ京阪を流連し、『二人の独り者』（大正12年、改造社）の題材となる。

1月末、安成貞雄共々、宇治花屋敷に遊ぶ。

2月10日、信楽座敷の退室を、平常鄭重温和な女主人から強く求められる。

同　11日、京都縄手通り葉村家の二階座敷に転宿。14日、安成貞雄が尋ね来て、一泊する。

同　20日、阪急電鉄専務の小林一三を、池田の本社に訪問する。大阪に留連中の安成貞雄と役員室で偶然に一緒になる。安成と共に、大阪曾根崎の茶屋井光にて饗応を受ける。

＊その夜、小林の差配によって、安成貞雄は8時35分の汽車で別府で保養中の実妹高見くらの元へ発つ。25日に、別府へ向かう中継地から出した葉書を受け取る。

2月末、南座の喜多村一座に加わっていた東儀鉄笛を楽屋に訪問する。その後で、高須梅渓と三人で先斗町の鳥屋菊水で会食を共にする。同じく、南座楽屋で水口薇陽と会いしばしば訪ねて行き、談笑する。

3月上旬、縄手通り千鳥館に転宿する。

この頃、神田在住の見知らぬ女の読者から手紙を受け取る。
＊5月、鴨川おどりの頃に訪ね来る。また、昭和の初めの1月、省線内の「めぐりあひ」を作品にする。
4月末、祖母の33回忌、父の27回忌、次兄23回忌を共同供養の法事のため帰省する。

6月20日、比叡山延暦寺の山房に滞在。一夏、9月19日まで滞留する。その間に、6月27日に一時下山し琵琶湖を周遊。29日に戻る。また、上宿院に池田孝次郎が訪問し、6日間逗留する。

初夏、出入りの按摩に前田じうその後の近況探索を依頼する。

8月10日、三六判函入『秘密』（626頁写真⓳）を天佑社から出版する。

9月19日、京都市安井金比羅北門通り金網細工屋と米屋との間の、東山線西入ル安井神社北門通菊水露地に移る。二階建四軒の棟割り長屋、奥村八重の隣りで自炊生活を始める。
＊郷里から送られてきた夜具一式と、海鼠の支那大火鉢一つ、八重（キリスト教徒、四条大橋袂の菊水洋食店の隠居）の温情に接した仮住まいとなる。
10月下旬、帰京中、徳田秋声と会食、その後、寄席若竹に行く。

12月初め、かねて依頼していた出入りの按摩の話から、前田じうに旦那がいることを知る。

⑲『秘密』（天佑社、大正８年８月10日）

⑳合本『情話黒髪』「黒髪」・他（賀集文楽堂、大正９年２月15日＊４版）

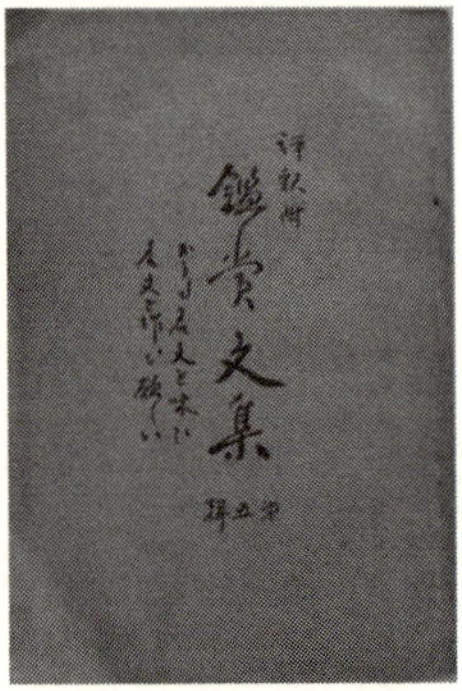

㉑成城学校国語研究部評釈附鑑賞文集第５輯「老僧」（集成社、大正９年５月15日）を収録

㉒『京美やげ』（日本評論社出版部、大正９年９月20日）

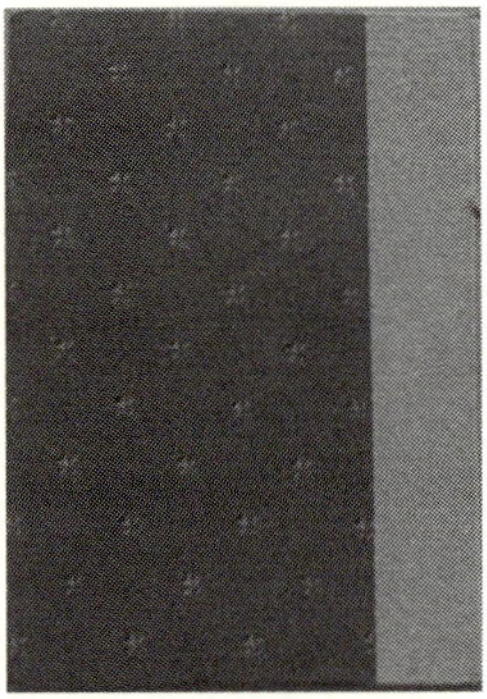

㉓自然と人生叢書第10編『煙霞』（春陽堂、大正10年10月28日）

㉔随筆感想叢書10『秋江随筆』（金星堂、大正12年６月25日）

㉕新感想集叢書自然を対象として第３編『都会と田園』（人文社、大正12年７月17日）

㉖『二人の独り者』（改造社、大正12年８月20日）

㉗随筆感想書類『返らぬ春』（聚英閣、大正13年４月29日）

大正9年（一九二〇）　45歳

2月15日、賀集文楽堂発行の合本菊半截判竹久夢二装『情話黒髪』（＊4版）（626頁写真⑳）に「黒髪」を収録する。

＊同書は、三育社から発行された情話叢書第Ⅰ、Ⅱ輯を合本一冊として発行されたもの。なお第Ⅰ輯は、大正5年9月1日に発行。また、田村俊子「部屋簪」前田林外「伊達の下帯」岡田八千代「蝶々の紋」吉野臥城「CAFEの女」久保田万太郎「追善会の帰り」を収録。六一七頁、写真⓯を参照。

同　27日、著作家組合9年度大会が神田明治会館で開催、加入する。

＊設立大会は、前年7月7日、芝区三田四国町のユニテリアン教会（統一キリスト教会）で行われた。馬場孤蝶が会長。

3月30日、『改造』5月号掲載予定の小説「死の幕の彼方」を、京都旭日会館在の京都詰め記者浜本浩に送付する。

4月22日、引き続き菊水露地、京洛に居住する。

この頃、都踊りの時期、吉井勇が書きかけの原稿用紙や催促の電報を載せた古机の傍らに、大きな海鼠火鉢を置いた菊水露地奥二階の8畳一間を尋ねる。「黒髪」（雑誌『改造』大11・1）系列の作品で描かれる前田じう失踪、探索の話を聞かされた。

＊二人の間では、妓名「金山太夫」に因んで付けられていた「佐渡さん」の隠し名で呼んだ。また、吉井勇が当時の秋江の心境を短歌に、

　秋江が閨の怨みを書くときを秋と云ふらむ京のあだし寝
　秋江が恋ふる女のみだれ髪にも似るものか京の柳は

と詠む。秋江も、短冊に次の句を書き残している。

　口紅に青葉のうつる舞妓かな

5月14日、早朝7時京都駅構内ホームで、大阪に向かう徳田秋声と三年ぶりに会う。5月9日に腸チフスで死んだ岩

野泡鳴を話題にした。
同　15日、集成社刊行の成城学校国語研究部四六判『評釈附鑑賞文集第五輯』に「老僧」（626頁写真㉑）を収録する。
＊「老僧」は『文章世界』（大正8年8月1日）初出の「湖光島影」の一部分を改題掲載。
同月一夜、『京阪一日の行楽』（大正12年、博文館刊行）執筆のため取材旅行中の田山花袋と徳田秋声とに、大阪江戸堀の宿で会う。

5月19日、京都発ち、北陸を経て帰京の途に着く。22日、東京着。日本橋南茅場町49番地、池田孝次郎方に滞在する。

5月下旬、小石川区小日向台町に転居を予定する。

6月5日、本郷区駒込追分町13、早稲田大学生の甥が下宿する昇栄館に蒲団調度類を置き、一時仮寓する。その後、小石川区水道端町2丁目64番地の石田角太郎宅に仮寓する。

同　12日、6時より、日本橋南伝馬町メーゾン鴻の巣で、秋江帰京歓迎会が行われる。会費四円。発起人田山花袋、徳田秋声、上司小剣、久米正雄、吉井勇、長田秀雄ら。参会者に田中王堂、島崎藤村、岡田八千代、生方敏郎、片上伸、小川未明、本間久雄、田中純、加能作次郎、中村武羅夫、芥川龍之介、菊池寛ら。会の後、秋声、武羅夫と鵠沼東屋で二泊する。

同　14日、徳田秋声と箱根湯本へ。箱根底倉梅屋に暫し滞在する。滞留中に、中戸川吉二と会う。
＊中戸川から、『新潮』5月号の「新進文壇を嘲る」への不平を直截に言われ、返答に窮する。
同　22日、秋声夫人はま、長男一穂が来着、翌日帰京する。
同　25日、午後、塔の沢環翠楼まで散策する。
同　28日、夜、環翠楼で、久米正雄、長田秀雄、田中純、徳田秋声と談笑、淹宿する。29日、中村武羅夫、谷崎潤一郎、里見弴が合流する。

7月5日、中村武羅夫、長田秀雄、里見弴、田中純、谷崎潤一郎、久米正雄が集合写真に収まる。

同　13日、新橋東洋軒の花袋秋声両氏祝賀会発起人会に出席する。

8月末、箱根梅屋に戻る。
＊滞在中に奥村八重から代筆された9月3日付消印の葉書が届く。内容は送金した不足分と立替金の請求、および借家明渡しの相談であった。
9月20日、四六判函入『京美やげ』（626頁写真㉒）を日本評論社出版部より出版する。
同　22日、富士見町の長田幹彦宅に寄寓し、通院する。
同　30日、本郷の昇栄館に止宿。
10月7日、朝、箱根底倉梅屋に戻る。
同　12日、帰京する。
11月23日、有楽座での花袋秋声生誕五十年祝賀会および築地精養軒での夕食会に出席する。
＊祝賀会では長谷川天渓らと講演部を担当する。
12月4日、東京市外大森町森ヶ崎の大金に徳田秋声に誘われ、初めて逗留する。8日に、徳田秋声止宿。18日、上司小剣、久米正雄が同宿、中戸川吉二、田中純が来訪する。秋江、大金で越年し、かつて岩野泡鳴、中正雄が居すわった離れで五ヵ月を滞留する。

大晦日、長田幹彦に誘われ、湯河原へ行く。

大正10年（一九二一）　46歳
1月上旬、湯河原温泉の伊藤屋に滞在する。

1月5日、島崎藤村を訪問。大和田の蒲鉾屋で御馳走になる。夜、麹町の長田幹彦宅に一泊、6日、大金へ戻る。
同 20日、湯河原へ。27日、長田幹彦宅に居寓し、29日、大金へ戻る。
2月15日、長田幹彦と湯河原温泉伊藤屋に滞在する。
3月3日、帰京する。
同 25日頃、大金から深川区新安宅町32(和気酒造会社直売酒舗)藤原政吉方に転居する。なお、京都菊水露地借家家賃を継続支払う。
4月1日、高女卒業程度、小品か短篇を持参を条件に、女書生募集す。
同 4日、菊水露地の家主・奥村八重死亡(弘化4年9月9日誕生、享年75歳)。弔意の書状を送付する。
同 22日、徳田秋声と京都から吉野へ旅行する。
春、安井南門路地に前田じうを尋ね、親子二人で手内職する生活振りを見知る。写真撮影は拒絶される。
5月6日、吉井勇独身に別る丶会に出席。華族会館にて吉井勇、柳原徳子の結婚式に出席、幹事は久米正雄、田中純、中戸川吉二。丸梅での妻帯歓迎会は欠席する。
同 7日、歌舞伎座で、近松門左衛門原作「博多小女郎浪枕」の改作「恋湊博田諷」を観る。
同 19日、銀座で会った、徳田秋声と歌舞伎を観る。その夜は大金に一泊する。
＊この頃、カメラに凝り持ち歩き撮影を楽しむ。
同 27日、9時発、夜行寝台列車で京都へ。老け役が得意な俳優中村雀右衛門、その家族と寝台を隣り合わす。28日、菊水露地で一泊、29日、岡山へ発つ。

6月28日、京都、大阪から帰京する。その足で深川藤原政吉方に寄宿。

初夏、菊池寛による小説家協会発起人会に出席。参会者は、徳田秋声、上司小剣、宇野浩二、広津和郎、江口渙、久米正雄ら。7月16日、丸の内中央亭で創立総会を開催。

この夏、約四ヵ月近く大金で、広津和郎と隣室で同宿となる。

8月中旬、箱根芦の湯、紀の国屋に逗留する。

9月3日、帰京する。

10月28日、自然と人生叢書第10編として菊半截判『煙霞』（626頁写真㉓）を春陽堂から出版する。

同月、大金止宿中の徳田秋声、久米正雄から大正13年に刊行する『黒髪』収録の作品執筆を勧められる。また、後に結婚する猪瀬イチの指圧治療によって健康が回復へと向かう。

12月12日、母危篤の報に接し、18日、森ヶ崎の大金から帰省の途につく。

同　20日、京都加茂川沿いの一室で、12月3日死去した大阪在の長兄直松葬儀後に、執筆のため京都衣笠の親類牧野弥兵衛宅に在京中の徳田秋声と四条の牡蠣船で会食する。

同　26日、郷里和気から、京都へ戻る。

同　27日、京都平野宮北町の平野神社裏に住む甥依田敬二宅に滞留する徳田秋声と菊水路地安井の家で会う。秋声が帰京するまで、一週間京の町を一緒にしばしば散策を繰り返す。

大正11年（一九二二）　47歳
1月9日、故郷で正月を送り帰京、徳田秋声と共に大金に止宿する。
＊この後、小石川区小日向台町1丁目71番地の借家に移る。
2月上旬、帝劇の「女殺油地獄」「通小町」を観る。
同　15日、新演芸社の依頼で、下谷二長町市村座の「保名狂乱」を観る。

同　17日、代々木山谷一三二の田山花袋宅を訪問し、文学談義を交わす。

3月10日、午前、平和記念東京博覧会の開会式に出、吉屋信子と会う。翌11日、大金で徳田秋声共々座談する。

同月末、大金へ、谷崎潤一郎が来訪する。谷崎に誘われ、逗子の寓居へ里見弴を訪問。一泊する。

4月2日、栃木から群馬へ旅行をする。連絡先は、東京の住所、市外中野町字中野一六四九。京都の住所は同市安井北門通東山線西入ル安井神社北門通菊水露地。

5月21日、両国美術倶楽部で椿椿山、渡辺崋山、酒井抱一の日本画を鑑賞する。

同　31日、農商務省商品陳列館に行く。

6月6日、日本橋三越で横山大観、下村観山の作品展を観る。

6月中旬、東京府北豊島郡中野町中野一六四九番地にて、猪瀬イチと同居を始める。
＊イチとの同居にあたって「嫌はれた女」の登場人物、関係をもった同郷出身の徳田姓で日本橋在住の女性と悶着が起こる。この女に預けておいた貴重な日記その他の物品が、翌年大正12年の関東大震災で焼失する。
同　26日、12時35分に上野を出発し、秩父長瀞に、徳田秋声、中村武羅夫と共に旅行をする。
初夏、猪瀬イチと結婚する。
＊イチは明治22年1月1日生まれ。栃木県那須郡西那須野村一番地、父猪瀬音吉（のちの栃木県芳賀郡真岡町大字田町70番地に、文久元年11月8日、父猪瀬定平、母マサの長男として誕生）、母イネ（のちの茨城県真壁郡下館町に、慶応元年4月8日、父山田東、母シゲの長女として誕生）。
7月20日、広小路松屋にて、二月堂で食卓を購入する。

8月15日、夕、上野を発ち日光へ。上司小剣を訪問する。湯元板屋旅館へ。同道の小剣が途中、中禅寺湖畔の米屋に立ち寄る。

9月7日、帰京する。

10月23日、銀座にて、文壇花形党と評判の里見弴、久米正雄、田中純、佐々木茂索と出会い、築地上海亭で支那料理をご馳走される。

同　25日、夕刻、上槇町末広本店にて旧龍土会集まりに出席。島崎藤村と共に世話人を努める。
＊参会者は田山花袋、徳田秋声、上司小剣、正宗白鳥、前田晁、生田葵山で、常連だった小山内薫と武林無想庵は欠席する。
12月暮、白木屋の温室植物部で、寒木瓜を購入する。

大正12年（一九二三）　48歳

2月9日、安成次郎宅気付で、安成貞雄に京都での出来事を題材とした「二人の独り者」を『国民新聞』に連載している旨を知らせる手紙を送る。
4月2日、関西方面に旅行する。3日早暁、名古屋で乗換え伊勢神宮へ向かう。志摩鳥羽桶の山皆春楼に宿泊する。
同　5日、安井神社北門通菊水露地の仮寓に。7日の晩、都踊りを観る。
同　20日、老母82歳の長寿祝のため帰省する。
同　24日、京都洛北八瀬大原へ、上司小剣が同道する。晩餐を、川魚料理平八の離れ座敷で取る。
＊千寿院の茶店や寂光院の尼僧の求めに応じ短冊、色紙に書を認める。
5月26日、晩、関西旅行より帰京する。

6月12日、徳富蘇峰の「近世日本国民史」にたいする帝国学士院恩賜賞受賞の祝賀会が帝国ホテルで開かれ、出席する。

同　25日、随筆感想叢書10として三六判森田恒友装『秋江随筆』（626頁写真㉔）を金星堂から出版する。

7月17日、新感想集叢書第3編の菊半截判恩地孝四郎装『都会と田園』（626頁写真㉕）を人文社から出版する。

この頃、箱根の紀の国屋新館にて小説執筆中、正宗白鳥と出会い往来をかさねる。
同　21日頃、伊豆修善寺新井旅館に1ヵ月、避暑のため滞在する。
8月20日、四六判『二人の独り者』（626頁写真㉖）を改造社から出版する。
同　21日頃、日光、米屋ホテルへ上司小剣を訪問し、23日頃、帰京する。
同　24日、震災前の銀座に出かける。
9月1日、関東大震災に同郷の娘と散歩中に遭遇する。また、東京深川新安宅町32、徳田家経営の和気酒造会社醸造元直売店が焼失する。3日、牛込まで行き、惨状を見て引き返した。
同　12日、東京府北豊島郡東中野上の原町九五二の借家に転居する。
10月15日、神楽坂末吉二階の大広間にて、新潮社の座談会「創作合評第8回」に出席。流行作家の金儲け主義を、久米正夫が聞きつけ秋江の大震災天譴説を糺問され謝罪する。8時に終了後、田原屋にてコーヒーで歓談する。
＊出席者は、里見弴、徳田秋声、菊池寛、芥川龍之介、久米正雄、久保田万太郎、佐藤春夫、宇野浩二、中村武羅夫、水守亀之助。
同　16日、長女百合子が午前11時過ぎに生まれる。12月12日、秋江が出生届を出す。
＊百合子誕生を契機に「遊蕩文学」から訣別する決心をし、作風の転換を図る。その結果、大正13年の『時事新報』連載の新聞小説、最初の政治小説「地上の光」が書かれ（筆者註、ただし読者の不評により杜絶する）、昭和前期の政治小説や歴史小説が生まれることになる。大正13年『新潮』8月号の「近松秋江氏と政治と芸術を語る」の中で情痴小説作家と評価されることに杞憂の念を語るが、後年実際に、昭和35年8月31日の『朝日新聞』夕刊の「声」欄に次女の道子が正宗白鳥批判「白鳥先生にお願い」を投書、掲載される。その内容は白鳥の実名小説『流浪の人』（河出書房、一九五一年）と25日のNHK教育テレビでおこなった談話を〈故人のことを中傷した〉と、抗議したものである。
この頃、林芙美子を二週間、給金二円で女中として雇う。また、『中央公論』の編集者松山悦三が来訪する。

＊林芙美子が余りの安さに、足の先から冷たい血があがる思いがしたと回顧する。その林芙美子を紹介したのは、若き日の文学者志望者で、後の重要無形文化財、備前焼陶工藤原啓であった。

11月、新富座近松二百年祭興行の「大晏寺堤」「天の網島」を観る。また、『中央公論』の震災特集「バラック生活者を観て」（11月号）の原稿を依頼される。

12月上旬、日本橋の鳥料理屋川鉄で、一席を持つ。参会者は正宗白鳥、徳田秋声、田山花袋らであった。

12月24日、イチを入籍する。

大正13年（一九二四）　49歳

1月10日、慶応義塾講堂にて、福沢諭吉生誕九十年の記念会が開かれ出席する。竹越与三郎（三叉）の講演、福沢追憶談を聞く。

この頃、蓄音機を購入、日本固有の楽曲を聴き楽しむ。

3月14日、演伎座の開場式に招待され出席する。

同　22日、大阪文楽座の竹本越路太夫の逝去を知り、『読売新聞』にその弔意を発表する。また、大正年代の大阪流浪時代を偲ぶ。

4月24日、随筆社主催の多摩川遊山に参加、1時、渋谷駅に集合し二子多摩川の亀屋料理店で好物の川魚料理が振舞われる。夜、8時半に中座し11時に帰宅する。

＊参会者は、田山花袋、里見弴、加能作次郎、岡本一平、中戸川吉二、久米正雄、佐佐木茂索、田中純、宇野浩二、中村武羅夫、吉井勇、葛西善蔵、久保田万太郎、牧野信一、水守亀之助の十五名。久米持参の「活動写真機」で参加者を撮影する。

同　29日、随筆感想書類として四六判『返らぬ春』（626頁写真㉗）を聚英閣から出版する。

5月10日、小石川偕楽園で行われた、新潮社の「合評会第14回」に出席する。
＊出席者は、田山花袋、久米正雄、里見弴、加能作次郎、宇野浩二、葛西善蔵、久保田万太郎、中村武羅夫であった。
同　20日頃、秋江宅にて、正宗白鳥、上司小剣と雑談の会を持つ。

5月末、伊香保に一泊の旅行をする。

6月4日、この日から始まる『時事新報』夕刊の連載政治小説「地上の光」執筆のため、恒例の避暑を控え、夏まで自宅で過ごす。取材を兼ねて、帝国議会を傍聴する。
＊「地上の光」は通常一五〇回程度の連載が、7月27日の紙面上55回で杜絶する。社告では〈作者の都合〉とあったが、新聞読者の評判を気にした社の方針が中止の理由であった。
7月15日、四六判函入『黒髪』（637頁写真㉘）を新潮社から出版する。
＊谷崎潤一郎が序文を寄せる。無名時代の谷崎が『スバル』（明40・6）に発表した「少年」を、7月20日の『国民新聞』月評欄で取り上げた、その時の返礼である。同書巻末広告頁に、三部作として第二巻『痴狂』（＊大正12年の改造社刊『二人の独り者』）および第三巻『旧恋』（＊大正12年の『新小説』掲載「旧恋」、大正13年の『中央公論』掲載「屈辱（のち、旧恋（続篇））」）を近刊、続刊の予定と打ってあったが、実現しなかった。
同　23日朝、安成貞雄が脳溢血で急逝（享年、39歳）。25日夜、赤坂区（現、港区）榎坂3番地に弟の安成二郎を訪ね、弔問する。翌26日、午前9時から11日告別式を施行。

この頃、武野藤介が来訪、好物の西瓜を振る舞い『黒髪』を贈呈する。

8月18日、午後3時、郷里の隣村坂本在から出火、実家のある田ヶ原に延焼する。
＊『東京朝日新聞』が「岡山県の大火事」として報道する。長兄の書簡で、避難させた家具が焼けたほかは家屋の類焼は免れたことを知る。

㉘『黒髪』（新潮社、大正13年7月15日）

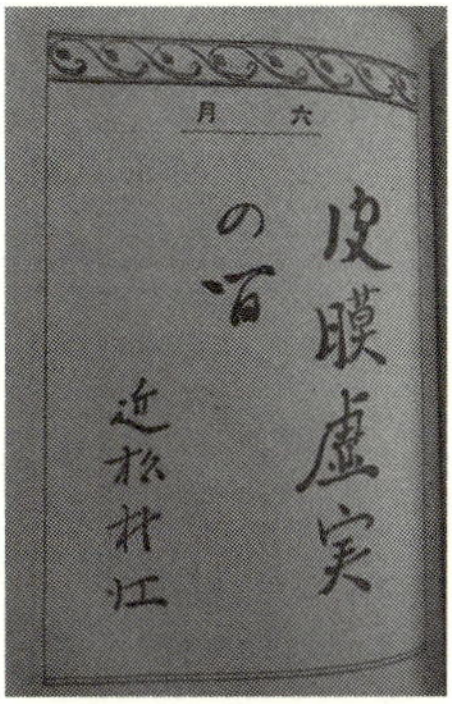

㉙『大正14年新文章日記』（新潮社、大正13年11月5日）6月頁

㉚『恋から愛へ』（春陽堂、大正14年5月23日）

㉛八波則吉編『青年国語読本』「伊吹山」（開成館、昭和2年1月4日）収録

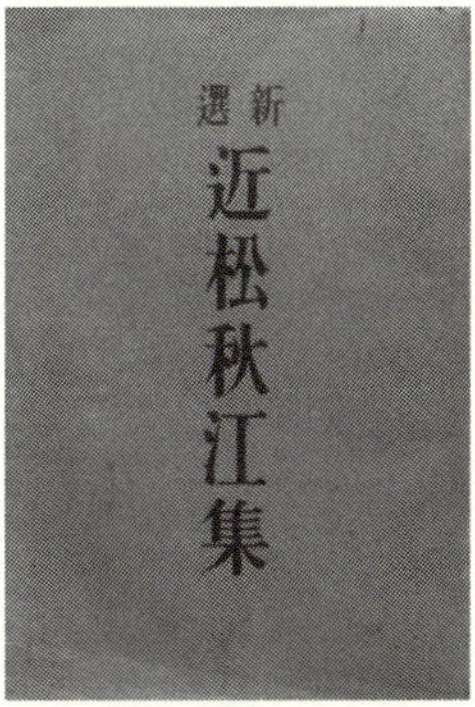

㉜『新選近松秋江集』（改造社、昭和3年10月28日）

㉝世界大衆文学全集第16巻『カチユウシヤ』（改造社、昭和4年5月3日）カバー

㉞『文壇三十年』（千倉書房、昭和6年1月5日）

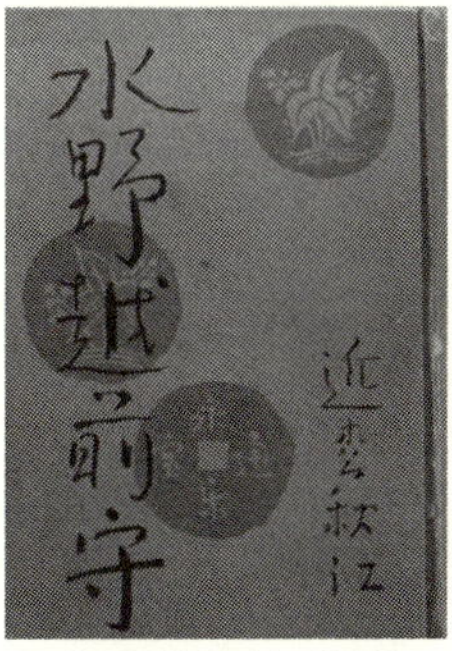

㉟『水野越前守』（早稲田大学出版部、昭和6年12月25日）

㊱『近松名作集』（香蘭社書店、昭和13年6月10日）

8月、夕暮れ時、日本橋白木屋の帰途、万世橋高架駅から震災後の光景を見、戦慄と痛ましさを覚える。

同月末、伊香保、蓬莱館に翌月にかけ滞留する。

秋口、伊香保から戻り、訪ね来た岡本一平と雑談を交す。その折、杜絶した「地上の光」や政友会分裂を話題にし、子供の話、昔話をする。

10月3日、小石川偕楽園で行われた、新潮社の「合評会第18回」に出席する。
＊出席者は、久米正夫、宇野浩二、広津和郎、田山花袋、中村武羅夫、千葉亀雄。
11月5日、新潮社刊菊半截判『大正14年新文章日記』帳（637頁写真㉙）に題字を寄稿する。
＊各月巻頭「毎月の題字」欄の6月に「皮膜虚実の間」を寄稿。また、表見返し寄書きに潤筆。
同月、冊子『金星』の記者が、連載「訪問手帳」取材のために訪ね来る。この月、金星堂から刊行された佐佐木茂索の第一作品集『春の外套』（金星堂刊）の出版記念会に三上於菟吉と連れ立ち銀座を漫歩し出席、「虎酒」のスピーチをする。

12月4日、中央公論社の編集者木佐木勝が特集「年改まるに当つて年齢について思ふ」の原稿依頼で目黒の上司小剣を尋ねた折、秋江が老醜を最も嫌い特別神経質であることを聞く。

同　22日、午後、中央公論社へ前借のため出向く。先に来ていた田中貢太郎、村松梢風と浜口雄幸蔵相の緊縮財政や不景気の話題をする。

大正14年（一九二五）　50歳

1月14日、竹越与三郎に、新宿から乗車した省線車内で偶然に再会する。
＊明治40年4月、読売新聞社の最初の退社以来直接には相見えず、十八年間没交渉の竹越（豊多摩郡中野新井町三三三在住）

から声を掛けられる。二日後、車内で話題にした『日本経済史』8巻が届けられた。
同　帝劇で岡本綺堂の新作「小坂部姫」を観る。
2月3日、小石川偕楽園で行われた、新潮社の「合評会第22回」に出席。
＊出席者は、徳田秋声、菊池寛、久米正夫、加能作次郎、千葉亀雄、田山花袋、中村武羅夫。
同　18日、午後、新潮社の中根駒十郎が、『現代小説全集第十二巻』の「近松秋江篇」出版許諾のため来宅。
＊小説全集、11月7日、全十五巻中、第8回配本として発行。当初、全十二巻の計画が、泉鏡花、久保田万太郎、秋江の3巻が追加された。
同　25日、次女道子が誕生する。3月17日、秋江が出生届を出す。届出住所は、東京府豊多摩郡東中野上の原九二五番地。
4月1日、新橋演舞場新築落成開場式に招待され出席、永井荷風としばしの談笑をする。
5月上旬、10日間、痴呆症の母奈世を65歳の姉野恵と共に見舞う。帰途、京都で二泊する。
同　23日、四六截判正宗得三郎装『恋から愛へ』（637頁写真㉚）を春陽堂から出版。6時から、長田幹彦が幹事となり、細田源吉の肝煎で生誕五十年祝賀会を帝国ホテルで開く。会費10円。
＊来会者、徳田秋声、正宗白鳥、小杉天外、長田幹彦、細田源吉、三上於菟吉、菊池寛、芥川龍之介、葛西善蔵、田山花袋、里見弴、嶋田青峰、長谷川時雨、吉屋信子ら七十有余人。
この頃、正宗得三郎と同伴し竹越与三郎を訪問する。また散歩の途中しばしば立ち寄り、東京市外落合二一〇八番地に住んでいた吉屋信子に子供のことで長話をする。

7月、高浜虚子、平福百穂、中村吉蔵、篠原温亭ら九名で青峰（嶋田）会を設立する。
＊8月、句集『青峰集』（春陽堂）を出版。

夏、8月一杯まで、静岡県、駿河湾の興津に避暑に行く。

8月5日、興津清見潟に避暑中、一時帰京。午後7時45分から20分間、東京放送中央放送局より初めての放送講演をする。演題は「高山樗牛氏を想ふ」。後日、長田幹彦宅で家人からその時の話題を聞く。
＊この放送が縁で、故高山樗牛の友人で戸山精神病院主の杉村幹三から樗牛の遺品であった末弟斎藤野の人（信策）の蔵書で樗牛の書き込みのある手沢本、ナポレオン関連の洋書と信策宛葉書一葉が送られた。さらに放送の内容が無断で静岡の新聞に掲載された。
同 11日、『文藝春秋』の雑録「汽車の展望台から」執筆のため、特別急行の一等展望車に乗り、四時間の小旅行をする。
この頃、7月に農林大臣を辞任した岡崎邦輔の秘書官清瀬規矩雄と面晤、岡崎に会う。
＊この時、清瀬から杜絶した「地上の光」の話が出、高評を直接聞く。
同 13日、本郷西片町10番地の滝田樗陰宅に見舞いに行く。8月11日来の面会遠慮の貼り紙を見てそのまま辞し、その足で中央公論社に立ち寄り、校正中の木佐木勝に様子を聞き雑談を交わす。その中で、高山樗牛の放送講演をあれこれ話題にする。
10月30日、10月27日に死去した滝田樗陰の社葬告別式が午後2時から、本郷赤門前の喜福寺で行われ列席する。その帰途、徳田秋声宅で田山花袋と三人で雑談をする。
＊29日の『中央公論』緊急編集会議で決定した滝田樗陰追悼号に生前最も縁故の深かった寄稿者の一人として原稿を依頼され、「本誌入社当時の滝田君」（12月号）を執筆する。
この頃、ラジオを手に入れる。
11月5日、小石川偕楽園で行われた、新潮社の「合評会第30回」に出席。
＊出席者は、徳田秋声、広津和郎、宇野浩二、三上於菟吉、堀木克三、藤森淳三、中村武羅夫。

同　上旬、坂本紅蓮洞、辻潤それぞれの後援会から募金寸志の誘いがくる。
12月21日、午後3時、生田長江慰労のために開いた本郷燕楽軒での慰安会に、発起人の一人として出席する。
＊秋江以外の発起人は森田草平、徳田秋声、馬場孤蝶、堺利彦、与謝野寛、中村古峡、中村武羅夫、佐藤春夫。

大正15年、昭和元年（一九二六）　51歳

1月7日、小石川偕楽園で行われた新潮社の「合評会第31回」に出席する。
＊出席者は、田山花袋、芥川龍之介、植木克二、正宗白鳥、藤森淳三、広津和郎、宇野浩二、中村武羅夫。帰途、藤森の評「子の愛の為に」について話題にした。
同　8日、徳田秋声夫人故はまの初七日の法事に出席する。5日の谷中竜江寺の告別式合葬者三百名であった。
同　14日、熱海に行く。坪内逍遙を表敬訪問する。その折、雙柿舎に向かう坂口で吉江喬松（註、孤雁）と会う。翌日、伊東まで足を延ばす。16日、帰京する。
同　31日、招待され、一月公演に続き歌舞伎座に行く。帰途、銀座尾張町の美濃常で手袋を購入、10時に帰宅する。
＊翌日、新聞により銀座で、帰宅時刻に無産派のショウウィンドー打ち壊し事件のあったことを知る。
2月13日現在、『中央公論』3月号のあとの原稿が未完成のまま、日々焦瘁し過ぎる。
＊同月、熱海に避寒、熱海中田石渡別荘に滞在。中野に三分、熱海に七分の割で暮らす。
3月10日、中央公論社を訪ねる。

4月2日、本郷森川町徳田秋声宅にて催された第3回二日会に招待され、上京する。午後4時より始まり、8時30分頃に退席する。4月4日の『読売新聞』に、写真入り、安成二郎の手になる記事が紹介される。なお「二日会」は、同年1月2日、妻のはまを失った秋声を慰めるため、翌月に知友により結成された。

＊参加者は小野美智子、小寺菊子、吉屋信子、山田順子、森田たま、角田健太郎、中村武羅夫、岡栄一郎、岡田三郎、龍田秀吉、安成二郎、武川重太郎、小金井素子、徳田秋声。当日の幹事は、安成二郎。

同　7日、母、奈世が歿す（享年、85歳）。6日に熱海に帰宅、翌日、訃報に接し、帰省する。

＊帰途、京都安井神社北門通菊水露地の元骨董商の老翁、老嫗に家具等を預けている仮寓にて一泊する。

同　12日、熱海に帰宅する。母の死に際し、文芸家協会より百円の香典が贈られた。

同　24日、箱根から熱海へ戻る。

7月2日、徳田秋声夫人、はまの納骨式に参列。式後、第5回二日会を開き、その後の京橋燕楽軒の晩餐会に出席する。

同　16日、熱海の石渡別荘へ滞在する。

8月、東京市外東中野上の原7に、7千円を工面し、借地に建坪34～35坪の自宅を着工する。新築祝いに紫檀の書架を、徳富蘇峰、麻田駒之助、佐藤義亮、同義夫、山本実彦、菊池寛、徳田秋声、正宗白鳥、上司小剣、中村武羅夫、長田幹彦、吉井勇、加藤武雄、細田源吉、三上於菟吉、島田賢平、池田孝次郎、平井程一、近藤英男、篠沢忠造から送られた。

この頃、文藝春秋社主催の「殴られる彼奴」を観る。

同月現在、中央公論社に6百から7百円の借金を作る。他に新潮社、大阪毎日、金星堂からも原稿料の前借をする。

＊借金の件では、高須芳次郎（梅渓）への願文が残っている。

9月1日頃、避暑先日光から帰京する。

11月28日、早稲田第一高等学院文芸講演会で「文壇における早稲田派の位置」を講演する。

12月27日、忘年会を兼ねた第11回の二日会に参加、12時頃帰宅する。

同月、上の原の新居に転居する。

＊白石実三の妻下子の母で、森田思軒の未亡人が営む近所の文房具雑貨店にて、昔の話をしばしば聞く。

昭和2年（一九二七）　52歳

1月1日、雑誌『改造』の新年号掲載原稿が間に合わず、新年を迎える。
同　4日、東京開成館から刊行された八波則吉編『青年国語読本』に菊判「伊吹山」（637頁写真㉛）を収録する。
＊「伊吹山」は『文章世界』（大正5年9月1日）初出の「車窓」一部分を改稿、改題し掲載。
同　9日、熱海から帰京する。
同　26日、夜、大阪にて週刊朝日創刊五周年記念講演会で「文学と社会」について講演する。岡本一平、三宅やす子も講演に加わる。翌日、熱海に戻る。
2月2日、宇野浩二が招待され、共に第12回の二日会に出席する。
同　8日、熱海仲田石渡別荘に、2月一杯の予定で滞在する。その間9日に、徳富蘇峰に国民新聞社宛で、『近世日本国民史』の件で書簡を送る。
同　20日、牛込から日本橋へ出て丸善に寄り、昼、銀座松善で牛肉を食す。
2月中、熱海に滞留する。今冬、熱海滞在中の岡崎邦輔を、竹越与三郎の仲介で数度訪問する。
3月初め、文藝春秋社主催の「後藤新平子」座談会に出席する。
4月4日、夕刻、関西旅行へ発つ。
同　8日、亡父母の法要のため、郷里和気へ赴き、10日に熱海に戻り、14日、東京に行く。
同　27日、熱海に戻り、月末帰京する。
5月5日、帝国ホテルで行われた、新潮社の「合評会第47回」に出席する。

＊出席者、徳田秋声、佐藤春夫、久米正雄、下村海南、鈴木文史朗、太田正孝、芥川龍之介、中村武羅夫。
同　24日、8時20分、改造社の講演旅行のために上野を発ち、長岡、新潟、富山、金沢、福井を巡り赤倉温泉に一泊。
＊講演の旅程は次のとおり。25日、長岡市、大野屋旅館に一泊する。吉田絃一郎が以後同道した。26日、新潟市、大野屋（支店）旅館で一泊。27日、富山市へ。金沢市、源圓で一泊。佐藤春夫が以後同道。28日、金沢市滞在。29日、福井市、奈波屋で一泊。30日、米原経由で帰京する。31日に熱海着。帰宅する。
6月3日、熱海から、家族で帰京する。この留守中に『読売新聞』の依頼があり、徳田秋声と山田順子との間の話題作「春が来る」を、「白鳥の秋声論」としてまとめる。

同月中、後藤新平の邸宅を見学する。

7月16日、2月以来持ち越していた原稿「年代史劇北条泰時」を完成させるため箱根仙石原の温泉旅館俵石閣に行き、21日に帰京する。
＊雑誌『婦女界』に9月から12月号に掲載される。病気による最終回分に不満が残ることを断る。
同　27日、芥川龍之介の、谷中斎場で行われた葬儀に参列する。帰途、中村武羅夫と共に森川町の徳田秋声宅で休息し、上野の三橋で鳥鍋の夕食を取り、夜の8時半過ぎに帰宅する。
8月中、二十数日間、百合子の疫痢感染、病床にあって苦悩の日を送る。
＊回復までの病状を父親の心情をとおし、小説「児病む」で作品化する。
9月2、3日、房総の銚子、勝浦、上総興津、小湊巡遊する。そののち中旬、19日は風邪のため臥床する。
同　20日頃、内幸町大阪ビルの食堂で正宗白鳥と偶然に会い、上司小剣を訪問した話などをする。
＊昭和2年9月から、文藝春秋社が麹町区内幸町1の3、大阪ビル第1号館2階に移っていた。
同月末、9月18日に他界した徳冨蘆花にたいする弔意を、朝日新聞社石川六郎の依頼で10月2日号『週刊朝日』に掲

載するための「徳冨蘆花氏の風格」を書く。

同 30日、3時の汽車で、家族の待つ熱海仲田常春荘へ行く。翌日、乗合自動車で三島に行き、山行をする。

10月4日、熱海より、一時帰京する。この間、たびたび東京往復をする。

10月26日から翌月、貧血と神経衰弱に罹り、常春荘にて安静休養をとる。

11月24日、上京中の午後、中央公論社に立ち寄る。

12月13日、風邪のため、熱海で静養する。その間、持ち山の蜜柑畑で農作業をする。

昭和3年（一九二八） 53歳

1月、第19回の二日会にあたる新年会に出席する。

1月25日夜、万世橋のキネマパレスで、トルストイ作「復活」とデュマ作「椿姫」を観る。

3月7日、改造社の講演旅行のため岡山へ発つ。9日、広島へ。片岡鉄兵、『改造』編集者浜本浩らが同道する。

同 15日午後、中央公論社で編集者木佐木勝と長談義をする。

4月16日、来遊中の兄元作と小金井で桜見物の後、八王子浅川の多摩御陵を参拝する。

5月4日、郷里に帰省。2月、第16回総選挙で岡山地方区で当選した鶴見祐輔の評判を耳にする。
＊帰路、京都安井神社北門通菊水露地の老翁を尋ね、前年暮、前田じう母子が下関で旅館を経営する縁者を頼って夜逃げ同然移り住んだ話を聞く。
6月、『国民新聞』合評会で、歌舞伎座六月興行の「大晏寺堤」を観る。その翌々日、坪内逍遙を牛込区余丁町11宅に訪問する。

6月下旬、大久保百人町三八四の内田魯庵宅を訪問、談笑する。

初夏、竹越与三郎を訪ねる。その折、白柳秀湖が雑誌『改造』に掲載予定の「西園寺公評伝」執筆のため野方町新井三三三の竹越宅を訪ね来、その談話に同席する。

＊昭和四年三月に刊行された『西園寺公望伝』（日本評論社）中の「雨声会の事」で、『読売新聞』主筆竹越の下で「月曜附録」主任の秋江が会の参加者について相談に与ったことが紹介される。秋江自身はこの件を明治四十四年の『新潮』二月号「文壇無駄話（雨声会を評す）」で触れ悠揚な西園寺の〈寛濶な心意気〉に対し、桂内閣による「大逆事件」を〈没常識な悪干渉を文芸に加へた〉と批判を加えた。

7月6日、日光町東照宮山内禅智院にて避暑。以後、恒例となる。

同　13日、神奈川鎌倉町雪ノ下御合41の小杉天外宅にて夕食ともども歓談をする。

8月14日、中央公論社を訪問。麻田駒之助社長から嶋中雄作の社長交代送迎会を提案する。

同　24日、最初の「文化功労賞」表彰にあたり、『読売新聞』「アンケート」の「文芸家」の回答で、坪内逍遙、徳富蘇峰、幸田露伴、三宅雪嶺を挙げる。

同　26日、購入予定の土地を、小田急線沿線の世田谷代田中原へ見にゆく。その後、売買のトラブルで昭和10年1月現在まで、非公式な交渉が続けられる。

同　27日、新潮社の楢崎勤が原稿依頼に来る。

同　28日、丸ビル内、中央公論社嶋中雄作を往訪。階下の三共飲料店にて、徳田秋声、小寺菊子と談笑する。

9月6日、日光山内禅智院に避暑へ行く。

10月2日、徳田秋声の森川町宅で行われた第27回の二日会に出席、途中で座を辞す。

同　25日、5時30分から開かれた、丸ビル9階精養軒で中央公論社新旧社長（麻田／嶋中）送迎会に出席する。

＊司会は吉野作造、参加者は二百名超。

同　28日、自らが編年史評伝体に編纂した四六判『新選近松秋江集』（637頁写真㉜）を改造社から出版する。

同月下旬、カフェで気炎をあげる林房雄を見知り、興味をもつ。

11月23日、横浜埠頭へ。コレア丸で外遊する正宗白鳥夫婦を、徳田秋声、上司小剣、小島政二郎らと見送る。

同　28日、依頼された原稿の件で、小一時間ほど中央公論社に寄る。

この頃、市電の車内で木村毅と偶然に出会う。大仏次郎の新聞連載歴史小説「赤穂浪士」と矢田挿雲の「太閤記」を話題にし、歴史小説に関心のあることを語る。
＊大衆小説作家の三上於菟吉、直木三十五の作品を、すでに高く評価していた。

昭和4年（一九二九）　54歳

1月、下の歯を数本抜き、老いに哀愁を思う。
＊長谷川天渓と義歯を話題にし、菊池寛の随想に思いおよぶ。
2月1日、第56議会貴族院の傍聴に行く。

3月2日、午後、中央公論社に立ち寄り、『朝日新聞』に掲載された「評論数項」中の第56議会傍聴記について木佐木勝と談論する。

4月13日、後藤新平〈元東京市長。歿年、73歳〉の霊柩を東京駅に迎える。

5月3日、世界大衆文学全集第16巻として菊半截判カバー附『カチユウシヤ』（637頁写真㉝）を改造社から出版する。
＊松本泰訳『紅蘩蔞』と箱入り二冊同時発売。「改造社文学月報第十四号」に、三上於菟吉が「秋江と杜翁」の中で〈純文学者として秋江さんだけの権威と経歴とを持たれた人の訳〉として称賛する。
6月2日、日比谷山水楼で行われた第36回の二日会に出席する。

同　29日、咽喉癌の田山花袋を自宅に見舞う。30日、代々木八幡町一一四に前日他界した内田魯庵の霊前に弔問する。
＊7月2日、「友人葬」が青山斎場にて高島米峰の司会で営まれ合葬者六百余名。秋江の他に徳富蘇峰、野口米次郎、平福百穂ら。
7月2日、徳田秋声の森川町宅で行われた第37回の二日会に出席する。

同　30日から、日光へ避暑に行く。山内禅智院に滞在。

8月9日、作品「別れた妻」もののモデル大貫ますが、京都市中京区新烏丸通二条上ル橋柳町一六一番地にて死亡する。歿年、54歳。区長の岡田徹太郎が死亡届を提出する。
＊同年の『新潮』6月号のアンケートに応え、〈今でも逢つてみたい〉と思う女性の一人であった。なお戸籍謄本の末尾に、〈相続人ナキニ因リ絶家昭和六年五月参拾日附東京区□裁判所ノ許可ニ依リ同年六月参日本戸籍抹消〉とある。
8月27日、雑誌『中央公論』執筆者らによる二七会に加わる。清沢洌が提案、嶋中雄作の中央公論社が世話役で発足した会。
＊常連の参会者。清沢洌、馬場恒吾、正宗白鳥、伊藤正徳、水野広徳、長谷川如是閑、杉山平助、徳田秋声、上司小剣、三宅晴輝、細田民樹、芦田均、三木清、小汀利得、石橋湛山、柳沢健、千葉亀雄、蠟山政道、安倍能成、谷川徹三、阿部真之助、川原次吉郎。この会でも、饒舌ぶりは人の迷惑をかまわない、一人勝手な振る舞いであった。
同　31日、一時帰京し、浅草観世音に参る。

夏、百合子疫病に臥す。

9月21日、午前10時55分、天城から下田へ旅行に出発する。徳田秋声、小川未明、堤寒三、中川紀元らが同行。23日、帰宅する。

11月27日、馬場恒吾、高橋亀吉らと、二七会で意見交換をする。その席上、赤松克麿の「国家社会主義」に賛同の意を表す。

同月、徳田秋声、堤寒三らと伊豆大島へ旅行する。

12月10日、日本橋魚河岸大誠で、門馬千代子が同道し、昭和3年9月から翌4年までフランスを中心に滞欧、9月にアメリカ経由で帰国した吉屋信子の歓迎と、忘年会を兼ねた第39回二日会に出席する。

この年、江木翼（鉄道大臣）、竹越与三郎（貴族院勅選議員）、松本学（後の内務省警保局長）、岡崎邦輔（元政友会総務、元農林大臣、貴族院勅選議員）等と往来し、政治経済・歴史・政局などを談論する。
＊浜口雄幸内閣、7月成立、十大政綱を決定。金解禁、海軍軍縮が最重要な話題となる。この交流によって、後に社会戯曲「井上準之助」（四幕）を執筆する切っ掛けとなる。なお、陸奥宗光元外務大臣縁戚の岡崎邦輔および秘書官中田敬義より日清戦争講和や三国干渉の裏面史を聞き、政治小説「三国干渉の突来」を執筆し、戦前昭和の軍人政治、ファシズム批判を動機とした「井上準之助」、あるいは歴史政治小説「天保政談」を手掛けることとなる。

昭和5年（一九三〇）　55歳

1月14日、徳田秋声、森川町宅で行われた第40回の二日会に出席する。
同　22日、『読売新聞』のアンケート「選挙に当たつて」で、社会民衆党と安部磯雄を支持と表明する。
＊同日に出た、政治会編発行『何党を選ぶべきか』の冊子でも、社会民衆党を挙げる。
同　25日、朝日新聞社講堂にて、中央公論社主催第1回文芸講演会で講演を行う。他には、島崎藤村、佐藤春夫、十一谷義三郎、広津和郎、秦豊吉、大宅壮一。28日には、大阪朝日会館にて、中央公論社主催第1回文芸講演会で講演を行う。他には、徳田秋声、大宅壮一、上山草人、十一谷義三郎、広津和郎。

3月、風邪から気管支カタルを患い、臥床する。

4月、百合子、聖心女子学院付属小学校に入学する。道子、同幼稚園に入園。
＊前年12月、徳田秋声の次女喜代子に相談の結果進学を決める。

5月16日、代々木山谷の花袋宅、田山花袋葬儀に参列。島崎藤村、長谷川天渓、徳田秋声らと共に接待係となる。

＊霊前の香料のため、8年間出入りしていなかった質屋の典当に大島の羽織と袷を入れた。

同　22日、花袋会（田山花袋を偲ぶ会）準備のため、新宿中村屋喫茶部での会合に出席する。他に、白石実三、前田晁、島崎藤村、長谷川天渓、徳田秋声、中村星湖、加能作次郎、水守亀之助、中村武羅夫、加藤武雄、中村白葉、上司小剣、岡村千秋、細田源吉が参加。

6月14日、早大小講堂での文科大会で講話をする。他は田中王堂、秋田雨雀、木村毅、戸川秋骨であった。

7月24日から、日光町禅智院に滞在。翌月23日、徳田秋声が、日光輪王寺に秋江を訪問する。

10月6日、安成二郎の声掛かりで中央線沿線の文人墨客が高井戸町の柏の宮園で、名月会が開かれ参加する。

＊参加者は、長谷川如是閑、佐々木大樹、小茂田青樹、田中文雄、黒田清造、石山大柏、額田六福、北島渉一、太田三郎、北昤吉、川崎小虎、木島柳鷗。

昭和6年（一九三一）　56歳

1月5日、四六判『文壇三十年』（637頁写真㉞）を千倉書房から出版する。

同月、市外落合の吉屋信子宅で行われた第45回二日会に出席する。

2月18日、4時から、西荻窪の下村千秋新居での宴席に招待され、列席する。

＊参会者は、嶋中雄作、広津和郎、細田源吉、宮島新三郎、若杉鳥子であった。

6月17日、徳田秋声、上司小剣、中村武羅夫、小寺菊子と、多摩川に遊ぶ。

8月3日、水戸大洗に滞在の後、避暑で日光町禅智院に滞在する。9月8日、日光から帰京する。

11月3日、東京会館での、徳田秋声の還暦祝賀会に出席する。

＊菊池寛、正宗白鳥、久米正雄、久保田万太郎、有島生馬、吉屋信子他、百余名が参会。
12月25日、早稲田大学出版部から四六判函附鈴木朱雀装『水野越前守』（637頁写真㉟）を出版、出版祝賀会が日比谷山水楼が行われる。

この頃、岡田貞三郎が編集長をしていた『講談倶楽部』にしばしば歴史小説を持ち込む。

昭和7年（一九三二）　57歳

1月22日、三宅やす子の告別式が田川大吉郎の司会で執り行われた。片岡鉄兵、平塚らいてう、吉屋信子、宇野千代、佐藤春夫らが参列。生田山の帰途、新宿モナミで徳田秋声、広津和郎、谷崎精二、加能作次郎と同席する。

2月18日、芝増上寺別院で二時から行われた藤澤清造の告別式に秋田雨雀、辻潤らが参列。葬儀後、徳田秋声、吉屋信子、尾崎士郎、岡田三郎と銀座までタクシーに乗り、その後一人で帰宅する。

3月13日、午後4時、帝国ホテルで行われた徳富蘇峰の古希祝賀会に出席する。

5月12日、母・奈世の七回忌で帰省、墓石を建てる。
＊旅費は、読劇「井上準之助」の原稿料を当てた。帰京した15日、五・一五事件で首相犬養毅の暗殺を知る。
6月頃、三上於菟吉の牛込袋町の別宅で、講談社の『講談倶楽部』の編集者萱原宏一と遇う。
＊直木三十五の右傾化の話が出て、弁護にまわる。
7月頃、避暑中の室生犀星と軽井沢で会う。小寺菊子が同道した。

8月3日より五十日程、日光山内禅智院別邸に避暑で滞在する。

同　25日、『読売新聞』「委員長誤伝話」にて、秋江、日本国民文化同盟結成と委員長就任の報道。日光滞在中の長田幹彦より報道を知らされるが、本人は否定する。

＊関連記事が6月22日の『東京朝日新聞』「国家社会主義文学同盟」、および8月26日の同「『文化同盟』結成」が報道される。赤松克麿による「日本国家社会党」運動の外郭団体であった。しかし、機関誌を出せずに消滅する。

昭和8年（一九三三）　58歳

7月24日、日光に避暑のため上野駅を発ち、日光西町大藤屋別荘に滞在する。

9月頃、岡崎邦輔の「政界回顧」を書記した政談が、『中央公論』10月号に掲載される。

11月2日、徳田秋声の「あらくれ会」に参加する。

＊「あらくれ会」は低調になった「二日会」を、昭和七年五月に改称。機関誌『あらくれ』を創刊、毎月、丸の内の明治生命ビル地下のレストラン「マーブル」で会を催した。

同月、東京市中野区東中野上の原7から、娘の通学のため自宅売却し、芝区白金三光町二五一に家賃70円の借家に転居する。その後、聖心女学院に通う娘の送り迎えを続ける。

昭和9年（一九三四）　59歳

1月15日、嶋中雄作の招きによる晩餐会に出席する。

＊時局が話題となり、日米、日ソ開戦に反対意見を述べ賛同を得る。

3月9日、武藤山治が北鎌倉山の内自宅から出勤途中、福島新吉によるテロに遭遇。『読売新聞』の号外で事件を知り、時事新報社へ見舞う。その帰途、榊山潤とあらくれ会に出る。

同　29日晩、最初の文芸懇話会が内務省警保局長松本学の名で日本橋偕楽園で開かれ、出席する。

＊島崎藤村、上司小剣、徳田秋声、佐藤春夫、広津和郎、宇野浩二、吉川英治、白井喬二、中村武羅夫、加藤武雄らが出席する。

4月上旬、銀座ライオンで独り鯨飲中に改造社の横関愛造と遇い、文士賭博事件や軍人政治に対する批判を大声で打ち横関に窘なめられる。酔余の口論の後、白金三光町の自宅まで自動車で送られる。

＊民政党幹部、永井柳太郎にかつて軍閥政治を批判する長文の書簡を出し、軍国日本を憂い非戦論を訴えた。

5月9日、日比谷山水楼で開かれた岡田三郎著『地獄絵』出版記念会に出席する。

＊参会者は、徳田秋声、上司小剣、川端康成、尾崎士郎ら。

6月、二七会恒例の会が箱根芦の湯の松阪屋で開かれ参加、一泊する。

初夏、神楽坂下の山田屋で原稿用紙を買い、徳田秋声宅に寄った後、銀座に出る。永井荷風、生田葵山とたまたま会い、コロンバで茶を飲み憩う。児を連れた山田順子に出会う。

7月9日、新聞の消息欄で知り、あらくれ会に出席する。

同　16日、松本学を招き、文芸懇話会による慰労会が芝山内の紅葉館で開かれ参加する。

＊松本は斎藤実内閣総辞職（7月3日）に伴い内務省警保局長を辞任する。島崎藤村、上司小剣、徳田秋声らが出席する。

同　21日、7時から、京橋味の素8階アラスカで行われた阿部知二著『文学の考察』の出版記念会に出席する。

＊出席者は徳田秋声、横光利一、川端康成ら。司会は船橋聖一。

9月19日、徳田秋声、島崎藤村らと物故文芸家慰霊祭に遺族係として列席する。

＊司会、徳田秋声、島崎藤村。江見水蔭が講演をする。その講演係を佐藤春夫が、記者係を上司小剣らが、祭事係を中村武羅夫らが担当した。

11月、那須での二七会に出席する。

同　29日、文芸懇話会に出席。中里警保検閲課長にたいし転向問題を糺す。

12月27日、正宗白鳥、上司小剣、杉山平助と二七会の帰り円タクに乗り合わせ芝白金台で下車する。乗車賃は、京伝勘定（割勘）と決まっていた。

同　15日、大森区（現在、大田区）新井町（旧、木原山）2丁目一五九四に転居する。転居通知を白石実三らに出す。

この年、民政党代議士柴安新九郎の紹介で、反軍国主義、反ファシズムを掲げる民政党を支持、入党する。

昭和10年（一九三五）　60歳

1月19日、日比谷山水楼で行われた、世話人田辺茂一の徳田秋声「あらくれ会」に出席する。

同　27日、童話作家城夏子と銀座の茶店で会い、話を交わす。

同月末、銀座オデン、千疋屋で笹本寅、神代種亮、永井荷風と談笑する。竹越与三郎とは、銀座交洵社ビルで会う。

2月28日、夕刻に所用先の銀座街頭で、夕刊「坪内博士逝く」の記事を見る。3月2日、近親者の告別式。

3月4日、二時から青山斎場での坪内逍遥早稲田大学学園葬に参列。来弔した浮田和民、杉森孝次郎、長谷川如是閑の傍らで同席する。

5月14日、新潮社の編集者楢崎勤に原稿買取の依頼と併せ、横光利一の「純粋小説論」に関心を示す手紙を出す。

5月、伊豆での二七会に出席する。

6月某夜、広津和郎の義弟松沢一直（註、和郎の事実婚の妻、松沢はまの弟）と自宅で飲んで話した話題が、『東京日日新聞』『読売新聞』の近松・広津の間の論争のように取り上げられた。

8月9日、熱海の土地債務の件で、代理人が来訪。午後、明治座で文楽「堀川」「千本桜」「おはん長右門」を聴く。

同　10日、内幸町、大阪ビル4階の日本文化聯盟の文芸懇話会事務所で開かれた月会合で、警保局長から貴族院勅選議員となった松本学主催の「文芸懇話会賞」詮衡会議に出席、その内幕が13日には暴露喧伝される。帰りに徳田秋声宅に寄り、「あらくれ」同人の船橋聖一、阿部知二、楢崎勤、岡田三郎に会う。

＊この日、文芸懇話会常置代表者として関わってきた「文芸懇話会賞」第1回受賞者に、横光利一の「紋章」と室生犀星の「あにいもうと」が決まる。会員投票2位の島木健作「癩」が落選した理由で、佐藤春夫が文芸懇話会を脱会する。

同　11日、朝日新聞編集局長美土呂昌一の声がかりで浜町の土佐料理得月にて、岡山県出身者の会に出席。10時、馬場恒吾と一緒に退座。帰宅途中で立ち寄った銀座フジ・アイスで徳田秋声父子、宇野千代らに会う。11時半、帰宅する。

＊参会者、馬場恒吾、本山荻舟、木村毅、杉山平助、阿部知二、内田百閒、片岡鉄兵、赤松月舟、米川正夫、額田六福。

同月、松本学と秘書の安藤烝、田口勝太郎、川原次吉郎、石川通司とで前橋から伊香保へゆき一泊、翌日、ハイヤーで軽井沢まで同道し一泊する。邦人社を主催する松本は前橋で邦人主義の座談会を開き、その足で軽井沢に行く。

＊室生犀星を知らない松本に同行し、懇話会賞（賞金千円）を届ける。帰途、日光東照宮山内の避暑に向かう。

10月、4日に他界した千葉亀雄の葬儀に参列する。

同月下旬、熱海に行く車中で、興津へ向かう竹越与三郎と偶然会い、福地源一郎著『幕府衰亡論』等の閑談を交わす。

11月20日、芝三緑亭の島崎藤村「夜明け前」祝賀会へ行く。出席者徳田秋声、上司小剣、武林無想庵、秋田雨雀ら。

昭和11年（一九三六）61歳

1月11日、午前零時10分に自宅で永眠した生田長江の死を、ラジオニュースで知る。

＊14日、午後2時から本郷、帝大赤門前の喜福寺にて告別式を行う。弔辞を、門弟を代表し佐藤春夫が読む。

同　15日、夕、佐藤春夫の文芸懇話会への復帰を相談するため、松本学を佐藤、徳田秋声と三人で内幸町の大阪ビル内の文芸懇話会事務所に訪問、夕食を共にする。

同　19日、文芸懇話会の「懇話会一夕話」の座談会に出席する。

2月26日、二・二六事件当日、大阪ビル地階のレインボー・グリルにて強行し行われた寺崎浩と徳田秋声の次女喜代子の披露宴に出席する。宴席で決起した皇道派青年将校を、秋江が長広舌の批判をする。
＊媒酌人は菊池寛が当日鶏鳴に起きたクーデターを恐れ欠席したため、佐佐木茂索が急遽代わりを務めた。また、芥川賞銓衡会議のために同ビル内の文藝春秋社に来ていた室生犀星に会う。
同　27日、5時半から、小石川偕楽園で行われた二七会に出席する。
＊参会者、馬場恒吾、正宗白鳥、伊藤正徳、水野広徳、小汀利得、清沢洌。二・二六事件が話題の中心となる。
3月2日、夕、銀座フジ・アイス喫茶室で、正宗白鳥、上司小剣、嶋中雄作らと話の機会をもつ。

3月末、東京市中野区東中野高根町1丁目に転居する。

翌年まで、同郷の甥・徳永政雄（後の日本画家春穂）が下宿する。

5月12日、片岡鉄兵、来訪。また、前年10月発表の「斎藤実盛の如く」以来、秋江を斎藤実盛の綽名で呼び、この日は津村秀松から松本学の鞄持ちと、ゴシップを書かれる。同じく高位顕官の私情を、久米正雄も『文藝春秋』誌上で批判する。

5月末、二七会の一泊旅行で、伊豆今井浜に行く。

6月23日、正宗白鳥夫妻の、二度目の渡欧の私宴が、中央公論社の嶋中雄作の招きで星ケ岡茶寮で開かれ出席する。
＊出席者は、上司小剣、柳沢健、吉井徳子、佐藤俊子。
7月から、日光町山内茶畑阿原別邸にて、避暑。8月26日、いちに手紙を出す。

9月13日、午前、中野区新井薬師町三三三の竹越与三郎宅を訪問する。

10月、東京市中野区上の原町30へ転居する。百合子、高女受験のため中河与一の紹介により、家庭教師の増田哲子を就ける。

同月、同年7月22日に逝去した岡崎邦輔の家譜編纂を企画、東京会館に数十人が集まる。

＊伝記『岡崎邦輔伝』の出版は、昭和13年8月。発行所は晩香会。元秘書官清瀬規矩雄が経理を、編纂を東京日日新聞記者平野零児があたる。

11月26日、島崎藤村、徳田秋声が発起人となった、新潮社の創業40周年記念祝賀会を病気のため欠席する。

＊初代社長の佐藤義亮は、秋声、秋江の作品を評価し愛好していた。

同月、目眩と嘔吐の症状が続く。眼球の瞳孔に異常を感じ通院、骨髄癆と診断される。

＊この頃、雑誌『改造』の編集局長横関愛造が訪問、眼球に異状のあることを聞く。

12月12日、脳貧血により二日臥床、眩暈と嘔吐に襲われる。

同　19日、長兄元作を見舞うため帰省する。

同　23日夜、和気の実家からの帰途、大阪から南海電車に乗換え、岡崎邦輔の伝記資料蒐集旅行に出かけた和歌山県和歌の浦に着く。

同　26日、前夜大阪で一泊し、9時頃帰京。心配した母子が東京駅に出迎える。

＊旅行中に、メニエール氏症候群を発病する。

昭和12年（一九三七）　62歳

1月中、病床に就く。

2月、飯田町九段下病院に一日おきに通院治療を受ける。眩暈頻発する。更年期の神経衰弱による脊髄癆と診断される。

3月、メニエール氏症候群と診断が下る。その後も症状は回復せず、一年後、緑内障を併発する。

5月14日、慶応大学より、福沢諭吉の自伝、文選を恵贈される。

8月29日、兄元作、死亡。（慶応元年3月28日誕生、享年73歳）

同月中、避暑で、日光西町大高屋別宅に滞在する。

夏、銀座交洵社ビルで竹越与三郎と会い、かつて日本史開眼となった『新日本史』借覧を申込み、翌日使いの手で届けられる。その際、生活窮乏で支払期日の迫っていた「終身保険」の納入金二百円が添えられていた。

10月、東京市杉並区東田町2丁目一七五番地に転居する。

昭和13年（一九三八） 63歳
1月、左眼を失明する。緑内障と診断される。

4月24日、改造社創業二十周年記念会に、失明と体調不良のために欠席する旨、山本実彦に手紙を出す。

6月1日、『読売新聞』夕刊の記事「杖をたよりの秋江老」で右眼失明が報道される。

同 10日、四六判函入『近松名作集』（637頁写真㊱）を香蘭社書店から出版する。

同 13日、『大阪朝日新聞』が「秋江失明と療養費用醵金、選集発行計画」と報道する。

7月28日、中央公論編集者の松下秀麿に「日光避暑の経費工面」の願状を出す。

夏、日光町久次、小林いく方にて避暑で滞在する。

10月中旬、視力が低下し自由に口が利けなくなったりし、時に夕食時には手に持つ茶碗を落としたりするようになり、いよいよ光を失う。

11月初め、発足した秋江慰安会の見舞金により、虎ノ門の佐多病院に入院する。
＊菊池寛が姉妹の学費を四年間にわたり援助し、二人が文藝春秋社の受付に受け取りに行った。また、応接室で菊池と面会、父親の近況を尋ねられたりもした。

昭和14年（一九三九）64歳

5月頃、徳田秋声、正宗白鳥、上司小剣、宇野浩二の間で、「近松秋江選集」発行の話が出る。話合いの結果、宇野浩二が一人で作品の選択、監修、解説を担当することとなる。

＊嶋中雄作の友情で中央公論社から、『近松秋江傑作選集』三巻本が8月1日、9月1日、10月10日に発行、出版される。編輯を担当したのは、社員の牧野信一であった。

7月30日、冨山房百科文庫79として新書判カバー附『旅こそよけれ』（659頁写真㊲）を冨山房から出版する。

夏、日光町山内の護光院に滞在する。

8月18日、『東京朝日新聞』『読売新聞』の支局から、18日「全国眼の日」にあたり談話を求められる。

9月23日、帰京する。

12月15日、『経済情報』12月号掲載の「和平は姑息にあらず」が削除処分となる。

昭和15年（一九四〇）65歳

夏、休暇中、百合子が父の故郷和気を訪ねる。

8月、秋江、最後になる日光避暑。湯元、板屋旅館に滞在する。

9月19日、四六判函附『浮生』（659頁写真㊳）を河出書房から出版する。

＊『浮生』の「序文」を、滞在中の板屋旅館で道子が口述筆記する。また、同書9月1日〈大震火災十七周年の記念日〉と

㊲冨山房百科文庫79『旅こそよけれ』（冨山房、昭和14年7月30日）

㊳『浮生』（河出書房、昭和15年9月19日）

記す口述「あとがき」で、五・一五事件以後の軍国日本の国情を批判する。関東大震災以降、戦前昭和の歴史経緯に対する強い関心をみせていた。

昭和16年（一九四一）　66歳

1月初、宇野浩二に歴史小説と短編集二冊の出版を依頼する書簡を送る。

8月20日、四六判カバー附『歴史小説三国干渉』（660頁写真㊴）を桜井書店主桜井均の好意で出版する。

＊『三国干渉』収録作品「明恵上人と泰時」が検閲強化による皇国史観に抵触、次版改訂の処分を受ける。なお改訂再版本は、翌月15日に発行された。

昭和17年（一九四二）　67歳

5月5日、谷崎潤一郎著『吉野葛』恵贈の返書のなかに、動脈硬化症による左半身付随であることを記す。

8月30日、宇野浩二を介し、四六判鍋井克之装『農村行』（660頁写真㊵）が報国社から出版された。

＊出版に骨を折ったのは戦後書肆ユリイカを興した伊達得夫であった。

この年、失明により、日記記述が杜絶する。

＊戦後、隣家の火災による類焼で消失した日記の存在を、昭和3年から18年頃までの洋綴り三百頁位の十八余冊だったと、曽我直嗣が昭和26年1月23日の『読売新聞』「文化」欄に「あゝ『秋江日記』」で伝えた。昭和32年の日本国民文学全集第24巻『大正名作集（二）』の年譜に日記の存在を記したなかに、「失明」の件も加えた。身近にいて世話をした曽我には、公式に伝えられた「失明」とは異なる判断があって、日記杜絶と「失明」を併せ関連づけ記述した。

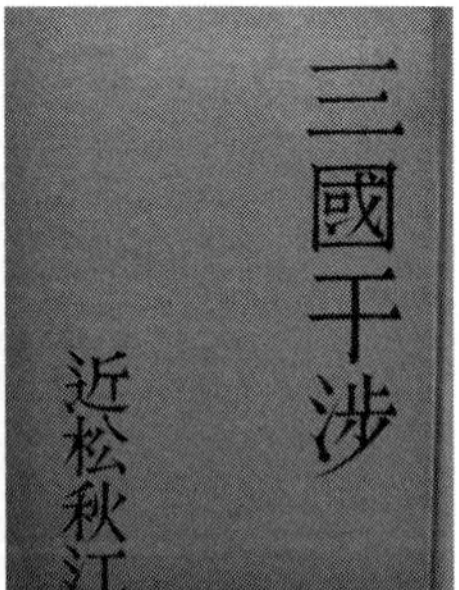

㊴『三国干渉』（桜井書店、昭和16年8月20日）

㊵『農村行』（報国社、昭和17年8月30日）

昭和18年（一九四三）　68歳

11月21日、午後1時より青山斎場で執行された、徳田秋声の日本文学報国会小説部会葬に道子に伴われ列席する。

昭和19年（一九四四）　69歳

1月27日、小石川偕楽園で催された徳田秋声追悼の二七会に、道子に伴われ参加した。

4月23日、午前9時10分、老衰のため杉並区東田町の自宅にて死去。午後3時、正宗白鳥、上司小剣、嶋中雄作、竹越与三郎ら来弔。通夜列席者は、戸川貞雄、富田一郎、徳田一穂、桜井均、楠山正雄、鈴木氏享、保高徳蔵、宮地嘉六らであった。25日、正宗白鳥を葬儀委員長とし、午後1時より2時まで、告別式を行う。その当日は、陰鬱な雨天であった。白鳥、嶋中が肩にかけて出棺する光景を宇野浩二が書き残す。実家当主、徳田陽一郎は切符が入手出来ず欠席する。東京府中市のカトリック墓地に納骨する。

4月24日に死亡記事を、

『朝日新聞』「近松秋江氏（小説家徳田浩司氏）二三日午前十時杉並区東田町二ノ一七五の自宅で死去享年六十九、葬儀は正宗白鳥が葬儀委員長となり二十五日午後一時から二時まで仏式により執行、氏は岡山県和気郡藤乃村の出身、明治三十四年早大文科卒、文壇に特異な作風と政治好きで知られ代表作に「天保政談水野越前守」「三国干渉の突来」などあり、昭和十三年六月来両眼を失明、不遇の生活にあった」

『毎日新聞』「近松秋江氏（本名徳田浩司、文報評議員、作家）老衰のため二三日午前十時東京杉並区東田町二の一七五の自宅で逝去享年六十九、葬儀は正宗白鳥が委員長となり二五日一時から二時まで自宅で仏式により執行、氏は明治九年岡山県和気郡藤乃村に生まれ明治三四年早大文科を卒業後、主として小説を執筆、多数の著作があるが代表作としては『別れたる妻へ』『黒髪』がある、文壇の元老株としてその作風と文壇人には珍しい政治好きな性格とは多くの知己を得てゐたが、晩年は眼疾のため殆ど失明同様となり執筆を断つてゐた、遺族はいち子夫人（五六）との間に百合子さん（二二）と道子さん（二〇）がある」

『読売報知』「近松秋江氏（作家、文報評議員、本名徳田浩司）二十三日午前九時五十分老衰のため杉並区東田町二の一七五の自宅で死去、享年六十九、葬儀は正宗白鳥が委員長となり二十五日午後一時から二時まで自宅で仏式により行はれる、氏は岡山県出身、明治三四年東京専門学校文科卒、在学中に正宗白鳥氏と識り読売新聞に『文壇無駄話』を執筆、文芸評論家として認められ、爾来博文館、中央公論、早稲田文学等の雑誌編集に従事した傍ら創作に筆を染め明治四十三年処女作『別れた妻に送る手紙』をはじめ『黒髪』『疑惑』『舞鶴心中』等を発表自然主義作家として声名を馳せた」

と、各紙が掲載した。

＊葬儀当日の模様を、大村彦次郎は次のように写した。――秋江の葬儀の日は雨模様だった。それでも弔問客は途絶えることなくやって来た。正宗白鳥が葬儀委員長となり、杉並東田町の自宅で午後一時から二時まで仏式でおこなわれた。白鳥と秋江は岡山県和気郡の同郷の生まれ、白鳥のほうが三歳年少だったが、早稲田から読売新聞と五十年近くの文学的僚友であった。書斎の引き出しの中に、「黒髪」のモデルといわれた京都の遊女金山太夫の花魁道中姿の写真が鬱金の布に包まれ、しまわれていた。棺の蓋が閉じられるとき、娘たちが思い出して、黄色く褪せた金山太夫の写真を包みのまま、秋江の胸のあたりに載せてあげた。そのあと、狭い路地奥から遺骸の入った棺が担ぎ出されたが、老齢の白鳥と中央公論社長の嶋中雄作がぎこちなく肩を貸しているのが目についた。このとき白鳥六十五歳、嶋中は五十七歳だった。（『ある文藝編集者の一生』筑摩書房、二〇〇二）

後年、昭和44年4月23日、25回忌を機に和気町藤野にて、徳田いち、道子、陽一郎、小山奇一ら親族、および坪田昇、曽我直嗣、赤木一郎など二十名が立ち合い、納骨を行う。当日の『山陽新聞』が報道。

逸文資料

近松秋江「和平は姑息にあらず」『経済情報』政経篇一九三九年十二月号

梗概・「和平は姑息にあらず」

表題「和平は姑息にあらず」とある近松秋江の文章は、内務省当局の手による「削除処分」となった随筆文である。それ故か、昭和女子大学近代文学研究室作成の一九八三年刊行『近代文学研究叢書54』の詳細な「二 著作年表」をはじめ、近松秋江の各種著作年表には、その記載がみられない。しかし手近なところで、七八年刊行の『日本近代文学大事典 第六巻』（講談社）の「近代出版側面史（著作権の変遷と発売禁止）」中、一九三九年「この年」の欄に、〈その年に起こった著作権関係の事件および言論、表現、出版の自由に関する事件〉の一つとして、この件にかんする以下のような記載がある――〈〇「経済情報」（経済情報社刊）一二月号は、近松秋江の『和平は姑息にあらず』のため削除処分となる。（一二月一五日）〉（一八七頁）。そしてこの伝録以外を、寡聞にして私は知らない。

その『経済情報』誌は当時、月十日の「政経篇」、二十日の「産業篇」、三十日の「会社篇」が定期刊行物として発行されていた。雑誌の表紙にはそう謳われ奥付にも同様の記載があり、特別号の存在についても併記、叙述されている。問題にしている「和平は姑息にあらず」は、そのシリーズのうちの「政経篇」に掲載されていた。ただし、手元にある件の雑誌はその奥付に「昭和十四年十一月二十八日印刷／昭和十四年十二月一日発行」とあり、定期刊行物ではなく、表紙に刷られた「皇紀二千六百年記念・日本精神顕揚」とある、そのための特別号と考えられる。だからであろうか、なぜか表紙には一月版（ただし、こうした表記例は慣行か）とあり、しかも近松秋江の削除処分されたはずの随筆が掲載されていた。

ところで、講談社の大事典では「削除処分」が十二月十五日に決定したと受けとれる。実際、かつて調べた二つの大学の図書館では当該の雑誌が発見できず検閲のため納本し発禁処分をうけた、とながらく考えていた。しかし、今回古書店で手にいれた『経済情報』誌は、上記のとおりであった。「削除処分」の雑誌がどのような経緯によって配本され、また流通されたのか、あるいはその後に回収されたのかなどは、いまの段階ではまったく見当がつかない。あるいは十二月発行の定期の雑誌は検閲の結果、「削除処分」を受けその処分に従い、一月版を特輯に代えて発行したのであろうか。しかし、発行の期日までになんらかの改変があったと仮定しても、近松秋江の随筆自体が掲載されているので、納得のゆく説明にはなるまい。ともかく、雑誌特集号の発行日が上記の経緯のなかで十二月一日とあるのは、いずれにしても理解できないことである。

さて、その皇紀二千六百年を記念した「日本精神」の顕揚とある特輯は、直截的には紀平正美、千家尊建、岡田正三の「評論」欄に銘がうたれている。だが、「随筆」欄も内容的に横断しているようだ。随筆四篇の作者と表題を順にあげると、明治文化研究会会員藤井甚太郎の「村の問題」、そして近松秋江、美術評論家金原省吾の「意気」、歌舞伎研究家飯塚友一郎の「葬式」である。それぞれが、みな日本文化の伝承者であった。

近松文の「削除処分」に関連する話題を二つ程、取りあげてみたい。その一つは曽我直嗣の「あゝ『秋江日記』」で、敗戦後の五一年一月二十三日付『読売新聞』の文化欄に掲載されている。曽我はその中で戦時下の軍閥政治の横暴に〈憤慨し祖国を滅ぼす〉と批判した記述のあったことを伝えた。この巨細で大部の「晩年日記」は、隣家の貰い火によって焼失したという。次に教養文庫『作家追想』（社会思想社、一九六五）の中で、ジャーナリスト松山悦三が政治家永井柳太郎に宛てた作家の書簡を紹介する。戦後、現職の労働省官僚佐藤久作の手に残った、その書面は軍部政治に憤慨する〈行文は火を吐くように熱烈なもの〉だったという。話題の二つによって語られた近松秋江の気骨は、戦後になるとおおくの編集者の口にのぼる話となる。逸文「和平は姑息にあらず」を、こうした文脈のなかに併置してみるれば、「削除処分」の奇禍に遇ったその内容におのずからの興味がわかないわけがあるまい。また、一九三六年四月号の機関誌『文芸懇話会』中「刺客の追憶」では、対ロ、対支、対米との対話外交を主張していたのである。

そもそも言論統制の強化は三七年七月に日中戦争がおきると、翌月には改正軍機保護法の公布、翌年四月の国家総動員法、翌々年三月の軍用資源秘密保護法公布と続くなかで、「削除処分」が起きていた。天気情報、昭和東南海地震災害までが軍事機密として報道禁止となるような時代である。また戦前昭和、近松秋江の政治的な立場は民意を映す政党政治にたいする期待と、明治の少年期から上京後の政治青年いらいつづく立憲主義による議会政治への信頼を語り「政治」に関心と興味をもつ文学者であった。個人的には、戦前天皇制には絶対の心情と共産主義にたいしては拒絶の姿勢を貫く一方で、三二年二月の総選挙では「無産民衆」を基盤とする社会民衆党を支持し投票する。こんな立場の彼の「和平は姑息にあらず」一篇は政治信念、あるいは生活信条にもとづく発言であったことが理解できよう。

ちなみに戦前昭和前後の作家の動静についてそのあらましを、掻い摘んで解説してみる。「地上の光」は近松秋江がかいた最初の政治小説であった。のちの「天保政談」とおなじく『時事新報』夕刊に連載したもので、この一九二四（大正十三）年の新聞小説は政治を現代講談風に描いたためか、読者にはうけ入れられず連載中止となる。こうした体験の過程で客観小説を描くようになる彼は、三一年に大作「天保政談」を新聞紙上に九ヵ月かけ連載完成させる。財政再建を試みる経済小説に模し緊縮政策を断行する水野忠邦をえがいたこの歴史小説は、昭和の井上財政をかさねて描いていた。また、満州事変は小説連載の最中、九月十八日に勃発する。軍部の綿密な画策によりおこしたこの日からの戦争を境に、戦前昭和は敗戦にいたるまで軍国主義一色にそまってゆく。歴史の転変をまえに、作家は天保改革とは時系列のことなる二年前の「蛮社の獄」を作中に埋めこみ構造化する。この知識人の弾圧は、言論統制に名をかりた冤罪事件であった。近松秋江は、時代を先取りするように歴史小説をこの手法によって政治小説に作りあげたのである。こうした小説を造作する作家誕生の由来は、歴史趣味と政治趣味にあった。このふた色の「趣味」は、明治期にはじまる。そして、昭和にいたりたどりついた立ち位置は、立憲主義にもとづく政党政治にあったことがみてとれる。この立場にたってなされた発言が、「和平は姑息にあらず」であったことになる。

しかし、結局は窮乏する戦時下の世相だとか戦況にたいする発言、および思想戦における道理を縷述した随筆が掲載許可される時代でなかった。そのことが、彼の随筆によっても闡明化する。戦前昭和の軍国日本とともに近松秋江という文学者を知るうえで、貴重な文章であったことである。

和平は姑息にあらず

近松秋江

古風な日本趣味からは申すまでもなく平民的大衆的な如何にもさつぱりした夏季の風趣を呼ぶに無くてはならぬ、湯上りの浴衣、大趺坐風通しのよい端近に冷奴にビールの泡を一息に呷ふる。以前ならば平民的、今の流行語で言へば大衆的な浴衣一枚の清酒とした気持位日本男児として生れた幸福を心の底から覚えしむるものはないのである。それは昔何かで読んだことであるが明治の初年西園寺公が洋行の外国船の甲板でこの浴衣一枚に寛ろいで海洋を渡つて来る涼しい風に素肌を吹かせながら之が日本流だと戯れたと言ふ逸話を読んだことを覚えてゐる。

今は非常時であるから致し方ないとして諦めてゐるもの丶日本人の生活からこの浴衣を奪ふといふことは我々気分に生きる者にとつては――人生意気に感ずる者にとつては、この浴衣が思ふ儘に身につけられぬと言ふことはとりも直さず日本人であることを止めてしまへと言ふこと丶同じことである。野郎はさておき夏の女の魅惑から言つて、江戸時代よりしていろ〳〵に構案され洗練せられた藍の香ゆかしい中形くらゐ日本婦人を美化するものはない。戦争のためには全べてのものを犠牲にしなければならぬことは千も百も承知してゐるが今日のやうに戦争が長期戦となつては何よりも先づ銃後の国民の人心が萎縮せぬやうに注意しなければならぬ。いくら国民に緊張しろ、緊張しろと言つたところで、それは結局国民に偽善を強ふることになる。今年も夏はすでに過ぎ之から秋冬に向はんとして、いよ〳〵身につけるもの丶需要が加はつて来るが之は今年に始まつたことではない、国民は皆、泣寝入りに我慢してゐる。が今度は米の脅威である。

日支事変が始まつて以来日本はどんな窮地に陥らうとも食糧品に困ることはない。この欧歌洲大戦当時のドイツやイギリスと比べて遥かに幸福であると国民の悉くがさう思つてゐたところ、今年の夏季関西地方から朝鮮大半の稀有の旱魃に見舞はれ新米の収穫少く、今や巷に米不足の声が伝つて来た。米が腹一杯食べられぬとあつては戦争に負けたも同じことである。之は私共の杞憂であつてくれゝばいゝと思つてゐるが、懐に余裕のあるものはもう今から米を買ひ溜めて置かねばならぬと言つてゐる。浴衣が思ふまゝに着られぬと言つてゐる間はまだよかつたが米が腹一杯食べられぬとあつては人心はすつかり萎縮してしまふ。勇ましい戦闘記事も最初の間は人心を興揚せしめるが腹が空つぽでは幾らサーベルで威圧しても一向元気は湧いて来ぬ。

前線に活躍してゐる将兵諸士の労苦は誠に想像するに余りあると思つてゐるが、あまりに戦争気分をあふり立てられて緊張を続けてゐると何時かはそれが弛緩する時が来ぬとも云へぬ。先夜もラヂオの放送で松井岩根大将の講演を聴いた。大将は銃後の民心が動もすれば弛緩しさうな気遣ひがあることをくれぐれも戒めて居られた。弛緩するといふことは人心が緩怠するかのやうに聞えるが、萎縮となるとこれは気力の問題でなくしてもう生理的の問題である。ナニ、米が不足する位今迄三、四杯食べてゐたのを一杯減らす位辛抱の出来ないことはないとお上は命令的に言ふかも知れぬが然しながら米が不足といふことは其の声を聞いただけで非常な打撃である。木綿も買へない木炭も自由に買へない砂糖も使へない何も彼も値段が高い之等のことが一緒になつて民心を萎靡せしむるのである。かういふ隙を我が西北方の隣邦では狙つてゐるものがある。例へば厳寒風邪にかゝる。之は厳冬そのものゝ外的原因もないことはないが人体がひどく疲れてゐるか何かして外気の厳寒に襲はれる原因を人体の内部に持つてゐるからである。我々は真実にこの国土を愛するが故に、或はかういふ内部的疾病が崩しはせぬかを憂ひるものである。そんな憂ひを抱いてゐる者は恐らく私一人ではあるまい。戦争は上手でなくてはならぬ。日本武士は戦争には勝れてゐる。しかし戦争に勝れてゐるからと言つて戦争を何時までも継続することは決して智慮ある者のすることではない。欧洲ではヒツトラーは英仏に向つて、お互ひに戦争はもうこの辺で止めた方が双方の為であると繰返してゐる。之に対してイギリスとフランスとは国家の体面にかけても戦争はどこまでも継続すると言つてゐる。しかし之は愚なことだ。

極東では汪兆銘がしきりに和平を高唱してゐる。蒋介石の抗日行動が生殺しになつてゐる間は和平運動も意の如く進捗し難いのかも知れぬが国民は戦争の記事よりも米の値段や木綿や砂糖の有無により大いなる関心を持つてゐる。政治家は国民を欺いてはならぬが国民を失望させてはならぬ。固より多少の知識ある国民は老若男女を問はず今次の戦争は結局すべての物資が豊富になるものと予想してゐるから決して絶望はしないであらうが今日のやうに民心が萎縮してはどうかすると絶望の声を放たないともかぎらぬ。政治家は国民を欺いては困るけれど国民に希望を持たすやうにして貰ひ度い。聖戦の目的とか東亜の新建設とか言ふ言葉は誠に立派な言葉であるがあまりに言葉が立派すぎて我々平民にとつては直接に家庭生活のお台所に関係が乏しいのである。政治家は其の言行を慎まなければならぬことは申すまでもないが豪放磊落であらねばならぬ。我々の祖先の政治家兼軍人の中にはそんな武将があつた。豊臣太閤は即ちそれである。勿論太閤の時代は将卒の関係又国主と百姓町人の関係の範囲が今日よりもつと狭かつたから唯一言太閤が戯れて言つたことも直ちに民衆に影響したのであつたらうが、彼は今日の政府者の如く形式的な廻りくどいことを言はなかつた。

仮りに太閤をして今日の日本に在らしめばいづれも今しばらくの間辛抱してゐてくれ、ぬく〳〵とした綿の入つた蒲団も著せるぞよ砂糖も存分に嘗めさすぞよと言つて国民に希望を持たすに違ひない。又事実さうでなくては何の為の戦争であるかと言ひたくなる。

陸軍大臣が飛行機で北満の国境守備の状況を視察した談話を読むと将兵の士気は大いに振つてゐる。そして其の生活状態は内地に居て平和な生活をしてゐる者が相済まぬやうな感じを起させると語つてゐる。それは陸軍大臣の言ふ通りであらう。

我々には目前のことしか解らぬが欧洲大戦当時のドイツやイギリスのやうに全べての食料品に厳重な統制を施して一般国民に戦時気分を満喫せしめようと敢へてするのでは無からうかと疑はれないこともない。之は恰も支那の諺にある西施の顰みに倣ふものではなからうか。今の時は菓子や砂糖や木綿浴衣よりも軍需品の方が大切なのであるから国民はそんなもの、不自由をしのんで之を外国に輸出してその金で軍需品を買ひ取り大陸に持つて行つてそれをすつかり消耗してしまふ。戦争位金のかゝるものはない。戦争は決してお道楽にはやれることではない、戦争を道楽にやるものも又ある筈はない。しかし我々が日本に居てドイツやイギリスの戦争を新聞などで見てゐるとどうやら彼等は戦争をお道楽にしてゐるやうなところがないでもない。かう戦争が地球上の到る処に行はれてゐては戦争によつて与へらるゝ刺戟や興味も不感症になつて来る。従つて我々戦争に縁故のない者にとつては遠くの方の戦争は近い所で見てゐるスポーツ程にも感じない。戦争は珍らしがられてゐる間に鉾を歛めるのが華である。一寸其処まで横浜か鎌倉までの電車に乗る気分で大阪、神戸までも汽車に乗るとてもたまらない退屈を感ずる。外国に売り出して其の金で軍器を買はなければならぬ品は別として米まで輸出することはないのだからドイツやイギリスのパンとは違ふ。今年は特別関西の旱魃のために米不足を唱へるのは致し方もないがいさゝか前言つた西施の顰を真似てドイツやイギリスの国民の不自由に苦しむ真似を我が国民に強ふるのではないかと思はれる。我が日本国はもつと雅量のある大国民の衿度で居たいものだ。あまりに武力戦に全力を注ぎ過ぎて国民の平和生活に不安と欠乏を与へると今度は思想戦に弱点を招くことになりはせぬか。それでは全体的に見て結局戦争に敗けることになる。思想戦の温床を養成するのは生活の窮乏である。軍需生産に関聯のない一般階級は何れもこの生活の窮迫や不便を切実に経験しつゝある。武力戦遂行の反面には思想戦の黴菌を養成しつゝあることを思へば決して油断はならぬ。

徳川幕府の末京都が極めて式微でおはした頃高山彦九郎のごとき者が出たのは誠に当然の事であつたが今日の日本は決してそんな憂ひは無い。仁徳天皇の古事を想ひ起して見ても我が皇室の有難き思召は神代の昔より伝統的に御慈しみ深いものであつて所謂先憂後楽の御仁徳におはする諸方の帝陵や宮廟を修築することを今の日本国民は決して忘つては居ない。だから徳川氏の末年のやうに高山彦九郎の如き人が出現することを要しない。徳川氏の末年のごとき社会状態にあつて一、二の高山彦九郎の出現は必要でもあつたし、又出色の事柄でもあつた。しかし今の時に於ては高山彦九郎のごとき人物の出現を必要としない迄に高山彦九郎的色彩が濃度に塗り潰されて居る。最早や此の上高山彦九郎的言行はあまり必要でない。それよりも衆庶の生活をして平時の状態に復帰せしむることが緊要である。前にイギリスはヒツトラーの平和提言に応ぜぬと言つたが最近老政治家ロイドジョージ等の発意によつて英国にもぼつぼつ文明を破壊せぬ唯一の方法であるとしてドイツの平和提言を可とする雲行が見えてきたやうだ。果して然りとすればやつぱり英国である。思慮が円熟してゐると言はねばならぬ。禍根を後に残すことは好まないが目前の文明を破壊すると言ふことも大いに考へなければならぬことである。

（＊初出、8ポ二段組）

初出論文掲載書・掲載誌一覧

第一章　序に代えて　　文学者近松秋江の「昭和」──一九二〇年代の動向を中心にふれながら（書きおろし）

第二章　近松秋江と「転向」　　本格小説「地上の光」論─転換期時代の「リアリズム」論として（武蔵野美術大学研究紀要 №. 39　2008.3）

第三章　近松秋江と歴史小説　　一節　新聞小説「天保政談」論─歴史小説の背景としての昭和初頭（武蔵野美術大学研究紀要 №. 40　2009.3）／二節　歴史小説『水野越前守』論─「歴史」叙述と「歴史」記述の問題（研究年報 8　2010.3）／三節　思想小説「蛮社の獄」論─「新知識の弾圧」事件簿と近代化の挫折（原題：思想小説「蛮社の獄」論─長編歴史小説『水野越前守』中、「新知識の弾圧」事件簿　武蔵野美術大学研究紀要 №. 42　2011.3）

第四章　近松秋江とテロルの時代　　一節　作品「井上準之助」の成立史─徳田浩司の生きた「戦前昭和」という時代（原題：戯曲「井上準之助」論　武蔵野美術大学研究紀要 №. 38　2007.3）／二節　社会戯曲「井上準之助」論─「昭和軍閥」成立前夜の「政治小説」として（原題：戯曲「井上準之助」論　研究年報 7　2008.3）

第五章　近松秋江と政治小説　　政治小説「三国干渉の突来」の成立─青年期の徳田浩司と作家近松秋江の晩年（原題：歴史小説「三国干渉」の成立　武蔵野美術大学研究紀要 №. 41　2010.3）

第六章　近松秋江と自叙伝「作品集」　　一節　『新選近松秋江集』論─作品／選集その構造、純文学への途（書きおろし）／二節　『新選近松秋江集』論─作品／選集その構造、客観小説への途（武蔵野美術大学研究紀要 №. 44　2013.3）／三節　「別れたる妻に送る手紙」、その変容─私小説論争と連関する問題（菁柿堂刊増補『近松秋江私論─青春の終焉』2005.6、元・紙鳶社 1990.8）

第七章　近松秋江と印象批評　　一節　評論集『文壇三十年』論─言論家としての集大成（武蔵野美術大学研究紀要 №. 43　2012.3）／二節　文壇無駄話家徳田秋江の登場─印象批評の成立（菁柿堂刊増補『近松秋江私論─青春の終焉』、元・紙鳶社）

第八章　跋に代えて　　文学者近松秋江の境涯─徳田浩司、その鞏固な源流（書きおろし）

第九章　年譜考　　近松秋江生活年譜（菁柿堂刊増補『近松秋江私論─青春の終焉』「生活年譜」を増補）

逸文資料　近松秋江「和平は姑息にあらず」梗概（書きおろし）

＊本書収録にあたっては、補筆改稿を施した。

【ひ】

【ふ】

【へ】

【ほ】

【ま】

【と】

【な】

【に】

【ね】

【の】

【は】

【こ】

【さ】

【し】

【か】

【き】

【く】

【け】

書名（作品）

【む】

【も】

【や】

【ゆ】

【よ】

【ら】

【り】

【れ】

【ろ】

【わ】

【へ】

【ほ】

【ま】

【み】

【と】

【な】

【に】

【た】

【ち】

【つ】

【て】

人名

人　名

【き】

【く】

【け】

【こ】

事　項

索　引

この索引は第一章から第八章までの論考から、論旨の理解に資する事項・人名・書名（作品）を摘出し、それらを主に採録したものである。第九章および註・参考文献については索引の対象外とした。

索引項目は表記にかかわりなく、表音仮名遣いに従い五十音順に収めた。また、欧文は冒頭にアルファベット順に並べた。

【事項】「事項」は、文学用語に限らず、歴史・経済・政治事項を採録した。括弧（　）は、同一内容あるいは連関する項目である。
【人名】 括弧（　）は、姓または名、あるいは筆名等の別称および異名、また官位あるいは号を示す。
【書名（作品）】「　」は作品名、『　』は書名、または雑誌・新聞紙名を示す。作品名と書名が同一の場合は作品名、書名の順になっている。括弧中は同一作品の改題名、または関連する註記である。なお、括弧（　）は、初出表題あるいは改題表題。また、括弧〔　〕は関連する註記を示す。

●著者紹介

沢豊彦（さわ・とよひこ）／筆名・**村椿四朗**（むらつばき・しろう）

〘研究書〙『近松秋江私論―青春の終焉』（1990、紙鳶社）、『田山花袋の詩と評論』（1992、沖積舎）、ちゅうせき叢書『田山花袋の詩と評論』（1996、沖積舎）、『田山花袋と大正モダン』（2005、菁柿堂）、Edition.Trombone『近松秋江私論―青春の終焉』（2005、菁柿堂）、Edition.Trombone『田山花袋の「伝記」』（2009、菁柿堂）、seishido sélection『「天保政談」論－近松秋江の政治小説』（2010、菁柿堂）〘詩論〙『現代詩人―政治・女性・脱構築・ディスクール』（1993、翰林書房）、『ことばの詩学―定型詩というポエムの幻想』（2001、土曜美術社出版販売）、『詩＆思想』（2007、菁柿堂）〘詩集〙『60年代のこどもたち』（1991、新風舎）、『勿忘草を寄す』（1996、沖積舎）〘共編著〙『日本名詩集成』（1996、學燈社）、『近代日本社会運動史人物大事典 1 ～ 5』（1997、日外アソシエーツ）、『時代別日本文学史事典〔現代編〕』（1997、東京堂出版）、『社会文学事典』（2007、冬至書房）、『現代詩大事典』（2008、三省堂）他

近松秋江（ちかまつしゅうこう）と「昭和（しょうわ）」

2015（平成27）年2月25日　初版発行

著　者――沢　豊彦
編　集――石村　健
発行者――森山鉄好
発行所――冬至書房
〒103-0033　東京都文京区本郷2-30-14
電話 03-3868-8500　FAX 03-3868-8510

印刷・製本―中央精版印刷

ISBN978-4-88582-188-2 C3095　Printed in Japan